林汉达◎编著

故事全集

林汉达三国

①

中国出版集团有限公司

世界图书出版公司
西安　北京　上海　广州

**图书在版编目（CIP）数据**

林汉达三国故事全集：全 5 册 / 林汉达编著 . -- 西安：世界图书出版西安有限公司，2023.3
ISBN 978-7-5232-0220-3

Ⅰ . ①林… Ⅱ . ①林… Ⅲ . ①中国历史 – 三国时代 – 儿童读物 Ⅳ . ① K236.09

中国国家版本馆 CIP 数据核字（2023）第 046579 号

## 林汉达三国故事全集（全 5 册）
LINHANDA SANGUO GUSHI QUANJI (QUAN 5 CE)

| | | | |
|---|---|---|---|
| 编　　著：林汉达 | | 封面设计：智灵童 | |
| 策划编辑：赵亚强 | | 责任编辑：符　鑫 | |

出版发行：世界图书出版西安有限公司
地　　址：西安市雁塔区曲江新区汇新路 355 号
邮　　编：710061
电　　话：029-87214941　029-87233647（市场营销部）
　　　　　029-87234767（总编室）
网　　址：http://www.wpcxa.com
邮　　箱：xast@wpcxa.com
印　　刷：优奇仕印刷河北有限公司
成品尺寸：170mm × 240mm　1/16
印　　张：58
字　　数：630 千字
版　　次：2023 年 3 月第 1 版
印　　次：2023 年 3 月第 1 次印刷
国际书号：ISBN 978-7-5232-0220-3
定　　价：198.00 元（全 5 册）

# 目录

# 黄巾起义

汉朝帝王的统治，到了东汉后半截，实在太不像样了。朝廷大权经常落在外戚（qī）或者宦（huàn）官手里。他们互相掐着脖子，抢着抓权。谁把对方摁下去，自己掌了权，就横行不法地欺压人民，什么坏事都干得出来。在这些方面，外戚也好，宦官也好，简直没有多大的区别。东汉后期的几个皇帝都是宝贝，好像成心要比一比谁最没有出息似的，昏庸（糊涂而愚蠢）到了家。他们让那些掌权的外戚或者宦官要怎么着就怎么着，自己没有骨头，能够活着就是了。那些士人比较敢说几句公道话，谈论谈论国家大事的，就被指为"党人"，严重的，丢了脑袋，轻一点儿的，下了监狱，或者一辈子不准出头露面。豪强、世族、地主、富商不断地兼并土地，放高利贷，层层剥削农民，逼得他们不是下降为农奴，就是做了流民。再加上连年的灾荒和疫病，更叫老百姓没法活下去。

在这样的情况下，巨鹿郡（今河北巨鹿一带）出了三个了不起的人物。他们是弟兄三个：大哥叫张角，二哥叫张宝，三弟叫张梁。他们给人治病，用"太平道"的宗教形式，联络群众。大约十年光景，太平道传遍了青州、徐州、幽州、冀（Jì）州、荆州、扬州、兖（Yǎn）州、豫州等八个州，教徒多到几十万。张角、张宝、张梁在全国范围内设置了三十六方，大方一万多人，小方六七千人，各立首领。他们还传着四句话，作为内部的暗号，别人听了可不懂得是什么意思。那四句话是："苍天已死，黄天当立；岁在甲子，天下大吉。""苍天"是指汉朝，"黄天"是指太平道。张角他们已经秘密约定天下三十六方在甲子年（公元 184 年，汉灵帝第十七年，中平元年）一同起义，那就是"天下大吉"了。

张角要他的弟子秘密地用白土在各地写上"甲子"两个字。字有大有小。大街小巷，店铺住家的门口有"甲子"两个字，不必说了，就连州郡官府的大门，甚至京师各城门都写着这两个字。大方的首领马元义首先召集了荆州和扬州的几万教徒，准备跟张角商议决定哪一天起义。他亲自带着大量金银财宝到了京师，把礼物送给中常侍（汉朝官名，一般由宦官充任，相当于后世的大太监）封谞（xū）和徐奉，约他们作为内应。那时候，汉灵帝最宠用的中常侍是张让和赵忠。他最怕的也是这两个人。自己的命捏在他们手里，偏偏又是怕死，不听他们的话怎么行哪？他曾经向这两个宦官表示过态度，他说："张常侍是我爸爸，赵常侍是我妈。"这两句话倒是实话，说得很透彻。张让、赵忠的权力，那就不用提了。封谞和徐奉也还得宠，可是跟张让、赵忠一比，简直算不得什么。因此，封、徐二人愿意接受马元义给他们的礼物，同意联合，作为内应。他们约定甲子年三月初五全国同时起义，内外夹攻，来推翻东汉腐朽的皇朝。马元义联络了封谞和徐奉，立刻把日期通知张角，自己留在洛阳，暗地里把同党的人布置一下。

万没想到正在这个紧要关头，张角的弟子、马元义的助手唐周，现了原形，他原来是只两条腿的狗，他出卖了自己的老师和全国几十万农民，上书告密！马元义没提防自己的助手会叛变，当时就被逮住了。经过几次廷尉的审问和汉灵帝的"爸爸"和"妈"的"良言相劝"，马元义坚决拒绝了拜官封侯的"赏赐"，咬着牙忍受了各种惨无人道的刑罚，终于慷慨就义了。廷尉得不到马元义的任何口供，可是从唐周的嘴里问出了一些线索，一下子雷厉风行地捉拿跟张角他们有来往的人。光是京师一个地方被屠杀的就有一千多人。

汉灵帝下了诏书，吩咐冀州刺史捉拿张角弟兄。张角只好临时改变计划，火速派人分头通知三十六方提前半个月，于二月某日全国同时起义。他自称天公将军，立二弟张宝为地公将军，三弟张梁为人公将军。所有起义的农民头上都裹着黄巾，当作标记。起义军就称为"黄巾军"。没有几天工夫，天下三十六方黄巾军一齐攻打郡县，火烧官府，打开监狱，释放囚犯，没收官家的财物，开放粮仓，惩办赃官、土豪。不到十天工夫，天下响应。青、徐、幽、冀、荆、扬、兖、豫八个州的郡守、刺史纷纷向京师告急，急得汉灵帝都快哭出来了。

汉灵帝拜国舅何进为大将军，首先保卫京师，在临近京师的八个紧要关口（函谷、太谷、广成、伊阙、辕辕、旋门、孟津、小平津）设置都尉，加紧防御，再发朝廷掌握的精兵，分两路去镇压起义的农民。一路由尚书卢植带领，拜为北中郎将，向黄河以北进军，去攻打黄巾军的首领张角和他亲自带领的黄巾军。一路由北地太守皇甫嵩（sōng）和谏议大夫朱儁（jùn）带领，皇甫嵩拜为左中郎将，朱儁拜为右中郎将，这两个左右中郎将向南进军，去攻打颍川一带的黄巾军。为了和缓士族豪强的敌对行动和不满情绪，马上下了诏书大赦党人。被压制多年的所谓"党人"多少透了一口气，又可以出来了。

大将军何进请汉灵帝下了一道诏书，吩咐各州郡加紧防备，对付黄巾。有不少郡县怕官兵太少，抵挡不住黄巾军的进攻，有了这道诏书，就招募起民兵来了。各地张贴榜文，招兵买马，闹得鸡犬不宁，人心惶惶。有的人认为黄巾起义好得很，大伙儿不如杀了赃官酷吏、地痞恶霸，投奔黄巾。有的人别有用心，只想趁着这个兵荒马乱的机会，浑水摸鱼，讨个出身，通过打黄巾来立功，企图做大官，发大财，碰巧了也许还能封侯封王呢。

招兵的榜文到了涿（Zhuō）郡的涿县（今河北涿州），就有一批人窝肩搭背地看着聊着。其中有个二十七八岁的青年看了榜文，叹了一口气。没想到背后一个大汉说话了。他说："大丈夫应当替朝廷出力，杀敌立功，叹气顶什么事？"

那个叹气的人是个没落的贵族，排起家谱来，还是宗室，是汉景帝的儿子中山靖王刘胜的子孙，叫刘备，字玄德。他从小死了父亲，跟着他母亲靠卖鞋、编席子过日子。到了十五岁那年，他母亲叫他去求学。可是钱从哪儿来呢？族里有个刘元起，见刘备长得聪明伶俐，年龄跟自己的儿子刘德然差不多，就帮助刘备，让他跟着自己的儿子一块儿去求学。他们的老师就是这会儿拜为北中郎将去打黄巾的卢植（字子干，涿郡涿县人），跟刘备是同乡。卢植曾经做过九江太守。有一个时期，他辞官还乡，在家里收些门生，教授经学。刘备就跟刘德然，还有一个辽西人公孙瓒，一同拜卢植为老师，学习经书。公孙瓒年长，他跟刘备挺要好。刘备把他当作兄长那样伺候着。可有一件，刘备不大喜欢念书，他倒喜欢结交天下豪杰，尤其是有武艺、讲义气的人。

刘备有不少朋友，其中有两个跟他最亲密。一个叫关羽，字云长，是河东解（xiè）县（今山西运城一带）人，因为在本地打抱不平，杀了人，逃亡出来，住在涿县。另一个叫张飞，字翼德，是本地宰猪开酒铺的一个财主。（相传刘、关、张三个人桃园结义，不求同年同月同日生，但求同年同月同日死）除了关羽和张飞以外，还有一些不愿意种庄稼，倒喜欢使枪弄棒的年轻小伙子，也跟刘备有来有往。他还结交上了中山郡（今河北定州一带）的两个大商人，一个叫张世平，一个叫苏双。这两个人是做贩马生意的，挺有钱。他们跟刘备做了朋友以后，每次到涿郡来，老把大量的金钱送给刘备，让他去结交别的人。因此，经常有不少人环绕着刘、关、张三个人。这一天，刘备看着榜文，叹了一口气，没想到张飞正在他背后。刘备一回头，见是张飞，挺高兴地说："哦，原来是你。云长呢？"张飞说："听说上城里买马去了。"

当时就有不少平时喜爱练武的小伙子围着刘备和张飞。他们把张飞的话重复了一遍，说："张大哥说得对，大丈夫应该杀敌立功。我们正想投军去，就少个头儿。刘大哥带我们去吧。"有的说："平时练功夫，这会儿可用得上了。"有的说："瞧刘大哥这副耳朵多么大啊，耳垂快碰上肩膀了。我奶奶说，那就是贵相。跟着他错不了。"大伙儿正乐着，关羽回来了，还带来了那两个朋友张世平和苏双。他们从北方买了一批马回来，正碰上各地农民起义，他们怕黄巾军没收他们的马，只好赶到涿县，暂时留在城里。这会儿他们跟刘备和张飞行了礼，又跟那几十个青年打了招呼，有的还彼此通了姓名。张飞挤开了众人，说："这儿怎么能说话呢？还是请哥们儿到我庄里去。酒，现成的，一边喝，一边聊。走吧！瞧得起我的，都去。"

他们到了张飞的庄上，准备坐下来喝酒。屋子倒不小，就是人多，太挤了些。张飞庄后有个桃园，正赶上开着花。有人提个头，张飞就叫手底下的人把酒席搬到桃园中去。刘备出了主意，他要借着这个机会，祝告天地，作为起兵的仪式。大家都同意了。当时愿意跟着刘备一块儿去投军的就有好几十人。这个消息一传出去，不到两三天工夫，就有两三百人到张飞的庄上来投军。中山大商人张世平和苏双挺慷慨地送给刘备他们五十匹高头大马，五百两银子，外加一千斤钢铁作为打造兵器之用。三个头头原来就有自己练功夫的刀枪：刘备使的是两把宝剑，叫"双股剑"；关羽使的是长柄大刀，叫"青龙偃（yǎn）月刀"；张飞使的是长矛，也有个名儿，叫"丈八蛇矛"。那几十个平时练武的小伙子都有自己使惯了的家伙。可是还有好几百人没有兵器。当时就请了工匠打造刀枪。

一切准备好了，那两个大商人告别走了。刘备带着关羽、张飞和三百多个青年去见涿郡的校尉邹靖。邹靖正担心本地的兵马太少，见了这一队人马，把他们当作救兵看待。恰巧警报传来，说黄巾军打到涿郡来了。校尉邹靖带着刘、关、张三个人和五六百名官兵、民兵出去抵抗。这批参加黄巾军的农民还

没碰到过像刘、关、张这样能打仗的对手。双方一交锋，黄巾军就败下去了。刘备就这么第一次帮着邹靖镇压黄巾，立了一个大功。

邹靖把刘备打败黄巾的功劳逐级报上去，正想重用他。可是刘备听到他的老师中郎将卢植正在广宗（今河北威县一带），把黄巾军的首领张角围在那儿，就要去投奔他。人家要往上爬，你也没法留。邹靖只好让他带着原来的一些人马到广宗去了。

## 读有所思

1. 老百姓为什么要起义？
2. 起义军为什么叫"黄巾军"？
3. 刘备和卢植是什么关系？

## 知识拓展

东汉末年，中原地区瘟疫肆虐，家破人亡者比比皆是。当时，著名医学家张仲景记载："余宗族素多，向逾二百，自建安以来，犹未十年，其亡者三分之二，伤寒十居其七。"瘟疫导致张仲景家族近一半人丧命，为了攻克这一瘟疫，张仲景潜心研究，写出了中医经典名著——《伤寒杂病论》。

# 能臣与奸雄

刘备他们去广宗的时候，南边的皇甫嵩和朱儁他们在颍川打了败仗。他们碰上了黄巾军的一个将军叫波才，带领着大队人马横冲直撞地过来。两个中郎将的军队怎么也顶不住。他们打了几阵败仗，只好逃到长社（今河南长葛一带）城里，守在那儿。波才就在城外扎营，围住长社。因为天热，太阳毒，他们移到树林子里，结草为营。白天攻城，晚上乘凉。他们认为赶到长社城里的粮食接济不上，这些官兵非出来投降不可。

黄巾军的将士们因为没有打仗的经验，碰上了像皇甫嵩那样狡猾的刽（guì）子手，不免吃亏。波才的结草为营给了皇甫嵩一个火攻的巧劲儿。皇甫嵩和朱儁把火烧军营的办法布置妥当，半夜偷营，各处放起火来，风大火大，一霎时烧得黄巾军四面奔跑，死伤了不少人马。波才只好带着一部分人马离开长社。一直到了天亮，才跑出了皇甫嵩的包围。他们正想缓一口气，歇歇乏儿，忽然瞧见迎面来了一队兵马，挡住去路，急得黄巾军不知道往哪儿跑才好。

那个带头的军官是沛国（即沛郡，今安徽亳州）谯郡人，姓曹，名操，字孟德，小名阿瞒。他父亲叫曹嵩，本来复姓夏侯，叫夏侯嵩。因为做了中常侍曹腾的养子，所以改了姓。曹操年轻的时候，喜欢玩老鹰和猎狗，一出去玩，就没完没了的。他叔父看不惯，老在他哥哥曹嵩面前责备曹操，曹操就使了一个计，叫他父亲别听叔父的话。有一天，他一见叔父过来，故意倒在地上，口吐白沫，好像发了羊痫风似的。他叔父赶快去告诉曹嵩，曹嵩慌忙出来，一看，曹操已经跟没事人一样。曹嵩起了疑。他私底下问曹操："你叔父说你中了风，这么快就好了吗？"曹操愁眉苦脸地向他父亲诉委屈。他说："我从来没有这种毛病，只因为叔叔不大喜欢我，有时候他可能在父亲跟前说我不好。我就是受点儿委屈，还是感激他老人家的。可是好端端地说我发羊痫风，那就未免过分了。"打这儿起，曹嵩一听到他兄弟提起曹操怎么不学上进，他连听都不爱听。曹操就更没有人管了。

曹操听说汝南有个名士，叫许劭（shào），他喜欢评论当时的知名之士。一被他评论过，不但更加出名，而且人家简直把他的话当作定论。曹操就去见他，谈了一次话。末了，曹操问他："许先生，您看我是怎么样的一个人？"许劭微微一笑，可不回答他。曹操连着又问了几回，一定要他说出个名堂来。许劭就说："你呀，你是个治世的能臣，乱世的奸雄。"曹操听了，哈哈大笑。

曹操在二十岁那一年，被地方推举为孝廉，做了洛阳北部尉。他一上任，就做了十多条五色棒，挂在四城门，谁犯

禁，不论豪强贵族，都得按章程受责打。那时候，中常侍蹇硕（jiǎn shuò）是汉灵帝的宠臣。他的叔父犯了夜（中国古代触犯夜禁的意思），手里还拿着刀，偏偏碰上曹操巡夜，就给拿住了。皇上的红人蹇硕的叔父，这么一个大来头，怎么会把一个小小的北部尉搁在眼里？这位小小的北部尉居然把这么一个犯法的大豪强用五色棒活活打死。曹操从此就出了名。宦官们拿他没办法，只好派他去做顿丘令（顿丘，汉县名，治所在今河南清丰），让他快点儿离开洛阳。后来他又做了议郎。黄巾军起义的时候，曹操做了骑都尉。这会儿他带着五千名士兵到颍川去助战。正赶上波才打了败仗，逃到这儿，就被曹操杀了一阵。曹操就这么立了一个大功。

皇甫嵩、朱儁，加上曹操，三路官兵合在一起，屠杀了好几万人，颍川的黄巾军被镇压下去了。他们接着去打汝南和陈国两郡地界里的黄巾军。波才逃到阳翟（zhái），被官兵围住，逼得无路可走，自杀了。首领一死，没人带头，底下的人乱哄哄地没法抵抗，慢慢儿都逃散了。皇甫嵩上了个奏章，向汉灵帝报告打胜仗的情况和朱儁的功劳，还把曹操也写了上去。大将军何进请汉灵帝封皇甫嵩为都乡侯，朱儁为西乡侯，把曹操升了职，让他做了济南相。何进又请汉灵帝叫皇甫嵩去打东郡（今河北南部和山东北部）的黄巾，叫朱儁去打南阳的黄巾，让曹操到济南去上任。

南路打了胜仗，北路的大军还没有消息，大将军何进请汉灵帝派大臣去慰劳卢植，同时去了解一下那边的情况。那时候，那些做大官的世族和党人一派的名士都恨透了宦官。汉灵帝不派别人，偏偏派个宦官小黄门左丰去。左丰到了广宗，听了卢植的报告，知道他已经打了几个胜仗，杀了一万多黄巾兵，目前正把张角围在城里，还在城外筑了土垒，准备用云梯攻城。左丰听着，净打哈欠。他对这些报告不感兴趣，他要的是别的东西。打开窗子说亮话，要左丰在皇上跟前说句好话，就得多送点儿钱。卢植憋着一肚子的气，对左丰手下的人说："目前连军饷（xiǎng）都接不上，哪儿有钱孝敬天使？"

小黄门左丰回去向汉灵帝说："广宗的黄巾贼容易剿灭，只是卢中郎不肯用心罢了。"没多久，皇上的诏书下来了。中郎将卢植上了囚车，押到京师去领罪。另调河东太守董卓为东中郎将，到广宗接替卢植，继续镇压黄巾。等到刘备、关羽、张飞他们到了广宗，卢植早已押走了。天大的希望落了空，而且以后卢植的门路也没有了。刘备叹了一口长气，对着关羽看了看。关羽拧了拧眉毛。张飞直嚷嚷："真他妈的，这是什么世道！"关羽说："咱们是来投奔卢中郎的。他都押走了，咱们怎么能待在这儿呢？"张飞把话接过去，说："没说的，回去！"刘备点点头，说："也好，回到涿郡再说吧。"他们就带着自己的一小队人马走了。

他们走了两天，上了山路，突然听到山背后有喊杀的声音。刘备带着关、张两个上了山冈，一望，就瞧见不少黄巾兵追赶着一队官兵。原来是天公将军张角打败了董卓，正追赶着他呢。刘备说："咱们帮一下吧。"关羽和张飞立刻带着一支人马从横斜里向黄巾军冲过去。一把青龙偃月刀，一支丈八蛇矛立刻变成刽子手的屠刀。黄巾军没防到这一路的敌人，他们还以为中了埋伏，当时就退回去了。刘、关、张他们救出了董卓，到了平地。董卓又是高兴，又是纳闷。他问这三个领头的说："你们是哪儿来的官兵？谁是你们的将军？"刘备回答说："我们是过路的义兵，都是平民，没有将军。"董卓一听，才放心了。他说："噢，噢，原来都是平民，倒难为了你们。"说着，马鞭子一抽，自个儿回营去了。

张飞挂了火儿。他瞪圆了眼睛，说："我们拼着性命救了他，这家伙，这么无礼。干脆宰了他算啦！"刘备说："别生气。人家是朝廷命官。再说，他又没得罪我们，就是架子大点儿。咱们走咱们的吧。"

关羽吹了一下胡子，冷冷地、带刺儿地说："这小子是谁呀？哪儿蹦出来的？"

说起来哪，董卓这个人并不简单。他是陇西临洮（洮 táo；临洮，今甘肃岷县）人。平日倒挺豪爽，有点儿外场人的派头。年轻的时候，曾经去过羌中（羌 qiāng；我国古代西部民族羌族住的地方），见过那边的世面，跟当地胡人的头头和羌人的头头都有交情。董卓是个高个儿，胳膊粗、力气大，要是个对个地跟他比比手劲，很少有人比得过他的。他又是射箭的能手。别人只带着一袋箭，他呢，能够左右开弓，腰间两旁各挂上一个箭袋。胡人和羌人又是怕他，又是服他。后来他回到老家种地，做了大庄主。

有一回，羌中的豪强路过陇西来看他。他拿出外场人的派头来招待他们。那边种庄稼最得力的帮手是耕牛，耕牛是个宝。董卓可真慷慨，他宰了耕牛请客。这批羌中的贵宾都说董卓真够朋友。他们回去以后，大伙儿凑了各种牲畜一千多头送给董卓。这一来，大庄主董卓又做了牧畜主了。

汉桓帝末年，董卓以六郡（汉阳、陇西、安定、北地、上郡、西河）良家子弟的身份被选为羽林郎（皇帝的卫兵）。他曾经跟着中郎将张奂打过仗，立过功。皇上赏给他九千匹绸缎，他把这么多绸缎全都分给士兵。那种慷慨劲儿就不用提了，反正士兵们都服了他。董卓官运亨通，步步高升，做了并州刺史，又做了河东太守。这会儿又由河东太守升为中郎将，接替卢植来打黄巾。原来围攻广宗的士兵们因为小黄门左丰勒索贿赂，卢植受了冤屈，大伙儿都代他抱不平。来了个接替的，又是眼睛长在脑门子上，谁都不在他的眼里。大伙儿心怀不平，打仗没有精神，那还能不打败仗？

刘备他们气呼呼地离开董卓，回涿郡去了。他们走了以后，张角的起义军连着打了几个胜仗，逼得董卓从广宗逃到下曲阳（今河北晋州一带）。黄巾军不肯放松，紧跟着追到下曲阳。董卓守在城里，再也不敢出来了。天公将军张角派他的兄弟地公将军张宝带领人马围攻下曲阳，自己带着俘虏和敌人的辎重（辎 zī；辎重就是行军时由运输部队携带的军用物资）回广宗去了。

张宝的军队连日攻城，虽然一时还不能把下曲阳打下来，可是已经够叫董卓担心的了。董卓眼看着张宝的人马越打越多，自己要守住下曲阳不但官兵不够，就是粮草也得有个接济。他只好上个奏章，派几个勇士冲出包围，到京师去搬救兵。恰巧汉灵帝已经接到了东郡那边的报告，皇甫嵩打败了那边的黄巾军，扫荡了东郡。现在看了董卓的报告，两下对照，一胜一败，对董卓就很不满意。他下了道诏书，吩咐皇甫嵩率领得胜的军队往北去进攻张角。接着把董卓革了职，押回京师。

皇甫嵩接到了诏书，立刻带着兵马赶到广宗。他打黄巾已经七八个月了，也不知道杀了多少人，可是他还没碰到过黄巾军的三个首领。这一回他到了北方，一定要跟黄巾军的首领天公将军张角比个上下高低。天公将军张角可没出来，他叫他的三弟人公将军张梁去对付皇甫嵩。张梁不像波才那样光知道猛冲猛撞，他的士兵又很勇敢。尽管皇甫嵩是个打仗的能手，他的军队又称得起是当时的精兵，一向打胜仗，可是皇甫嵩遇到了张梁的军队，什么便宜也没占着。他连着进攻了好几天，每回都给黄巾军打回来。皇甫嵩一想，他还没碰到天公将军和地公将军呢，光是一个人公将军已经够叫他受的了。他觉得不能小看张角和张梁的军队，光是这么连着进攻是不行的，就下令退兵十里以外，把军队驻扎下来。他要再摸一摸黄巾军的情况，摸清了再决定作战的计划。

## 读有所思

1. 名士许劭是如何评价曹操的？
2. 为什么说董卓不简单？

## 知识拓展

东汉末年，曹操官拜洛阳北部尉。他执法严明，不避豪强。造五色杖棒悬于官署四门，对违法乱纪者严厉处罚，连皇帝宠臣也不放过。后世以"悬棒"作为地方官执法严正的典故。

# 屠杀黄巾

　　皇甫嵩把军队退到十多里以外驻扎下来，张梁也不出去跟他交战。这几天他正为着他哥哥忙着哪。天公将军张角因为劳累过度，从下曲阳回来以后，就病倒了。这三天来，病得更厉害了。人公将军张梁接连三夜没睡觉。他劝慰张角安心治病，可是张角发高烧，老说梦话，愣要出去跟敌人拼命。他说天下八州的老百姓都称他为大贤良师，家家户户谁不咒骂朝廷。大伙儿都说：苍天已死，黄天当立。三十六方农民同时起义，不到十天工夫，天下响应。万没想到半年多来，各地的黄巾军都遭到了贵族、官僚、地主、豪强的屠杀，情况越来越坏，他的病也越来越厉害。他气呼呼地嚷着说："我真不明白，天下怎么能有这么多吃人的狼啊。"到了八月十五那一天，他对张梁和站在跟前的几个人说："苍天是死了，可是狼还活着。"大家都知道他又在说梦话了，只好愁眉苦脸〔形容愁苦的神情〕地看着他，听他说。不一会儿，他突然笑起来，像哼着歌儿似的说："苍天已死，黄巾不灭！万众一心，天下大吉！"说了这话，这位首先起义、希望天下大吉的大贤良师就咽了气。

张角一死，跟他一同起义的农民哭得比死了爹娘还伤心，兄弟张梁更加难受。又因为他几天没有睡好，这时候，只是有气没力地叹着气。广宗的黄巾军一听到他们的领袖死了，好像天塌了一样，不由得全都哭了。天性朴素的农民军根本就没想到"秘不发丧"这套玩意儿。张角病死的消息很快就给皇甫嵩知道了。他立刻布置了进攻的计划，下了命令，当天晚上三更造饭，四更出动，拿公鸡打鸣儿当作记号，一齐进攻。黄巾军正打算替他们死去的领袖报仇，大家就抹去眼泪跟官兵拼了。张梁尽管身子不好，他一咬牙，提起精神，跑在头里。双方的军队从鸡叫开始一直打到中午，死伤了无数人马，各不相让。到了下午，黄巾军开始有点儿乱了。张梁毕竟因为几天没睡觉，疲劳得精神恍惚（huǎng hū），一不留神，被官兵刺了一枪，从马上掉下来，当时就给一个军官砍去了脑袋。霎时，数不清的敌人好像后浪推前浪似的拥进了城。

皇甫嵩的大军进了城，遇到了顽强的抵抗。每一条街，每一个角落，都展开了血战。残暴的官兵又杀了三万多名黄巾兵。其余的黄巾兵只好往城外跑。城里的老百姓怕遭到官兵的屠杀，也都跟着往城外跑。他们逃到河边，官兵追到河边。因为逃难的人太多了，车辆挤得没法动。黄巾兵和老百姓站不住脚，被挤到河里淹死的就有五万人。黄巾军的辎重车被烧毁三万多辆。烧毁了这么多车辆，屠杀了这么多人，官兵还抢了不少财物，抓去好多妇女和小孩。他们把那些妇女和小孩都当作女黄巾和小黄巾，全都做了俘虏，没收为奴隶。

皇甫嵩到了城里，进了公署，就瞧见大厅搁着一口棺材。张角死了以后，黄巾军把他的尸首入了殓（liàn），可来不及给他安葬。左中郎将皇甫嵩就想到北中郎将卢植和东中郎将董卓都败在张角手里，自己可还没跟他交过手。这会儿死人的棺材搁在这儿，挺老实地搁着，他要怎么着就怎么着。他就勇气百倍地劈开棺材，把死人的脑袋割下来，连同张梁的人头送到京师去。这是一件莫大的功劳。

皇甫嵩屠杀了广宗的黄巾，接着就率领打了胜仗的大军赶到下曲阳，满想马到成功，活捉张宝，没想到这位地公将军穿着孝、披散着头发，好像打伤了的老虎似的来跟皇甫嵩拼。皇甫嵩打了几阵败仗，下令退兵，退到十里以外的地方驻扎下来。他约了巨鹿太守郭典，把所有的官兵和地主武装都用上，两路夹攻，夺取下曲阳。黄巾军的人数比官兵多，上阵又不怕死，可就是一件吃了亏：他们只会打老实仗，不会作假。皇甫嵩跟张宝两队人马打上了，皇甫嵩假装打败，把张宝的人马引到包围圈里，四面埋伏着的官兵一齐上来，把张宝团团围住。张宝打得筋疲力尽，跑又跑不了，就自杀了。张宝一死，这一路的黄巾军没法守住下曲阳。他们四散奔跑，大多都被杀了。皇甫嵩和郭典下令屠城，同时扫荡农村。在他们看来，老百姓跟黄巾是一路货。反正老百姓是头上没裹黄巾的黄巾军。因此，光在下曲阳一个地区，前前后后被杀的黄巾兵和没裹黄巾的老百姓，一共有十多万。这么多尸首埋都没地方埋，挖坑也挖不了这么多。皇甫嵩就出了个主意，他要在南门外留个纪念，夸耀自己打黄巾的功绩，就下令把十多万尸首堆成一座山，外面封上土，这种又高又大的尸首堆，叫作"京观"。

北路的捷报到了京师，汉灵帝很是高兴。他认为既然张角、张宝、张梁都死了，天下就不该再有黄巾了，怎么南路的朱儁还没把南阳的黄巾消灭？他就想把朱儁调回来，另派别人去。可是皇甫嵩立了大功，总该先赏他。汉灵帝就拜皇甫嵩为左车骑将军，让他当冀州的州牧（州牧是官职，掌握一州的军政大权），又封他为槐里侯（槐里，今陕西兴平一带），给他两个县一共八千户的赋税作为俸禄。皇甫嵩上了个奏章，要求两件事：第一件，要求皇上免去冀州一年田租；第二件，要求皇上赦免卢植。这两件事都准了。这么着，冀州的地主们都歌颂皇甫嵩替他们镇压了农民，还免了一年田租。卢植官复原职，又做了尚书。

汉灵帝加封了皇甫嵩，就打算把朱儁调回来。司空张温替他说情。他说要消灭黄巾也不能太心急，朱儁准有他的高招儿，只要给他个方便，不要限定日期，他准能打胜仗。汉灵帝总算听了张温的话，没把朱儁调回来，只是催他加紧攻打宛城（今河南南阳）。

南阳的黄巾领袖叫张曼成。他率领着好几万农民，杀了当地的郡守和地主豪强，占领了宛城城外一大片地区，跟城里的官兵相持了一百多天。后来张曼成中了埋伏，被南阳太守秦颉（jié）杀害了。黄巾军另推一个叫赵弘的领袖，继续抵抗官兵。四乡的农民杀了地主恶霸，纷纷到宛城来投军，人数突然由几万增加到十几万。赵弘就率领着这十几万农民打下了宛城，黄巾军的势力比以前更大了。

朱儁到了南阳，马上跟南阳太守秦颉、荆州刺史徐璆（qiú）联合起来。可是三路兵马合起来，还不到两万人，怎么能跟十几万的黄巾兵对敌呢？因此，朱儁到了南阳两个多月，一点儿也占不到便宜。可是他究竟是个懂兵法的将军，他使个计，把赵弘引到城外，打了一会儿就逃，让赵弘追他。赵弘当然不肯把他放过，紧紧地追着。朱儁看准机会，突然回过马头来，杀了个回马枪，把赵弘刺落马下。黄巾军打了败仗，逃回城里。他们另推一个叫韩忠的首领，守住宛城。朱儁他们还是没法进去。

朱儁叫士兵们在城外筑了个土山，从这上头可以看到城里的动静。他们又造了不少云梯，准备攻城，把军队布置在西南角上，云梯也搬到西南角上来。南阳黄巾军的领袖韩忠没有作战的经验。他一看到敌人集中到西南角，马上把主要的力量都用来防守西门和南门。哪知道人家使的正是"调虎离山"计，黄巾军主要的力量放在西南角上，东北角的防守力量就差了。朱儁亲自带着四五千人，偷偷地绕到东北角上，突然竖起云梯，一齐向城头进攻。其中有一个少年军官带领着一班小伙子，特别勇猛。他首先从云梯上跳到城头上，杀散了守在那儿的少数黄巾兵，让他手下的士兵都上了城头。他们很快开了城门，把官兵都放进城去。韩忠一听到东北角失守，马上离开西南来救东北。他曾经碰到过朱儁、秦颉、徐璆他们，而且有一回曾经把这个南阳太守秦颉打下马来。秦颉面向地、背朝天，摔了个狗吃屎。可是跟这个少年军官一交手，就没法儿打。他到底碰上了谁呀？

　　那个首先跳上城头的少年军官是吴郡富春人，叫孙坚，字文台。他在十七岁那年，跟着他父亲坐船到了钱塘江，瞧见江边有十几个人抢了客商的行李什么的，正在那儿分赃。孙坚对他父亲说："这几个强人，我可以打他们一下子。"他父亲说："人家人多，你一个人怎么行啊？"可是孙坚已经拿着刀，跳上岸，大喊大叫地东西指挥，好像叫唤别人一齐上来一样。做贼的究竟心虚，以为官兵到了，慌里慌张地撒腿就跑。孙坚赶上去，杀了一个，提着人头回来。他父亲吓了一大跳，可是孙坚从此出了名，郡县推举他做了校尉。公元174年（汉灵帝熹平三年），会稽（今浙江绍兴）许生割据地盘，自称为阳明皇帝。孙坚招募了一千多名勇士，杀了阳明皇帝，立了一个大功。过了几年，他被调到下邳（pī；今江苏睢宁一带），下邳的一班小伙子跟着他练武练兵。后来张角起义，朱儁做了右中郎将，他推荐孙坚为佐军司马，下邳的一班青少年就跟着孙坚一块儿来了。这会儿他带着这班青年人首先进了宛城。韩忠不是孙坚的对手，他连忙下令全军退到内城。

韩忠守住内城，可是几天下来，粮草不够，特别是没有水。朱儁知道了这个情况，对他手下的将军们说："万众一心，已经不好抵挡了，何况他们还有十万人呢？逼紧了，反倒不好。咱们得使个计，引他们出来才好消灭他们。"他就下令退兵。官兵纷纷离开外城，往城外散去。韩忠仔细一看，官兵并不是好好地退去，而是慌里慌张地逃跑。他认为那一定是官兵发生了什么意外，真退出去了。他就率领着大军出来追击。朱儁边打边退，韩忠边打边追。黄巾军追到一个地方，突然见到朱儁的伏兵一齐起来，四面围攻。韩忠知道中了计，赶紧退兵，后面的归路已经截断了。黄巾军四面突围，死伤了一万多人。韩忠已经没法冲出去了。

朱儁叫人劝告韩忠投降，保证不杀。韩忠原来是个怕死鬼，到了紧要关头，他背叛了起义军，放下武器，投降了。朱儁怕他有口无心，假投降，就叫官兵把他绑上。韩忠认为已经投降了，还怕什么呢？绑就绑吧。韩忠被人绑着，押到大营里去见中郎将朱儁。南阳太守秦颉也在那儿，他曾经败在韩忠手里，吃过亏，摔了一个狗吃屎。这次一见韩忠绑着，他就大胆地走到他身旁，猛一下子把他砍了。朱儁心里有些怪他，可是人家秦颉也是打黄巾有功的人，杀了也就杀了。

黄巾军一听到韩忠被人杀了，不管是投降的或者没投降的，又都起来反抗官兵。他们公推孙夏为领袖，还想夺回宛城。孙夏率领着召集起来的黄巾兵，又跟朱儁打了几仗，死了不少人。末了，他们只好化整为零，跑到深山里去了。

朱儁镇压南阳一带的黄巾，立了大功，拜为右车骑将军，封为钱塘侯，增加食邑五千户。朱儁把孙坚的功劳也报了上去。打黄巾立功的都有赏。不但孙坚由佐军司马升为别部司马，就是上次由涿郡的校尉邹靖报上去的刘备也得到了赏赐，让他去做县尉。

## 读有所思

1. 天公将军张角是怎么死的？

2. 孙坚凭着什么功劳被推举为校尉？

3. 张角死后，广宗的黄巾军是被谁打败的？

## 知识拓展

皇甫嵩任冀州牧之后，上奏请求免除冀州百姓一年田租，得到皇帝批准。百姓感念他的恩德，纷纷传唱这样的歌谣："天下大乱兮市为墟，母不保子兮妻失夫，赖得皇甫兮复安居。"

# 市侩皇帝

刘备因为原来没有地位，赏赐也就差了点儿，仅仅做个安喜县（今河北定州）的县尉。他辞别了涿郡的校尉邹靖，带着关羽和张飞到安喜县上了任。不到几个月，就听说朝廷下了诏书："凡是光凭打黄巾立功做了县一级的官吏的，还得鉴别一下，不合适的一律淘汰。"其实这又是向小官员敲诈钱财的一个花招，刘备哪知道。他有点儿担心自己也许会被淘汰。再一想，一个小小的县尉，做不做也无所谓，等着瞧吧。

过了几天，郡守派了个督邮（郡的重要属吏，代表太守督察县乡，宣达教令，兼司狱讼捕亡）到安喜来了。县令赶紧到驿馆（驿 yì；驿是古代的交通站，供送公文的人或官员休息住宿的）里去晋见，刘备也跟了去。督邮传出话来，说："只准县令一个人进去。"刘备只好回来。第二天，他拿了拜帖，专程去拜见督邮。拜帖递进去了，等了好大半天，才传出话来，说："督邮大人今天不舒服，任什么人都不见。"这明明是责备刘备不懂得拜见上级的规矩。刘备忍气吞声地又回来了。关羽和张飞向刘备问长问短。刘备把空跑两趟的情形说了个大概。关羽听了也生气，张飞早就瞪了眼睛。有人告诉他们，说："督邮作威作福，无非是要几个钱儿。"刘备说："别说我没有钱，就是有钱也不能给他啊。"

刘备虽说比关羽和张飞世故较深，可他究竟还是个二十八岁的青年。桃园起兵的时候，满想干一番惊天动地的事业，谁想到一来二去地搞到今天，只捞到个小小的县尉，还要受着督邮这份窝囊气。他越想越不是滋味，决定不干了，就叫张飞收拾行李，叫关羽带着县尉的印绶（shòu），一同到了驿馆。他嘱咐他们在外面等着，自己跑到后厅要看一看这位督邮大人到底长的是副什么嘴脸。

督邮见有人进来，一问，才知道他原来是空手求见了两次的县尉，就淡淡地又问了一句："县尉是什么出身？"刘备说："我是中山靖王的后嗣（sì），在涿郡剿灭黄巾有功。"督邮吆喝一声，说："胡说！你冒称宗室，虚报功绩。朝廷派我下来，就是要淘汰像你这种不懂规矩的官吏。"刘备也火了，他正想动手，张飞已经冲进来了。刘备说："把他抓了！"张飞跑到督邮跟前，一个耳刮子打掉了他的官帽，揪住头发，把他拖出大厅。这时候，督邮的几个手下人都上来劝解，刘备这才叫张飞放手。督邮喘了一口气，定了定神，一见刘备阻止张飞，张飞就放了手，他马上挺起腰板，又神气起来了。他责备刘备，说："你反了吗？怎么叫这个野奴才来侮辱朝廷命官！"刘备冷笑一声，说："我是奉了太守密令来拿你的。"张飞一听，胆子更大了。关羽向督邮瞪了个白眼。督邮愣了一下，泄了气。刘备吩咐张飞把督邮绑到门外，拴在马桩上。正好马桩

林汉达

三国故事全集

28

旁边有一棵柳树。张飞就攀下柳条，在督邮的大腿上狠狠地抽打。督邮又哭又嚷。柳条折了，再攀几根。大概抽了两百来下，打折了十来根柳条。督邮开头杀猪似的叫着，后来只是流着眼泪，咧着嘴，苦苦地央告刘备，说："刘县尉，刘王爷，刘爷爷，饶了我吧！"

刘备对张飞说："饶了他吧。"他回过头去，从关羽手里拿过县尉的印绶来，挂在督邮的脖子上，对他说："我也不愿意在这儿做官了。这颗印，你替我交了吧。"

刘、关、张三个人上了马，拿着马鞭子向门外的众人拱了拱手，带着自己的兵器，走了。直到刘备他们走远了，几个小卒子才走到柳树旁边，给督邮松了绑，把他背了进去。督邮把这件事向郡守报告，郡守就派人捉拿刘、关、张三个人，可是谁也不知道他们往哪儿去了。

刘备他们不肯向督邮行贿（huì），打了朝廷的命官，官府捉拿他们，还有道理可说，可是打黄巾立了功的，如果不向宦官行贿，或者鼓着勇气敢批评他们的也都要拿去办罪，那就太说不过去了。以张让、赵忠为首的十个中常侍称为"十常侍"。他们把汉灵帝和大将军何进都捏在手里，别的人谁还敢动一动他们的汗毛？汉灵帝曾经说过："张常侍是我爸爸，赵常侍是我妈。"大将军何进呢，本来是屠户出身的。他的妹妹靠着宦官撑腰，立为皇后，何进才能够步步高升，当上了大将军。他怎么敢得罪十常侍呢？

就在黄巾起义那一年里头，为了反对宦官专权而被杀或者坐监狱的就有不少。侍中张钧上书给汉灵帝，说："张角兴兵作乱，万民跟着黄巾，都因为十常侍和他们的爪牙满布州郡，虐待老百姓。老百姓有冤没处诉，只好起来反抗官府。只要杀了十常侍，把他们的人头挂在城门口，向老百姓认错，不用发兵，天下就能平定。"

张钧的奏章上去以后，张让、赵忠动了火儿，就有御史出面告发张钧，说他勾结黄巾军，污蔑（miè）大臣。张钧就给活活地打死了。

到了下半年，皇甫嵩、朱儁打了胜仗，黄巾起义的几个主要的首领都死了。豫州刺史王允打败了当地的黄巾军，在黄巾军的文件中发现了中常侍张让的门客写给黄巾军的书信，才知道他们原来是有来往的。王允上书给汉灵帝，把那封信交了上去。这么有凭有据的犯法行动，张让还赖得了吗？汉灵帝看了以后，就交给他"爸爸"张让去看。张让说："书信从外面来，不足为凭。"汉灵帝点了点头，说："是，不足为凭。"张让就借个因由，说王允犯的是欺君之罪，把他下了监狱。

黄巾军打了败仗，汉灵帝认为天下从此太平了，虽然已经到了年底，还把光和七年（公元184年）改为中平元年，大赦天下。王允有造化，在大赦之中出了监狱。

汉灵帝认为张角、张宝、张梁死了，黄巾军打败了，北方的广宗和南方的南阳大体上已经把黄巾军压下去了，天下不是太平了吗？他哪知道张角死了之后，各处都有"小张角"组织黄巾军，继续反抗官府。为了叫着方便，这些"小张角"大多使用外号。比如说，有个头子因为嗓门儿大，大伙儿就管他叫"雷公"，骑白马的称为"白骑"，胡子多的称为"大胡子"，眼睛大的称为"大眼睛"。像这一类的头儿脑儿简直数也数不清楚。这许多头儿脑儿因为没有一个总首领，力量分散。大的有两三万人，小的也有六七千人。此外，有个常山人褚（chǔ）燕，因为他行动灵活，纵跳如飞，大伙儿管他叫"飞燕"。河北有不少郡县都有他手下的人，各地合起来，差不多有一百来万人，都算是他的部下。因为他占领着黑山，这一路的黄巾军就称为"黑山军"。

天下闹得这个样子，大臣们谁也不敢说话。你要是上个奏章劝告皇上整顿朝政的话，张钧就是榜样。他是怎么被杀的？王允又是怎么被革职的？汉灵帝昏昏庸庸地还以为天下太平，什么事都没有呢。只有那次宫里着了火，他才慌张起来了。

黄巾起义的第二年（公元 185 年，中平二年）二月，南宫云台失火，正赶上刮大风，一霎时，粗大的火焰好像怪物一样，欢蹦乱跳地发了疯。宫殿烧了一处又一处。救火的水落在火焰上好像都变了油，大火越烧越旺。发了疯似的怪物自己蹦得累了，才慢慢地缓和下来。这场火灾把洛阳的宫殿烧毁了一大半。汉灵帝愁眉苦脸地发了呆。

张让、赵忠对汉灵帝说："皇上不必发愁。烧了旧的，就可以起造新的，不是更好吗？"汉灵帝听了，愣头磕脑地乐了起来。他吩咐他们赶紧动工，起造新的更大的宫殿。可是库房已经快空了，哪来这笔巨大的款子呢？张让、赵忠想了个办法：加征田赋，每亩十钱。这么一合计，不但有了盖房子的经费，而且还可以把铜钱铸成铜人，铜人搁在宫殿前面，那该多么威风啊。一道诏书下去，各郡县雷厉风行地按亩加征田赋，闹得天下怨声载道。

汉灵帝又下了一道诏书，吩咐各州郡供应木料和石料，又嘱咐内侍负责验收。这验收材料又是一种敲诈的花招。如果哪个州郡不先行贿，不管你运来的是什么样的材料，评下来，反正是不合格。那你得把这批材料按照十分之一的价钱出卖，回去再购办一批送来。赶到第二批材料运到京师，要是你还不送上足够的礼物的话，主管的内侍仍然不收。中等的材料也不收。几年下来，京师里木料堆积得霉烂了。内侍们让宫殿的工程进行得越慢越好，因为宫殿早一天盖成，就等于早一天结束了勒索的机会。各地的刺史、太守只好向宦官集团行贿。收到的贿赂也有汉灵帝的一份。"羊毛出在羊身上"，刺史和太守就私自增加赋税，对老百姓加重剥削，自己也从中得点儿好处。

汉灵帝跟着宦官学会了搜刮钱财的一套本领。贪财上了瘾，他变成了一个十足的市侩（kuài）。各地的州牧、太守推举茂才、孝廉，也得先拿出一笔钱来，叫"修宫钱"。甚至于新放的官吏必须先到西园议定价钱，付了款，才可以去上任。

那时候，司徒袁隗（wěi）因事免职，内定由冀州的名士崔烈去接替，宫里有人替崔烈付了五百万钱，汉灵帝就拜他为司徒。事后，汉灵帝后悔了。他对左右亲信的人说："唉，我实在太心急了。要是我慢点儿下诏书，再等一等，这次司徒的售价一定可以加到一千万钱。"

---

### 读有所思

1. 刘备为什么辞掉了县尉的差事？
2. 天下乱成一团，为什么大臣们不去治理？

# 宦官专权

在宦官专权的统治下，汉灵帝变成了市侩，把西园作为卖官鬻（yù）爵的交易所。各地的官吏大多是花了本钱去上任的。西北一带，一来地区偏僻，交通不便，生活本来艰苦；二来那边的胡人、羌人和杂居在一起的汉人，生活比较苦，文化也低，到那边去做大官的更加一味地加紧勒索，欺压人民。当时以凉州刺史耿鄙为首的一班贪官污吏逼得那边的人，不分胡人、羌人、汉人，纷纷起来反抗官府。他们公推胡人北宫伯玉（北宫，姓；伯玉，名）为将军，攻打州郡。北宫伯玉又请金城人边章和韩遂主持军政。三个头儿联合起来，势力更大了。他们杀了太守和护羌校尉，占领凉州，到了北地，向着关中进来了。

汉灵帝召集大臣们要他们出主意。那个花了五百万钱刚做了司徒的崔烈说话了。他说："凉州离这儿太远。我说不如放弃这块无用之地，就用不着发兵去打仗了。"

议郎傅燮（xiè）大声嚷着说："把司徒崔烈砍了，天下就能安定。"汉灵帝问他为什么要杀司徒。傅燮说："凉州是天下的要冲，国家的围屏。只因为用人不当，官逼民反。崔烈身为司徒，不想想平息叛乱的策略，反倒把一万里的土地断送给胡人、羌人。胡人和羌人强大起来，再向里进来，国家还保得住吗？"

　　汉灵帝听了傅燮的话，派左车骑将军皇甫嵩去征伐北宫伯玉。北宫伯玉见了大军，一边抵抗，一边慢慢地退回去。可是中常侍张让和赵忠偏说皇甫嵩不中用，徒然耗费军粮。中常侍跟皇甫嵩为什么过不去啊？

　　原来皇甫嵩打黄巾军的时候，路过邺（yè）郡赵忠的本乡，看见赵忠的住宅盖得又高又大，

林汉达

三国故事全集

34

超过了制度。他上了个奏章请朝廷没收赵忠的房子，就这么得罪了赵忠。这是一桩。还有，中常侍张让见皇甫嵩打黄巾军立了功，受到封赏，就向他勒索五千万钱，作为谢礼。皇甫嵩没答应。这么着，两个中常侍都跟皇甫嵩结下了冤仇。这会儿他们俩凑着汉灵帝的两只耳朵眼，左一句右一句地嘟哝着，一定要把皇甫嵩压下去。汉灵帝就把皇甫嵩撤了职，收回了左车骑将军的大印，另拜司空张温为车骑将军，又因为前中郎将董卓熟悉那边的情况，拜他为破虏（lǔ）将军，跟着张温一块儿去征伐北宫伯玉。

张温和董卓率领十万兵马去平凉州。他们碰到了边章和韩遂，反倒打了几阵败仗。后来董卓拉拢了当地胡人和羌人中的豪强，叫他们不要帮助北宫伯玉，这才打了一个胜仗，逼得边章和韩遂退到榆中（今甘肃榆中）。张温叫董卓把军队驻扎在扶风（今陕西宝鸡一带），自己回到长安，上书给汉灵帝，把前后军事的情况说了一番，又把董卓的功劳报告上去。汉灵帝封董卓为列侯，赏他一千户的食邑。诏书下来，由张温转给董卓。张温打发使者到扶风去召董卓过来。董卓已经知道了封侯的消息，更加得意忘形，狂妄自大，故意摆架子，不愿意立刻动身。张温只好再派人去催。他才慢吞吞地来了。谈话当中，董卓不但没把张温尊为上级，简直把他看作平辈都不如。他这份傲慢劲儿激起了当时在场的将士们的愤怒，其中有个参事劝张温不如按军法把董卓杀了，以免后患。

那个劝张温杀董卓的参事就是吴郡人孙坚。他原来是右中郎将朱儁部下的别部司马。朱儁因母亲患病，辞官回家，就把孙坚推荐给张温。这会儿孙坚向张温咬着耳朵说了好几个理由，要他以不服从命令的罪名把董卓杀了。张温说："董卓在陇蜀有点名望，要是把他杀了，往西征讨就更困难了。"孙坚叹息了一会儿，只好算了。这么一来，凉州的叛乱一时不能平息，董卓的势力倒逐渐强大起来了。

北宫伯玉、边章、韩遂那一头没能够平定下来，别的地区又不断地兴兵闹事。黑山的褚飞燕原来也不是真正起义的农民，他一听说投降朝廷有好处，就投降了，做了中郎将，可是实际上还是占据着河北，独霸一方。黄巾军的首领郭太不断地攻打太原和河东。另一个首领叫区（ōu）星的在长沙组织军队，攻打官府。还有渔阳人张纯和张举也造起反来了。张纯、张举本来是做大官的，他们趁着各地农民起义的形势，也想浑水摸鱼，勾结了乌桓，抢夺地盘。张举得到了乌桓的支持，自称天子，张纯自称"弥天将军"。他们也有十多万人马，扰乱着右北平一带的地区。各地警报好像雪片似的向京师飞来，张让他们把这些大煞风景的消息能压的都压着。他们一面请汉灵帝大封"功臣"，一面继续大兴土木，起造黄金堂、南宫玉堂殿，铸造铜人、铜钟等等。

中常侍的头子张让和赵忠对汉灵帝说："皇甫嵩、朱儁、曹操、卢植、王允、董卓他们虽然都打过黄巾，立了功，可是出主意消灭张角的究竟还是我们几个中常侍。"汉灵帝说："你们不说，我倒忘了。"他就把张让、赵忠等十三个宦官封为列侯，让他们去购置田地，修盖大院。

转过年就是公元186年（中平三年），汉灵帝拜车骑将军张温为太尉，让中常侍赵忠接替张温做了车骑将军。新的车骑将军派他的兄弟赵延去见议郎傅燮，对他说："你要是懂得道

理，能够报答中常侍的话，封你一个万户侯也不难。"傅燮听了，很生气。他说："我宁可不做官，也不能向宦官行贿。"赵延把这话告诉了他哥哥赵忠，赵忠恨透了傅燮，但是因为傅燮有点儿名望，不便直接害他，就派他到边界地区去做汉阳太守，让他去对付那边跟朝廷作对的那些人。

凉州闹了窝里反。韩遂打算独霸一方，杀了边章和北宫伯玉，带着十多万人马向陇西打来。凉州和陇西都吃紧了。凉州刺史耿鄙征调六郡的兵马到狄道（今甘肃临洮一带）会齐。陇西太守李相如首先到了狄道。耿鄙把他当作主要的助手，他可没想到李相如会跟韩遂有联络，里应外合地一发动，就把耿鄙杀了。耿鄙部下的司马——扶风人马腾也跟韩遂、李相如他们联合起来，带领着原来的兵马一同反抗朝廷。韩遂、李相如和马腾公推汉阳人王国做他们的头头，统领着这几支人马围住汉阳，杀了汉阳太守傅燮，一直打到陈仓（今陕西宝鸡一带）来了。

公元189年，西边、北边、南边都打起来了。王国围住陈仓，区星围攻长沙，自称天子的张举通告天下，叫汉灵帝让位。别的地区先不提，光是这三处已经够叫车骑将军赵忠慌张的了。他自己不能打仗，更不能指挥军队。他只好请汉灵帝重新起用皇甫嵩，拜他为左将军去征伐王国，拜孙坚为长沙太守去征伐区星，拜辽西人公孙瓒为骑都尉去征伐张举和张纯。

左将军皇甫嵩率领两万人马往西去打王国。汉灵帝又拜董卓为前将军，也带着两万人马去帮助皇甫嵩。在这次战斗中，董卓好几回自作聪明地向皇甫嵩献计，每次都被皇甫嵩指出错误。皇甫嵩按照他自己的计划打了胜仗，杀了王国。西边的形势就暂时缓和下来了。董卓见了皇甫嵩，又是害臊，又是妒忌，就这么跟他结下了冤仇。但是董卓究竟是皇甫嵩的部下，跟着他立了功的，汉灵帝让他做并州州牧。董卓打这儿起，也就独霸一方了。

南边一路的孙坚，另有一套统治老百姓的手段。他到了长沙，首先按照自己的意见整顿政治。他把那些明目张胆地欺压老百姓的贪官污吏免了职，另外任用在他看来算是正派的人。这件事很快就办到了。接着他亲自率领将士跟区星展开了大战。区星打了败仗，被孙坚杀了。仅仅十天工夫，孙坚不但镇压了区星，连带地把邻近两个郡的头头也镇压了。他前后立了不少功劳，被封为乌程侯，镇守长沙。

北边的情况比较复杂。在公孙瓒跟张纯、张举正打得紧张的时候，冀州又出事了。冀州刺史王芬看到北方的混乱劲儿，也操练兵马，日夜防备着。恰巧来了个朋友叫陈逸，他是过去的太尉陈蕃（fán）的儿子。陈蕃被中常侍曹节、王甫等杀害，陈逸受了处分，充军到边疆。这会儿他得到了大赦，从边疆回来，特意来看王芬。王芬给他接风，还请了一个术士——平原人襄楷作陪，三个人一谈起国家大事来，都认为天下大乱的根源在于宦官专权。王芬和陈逸只是叹着气，又恨自己无能为力，术士襄楷挺兴奋地说："我夜观天文，发现天文不利于宦官。看来他们都快要灭门了。"

陈逸高兴地说："若能天从人愿，灭了宦官，不但国家可以太平，就是先父的仇也可以报了。"王芬起誓发咒地说："我愿意为国家除灭宦官。"他马上又跟南阳人许攸（yōu）、沛国人周旌（jīng）秘密地有了联络，大家准备共同起兵消灭宦官。

同时上书给汉灵帝，说黑山贼进攻郡县，十分猖狂，为防备盗贼进攻，冀州应当操练兵马，加强防备。汉灵帝不以为然，把他的奏章搁在一边，自己还打算到河间去巡游一趟，王芬要求加强防备的事以后再说吧。王芬得到了这个消息，就准备趁着汉灵帝到河间的时候，突然发兵消灭宦官，废去这个昏君，另立新君。

王芬、陈逸、襄楷、许攸、周旌五个人都同意了。他们相信宦官专权是祸根，杀了宦官，谁都痛快。可是要废皇上，这就非同小可了。他们还得去跟一位足智多谋的朋友联络，请他从中帮助才好。

## 读有所思

1. 张让和赵忠为什么阻拦皇甫嵩去征伐北宫伯玉？

2. 收到各地的警报后，宦官们是怎么处理的？

## 知识拓展

陈蕃少年时代发奋读书，以天下为己任。一天，他父亲的好友薛勤来看他，见他独居的院内杂草丛生、秽物满地，就对他说："你怎么不打扫一下屋子，以招待宾客呢？"陈蕃回答："大丈夫处世，当扫天下，安事一屋乎！"薛勤当即反问道："一屋不扫，何以扫天下？"陈蕃听了觉得很有道理。从此，他开始注意从身边小事做起，最终成为一代名臣。

# 任命牧伯

　　冀州刺史王芬和南阳人许攸派个心腹到京师去见他们的朋友曹操，请他作为内应。济南相曹操不是在济南吗？怎么会在京师里呢？

　　原来曹操跟皇甫嵩、朱儁分手到济南上任以后，就发现济南郡里有十多个县的上级官吏都是仗着权贵撑腰，贪污勒索，无恶不作的。他凭着一股子的闯劲儿，连着上了几道奏章，还真被他免去了八个官吏。这且不提。济南一个地区就有六百多个祠堂供奉着邪神。商人、地痞借着迷信寻欢作乐，欺诈人民。老百姓除了忍受一般的剥削以外，还受着迷信上的剥削。曹操下了个命令，捣毁所有的祠堂，禁止官吏和人民祭祀邪神。他不怕权贵，整顿人事，要凭个人的愿望去做一番移风易俗的大事。后来他自己体会到，这叫作"初生牛犊（dú）不怕虎"。等到他碰了几回钉子以后，自己一合计，才明白过来：在权贵专权、豺狼当道的情况下，抹杀良心去讨别人的好吧，实在不乐意；见义勇为地去反抗一下吧，又怕全家遭到横

祸。他这么一琢磨，官也不做了。朝廷下了诏书，叫他去做东郡太守，他拒绝了，说是身患疾病，只能回乡休养。他原来是做大官的，又是个地主，有的是钱，就在城外盖了一所别墅，照他自己的心愿能够做到"春天、夏天看看书，秋天、冬天打猎玩儿"，这一辈子就不算白活了。可是，世上哪有这么如意的事，曹操终于被征到京师里做了议郎。

这会儿，他一听到王芬的使者传达他主人的话，立刻拒绝了。他认为王芬他们的行动对国家、对自己都是有弊无利的。他再三叮嘱那个使者替他去劝告那几个朋友千万不可鲁莽。事情也真来得邪，王芬的使者回去没多久，北方出现了像火烧云那样的火光，从东到西一大条，又像一条虹，半夜里更加明显。管天象的太史说："火光是凶兆，皇上不宜出去巡游。"汉灵帝就取消了往河间去的打算。这就叫他想起王芬的奏章来了。他下了命令，叫王芬不可招兵买马。接着又下了道诏书，召王芬到京师里来。王芬连想都不想，就认为谋反的秘密被泄露了，他慌里慌张地自杀了事。其实，朝廷压根儿不知道。陈逸、襄楷、许攸、周旌、曹操全没有事，就只王芬一个人断送了一条命。

汉灵帝因为北方这么乱，正想派个重要的大臣去，刚巧太常刘焉上了个奏章。他说四方盗贼兴兵作乱，由于刺史、太守没有威望，他们大多靠着行贿得官，自己只打算剥削老百姓，逼得他们反抗官府，哪儿还能镇得住叛乱呢？他建议把朝廷中像公卿、尚书那样的大臣放到地方去做牧伯（就是州牧）。由于他们名望大，一面安抚人民，一面剿灭盗贼，天下才能太平。汉灵帝认为刘焉的话倒不错，可是派谁去呢？他首先想到

的是自己刘家的人。他想到有两个人很合适：一个就是上奏章的刘焉，一个是前幽州刺史刘虞。汉灵帝打算先派刘焉到北方去，可是刘焉自己另有打算。

刘焉有个朋友叫董扶，是个侍中。他私底下对刘焉说："京师里准出乱子。听说益州有天子气，不知道将来应在谁身上。"刘焉嘴里不说，心里直痒痒，巴不得到益州去。恰巧益州来了警报，说黄巾的一个首领叫马相，杀了益州刺史，自己做了皇帝，正扰乱着巴蜀（巴，今四川东部、重庆一带；蜀，今四川成都一带）。刘焉又上了个奏章。汉灵帝就拜他为益州牧，封为阳城侯，叫他去征伐马相。刘焉时来福凑，他还没到蜀郡，马相给人杀了。赶到他到了益州，侍中董扶请求朝廷把他也派到蜀郡去。汉灵帝同意了。董扶到了益州，做了刘焉手下的参谋。刘焉就这么在益州建立了自己的地盘。

刘焉做了益州牧，汉灵帝只好派刘虞到北方去，拜他为幽州（今河北北部和辽宁一部分）牧，叫他去征伐张纯和张举。张纯和张举已经被骑都尉公孙瓒打败了好几阵。刘虞到了幽州，官兵的力量就更大了。

公孙瓒原来是中郎将卢植的门生，跟涿郡刘备同过学。他在辽西做个小官，并不怎么出名。辽西太守见他长得一表人才，相貌堂堂，就把他的女儿嫁给了他。公孙瓒从此发了迹，步步高升，做了骑都尉。这会儿他正跟张纯打得不可开交的时候，来了个帮手。他的同学好友刘备带着关羽、张飞来投奔他。公孙瓒见了，高兴得说不出话来，不但同学好友又在一起，而且来了生力军，打仗更精神了。

公孙瓒亲自上阵杀敌，连着打了胜仗，逼得张纯他们扔了妻子逃到塞外去了。公孙瓒不顾前后地一直追到辽西管子城，反倒被乌桓人的头子邱力居的人马包围住了。邱力居没能把管子城打下来，公孙瓒没能把乌桓人轰走。双方相持了两百多天，直到官兵断了粮，乌桓短了草。双方正在万分为难的时候，突然下了一场大雪，乌桓人和张纯的手下人没法再受冻挨饿下去。邱力居只好撤兵回去，公孙瓒才赶紧带着军队回来了。

公孙瓒就这么轰走了张纯和张举，抵抗了乌桓，立了大功，拜为中郎将，封为都亭侯。可是冬天一过去，邱力居帮着张纯和张举又来侵犯了。正好幽州牧刘虞上了任，形势就更有利了。刘虞原来做过幽州刺史，很得人心，连乌桓人都服他。他很快把张纯和张举打败。公孙瓒打算像上回那样再发兵追到塞外去，刘虞认为要平定乌桓，不能单靠兵力，还得收服人心。因此，两个人合不到一块儿去，可是在表面上公孙瓒只能听从刘虞的。

果然，刘虞的主张很顶事。乌桓首先投降了。张纯和张举逃到鲜卑（东胡的别支，住在鲜卑山，所以叫鲜卑）。刘虞打发使者去见鲜卑的头头步度根，说明利害，劝他把张纯和张举杀了。步度根还没动手，张纯的手下人先把张纯杀了，把人头送给刘虞。张举孤掌难鸣，自杀了事。这一来，渔阳的叛乱平息了。刘虞向汉灵帝报告经过，让公孙瓒带着一万人马镇守右北平（今河北东北部、辽宁西部及内蒙古赤峰一带）。他又把刘备的功劳报上去，朝廷免了他鞭打督邮的过错，让他做了县一级的官吏。公孙瓒又推荐他为别部司马。那时候，原来的太尉张温已经降级为司隶，中间还有别人做过太尉。汉灵帝

林汉达

三国故事全集

44

认为幽州牧刘虞的功劳大，拜他为太尉。太尉的地位跟丞相相等，太尉兼任幽州牧，幽州就更显得重要了。

三十四岁的汉灵帝拜刘虞为太尉以后没几天，害了重病死了。说起来也真怪，死了这么一个皇帝，皇室就更乱了。

汉灵帝有两个儿子，一个叫刘辩，十四岁，是大将军何进的妹妹何皇后生的；一个叫刘协，九岁，是王美人生的。王美人生了刘协以后不久，就被何皇后毒死了。刘协死了母亲，由他的祖母董太后养着。董太后眼看着汉灵帝喜爱这个没有娘的小儿子刘协，就劝他立刘协为太子。可是汉灵帝怕大臣们反对，尤其是何皇后的哥哥大将军何进不好对付。那么，立何皇后的儿子刘辩为太子吧，他又不乐意。中常侍蹇硕知道了汉灵帝左右为难的心思，曾经献了个"调虎离山"计，请汉灵帝派大将军何进往西边去征讨韩遂。何进料到皇上把他调出去绝无好意，就用种种借口磨蹭（ceng）着，慢慢吞吞地准备准备这个，准备准备那个，就是不动身。

汉灵帝临死，把小儿子刘协托付给中常侍蹇硕。蹇硕准备先杀何进，再立太子。他就下了诏书，召大将军何进进宫。何进接了诏书，急忙忙地往宫里去。他到了宫门口，迎面遇到了蹇硕手下的司马潘隐向他摆手。何进慌忙回到营里，潘隐随着也赶到了。何进这才知道汉灵帝已经死了，蹇硕压着消息，准备杀了何进，再立刘协。何进立刻布置军队，召集大臣商议后事。蹇硕一看自己的秘密计划吹了，马上见风转舵，依着何进立十四岁的刘辩为皇帝，封九岁的刘协为渤海王，拜后将军袁隗为太傅，和大将军何进一同管理朝政，尊何皇后为皇太后。少帝才十四岁，由何太后替他临朝。

何进掌了权，又得到太傅袁隗的侄儿袁绍做他的助手，就决定除灭宦官。那袁绍，字本初，是汝南汝阳人，祖宗四代都做了三公（东汉以太尉、司徒、司空为三公）一级的大官，所以袁家称为"四世三公"，又因为四代当中有五个人做了"公"一级的大官，所以也称为"四世五公"。袁绍的异母兄弟袁术，字公路，也很出名。他们哥俩是当时豪门大族的头儿。他们能够站在何进这边，何进的胆子就更大了。正好蹇硕跟赵忠他们偷偷地商量，打算先动手，不料被他们自己的人告发了。何进就拿住蹇硕，接收他带领的禁军，把他定了罪，砍了。袁绍劝何进趁热打铁把中常侍都逮起来，杀他个一干二净，宦官的祸患才能消灭。这件事可太重大了，何进不敢做主，他得先向太后请示一下。

太后那边也正为这件事闹着。张让、赵忠他们正在她跟前哭诉着委屈。他们说："发动谋害大将军的，只是蹇硕一个人，我们全不知道，连听都没听说过。听说大将军听了别人的话，不分青红皂白，要把我们全杀了。太后千万可怜可怜我们，救救我们吧。"何太后说："没有的话。你们放心，有我哪！"他们下跪磕头，谢了又谢，抹着鼻涕溜出去了。

何进见了太后，还没开口，太后就责备他，说："我和你出身微贱。要是没有张让他们，哪能有今天？蹇硕谋反，已经办了罪，你怎么能听信别人，把所有的宦官全杀了呢？先帝还没安葬，你就屠杀大臣，人家能服咱们吗？"何进只能点头哈腰地连着说："是，是！"他出来对大伙儿说："蹇硕谋反，应当灭门。别的人不必惊慌。"袁绍再要说话，也没有用了。

何进一想起蹇硕原来要杀害他这件事，就很害怕。他处处留神，防备被人暗杀，轻易不敢离开军营。汉灵帝的灵柩搁在宫里，他不进去守灵。出丧的时候，他也不敢出去送丧。他知道宦官跟外戚是势不两立的。可是太后不点头，他是不敢动手杀宦官的。袁绍见他老是愁眉苦脸的，就再一次对他说："从前窦武和陈蕃也准备除灭宦官，因为没下决心，夜长梦多，走漏了风声，反倒被宦官杀了。这会儿将军带着军队，大家又都肯听将军的命令。将军应当痛下决心，替天下除害，可别再错过机会呀。"

何进说："让我再去向太后请示一下。"第二天，袁绍又去看何进。何进皱着眉头，说："太后就是不同意，怎么办？"袁绍自作聪明，替他出了个主意，说："依我说啊，不如召外面的兵马进来吓唬她一下，她准能听将军的。要是再不想办法，我怕窦武和陈蕃的下场就要轮到咱们了。"何进为了救自己的命，才下了决心，说："好，就这么办。"他准备发通告下去，召几个将军带着军队到京师里来，为的是吓唬吓唬何太后，叫她不能不同意杀宦官。

## 读有所思

1. 曹操为什么拒绝王芬等人的密谋？
2. 刘焉为什么想去益州？
3. 何进掌权后得到了谁的帮助？

# 杀宦官

大将军何进听了袁绍的话，决定召外兵来吓唬太后，叫她不敢再反对他除灭宦官。主簿（古时候各级官府都有主簿，相当于现在的秘书）陈琳拦住他，说："俗语说，'捂着眼睛逮家雀'，这是笑话人自己骗自己。小鸟也不能这么逮，别说中常侍了。将军兵权在手，只要当机立断，像打雷似的突然劈下去，管保成功。如果召外兵到京师里来，这仿佛拿刀把儿交给别人，不出乱子才怪哪。"

何进没理他。由议郎升为典军校尉的曹操一听到何进不听陈琳的劝告，暗暗冷笑着说："从古以来，就有宦官。只要君主不宠用他们，他们能怎么着？就是要办罪的话，也只能惩办几个头头，哪儿能把所有的宦官都斩尽杀绝呢？要惩办他们的头头，叫一个监狱官去干就行了，为什么要召外兵？这种事一走漏风声，眼看着非大乱不可。"

何进可不这么想。他看上了前将军并州州牧董卓，叫他来帮一下忙，准没错。那时候，董卓的军队驻扎在河东。何进派使者送给他一份通告，嘱咐他带领兵马到京师来。尚书卢植劝告何进别让董卓进来。何进把他的话当作耳边风。何进又叫骑都尉鲍信到泰山去招募兵马，叫东郡太守桥瑁（mào）把兵马驻扎在成皋（gāo），叫武猛都尉丁原带领着几千士兵装作进攻河内，放火烧孟津，让火光照到城里。这么从几方面发动起来，都说要杀宦官，声势就大了。何太后还能不被吓唬住吗？

董卓接到了何进的通告，他手下的谋士李儒献了计，叫董卓先上个奏章，请朝廷把中常侍张让他们拿来办罪，同时报告说自己的兵马跟着就到。他们故意这么张扬出去，好叫人们先怕起来。等到董卓的军队到了渑（miǎn）池，李儒又请董卓把军队驻扎下来，先看看京师的动静。如果张让跟何进闹起来了，那么，等到他们打得一死一伤的时候，自己再进去，就省事了。这叫作"渔翁得利"。董卓完全同意，一一照办。

董卓的奏章引起了中常侍张让他们的骚动。他们向各方面行贿，连何进的兄弟车骑将军何苗也被拉到他们一边去。何苗在何太后和何进跟前替宦官辩护，他说："哪朝哪代没有宦官？凭什么要杀他们哪？俗语说：'喝水的别忘了淘井的。'咱们家要不是中常侍提拔，哪能有今天？再说，董卓进了京师，他能不能听我们的指挥，谁能担保？我说不如大事化小，小事化了，跟中常侍和了吧。"何进本来是墙头草，风吹哪边哪边倒。听了何苗的话，就让何太后下了诏书，吩咐董卓的军队停止前进。

袁绍一听到何进变了卦，急忙忙地去见他，对他说："将军还蒙在鼓里吗？您要是再不把自己的人布置好，将军就要变成窦氏了。"何进最怕自己像窦武那样被中常侍砍去脑袋。他听了袁绍这么一说，马上任命袁绍为司隶校尉，任命王允为河南尹，先让自己的人抓住京师的统治。袁绍又催董卓赶快进兵。

张让、赵忠、段珪（guī）他们商量着说："再不动手，咱们全要灭门了。"他们就在长乐宫里埋伏了武士，假传太后的命令，召何

进进宫。何进到了长乐宫，就给张让、赵忠、段珪和他们所布置的武士们围住。段珪指着何进说："先帝晏驾，你不来守灵，先帝出殡（bìn），你又不去送殡。这就是大逆不道！"张让数落说："王美人是怎么死的？先帝原来要废去太后，全靠我们替她想办法，劝先帝回心转意，重新跟她和好。将军恩将仇报，你这安的是什么心？"何进给他们说得哑口无言。

张让他们杀了何进，假传诏书，革去袁绍和王允的官职，任命樊陵为司隶校尉，许相为河南尹，先要把京师的统治抓过去。这个诏书首先到了尚书手里。尚书卢植起了疑。他跟袁绍到宫门外去探听消息。所有的宫门全都关着，他们就在门外嚷着说："请大将军出来商议大事。"里面有人大声宣布，说："何进谋反，已经斩了。"这话刚说完，就扔出了一颗血淋淋的人头。外面的人一认，果然是何进。霎时，何进大营里的将士好像捅了窝的马蜂似的全出来了。

何进部下的将士赶到南宫，在青琐门外大声嚷着，要求宫中把张让他们交出来。袁绍派他兄弟袁术带着两百名勇士围住南宫，同时传出命令去，把樊陵和许相抓来杀了。袁术下令进攻南宫，先把青琐门外的房子烧起来。火光照到宫里，张让他们慌了手脚。他们逼着太后、少帝刘辩和刚由渤海王改封为陈留王的刘协，还有留在宫里的一些官员，从复道（宫中楼阁相通，上下两层都有道，所以叫复道）逃到北宫。尚书卢植已经料到他们走这一条道，早就拿着刀在阁道窗下等着。他一见段珪带着太后过来，就大声嚷着说："段珪，你杀了大将军不够，还要逼死太后吗？"何太后这才知道何进给他们杀了。她趁着段珪松手，就不顾死活地从窗口跳出来，卢植把她救起，总算没死。张让、段珪他们就逼着少帝、陈留王他们到了北宫，再从北宫逃到外边，走小道到小平津去了。

袁绍和袁术带着士兵打进南宫，只要见到宦官，不论大小，全都斩尽杀绝。他们碰到了中常侍赵忠和别的两三个大宦官，不但全把他们杀了，还把他们的尸首剁成肉泥。袁绍、袁术他们接着又赶到北宫，正碰到何进的部将打败了车骑将军何苗，把他杀了。袁绍下令，叫士兵分头屠杀宦官。这一来，所有的宦官，不分好歹，见一个杀一个，见两个杀一双。这也不必说了。最倒霉的是那些并不是宦官，仅仅因为没有胡子，也当作宦官被杀了。当时就这么乱糟糟地杀了两千多人，可就没找到中常侍的头头张让和段珪。

张让和段珪他们带着少帝、陈留王和几十个手下人半夜里到了小平津。忽然后面追兵到了。尚书卢植和另一个大臣叫闵（mǐn）贡的，追上去，拦住张让的去路。卢植和闵贡手起刀落，砍了几个人，逼着张让、段珪他们投河自杀。

卢植和闵贡扶着少帝和陈留王一脚高一脚低地走着。往上一望，连原来的几颗星星都没有了。他们在黑暗中摸索，靠着那些在田野里飞来飞去的萤火虫找到了道。这么走了几里地，闵贡在黑咕隆咚的道旁瞧见一间小屋子，外面搁着一辆破破烂烂的木板车，好在底下还有车轱辘（gū lu）。闵贡和卢植就让少帝和陈留王坐在上面，他们两个人在后面推着。好容易到了北邙（máng）山下一个驿馆里，天快亮了。少帝和陈留王，一个十四岁，一个九岁，从来没吃过这号苦头，到了驿馆，就瘫倒了。

天刚蒙蒙亮，卢植先回去叫大臣们来接少帝。闵贡待了

一会儿，觉得还是早点回去好。他向驿馆里一问，只有两匹马。他就让少帝骑一匹，自己和陈留王合骑一匹，慢慢地往京师回来。他们这么走了一顿饭的工夫，朝廷中有几个公卿陆陆续续地找到这边来了。

少帝一见跟他一块儿走的人多了些，胆儿也大了些。他们经过北邙山下，正往南走的时候，忽然见到无数的旗号遮住了刚出来的太阳，跑马的尘土飞得半天高，从西边过来了一大队人马截住他们的去路。在场的几个臣下吓得脸都白了，少帝刘辩哇的一声哭了出来，陈留王刘协只能流眼泪。大伙儿正在着慌的时候，前面突然出来了一个浓眉大眼的大高个儿，跑到少帝旁边。前司徒崔烈吆喝一声，说："你是什么人？还不快给我滚开！"

那个大汉回答说："我们一天一宿跑了三百里地，才赶到这儿。你倒叫我滚开？你以为我的刀砍不了你们的脑袋吗？"他说着，跑到陈留王跟前，要把他从闵贡的怀抱中抱过去。大伙儿又是害怕又是纳闷，那家伙是谁呀？

## 读有所思

1. 何进为什么会命董卓带兵进京？

2. 宦官张让和赵忠最后怎样了？

3. 何进是怎么死的？他为什么会死？

# 废少帝

陈留王一见那个浓眉大眼的将军去抱他，吓得往闵贡的胳肢窝里直躲。那个将军笑了笑，就跟陈留王的马并着走，一面安慰他，说："请放心。我是董卓，特地来保护你们。"大臣当中有人对董卓说："已经下了诏书，外兵不必进去。"董卓说："诸公都是国家大臣，自己不能辅助皇室，保卫京师，让国家乱到这步田地。我董卓见了京师火烧，拼着命赶来保驾，你们倒不让我进去，像话吗？"大臣们给他说得闭口无言，只好怀着鬼胎，让他"保驾"。

董卓问了问少帝："这回的祸乱是怎么起来的？"少帝连哭带说地回答了两句，可是谁也听不明白。董卓又问了问陈留王，他比少帝说得明白得多了。董卓就想："大的不中用，还是这个小的懂点儿事。"他一直跟着陈留王一块儿走。他们到了离城十几里地，才见到尚书卢植带着朝中几个大臣迎上来了。董卓的军队保护着他们一起进了城。

少帝他们进了皇宫，见了何太后，大家哭了一顿。太后

问少帝："玉玺（xǐ）是不是带在身边？"少帝回答说："没有。我还以为太后收着哪。"他们各处乱找，什么地方都找遍了，可就是找不到。别的珍宝丢了倒无所谓，丢了传国之宝的玉玺，那就非同小可。可是少帝还在，何太后还在，朝廷还在，玉玺没了，慢慢儿再找吧。少帝能够平安回来，何太后还能继续临朝，这是不幸中之大幸，是值得庆祝的一件大事。当天就下了诏书，大赦天下。董卓保驾有功，准备给他封赏。

董卓到了京师，就打算自己掌握大权。可是兵马太少，步兵和骑兵合在一起才三千人马，怎么能把别人镇压住呢？谋士李儒又使了个计：他请董卓吩咐将士在夜静更深的时候带领一支兵马悄悄地出城，到了大天白日，再带领这支人马大张旗鼓地进城，说是西凉调来的兵马。这么一来二去地兜了几趟，人家都摸不清董卓到底调来了多少人马。有的说五万，有的说十万，有的说四城门外都是西凉的兵马。董卓的声势就这么大起来了。俗语说："水往低处流，人往高处走。"何进和何苗的军队，因为死了头儿，还没整编，他们就纷纷地投到董卓这边来，连司隶校尉袁绍也害怕了。

骑都尉鲍信从他的本乡泰山招募新兵回来，知道董卓每天带着兵马在京师里耀武扬威（炫耀武力，显示威风）地进进出出，就去见袁绍，对他说："董卓这家伙，狂妄自大，目中无人，将来一定谋反作乱。趁他还没抓住大权，先下手为强，马上把他拿来办罪。这事现在还做得到，再下去就不行了。"袁绍说："他兵马多，不一定拿得住他。再说，刚杀了宦官，大家希望安定一下，怎么能再动刀兵呢？"鲍信叹了口气，带着自己的人马回到泰山去了。

鲍信一走，袁绍更不敢跟董卓作对了。不但如此，董卓还听了李儒的话，先去拉拢袁家，利用他们一下再说。董卓还真有一套本领。不但西凉的胡人、羌人、汉人服他，就是何进和何苗的部下，因为受到了优待，也都心悦诚服地归附了他。他还说要重用名士，让大家知道他是同情"党人"的。他听说当初蔡邕（yōng）为了反对宦官，差点儿丧了命，被充军到边疆去受苦。后来虽说免了罪，可是这十多年来，一直流落江湖，没做上大官。董卓就派人到各处去找蔡邕，请他到朝廷里来。这时候，天不停地下雨，就有一些大臣见风转舵，讨董卓的好。他们说："天不停地下雨，就该把司空免职。"这么着，原来的司空免了职，让董卓做了司空。司空董卓派去的人居然找到了蔡邕。蔡邕推辞，说他有病不能去。董卓可火了，第二次派人去请蔡邕，对他说："我请你做大官，你可别硬要全家灭门！"蔡邕认为自己很有学问，白白地死去，未免可惜。他就勉勉强强地来了。董卓见了蔡邕，十分尊敬他。三天里头，连升三级，蔡邕做了侍中。他乖乖地归顺了董卓。

董卓自己觉得有了力量，就对李儒他们说："我要废去少帝，先立陈留王，以后再看情况。你们看怎么样？"李儒说："袁隗、袁绍、王允他们可能顾全大局，不致多事。卢植、丁原不一定肯依。卢植一个光杆儿，没什么了不起。丁原手下的一个部将，厉害得很，我们得留点儿神。"董卓着急地问："谁呀？"李儒说："就是拿着方天画戟（jǐ），老站在丁原旁边的那个吕布哇。"

原来武猛都尉丁原曾经奉了大将军何进的命令，屯兵河内，威胁太后。赶到袁绍屠杀宦官，少帝逃到小平津，又从小平津回到宫里，丁原被召到了朝中，做了执金吾。他怕像何进那样被人暗杀，进进出出，总是带着吕布。

　　"吕布？他啊，我知道。你们可以放心。"董卓扭过脑袋一看，那说话的是另一个谋士叫李肃。李肃挺有把握地说："我知道吕布。他表字奉先，五原（郡名，今内蒙古包头一带）人，跟我是同乡。吕布这个人哪，八个字可以说明

了：'有勇无谋，见利忘义'。只要多送些礼物，凭我这一张嘴，准能把他拉过来。"董卓说："只要叫他来归顺我，多花些什么都行。"

董卓就打发李肃去结交吕布，送他一匹千里马叫"赤兔"，另外还有许多珍贵的礼物。吕布见了这么多的珍宝，已经够高兴了，见到了那匹赤兔马，简直把董卓看作了大恩人，就是叫他跳到水里、火里，也干。李肃提出了条件，他满口答应了。吕布趁着丁原没提防的时候，就把他暗杀了，带着人头来投奔董卓。董卓马上大摆酒席，接待吕布，当面拜他为骑都尉。吕布万分感激，情愿做董卓的干儿子。董卓认下了，又送给他不少金银财帛。打这儿起，董卓的力量就更大了。

董卓很看得起司隶校尉袁绍，特地请他一个人来商议大事。董卓挺客气地说："皇帝是天下的主人，应当挑个贤明的才好。我每回想到灵帝那么昏庸，直叫人生气。我看陈留王比少帝强，我打算立他，您看怎么样？"袁绍一想："董卓真要废去少帝了，叫我怎么说呢？"他还没回答，董卓接着说："其实，刘氏种已经传不下去了，可是现在就立刘协吧。您看好不好？"

袁绍回答说："汉朝有天下，已经四百多年了。现在少帝刚即位，年纪轻，天下人没听到过他有什么不好。您要是废了嫡子，立个庶子，这是违反制度的，我怕天下人不能心服。还是请您三思而行。"董卓没料到袁绍会驶顶风船。他说："天下大权在我手里，我要怎么着就怎么着，谁敢反对？"为了加重语气，他拔出宝剑来，说："您看，我董卓的刀不够快吗？"袁绍又顶他一句，说："天下强大的人难道只有您董公一个吗？"他一面说着，一面横着刀向董卓作个揖，出去了。他怕董卓不能放过他，就匆匆忙忙地逃到冀州。

董卓还不愿意拉倒，他召集文武百官，对他们说："我们这个皇上不中用。我要学伊尹、霍光的样，把他废了，改立陈留王。你们想必都同意吧。"大臣们一听，愣了。大伙儿你看看我，我瞧瞧你，谁也不敢回答。董卓接着说："那么就把我们商议的写下来吧。"他拿眼睛向朝堂上一扫，就瞧见尚书卢植出来反对，说："伊尹、霍光由于大臣们的要求，才把昏君废了。我们的皇上并没做错什么事，不能把他当作昏君，你怎么能跟伊尹、霍光比呢？"

董卓听了，气得瞪眼睛、吹胡子。他拔出宝剑来要斩卢植。侍中蔡邕慌忙把董卓拦住，劝他别这么容不得人。董卓对蔡邕有好感，就听了他的话，免了卢植的死罪，把他革了职。卢植还怕董卓派人去暗杀，就急忙忙地绕道逃到本乡，从此不再出来了。

卢植革了职，谁还再敢反对。董卓把废去少帝、改立陈留王的议案写下来，派人去交给太傅袁隗，向他征求意见。袁隗不敢反对，同意了。这么着，朝中大臣，由太傅袁隗和司空董卓带头，逼着何太后下道诏书，立陈留王刘协为帝，就是汉献帝。少帝刘辩退位，改封为弘农王。董卓逼着弘农王立刻离开皇宫。同时派人叫何太后搬到永安宫去。何太后哭得死去活来，口口声声骂着董卓。董卓就派人送给太后一杯毒酒。这时候，何太后巴不得快点儿死，一口就喝下去了。

董卓立了汉献帝，自己做了太尉，任命原来的太尉刘虞为大司马，太中大夫杨彪为司空，豫州刺史黄琬（wǎn）为司徒。这样，把大司马、司空、司徒等安排下来，没有一个不是董卓的人，没有人反对，太尉董卓把自己封为郿（méi）侯。

为了重用名士，优待党人，董卓先替几个已经死了的人申了冤。他把陈蕃、窦武等不少人的案子重新处理，恢复他们生前的爵位，修理故墓，派使者去吊祭，有意识地提拔他们的子孙，让他们做了官。这么一来，就有一批人向着董卓，说他办事公道。他就趁着人家对他满意的时候，再把重要的官职调整一下。他拜司徒黄琬为太尉，司空杨彪为司徒，光禄勋荀爽为司空。自己做了相国。大家都升了职，都很满意。谁不向着董卓才怪。他们连忙替他请求皇上给他上朝时候的三种特权，就是：上朝可以不必快步走；拜见皇上可以不报自己的名字；上朝的时候，可以不摘下宝剑，不脱去靴子。

董卓抓到了大权，就嚷嚷着要把朝廷上过去的毛病改一改。首先他要重用天下名士，正像重用蔡邕一样。名士们听到了这种话，心里的舒服劲儿，那就不用提了。

## 读有所思

1. 董卓进京所带兵马并不多，他制造了怎样的假象显示出自己兵马众多？
2. 董卓送给吕布一匹千里马，马的名字是什么？
3. 董卓做了相国后得到了哪三种特权？

# 宁我负人

武威人周毖（bì）做了尚书，汝南人伍琼做了城门校尉。他们两个人向董卓献计，要他改正桓帝和灵帝统治下的毛病，最要紧的是选用天下名士，这是笼络人心最有效的办法。他们说："人们都说东汉的天下是给宦官和外戚弄坏的。现在宦官消灭了，外戚也杀光了，如果不再重用士族，还能依靠谁来治理天下呢？"

除了周毖和伍琼以外，袁隗、王允、李儒、蔡邕、黄琬、杨彪他们也都希望董卓重用名士。董卓呢，他也知道牦（máo）牛能驮东西，牧羊犬能看羊群。只要于他有好处，重用名士，重用强盗，都一样。你们都主张用名士，那就用名士吧。他就派使者拿着厚礼去聘请当时的知名之士陈纪、韩融、郑玄、申屠蟠等。郑玄和申屠蟠的脾气没改，假说病了，不能来。要是使者硬逼他们动身的话，他们会拿棺材板打人，也许马上就死给你看。这种人没法治，不来就不来吧。别的人不是愿意做官而是怕得罪董卓，半推半就地都来了。

陈纪是赫赫有名的士人的领袖陈实的儿子，他做了侍中。韩融是从前做过嬴县长、大胆地把公粮放发给穷人的韩韶的儿子，他做了大鸿胪（lú）。他们是新请来的名士。太尉黄琬、司徒杨彪、司空荀爽，也都是名士。真可以说，人才济济，名士满朝。董卓不是名士，可是做了名士的头头了。

董卓又任用颍川人韩馥（fù）为冀州州牧，东莱人刘岱为兖州刺史，陈留人孔伷（zhòu）为豫州刺史，东平寿张人张邈（miǎo）为陈留太守，颍川人张咨为南阳太守。这些人都不是董卓的亲戚、朋友，也不是他原来的部下，就因为他们都有些名望，特地大胆使用，好让人家知道董相国用人唯贤，大公无私。只有对于豪门大族的头头袁绍和袁术哥俩，他是很不放心的。周毖和伍琼劝他拿恩德去跟他们结交，让他们都做大官，就不会彼此过不去了。他们说："袁家四世三公，不但名望大，还很得人心。这一家的门生和官吏遍天下。如果不笼络他们，让袁绍、袁术去召集一批有势力的人来反对您，那恐怕山东不是您能保得住的了。还不如免了他们的罪，让他们也做郡守。他们免了罪，当然高兴，就不至于再生祸患了。"

董卓很直爽地说："好，就照你们的意思办。行不行还得往后瞧哪。"他就拜袁绍为渤海太守，拜袁术为后将军留在京师里。他也没忘了典军校尉曹操，叫他做了骁骑校尉。袁术留在京师里怕遭到董卓的毒手，他扔了后将军的地位，逃到南阳去了。曹操也觉得留在京师里凶多吉少，不如早走为妙。董卓不是大公无私地重用名士和豪门世族吗？他们干吗要走呢？

董卓不是外戚，也不是宦官，不是儒生，也不是豪门望族。这些都不假。他是西凉的土霸，完全保持着强盗的气派。

他听了别人的话选用儒生、名士，可是跟这些人他根本不知道怎么打交道。他对自己的将士和前后归附他的士兵儿郎们就有高招让他们高兴。他让他们去抢美女和财物。当时的京师洛阳是个最繁华的大城，里面住着皇亲国戚、贵族豪富。一条街接着一条街，全是这些阔老爷的高楼大厦。家家户户有的是金银财宝。董卓的将士们一进去，要妇女有妇女，要财宝有财宝。这种突如其来地跑到人家家里去强奸、抢劫，还有个冠冕堂皇的名字，叫"搜牢"，就是检查户口、物资，保护治安的意思。这么检查下去，谁受得了？

将士们抢劫回来，由董卓验收。他总是分给他们一部分财物和妇女。将士儿郎竖着大拇指直夸董相国有义气，真够朋友。董卓听说何太后跟汉灵帝葬在一起，大坟里埋着许多珍宝。珍宝埋在地下，多么可惜。他就叫士兵刨开大坟，把珍宝全拿出来。他自己当然有个很阔气的相府，可是他有时候干脆就在皇宫里过夜，那儿有不少美人，还有公主们。这些都是董卓的啦，他要怎么着就怎么着。

董卓对待皇家、贵族、豪强、大户这么粗暴，他对老百姓怎么样呢？有一天，他带着军队耀武扬威地出去，到了阳城（今河南登封一带），正赶上老百姓在那儿迎神赛会，男男女女，热闹非凡。董卓见了，心血来潮，出了个挺新鲜的主意。他下令把这些人一概拿下，男的杀了，把脑袋砍下来，挂在战车两旁，女的没收为奴婢，装回城里去。战车上挂着这么多的人头，辎重车上载着这么多的妇女，就这么浩浩荡荡地回到京师。士兵们一边走，一边唱着得胜歌。别说还有宣传的人，就是不说，人们也能猜想得到：董相国杀敌回朝，多么威风啊。

董卓不但能杀老百姓，还能理财。他要的是钱，越多越好。什么文化不文化，艺术不艺术，他全不管。他把汉朝的五铢钱毁了，改铸小钱，以后再把洛阳和长安所有的从秦始皇、汉武帝以来历代的铜人、铜钟、铜马和各种各样铜铸的飞禽走兽毁了不少，铸成很多很多的小钱。小钱多了，可是粮食不够。因此，一石谷卖好几万钱。这些小钱没有花纹，也没有字，边儿粗糙得很，使用起来有时候还割破了手。

　　董卓尽管使用名士，可强盗总是强盗。这样的人掌握了大权，不但像袁绍、袁术那样的豪门世族看不起他，就是地位比他们低得多的曹操，也不愿意在他手下做事。他认为董卓这么下去，一定得垮台。他一垮台，将来好坏不分，一同遭殃，那该多冤哪。他就改名换姓，逃出洛阳，打算往东回到老家去。

　　曹操怕董卓派人追上来，随身带着几个骑兵白天躲着，晚上跑路，一直到了成皋。路过他父亲的好朋友吕伯奢家，打算进去过夜，顺便打听一下他父亲的情况。他进了吕家庄，到了吕家，偏偏吕大爷不在家，他就想走了。吕伯奢有五个儿子，他们都认识曹操，怎么也不让他走。曹操只好进去休息一会儿。他们死乞白赖地留他过夜，把他的马拉了去，把他随身带着的东西藏了起来。曹操是从董卓那儿逃出来的，一直心虚。再说他本来心眼儿就多，吕家弟兄热情的招待反倒叫他起了疑。他们为什么这么缠住他呢？还不是有人出去报官吗？他浑身都长着耳朵和眼睛，到处听声儿，四处张望，好像谁都是他的对头，任什么时候都准备坑害他似的。正在胡思乱想的时候，忽然听到后院有磨刀的声音，还有人说话呢，可听不清楚。最后一句话他倒听明白了。有一个人嗓子压得很沉，他说："这家伙厉害得很，还是绑着杀吧。"

曹操听到了这句话，马上拔出宝剑来，杀了几个人。别人都没做准备，乱七八糟地又被他杀了几个。等到他杀到后院，见到了一口猪，才知道错杀了好人，不由得愣了一下。他的手下人已经找到了马和行李。曹操叹了一口气，对他们说："咱们逃难要紧。宁可我对不起人家，也

别让人家对不起我。咱们走吧。"他们就连夜离开了成皋。

他们到了中牟（今河南中牟），正碰到巡逻队。亭长见他们带着刀犯夜，就把他们当作盗匪送到县里。县令已经接到了董卓发出的捉拿曹操的文书，连夜审问。曹操改名换姓，不肯说出真姓名来，含含糊糊地回答了几句。刚巧有个官吏有几分认识曹操，有心救他，就对县令说："目前天下正乱着呢。国家需要有本领的人。咱们可得留点儿神，不能得罪天下英雄！"中牟县的县令就这么把曹操放了。

曹操到了陈留，见了他父亲曹嵩，跟他说明要把家产拿出来，招募义兵，准备对抗董卓。他父亲同意了。他们又去联络当地的一个大财主，叫卫弘的。卫弘满口答应。他拿出很多金钱和粮食帮助曹操招兵买马。

陈留是个大郡，离洛阳五百多里，曹操不必再怕董卓去迫害他。陈留太守张邈跟曹操和袁绍都是朋友，而且陈留郡是属兖州管的，兖州刺史刘岱又是士大夫集团中反对董卓很坚决的一个人。曹操到了陈留以后，他们让他在郡内招兵买马准备去打董卓。

不到几天工夫，就来了曹操本族的几个豪强。第一批来的是曹仁和曹洪哥俩。曹仁从小喜爱使枪弄棒，跑马打猎。他见到各地豪杰起兵，也暗地里结交了一批少年，共有一千多人。曹洪是个大财主，又是个大勇士。光是他自己家里能打仗的壮丁就有一千多人。他对曹操特别钦佩，情愿给他卖命。曹仁、曹洪都是曹操的叔伯兄弟。他们各带一千多人来归附曹操，曹操真太高兴了。

第二批来的又是沛国谯郡人，夏侯惇（dūn）和夏侯渊哥俩。夏侯惇从小就很出名。十四岁那年，见到一个流氓侮辱他的老师，他气愤不过，三拳两腿就把那个人给揍死了。他不但没被办罪，人家还都夸他是个尊敬老师的小侠客。夏侯渊是夏侯惇的叔伯兄弟。他家里比较穷，在兵荒马乱又碰上大饥荒的时候，他家断了粮，揭不开锅。他把自己的小儿子扔了，为的是要救活他死了的兄弟的一个女儿。这会儿夏侯惇和夏侯渊带了两千来人来投奔曹操，曹操把他们看作亲兄弟一样。曹操的父亲本来姓夏侯，过房给曹腾以后才改了姓。因此，夏侯惇和夏侯渊两个人实际上也就是曹操的族兄弟。

除了这四个弟兄以外，又来了阳平卫国人乐进和山阳巨鹿人李典。乐进是个小矮个儿，胆量可大啦。哪儿有危险别人不敢去，让他带头没错儿。曹操派他回到本郡去募兵，他一去就招募了一千多人。李典是巨鹿的豪强大姓，他家里的宾客就有几千人。

乐进、李典、夏侯惇、夏侯渊、曹仁、曹洪都是豪门大族，他们带来的人合起来已经不下五千名了。曹操有了这五千人的基本队伍，就开始练兵。练兵没多久，就听到东郡太守桥瑁发出征讨董卓的通告，渤海太守袁绍也公开练起兵来了。曹操非常高兴，感到人间究竟还是有是非的。

## 读有所思

1. 袁术和曹操为什么要逃离京师？

2. 曹操到了父亲的老朋友吕伯奢家，发生了什么事情？

3. 曹操在陈留招兵买马，都有哪些人去投奔他？

（山东枣庄中考真题）学校开展"君子自强不息，点亮智慧人生"为主题的演讲活动，请你积极参与。围绕演讲主题，从下列名言中选出2条（只写序号），以备演讲时引用。

① 故天将降大任于是人也，必先苦其心志。

—— 《孟子·告子下》

② 溪云初起日沉阁，山雨欲来风满楼。

—— 许浑《咸阳城东楼》

③ 少壮不努力，老大徒伤悲。

—— 《长歌行》

④ 尽信书则不如无书。

—— 《孟子·尽心下》

⑤ 老骥伏枥，志在千里。烈士暮年，壮心不已。

—— 曹操《龟虽寿》

⑥ 长风破浪会有时，直挂云帆济沧海。

—— 李白《行路难》

# 同盟除暴

　　东郡太守桥瑁曾经做过兖州刺史，在太守和刺史当中算是很有威望的。他借用三公的名义向各州郡发出通告，宣布董卓的罪状，号召州郡发兵去征讨董卓。

　　通告到了冀州，倒叫冀州的州牧韩馥左右为难了。他自己是由董卓推举做了冀州州牧的，还想忠于董卓。上任不到几个月，就听到他的属下渤海太守袁绍招兵买马，有意跟董卓作对。渤海是属冀州管的，太守是受州牧管的，渤海太守应当接受冀州州牧的管束。袁绍招兵买马，他不能不管。韩馥正打算派人去警告袁绍不得轻举妄动，忽然接到桥瑁征讨董卓的通告，叫他帮哪一头呢？他召集底下的人，把情况说了。最后他问："我们应当帮助董家呢还是帮助袁家？"有个助理官员叫刘子惠的，他听了这话，就说："起兵是为国为民，哪儿是为了董家或袁家呢？"这句话说得韩馥脸上发烧。他就写信给袁绍同意起兵。

　　袁绍得到韩馥的支持，胆量更大了。他干脆派人到各地约他们一同起兵。各州郡的太守和刺史大多是野心勃勃的豪强和士族，以前由于外戚或者宦官把持朝政，他们被压在下面，现在外戚和宦官的势力全没了，他们就像"荷叶包钉子"，个个想出头了。没想到半路途中忽然出来个西凉的土霸董卓抓了朝廷大权。董卓算老几？先不说他还有废去少帝、害死太后、屠杀人民的大罪。袁绍派人去约这些人一同起兵，正合他们的心意。东郡太守桥瑁是个首创人，不必说了。冀州州牧韩馥已经同意。袁绍的异母兄弟后将军袁术和从兄弟山阳太守袁遗，都起兵响应。还有豫州刺史孔伷、兖州刺史刘岱、河内太守王匡、陈留太守张邈、广陵太守张超五个人分别写了回信给袁绍，同意发兵。还有前骑都尉鲍信早就在泰山招募了步兵两万人，骑兵七百人，辎重车五千多辆，跟他兄弟鲍韬（tāo）正在练兵。他们招待了袁绍派去的人，当时就发兵来了。曹操得到这个消息，马上带着乐进、李典、夏侯惇、夏侯渊、曹仁、曹洪和五千多名士兵向酸枣（今河南延津一带）这边过来。他们算是陈留太守张邈的部下。

各路兵马陆续出发，有的带着两三万人马，有的一两万，最少也有五六千人。袁绍到了河内，跟河内太守王匡的兵马合在一起，暂时驻扎在河内。韩馥把军队驻扎在邺城，督运军粮。袁术的军队驻扎在鲁阳（今河南鲁山），孔伷的军队驻扎在颍川。除了这五路兵马分别驻扎在当地以外，其余像张邈、曹操、张超、刘岱、桥瑁、袁遗他们都到了酸枣。到了约定的日期，袁绍、王匡、韩馥、袁术、孔伷他们带着随从的人都到酸枣来开会。

长沙太守孙坚和右北平太守公孙瓒因为路远，没来，北海太守孔融和徐州刺史陶谦因为要对付本地的黄巾军不能来。当时先后到酸枣开会的就有十一路人马，他们是：

1. 后将军袁术；

2. 冀州州牧韩馥；

3. 豫州刺史孔伷；

4. 兖州刺史刘岱；

5. 陈留太守张邈；

6. 广陵太守张超；

7. 河内太守王匡；

8. 山阳太守袁遗；

9. 东郡太守桥瑁；

10. 济北相鲍信；

11. 渤海太守袁绍。

开会的时候，大伙儿慷慨激昂地说了话，起了誓，决心征讨董卓，辅助皇室，公推袁绍为盟主，订立了盟约。袁绍就自立为车骑将军，兼司隶校尉，任命曹操为奋武将军。袁绍拿盟主的身份正式发出通告，号召各地起义征讨董卓。那时候，董卓的兵力很强，他并没把这十一路兵马放在眼里。

袁绍的通告出去以后，又多了两路兵马：一路是长沙太守孙坚，一路是上党太守张扬。这样，征讨董卓的就有了十三路兵马了。

长沙太守孙坚素来跟荆州刺史王睿（ruì）不对劲儿。趁着征讨董卓的乱劲儿，孙坚就把他暗杀了，接收了一部分军

队。他带着手下的四个健将，程普、黄盖、韩当、祖茂，到了南阳的时候，已经有了几万人了。南阳太守张咨好像没事儿似的跟孙坚相见。孙坚向他要粮草，他不给。孙坚把他也杀了。征讨董卓还没出发，他已经杀了一个刺史，一个太守。这一来，谁都知道他的厉害。他带着自己的兵马到了鲁阳，跟后将军袁术的兵马联在一起。他知道袁术势力强大，见了他，向他表示愿意听他的指挥。袁术也巴不得有个得力的助手，就向朝廷推荐孙坚，让他做了破虏将军，兼荆州刺史。那时候，谁推荐谁只是一种形式，实际上等于谁派谁去占据地盘就是了。这么着，孙坚算是袁术的部下，就在鲁阳驻扎下来。

张扬是云中（今内蒙古托克托县一带）人，原来奉了大将军何进的命令到上党去招兵的。他招募了一千多人，留在上党对付那边的黄巾军。这会儿，他见到袁绍的通告，就向上党太守进攻。他虽然没把上党打下来，可是既然敢于进攻太守，自己就不妨称为上党太守。张扬带着几千人马，到了河内，见了袁绍，愿意听从他的指挥。

右北平太守公孙瓒也派了刘备、关羽、张飞带着几千人马从北边赶来，就因为路太远，一时不能赶到。

袁绍的通告到了京师，董卓看了，认为少帝废为弘农王，没有斩草除根，究竟是个祸患。这些东方州郡起兵都拿少帝作为借口。做事得做得干净、彻底，大丈夫不能心慈。他就叫郎中令李儒去想办法。李儒准备了一杯毒酒，给十五岁的刘辩上寿，硬把他送上了西天。弘农王一死，这些太守、刺史就不能再借着他搞复辟了。

董卓把河东的黄巾军看得比这些关东的兵马更严重。那时候，黄巾军的首领郭太在白波谷（今山西襄汾一带）作战，所以这一路的黄巾军也叫白波军。白波军不断地进攻太原，占领了河东，参加起义的农民有十多万人。董卓把并州、凉州作为他自己的老窝，他不能不跟那边的黄巾军争夺地盘。他想，关东地区能守则守，万一不能守，可以往西北退去。因此，他首先派中郎将牛辅带领大军去抵抗白波军。其次他才调兵遣将去对付袁绍他们。

牛辅是董卓的女婿，做了中郎将，是董卓最重用的一个将军。第二个就是吕布了。吕布杀了丁原以后，做了骑都尉，跟董卓亲密得父子相称。这时候，吕布由骑都尉升为中郎将，封为都亭侯。他自告奋勇地要去跟袁绍他们交战。当时就有人拦住他，说："杀鸡何必用牛刀？这些关东乱臣交给我就是了。"董卓一看，原来是另一个中郎将徐荣，就派他去镇守洛阳附近的地区，不让关东的兵马进来。

董卓跟谋士李儒他们商议了一下，李儒认为关东兵马不少，洛阳又没有天然的屏障可守，还不如迁都长安。一来，免得跟这些人纠缠，二来，他一走，他们没有打仗的对手，人多心不齐，必然会自相纷争起来的。到那时候，再去同这些人个别对付，他们就非散伙不可。长安是凉州军的根据地，董卓点了点头，同意李儒的建议。第二天，他召集三公九卿，向他们提出迁都的事情。大臣们没防到这一招，都愣了。

过了一会儿，司徒杨彪起来反对，说："不行！洛阳作为京师已经多年了。一旦迁都到长安去，必然惊动人民。还是不迁都好。"董卓挺起腰板，杀气腾腾地说："你敢阻挠国家大计吗？"太尉黄琬说："迁都就是国家大事，杨司徒的话不是完全没有道理，还请相国斟酌。"董卓不开口，只是冲着他瞪了一眼。大臣王允连忙起来，说了几句好话。他认为迁都是个好计策，汉高祖不是拿长安做京师吗？他请董卓不必为了杨司徒和黄太尉说错了话而生气。董卓果然有眼力，他看上了王允，借个名目把杨彪和黄琬免了职，让王允做了司徒，另外叫光禄勋赵谦做了太尉。

司徒王允千方百计地讨好董卓。不知道他安的是什么心。城门校尉伍琼，还有尚书周珌都骂王司徒只知道奉承，没有骨气。他们准备豁出性命，一而再地劝告董卓不可迁都。董卓挺客气地对他们说："我初到朝廷的时候，你们两位劝我重用名士，还让袁绍做了渤海太守。我就依了你们。我还说好不好往后瞧吧。你们所推举的人做了太守，做了刺史，怎么报答我呢？他们发动兵马来打我！你们还想做他们的内应，硬叫我留在这儿挨打吗？这是你们两位对不起我董卓，不是我董卓对不起你们。请别见怪。"他马上变了脸，吆喝一声，把这两个大臣收在监狱里，定了个里应外合的罪名，处死了事。

董卓杀了伍琼、周珌，倒不是因为他们反对迁都，而是因为他们推举了袁绍。袁绍做了乱党的头子，袁术占领了南阳，袁家犯了这么严重的叛逆大罪，袁绍的叔父太傅袁隗和袁术的哥哥太仆袁基当然不能免罪。董卓就把这两个人和两家的男女老少五十多人全都杀了。已经免了职的前太尉黄琬和前司徒杨彪恐怕连累在内，慌忙跑到相国府，再一次向董卓认错。董卓又拿出外场人的派头来了，他向汉献帝推举，任命他们做了光禄大夫（官名，掌管论议朝政得失、劝谏等事宜）。

迁都以前，还有两个人叫董卓放心不下。一个是左将军皇甫嵩，一个是河南尹朱儁。他们曾经做过董卓的上级，都是镇压黄巾立了大功的，在东汉的士族和官僚中间很有名望。董卓不但跟他们合不到一块儿去，而且还有点儿忌惮。就因为他们名气大，董卓在外表上只好看重他们。他首先推举朱儁为太仆。那个职位是很高的，相当于相国的助理。朱儁坚决推辞了。推辞也就算了，反正董卓已经对他表示了信任，就让他留在洛阳，镇守河南。那个左将军皇甫嵩一直屯兵扶风，抵挡韩遂、马腾那一头。董卓使个花招，把他调到京师来做个城门校尉，打算借个名目把他杀害。没想到董卓跟皇甫嵩的儿子坚寿非常要好，他就听了皇甫坚寿的忠告，没去难为他父亲，让他做个议郎，后来还把他升为御史中丞。

董卓把这些难对付的人杀的杀了，安排的安排了，然后下了命令，限期迁都，把住在洛阳的和临近的几百万户一概搬到长安去。当然有许多人不愿意离开本地。董卓真有办法，他叫士兵们把所有的宫殿、官府，老百姓的房屋住宅一律烧毁。这样，谁都没法再在这儿待下去，就只好哭哭啼啼地走了。沿路有病死的，饿死的，踩死的，打死的，道上全是尸首。这种惨境就不用提了。董卓做事蛮横得很，要迁都就迁都，要老百姓搬家就搬家，洛阳周围两百里内再也找不到一只鸡、一条狗了。

洛阳城外还有历代帝王和公卿大臣家的坟墓哪。别担心，董卓忘不了。他叫吕布带领一队人马把这些大坟都刨了，把刨出来的金银玉器跟别的珍宝全都运到长安去。长安经过了王莽时期的战争，还有什么宫殿和大厦哪？就是老百姓的住宅也不多。董卓说，陇右有的是木材，临近地区有的是瓦窑。瓦窑不够，再加几千个也不难。董卓的命令是命令，长安城很快地就建设起来。董卓要办的事务太繁，他相信司徒王允办事能干，又能称他的心，就把朝廷上的大小事务都请他偏劳了，自己还得跟吕布一起去教训教训那些关东不服气的太守、刺史。听从董相国的，让他们活，还可以升他们的官，不听从董相国的，就叫他们死。这些人所说的"同盟除暴"，在董卓看来，都是淘气的孩子闹着玩儿罢了。他才不怕哪。

## 读有所思

1. 以袁绍为首的"除暴同盟"是为了对付谁？

2. 董卓为什么要杀死弘农王刘辩？

3. 董卓为什么要把京师从洛阳迁往长安？

# 同盟不同心

　　董卓派中郎将徐荣带着校尉李傕（jué）、郭汜（sì）、张济和几万兵马巡逻颍川、汝南一带。徐荣要到哪儿就到哪儿，没碰到任何人的反抗。到了梁县（今河南临汝一带），碰上了长沙太守孙坚的兵马。孙坚原来跟南阳太守袁术合在一起，打算去征讨董卓，近来又跟颍川太守李旻（mín）交上了朋友。他们两个人都是打仗的能手，一见到徐荣，就打起来了。

　　孙坚跟徐荣刚一交手，差点摔了个跟斗，勉勉强强支持了一会儿，找个空子就往回跑。徐荣不肯放松，紧紧地追着。正好颍川太守李旻从横腰里过来，斜插进去，截住了徐荣，让孙坚快走。没想到他救了孙坚，自己突然腾了空，晃晃悠悠地给徐荣逮过马去。孙坚打了败仗，一时不敢再出去。徐荣把俘虏送去给董卓。董卓把颍川太守李旻骂过一顿，就把李旻下了油锅，炸了。他又独出心裁，把逮来的士兵挑了几个头儿，用布帛裹着身子，灌了油，涂上膏，倒立着慢慢地烧。这叫"倒点大蜡烛"。

董卓正在欣赏"大蜡烛"，探子从北面回来报告，说河内太守王匡向河阳津进兵，准备夺取洛阳。董卓还真能耍花样，他假意发大军正面去应战，暗地里派中郎将吕布带领一万精兵偷偷地渡过小平津，绕到王匡背后，前后夹攻，把王匡的兵马打得落花流水。王匡带着少数的残兵败将逃回河内，向盟主袁绍报告打败仗的情况，还加枝添叶地说董卓的兵马怎么强大。袁绍因为董卓杀了他叔父袁隗和袁术的哥哥袁基，还把这两家灭了门，他当然要报这个仇。可是再一思量，做大事的人大多是顾不了家的，再说董卓的军队这么厉害，打得王匡差不多全军覆没。袁绍觉得自己无能为力，怎么敢出去跟董卓拼呢？他得先培养实力，这一点点兵马是万万不能受到损失的。

　　奋武将军曹操哪知道袁绍的心思，他一再请求盟主发兵去征讨董卓。袁绍始终按兵不动。曹操向大伙儿宣告，说："举义兵，除暴乱，名正言顺。现在各路兵马都到了，就该出去作战。诸位还有什么决定不下的呢？逆贼董卓烧毁了宫殿，劫走了天子，强迫人民搬家，海内震动，人心惶惶（huáng）。这正是天怒人怨，消灭逆贼的时候。只要大家同心协力，打一仗就可以平定天下。请别错过这个时机呀！"他这么说着，要求各路将领去打董卓。他把嗓子都讲哑了，可是人家就没像他这么热心。他们只怕自己像王匡和孙坚那样挨打，像李旻那样下油锅。再说各人有各人的心思，打了董卓，抢到的地盘算是谁的呢？盟主不发动，急什么呢？

　　曹操眼看着这些人刚订了盟约，同盟不同心，心里头直生气。他就独自带着夏侯惇、夏侯渊、曹仁、曹洪、李典、乐进他们往西去打董卓。陈留孝廉卫兹愿意一块儿去。曹操和卫兹虽然有了一些兵马，可是他们自己没有地盘，在给养方面还得依靠陈留太守张邈的帮助。因此，他们要去进攻董卓，在道义上还得向张邈请示一下。张邈同意了，还拨给他们几千人马。曹操自己打头阵，请卫兹在后队接应，勇气百倍地从酸枣出发直到成皋，再从成皋去夺取荥（xíng）阳。一路上好像小船跑顺风那么称心。

　　曹操的兵马到了汴水（今河南荥阳一带），正像孙坚在梁地一样，也碰上了董卓的大将徐荣。

原来董卓一听到曹操向成皋进兵，马上把徐荣的大军调到汴水，候在那儿。曹操的兵马少，再说没防到徐荣早已布置了阵势，他们处在很不利的地位。幸亏曹操手下的人有点儿能耐，打了一整天，才垮了下来。军队一垮，分头乱窜，死伤的人数就更多了。夏侯惇、夏侯渊、曹仁、曹洪他们几个人拼着命保护曹操向荥阳退去。

　　天快黑了，董卓的军队还紧紧地追赶着曹操。曹操只希望他的马能比别人的跑得快。正在逃跑的时候，忽然听到后面弓弦响，他慌忙躲开，肩膀上已经中了箭。他还没往后看，又来了一箭，射中了马屁股，那匹马往前一跪，倒了，把曹操摔在地下。后面几个士兵抢着来割曹操的脑袋。正在这个节骨眼儿，曹洪赶到。他杀散了敌兵，跳下马来，扶起曹操，替他拔出了箭，敷上随身带着的刀伤药，请他上马。曹操说："兄弟，你没有马怎么行呢？"曹洪说："天下可以没有我，可是少不了您。"曹操还想推让，后面喊声又近了。他只好骑上曹洪的马赶紧跑了，曹洪跨开大步，赛跑似的跟着他。两个人又跑了几里地，天已经黑了。忽然瞧见前面一溜儿全是火把，一大队兵马拦住去路。曹操和曹洪这一下惊得差点儿瘫了。

　　他们跑又跑不了，只好豁出性命拼吧。可是再一看，惭愧，原来是卫兹的军队。他们才放了心。可是卫兹自己已经阵亡了，兵马又不多，怎么也不能对付徐荣。他们不敢停留，连夜赶路，离开了荥阳。徐荣虽然打败了曹操，可是心想曹操只有这么点兵马都能跟他打上一整天，酸枣有十多万人马，绝不能小看，因此也就收兵回去了。

　　曹操他们回到酸枣，只剩了五六百人，幸亏几个将军都没伤亡。曹操看看自己的兵马这么少，又估计估计张邈、刘岱、桥瑁、袁遗他们几个人驻扎在酸枣的兵马有十多万。这十多万人难道还不能去打董卓吗？可是他们不但按兵不动，而且每天喝酒请客，好像是来玩儿似的，压根儿就没有真心征讨董卓的意思。

曹操再把他作战的计划，详细说给他们听。末了，他说："诸公老在这儿待着，难道要等董卓自己下台吗？我怕天下人会笑话我们的。"

张邈认为关东军都是临时凑起来的，没有作战的经验，论实力，远抵不上董卓的西北军。他只是微微一笑，对曹操说："孟德刚受了点委屈，总得休养一下。你治好了肩上的箭伤再说吧。"曹操气得要命，决定自己再去招兵，就带着夏侯惇他们离开酸枣，到了扬州。他见了扬州刺史陈温和丹阳太守周昕（xīn），向他们说了不少征讨董卓的话。他们不好意思拒绝，仅仅给他四千士兵。曹操就带着这四千士兵走了。没想到这些人不愿意跟着他打仗，到了龙亢（今安徽怀远一带），发生了叛变。曹操跟夏侯惇他们杀散了叛兵，保全了自己，可是不能把他们镇压下去。没参加叛变的只有五百来人。曹操又在沿路招募了五百来人，再加上曹操、曹洪他们的佃客，武装起来当了家兵，就这么凑成一支几千人的队伍。这次他不再到酸枣去依靠张邈，他干脆渡过黄河，赶到河内，跟盟主袁绍驻扎在一起。

曹操到了河内，才知道酸枣那边出了事啦。原来兖州刺史刘岱成心要兼并东郡太守桥瑁的军队。他派人去向桥瑁借粮。桥瑁说："自己的粮草还不够，哪能借给别人呢？"刘岱趁着桥瑁没做准备的时候，带着兵马突然冲进桥瑁的军营，把首先发出通告征讨董卓的桥瑁杀了，还把东郡的兵马接收过去，另派自己人去做东郡太守。刘岱杀了桥瑁，势力就比以前大了。盟主袁绍管不了这些事，再说他自己还想把刘岱当老师，学一学他这一招哪。

曹操知道了桥瑁被杀的事，不由得叹息着说："董卓还没打，自己人先杀了自己人。同盟不同心，怎么能成大事呢？"他又听说南阳太守袁术跟长沙太守孙坚联合起来，轰走了豫州刺史孔伷，让孙坚做了豫州刺史，名士刘表占据了江南，做了荆州刺史。原来兴义兵，除强暴，现在各人占据地盘，还互相攻打。天下这么乱糟糟的，自己又只有这么一点点人马，能干什么呢？还不如回家去，春天、夏天读读书，秋天、冬天打打猎，多自在呀！

转过了年，就是初平二年（公元 191 年），袁绍和冀州刺史韩馥打算立幽州牧刘虞为帝。他们认为董卓劫走了十一岁的汉献帝，生死不明，刘虞是宗室中最有威望的人，让他做皇帝，那可要比汉献帝强得多。你看，从刘虞到了幽州以后，就注重耕种，在上谷开了市场，让胡人跟汉人做买卖，他发展了渔阳的盐铁生产，人民的生活都有所改善，连青州、徐州的人也有不少跑到幽州去归附刘虞的。要是他做了皇帝，那么董卓劫走的那个小皇帝就不起作用，董卓也就失了势了。袁绍特意问曹操，看他有什么意见。

曹操可有他的主张。他说："我们一起兵，各地豪杰纷纷响应，就因为我们是义兵。现在皇上年轻，没有力量，受着奸臣的压制，他可并没有像昌邑王那样的罪恶。凭什么废了他呢？

要是废了他，另立别人，别人也可以同样再立别人，天下怎么能安定呢？诸君向北，我是宁可向西忠于现在的皇上的。"

袁绍同时还写信给南阳太守袁术，向他征求意见。袁术自己打算做皇帝，要是大臣们立个年长有能耐的人做皇帝，反倒对他不利。他就冠冕堂皇地拒绝了。

曹操和袁术虽然用心不同，可是他们都拒绝了袁绍的主张。袁绍和韩馥又商量了一下，认为不能为了他们两个人的反对误了大事。他们就照原来的计划，派使者到幽州，尊刘虞为帝。不料刘虞很严肃地拒绝了，还把使者和袁绍狠狠地批评了一顿。他说："现在天下不安，皇上受苦，我受了朝廷厚恩，没能够替国家擦去耻辱，自己已经够害臊了。诸君占据着州郡，就该同心协力辅助王室，怎么反倒谋起反来了？你们要把我拖到臭水坑里去吗？"

袁绍他们第二次又派使者去请刘虞，刘虞还是坚决拒绝了，他说："你们是不是成心要逼我逃到国外去？"这一来，大伙儿才不再多啰唆。可是他们始终不向董卓进兵。等到带来的粮食吃完了，他们好像已经完成了任务，一个接着一个地回去了。

## 读有所思

1. 曹操和袁术为什么拒绝了袁绍尊刘虞为帝的做法？
2. 刘虞为什么严肃地拒绝了袁绍？
3. 计划讨伐董卓的各路将领为什么会无功而返？

# 私藏玉玺

　　刘虞不愿意做皇帝，各州郡起义兵的人都各有各的打算。袁绍把尊帝的事搁下，还想用别的方法来扩张自己的势力。曹操觉得别的人先后散了，他自己也不能老在河内待着。这时候，只有豫州刺史孙坚还要跟董卓拼一下子。原来袁术反对立刘虞为帝，一心想自己做皇帝。他把大军驻扎在鲁阳，利用孙坚去打头阵，替他鸣锣开道。他跟孙坚约定：孙坚出去冲锋，由袁术在后面接应，供应粮草。

　　孙坚被徐荣打败以后，很快地召集了散兵，重新振作起来。他跟袁术约定以后，带着自己的部下程普、黄盖、韩当、祖茂四条好汉和一万多人马离开鲁阳大营，向梁县那边打过去。他老是跑在前面，个儿高，又喜欢戴着大红的头巾，后面的人只要看到大红的头巾往哪边移动，就都跟着往哪边冲。他们很快前进了一百多里地，收复了梁县。听说徐荣已经调走了，董卓驻扎在那边的兵马不多，孙坚就把大军驻扎下来，自己带着一部分人马占领了阳人聚（市镇名，今河南汝州一带），

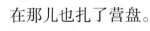

在那儿也扎了营盘。

到了后半晌，孙坚这儿一部分的人马早已被董卓的一个叫华雄的大将围住了。天还没黑，华雄就叫士兵拿着火把，一面放火，一面夺营。孙坚一看四面八方全是敌人的火把和旗号，他这个小小的营盘根本没法守，就下了命令，叫将士们各自作战，分头突围。他自己带着祖茂和几十个骑兵汇成一路冲了出去。孙坚吩咐手下的人分头突围，原来想借着这个办法分散敌人的注意。哪知道华雄的兵马不追别人，光追孙坚。他跑到哪儿，他们就追到哪儿。孙坚回头一瞧，紧追赶他的正是那个大将华雄。孙坚是个射箭的能手，他连着射了两箭，可是都给华雄躲过了。再射第三箭的时候，因为用力太猛，把弓弦拉断了，真急死人。他只好扔了弓箭，扑在马背上拼命逃跑。

祖茂跟他并着跑。他对孙坚说："敌人光追咱们这一路，我想，是因为他们认识将军的头巾。快摘下来，让我戴上，咱们分头走吧。"孙坚就把自己的头巾跟祖茂的头盔对调了，分两路跑去。果然，华雄的兵马不管别的，只望着大红的头巾追赶。孙坚就这么抄着小道，跑回去了。

祖茂戴着孙坚的头巾东窜西跑，弯弯扭扭地躲着敌人。他跑进一块坟地，那儿也烧着火，华雄的兵马紧跟着进了坟地。他们隐隐约约（看起来或听起来不很清楚，感觉不很明显）望见大红的头巾，就四面围上去，还围了好几层。华雄要活捉孙坚，叫士兵们不可放箭。他们慢慢地围上去。有几个胆大的士兵，举起拳头来向孙坚直打过去。打着的可不是孙坚。他们"哎呀"一声嚷，爆回拳头，全是鲜血。仔细一看，原来是个石柱。当时祖茂跑进坟地，已经有气没力了。他见了坟间的石柱，就把那个头巾挂上去，下了马，抽了几鞭，把他的马轰走，自己钻在乱草堆里远远地躲着。华雄的士兵拿不着孙坚，就拿了他的头巾回去了。

祖茂静静地听着，等到敌人都走了，他才出来，跑回大营，见了孙坚。孙坚很是高兴。他只怪自己不该分散兵力，以致吃了亏。第二天，他把军队检查一下，损失不大，还有一万多人。他们全军出发，重新占领了阳人聚。孙坚不敢再冒险了。他很细心地看了地形，把程普、黄盖、韩当布置停当以后，自己带着祖茂，戴着新的大红头巾，出去跟华雄比个上下高低。华雄平时出入敌军，没人敢挡，昨天又打了胜仗，今天一见孙坚出来，兵马不多，更不把他放在眼里。两下一交战，孙坚就败下去了。华雄正后悔昨天没把孙坚逮住，今天绝不能再放过他，死的活的都要。他就像猛虎追赶小鹿似的追了上去。

孙坚把华雄引到自己的兵马埋伏着的地方，一声号令，程普、黄盖、韩当先后杀出，把华雄围住，截断了去路。华雄仗着一把大刀，对付着程普他们三个将军。孙坚是个射箭的能手，这会儿他换上了新弓，连着射了两箭。他正准备射第三箭的时候，就瞧见华雄从马背上摔下来了。士兵们赶上去，把他的脑袋割下。

大将一死，全军慌乱，差不多被孙坚的军队完全消灭。到了这时候，徐荣才赶到。他一知道前军已经覆没，马上下令退兵。徐荣的兵马争先恐后地乱了起来，自相践踏，死伤了不少人。孙坚趁着打胜仗的一股猛劲，吩咐将士儿郎们直追上去，把徐荣的兵马杀得只剩下四五成了。

孙坚打了两次胜仗，斩了华雄，打败了徐荣，当即派人去向袁术报告，同时请他赶紧运送军粮，接着打到洛阳去。有人在袁术跟前说孙坚坏话，说："要是孙坚打下洛阳，他的势力可就太大了。将军您管得住他吗？那还不是去了一只狼，来了一只虎？"袁术一想，这话有道理。他就不再发军粮给孙坚。孙坚的军队没有粮草接济，那还了得？他当夜从阳人聚动身，一口气跑了一百多里地去见袁术。

他见了袁术，指手画脚（形容说话时兼用手势示意）地对他说："我跟董卓本来无冤无仇。这回我挺身出来，不顾死活地跟他作战，一来为国家除暴安良，二来为将军家报仇。这会儿托将军的洪福，刚开头打个胜仗，将军就听了小人的话，不发军粮。这么下去，怎么能成大事呢？我一心一意地为将军效劳，不料有人破坏将军的大事。请将军仔细想想，到底谁是真正忠于将军的。"

袁术被孙坚说得脸都红了。他别别扭扭地说了几句不相干的话，马上就发军粮给孙坚。孙坚回到阳人聚，真是兵精粮足，他一定要打到洛阳去。

他还没发兵，董卓已经派李傕向他求和来了。李傕传达董卓的"好意"，说他愿意跟孙坚结为亲戚，还说只要孙坚说一声，孙家的子弟要做太守就是太守，要做刺史就是刺史，董卓担保，一定向皇上推荐任用。孙坚可不听这一套。他说："董卓犯了滔天大罪，成心颠覆王室，屠杀人民。我要是不能把他灭门灭族，不能把他的人头挂起来示众，我死了也不能闭上眼睛。他怎么还有脸来要求和亲呢？"他总算没难为使者，把李傕放回去了。李傕走了以后，孙坚就向大谷（今河南洛阳一带）进军。一到大谷，离洛阳只有九十里地了。

董卓当然着急了。他把汉献帝送到长安以后，自己还是屯兵洛阳。他对亲随的人们说："关东的将士屡次败在我手里，他们没有什么能耐。只有孙坚这小子戆（gàng，傻的意思）得厉害，你们千万不可小看他。"他叫吕布为先锋，自己带着李傕、郭汜等要亲自跟这"戆小子"见个高低。

孙坚叫程普、韩当他们敌住吕布，自己跟黄盖带着一队精兵直接去打董卓。李傕、郭汜慌忙跑在董卓前头，出去抵抗，可都被黄盖杀退。孙坚还是戴着大红头巾，飞一样地跑到董卓跟前来了。董卓望见，怕吃亏，就脱口而出地说了个"退"字。他一退，全军动摇。吕布见了，只好扔了自己这一头的程普和韩当，鞭着赤兔马赶去保护董卓。他们不打算再回洛阳去跟这个"戆小子"纠缠，就往西退到渑池，驻扎下来。董卓听说孙坚还要赶到渑池来，他就派主要的几个中郎将分头守住重要的口子和县城，自己带着吕布往长安去了。

孙坚探听到董卓去长安了，就进了洛阳城，把那个还没烧毁的宗庙打扫打扫，用太牢（指牛、羊、猪，就是现在所谓三牲福礼）祭祀一番，尽了做大臣的本分。他吩咐士兵们把董卓刨过的坟粗粗地收拾一下，把尸骨都埋了，还打算把洛阳城修理一下，可是满城都是脏土和碎砖，没法下手。他只好吩咐士兵们首先收拾街上的走道和快要倒下来的墙头。有人在乱石堆里捡到了一大包金钱，也有人在破墙脚下刨出玉器来。大伙儿一下子活跃起来了。谁都想趁这机会发一笔横财。

没想到为了收拾废墟，还真打起官司来了。程普向孙坚报告，说有几个士兵在一口枯井里捞起一具尸首，是个宫女，

头上戴着金银首饰，身上还有珠宝。因此，互相争吵。孙坚马上下令：金银财宝一律归公，不得私藏。他对程普说："井里可能还有值钱的东西，也可能还有尸首。为了喝水，也得把那几口大井清理一下。"他就叫程普去办这件事。

说起来，也真新鲜。洛阳城南有口大井，井栏上面还刻着"甄（zhēn）官井"三个大字。井里乱七八糟地不知道扔了多少东西。程普叫士兵们把这眼井清理一下。当时就捞出了不少东西，有值钱的，也有不值钱的。他叫士兵们把井水淘干。果然，又捡到了一些东西，其中有一个玉匣，看来很名贵。程普把玉匣上交给孙坚，孙坚打开来一看，是颗大印，四寸见方，一只角是用金子镶成的。倒过来看，认出"受命于天，既寿永昌"八个字。原来是颗传国的玉玺。

孙坚很是纳闷，传国的玉玺怎么会扔在井里呢？程普可真有一套推想的本领。他说："当初少帝被张让、赵忠他们劫走的时候，匆匆忙忙没带玉玺。那个管玉玺的内侍只怕被人夺去，就把它扔在井里。大概后来那个内侍也给人杀了，就没有人知道这玉玺的下落了。这会儿这颗传国的玉玺落在将军手里，这不是天意吗？"孙坚很高兴，吩咐左右不准把这消息传出去。他拿着玉玺抚摩了好久，把它搁在枕头底下睡了一夜。

第二天，孙坚下令撤兵，回到鲁阳去。他一离开洛阳，别人倒想进去了。

1. 孙坚被华雄围住，是用什么办法脱险的？
2. 袁术为什么要断了供给孙坚的粮草？
3. 孙坚在哪里找到了传国玉玺？

## 知识拓展

　　传国玉玺，简称"传国玺"，是皇帝的印玺。据传方圆四寸，上纽交五龙，正面刻有"受命于天，既寿永昌"八个虫鸟篆字，以作为"皇权天授、正统合法"的信物。

　　据《册府元龟》记载，公元前221年，秦始皇灭六国统一中国后，命李斯篆书"受命于天，既寿永昌"八字，咸阳玉工王孙寿雕琢为玺。这一玉玺是中国历代正统皇帝的信物。秦之后，历代帝王皆以得此玺为符应，得之则象征其"受命于天"，失之则表现其"气数已尽"。历代欲谋帝王之位者你争我夺，致使该传国玺屡易其主，忽隐忽现，终于销声匿迹，杳无踪影。

# 夺冀州

孙坚打败董卓的消息传到河内，袁绍也想进兵。后来听说孙坚回鲁阳去了，他更想把洛阳拿下来作为自己的地盘。可是各路兵马大多已经散了，自己军队的粮草还得依靠他的上级冀州州牧韩馥的接济，又不能按时送来。这真叫袁绍大伤脑筋。他的门客南阳人逢（páng）纪对他说："将军要干一番大事业，粮草还得依赖别人，这怎么行啊？不占领一个州，自身难保，怎么能举大事呢？"袁绍说："我也想到这一层，可是冀州兵强，没法跟他去争。"逢纪说："我献个计，叫韩馥把冀州让给将军，好不好？"他就把办法说了出来，袁绍完全同意，就照逢纪的话做去。

袁绍写信给北平太守公孙瓒，叫他拿征讨董卓的名义进攻冀州。公孙瓒正想扩充地盘，当时就向冀州进兵。韩馥派兵去抵抗，连着打了败仗，急得他直皱眉头。他正没有办法的时候，突然来了两个帮手，都是他以前的门客，一个是陈留人高干，一个是颍川人荀谌（chén）。他们向他报告，说："袁车骑

（即袁绍）已经离开了河内，大军到了延津了。"韩馥说："难得他发兵来救我。"

荀谌说："不见得。您想，公孙瓒率领燕、代的精兵，乘胜南下，州郡响应，势不可当。袁车骑也在这个时候，向东进兵。谁知道他安的是什么心。我们直替您担心啊。"韩馥急得脑门子上直冒冷汗，他结结巴巴地说："这这这这，这怎么办哪？"荀谌开门见山地对他说："袁绍是今天数一数二的豪杰，他绝不能老搁在将军的底下。冀州是天下重要的地区，公孙瓒从北面进攻，袁绍从西面进攻，将军怎么守得住呢？可是袁氏一向跟将军有交情，再说又是同盟。我替将军打算，不如把冀州让给他。袁氏得到了冀州，必然感激将军，公孙瓒哪儿还敢来冒犯您呢？这么着，将军有退让的好名望，而实际上可以像泰山一样地安稳了。请将军别再三心二意的了。"

韩馥素来胆小，就答应了。可是他手底下的人都出来反对。他们说："冀州人口多，一发动，穿铠甲的战士可以出一百万；物产丰富，光是粮食可以供应十年。袁绍又孤独又穷困，全靠着咱们过活。他好比兜儿里的婴儿，不给他奶吃，他就活不了。咱们为什么要把冀州让给他呢？"

韩馥说："别这么说。我本来是在袁氏手底下做事的，而且我的才能比不上本初。让位给有才能的人，有什么不好哪？"这批文官给韩馥说得不能再开口。还有一些将军主张发兵去抵抗袁绍，也给韩馥劝住了。

冀州州牧韩馥被高干、荀谌他们吓唬了一下，就打发他儿子拿着州牧的印绶送去给袁绍，全家离开了公署，搬到别的地方去住。没几天工夫，他把袁绍迎接到城里来。

袁绍带着军队进来，自己做了冀州的州牧，立韩馥为奋威将军，可是并不给他任何实权，更没有什么军队。他把韩馥原来的部下量才录用，整编了一下。巨鹿人田丰、魏郡人审配都是韩馥的人，因为一向得不到韩馥的重用，郁郁不得志。袁绍特意任用他们，让他们跟许攸、逢纪、高干、荀谌等一块儿做了他的谋士。袁绍把广平人沮（jǔ）授作为心腹，拜他为奋武将军，监护别的将士。到了这个时候，韩馥才觉得自己有职无权，给人家牵着鼻子走，可是后悔已经晚了。他气愤不过，找个空子偷偷地逃出州城，投奔陈留太守张邈去了。后来袁绍的使者到了张邈那儿，当着韩馥向张邈咬耳朵说了几句话。韩馥认为袁绍不能放过他，就自杀了。

袁绍兼并冀州这件事引起了好多人的不满。济北相鲍信跟曹操是好朋友，就对他说："袁绍做了盟主，不干好事，只知道自己抓权，抢别人的地盘。这么下去，准出乱子。我怕一个董卓还没除去，另一个董卓倒又起来了。将军要控制他吧，恐怕目前还没有这份力量。我为将军打算，不如回到大河（黄河）以南去，看以后有什么变化，再作道理。"鲍信这番真心话正说在曹操的心坎上。他就想离开河内。恰巧黑山军褚飞燕派他手下的将军于毒、白绕、眭（Suī）固率领十多万人马进攻东郡。刘岱所立的那个东郡太守没法抵抗，扔了城邑逃了。袁绍想趁着这个机会把自己的势力扩张到兖州那边去。他就派曹操到东郡去围剿黑山农民军。曹操的兵马并不多，能打仗的将军可不少。他就把所有的将士都用上，打到东郡去了。

曹操的军队一直打到濮（pú）阳，打败了白绕，收复了东郡。他向袁绍报告作战的经过。袁绍拿盟主的身份，任命曹操为东郡太守。打这儿起，曹操做了太守，有了自己的地盘了。

曹操得了东郡，又来了个当时挺出名的谋士叫荀彧（yù）。荀彧是荀谌的哥哥，从小就受到名士们的重视。他料到本地颍川将受到兵灾，就带着本族中愿意跟着他的人到冀州去投奔韩馥。等到了那边，韩馥已经把冀州让给袁绍了。袁绍把荀彧当作贵宾招待，请他跟他的兄弟荀谌，还有同乡人辛评、郭图一同做事。荀彧在那边待了没多久，就看出袁绍才能有限，志气不大，料他成不了什么大事。听说曹操才高志大，是个英雄，就转到东郡去投奔曹操。

曹操见到荀彧，跟他一聊，挺有意思，越聊越起劲。曹操高兴得忘了自己的地位，毫无顾忌地对他说："你真是我的子房（汉高祖的谋士张良）啊！"就请他做了奋武司马。那时候，荀彧才二十九岁。曹操挺信任他，有事情总先跟他商量。有一天，曹操问他："董卓这么强，怎么办？"荀彧说："董卓暴虐到了家，一定没有好下场。其实，他是无能为力的。"

"袁绍呢？"曹操急着问。

"他也无能为力。公孙瓒首先不能放过他。"

说真的，公孙瓒受了袁绍的唆使，进攻韩馥，让袁绍现成得了冀州。袁绍不但没给他一点儿好处，反倒跟他结了仇。这叫公孙瓒怎么受得了哇！曹操还不大明白到底是怎么回事。

原来幽州牧刘虞的儿子刘和在宫里做了侍中，跟着汉献帝到了长安。那时候，汉献帝才十一岁，觉得董卓不该把他弄到这儿来。汉献帝偷偷地跟刘和商量，要刘和逃出去，逃到刘虞那边，叫刘虞快点儿发兵来把他接回洛阳。刘和还真逃出了武关，路过南阳，见了袁术，把汉献帝的心思告诉了他。袁术抓住这个机会，把刘和扣下作为抵押，要求刘虞发兵去打长安。刘虞接到了儿子的信，准备发兵去帮助袁术。公孙瓒得到了这个消息，认为袁术不怀好意，劝刘虞别上当。刘虞不依，反倒催促骑兵快点儿动身。公孙瓒怕袁术知道自己曾经阻止刘虞发兵，也许会因此怪他。公孙瓒就耍了个花招，派叔伯兄弟公孙越带着一千多骑兵也去帮助袁术，暗地里劝袁术继续把刘和扣下，好让袁术跟刘虞作对，自己可以浑水摸鱼（比喻趁混乱的时机捞取利益），得到好处。刘和被软禁，知道袁术不是玩意儿，找个空子逃了。

刘和逃到冀州地界，被袁绍拿住了。袁绍因为袁术反对他立刘虞为帝，早就对他不满意了。这会儿拿住了刘和，更加怪袁术自作主张联络刘虞，没把他放在眼里。他想起袁术立长沙太守孙坚为豫州刺史，就故意立自己的部将周昂为豫州刺史，去跟孙坚抢地盘。周昂发兵打孙坚就等于袁绍打袁术。袁术就叫公孙越带着北方的骑兵帮助孙坚去打周昂。周昂打了败仗，给轰走了，可是公孙越在战争中给乱箭射死了。

袁术把公孙越的灵柩运送给公孙瓒，还写了一封信，说公孙越是被袁绍的将士射死的，请他就近进攻袁绍。袁术在给公孙瓒的信里甚至说袁绍是他父亲的一个使唤丫头生的，算不得袁家的正支。这么着，袁绍和袁术哥俩的仇恨越结越深了。公孙瓒见了他兄弟的灵柩，看了袁术的信，气呼呼地说："袁绍全靠我得了冀州，没来谢我也就算了，反倒害死了我的兄弟。不报这个仇，不是大丈夫！"他当时就把军队驻扎在磐河（也叫钩磐河，故道在山东乐陵一带），准备向袁绍进攻。

袁绍还想跟公孙瓒妥协一下，就把渤海太守的印绶送给公孙瓒的叔伯兄弟公孙范，让他到渤海去上任。这分明是袁绍讨好公孙瓒和公孙范。公孙范接受了太守的印绶，可并不帮助袁绍，一到渤海，就发兵帮助他哥哥公孙瓒去打黄巾军。

　　这支黄巾军是从青州出发，渡过黄河，打算跟黑山军会合起来的。他们到了东光（今河北东光）附近，就给公孙瓒截住了。公孙瓒打黄巾是有经验的，他屠杀了十多万黄巾兵，夺到的粮草和军用物资数也数不清。由青州北上的黄巾军受了损失，转回兖州这边去了。公孙瓒因此立了大功，他的名气震动了河北。他向长安上个奏章，数落袁绍的罪状，就马上向冀州进攻。

## 读有所思

1. 袁绍为什么要夺取冀州？

2. 曹操做了东郡太守后，哪位谋士前去投奔他，被他称为自己的"张良"？

3. 袁绍和袁术兄弟俩为什么结了仇？

# 岘山中伏

公孙瓒的大军从磐河出发，正碰上袁绍的军队。两军一交战，袁绍的军队因为人数少，就败下去了。公孙瓒骑着白马，带着几十个骑兵，亲自带头追赶。越追越得意，越杀越精神。不一会儿工夫，倒把自己的大军甩在后面了。他正杀得起劲的时候，袁绍的大将文丑赶到，把公孙瓒拦住，两个人就打起来了。公孙瓒不是文丑的对手，打了几个回合，就想退回去，没想到后路被文丑的兵马截断，一时跑不了啦。公孙瓒手下的将士保护着他杀出重围。文丑不肯放松，一枪一个，连着戳死了几个骑兵。公孙瓒一见不好，慌忙往山谷里逃去。文丑一马当先，眼看就快追上，却又让他转过山坡跑了。文丑也转过山坡在公孙瓒后面大声嚷着，叫他投降。公孙瓒正要转过第二个山坡的时候，不料山路滑溜，马失前蹄，公孙瓒翻身落马，掉在坡下。文丑飞马赶上，一枪刺去，突然文丑的枪被另一支枪挑开了。

公孙瓒爬起来一看，就瞧见一个少年将军跟文丑打上了。文丑碰到了敌手，只怕前面还有人马，中了埋伏，就拉转马头走了。公孙瓒也不去追赶。他向那个少年将军谢了又谢，问他尊姓大名，怎么到了这儿。那个人行个礼，说："我是常山真定人，叫赵云，字子龙，特来投军，想不到在这儿拜见了将军。"

公孙瓒十分高兴，当时就带着赵云回到大营。他因为不知道赵云的来历，再说常山是属冀州管的，冀州是属袁绍管的，就向他盘问起来。袁绍占领冀州，有不少士族名流去归附他。公孙瓒见到这种情况，又是眼红，又是生气。这会儿赵云从冀州来投奔他，他就得意忘形地带着嘲笑的口气问赵云，说："听说你们那边的人都愿意归附袁绍，您怎么反倒跑到我这边来了？"赵云挺正经地回答说："天下乱糟糟的，不知道什么时候才能安定。老百姓吃尽苦头，好像身子倒吊着一样。我们那边的人议论说，谁待老百姓好，就跟着谁，并不是瞧不起袁公（即袁绍），也不是对将军有什么私心。"

公孙瓒听了，好像挨了一个软巴掌，只好笑嘻嘻地说："您说得对。"

第二天，公孙瓒带着部将严纲进攻冀州，还把袁绍的罪状宣布出去。大意说：袁绍出了坏主意，把董卓招了进来，扰乱天下，这是一大罪状；袁绍自己做了太守，违背盟约，不向董卓进兵，这是二大罪状；以下犯上，恩将仇报，强夺冀州，轰走韩馥，这是三大罪状；孙坚征讨董卓有功，扫除皇陵，祭祀宗庙，忠心耿耿，可恨袁绍截断他的粮道，使他不能追赶董卓，还派别人去夺他刺史的地位，这是四大罪状；按照春秋大义，尊卑有序，袁绍是丫头生的，颠倒尊卑，冒称正支，这是五大罪状。

公孙瓒宣布袁绍的罪状，起了一定的作用，他打到冀州地界，沿路县城纷纷投降。他就派刘备帮着田楷进攻青州；另派单（shàn）径进攻兖州。几路大军马到成功。虽然没把冀州、青州、兖州全打下来，可是已经占领了不少郡县。公孙瓒就任命严纲为冀州刺史，田楷为青州刺史，单径为兖州刺史，刘备为平原相，关羽和张飞为别部司马。

刘备在关东将士起兵打董卓的时候，也想随大溜钻出头来。他曾经带着关羽和张飞走了不少路程往酸枣去。后来他听到各路兵马大多同盟不同心，陆续散了伙，有的甚至彼此相打，就觉得还不如回去依附公孙瓒。他在那边见到了赵云，就有一种说不出的好感，巴不得跟他好好地结交一下。可是大家都在别人的屋檐底下，结交也有个顾虑。刘备看他身高八尺，相貌堂堂，论他的武艺和人品不在关羽、张飞之下，真想亲亲热热地叫他一声兄弟，可是这种想法只能存在心里。赵云看刘备虽然还是个青壮年，他的风度可真像个忠厚长者。就是关羽和张飞也很正派，都是有志气的好汉。他从心眼里钦佩着刘备。就这样，刘备和赵云虽然都没说过什么话，可是好像已经成了知己。

有一天，赵云向公孙瓒请假，说他哥哥去世，他得回家料理一下。公孙瓒让他走了。刘备可着了急，他料想赵云这一去啊，十有八九不再回来了。赵云临走的时候，刘备拉住他的手，没说话，眼睛可有点儿湿了。赵云轻轻地说了句："再见，我忘不了您。"他们就这么分别了。

赵云原来打算离开公孙瓒就算了，因为想念着刘备他们，又因为家中没有坟地，就把他哥哥的灵柩（jiù）暂时停放在一个地方，又回来了。这会儿刘备准备往平原去上任，他向公孙瓒商量可否让赵云一块儿去，做个帮手。公孙瓒同意了。刘备谢过了老同学，带着关羽、张飞、赵云往平原去了。

公孙瓒夺到了一些城邑，继续向冀州推进，急得袁绍只好吩咐将士守住要道，不跟公孙瓒交战。他只怕公孙瓒约同袁术南北夹攻，那就更没法对付了。他特地打发使者到荆州，请荆州刺史刘表进攻南阳，牵制袁术。

刘表，字景升，山阳高平人，是汉景帝的儿子刘余的后代，风度文雅，一向注重文教，被人们评为南郡最突出的名士。长沙太守孙坚杀了原来的荆州刺史向西进军的时候，刘表奉了诏书，做了荆州刺史。他得到了当地的名士南郡人蒯（kuǎi）良、蒯越哥俩和襄阳人蔡瑁（mào）的帮助，镇压了豪强乱党，控制了郡县，把江南平定下来。接着，他派使者去跟袁绍联络，愿意听他的指挥一同去征讨董卓。他把军队驻扎在襄阳，作为接应。袁绍利用他牵制袁术，一直跟他有着来往。

袁术也挺机灵。他怕刘表夺他南阳的地盘，就写信给孙坚，请他进攻荆州，牵制刘表。公元192年（初平三年）一月，孙坚带着程普、黄盖、韩当和大儿子孙策，发兵向荆州进攻。刘表派他的部将黄祖出去抵抗。黄祖打了败仗，逃到邓城，孙坚追到邓城。黄祖扔了邓城，逃到樊城，孙坚追到樊城。黄祖扔了樊城，渡过汉水，逃到襄阳。孙坚的大军跟着也到了襄阳，把襄阳城围困起来。

刘表慌忙请蒯良、蒯越、蔡瑁他们出个主意。蒯良说："孙坚的军队远道而来，我们只需坚决守城，不可出去作战，一面派人冲出包围，到袁绍那边去搬救兵，孙坚必然退兵。"蔡瑁反对。他说："敌人已经到了城下，我们不能坐着等死。我愿意出城跟孙坚比个上下高低。"刘表就让他带着一万人马出去对付孙坚。

蔡瑁带领军队出了襄阳城，打算到岘山（岘 xiàn；岘山在今湖北襄阳南）布下阵势，跟城里的兵马配合起来夹攻孙坚。没想到他还没占领岘山，就被程普和孙策打败了。一万人马杀得还不到五千，逃回襄阳。蒯良责备蔡瑁不听别人的意见，以致打了败仗，按理应当受罚。刘表因为刚娶了蔡瑁的妹妹做了续弦夫人，不愿意叫他们兄妹俩不痛快，就好言好语地安慰他几句算了。

当天晚上，刘表叫黄祖和副将吕公带着几百名弓箭手和骑兵出去偷营，又被孙坚杀了一阵，逼得黄祖他们不能回城。他们只好窜到岘山，躲在那儿。孙坚不肯放松。他带着三十几个骑兵追到岘山。他瞧见黄祖他们进了山腰，也就飞快地进了山腰，可见不到敌人。他在月光底下四面一望，才瞧见山路盘旋曲折。他怕遭到敌人的暗算，正想回来，突然从树林子里射来了无数的乱箭，中间还夹着石头子儿。他身上中了几箭，还想退回，猛一下子头顶上飞来了一块大石头，砸得他脑浆迸流，人和马都死在岘山。那时候，孙坚才三十七岁。

跟着孙坚的那些骑兵，大多被杀了，有一部分没死的直往山下乱跑。黄祖和吕公他们直追下去。蒯良、蒯越、蔡瑁他们又从城里杀出来，两面夹攻，杀得孙坚的军队大乱起来。程普和韩当保护着孙策（字伯符，孙坚长子）逃回汉水，由黄盖接应着。到了天亮，双方收兵。孙策听到他父亲被乱箭射死，连尸首也被敌人抬到城里去了，不由得放声大哭。程普他们怕军心动摇，劝孙策退兵回去，再作道理。孙策哭着说："我父亲的遗体还在敌人手里，叫我怎么回去啊！"

大伙儿都哭丧着脸，不知该怎么劝住孙策。有个军官叫桓楷的，他说："让我到城里去跟刘表说说。"他们一时没有别的办法，就请桓楷去跟刘表商量，桓楷见了刘表，先赔了些不是，说了些奉承名士的话，最后要求刘表让他们把孙坚的尸首领回去。刘表爱名誉，要面子，再说他也不愿意跟孙家结下深仇，就说："文台的遗体已经入殓（liàn）了。你们既然愿意罢兵，以后不可再来侵犯就是了。你们派人来领回灵柩去吧。"

桓楷连忙下跪磕头，谢了刘表。谁料得到忽然来个晴天霹雳。蒯良出来，大声嚷着说："不行，不行！"刘表问他："怎么啦？"蒯良说："请先把桓楷斩了，然后再用我的计策，管保把孙家的军队消灭干净！"桓楷听了，吓得直冒冷汗，他想也不敢想是怎么回事。刘表也挺纳闷，不知道蒯良又有了什么主意。

## 读有所思

1. 公孙瓒为什么会跟袁绍结仇？

2. 孙坚是怎么死的？

3. 孙策是怎么要回父亲的遗体的？

# 万岁坞

蒯良对刘表说:"孙坚一死,他们的军心必然动摇。听说他的大儿子孙策才一十七岁,孙策以下,孙权、孙翊(yì)、孙匡等都还是拖鼻涕的娃娃。趁着这会儿形势好,咱们直打过去,准能把豫州拿下来。要是还了尸首,双方罢兵,让他们去恢复元气,将来他们有了力量,再打到荆州来,那不是咱们自讨苦吃吗?"刘表不同意,他说:"目前天下正乱着,我安抚自己的郡县还怕来不及,怎么反倒发动战争呢?"刘表终于答应了桓楷,让他回去。

孙策领回了他父亲的灵柩,把它葬在曲阿(今江苏丹阳)。孙坚哥哥的儿子孙贲带着一部分将士归附了袁术,袁术推荐他做了豫州刺史。孙策带着他母亲吴太夫人和一部分将士投奔他舅舅丹阳太守吴景去了。

刘表打败了袁术的同盟军孙坚这一头,就等于袁绍打了一个胜仗。袁绍仗着刘表牵制着袁术,不必再担心袁术去帮助公孙瓒了。他就亲自带领军队去对付公孙瓒。军队到了界桥

（今河北威县一带）以南二十里，就跟公孙瓒的军队碰上了。公孙瓒率领着三万精兵往南下来，来势很猛。袁绍派部将麹（qū）义为先锋，另外两位大将颜良和文丑在后面接应。先锋麹义先用少数兵力去试探一下，只带着八百名弓箭手上去对付公孙瓒的军队。

新近做了冀州刺史的严纲带着一队骑兵过了界桥，往前一望，只有这一丁点儿敌人，就下令进攻，好像饿虎扑食似的直冲过去。麹义的八百名精兵拿着盾牌护着身子，蹲在地下纹丝不动，好像海滩上一大群蛤蜊（gé lí）躲着风暴似的。严纲的骑兵过来了，越来越近，不到两百步了，只有一百多步了，不到一百步了！突然蛤蜊变成了雷公，一声霹雳，震动了天地，无数的箭好似暴雨一样直射过去。严纲的兵马在前面的多被射死，在后面的慌忙退回。麹义猛打猛冲，直赶上去，正碰到冀州刺史严纲。两个都是大将，在马上一来一往地打了十几个回合。麹义占了上风，瞅准机会，抡圆了大刀，把严纲劈落马下。严纲的败兵只好往界桥退去。

袁绍手下的颜良、文丑都是出名的猛将，他们一见先锋麹义打赢了，飞马赶来，冲到界桥。公孙瓒的兵马纷纷逃过桥去，挤不上桥的就在南岸沿着河道跑了。其余两万多人逃过河去，回到大营。颜良、文丑追过了桥，直到公孙瓒的大营。他们一瞧军营前后都很整齐，怕再进去吃亏，就砍倒营门口的旗子，得意扬扬地回去了。

麹义、颜良、文丑他们还没回到大营，早有人向袁绍报告了前面打胜仗的消息。袁绍一听自己的军队已经追到界桥，有的还过了桥，那么战场离开这儿已经二十来里地了。他和田

万岁坞

丰出了营帐，带着一百来名卫兵和几十个弓箭手，毫无顾虑地在营前溜达溜达。他还叫手下的人随便休息休息，自己跟田丰一面聊着天，一面信步走着。他说："公孙瓒究竟是无能之辈。"说着，呵呵大笑。

笑声还没过去，没防到公孙瓒的两千来名沿着南岸河道跑的骑兵赶到了。他们把袁绍的一百来名士兵围了好几层，向他们射箭。田丰扶着袁绍，请他逃到路旁的矮墙头里面去躲一躲。袁绍一边看着他的卫兵和弓箭手，一边摘下自己的头盔，狠狠地往地下一扔，提高了嗓子嚷着说："大丈夫应当向前斗死，怎么能贪生怕死地躲到墙后去呢？"说着，他拿起弓箭来跟自己的弓箭手一起放箭。一百来名卫兵拿着长戟（jǐ）拼命地抵抗着。公孙瓒的骑兵并不知道被他们围住的人里面还有袁绍。他们得不到多大的便宜，不想再打，再说，麹义他们已经从远处过来了，这两千个骑兵也就走了。

没过几天，公孙瓒又出来攻打袁绍，再一次打了败仗。公孙瓒叹了一口气，退到蓟城。打这儿起，他不再亲自出来跟袁绍作战了。

袁绍打退了公孙瓒，冀州的地盘拿定了。他还没忘了自己是征讨董卓的盟主。他暗地里派心腹到司徒王允那儿去探听动静。王允并没有任何反对董卓的行动。正相反，人家都说他是董太师的红人儿呢。

原来董卓于公元 191 年（初平二年）做了太师，地位在诸侯王之上，车马和服装跟天子的差不了多少。他近来更发福了，懒得天天去上朝。大臣们有事可以上太师府去请示。这么着，太师府等于是朝廷了。他一出来，公卿大臣都在他的车马旁边拜见他。董太师一般是不还礼的。这时候，那位赫赫有名的打黄巾的皇甫嵩做了御史中丞。他原来是董卓的上级，现在做了他的属下，行起礼来，总是毕恭毕敬的。董卓很得意，拿手指头指着他说："你原来在我上头，现在在我底下，你服不服？"皇甫嵩又行了个大礼，说："我哪知道明公会得到这么高的地位呢？"董卓说："天鹅原本有远大的志向，就是家雀不知道罢了。"皇甫嵩真能说话，他的脸皮也特厚，他点头哈腰地说："从前我跟明公都是天鹅，没想到今天您变成凤凰了。"董卓听了，哈哈大笑。像皇甫嵩那样有威望的大臣都捏在自己手里，他还怕谁呢？

董卓看到关东的这批太守、刺史们各人抢各人的地盘，没有什么了不起，就一心建造长安。为了他自己的下半世，他把整个郿县修成享乐的家园。郿县的城墙修得跟长安一样高，一样结实，里面储藏的粮食就可供三十年吃的。他把郿县称为"郿坞"，又叫"万岁坞"。他说："大事成了，天下是我的；万一不成功，我就老死在这儿，谁也别想进来。"他后悔以前听了尚书周毖和城门校尉伍琼的话，不用自己的人，倒用了所谓天下名士，还让袁绍、袁术、韩馥、刘岱这些人做了太守，做了刺史。"好，恩将仇报，这些人反倒来掐我的脖子。我不能再吃这号亏了。我干吗这么傻不提拔自己人呢？"他就立他兄弟董旻（mín）为左将军，侄儿董璜（huáng）为中军校尉。这两个人跟他的女婿牛辅，干儿子吕布，还有李傕、郭汜、张济等都是带兵的，特别受到重用。族里的人能够封侯的都封了侯，连他的小姨太太手里抱着的娃娃也封了侯，还有那个梳着小辫儿的小孙女也封为渭阳君。

董卓把各州郡反对他的人看作无能之辈。他曾经说过："只有孙坚这小子戆得厉害，你们千万不可小看他。"现在孙坚死了，连戆小子那一头也不必担心了。董卓可以把枕头垫得高高地无忧无虑地睡大觉了。

郿坞离长安城二百五十里。董卓经常两头跑。大概他在长安半个月或者一个月，就把朝廷的事务托付给司徒王允去偏劳，自己回到郿坞去了。他每回出去或者回来，公卿大臣总先到城外"来接去送"。董卓忘不了胡人和羌人的习惯，他喜欢在城外临时搭帐篷，大摆酒席，招待公卿大臣。一招待，吹吹打打，吃吃喝喝，就是半天。

有一回，公卿大臣送董卓出城，他又在大帐篷里开个宴会。正赶上北地解来了几百名俘虏。董卓吩咐把他们带到酒席前面来，给公卿大臣们下酒。俘虏能干什么呢？叫他们敬酒吗？董卓独出心裁地叫刽子手们在这些人身上表现各种折磨人的花样。他们挺利落地把这些人有的剁下一只手或者一条腿，有的挖出眼睛或者割去鼻子，有的撕下耳朵或者割去舌头，再就是拿大锅把他们煮了。文武百官看见这种惨无人道的场面，听见那种简直不是人发出来的惨叫声，有不少人上牙打着下牙，也有因为手发抖，掉了羹匙、筷子什么的。只有董卓好像没有事似的吃着、喝着，自得其乐地向大臣们劝酒。这么一比呀，就显出董卓的不"平凡"来了。

又有一回，董卓大摆筵席，请公卿大臣喝酒。司徒王允、尚书杨瓒、卫尉张温、司隶校尉黄琬、尚书仆射士孙瑞（姓士孙，名瑞）、左中郎蔡邕、骑都尉李肃等都到了。别的官员早就等在那儿了。董卓对卫尉张温很不满意，把他看作眼中钉。

以前董卓是张温的部下，他征伐凉州的时候，被边章打败，孙坚曾经劝张温把董卓杀了，张温没依。后来董卓也知道了这件事，他应当感激张温吧。不，那是平常人的想法。他不能这样，他记着这仇恨。张温又不能像皇甫嵩那样会拍马屁。董卓就使了个花招，吩咐他的干儿子吕布去办这件事。这会儿大伙儿正喝着酒，祝董太师健康。吕布匆匆忙忙地进来，走到董卓跟前，咬着耳朵说了一句半句的话，大臣们都担心又有什么祸事临到他们头上了。

董卓点了点头，笑了笑，说："喔，原来是这么回事。"他马上把脸一沉，吩咐吕布把卫尉张温揪出去。文武百官吓得又有掉筷子、掉勺儿的。不一会儿，手下的人又上了一道菜。这回端上来的是个大红的食盘，里面搁着张温的脑袋！大臣们吓得魂儿出了窍，连司徒王允也透出些慌张来了。

董卓斟了一杯酒，笑眯眯地说："诸公不必惊慌。张温勾结袁术，他们来往的信落在奉先手里。谋反的理应处死。诸公跟他不相干，请敞开洪量，多喝几杯。"公卿大臣只好唯唯诺诺（形容一味顺从别人的意见）地陪着他。

散了席，大臣们怀着一肚子的鬼胎回去。司徒王允回到家里，一闭上眼睛就出现了大红食盘里张温的脑袋。他得赶紧想办法，不能让朝廷上的大臣一个个地被杀害呀。

过了几天，王允听说河南尹朱儁到了中牟招兵买马，联络关东将士共同来征讨董卓，心里希望他能成功。他又听说徐州刺史陶谦推举朱儁为车骑将军，还发了三千精兵帮助他。别的州郡也有帮助他的。王允马上派人到万岁坞去向董卓报告。董卓到了长安，王允向他献计，请他派尚书杨瓒率领大军去征伐朱儁。杨瓒是王允的心腹，要是他能带领大军，就可以跟朱儁联合起来进攻董卓了。董卓一点儿不糊涂，他不派杨瓒去。他派去的是自己的心腹李傕和郭汜。王允干着急，只好希望朱儁能够打败李傕他们才好。要是朱儁能够打到关内来，王允就可以约同别的人作为内应。没想到朱儁只能杀黄巾，遇到董卓的人就打了败仗，逃到陕州去了。李傕、郭汜打了胜仗，留在陈留、颍水一带防守着。董卓又可以把枕头垫得高高地睡大觉了。

王允对杨瓒和朱儁的希望都落了空，闷闷不乐地不知道该怎么办才好。有一天晚上，月亮光好像水银似的洒了一地。他抬头一瞧，更加勾起自己的心事来了。他一个人静悄悄地踱到后花园，站在蔷薇花架子旁边，对着月亮暗暗地流眼泪。忽然从牡丹亭那边传过来好像是个女人叹气的声音。夜这么静，月儿这么明，他直纳闷：深更半夜，还有谁在这儿诉委屈呢？

## 读有所思

1. 董卓为什么要在郿坞大兴土木？
2. 董卓杀张温的理由是什么？
3. 司徒王允为什么想要杀掉董卓？

# 凤仪亭

　　王允慢慢地过去一瞧，原来是歌女貂蝉（diāo chán）在那儿烧夜香。貂蝉从小卖给王府，学习歌舞，现在已经十六七岁了。她不但能歌善舞，长得也漂亮，王允挺喜欢她，不把她当作一般的丫头看待。这会儿王允见她一个人在花园里，就咳嗽一声，责备她，说："你在这儿干什么？有私情吗？"貂蝉吓了一大跳，一看是司徒大人，连忙跪下，回答说："我怎么敢有私情？""那你深更半夜在这儿叹什么气？"貂蝉说："我蒙大人恩待，把我当作女儿那样看待，如今长大成人，我老想着怎么能替大人做些事。这几天，我瞧见大人皱着眉头，闷闷不乐地踱来踱去。我知道大人准是为了国家大事操心。我问又不敢问，只好趁着没有人的时候，在这儿烧炷香，替大人求福分忧。"

　　王允一听，"啊"了一声，愣在一边。他瞧了瞧貂蝉，又瞧了瞧香炉，很温和地说："你真有这么好心眼吗？"貂蝉说："要是我能替大人分忧的话，上刀山，下火海，我也干。"王允扶起貂蝉来，自言自语地说："谁想得到汉朝的天下还靠着她哪！"接着，他又说："这儿不是讲话的地方。咱们到书房里去吧。"

貂蝉跟着王允进了书房，王允跪在地下，向她又是磕头又是拜，吓得貂蝉慌忙趴在地下，说："大人，大人，您这是干什么啊？快请起来。只要有用得着我的地方，大人只管说，就是把我的身子剁成泥，骨头磨成面，我也是乐意的。"王允就跟貂蝉商量个计策怎么去对付董卓和吕布。

第二天，王允把家藏的一些珠宝送给吕布。吕布收了，非常高兴。他亲自到王允府中去拜谢。他说："我只是个武夫，司徒是朝廷大臣，您送给我这么珍贵的东西，我实在过意不去。"王允说："当今天下英雄，要数将军了。我也凑合着当了太师的部下，才敢向将军表示敬意。"吕布听了这几句话，心里挺舒服。王允把吕布让进后堂，请他喝杯酒。吕布酒量大，越喝越精神。王允吩咐使唤丫头斟（zhēn）酒。两个人一面喝酒，一面随便聊起天来了。有个丫头在斟酒的时候，一不留神，酒溅到吕布的袖子上。王允火了，他说："毛手毛脚的，下去，都下去！叫小姐出来。"

不一会儿，两个小丫头带路，貂蝉出来了。吕布一瞧，两只眼睛盯着她直发愣，天底下竟有这么招人疼的小姑娘。他故意问王允："这位小姐是……"王允说："我家的老闺女貂蝉。承蒙将军错爱，把我当作自己人，我才叫我家的老闺女出来，让她见识见识将军——见过将军，敬杯酒。"貂蝉斟了一杯酒，羞答答地递给吕布。吕布接过酒来，两个人眉来眼去地就想说话，可是谁也不便开口。王允开口了，他说："蝉儿，央告将军多喝几杯，我们一家人全靠太师跟吕将军哪。"吕布请貂蝉坐，貂蝉红着脸要进去。王允说："自己人怕什么？将军叫你坐，你就坐吧。"貂蝉慢条斯理地挨到王允旁边坐了下来。

吕布一面喝酒，一面净瞅着貂蝉，还问长问短，问到她的婆婆家。他说："令爱真可爱，不知道哪家的小伙子有这么大的福气。"王允说："我妄想高攀，把小女送给将军做个小，不知道她有没有这份福气？"貂蝉站起来，向吕布飞个媚眼，低着头逃进去了。吕布立刻向王允拱一拱手，说："岳父在上，受小婿一拜。"他趴在地下拜了三拜。王允慌忙把他扶起，对他说："多早晚择个日子，我就把她送到府上。"吕布再三谢过王允，带着一肚子的快乐回去了。

过了两天，王允在朝堂上见了董卓，趁着吕布不在跟前，对董卓说："我想请太师光临敝舍，喝杯淡酒，也好让我风光风光。不知道太师肯不肯赏光？"董卓说："司徒何必客气。你请客，我一定到。就是明天，好不好？"

第二天中午，董卓去了，左右前后拿着长戟的卫兵就有一百来个，威风凛凛地到了司徒府。王允穿着朝服出来迎接。卫兵进了大门，分两旁站着。王允把董卓让到大厅，请他坐下，自己用大礼参拜了。董卓把他扶起来，叫他坐在旁边。王允说了几句恭维的话，就请董卓到后堂喝酒。王允给董卓上寿，说："太师的功德连伊尹、周公也比不上。"董卓呵呵大笑，说："司徒夸奖了。"

他们喝了几杯，就出来了一队歌女向董卓行过礼，按着音乐舞蹈起来。董卓见了，浑身都是舒服。他瞅着那个领队的小妞儿长得特别出众，就问王允："这个女孩子叫什么名儿？真像只小松鼠，又像只小飞燕。"王允说："太师说得对。她叫貂蝉，是我家的歌女。貂，比松鼠大点儿，蝉，可比燕子小。"说着，两个人都笑了起来。董卓又加了一句："貂蝉也好，小松鼠、小燕子也好，她可长得真美。"王允吩咐貂蝉给太师斟酒。貂蝉就叫歌女们散了队，自己捧着一杯酒送到董卓面前。董卓左手接着杯子，右手凑到貂蝉的下巴颏（kē）上，一抬，说："多大啦？"貂蝉低下头去，眼睛斜瞟着向董卓微微一笑，走又不敢走，站又站不稳，扭扭捏捏地好像向董卓告饶似的。王允替她说："十七啦。要是太师不嫌她丑陋，就带回去做个使唤丫头吧。"

董卓睁大了眼睛，向王允望着，连着说："哎呀呀！这……这……这叫我怎么说呢？"貂蝉又想逃进去，给王允留住了。王允说："她能够伺候太师，真太有造化了。"董卓谢过了王允。王允吩咐手下的人准备车马，先把貂蝉送到太师府。接着，董卓也告辞了。王允亲自送他，直送到太师府才回来。

没想到有个"耳报神"向吕布报告了。吕布马上去跟王允评理。王允还没回到家里，就给吕布追上了。吕布勒住马，横着画戟，气呼呼地说："司徒已经把貂蝉许配了我，怎么又送去给太师？"王允给他说得目瞪口呆，慢吞吞地说："啊？您说什么？这儿不是讲话的地方，请到舍下一谈。"吕布还是挺横地说："去就去，看你有什么说的！"

两个人到了王允家，下了马，进了后堂。吕布先开口了："有人告诉我，说你把貂蝉送到太师府去了。这是什么意思？"王允请吕布坐下，说："将军还不知道吗？昨天太师在朝堂对我说，他有事要到我家来。我今天准备了些酒食招待他。在喝酒的时候，太师问我：'听说你把你闺女许配给奉先，不知道是真是假。'我说那有什么假的。他说：'你不能说话不算数。让我先看一看。'我只好叫貂蝉出来拜见公公。太师说：'今天就是好日子，我把她接回去，让他们去成亲。'我要说的就是这几句话。什么地方冒犯了将军啊？"

吕布忙赔着不是，说："原来如此。我生性鲁莽，一时错怪了。以后再来赔罪吧。"王允送他出了大门，加上一句，说："貂蝉还有一些嫁妆，过几天给将军送去。"

吕布回到家里，天已经黑了。一夜没睡好觉。第二天，他上太师府去瞧瞧，一点儿没有给他办喜事的动静。他到了中堂，问了问使女们。她们说："太师陪着新夫人，还没起来哪。"吕布听了，连头发都气得直竖起来。他一直进去，到了董卓卧房的廊下，偷偷地往里瞧了瞧。貂蝉正在窗户下梳头。她从镜子里瞧见了吕布，马上皱着眉头，拿起手绢擦眼睛。吕布走近一步，貂蝉回过身子来，拿手指头指着自己的心口，又指了指董卓的床，眼泪像散了线的珍珠似的扑簌簌（sù）地掉下来了。吕布见了，心里像给刀子扎着一样。

董卓瞧见貂蝉指手画脚地向窗外打招呼，就问："谁呀？"吕布说："是我！"董卓问："有事没有？"吕布只好说："没有。"董卓起来了。他对吕布说："没事，你出去吧。哎，奉先，中堂里候着，咱们一块儿见皇上去。"

董卓到了朝堂上，同别的几个大臣一块儿商议朝廷大事。吕布拿着方天画戟站在董卓背后，心里净惦记着貂蝉。他瞅个空子，溜出来了。急急忙忙地跑到太师府，下了马，带着画戟直到后堂去找貂蝉。貂蝉见了，好像碰到了救星，匆匆忙忙地对他说："这儿不便说话，请到后花园等我。"吕布到了凤仪亭，把画戟靠着亭柱搁着，在莲花池旁边等着。果然，貂蝉来了。她一见吕布，就扑过去，抽抽搭搭地说："我忍辱偷生，就是为了要再见将军一面，表白我的心迹。今天见到了将军，我的心愿了啦。今生不能伺候将军，来世再见吧。"说着，她攀着栏杆，直往莲花池里跳去。吕布慌忙把她拉住，流着眼泪，说："我早就知道你的心了。要是我不能把你救出来，我不是大丈夫。你可千万不能死啊！"

貂蝉拉住吕布的手，水汪汪的眼睛盯着吕布的眼睛，挺难受地说："那叫我怎么办？"吕布说："以后再说吧。今天我偷空来瞧瞧你，工夫大了，怕太师起疑。我得赶紧回去。"他迈开一步，打算拿着画戟走了。貂蝉扯住他的袍角，很生气地说："我听到将军的名儿，一向认为您是当今天下最出名的英雄。没想到您跟我同样都是受着别人欺压的。您这么怕他，那我还有什么盼头呢？"吕布被她说得又是害臊、又是气愤。他只好再留一会儿，好言好语地安慰着她。两个人都不愿意分开，不由得越抱越紧，越哭越伤心。

忽然来了个晴天霹雳，只听到一声吆喝："你们在这儿干什么？"吕布放开貂蝉，回头一瞧，原来是董卓！这一吓，非同小可。他扔下貂蝉，撒腿就跑。董卓抄起画戟，直赶过去。可是他身子肥大，赶不上吕布。他就把画戟当作标枪掷了过去。吕布知道董卓的厉害，早就防着了。他眼快手快，把画戟抹在地下，飞似的跑出园门去了。

董卓过去捡起画戟，赶出园门，恰巧前面来了一个人，他好像后面被鬼赶着似的没头没脑地直跑，迎面跟董卓一碰，撞个满怀，两个都是胖子，摔在地下，肉乎乎的一大堆。那个跑进来的正是谋士李儒。他扶起董卓，替他揉了揉脑门子，一只手捡起画戟，一只手把董卓搀到书房里，董卓气呼呼地坐下，问他："你怎么会到这儿来？"李儒说："我见太师回头不见吕布，气冲冲地离开了朝堂，心里就很不放心。跑到太师府一问，说您发了脾气，跑到后园找吕布去了。我跑过来，正碰上吕布出去。他说太师赶着要杀他。我是来劝告您的，没想到把您撞倒了。该死，该死！"

董卓说："吕布这奴才调戏我的美人儿，那还了得？我非把他治死不可！"李儒拿了不少过去历史上的教训，劝他不要为了一个女子误了大事。末了他说："貂蝉只不过是个歌女，吕布可是太师的心腹猛将。太师要是顺水推舟地把貂蝉赏给他，他必然感激太师，一辈子替太师卖命了。请您再思再想。"

李儒摇头晃脑地又加了一句："请太师从大处着想。"董卓闭着嘴，忍住气，眼珠子慢慢地转着。过了一会儿，他说："你的话对。一个小娘儿们怎么抵得上一个大将呢？可是我和他究竟有父子的名分，把自己的女人送给儿子，不像话。我不追究他也就是了。要么，宁可多送些黄金给他。你把画戟带去给他，说几句好话，叫他不必介意。去吧。"

李儒不便再噜（lū）苏，拿着吕布的画戟回去了。董卓走到卧房，瞧见貂蝉已经哭成泪人儿了。他听了李儒的一番话，气已经消了一大半。他说："你为什么跟吕布私通？"貂蝉抽搭着说："我在后园看花，吕布突然进来调戏我。我吓得往后躲。他说：'我是太师的儿子，你躲什么？'他拿着画戟把我赶到凤仪亭。我见他存心不良，恐怕受到污辱，就爬上栏杆，往莲花池跳去。谁知道被他抱住了。正在这个生死关头，太师您来了，救了我的性命。"她诉完了委屈，提高了嗓子哭着说："太师，您得替我做主哇！"

董卓听了，半信半疑。他说："我把你赏给吕布，成全你

凤仪亭

们的心愿吧。"貂蝉听了，差点儿晕了过去。她定了定神，挺坚决地说："我一心一意地伺候太师，怎么忽然把我扔给你家的狗奴才？好吧，您把我的尸首给他吧！"说着，两只眼睛盯着墙上挂着的宝剑，跑上几步，拔出宝剑，往脖子上抹去。

## 读有所思

1. 王允为了除掉董卓，设了一个什么计谋？
2. 凤仪亭里发生了什么？
3. 董卓为什么要把貂蝉赏给吕布？

## 知识拓展

"凤仪亭"故事出于《三国演义》，又名"梳妆掷戟"，讲述了貂蝉和吕布二人在凤仪亭私会，被董卓撞破的故事。

貂蝉是东汉末年司徒王允的歌女，王允眼看董卓将篡夺东汉王朝，于是设下连环计。王允先把貂蝉暗地里许给吕布，再明把貂蝉献给董卓。董卓收貂蝉入府为姬之后，吕布心怀不满。一日，吕布乘董卓上朝时，入董卓府探貂蝉，并邀凤仪亭相会，貂蝉见吕布，假意哭诉被董卓霸占之苦，吕布愤怒。这时董卓回府撞见，怒而抢过吕布的方天画戟，直刺吕布，吕布飞身逃走，从此两人互相猜忌，王允便说服吕布，铲除了董卓。

这段故事后来被改编为戏曲、杂居，但正史中并没有貂蝉的记载，她只是罗贯中在《三国演义》里所刻画的艺术形象。

# 叹气惹祸

  董卓一见貂蝉要抹脖子，慌忙夺去宝剑，把她抱在怀里，像哄孩子似的哄着她，说："我说着玩儿，别当真。"貂蝉缩在董卓怀里，咕嘟着嘴，撒娇地说："有那么开玩笑的吗？一条小性命差点儿送掉。准是李儒捣的鬼。吕布、李儒都不是玩意儿。我的命不值钱，可是他们也得顾到太师的身份和体面哪。"董卓呵呵大笑："我怎么舍得了你呀！"貂蝉怕董卓太累了，就从他身上出溜下来，挺正经地说："您舍不得我，我可是怕再在这里待下去，我这条命早晚得丧在吕布手里。"董卓说："你放心吧。咱们到郿坞去，明天就走。在那儿没有忧虑，没有旁人，逍遥自在，管保你满意。"貂蝉这才高兴了。

  第二天，董卓还真带着貂蝉往郿坞去，文武百官照例到城外去送行。吕布骑着赤兔马，拿着方天画戟也去了。他还向董卓赔不是。董卓安慰他，说："大家都有不是，以后别再提啦。"吕布谢过了董卓，故意混在人群里，偷偷地望着貂蝉的车，就瞧见她好像拿着手绢在擦眼泪。直到董卓的队伍去远了，别人都回去了，他还是呆头呆脑地望着去郿坞的道儿出神，叹气。

有人叫他，他也没理会。又叫了一声，他才回过头去，原来是王司徒。吕布说："我正想找您说话。"王允说："那么，咱们走吧。"他们到了司徒府，王允把吕布让到内室，请他喝酒。吕布一连喝了好几杯，才愁眉苦脸地把凤仪亭跟貂蝉相会的事说了一遍。王允只是低着头直捶自己的大腿。他说："天下竟有这种不顾廉耻的人！他糟蹋了我的女儿，夺去了将军的妻子。我是无能之辈，只好让人家笑话我。可是将军一世英雄怎么受得了这种侮辱呢？"

吕布叹了口气，说："司徒，我真想干了他，可是为了父子的名分，我怕被人议论。哎，真叫我左右为难。"王允摇摇头，说："将军姓吕，他姓董，本来就不是一家。再说他掷戟的时候，难道还有父子之情吗？"吕布突然站起来，捏紧了拳头向空中一挥，说："对！司徒一句话提醒了我。我非报这个仇不可！"王允说："报仇还是小事。将军为国家除暴，这是流芳百世的大事业。要是帮助他下去，那才叫遗臭万年哪。"吕布对天起誓，愿意听从王司徒的吩咐。

这么着，王允约了尚书仆射士孙瑞、司隶校尉黄琬和吕布这几个心腹一块儿商议。大伙儿起了誓，定了计，分头进行。

公元192年（初平三年）四月，十二岁的汉献帝病了些日子，刚恢复健康，准备亲自临朝了。董卓由郿坞到了太师府，再由太师府带着卫兵上未央宫去。他很是小心，处处防备着别人的暗算，朝服里面穿着上等铁甲。他一出来，两旁的卫

兵排成一条夹道。这还不算，他还有谋士李儒跟着，有他的干儿子拿着画戟保护着他，他才放心。

这一天，李儒有病，在家里休养。董卓带着中郎将吕布和骑都尉李肃上宫里去。到了北掖门，大队的卫兵留在门外，只有十几个亲信的武士进去。李肃扶着董卓的车慢慢地走，吕布跟在后面。董卓进了北掖门，就瞧见司徒王允、仆射士孙瑞、司隶校尉黄琬他们站在那儿迎接他，向他行礼。董太师向来不还礼的。今天特别客气，向他们点了点头。他正纳闷怎么他们也有人带着剑呢？只见李肃跨上一步，冷不防地拿出短刀来对准董卓的胸膛直刺过去。谁知道李肃的短刀扎着铁甲，格格不入。董卓站起来，在车上一个飞腿把李肃踢出一丈开外。有个扮作卫兵的大臣拿起刀来直刺董卓的喉咙，董卓用胳膊一挡，就把那把刀撇在地下，可是自己的手腕子受了伤。他想跳下车来，没想到被车档子钩住，肥大的身子倒了下来，半个身子还搁在车上。这时候，他才叫了一声："奉先在哪儿？"

吕布从车后出来，大声宣布说："皇上有诏书，杀乱臣董卓！"董卓瞪了他一眼，说："狗奴才，你……"话还没说完，吕布的画戟已经扎穿了他的喉咙。李肃又上去一刀，把他的脑袋割了下来。吕布拿出诏书来，对官员们和卫兵们说："皇上只要治死董卓，别的人一概不问。"官员和卫兵一下子都喊着："万岁！""万岁！"

吕布拿出来的诏书是尚书仆射士孙瑞准备好，挺秘密地交给吕布的。文武百官大多都痛恨董卓，杀了他，倒痛快。长安的老百姓一听到董卓被杀了，高兴得发疯似的。有不少人跑到街道上唱着、蹦着，一大群一大群地跳起舞来。又有不少人认为董卓使的坏全是李儒出的主意。他们就冲到李儒家里把他也杀了。

司徒王允和司隶校尉黄琬一看到老百姓这么高兴，就让他们好好地庆祝一番，还把董卓的尸首搁在热闹的街口，让大家瞧个够。当时就连穷人家也卖了衣服什么的，买些酒和肉大吃一顿，痛快痛快。有人想起董卓曾经把活人裹上布，浇上油，当作蜡烛烧，就是所谓"倒点大蜡烛"。这会儿也有人在董卓尸体的肚脐眼上捅了一刀，灌上油膏，搁了一个"灯芯"，慢慢地烧着。

司徒王允叫吕布和皇甫嵩带着一队兵马到郿坞去抄董卓的家。吕布不想别的，一心只想快点儿把貂蝉接到自己的家里来。他比皇甫嵩更心急，跑在头里先去了。这时候，董卓的女婿中郎将牛辅正在陕州，防备着朱儁那一头，校尉李傕、郭汜、张济他们还在陈留、颍川一带借着肃清乱党的因由，到处干着抢劫和勒索的勾当。留在郿坞的只有董卓的兄弟左将军董旻和董卓的侄儿中军校尉董璜。这两个人在吕布和皇甫嵩到郿坞以前已经被手下的人剁成肉泥了。

城里的老百姓一听到董卓死了，董旻、董璜剁成了肉泥，一下子不知道有多少人冲到董卓的家里去。他们把董家的人，男男女女，老老少少全都杀光。吕布和皇甫嵩从库房中抄出了黄金三万斤，白银九万斤，珠宝、玉器，古玩，还有各色各样的绫罗绸缎等多得没数儿。他们又找到了一个地窖子，里面关着一些不肯屈从的良家妇女。吕布希望能在这儿找到貂蝉，可是没有。皇甫嵩把她们都放了。

吕布找来找去，就是找不到貂蝉。她可能已经被杀了。

男男女女被杀的很多，尸首乱七八糟的，尸体又不全，要认也没法认。吕布只好失神落魄似的跟着皇甫嵩把那些金银财宝和别的值钱的东西搬到长安去。

汉献帝论功行赏，任命王允为"录尚书事"（官衔），吕布为奋威将军，封为温侯。仆射士孙瑞说他没有什么功劳，把封赏都辞了。王允和吕布共同管理朝政。他们追查董卓一党的人，有的处死，有的充军。左中郎将蔡邕（yōng）想起董卓跟他私人的交情，不由得叹了一口气，被王允听到了。王允责备他，说："董卓逆贼，差点儿亡了汉室。今天把他处死，大快人心。你也是朝廷的大臣，反倒长吁短叹地替他伤心。你是董卓一党的人吗？"

蔡邕承认了自己的罪。他对王允说："我虽然没有才能，多少也知道些道理，怎么肯背叛朝廷向着董卓呢？只因为想起了私人的交情，情感上压制不了。我确实犯了大罪，可是我恳求您从宽处罚。不论脸上刺字或者砍去一只脚都可以，只希望留下一条命，让我把那部汉朝的历史写完，就是您的大恩大德了。"王允把他交给廷尉。

太尉马日磾（mì dī）替蔡邕说情。他对王允说："伯喈（jiē）很有学问，又熟悉汉朝的事情，让他完成那部重要的著作，也是件好事情。他的罪不算太大。要是把他处死，恐怕叫人失望。"王允摇摇头，说："从前汉武帝没杀司马迁，让他写书。他就借题发挥，毁谤朝廷。这种毁谤的文章就这样传到后世。现在国家衰弱，皇上年轻，要是让蔡邕那样反对我们的人耍笔杆，这种书不但没有用处，而且我们都将给他暗暗地骂上呢。"马日磾只能在背后批评王允。蔡邕就这么叹气惹祸，在监狱里被逼死了。

王允杀了这个文的，吕布可要消灭那个武的。他吩咐骑都尉李肃发兵到陕州去打董卓的女婿牛辅。李肃到了那边，跟牛辅交战，连着打了败仗，逃回来了。吕布借着这个因由要向李肃出一口气。原来李肃和吕布都是五原郡人，一向要好。当初吕布听了他的话，杀了丁原，投到董卓这边来。现在他又杀了董卓，后悔杀了丁原。他见了李肃就好像眼睛里夹着沙子那么不好受。这会儿他一见李肃打了败仗逃回来，就说："你成心灭我的锐气吗？"李肃呢，杀了董卓，自以为立了大功，没升官职，心里正闹别扭，就跟吕布顶了几句。吕布吆喝一声，吩咐武士们把他推出辕门砍了。然后他就亲自去打牛辅。

## 读有所思

1. 董卓是被谁杀死的？
2. 董卓死后，其他人的表现是什么？
3. 王允为什么不放过蔡邕？

林汉达

三国故事全集

130

# 死里逃生

牛辅不是吕布的对手，他一听到吕布亲自率领大军来打陕州，慌了，他的部下也乱了。他知道没有抵抗的力量，就收拾些金银珠玉，带着家里的奴隶胡赤儿等几个人半夜里扔下军营逃了。牛辅身上裹着二十多块金饼，大号珍珠一大串，叫胡赤儿他们用绳子把他从城墙上放下去。胡赤儿拉住绳子，把他慢慢地放下去，离地还差一二丈光景，就故意松了手。牛辅摔坏了，可还没死。胡赤儿他们贪图财物，把他杀了，把人头送给吕布。

吕布认为牛辅一死，那一头不能再作乱，就跟王允商议了一下，打算去征伐李傕、郭汜他们。王允不同意，他说这批人不是头儿，只要归顺朝廷，就不必办他们的罪。吕布又请王允把董卓的财产分送给公卿和将士。王允又不同意。两个人未免有了罅隙（xià xì）。当初王允害怕董卓，自己处处小心，又能虚心待人。等到他使了计，杀了董卓，认为大功已成，就越来越显出骄傲自大的劲儿来。因此，底下的人也对他不满

意了。

　　王允跟士孙瑞曾经商议过打算一律赦免董卓部下的人。后来没这么办。他们还打算把牛辅的军队接收过来，整编一下，可是这也不是一下子可以办得到的。当时军队里起了谣言，说王允和吕布要杀尽凉州人。李傕、郭汜的士兵大多是凉州人，他们都害怕了。恰巧他们的将军牛辅给人杀了，李傕、郭汜、张济他们连个上司都没了。谁去关心他们呢？他们派使者上长安去，要求免罪。王允不答应。他们就更加怕了，准备散伙，各奔前程。

　　正在这个节骨眼上，有个武威人为了自己活命，出了个绝招儿。他说："你们要是散了伙往东走的话，不说别的，一个亭长就能把你们抓去。我说不如往西，打到长安去，给董太师报仇。成功了，帮助朝廷治理天下；不成功的话，再散伙也不晚。"李傕一瞧，原来是讨虏校尉贾诩（xǔ）。他本来是中郎将牛辅手下的谋士。牛辅被杀以后，他投到李傕这边来了。李傕听了贾诩的话，眯着小眼睛一合计，马上向他的部下宣告，说："京师不下免罪令，难道咱们就这么窝窝囊囊地等死吗？要死里逃生，只有一条路：打到长安去！打赢了，天下是咱们的；打不赢，他妈的，就把长安城闹一下子，搜罗些财物，搂几个美人儿，回老家去！"

　　大伙儿听了李傕的话，高兴得好像打雷似的一声嚷，举起拳头，起了誓："有福同享，有祸同当，打天下去！"李傕、郭汜、张济、贾诩带着他们的部下一共几千人，黑天白日地往西赶路。这个消息传到长安，王允马上派以前董卓手下的徐荣和胡轸（zhěn）两个将军带领一万兵马往东去迎头痛击。他们到了新丰（今陕西西安一带），就打起来了。

徐荣原来是董卓部下的大将，曾经打败过孙坚和曹操。没想到这回他打了败仗，死在乱军之中。胡轸见风转舵，带领着其余的兵马投到那边去了。李傕的军队一下子多了起来。这还不算，董卓还有一支大军，一向由樊稠、李蒙统领着。他们找到了李傕、郭汜，愿意接受指挥。还有，牛辅的部下也陆续集合起来，跟李傕、郭汜他们合在一起。赶到这支军队到了长安，已经有了十万人马了。

李傕、郭汜统领大军围住长安城。温侯吕布采取只守不战的办法，守了八天，没让他们进来。谁知道吕布的军队里有一部分是蜀兵，蜀兵也像凉州兵一样老受别人歧视。这些外路兵，还夹杂些别的部族的人，好像不如关东兵那么正支正派。这些蜀兵同情了凉州兵，开了城门，让他们进来。十万人马欢蹦乱跳好像发疯似的拥进了城，又杀人，又抢财物。吕布抵挡不住，杀开一条血路，逃出青琐门，派人去叫王允一同逃出城去再作商量。

王允见了吕布的使者，叹了一口气，说："皇上年轻，朝廷上靠谁拿主意呢？我要是走了，谁还能留在这儿？请替我告诉关东诸公：大家必须为国家出力，使得这个局面能够转危为安，那我就是死了，也可以闭上眼睛了。"

使者回去向吕布传了话，吕布只带了几百人，出了武关，投奔南阳太守袁术去了。

李傕、郭汜轰走了吕布，进了城，卫尉和士兵敢出去跟他们作战的，大多被杀了。没多少工夫，他们又杀了一些大臣和官吏，就是老百姓也死了好几千人。王允和别的几个大臣扶着十二岁的汉献帝到了宣平门，上了门楼，往下一瞧，乱哄哄的全是脑袋。汉献帝依着王允的话，壮着胆子，招招手，吩咐他们静下来。李傕、郭汜他们往上一瞧，皇帝出来了，全都趴在地上磕头。

汉献帝提高了嗓门儿，说："你们这么乱糟糟的干什么来了？"李傕站起来，拱了拱手，说："董太师忠心为国，反倒被吕布杀了。我们是给董太师报仇来的，并不是造反。"汉献帝说："吕布不在这儿，你们快走吧。"李傕说："司徒王允跟吕布同谋，叫他下来！"门楼下的人一齐嚷着："叫他下来！"汉献帝吓得快哭出来了。

王允下了门楼，挺身出去，对李傕、郭汜他们说："我就是王允。你们有什么话要说，说吧！"李傕责问他，说："董太师犯了什么罪？你为什么把他害死？"王允瞪着眼睛，说："他犯什么罪？他的罪说都说不完。他一死，长安人家家户户谁不庆祝？你们难道不知道吗？"郭汜说："就算董太师有什么过失，跟我们有什么相干？为什么要办我们的罪？"

底下的人嚷着说："跟他胡扯什么！砍了他不就了结了吗？"李傕吩咐手下的人先把王允带走再说。

汉献帝一见王允被带走，真的哭起来了。幸亏旁边还有太尉马日磾、太仆赵歧、尚书仆射士孙瑞这些大臣保护着他。马日磾替他擦了擦眼泪，告诉他怎么再跟李傕他们说去。汉献帝再一次招招手，对门楼下的人们说："王司徒已经下去了，跟着你们走了，你们为什么还不退去？"李傕、郭汜和贾诩把脑袋凑在一起，商量了一下，初步提出了一些要求。汉献帝当然全部答应了。

这么着，汉献帝下了诏书，大赦天下，拜李傕为扬武将军，郭汜为扬烈将军，樊稠、张济等都做了中郎将。李傕他们得了势，把司隶校尉黄琬也抓了去，跟王允一起下了监狱。接着，就把他们杀了。李傕、郭汜又指着名儿逮捕了一批大臣，把他们全杀了。过去赫赫有名的皇甫嵩很有造化，他恰巧害病死了。尚书仆射士孙瑞因为从来不夸耀自己的功劳，给他封侯他也推辞，好像他是个无名小卒子似的，这回没受到处分。

还有太尉马日磾，因为有点儿名望，再说他跟李傕、郭汜本来没有什么过节，他们就推荐他为太傅，让他担任"录尚书事"，那是朝廷上最高一级的官衔。李傕又由扬武将军升为车骑将军，兼任司隶校尉，管理京师，郭汜由扬烈将军升为后将军，樊稠为右将军，张济为镇东将军。他们全都封了侯。

镇东将军张济带着一部分军队坐镇弘农，挡住关东。李傕和郭汜共同掌握朝政。他们要谋士贾诩做大官，还打算封他为侯。贾诩坚决推辞了。他说："当初我主张发兵打长安，原来只想死里逃生。这会儿成功了，这是诸君的洪福，我可没有一点儿功劳。"他说什么也不干。他们只好请他做个比较小的官，他才答应下来。

李傕、郭汜占据着京师，执掌了朝廷大权，正像前些日子的董卓一样。可是他们的主要势力仅仅在长安和临近长安的地区。张济的军队驻扎在函谷关以东的弘农，这已经是比较远一点儿了。别的地区大多不是给各地的刺史、太守或牧伯割据着，就是还都在黄巾军的手里。

这时候，北方的冀州牧袁绍跟南方的荆州刺史刘表联合起来，南方的南阳太守袁术跟北方的右北平太守公孙瓒联合起来，互相攻打，谁也不去过问长安方面的事。袁绍他们唯恐长安不乱。那边乱，自己才能割据地盘，浑水摸鱼。长安方面呢，先是为了杀董卓，接着李傕、郭汜为了替董卓报仇，占据京城，屠杀大臣，闹得乌烟瘴气（形容环境嘈杂、秩序混乱或社会黑暗），根本谁也管不了东边的事。从东光退回兖州这边来的青州黄巾军，很快又强大起来，继续跟官府作战。当地的农民因为受不了官府的压迫，差不多都当了黄巾兵。他们准备进攻兖州。看情况，兖州是保不住了。

## 读有所思

1. 王允没有赦免董卓的部下，导致了什么后果？

2. 李傕等人打到长安，是谁出的主意？

3. 王允死后，谁掌握了朝廷的大权？

# 青州兵

　　青州的黄巾军号称百万，浩浩荡荡打到兖州来了。任城（今山东济宁）相郑遂出去抵抗。这支官兵打了败仗，郑遂也被杀了。黄巾大军乘胜打到东平，兖州刺史刘岱就准备出去对敌。他自从杀了东郡太守桥瑁，接收了他的军队以后，觉得自己有了力量，早想消灭在他的地界里的黄巾。这会儿黄巾打上门来，他怎么也不肯放过他们。

　　济北相鲍信拦住他，说："目前老百姓向着黄巾，各地官兵都不敢跟他们作战。咱们这一点儿兵马是敌不过黄巾的。要是这会儿就出去跟他们死拼，咱们准会吃亏。可是这么多黄巾兵一会儿到北方去，一会儿又跑回来，没有一定的军饷和别的供应，他们一定长不了。咱们只要守住城，不跟他们打，那么，他们要交战，没有对手；要攻城，又攻不下，日子一长，他们必然散去。到那时候，咱们挑选一支精锐的兵马，看好了地点，突然打过去，准能把他们打败。"

　　刘岱可不这么想。他不相信这些破破烂烂的黄巾兵能打得过他的军队。他不听鲍信的话，亲自率领大军去打黄巾。两下一交战，官兵败下来了。刘岱来不及逃回，被黄巾抓去砍了。这么着，任城没有相，兖州没有刺史了。

这一路的黄巾军人数很多，可是没有出色的领袖，打了胜仗也不知道怎么样去管理城邑。他们大多是忠厚老实的农民，打完了仗，就想回家去种庄稼。真正像当初张角他们那样决心要推翻汉朝的统治，准备建立黄天政权的人，可就说不上来了。因此，青州的黄巾军杀了任城相和兖州刺史以后，并不曾统治着兖州。他们继续向寿张方面打过去。

离东平不远的地方有个大城，就是东郡治下的濮阳。东郡太守曹操正在那边操练兵马。他一听到兖州刺史刘岱被杀的消息，心里就有了打算。他有个助手，正是当地东郡人，叫陈宫，字公台。他是曹操手下的部将，又是个谋士。他向曹操献计，说："现在兖州没有主人，我们又没法向朝廷报告，就说朝廷知道了，交通断绝，王命也到不了这儿，我打算去跟州里面的一些头面人物联络联络，叫他们共同来迎接您去主持州中大事。有了这个起头，再逐步去收服天下，这是霸主的大事。您看怎么样？"

陈宫这一番话正说在曹操的心坎上。他就请陈宫辛苦一趟。陈宫首先到了济北相鲍信那儿，对他说："现在天下分裂，咱们州里又没了主人。我看曹东郡（曹操为东郡太守，所以称为曹东郡）是个治世的人才，要是咱们能把他接来，请他治理兖州，准能使人民安居下来，使地方安宁。您看怎么样？"鲍信早就向着曹操，正像陈宫一样，曾经劝他回到黄河南边等待时机。这会儿听了陈宫的一番话，完全同意。他帮着陈宫再去跟别的官吏接头。那些做官的正担着心事怕黄巾跟他们过不去，能够有人出来替他们撑腰，给他们保护生命财产，还可以继续做官，他们真是求之不得。大伙儿就都同意让曹操接着刘岱做兖州刺史。那时候，黄巾兵多，作战能力强，再说刚打了胜仗，声势十分浩大。曹操的兵马少，力量薄弱，怎么能抵挡得了黄巾军呢？不跟黄巾打，还好，一打，总是打败仗。曹操想亲自到敌人阵地去观察一下。他带着他手下最精锐的骑兵和步兵一千多人刚偷偷地绕到黄巾军营寨附近，就被黄巾军发现了。他们立刻出来痛击，曹操抵挡不住，赶紧逃回，一千多人已经死伤了好几百。曹操的老兵很能打仗，可是人数太少，新招募来的士兵又没经过训练，更没有作战的经验。这一次曹操亲自出去，还被打得落花流水，曹营里的士兵全都害怕了。

曹操知道在这种情况下，不能出去死拼，可又不能不干。他天天戴着头盔，穿上铠甲，亲自巡查军营，跟将士们说，他准能把黄巾打败。他又拿赏罚分明的办法去鼓励他们。大伙儿被他这么一鼓励，精神振奋起来了。他又使出军事专家的本领来，双方的形势逐渐起了变化。他也能抵住黄巾军的进攻了。

黄巾军给曹操写了一封信，劝他弃暗投明。那信上还说："将军从前在济南的时候，为了治理地方，照顾百姓，曾经把淫祠神坛毁了。您这种精神和我们的真道有近似的地方。您应当知道，汉朝的气数早就完了，黄天必然兴起。天运如此，不是您一个人所能挽回的。请将军看清形势，不可徒然叫老百姓多受灾难。"

曹操对着将士们大骂黄巾狂妄。他还说，他愿意给黄巾一条生路：让他们投降。曹操跟黄巾是势不两立的。他使了个计策，布置埋伏，一步步地逼着黄巾军往后退。济北相鲍信在几次交战中比谁都卖力气。他在寿张东郊跟黄巾军大战了一场，从早上一直打到天黑，才勉勉强强把黄巾军打败。他打了个胜仗，自己被黄巾军杀了，连尸首都没有下落。

曹操失去了这么一个得力的助手，十分难受。他出了一个赏格，一定要把鲍信的尸首找回来。后来实在没有办法，他就叫工匠拿木头雕刻一个人像，穿上他原来的衣服，有几分像鲍信。曹操就向木刻的人像上供，哭祭一番，哭得将士们都流眼泪。大伙儿认为曹操为了一个阵亡的将士痛哭得这么伤心，还刻了人像祭他，真是个好刺史，谁不替他卖命才怪哪。

祭祀了鲍信以后，将士们作战的勇气更大了。他们接着追赶黄巾军，一直到了济北。就在公元192年（汉献帝初平三年）十二月，青州的黄巾军被打垮了。化整为零地分散跑了的不算，放下武器的就有三十多万人，跟着黄巾军一起留下的男女老百姓可有一百多万人。曹操把这一队黄巾农民军整编了一下，挑选身强力壮的三十多万人作为自己的队伍，称为"青州兵"。打这儿起，曹操的兵力跟以前就大不相同了。

曹操费了半年多工夫，消灭了青州的黄巾军，他的兖州刺史的地位总该坐稳了吧。没想到长安方面居然另外派来了一个名叫金尚的大员到兖州来做刺史。曹操要他的命也不能把兖州让给他，就是名义上派曹操到东郡来的袁绍也不能放弃这个地盘。因此，金尚带着一支人马到兖州去上任，刚到了边界上就给曹操预先埋伏着的士兵挡驾了。金尚打了败仗，慌慌忙忙地向南阳退去，投奔了袁绍的对头袁术去了。

南阳太守袁术知道曹操是袁绍的人。现在他们占领了兖

州，要是不赶快想办法阻止袁绍向这一边扩张，将来他把冀州、兖州、青州连成一片，这对袁术是很不利的。他就约北边的公孙瓒进攻袁绍，自己发兵北上进攻曹操。

曹操轰走了金尚以后，正担心长安方面可能向他问罪，这会儿先受到袁术的进攻，觉得自己太孤单，就是做了刺史还没经朝廷认可，在名义上也说不响亮。他正在为难的时候，平原人毛玠（jiè）向曹操献计，他说："目前天下分崩，朝廷失势，公家没有隔年的粮食，老百姓没有安居的心思。这种形势怎么能持久下去呢？打仗虽说要讲实力，有正义的军队才能得到胜利。您还是想个办法奉着天子的命令去责备不受管束的臣下。同时着重耕种，发展蚕桑，使军队有足够的供应，人民能过日子。能这么干，霸主的事业准能成功。"

这时候，曹操正希望自己也能有一天能像齐桓公、晋文公那样做个霸主，听了毛玠这一番话，觉得他提的两条计策都很好。可是着重耕种，发展蚕桑，目前怎么做得到呢？只能以后再说吧。这尊奉天子嘛，不妨先试试。他就打发使者上长安去朝贡。上长安可不容易呀，正像毛玠说的"天下分崩"，各人割据地盘，不能直来直往。曹操派使者上长安去还得经过河内。他就派使者先向河内太守张杨借道。张杨还真不答应。恰巧定陶人董昭也在那儿。他曾经帮助袁绍在界桥打过公孙瓒，袁绍让他做了魏郡太守。后来他离开了袁绍，想到长安去见汉献帝，路过河内，被张杨留住。这会儿他见张杨不让曹操的使者过去，就劝他，说："曹操跟袁绍虽说是一伙儿，可是不能老这么下去。目前曹操力量不大，可他是天下的英雄，应当结交他。今天他有求于您，您就该趁着这个机会替他向朝廷推荐。事情能够成功的话，将来对您一定有好处。"张杨同意了，真替曹操推荐。董昭也写了一封信给李傕、郭汜，请他们接见曹操的使者。

李傕、郭汜怕曹操向汉献帝进贡另有阴谋，就把使者软禁起来。颍川人黄门侍郎钟繇（yáo）对李傕、郭汜说："现在英雄并起，各据州郡，不受朝廷节制。难得曹兖州忠于王室，打发使者来朝贡，正该好好地对待他，也好鼓励别人。千万不可难为使者，叫天下失望。"李傕、郭汜这才收了礼物，优待了使者，还送了些回礼让使者带回去。这么一来，曹操自立为兖州刺史总算得到了朝廷的认可了。

李傕、郭汜让曹操的使者回去以后，认为钟繇的话很有道理。他们要想巩固政权，还得去联络这些关东的大官才是。他们早就听到徐州牧陶谦跟前河南尹朱儁联合起来反对他们，得想个办法像安抚曹操那样去安抚他们才好哇。

原来朱儁和陶谦以前曾经发兵打过董卓，董卓派李傕、郭汜去对敌，把朱儁打得一败涂地。这会儿陶谦联合了临近的一些守相，公推朱儁为太师，发了通告，号召各地牧伯共同起兵征讨李傕、郭汜，奉迎天子。李傕、郭汜听了谋士贾诩的计策，打发使者去请朱儁到朝中来做大官。朱儁怎么能接受敌人的邀请呢？

## 读有所思

1. 鲍信死后，曹操是怎么对他的？

2. 曹操打败青州的黄巾军后，是如何壮大自己的兵力的？

3. 平原人毛玠向曹操献上了什么计谋？

（广东中考模拟）魏钟繇①，字元常。少随刘胜入抱犊山②，学书三年，遂与魏太祖、邯郸淳、韦诞③等议用笔。繇乃问蔡伯喈④笔法于韦诞，诞惜不与。乃自捶胸呕血。太祖以五灵丹救之，得活。及诞死，繇令人盗掘其墓，遂得之。由是繇笔更妙。<u>繇精思学书饮食手书桌上卧画被穿过表如厕终日忘归</u>。每见万类，皆书象之。繇善三色书⑤，最妙者八分⑥。

——选自《搜神记》（有改编）

【注释】①钟繇：三国时期魏国大臣，书法家。书法与晋王羲之齐名，并称"钟王"。②刘胜：行书首创者。抱犊山：山名，在河南境内。③魏太祖：曹操。邯郸淳：魏文学家，对文字书法很有研究。韦诞：魏书法家。④蔡伯喈（jiē）：东汉人，工书画。⑤三色书：楷书、行书、草书。⑥八分：汉字书体名。

1. 下列各组句子中加点的词语意思不相同的一项是（　　）

  A. 繇善三色书／京中有善口技者

  B. 诞惜不与／吾孰与徐公美

  C. 及诞死，繇令人盗掘其墓／及鲁肃过寻阳

  D. 每见万类，皆书象之／罔不因势象形

2. 请用三条"／"给文中画线的句子断句。

  繇精思学书饮食手书桌上卧画被穿过表如厕终日忘归。

3. 依据选文，评价钟繇是一个怎样的人。

# 屠徐州

　　朱儁接待了李傕、郭汜派来的使者，才知道他们在汉献帝跟前推荐了他，准备给他一个很高的官职。陶谦他们已经推他为太师，叫他领头征讨李傕、郭汜，地位是够高的了，可是那究竟不是朝廷任命的，不够正统。他决定向陶谦他们辞行。他说："君王召见臣下，做臣下的就该立刻跑去，急得连驾车的工夫都没有。这是做臣下的大义。"陶谦责问他，说："难道太师改变了主意，不愿意反对李傕、郭汜、樊稠这批乱党，反倒愿意跟他们共事吗？"朱儁好像受了委屈似的说："哪里，哪里？他们这批小人将来准会发生窝里反的。到那时候，我就可以趁着机会把他们消灭。我们原来打算去征讨他们的大事就能成功了。"

　　陶谦不再开口，只好让朱儁上长安去。朱儁拜见了李傕和郭汜，又做了太仆。陶谦他们公推朱儁为头，征讨李傕、郭汜的计划就这么告吹了。

　　李傕、郭汜收买了一个朱儁，还不足为奇，他们还要结交袁术哪。

袁术跟公孙瓒配合起来，原来想打击袁绍和曹操。那年年底（公元192年，初平三年），公孙瓒又被袁绍打败了。转过了年，袁术向陈留进军。他收罗了留在当地的一些黑山的黄巾兵，又跟一些同汉人杂居的南匈奴人联起来向曹操进攻。这些七拼八凑的人马碰到了整编过的青州兵，接连打了败仗。同时，荆州牧刘表切断了袁术军队运送粮草的道路，逼得袁术只好往南逃去。袁术逃到襄邑，曹操追到襄邑；袁术逃到宁陵，曹操追到宁陵。从此，袁术丢了南阳。他退到九江，轰走了扬州刺史陈瑀（yǔ），占据了寿春，就在那边做土皇帝了。李傕为了结交袁术，想收他做个助手，就任命他为左将军。袁术还真接受了。左将军袁术处境十分尴尬，西面受着荆州州牧刘表的威胁，东面不能向徐州扩张，北面有曹操挡住。他只能在大江以南想主意了。

曹操打败了袁术，兖州的地盘至少暂时占定了。可是徐州州牧陶谦跟公孙瓒结成同盟，那么跟袁绍和曹操就对立了。曹操知道早晚得跟陶谦干一场，可是自己的父亲还在那边，不能不先把他接来。曹操的父亲曹嵩很有钱，曾经出钱一万万，做过太尉。在董卓进入洛阳之前，已经告老还乡了。他原来住在本乡谯县，后来因为连年战争，那一带不太安全，他就搬到琅琊（láng yá）去避难。现在曹操做了兖州刺史，自己有了地盘，再说，琅琊是徐州州牧陶谦的治下，陶谦又是公孙瓒和袁术那一边的同盟者，他就写信去请他父亲到兖州来享荣华富贵。他又派泰山太守应劭在边界上去迎接，叫他发兵护送过来。

曹嵩接到了儿子的信，十分高兴，就把平生积聚着的金银财宝装成一百多车，带着心爱的姨太太和小儿子曹德，一家老小三四十人，还有家丁、仆从等一百多人，浩浩荡荡地往兖州去了。一路平安，按日程提早了一天就赶到泰山地界。他们到了华县和费县交界的地方，天还没黑，就在

旅舍里停下来了。泰山太守应劭的兵马还没到，他们就在这里挺着急地等着。不一会儿，徐州州牧陶谦手下的都尉张闿（kǎi）带着两百名骑兵先到了。曹家的人这才放了心。他们知道不管是哪一路的兵马，反正都是来迎接老太爷的。

这一队"来迎接老太爷"的兵马可真怪，见车辆就搬，见人就杀。曹嵩这才知道遇见了强人，害怕起来了。曹德拿着宝剑出去抵抗，当时就给杀了。曹嵩慌忙拖着那个胖太太逃到后院，打算爬墙出去。胖太太实在太肥大，曹嵩没能把她托上墙头，只好带着她躲在茅房里，结果还是让张闿的士兵杀了。除了几个跑得快的家丁以外，其余曹家的人给杀得一个不留。这一队强人带着一百多辆装满金银财宝的车子不慌不忙地逃到淮南去了。泰山太守应劭负不起责任，不敢回复曹操，扔了官职也逃了。

这个消息传到曹操军中，气得曹操差点儿晕过去。他顿着脚，又哭又骂，起誓赌咒地嚷着要替他父亲报仇。究竟张闿是陶谦派去杀害曹嵩的呢，还是陶谦派他去护送曹嵩，他因财起意，背了陶谦做了强人呢？这些曹操都不管，他只是口口声声地说要跟陶谦拼命去。

公元193年（初平四年）秋天，他让陈宫留在东郡，叫荀彧和程昱守住鄄（juàn）城、范县、东阿三个县，自己穿上孝，披散着头发，带领全部人马向徐州扑过去。

曹操打到徐州，连着打下十多个城，一直到了彭城（今江苏徐州）、傅阳（今山东枣庄一带），才跟陶谦的主力碰上了。陶谦打了败仗，退到郯（tán）城，在那儿死守着。曹操一时不能把郯城攻下来，又缺少军粮，只好退兵回去，把军队休整一下。第二年夏天，他自己带领大军，叫于禁、曹仁带领另一支军队，分两路进攻。他们分头攻打取虑（今江苏睢宁一带）、睢陵（今江苏睢宁）、夏丘（今安徽泗县）。每打下一座城，就把那里的士兵和老百姓杀得一干二净。

那时候，关中地区和洛阳附近的人为了避开董卓的残杀，有不少逃到东边去了。因此，彭城一带人口比较多。曹操为了报父仇，就是把徐州治下所有的人都杀光，也不能完全解恨。为这个，曹操的兵马所到之处，不论男女老幼全都被杀光，屠杀了几十万老百姓，尸首没处搁，扔在河里，把泗水也给堵住了。这么着，彭城、傅阳、取虑、睢陵、夏丘五个县好多年没有走路的人，鸡和狗也见不到一只。曹操的残忍从此出了名。

陶谦只怕连郯城也难守住，只好向同盟公孙瓒那边讨救兵。当时就打发使者到青州，请公孙瓒的部下青州刺史田楷发兵。田楷答应了，还派人到平原，请平原相刘备一同出兵。刘备可不在平原。使者一问，才知道他帮着北海太守孔融打黄巾去了。他就赶到北海去找刘备。

孔融在北海做太守已经有六个年头了。他喜欢结交名士，又爱喝酒。他也办了些学校，主张儒家的贤人政治。可是他常说："座上客常满，樽（zūn）中酒不空，这就是我的愿望了。"有一天，他正和朋友们喝酒、聊天，突然来了个警报，说黄巾军有个头子叫管亥，他率领着几万名黄巾兵要来跟太守喝酒。孔融虽然好客，他可不喜欢这帮客人。他马上调兵遣将出去对付黄巾。不料打了败仗，领头的将军也被管亥杀了，吓得孔融慌忙跟着军队逃到都昌（今山东昌邑一带），守在那里。管亥分兵四面围住，看情况非把都昌打下来不可。

孔融站在城门楼子上一看，城外密密麻麻的全是黄巾兵，急得他不知道该怎么办才好。忽然瞧见一个汉子单枪匹马地杀散了不少黄巾兵，直冲到城门口，大叫开门。谁也不认识他是谁，哪敢开城门呢？后面的黄巾兵赶到护城河，那个大汉回转身去，连着戳倒了十多个人。黄巾兵不敢上去。就在这一点工夫里，这边放下吊桥，把那个大汉接进城去。孔融问他叫什么名字，是谁派他来的。那个大汉说："我是东莱黄县人，复姓太史，单名一个慈字。我刚从辽东回来看看家母，她老人家说，她屡次受到太守的照顾，这会儿听说您被黄巾围住，她一定要我到这儿来，也许可以出点儿力。"

原来孔融虽然没见过太史慈，可是早就知道他是个好汉。太史慈为了逃避仇家，一向在辽东，他老母住在城外，生活困难。孔融爱名誉，时常派人送些粮食、布帛给她。她受了这些小恩小惠，很是感激。这会儿叫她儿子冒着生命危险去见孔融。孔融十分欢喜。太史慈要求孔融给他一千名士兵，让他去跟管亥交战。孔融说："你虽然英勇，可是咱们的兵马毕竟太少。听说平原相刘备是个当世英雄。要是咱们能够请他发兵来救，准能打退黄巾军。"

太史慈愿意杀出重围到平原去搬救兵。他是个射箭的能手，就凭着他百发百中的本领，逃出了黄巾的包围，到了平原，拜见刘备。刘备看了孔融的信，问了问："你是谁？"太史慈说："我叫太史慈，是东海的一个平民。我跟孔太守一不是亲戚，二不是同乡，三不是同事。就因为意气相投，见他有困难，愿意给他帮点儿忙。目前黄巾军围住都昌，孔太守孤立无援，危急万分。听说将军您挺重义气，能救人危急，所以他特意派我到这儿来求救兵。”

刘备听了，得意忘形地说了这么一句："孔北海，他也知道天下有刘备吗？"他就立刻带着关羽、张飞、赵云和三千精兵，跟着太史慈去救孔融。管亥听说平原的救兵到了，不愿意跟他们死拼，就化整为零地分别退到别的地方去了。

孔融把刘备、太史慈他们接进城去，大摆酒席犒劳他们。太史慈对孔融说："扬州刺史刘繇是我同乡。他有信来叫我去，我不能不去。再见。"孔融谢过了太史慈，只好让他走了。

刘备正想回平原去，青州刺史田楷的使者找到了他。他就带着原班人马去跟田楷的兵马会齐一同往徐州去救陶谦。

## 读有所思

1. 曹操为什么要把一家老小接到兖州？
2. 曹操为什么要血洗徐州？
3. 北海太守孔融被黄巾军围困，是谁救了他？

## 高频考点

据《世说新语》记载，孔融10岁那年，随父亲到洛阳。李膺正在朝中任司隶校尉，官高位显。读书人入洛阳者，无不设法见面，李膺应接不暇，只好设定条件加以限制，非中表亲戚及有名望的杰出士人，门卫一律挡驾。孔融虽然年幼，却也久仰李膺大名，很想登门拜会。一天，孔融来到李

屠徐州

府门外，对门卫说我是李府君的亲戚，烦劳通禀。李膺对进来通报的人说："既然是亲戚，就请他进来吧！"

孔融落座以后，李膺左看右看，怎么也想不起来是哪门子亲戚，只好试探问道："请问，您与我有何亲戚？抑或是你父祖辈与我有过交往？"

孔融从容答道："从前，我的先人仲尼（孔子，字仲尼）与您的先人伯阳（老子，号伯阳公）有师友之交，这样算起来，我和大人也算是世家通好吧？"听了孔融的回答，李膺和在场的宾客莫不啧啧称奇连声赞叹，都说："真是个神童啊！"

后到的陈炜听说此事，随口说道："小时了了（了了：聪敏），大未必佳！"孔融听了，当即朗声说道："想君小时，必然了了。"意思是陈大人小时候一定是非常聪敏的人了……在座客人听后哄堂大笑。

1. 选段的最后一段中，暗含一个三段论的推理，请按相关提示写出这个三段论的推理过程。

　　孔融反驳陈炜的大前提是：＿＿＿＿＿＿＿＿＿＿＿

　　孔融反驳陈炜的小前提是：＿＿＿＿＿＿＿＿＿＿＿

　　孔融对陈炜的评价结论是：＿＿＿＿＿＿＿＿＿＿＿

2. 根据上述材料，用一句话概括孔融的形象特点。

＿＿＿＿＿＿＿＿＿＿＿＿＿＿＿＿＿＿＿＿＿＿＿＿

＿＿＿＿＿＿＿＿＿＿＿＿＿＿＿＿＿＿＿＿＿＿＿＿

# 火烧濮阳

　　田楷和刘备的兵马到了徐州边界，还没碰上曹操的兵马。曹操一来因为粮草供应有困难，二来徐州那边又来了救兵，就把军队撤回兖州去了。田楷探听到曹操退回兖州，怕他可能去偷袭青州，自己也就带兵回去，让刘备单独去见陶谦。

　　刘备到了郯城，会见了陶谦，并替田楷向他问候，完了他也准备回去了，陶谦见刘备一表人才，这次难为他远道来救徐州，心中又是高兴，又是感激。他把刘备留住，还跟他住在一起。刘备自己只有几千士兵，里面还包括一些幽州的胡人和一部分难民，人马实在太少了。陶谦马上拨给他四千名丹阳兵，一定要他做个帮手。刘备觉得盛意难却，就同意了。从此刘备离开田楷，归附了陶谦。陶谦在名义上表奏朝廷，推荐刘备为豫州刺史，可实际朝廷管不了这事。他叫刘备把军队驻扎在小沛（今江苏沛县），以便互相联络，作为接应。

　　豫州刺史刘备到了小沛，修理城墙，整顿社会秩序，还在那里讨了个沛县的姑娘甘氏做媳妇儿，倒也称心如意。没想

到仅仅过了一两个月（公元 194 年，兴平元年四月），曹操几乎把全部人马都用上又来攻打徐州。刘备带着几千人马打算去加强郯城的防守。到了郯城东边，碰到了曹操的大军，一霎时千军万马好像山洪暴发似的直冲过来。刘备这一点儿兵马要是被他们围住，准会全军覆没。他就下令退回小沛。曹操追了一阵，不愿意分散兵力，就回头去打郯城。郯城被围一天紧似一天，陶谦和刘备正在万分焦急的时候，忽然有一天，东方发白，大地清静，太阳出来了，瞧了瞧徐州，可瞧不到一个曹兵。他们都到哪儿去了呢？

原来曹操正打算加紧攻打郯城的时候，忽然兖州来了个报信的人，说大祸临头了。曹操吆喝一声，不准他胡说八道。接着，叫他进了内帐，问了原因，才知道吕布已经攻破了兖州，占领濮阳。他的老窝让人抄了，真是大祸临头了。可是吕布怎么能攻破兖州呢？

吕布自从被李傕、郭汜打败以后，逃出武关，四处奔走，跟谁也合不来。他先去投奔袁术，自以为杀了董卓，替袁家报了仇，那个神气劲儿就像袁家老子似的。袁术讨厌他反复无常，本来就瞧不起他。吕布一看，不对劲，就离开袁术去投奔袁绍。袁绍这会儿跟黑山军的领袖张燕打得不可开交，他正需要帮手，就利用吕布去对付张燕。吕布凭着一支画戟，一匹赤兔马，居然在常山打败了张燕。那个英勇劲儿马上出了名。当时人们都夸奖说："人中吕布，马中赤兔。"吕布听了，就更加目中无人，骄傲自大了。他要求袁绍多给他一些兵马。人家给了他兵马，他就带着兵马时常出去抢劫。袁绍批评他，他哪里肯听。袁绍就想把他杀了。吕布看出苗头，只好逃出来，到了

河内，投奔了河内太守张杨。张杨手下的人受了李傕、郭汜的贿赂，准备暗杀吕布。吕布听到一点儿风声，又跑到别的地方去了。后来他又想回到河内去，路过陈留，受到陈留太守张邈的殷勤招待。张邈认为吕布是个英雄，两个人一谈，挺对劲。吕布临走的时候，张邈跟他约定以后有事彼此帮助。

张邈送走了吕布，就听到九江太守边让被杀的信儿。边让是陈留人，当过九江太守，也是个名士。当时他的声望比孔融还高。他因为各地的野心家抢夺地盘，心里很厌恶，尤其瞧不起那些不顾信义、只讲武力的所谓"英雄豪杰"，自己就辞去官职，回到家乡隐居了起来。可是他又不肯老老实实地"隐居"，仗着自己的声望和才气，胆大妄为，说话不怕得罪人。就因为他说了几句讽刺曹操的话，被曹操杀了，连他的夫人和儿女也都处了死刑。从此，兖州的士大夫对曹操都提心吊胆（形容十分担心或害怕），怕他一不高兴，别人就要倒霉。

跟张邈一样对曹操不满意的还有兖州从事陈宫。他很尊重边让，边让被杀的时候，他就想打抱不平。他看出曹操为人只有自己，没有别人。曹操曾经说过："只许我对不起别人，不许别人对不起我。"陈宫跟这样的人没法共事下去。这回曹操出兵再打徐州，留着一些兵马叫陈宫守东郡。陈宫抓住这个机会跟张邈联合起来反对曹操。他对张邈说："现在天下分崩，豪杰并起。您的声望和地位本来就比他高。陈留地广人众，只要您肯干，足可自立，为什么反倒受着别人的牵制呢？近来州里的兵马全都往东去了，兖州空虚，您不如把吕布接来，他是当今的勇士，叫他打先锋，夺取兖州，事情准能成功。您得到了兖州，然后看准时机，号令天下，霸主的事业也不难成功。"

张邈听了陈宫这番话，跟他兄弟广陵太守张超联名写信给吕布。吕布喜出望外，立刻带着亲随的几百名骑兵赶到陈留。张邈拨给他几千兵马，叫他到东郡去见陈宫。陈宫是东郡人，在当地很有声望。他就跟当地的士大夫们一商议，他们公推吕布为兖州州牧。通告一出去，各郡县多半响应，只有鄄、范、东阿三个县城，由荀彧和程昱拼死守着，其余城邑全都落在张邈、吕布、陈宫他们手中了。荀彧十万火急地派人去向曹操告急。曹操哪儿还能再打徐州？他就十万火急地连夜退兵回去。

曹操到了东阿，跟程昱他们布置对敌的计策。将士们一听说整个兖州只剩下三个城，连他们的老窝濮阳都被夺去了，不由得害怕起来。曹操见他们交头接耳地议论着，脸上还显出惊慌的神色，就理了理胡子，微微一笑，说："吕布既然得了兖州，就该占据东平，截断亢父（今山东济宁一带）、泰山的要道，那我就没有退路了。可是他偏把军队驻扎在濮阳。这种人有勇无谋，有什么可怕的？"大伙儿听他这么一说，又精神起来了。曹操就决定先去收复濮阳。他亲自带着曹仁、曹洪、夏侯惇、乐进、李典，还有泰山人于禁和陈留人典韦等七个将军，带领四万兵马，到了濮阳城外，扎了营寨，就去叫战。那边吕布一马当先，两边摆开几员大将。第一个是雁门马邑人张辽，原来是并州刺史丁原的部将，后来归附了董卓，董卓失败以后，他就跟着吕布，做了骑都尉。第二个是泰山人臧霸，原来是徐州州牧陶谦的部下，这会儿他帮着吕布反对曹操。这两个将军又分别带着健将高顺、郝萌、曹性、成廉、魏续、宋宪、侯成等和五万士兵，迎头痛击曹兵。张辽专打夏侯惇，臧

林汉达

三国故事全集

158

霸专打乐进，吕布专向人多的地方冲。曹操的将士刚从郯城赶来，路上已经够累的了。他们第一次见识到吕布的厉害，抵抗不了，打了个败仗，退了二十来里地，吕布才收兵回到城里。

当天晚上，于禁向曹操献计，说："吕布在濮阳西郊四五十里地的地方驻扎着一支兵马，作为接应。他们见我们今天输了一阵，料到我们晚上准不敢出去。我们出其不意地去袭击那个营寨，他们没作准备，我们一定能占上风。"曹操点了点头，同意了。黄昏以后，曹操亲自带着两万人马，偷偷地抄小道去夺吕布的西营。还没到三更天，他们到了西营。曹仁、曹洪领头，一声呐喊，扑入营中。那边守军不多，慌忙抵抗一阵，扔了营寨，向东逃去。曹操夺到了吕布的西营，好似砍断了他的一个翅膀，满以为可以改变双方的形势了。哪知道他高兴得太早了。将士们正想休息一会儿，他们已经被吕布的军队包围了。

原来陈宫早已料到曹操有这一招。他趁着吕布到各营劳军的时候，就对他说："西营好似濮阳的一个翅膀，关系重大。曹操可能连夜去偷袭，咱们不能不防。"吕布说："他今天打了败仗，还敢出来吗？"陈宫说："曹操很会用兵，正因为他今天打了败仗，咱们更不能大意。"吕布就吩咐高顺、郝萌、曹性、魏续带领一万人马先去加强西营的防守，再派探子连夜去侦察，还叫西营原来的兵马布置了埋伏。快到四更天了，高顺他们和原来的守军反攻西营。曹操只好下令抵抗。两边混战了一个时辰，眼看东方发白了。曹操的士兵还想拼死抵抗，忽然瞧见东边黑压压地不知道有多少人马冲过来。探子报告，说吕布亲自率领大军到了。曹操听说，只好扔了西营，慌忙退回去，可是他们的归路已经被吕布的兵马截住了。曹仁、曹洪不是吕布的对手，夏侯惇、乐进他们早已被高顺、郝萌、曹性、魏续四个将军缠住了。从早晨起一直到黄昏，混战了一整天，曹操也没能突破包围。

曹操带着于禁、李典亲自突围，只见迎面来了吕布那边的张辽和臧霸两员大将。于禁、李典拼死顶着，曹操往西乱窜。猛一下子，吕布阵里敲起梆子来，一霎时箭像下暴雨似的射来。曹操要命啦，大声嚷着："谁能救我！"骑兵队里突然跳下了一员猛将，原来是典韦。他把双戟插在腰间，从士兵手里拿过来十几支短戟夹在胳肢窝里，跑到曹操跟前，对士兵们说："敌人离我十步叫我。"说着，放开脚步，保护着曹操往前直跑。吕布的骑兵追上来，看看只有十几步了。只听见有人嚷着，"十步了，十步了！"典韦头也不回地说："五步再叫我。"他保护着曹操继续逃跑。不一会儿，典韦听到"五步了，五步了！"他就拿起短戟往后飞去，一支短戟刺一个骑兵，十几支戟没有一支落空。其余的追兵远远地望着，谁也不敢过来。接着，曹仁、曹洪、夏侯惇、于禁他们几个将军找到了曹操，护着他逃了出去。天擦黑了，吕布收了兵。

曹操逃回大营，重赏典韦，拜他为都尉。典韦高兴了，愿意豁出性命去保卫曹操。可曹操闷闷不乐地直发愣，一个西营还夺不下来，怎么能收复濮阳呢？更别说收复整个兖州了。

曹操正在为难的时候，城里来了个秘密送信的人。他是替濮阳大地主田氏来送信的。曹操知道田氏是濮阳最大的财主。不说别的，家里的奴仆就有几千名。曹操拿信一看，上面写着："吕布残暴不仁，人人痛恨。我家的生命财产毫无保障。

最近他只留着高顺等几个人守在城里，自己往别处去了。万望趁机速来，我们愿为内应。"曹操打了两阵败仗，正是有恨没处泄。现在有了内应，濮阳不难攻下来了。他就定了计划，跟田氏约定一个晚上里应外合（外面攻打，里面接应），攻打东门。

初更时分，曹操带着将士偷偷地到了东门，月光底下隐隐约约瞧见城上竖着白旗。他到了城下，城门就开了。他叫典韦做先锋，夏侯惇压队，自己带着曹仁、曹洪、乐进、李典、夏侯渊、于禁进了东门。果然，有几百名田氏家丁带道，领着曹兵排着队平平安安地陆续进去。队伍已经有一半多进了城，不知道谁猛一下子放下了千斤闸，关了东门。东门一带突然起了大火，火光底下不知道钻出来多少伏兵。曹操一想，难道田氏投降是假的吗？他哪知道田氏在城里响应倒是千真万确的，只因为走漏了消息，陈宫就叫吕布将计就计，四面布置了埋伏，决定"吃了砒霜药老虎"，自己火烧濮阳去消灭曹操的军队。

这次曹操带进城去的多半是青州兵。吕布吩咐步兵放火，骑兵冲杀。青州兵不想抵抗，四散逃跑，就更加乱起来了。曹操东逃西窜，反倒跟自己的将军们失散了。听说东门已经烧坏了，他故意要从那边冲出去，不料正碰到吕布手下的一个骑兵。那个骑兵在火光底下迎面遇见了曹操，就用长戟在曹操的头盔上敲了一下，说："喂，我问你，曹操在哪儿？快说！"曹操管不了心头跳，连忙缩着脑袋，拿手指往西一指，说："瞧，那个骑黄马的就是。"那个冒失鬼骑兵放过曹操，飞快地往前追上去了。

曹操在浓烟大火中一面咳着，一面还想找到典韦再来救他出去。快到东门，正碰上了典韦。可是遍地都是火，往哪儿走？典韦来来往往地找曹操，已经跑了几趟了。这会儿见了他，就说：“跟我来！”他拿双戟拨开火堆，冒着浓烟，直向城门冲出去。城门、千斤闸都毁了，只要逃出城去，就有活命。他们刚到了城门口，城门上掉下了一条火梁，正打在曹操战马的屁股上，那匹马前腿一蹦，倒了。曹操被颠在地下，他右手撑着身子，左手推开火梁，手心烧得“滋滋”直响。典韦回来，下了马，扑灭了曹操身上的火。头发、胡子已经烧去了一部分。恰好夏侯渊也赶到了。两个人救起曹操，逃到城外。曹操骑着夏侯渊的马，跟着典韦抵抗追兵。曹仁、曹洪、夏侯惇、于禁、李典、乐进他们跟吕布的将士们混战了一夜。直到天亮，他们才保卫着曹操回到大营。

将士们知道曹操受了伤，都来问安、请罪。曹操仰着脑袋，哈哈大笑。他正想拍手，立刻缩回了左手，拿右手摸了摸短了半截的胡子，对将士们说：“我太心急了，中了奸计。好嘛，吃一回亏，学一回乖。我知道怎么报这个仇了。”将士们瞧见他那份高兴劲，大家才放心了。曹操忍住痛，对随从的几个将士说：“咱们到各营去慰问慰问将士们，告诉他们赶快制造攻城的用具，咱们非把濮阳打下来不可。”经他到各营里走了一趟，说了些以后怎么攻城的话，大伙儿才安定下来了。

## 读有所思

1. 陈宫为什么会对曹操不满？

2. 曹操在西营被吕布围困时，是谁救了他？

3. 每次劫难后，曹操是用什么方式安抚部下的？

## 高频考点

1. （北京中考真题）《三国演义》中，魏蜀吴三国鼎立，争霸天下；《水浒传》中，一百零八将聚义梁山，替天行道；《西游记》中，师徒四人历经磨难，西天取经。在他们各自的团队中，都有中心人物，请你从其中一部作品中选择一个中心人物，简要说明这个人物的"中心"作用是如何体现的。

2. 阅读下面的文字，完成下面的小题。

众将拜伏问安，操仰面笑曰："误中匹夫之计，吾必当报之！"郭嘉曰："计可速发。"操曰："今只将计就计，诈言吾被火伤，已身死，布必引兵来攻。吾伏兵于马陵山中，候其兵半渡而击之，布可擒矣。"嘉曰："真良策也！"遂令兵士挂孝发丧，诈言操死。早有人来濮阳报吕布，曰曹操被火烧伤肢体，到寨身死。布随点起军马，杀奔马陵山来。将到操寨，一声鼓响，伏兵四起。吕布死战得脱，折了好些人马；败回濮阳，坚守不出。

——罗贯中《三国演义》

（1）根据文章内容，概括事件的前因后果。

起因：＿＿＿＿＿＿＿＿＿＿＿＿＿＿＿＿＿＿＿＿

＿＿＿＿＿＿＿＿＿＿＿＿＿＿＿＿＿＿＿＿＿＿＿＿

经过：＿＿＿＿＿＿＿＿＿＿＿＿＿＿＿＿＿＿＿＿

＿＿＿＿＿＿＿＿＿＿＿＿＿＿＿＿＿＿＿＿＿＿＿＿

结果：＿＿＿＿＿＿＿＿＿＿＿＿＿＿＿＿＿＿＿＿

＿＿＿＿＿＿＿＿＿＿＿＿＿＿＿＿＿＿＿＿＿＿＿＿

（2）结合文章内容，说说曹操是一个怎样的人。

（3）你知道有关曹操的成语有哪些？（举三个）

# 火并幽州

　　曹操没有力量把濮阳攻下来，吕布也没能把曹操轰走。双方扭打了一百多天，彼此打得筋疲力尽，还不肯拉倒。关东豪强多得很，一个个坐山观虎斗，谁也不去帮哪一边，谁也不去替他们说和。末了，蝗虫出来了，逼得他们只好各自收兵。为了打仗，老百姓不能好好地种庄稼，禾稻长得差先别说，蝗虫还特别多，一飞起来，好像暴风雨前的乌云，把整片天都遮黑了，它们把病黄色的禾稻全都吃光。曹操军中短了粮，眼看夏收毫无希望，只好退回鄄城去。濮阳城内早已十室九空，蝗虫一到，连树叶子都没剩下，吕布也只好退到山阳〔今山东金乡一带〕找吃的去了。那一年，从四月到七月，没下一滴雨，一斛〔hú，十斗为一斛〕谷子值钱五十万，连长安城里都饿死人，真惨哪！

　　曹操回到鄄城，那地方离吕布屯兵的山阳太近，他又往北到了东阿。他失去了兖州，正在孤立无援的时候，冀州州牧袁绍派人来劝曹操搬到邺城去住，说彼此都有个照应。曹操跟

吕布打得不可开交的时候，袁绍没派一兵一卒去帮曹操，这会儿怎么又想起他来了呢？原来情况起了变化，袁绍又需要联络曹操去对付北边的公孙瓒了。

公孙瓒本来是幽州牧刘虞的部下，是刘虞留着他镇守右北平的。可是两个人一向面和心不和。刘虞曾经责备公孙瓒放纵士兵四出抢劫，还向朝廷奏了一本。公孙瓒也有一说，他控诉刘虞克扣军粮。长安方面呢，李傕、郭汜彼此不和，自顾不暇，哪儿还有这份心思去管束州郡？公孙瓒就在蓟城东南，筑了一座城，把军队驻扎在那边。这对刘虞是个很大的威胁。他又是担心又是恨，接连请公孙瓒当面去谈谈。可是公孙瓒早已不把刘虞当作他的上级了，干脆不理他。刘虞就征兵十万去征讨公孙瓒。

刘虞的十万兵马并没经过训练，连队伍都不整齐。他还有点儿像春秋时代的宋襄公那样，打仗要讲仁义。他不操练士兵，只劝诫他们，说他这次出兵只惩办公孙瓒一个人，别的人一概不准杀伤。他禁止士兵住民房，打仗的时候，也不准拆毁民房。可是公孙瓒不讲这些。他先是坚决守城。守了几天，看见刘虞的军队十分散漫，军营接近民房，他就挑选了几百名敢死队员，看好风向，火烧民房和刘虞的营寨。刘虞的士兵慌里慌张地四散逃跑，死伤了不少人马。刘虞只好跑到居庸关，在那边守了三天，又被公孙瓒攻破了。刘虞被逮住。公孙瓒把他带到蓟城去。

公孙瓒把刘虞关在屋子里，利用他大司马和幽州牧的职权，强逼他管理来往文书，还想叫他在文书上签名盖章。正在这个时候，朝廷派使者段训到了幽州，诏书下来，加封大司马刘虞几个食邑，任命他监督六州，同时拜公孙瓒为前将军，封为易侯。公孙瓒压下诏书，诬告刘虞曾经私通袁绍，打算自立为帝。他逼着使者段训以天子的名义去斩刘虞。段训不同意。公孙瓒把段训软禁着，把刘虞绑在街上，准备处死。那时候正是三伏天，地都干得开裂了。公孙瓒搭了个祭台，装模作样地向天祷告着，说："如果刘虞应为天子，天就该下雨来救他。"

祭了一天，雨没下，连云都没有。公孙瓒就心安理得地把大司马刘虞杀了，还杀了他的一家。常山相孙瑾，还有两个幽州的官吏张逸和张瓒，三个人挺身出来，把公孙瓒痛骂一顿。公孙瓒挺干脆，把他们全都杀了。这还不够，他又把当地的士族豪强杀的杀，没杀的把他们的家财没收，让他们去过穷困的日子。有人问他："您自己也是士族，为什么不联络当地的士族来巩固自己的地位呢？"公孙瓒说："你们哪儿知道，有钱有势的豪强望族，自以为应当做大官，享受富贵。我即使重用他们，他们也不会感激我的。我宁可提拔那些做买卖的下等人，他们做了官，一辈子也忘不了我。"在他跟前的一批人都趴在地下，说："大人高见！"

公孙瓒兼并了幽州，把天子的使者段训扣留着，向朝廷推荐他为幽州刺史，同时把刘虞的人头送到长安去。刘虞的手下人尾敦约了几个勇士在半路上埋伏着。他们打败了公孙瓒的使者，夺到了刘虞的人头，用棺木埋了。这个消息很快地传开了，当地的老百姓和从外地搬到幽州住着的人都替刘虞抱不平。他们一听到刘虞的人头被人夺回来了，大伙儿起来造了一座坟。公孙瓒气得直翻白眼。他正想派人去刨坟，有人向他报告，说："田大夫回来了，还像没事似的在刘虞的坟上祭

林汉达

三国故事全集

168

祀哪。这小子的胆儿可真不小哇。"公孙瓒马上派人先把田大夫抓了来。

这位田大夫，叫田畴（chóu），是右北平人，年纪很轻，可是文的武的都有一手。当初幽州牧刘虞打算派个使者去长安朝贡，就是找不到合适的人。幽州离长安不但路远，而且道路阻塞，沿路不是有黄巾军挡住去路，就是有些州郡不让外地的使者通过。大伙儿都说田畴有能耐，把他推荐给刘虞。那时候田畴才二十二岁。刘虞就派他为使者上长安去。田畴知道往南的大道是走不通的，他就带着二十几个能骑马的人扮作商人模样，往北绕道，然后往西再转南，费了两年多时间，才到了长安。田畴行过了朝贡大礼，汉献帝下了诏书，要留住他，拜他为骑都尉。田畴坚决辞了官职，回去了。赶到他回到幽州，刘虞已经死了。他就在刘虞的坟头祭祀一番，把朝廷给刘虞的回文念了一遍，烧了。

公孙瓒气呼呼地问他："你为什么不把朝廷的回文交给我？"田畴挺了挺腰，很严肃地回答说："汉室衰微，人心惶惶。做大臣的各为自己打算，有的甚至存心不良。只有刘公忠心耿耿，始终不变。朝廷的回文一则是给他老人家的，二则里面的话对将军没有好处，恐怕将军听也不乐意听，我才不交上来。再说，将军既然杀了无辜的上司，也就该算了。要是再把遵守道义的人当作仇人，我怕燕、赵的人士只好去跳东海，谁还敢跟着将军？"

公孙瓒为了自己打算，勉勉强强地显着宽大的神气，把他放了，就是刘虞的那座坟，做了也就算了。

田畴带着他本族的人和别的愿意跟着他的人，一共几百名，往北去，到了无终县（属右北平郡，今河北玉田）。他还打算替刘虞报仇，就进了徐无山中，在那边开垦荒地，亲自耕种，奉养父母，暂时定居下来。

公孙瓒火并了幽州，势力更加强大起来。他要利用下等豪强去打击上等豪强，贴邻的冀州就马上变成了他扩张地盘的目标。袁绍已经防到这一着，他才派使者去联络曹操，请他搬到邺城去，可以互相接应。曹操这边呢，刚失了兖州，又怕军中粮食不够，他想答应，又不想答应，一时决定不下。东平相程昱听到这个消息，立刻跑到曹操跟前，问他："听说将军要搬家，准备到袁绍那边去。有没有这回事？"曹操点了点头，说："是啊！"程昱眉头一皱，说："我想这大概是由于将军碰到了一些困难，有点儿害怕了吧？要不然，怎么能考虑得这么不周到呢？"曹操竖起耳朵要听听他的看法。

程昱说："袁绍占据着燕、赵，有并吞天下的心思，可是他能力有限，智谋不足。将军自己想想能不能做他的下手？从前齐国的田横，不过是个壮士，他还不肯做汉高祖的臣下。将军智勇双全，难道愿意向袁绍磕头称臣吗？"曹操眼珠子盯住程昱，慢吞吞地说："并不是非伺候他不可，但是兖州已经失去了一大半，这儿很难存身，目前我打算暂时搬了去，将来再作道理。"程昱反对，说："兖州虽说破了，究竟还有三座城。能打仗的将士不下一万人。拿将军的聪明英武来说，只要您能搜罗人才，重用谋士，文若（荀彧，字文若）和我都愿意替将军出力效劳，霸主的事业是能够成功的。请将军再思再想。"

曹操哪能向袁绍磕头称臣呢？可是他也不愿意得罪袁绍。

他听了程昱的话，就把袁绍的使者请来，好言好语地回绝了他，请他向袁绍表示感谢，将来有机会再报答袁绍的恩情。

曹操就拿那三个城做根据地，招贤纳士，招兵买马，一心要夺回兖州。休养了一个时期以后，再要跟吕布较量。

## 读有所思

1. 袁绍为什么邀请曹操去邺中？
2. 面对袁绍的邀请，曹操是怎么想的？
3. 程昱为什么劝阻曹操？

## 知识拓展

程昱，本名程立。他小时候经常梦到自己登上泰山，双手捧日。他自己觉得奇怪，把这件事告诉了荀彧。后来，程昱从曹操于兖州，封寿张令。曹操征徐州时，程昱与荀彧留守兖州。吕布趁机偷袭兖州，占据濮阳，只剩下鄄城、东阿、范县。吕布派重兵攻打三县，形势十分危急，此时程昱、荀彧设计相连，力保三县不失。曹操率大军撤回后，握着程昱的手，感激道："微子之力，吾无所归矣。"

后来，荀彧把程昱小时候做梦的事讲给了曹操。曹操听后，便对程昱说："卿当终为吾腹心。"并为了顺应梦兆，在程立的"立"字上加了一个"日"字，程昱之后便改名叫作程昱了。

曹操将汉献帝迁往许都后，程昱被任命为尚书，后又为东中郎将，领济阴太守，都督兖州事宜。讨平袁谭、袁尚后，拜为奋武将军，封安国亭侯。

　　后来，曹操攻取荆州后，中原之地大致平定。一次，曹操抚着程昱的背说："当初兖州之败，若非听从你的计谋，我又怎可以来到这里呢？"程昱回答说："所谓'知足不辱'，如今是我急流勇退的时候了。"于是从此缴还兵权，阖门不出。

# 坐得徐州

　　曹操从鄄城发兵进攻定陶，打了几天，没能把它打下来。他探听到吕布的部将薛兰、李封守在巨野，兵马较少，就分了一部分人马继续围住定陶，自己带着得力的健将去偷袭巨野。薛兰、李封先后被杀，曹操占领了巨野，准备集中兵力跟吕布大战一场。将士们正在摩拳擦掌要跟吕布再打一阵的紧要关头，曹操忽然变了卦，他决定按下吕布这一头，一定要发兵往徐州去打刘备了。谁知道他肚子里的算盘是怎么打的。

　　原来徐州州牧陶谦留住了刘备，表他为豫州刺史，驻守小沛。那时候，陶谦已经六十三了。他被曹操逼得心惊肉跳，日夜不安，没多久害了重病。临终的时候，对他的心腹东海的富家子弟糜（mí）竺和下邳（pī）人陈登说："我死之后，非刘备不能安抚咱们这个州。你们千万要把他接来，别忘了我的话。"说完，他就咽了气。

　　糜竺、陈登他们亲自到小沛去请刘备。刘备带着关羽、张飞和赵云马上赶到郯城去吊孝，可是怎么也不肯接受徐州州牧的印绶。陈登劝他，说："当今汉室衰弱，天下不安，大丈夫建功立业就在今天。徐州虽然有几个城遭到了破坏，仍然是个富庶的地方，户口还有一百多万。为了安抚本州的老百姓，只好委屈您了。"

刘备推让着说："我实在不敢当。袁公路近在寿春。他家四

世五公，众望所归。你们不如请他来治理徐州。"陈登说："公路骄傲自大，不是治乱的人才。我们愿意替您集合步兵、骑兵十万名，有了这份力量，上足以辅助朝廷、治理百姓、建立霸业，下也足以割据地方，把守边境。您就是不同意，我们也不能离开您哪！"

刘备还是不同意，关羽在旁边不说话，张飞沉不住气，自言自语地说："客气什么哪？"刘备拿眼神责备了他。恰巧北海相孔融也到了。糜竺把刘备要他们去请袁术的话告诉他。他对刘备说："袁公路难道是肯为国家舍弃家的人吗？他好比坟里的尸骨，何足介意。徐州的官吏和人民既然都向着您，您就该勉为其难。您若不要，恐怕将来后悔也来不及了。"

刘备推让了一番，这一次可听了孔融的劝告，把徐州接收下来。陈登他们马上打发使者到冀州去向盟主袁绍报告，大意说："陶徐州过世，州里没有人主持，他们唯恐乱党趁着机会偷袭进来，使盟主增加忧虑，所以大家公推前平原相刘备主持徐州，使老百姓有所归依。是否有当，还请盟主包涵。"明摆着，这是"真主意，假商量"，同意不同意都一样。袁绍也够机灵的了，他说："刘玄德是个忠厚长者，很有信义，徐州吏民能够爱戴他，这是众望所归。我为刘徐州和你们庆贺了。"

曹操还不知道徐州方面已经得到了袁绍的支持。他只知道刘备接着陶谦坐得徐州，气得脸都发青。他说："陶谦是我仇人，死了也得报仇。刘备不劳一兵，坐得徐州，天下哪有这么便宜的事！我先去灭了刘备，回头再来收拾吕布。"

谋士荀彧拦住他，说："从前高祖守住关中，光武守住河内，他们有了巩固的后方，进可以攻，退可以守，才能经营天下，中间虽然也有困难，终究成了大事。将军首先占领兖州，河、济是天下要地，也就是将军的关中、河内呀。再说，我们已经杀了薛兰、李封，收复了巨野，士气正旺。现在麦子熟了，叫士兵都出去收割，作为军粮。还得节约粮食，把麦子收藏起来。兵精粮足，再去进攻吕布，没有打不赢的。灭了吕布，再去联络扬州人士，共同征讨袁术。大军到了淮、泗，不怕徐州打不下来。如果现在就去攻打徐州，兖州怎么办？要是兵马留得多了，怕进攻徐州的兵力不足，要是这儿留得少了，吕布可能钻空子打进来。这么着，失了兖州，又得不到徐州。这不是一举两失吗？"

曹操又像同意，又像不同意。他说："陶谦已经死了，刘备刚到任，民心未定，兵力不强，为什么不能先去拿徐州呢？"

荀彧微微一笑，接着又说："不能看得这么容易。陶谦虽然死了，刘备深得民心。他们去年遭到了打击，今年必然做了准备。还有，这儿现在麦子正熟了，东边的麦子已经收割完了。他们一听到大军前去，必然坚壁清野地死守。这么一来，攻城一时攻不下，要收割些什么，城外又没有粮食，不出十天，我军反倒受累。再说，上回征讨徐州，屠了几个城。他们的子弟忘不了父兄的耻辱，必然宁死不屈，输赢就难说了。就说硬把徐州打下来，人心不服，等到大军一走，难免不发生叛变。这是贪小失大，舍本逐末（舍弃事物的根本的、主要的部分，而去追求细枝末节，指轻重倒置），以安易危。请将军再仔细想一想。"

曹操被荀彧这么一说，才不去进攻徐州。他叫士兵们出去割麦子，作为军粮。老百姓不能抵抗，早已逃了。突然来了个报告，说吕布和陈宫带着一万多兵马向鄄城打过来了。曹操因为士兵们都割麦子去了，一时来不及召回，城里只有一千多人马，就吩咐一部分将士逼着老百姓，不论男女，一概上城头担任防守，自己带着那一千来名士兵到了西郊，在一条大堤里埋伏着，他还叫士兵们时不时故意露出脑袋来向外张望。

吕布一马当先，到了临近大堤的地方，仔细一瞧，就看出大堤里有士兵埋伏着。光秃秃的一条大堤，就埋伏着几千士兵，在吕布看来，也不足介意。可是大堤南边是个树林子，这可不能不防。吕布在马上来回看了一下，带着兵马回去了。

到了晚上，曹操一见将士们都回来了，就对他们说："吕布料定树林子里有伏兵，所以不敢进来。明天他必定来烧树林子。咱们只需在那边多插些旗子，把精兵都藏在大堤里。待他进了树林子，咱们马上截断他的归路，准能把他逮住。"

第二天，吕布果然用火攻，率领着大队人马往树林子里去放火。正赶上刮大风，不一会儿，树林子毕毕剥剥地烧了起来。吕布的兵马烧一段，进去一段，却没遇到一个敌人。吕布知道中了计，马上下令退兵。大堤里的伏兵一齐出来。曹仁、曹洪、夏侯惇、夏侯渊、李典、乐进、典韦等几员大将把吕布的军队切成两截。吕布自己觉得敌不过他们，回头就跑，几个部将也各自逃命。他们一下子自己互相践踏，早就乱了起来。混战了一场，吕布的军队去了三分之二。他带着残兵败将逃回定陶。陈宫对他说："空城难守，不如向徐州退去。"他们说走就走，连夜扔了定陶。

陈留太守张邈听到吕布打了败仗，就知道曹操准来向他报仇。他把自己的家小托付给他兄弟张超，叫他去守雍邱（今河南杞县），自己往扬州去向袁术求救兵。没想到曹操得了定陶，马上进攻雍邱。张超兵马不多，外面的救兵一时不能赶到，勉强守了守，终于被曹操攻破了。张超来不及逃走，只好自杀。全家老少和他哥哥的一家全都被灭了门。张邈还没到扬州，在路上就被人杀了。这个原来算是曹操的上司，帮他有个起头的张邈，就这么被曹操灭了。

兖州还有几个县城，很快地一个一个都给曹操收复了。整个兖州重新归了曹操。吕布、陈宫带着高顺、张辽、臧霸、侯成等几个残兵败将往徐州投奔刘备去了。

刘备因为上次吕布进攻兖州，逼得曹操火速退兵，对徐州大有帮助，一听到吕布来了，准备出城迎接。麋竺拦住他，说："吕布是只狼，不能收留。"刘备劝麋竺，说："别这么说。一来上次他牵制了曹操，对咱们也有帮助，二来人家有了难处来相投，咱们怎么能拒绝呢？"麋竺他们只好跟着刘备把吕布迎接进去，还给他摆酒接风。吕布很感激。他说："我跟王司徒杀了董卓以后，又碰到李傕、郭汜的变乱，飘零关东，将军们多不相容。去年曹操侵犯徐州，我趁着机会进了兖州，原想分散他的兵力，不料今年反倒中了他的奸计，打了败仗，特来投奔将军，不知道将军能不能收留我？"

刘备说："陶公归天，没有人管领徐州，大伙儿硬把我留在这儿。我正怕没有力量，这会儿将军来了，真是我的造化。"吕布和陈宫客气了一番，暂时住在宾馆里。

第二天，吕布回请刘备，还叫他夫人出来拜见，给他斟酒。刘备对吕布夫妇俩很是尊敬。吕布见他这么恭敬，再说自己比刘备大了几岁，说话就随便起来了。他不顾礼貌地开口闭口把刘备称为"老弟"。刘备见他出言傲慢，外表上仍然尊敬他，内心可不很乐意，只好叫他暂时住在小沛。

曹操轰走了吕布，收复了兖州，向朝廷上个奏章。朝廷顺水推舟让他做了兖州的州牧。

那时候，汉献帝才十五岁，朝廷大权全在李傕、郭汜手中。李傕自为大司马，郭汜自为大将军。两个人横行无忌，要怎么着就怎么着，把汉献帝当作傀儡（kuǐ lěi）。朝廷中谁也不敢得罪他们。关东豪强正利用这种混乱局面，各自抢着地盘。

## 读有所思

1. 刘备是如何不费一兵一卒得到徐州的？

2. 在鄄城，曹操用什么方法打败了吕布？

3. 吕布去投奔刘备，麋竺为什么阻拦刘备收留吕布？

## 知识拓展

### 徐州刺史陶谦哀辞

张　昭

猗欤使君，君侯将军。

膺秉懿德，允武允文。

体足刚直，守以温仁。

令舒及卢，遗爱于民。

牧幽暨徐，甘棠是均。

憬憬夷貊，赖侯以清。

蠢蠢妖寇，匪侯不宁。

唯帝念绩，爵命已章。

既牧且侯，启土溧阳。

遂升上将，受号安东。

将平世难，社稷是崇。

降年不永，奄忽狙薨。

丧覆失恃，民知困穷。

曾不旬日，五郡溃崩。

哀我人斯，将谁仰凭？

追思靡及，仰叫皇穹。

呜呼哀哉！

# 窝里反

李傕、郭汜、樊稠、张济他们在公元192年（汉献帝初平三年）六月，拿替董卓报仇的名义，攻破长安，杀了司徒王允，轰走了吕布，到了这时候已经快三年了。董卓被杀的时候，三辅人民还有几十万户。这两年来，由于李傕、郭汜纵兵抢劫，再加上饥荒到了饿死人的地步，人口已经大大减少。李傕、郭汜他们又是争功，又是嫉妒，终于发生了窝里反。公元195年（汉献帝兴平二年）二月，李傕、郭汜互相攻打，简直要把那地方的人民都杀光了。

事情还是从李傕杀害樊稠这个案件引起的。樊稠为人勇敢，在这几个头领当中比较能顾全大局，在士兵中也有威望。李傕就把他看作了眼中钉。最后说他私通韩遂、马腾，把他杀了。

原来李傕打算收复西凉，特地派人去向韩遂、马腾许了愿，劝他们到京师来朝贡。韩遂、马腾贪图封赏，带着一部分人马到了长安，总算归顺了朝廷。李傕就任命韩遂为镇西将

军，叫他回去镇守凉州，任命马腾为征西将军，叫他守卫郿县。马腾虽然得了官职，可是留在郿县，究竟太拘束了些。他就借着优待士兵、增加军饷的名义，向李傕要求财物。李傕没答应。打这儿起，他就跟李傕面和心不和了。

马腾的心事被谏议大夫种劭（chóng shào）看出来了。种劭因为他父亲在李傕、郭汜大闹长安的时候被杀害了，一直存着报仇的念头。他眼看着李傕、郭汜把皇上捏在手里，更想替朝廷出力。他就跟别的几个大臣共同商议，决定召马腾到京师来杀李傕，自己作为内应。他们很秘密地派人到郿县去接头。马腾同意了，当时就带着自己的兵马到了长平观，一面派人到凉州请韩遂也发兵来。

李傕一看马腾这么快地进来，料定他准有内应，就先在京师里搜查起来。种劭他们慌了，带着一部分人马逃到槐里。李傕立刻调动兵马，派郭汜、樊稠，还有他自己的侄儿李利去对付马腾。马腾很能打仗，他的儿子马超更是个少年英雄。樊稠部下有个将军叫李蒙，欺他是个十六七岁的娃娃，没把他放在眼里，冲过去跟他打了一阵，一不小心，被马超一枪刺落马下。李傕的侄儿李利看到马家爷俩这么厉害，赶快往后逃跑。郭汜、樊稠一见马腾、马超来势汹汹，就改变了方法，只守不战。马腾的兵马没法打过去。这么一天天地待下去，粮草越来越不够了。马腾正打算派人往郿县去要粮食，没想到郿县早给李傕夺去了。到了这时候，他被郭汜、樊稠逼得没法坚持下去，只好往凉州逃去。

郭汜吩咐樊稠和李利率领大军直追上去。马腾的兵马边退边打，樊稠的兵马边打边追，一直到了陈仓，正碰到韩遂带着西凉的人马候在那里。他拦住追兵，出来对樊稠说："我们起兵并不是为了私怨，大家都是为了王室。再说，你我又是同乡（韩遂、樊稠都是金城人），何苦自相残杀。不如大家退兵，后会有期。"樊稠听他说得很有道理，就跟他拱了拱手，回来了。李催又叫他去打槐里。种劭打了败仗，死在乱军之中。

樊稠对李催说："为了安定凉州，不如免了韩遂、马腾的罪。凉州安定了，没有后顾之忧，才好集中兵力去对付关东。"谋士贾诩也这么说。李催就叫汉献帝下道诏书，免了西凉军的罪，任命韩遂为安降将军，马腾为安狄将军。一场风波满想可以平定下去，谁知道李利因为在这场战争中不但没立功劳，还被樊稠批评了一顿，心里很不舒服。他向李催咬着耳朵，把樊稠跟韩遂谈话、拱手的情形添枝添叶地说了一遍，说得李催不由得火往上冲，当时就要发兵去打樊稠。

贾诩知道了，替李催使个计，叫他假意地请樊稠来商议出兵关东的事。樊稠没防到这一着，他一到，就让武士们绑上了。李催沉着脸宣布，说："樊稠私通韩遂，造反，该杀！"樊稠没来得及分辩，已经被绑去砍了，吓得郭汜慌忙向李催请罪，说："樊稠是我派去追赶西凉军的。我也有不是的地方，请办罪吧！"李催反倒向他赔不是，说："樊稠谋反，我才干了他。事情来得邪，没来得及告诉你。你我弟兄，请甭多心。"打这儿起，李催对待郭汜的一股热乎劲儿，显着比自己的亲兄弟还亲。他经常请郭汜过去喝酒、吃饭，有时候留他过夜，还派美人们去伺候他。

郭汜的老婆探听到了，就劝他不要往李催家里去。有一

窝里反

天晚上，李傕又邀郭汜去喝酒，郭汜被他老婆扯住了。李傕格外讨好，把准备的酒食派人送了去。郭汜的老婆暗暗地拿豆豉（chǐ）掺上些药膏搁在菜里。郭汜正要下筷，被他老婆拦住了。她说："外面拿来的东西，哪儿能随便吃呢？"说着，她叫郭汜一同检查，就把药膏拿了出来，说："哎呀，您瞧，这是什么啊？"郭汜半信半疑地看了看，可不说话。她冷笑一声，说："本来嘛，一只鸡笼里关不下俩公鸡。我就怕您太相信人啦。"郭汜还怪她太多心。

过了十来天，郭汜又在李傕家喝酒，醉得像个泥人似的。他回到家里，一进门，就吐了一地，那个味儿比什么都难闻。郭汜的老婆流着眼泪问他："怎么啦？"他说："嗓子眼里像火烧着似的。"那娘儿就哭着说："啊哟哟，怎么办哪？甭说准是中了毒了！"郭汜被她这么一说，也着急起来。他挠着嗓门，愁眉苦脸地说："唉，我真后悔！可怎么办哪？"他老婆替他想办法，用布帛包着大便，绞了半盏粪汁，叫他赶快喝下去。郭汜还想活命，只好捏着鼻子把这种古怪的药水喝了下去。不一会儿，胸口作恶，又吐了一通，才觉得舒畅点。这一来，郭汜当真火了。他骂着说："真不是人养的！我跟他一块儿起兵，什么事情都帮他一着，什么地方都让他一步。怎么他反倒来害我！要是我不先动手，还活得下去吗？"

天还没亮，他就检点部下，亲自带头向李傕进攻。李傕一见郭汜果然来夺他的地位，立刻发兵抵抗，一面吩咐他另一个侄儿李暹（xiān）带着几千名士兵围住皇宫，要把汉献帝劫走。太尉杨彪出来阻止。李暹对他说："郭汜作乱，说不定就来逼宫。我叔叔叫我来保驾，请皇上暂时避一避。太尉不是郭汜的同党，为什么要阻拦呢？"杨彪不敢再反对。他进去请汉献帝马上动身。

## 读有所思

1. 马腾为什么想要杀李傕？
2. 李傕用什么理由杀了樊稠？
3. 郭汜为什么会跟李傕反目？

## 知识拓展

　　初平三年（公元192年）六月，董卓部将李傕、郭汜在长安作乱，大肆烧杀劫掠，这时王粲逃往荆州，依靠刘表以避难。王粲离开长安往荆州时做了《七哀诗》。

### 七哀诗

（东汉）王粲

西京乱无象，豺虎方遘（gòu）患。

复弃中国去，委身适荆蛮。

亲戚对我悲，朋友相追攀。

出门无所见，白骨蔽平原。

路有饥妇人，抱子弃草间。

顾闻号泣声，挥涕独不还。

"未知身死处，何能两相完？"

驱马弃之去，不忍听此言。

南登霸陵岸，回首望长安，
悟彼下泉人，喟然伤心肝。

# 林汉达

# 三国故事全集

## 故事全集

**2**

中国出版集团有限公司

世界图书出版公司
西安　北京　上海　广州

图书在版编目（CIP）数据

林汉达三国故事全集：全 5 册 / 林汉达编著 . -- 西安：世界图书出版西安有限公司，2023.3

ISBN 978-7-5232-0220-3

Ⅰ．①林… Ⅱ．①林… Ⅲ．①中国历史 - 三国时代 - 儿童读物 Ⅳ．① K236.09

中国国家版本馆 CIP 数据核字（2023）第 046579 号

**林汉达三国故事全集（全 5 册）**
LINHANDA SANGUO GUSHI QUANJI (QUAN 5 CE)

| 编　　著：林汉达 | 封面设计：智灵童 |
| 策划编辑：赵亚强 | 责任编辑：符　鑫 |

出版发行：世界图书出版西安有限公司
地　　址：西安市雁塔区曲江新区汇新路 355 号
邮　　编：710061
电　　话：029-87214941　029-87233647（市场营销部）
　　　　　029-87234767（总编室）
网　　址：http://www.wpcxa.com
邮　　箱：xast@wpcxa.com
印　　刷：优奇仕印刷河北有限公司
成品尺寸：170mm×240mm　1/16
印　　张：58
字　　数：630 千字
版　　次：2023 年 3 月第 1 版
印　　次：2023 年 3 月第 1 次印刷
国际书号：ISBN 978-7-5232-0220-3
定　　价：198.00 元（全 5 册）

# 目录

# 绑架皇上

　　李暹（xiān）准备了三辆车马：一辆给十五岁的汉献帝，一辆给汉献帝新立的贵人伏氏，一辆给李傕的心腹贾诩和左灵两个人。别的大臣，还有内侍、宫女等只好跟着车马走。李暹把汉献帝和大臣们送到李傕的大营以后，回头再到宫里，叫士兵们把库房里的财物一概搬到大营，然后让他们再去抢些留下的东西和使唤丫头。末了，放一把火，把宫殿也烧了，正像当初董卓把洛阳的宫殿烧了一样。

　　烧了宫殿，连带也烧了些民房。李家兵和郭家兵互相残杀，死了好几万人，连带也杀了老百姓。那种惨劲就别提了。汉献帝在李傕的大营里，天天只听到喊杀的声音，吓得缩成一团。他在营里虽说另有帐篷，每天有一定的供应，究竟比不上在宫里那么舒服。他每回听到喊杀的声音或者见到火烧，总是愁眉苦脸地叫公卿大臣想个办法救救他。有人建议劝两家和好，可是谁能去做和事佬呢？汉献帝就打发太尉杨彪、卫尉士孙瑞、大司农朱儁和当时的司空、尚书、光禄勋、太仆、廷尉、大鸿胪等这些公卿到郭汜营里去讲和。

郭汜挺干脆，把这些公卿大臣全都圈起来。他们嚷着说："我们来给你们讲和，为什么这么对待我们？"郭汜冷笑着说："李傕劫持着皇上，为什么我不能扣下公卿？"杨彪发了脾气，大声说："做臣下的互相攻打，已经不对了。一个劫持天子，一个劫持公卿，天下有这个道理吗？"郭汜拔出宝剑来，说："这就是道理！"说着要斩杨彪，被另一个大臣死劝活劝地劝住了。杨彪才没死。他回转身去，正碰着朱儁的胳膊肘。两个人你看看我、我看看你，流下眼泪来。朱儁本来身子不好，这一回他可真受了气了。到了晚上，这个跟皇甫嵩同样出名的屠杀黄巾军的刽子手咽了气。

郭汜就这么劫持着公卿大臣，不断地向李傕进攻。李傕只怕军队里几千名的羌人和胡人不肯给他卖命，就把他们召拢过来，先把库房里搬来的布帛和绸缎分了一些给他们，叫他们勇敢地攻打郭汜，还向他们许了愿，说将来还有宫女和美人赏给他们。郭汜也有一招。他买通了李傕部下的一些将士，约为内应，放火为号，内外夹攻，一定要消灭李傕。

有一天晚上，李傕营里起了火。郭汜亲自带头进攻。一百名弓箭手一齐向李傕的中军射箭，连皇上的帐篷也中了箭。李傕刚出去抵抗，只听见飕（sōu）的一声，来了一箭，他慌忙往右边一躲，那支箭射穿了他的左耳朵。他忍住疼，把箭拔去，肩膀上全是血。正在这个节骨眼儿上，部将杨奉带领一队人马前来接应，才把郭汜的兵马打退。那一支作为内应的军队趁着乱劲跑到郭汜那边去了。

李傕经过了这一番惊吓，决定不让郭汜再来夺取皇上，

就把汉献帝送到北坞（坞是防御用的建筑物）去住，叫校尉守着坞门，隔绝内外，连吃的喝的都是有一顿没一顿的。汉献帝向李傕要求五斛米，五架全牛，说是赏给随从的臣下的。李傕不乐意了。他说："有饭吃已经不错了，还要什么牛肉？"汉献帝实在气愤不过，他说了声："天底下哪儿有这样的事？"马上有个臣下劝告他忍着点，别这么说。他只好耷拉着脑袋，直擦眼泪，抽抽搭搭地说："怎么办哪？"

那个臣下低声地对汉献帝说："我看贾诩虽说是李傕的心腹，近来并没怎么帮着他出主意，可见他没忘了皇上。不妨跟他商量商量。"正巧贾诩进来问安。汉献帝揉着眼皮对他说："你能不能可怜可怜汉朝，救救我？"贾诩趴在地下磕着头说："不能心急。李傕贪而无谋，不如先封他爵位，把他笼住，再看时机。"汉献帝下了诏书，拜车骑将军李傕为大司马，位在三公之上。

李傕做了大司马，很得意。他一向迷信鬼神，给董卓立了个神位，经常祭祀。他随身带着一批道人、巫婆，替他消灾求福。这会儿被封为大司马，他认为是道人、巫婆祈祷的力量，就重重地赏了他们。这件事引起了将士们的不满。部将杨奉对一个心腹的军官说："我们不顾死活，替他卖命，反倒比不上一个巫婆！"那个军官说："干吗不杀了他，救出皇上？"他们就布置起来，准备半夜里放火起事，杨奉在外边接应。没想到有人向李傕告密，他就先动手，杀了起事的将士。杨奉带着一支兵马没见火烧，正想派人去探听，李傕已经杀出来了。双方混战了一个更次，杨奉带着自己的兵马投奔安西将军杨定去了。

李傕的部下两次发生了叛变，去了两支人马，他的兵力就显得不如以前了。他正跟贾诩商议怎么对付郭汜，忽然来了个警报，说东边发现了一路大军，向长安杀过来，吓得李傕和汉献帝不知该怎么办才好。

从东边来的那个将军正是镇东将军张济。他镇守弘农已经三年了。这会儿他带着军队到了长安，传出话去，说他是来替李郭两家和解的，谁不答应，就别怪他不客气了。他又上表，请汉献帝搬到弘农去。汉献帝自然同意了。他派使者去劝两家和好。双方都提出一些条件，累得使者两头跑了十来回，总算说妥了。郭汜把杨彪他们十几个公卿大臣放出来，李傕也同意让汉献帝回到东边去。偏偏那几千个羌人和胡人不愿意跟着汉人跑到东边去。他们喊喊喳喳（形容细碎的说话声音）地埋怨着说："李将军答应把宫女赏给我们，什么时候给呀？"有的人还走近汉献帝的帐篷东张西望地要看看美人。汉献帝知道了，慌忙派人去请贾诩想办法打发他们。

贾诩召集了羌人和胡人的头头，给他们一些绢帛，叫他们好好地回到本地去，将来一定有封有赏。他们巴不得回老家去，就带着自己的人马走了。这么一来，李傕的兵马就更少了。他只好听从张济，保护着汉献帝和新立的伏皇后，跟着公卿大臣出了长安的东门。

队伍走了一二十里地，忽然前面有两路人马拦住去路，后面又有一路人马追上来，吓得汉献帝脸都白了。他慌忙叫将士们分头去抵抗。探听下来，大伙儿真觉得臊得慌。原来前面候着的是杨奉和杨定的两路人马前来保驾，后面追上来的是郭汜，他也想趁着机会来伺候皇上。大伙儿不念旧恶，保卫着汉献帝向东走去，这可真难得啊！

　　当天晚上，他们到了霸陵，都饿得肚子直叫唤。幸亏张济带着粮食。他做了东道主，吩咐士兵先把干粮分给所有人，再给汉献帝和公卿大臣煮饭做菜。大伙儿这才把肚子填饱。可是这种吃一顿没一顿的日子，往后怎么过哪？李傕首先后悔了。他不愿再跟着这批人往东去。汉献帝就让他留在池阳（今陕西泾阳一带）。

　　为了整顿队伍，使主要的几个将军能忠于朝廷，汉献帝就把张济、郭汜、杨定、杨奉，还有自己的舅父董承，都升了职，封了侯。满想从此同心协力，重振朝纲。哪知道李傕一走，郭汜又神气起来了。他也像李傕那样不愿意到东边去，就请汉献帝回头往高陵去。汉献帝派人去对郭汜说："弘农离洛阳比较近，祭祀宗庙方便，还是到弘农去的好。"郭汜仍然不同意。汉献帝还真有一手，他绝起食来了。郭汜就让了一步，说："先到邻近的县城歇歇再说吧。"

## 读有所思

1. 李傕为什么要绑架皇上？

2. 公卿大臣们去见郭汜，为的是什么？

3. 是谁为李傕和郭汜讲和的？

# 保驾

这一大批人从公元 195 年（兴平二年）七月初离开长安，到八月中旬，前后四十一天，才到了离长安不远的新丰。郭汜和他的部下暗暗商量，打算把汉献帝劫到郿县去。这个计划被别人知道了。杨定、杨奉、董承三个人联合起来对付郭汜。郭汜一见他们联合起来，怕吃眼前亏，因为已经跟李傕和好了，就扔了队伍，一个人投奔李傕去了。他手下的人还不死心，一定要按郭汜的打算，把汉献帝劫到西边去，把郿县作为京师。目前办不到，就再等一等。到了十月里，他们一齐发动，先在大营外边放起火来。杨定、杨奉、董承本来各自为营，他们一见大营起火，马上去救，就跟郭家兵打起来了。他们拼着命，杀散了郭家兵，才把汉献帝和伏皇后送到杨奉的军营里。

又过了几天，他们到了华阴。那边有军队驻扎着，领头的是个武威人，叫宁辑将军段煨（wēi）。他候在路上迎接汉献帝，请他到华阴军营里去，还拿出粮食来供应这一大批人。他们正担心要饿肚子，这会儿有了段煨拿出粮食来，都觉得可以松一口气了。偏偏杨定和段煨早有怨仇，就在汉献帝跟前说段煨的坏话。董承、杨奉、左灵他们是杨定一派的人，他们说段煨谋反、劫持天子。另一些大臣像杨彪、贾诩他们情愿拿生命来担保。他们说："段煨是来保驾的，绝不是造反。"

贾诩是段煨的同郡人，他看不惯杨定他们造谣生事，就跑到段煨那边去了。杨定、杨奉、董承、左灵联名请汉献帝定段煨的罪，汉献帝没理他们。他们就联合起来向段煨进攻。段煨也发兵抵抗，双方打了十几天，分不出输赢来。段煨上书表白心迹。他还照常给公卿大臣们供应粮食。汉献帝相信段煨并没歹意，派人去替他们双方和解。这才安静下来，继续向弘农走去。

哪儿知道按下葫芦瓢起来。李傕和郭汜又追上来了。他们正后悔放走了皇上，让他到东边去，一听到杨定攻打段煨，就借口保驾，又要把皇上劫到西边去。杨定得到了李傕、郭汜合兵来追的信儿，打算退回蓝田去。他带着自己的一队人马往回走，正碰上了郭汜的兵马，被打得全军覆没。杨定只好光杆儿逃到荆州去了。还有张济，他也变了心。他跟杨奉、董承合不到一块儿，带着自己的人马去跟李傕、郭汜联合起来。

杨奉、董承他们保护着汉献帝、伏皇后和公卿大臣，好容易到了弘农，已经十二月了。他们还没歇下来，张济、李傕、郭汜已经追到，大战终于发生了。杨奉、董承打了败仗，随从的百官和士兵死的死、伤的伤，乱得不像样。从京师搬运来的东西都扔了。值钱的东西还有人捡，妇女们没有人管，朝廷的符节、图籍、文书等沿路抛撒，随便踩毁，谁也管不了啦。董承拼死保护着皇上和皇后的两辆车，离开了弘农。李催、郭汜的士兵还不急于追赶杨奉，他们先忙着把弘农地方抢劫一番。就在这时，汉献帝跟着杨奉、董承他们又逃远点了。

杨奉和董承商议一下，定了一个计策：一面假意地去和李催、郭汜、张济讲和，一面派使者去求救兵。可是远水救不了近火，只能就地想办法。杨奉本来是白波军的首领，因为打了败仗，投降了官兵，封为兴义将军。他知道临近的白波军由李乐、韩暹、胡才他们领导，还有南匈奴右贤王去卑也盘踞在河东。白波军也好，匈奴王也好，只要他们能来保驾，杨奉、董承就能请汉献帝重重地赏他们。当时他们打发使者带着诏书和杨奉他们个人的信去向所谓白波军和胡人讨救兵。

黄巾军中有不少人早已变了质，他们不再是农民起义军了。李乐、韩暹、胡才，还有南匈奴右贤王去卑带着几千名骑兵都赶到了。杨奉叫他们当先锋，一同攻打李催他们。李催、郭汜没防到河东来了救兵，又不知道来了多少人马，不由得先慌了神。他们一面抵抗，一面逃跑，死伤了不少人。李乐、杨奉追了一二十里地，才收兵回来。第二天马上动身，继续往东走，由董承、李乐带领左右两队保护着汉献帝的车马，胡才、杨奉、韩暹、去卑在后面压队。他们走了不远，忽然后面尘土大起，李催、郭汜、张济三路人马又追上来了。

李催他们一探听到河东救兵不过几千人，胆儿就大了。他们分三路包围上来，把杨奉、韩暹、胡才和右贤王去卑的队伍截成儿段，乱纷纷地杀了一阵。这一回杨奉的人马可败得惨了。不但士兵死了几千，连公卿大臣也死了五六个。汉献帝由董承和李乐保驾先走了。他们马不停蹄地跑了四十里地，才到了陕县（今河南三门峡一带）。董承检点人数，保卫汉献帝的

林汉达

三国故事全集

10

羽林军总共不到一百人。这一百来人听见后面喊杀的声音，有的打算散伙了。

董承和杨奉商量了一下，决定连夜偷渡黄河，就叫李乐他们先到河边去准备船只。他们费尽心机，弄到了一条船。汉献帝和伏皇后，还有宋贵人，一脚高一脚低地走到河边。水浅岸高，不容易下船。董承瞧着伏皇后的哥哥伏德一只手扶着他妹妹伏皇后，一只手还夹着几匹绢，他就叫手下的人拿绢缠住皇上，慢慢地把他放下船去。伏德背着妹妹伏皇后跳下了船。接着爬下船去的有宋贵人、伏皇后的父亲伏完和太尉杨彪等几十个人，已经挤得不能再挤了。可是岸上的人还多着呢，乱糟糟地都争着要下来。董承拿着长戟打别人的脑袋，李乐拿着宝剑砍手指头。自己人打自己人，一下子更乱起来了。有被打死的，有掉在河里淹死的，也有攀着船沿死也不放手的。船上的人就学李乐的样砍手指头。岸上岸下一片哭声。宫女们披头散发地拉着内侍直哭。官吏和士兵也都留在岸上，连卫尉士孙瑞也只能提着半截火把站在岸上发愣。他像做梦似的想跑就是跑不动。等到他清醒过来。李傕、郭汜的兵马已经到了。好在这些人一到，首先乱糟糟地来抢宫女，再就是收拾抛在岸上的财物。他们把留在岸上的官吏和士兵全都掳了去。士孙瑞挣扎了一下，就给乱兵杀了。这一队追兵自己没有船，可是又不愿意让那只挤满了人的船太太平平地渡过河去。他们在岸上放箭，还真有几支射到船边来的。董承拿着被子替汉献帝遮着。船越划越远，船上的人才放心了。

汉献帝他们渡过河，走了几里地，到了大阳（汉县名，在陕县北，属河东郡）地界，天已经亮了。他就在李乐的帐篷里

歇着。董承、杨奉到老百姓家里要车要马。老百姓只有一条穷命，哪儿有车马？他们找遍了临近的村子，总算抢到了一辆牛车，让汉献帝和伏皇后坐了。别的人都只好跟着走。他们饿得有气没力地拖着脚步，到了安邑（今山西夏县一带），才停下来。

河内太守张杨和河东太守王邑，听到了汉献帝和公卿大臣受冻挨饿的惨劲，一个派人送米来，一个派人送布帛和棉絮来，总算暂时救了急。汉献帝忘不了他们这种雪中送炭的好心眼，就拜张杨为安国将军，封王邑为列侯。送米送布帛的拜了将军封了侯，那些保驾的当然更有封赏了。李乐、韩暹、胡才和匈奴右贤王去卑都封了官职。他们又推荐了几十个伙伴，汉献帝个个都录用。一下子做大官的人这么多，连官印都来不及刻。刻印的人就拿锥子在石头上划上几刀，勉强有了字迹，就发下去了。在这种情况下，汉献帝只好借草棚当作朝堂，商议着朝廷大事。伏皇后没有内室，只有一间破屋子，而且连门都没有。屋子前面歪歪斜斜地有一道篱笆，凑合着算是分隔内外了。

篱笆当作宫门，草棚当作朝堂，倒还可以将就将就。怕只怕李傕、郭汜、张济他们渡过河再追上来，那可怎么办？

## 读有所思

1. 李傕和郭汜为什么后悔放走了皇上？

2. 杨奉和董承搬来的救兵是谁？

3. 汉献帝是如何摆脱李傕和郭汜两人的追赶的？

# 夺地不勤王

汉献帝还怕李傕、郭汜、张济他们追上来，就派太仆韩融到弘农去跟他们讲和。李傕他们已经抢到了不少宫女、财帛，自己的兵马也不多，再要往东去跟关东诸侯比个高低，没有这份力量了。他们就顺水推舟（比喻顺应趋势办事）地同意了，把扣在那边的一些大臣让韩融领了回去。

韩融带着这些官吏回到安邑，吃饭的人更多了。粮食早就不够，连稀粥都喝不上，只好拿些青菜、枣子什么的煮成薄汤灌灌肚子，这日子真不好过。别以为这批文官、武将、内侍、宫女流落在安邑多么苦，安邑要比长安强得多哪。长安几十万户口，给李傕、郭汜这么一捣乱，死的死，逃的逃，变成了一座空城。强健的四散逃去找活路，软弱的被人和狗吃了。此后两三年，整个关中连个人影都找不到。

大伙儿正在吃糠菜和枣子过日子的时候，河内太守张杨从野王带了些粮食来朝见汉献帝，还建议迁都到洛阳去，一批文官，像杨彪、董承他们虽然赞成，可是还得听听那些武将

林汉达

三国故事全集

14

的意见。杨奉手下的骑都尉徐晃也劝杨奉回到洛阳去。杨奉倒也同意。可是李乐、韩暹他们反对，要他们的命也不走。他们已经占据了这个地盘，皇上在他们的保护之下，要是到了洛阳，他们未必能掌握大权。杨奉改变了主意，同意拿安邑作为京师。别的人可又不同意。文武百官争闹了一场，张杨袖子一甩，回野王去了。

就说汉献帝和大臣们都留在安邑，也得有各州郡的朝贡才能维持朝廷啊，就说没有朝贡，各地能送些救济粮来也是好的。难道全国这么多州郡的太守、刺史，就没有个能够保驾的人吗？那时候，关东牧守之中，名望最大的是袁绍、袁术哥俩，一个在冀州，一个在扬州，称得起地广、人多、兵力强。除了"二袁"以外，比较出名的还有三个人：第一个是杀了他的上级、占领着幽州的公孙瓒；第二个是打败了吕布、张邈，由兖州刺史升为兖州州牧的曹操；第三个是联络袁绍、对抗袁术的荆州州牧刘表。再就是远在东北的辽东太守公孙度、远在西南的刘焉的儿子益州州牧刘璋。此外，刘备虽然做了徐州州牧，还只能算是袁绍的部下；孙策刚在江东站住脚，也只能算是袁术的手下人。这许多牧守和将军之中，有的互相攻打，有的自顾不暇（照顾自己都来不及），要说有力量能给汉献帝保驾的恐怕还得数冀州州牧袁绍了。

袁绍的谋士、广平人沮授抓住机会对袁绍说："将军家辅助皇家，历代闻名。现在朝廷潦倒，宗庙残毁。为将军打算，赶快往西去迎接皇上，请他迁都到邺中来，借着天子的名义号令诸侯，谁不服从朝廷，就去征伐他，这是名正言顺的好事情，谁敢反对？将军千万别错过这个勤王的好机会呀！"

袁绍点了点头。师出有名，为什么不出兵呢？挟住皇上就可以向诸侯发号施令，那要比做个挂名的盟主强得多了。袁绍一点头，另外两个谋士马上起来反对。两个都是颍川人，一个叫郭图，一个叫淳于琼。他们认为沮授是个书呆子，为什么要挟着天子才去号令诸侯呢？为什么一定要捧个姓刘的做摆设呢？他们说："汉朝早就完了，怎么也扶不起来。再说天下英雄都起来了，各人占领着州郡，招兵买马，带着上万的士兵的将军有的是。这形势就好像当年的秦国一样。秦丢了一只鹿（指天下或政权），谁先逮住，谁就做王。要是将军把天子接了来，那就什么也不能自己做主了。动不动，得上奏章，听诏书。服从了，就没有实权，不服从，徒然让别人说不是。这是自讨苦吃，沮授这个计策不好！"

沮授坚持说："勤王是名正言顺的，既合大义，又合时宜，有什么不好呢？要是咱们今天不赶快去，准有别人抢在头里。那多可惜呀！"

袁绍听了他们两派的议论，觉得都有道理，各有各的利害，一时决定不下。正在这个时候，袁绍听到东郡太守臧洪背叛了他，就认为镇压自己部下的叛变要比迎接天子重要得多。他马上发兵去打东郡。东郡是属冀州管的，臧洪的东郡太守这个地位也是袁绍给他的，自己人怎么会闹起来呢？

原来臧洪曾经在广陵太守张超手下做过事，两个人称得起是知己朋友。曹操围困雍邱进攻张超的时候，张超向臧洪求救。臧洪向袁绍请求救兵去支援张超，袁绍怎么也不答应。张超因此全家灭了门。臧洪就跟袁绍断绝来往。袁绍马上发兵去征伐臧洪。可是几个月都没能把东郡打下来。袁绍还有点儿喜爱臧洪的才能，特地叫臧洪的同乡广陵人陈琳写信去劝他认错，说袁绍还可以重用他，信上还说："要是你不认错，不投降，你死了，名声也就没了。"臧洪不肯屈服，他给陈琳一封回信，里面有句话，说："你说我死了，名声也就没了；我只能笑你活着就跟死了一样。"

陈琳把这封回信交给袁绍，袁绍知道臧洪要跟他拼死到底，就又发一支兵马加紧攻打。臧洪实在不能坚守下去，他打发使者从城头上吊下去，往南到徐州向吕布求救。吕布自己被曹操打败，投在刘备门下，住在小沛，自顾不暇，怎么能帮他呢？这么着，臧洪内无粮草，外无救兵，末了，城子被攻破，自己也被掳去了。

袁绍大摆酒席，请了许多客人。他理着胡子很得意地对臧洪说："你真太对不起我啦。今天你可服了吗？"臧洪向他吐了口唾沫，瞪了他一眼，高声说："袁家四世五公，受了朝廷大恩。现在皇室衰弱，你们袁家人不能设法扶助，反倒割据地盘，成心谋反，杀害忠良，厚颜无耻地还自以为得意。可惜我臧洪力量不足，不能除灭乱臣贼子，为国报仇。还说什么服不服？"

袁绍在许多客人面前被他骂得连脖子都红了，马上吩咐武士们把他推出去杀了。忽然有人起来反对，说："将军首先起义兵，原本是为天下除暴。但现在却杀忠义之士，上违天意，下违人心。再说臧洪不听命令，也是出于信义，将军应当包涵一下，怎么能仗着自己手里有刀就把不服你的人杀了呢？"袁绍一看，原来是以前东郡的大官陈容，他是臧洪的同乡。袁绍觉得有点儿不好意思，就叫人把陈容扶出去，对他说："你跟臧洪不同，别再胡说乱道了。"陈容不愿意屈服，他偏要争个理。他说："做人要讲道理，讲道理的是君子，不讲道理的是小人。我情愿跟君子一块儿死，可不愿意跟小人一块儿活。"

袁绍沉不住气，把陈容也杀了。那些喝酒的人不由得叹息了一会儿。有的还偷偷地说："一天当中杀了两个义士，未免太过分了。"

袁绍杀了臧洪和陈容，平了东郡，是不是就去帮助汉献帝呢？不，他打算再向幽州去夺地盘。幽州人士因为公孙瓒杀了刘虞，已经对他不满意了，没想到他吞并了幽州以后，越来越骄傲自大，一点儿也不顾及老百姓。人家待他好的地方他忘了，待他不好的地方他可忘不了。因此，当地的豪强和人民都不愿意向着他。刘虞部下有个渔阳人叫鲜于辅（姓鲜于，名辅），他暗地里联络了一部分幽州的兵马要替刘虞报仇。

鲜于辅看到燕人阎柔很有本领，而且跟住在那边的胡人也挺合得来，就推他为乌桓司马，叫他去招收那边的胡人和汉人。鲜于辅和阎柔居然召集了几万名胡人和汉人。他们有了这几万人马，就跟公孙瓒派来的渔阳太守邹丹打起来了。他们在潞北（今北京通州）大战一场，杀了邹丹和他的士兵四千多人。乌桓王也率领乌桓和鲜卑的七千多骑兵跟着鲜于辅往南来。他们听说刘虞的儿子刘和还在袁绍营里，就派使者到冀州要接他回去。袁绍正想兼并幽州，很高兴地同意了。他派大将麴（qū）义带领十万大军护送刘和到幽州去。

公孙瓒连忙调动大队兵马去抵抗，在鲍邱（在今河北三河和天津宝坻一带）展开了大战，那要比潞北那一回厉害得多了。公孙瓒节节败退,士兵被打死的就有两万多,打伤的和逃亡的还不在内。公孙瓒逃到蓟城,再也不敢出来了。这一来,代郡、广阳、上谷、右北平这些地方的人纷纷起来,杀了当地的官吏,响应鲜于辅和刘和。

公孙瓒怕蓟城难守,又退到了易城,把城墙加高加厚,护城河加宽加深。城里再造碉堡,都有五六丈高,上面是楼。最中间的一座楼特别高大,高达十丈,公孙瓒自己住在那里。他拿铁铸成门,铁门里不让任何人进去,连使唤的手下人都不用,伺候他的全是丫头和妇女。七岁以上的男孩子就不准进去。他住在楼上,文书来往都用绳子吊上吊下,又叫那班伺候他的妇女学大嗓子说话,叫喊声能让几百步以外的人都听到才算顶事。公孙瓒叫这些妇女传达命令。以前的谋士、将军、宾客很少跟他见面。这么一来,他就没有亲信的人了。

有人问他为什么把自己这么孤立起来呢?他说:"我以前到边外轰走胡人,在孟津扫平黄巾。那时候,我以为只要我一有机会出动大军,就可以平定天下。到了今天,各地起兵,越打越乱,我才知道自己是没法安定天下的了。既然如此,还不如让将士和人民休养休养,努力耕种,免得遭受灾荒。因此,我筑了城墙和碉堡,储藏粮食三百万斛,足供好几年吃用。几年以后,等到粮食吃完了,天下形势可能有所改变。到那时候再作道理吧。"

公孙瓒实行只守不战的办法,粮食又足,倒弄得麹义他们进退两难。过了些时候,粮草供应不上,麹义只好撤兵回去,反倒被公孙瓒追杀一阵,夺去了不少车辆。麹义向袁绍报告,说一时还不能消灭公孙瓒。袁绍只好下令暂时不再进兵。

可是他下了决心，非把整个幽州拿下来不可。袁绍一心要夺取幽州，宁可把迎接汉献帝的打算搁在一边。

公孙瓒有几百万斛粮食，袁绍有几十万兵马，可是他们

都不打算去帮助汉献帝。汉献帝流落在安邑，内无粮草，外无救兵，这日子可怎么过啊！

## 读有所思

1. 在关东，最有名望的是哪五个人？

2. 谁建议袁绍勤王，邀请汉献帝到邺城定都？

3. 在鲍邱一战中，公孙瓒被谁打败了？

## 知识拓展

东汉末年，袁绍势力很大，一心想夺取天下，自己当皇帝。为了号召天下的州郡一同起兵攻打曹操，袁绍让陈琳写了一篇著名的檄文《为袁绍檄豫州文》。陈琳在檄文中列举了曹操很多罪状，还痛骂了曹操的祖宗三代。

后来，曹操火烧袁绍的粮草仓库，打败了袁绍，陈琳没办法，只好投靠了曹操。曹操生气地指责陈琳说："你还敢来见我！当初你为袁绍写檄文，数落我的过错也就算了，为什么还要骂我的祖宗三代？"陈琳愁眉苦脸地回答："我那时候是被形势所迫，必须那样做，没办法啊！就好像一支已经被搭在弓弦上的箭，不得不发射出去一样。"曹操很爱惜陈琳的才华，也就不再追究那件事了。

# 抢野菜

日子不好过也得过。转过了年，汉献帝希望以后不再像过去那么倒霉，老是兵荒马乱的不得安宁，就改了个年号，把那年叫建安元年（公元196年）。可是，别说全国不得安宁，连流落在安邑的这些文武百官还老吵架哪。兴义将军杨奉、征东将军韩暹、征北将军李乐、征西将军胡才，这些人本来都是黄巾一派的白波军的主要人物，他们不愿意离开原来起义的地区再去受那些士族豪强的欺负，因此，主张留在安邑。安集将军董承、河南太守张杨、太尉杨彪他们，一心想回到洛阳去，其中尤其是董承最露骨地反对杨奉。杨奉就派韩暹去袭击董承。董承不能跟韩暹他们对敌，只好逃到野王投奔了张杨。

张杨决定调兵遣将去跟杨奉评理。他先打发董承到洛阳去修理宫殿，并写信给荆州州牧刘表请他协助迁都的事。刘表总算没忘了姓刘的皇室，派了些人马运粮运料帮助董承修盖房屋。杨奉、韩暹他们知道张杨、董承决定要迁都，还想反对，由于张杨发动了兵马，再说汉献帝做了和事佬，劝他们顾全大局，还答应他们回到洛阳一定有封有赏，他们才同意保卫着皇上再往东去。李乐、胡才不愿意跟着去，就让他们留在河东。

这一年的七月初旬，汉献帝在张杨、杨奉他们保护之下回到洛阳。可是洛阳宫殿一时不能盖起来，还是从前中常侍赵忠的住宅比较像样，汉献帝就临时把赵家楼作为皇宫。同时，张杨自己出人出料，仅仅费了半个月工夫，就把以前的南宫重修了一下，改名为杨安殿。

八月，汉献帝在杨安殿临朝。他拜张杨为大司马兼任安国将军，杨奉为车骑将军，韩暹为大将军兼任司隶校尉，董承为卫将军。别看张杨有点儿武夫的劲，他可不主张武人干预政权。他说："天子是天下人的天子，朝廷自有公卿大臣，用不着我们带兵的将军住在京师里。我们的本分是守卫边界，抵御外敌。"他就回到野王去了。杨奉也带着兵马往大梁去，就在那边驻扎下来。韩暹和董承带领羽林军保护宫殿。韩暹不但做了汉献帝的卫士，而且还是司隶校尉，洛阳的治安也由他负责。可是洛阳全城只有几百户居民，实际上跟废墟差不了多少，还乱得很。他这个司隶校尉连日常的秩序也维持不了。

洛阳的宫殿、大宅，早被董卓烧了不少。以前的皇宫除了新修的杨安殿以外，处处是碎砖和脏土，满地长着荆棘、野草。文武百官没处安身，他们只能利用那些还没完全倒塌的破墙头搭一些草棚或者支个帐篷什么的，凑合着遮遮太阳，避避风雨。这还不算，最大的难处是没有粮食。汉献帝派人到各州郡去征粮。除了张杨以外，没听说有谁送过救济粮来。朝廷大臣从尚书郎以下，都得自己去挖野菜。早上起来不一定能活到晚上。大臣、官吏倒在破墙底下饿死的已经不怎么稀罕了。有时候，大臣、官吏亲自挖到了一些野菜，沿路碰到了士兵，就连筐子都夺了去。要是不乖乖地把野菜交出去，那只好把性命交出去了。饿死也好，打死也好，反正早晚是个死，谁也顾不了谁，压根儿就无所谓王法这一说。

这种为了抢野菜而打死人的新闻传到了许城（后来称为许都，又改为许昌，今河南许昌），兖州州牧曹操就打算把汉献帝接到许城去。当时有不少人反对。他们认为：一来，山东还没安定，自己的地位不巩固；二来，韩暹、杨奉他们自以为功高，傲慢得很，怎么肯听节制呢？他们也像袁绍一样，主张首先扩张自己的势力，多占领地盘，勤王不勤王并不重要。

谋士荀彧拿过去的历史事实作例子，劝曹操赶快发兵去保驾。他说："从前晋文公发兵把周襄王护送到京师去，诸侯响应，尊他为霸主；汉高祖为义帝穿孝发丧，天下都向着他。到了我们这一代，董卓作乱，天子受难，将军首先起兵勤王，由于诸侯不能同心协力，反而扰乱了山东。那时候，将军无法遥远地跑到西边去辅助朝廷，但是还冒着危险派使者经过很多困难上长安去朝见天子。足见将军忠于汉室，这是谁都知道的。现在天子已经到了洛阳，困苦不堪。住，没有房子；吃，没有粮食。将军能注重大义辅助天子，这正是顺从人民的愿望。就说韩暹、杨奉不顾大局出来反对，他们也无能为力。将军可以不必顾虑。要是现在不去，一旦让别人抢了先，以后再要出力也就晚了。"

曹操听了，认为夺地不如勤王。当时就派他的堂兄弟中郎将曹洪带领一队兵马往西去迎接汉献帝。果然，董承他们马上守住险要的交通要道，不让曹洪的兵马过去。曹洪觉得自己力量不够，就把军队驻扎下来，派人向曹操报告，请他再派些人马来。可是曹操为了对付黄巾军，实在腾不出手来。汝南、颍川一带的黄巾军，在刘辟和黄邵两个首领的领导下，发展到十来万人，到处烧毁官府，惩办地头恶霸，直接威胁许城。曹操跟黄巾是势不两立的。他把所有的大将和士兵都用上，运用他作战的本领，连着打了几仗，形势起了变化。黄巾军的首领刘辟和黄邵终于打了败仗，都阵亡了。其余的人马大多逃散。个别有几个头领，经不住曹操又是攻打又是引诱软硬并用的方法，也有投降的。

曹操剿灭了汝南、颍川的黄巾军，才可以腾出手来去支援曹洪。没想到汉献帝已经下诏书到了许城，拜他为镇东将军，还让他继承他父亲曹嵩的爵位为费亭侯。俗语说："朝中无人莫做官。"曹操这个封赏是怎么来的呢？

原来定陶人董昭一心要结交曹操，上回在河内已经帮过他忙，劝张杨让曹操的使者上长安去，还替曹操写了一封信给李傕和郭汜，叫他们好好地接待曹操的使者。这回他从河内跟着汉献帝到了洛阳。他见到董承他们发兵去跟曹洪对敌，就又替曹操想了个办法。他认为车骑将军杨奉的兵马最强，但是杨奉一个人在大梁，没有得力的帮手。他就冒着曹操的名写了一封信给杨奉，说了许多恭维的话。主要是说一个人最重要的是头脑，但是也少不了心腹和手足。这是说曹操尊杨奉为头脑，自己愿意听他的指挥。末了，针对着杨奉粮食困难的情况，很动人地说："我有的是粮食，将军有的是兵马，我们有无相通，同甘共苦，这是国家的希望，也是我的造化。"

杨奉收到这封信，十分高兴，就把曹操作为他的"心腹手

足"，立刻上个奏章，推举曹操为镇东将军，封为费亭侯。曹操准备亲自上洛阳去谢恩。如果上洛阳是为了朝见皇上，那就不好意思多带兵马；但是如果不多带兵马，那怎么能跟董承、杨奉他们并肩说话呢？他正在左右为难的时候，董承突然派使者送信来请他带着军队上洛阳去勤王。这就怪了。董承不是正抵抗着曹洪吗？他怎么能邀请曹操呢？

董承原来跟韩暹一起反对曹操到洛阳来跟他们争权夺利。谁知道后来两个人闹了意见。韩暹做了大将军兼任司隶校尉，地位比卫将军董承高，眼睛也跟着移到脑门子上去了。什么事情都得由他做主，董承只能听他的。在董承看来，自己至少跟韩暹同样保驾有功，再说他还是皇亲国戚哪。依老亲说，他是汉灵帝的母亲董太后的侄儿，汉献帝得叫他舅父；依新亲说，汉献帝立他女儿为贵人，他是丈人。韩暹这小子算老几？董承怎么也不能受这份窝囊气。因此，他就偷偷地派使者去召曹操到宫里来做他的助手。曹操这回可以名正言顺地进兵了。他很快到了洛阳，把大队人马驻扎在城外。他跟董承他们见了面，然后去朝见汉献帝。

汉献帝才十七岁。他十四五岁的时候就被董卓挟在胳肢窝里，后来又被李傕、郭汜捏在手里，最近又受着韩暹的气。他见了曹操，就把希望寄托在他身上。

曹操到了洛阳，首先决定注重法度，整顿纪律。他上个奏章，说韩暹独断独行，藐视皇上，应当办罪。韩暹一听到这个信儿，连夜逃到大梁，投奔杨奉去了。汉献帝下道诏书，说他保驾有功，后来有些错误，既往不咎。当时任命曹操为录尚书事（官名，是总理朝政的最高职位），并且接着韩暹兼任司隶校尉。

　　汉献帝按照曹操有功请赏、有罪请罚的话，又下了一道赏罚的诏书。当时检查下来，大家认为有罪该罚的有两三个人，有功该赏的倒有十多个。这些受赏的人当中，第一个就是卫将军董承，升为车骑将军，第二个是辅国将军伏完，其余都有不同的封赏。曹操是董承请进来的，所以董承的功劳最大。辅国将军伏完是伏皇后的父亲，是正式的国丈。伏家和董家都是外戚，汉献帝当然要多多依靠他们，别人对他们都很尊敬，曹操也落得做个好人。可是他觉得人多嘴杂，自己的人又不在朝廷里，许多事情做不了主，总有点不得劲儿。他得想个办法改变这种情况。跟谁去商量商量呢？他就想起屡次帮助过他的董昭来了。

## 读有所思

1. 汉献帝的大臣们为什么要出去挖野菜？
2. 谋士荀彧劝曹操发兵勤王，曹操同意了吗？
3. 是谁假借曹操的名义给杨奉写了一封信？

# 迁都屯田

曹操请董昭跟他面对面地坐着，很直率地问他："我到了这儿，应该怎么办呢？"董昭说："将军兴义兵，除暴乱，朝见天子，辅助王室，功劳比得上五霸。可是我看这儿的将军们各有各的打算，他们未必能顾全大局，服从命令。将军要想在这儿辅助天子，恐怕多有不便。不如迁都到许城去，这是最好的办法。但是这几年来，朝廷流离失所，谁都知道不幸。现在刚回到原来的京都，大家都希望从此能安居下来。在这种情况下，再要建议迁都，必然有不少人会起来反对。我以为大人物做大事才能立大功。希望将军计算计算利害的大小、多少，下个决心。"

曹操说："我就想这么干，可是杨奉近在大梁，他的兵马多，不会跟我们为难吗？"董昭摇摇头，说："杨奉兵马虽然多，他可是孤立无援的。因此，他愿意跟将军有所联络。将军拜为镇东将军，封为费亭侯，都是他推荐的呀。只要派使者送些厚礼给他，向他答谢上次的情义，我看他是可以结交的。同

时跟他说明京都缺少粮食，许城有粮食，可是转运不便，只好请天子和大臣们暂时搬到那边去，这样，就不必再为粮食担心了。杨奉这个人哪，有勇无谋，一定不会起疑。即使以后他反悔，再出兵阻挠的话，那时候将军已经把天子接到许城，他还能怎么样？"

曹操谢过了董昭，马上派使者去向杨奉送礼。另一头，他上朝奏本，请汉献帝和大臣们到许城去，免得在这里挨饿受冻。汉献帝同意了，大臣们听说到了那边都有饭吃，不必再亲自去挖野菜，巴不得早点动身。

公元 197 年（建安二年）九月，曹操保护着汉献帝和大臣们向东往许城去。他预防有人出来阻挠，另派曹洪带领一队人马先在阳城山中埋伏着。杨奉接待了曹操的使者，收了礼物，不想多事。可是后来他经不住韩暹再三挑拨，到时候只好出兵跟他一块儿去劫驾。他们刚到了阳城，就碰上曹洪的伏兵，被杀得大败而回。杨奉的军队里只有一个骑都尉徐晃算是有本领的将军。他曾经劝过杨奉去归附曹操。曹操也很重视他。这一次徐晃就趁着机会带着亲信的一支人马投奔到曹操这边来了。

杨奉损失了不少人马，又失去了这么一个得力的部将徐晃，自己觉得势力孤单，不能跟曹操作对，也守不住大梁，就逃到扬州去投奔袁术。韩暹原本是依赖杨奉的，也只好跟着他去。

曹操打退了杨奉、韩暹，一路平安地到了许城，暂时请汉献帝宿在大营里。他马上动员所有的人力，征用一切材料，在很短的时期内建造宫殿，设立宗庙社稷。从这儿起，许城就作为汉朝的京都了。为了说着方便，我们以后称许城为许都。宫殿落成，汉献帝正式临朝，拜曹操为大将军，封武平侯。原来的三公失了势，告老还乡了。曹操为了避免别人说话，特别为了防止袁绍的反对，把三公的地位暂时留下。他先请汉献帝下道诏书，责备袁绍，说他地广兵多，不来勤王，反倒自作主张，在各地布置私党，攻打别的州郡。

袁绍接到诏书，还真有点儿惊慌。他听了谋士们的劝告，马上上个奏章替自己分辩。曹操认为袁绍既然还不敢抗拒朝廷，就请汉献帝任命他为太尉。这第二次的诏书到了冀州，袁绍却神气起来了。他觉得太尉在大将军底下，叫他在曹操手下做事，那可多丢人哪，就怒气勃勃地说："曹操三番两次走上了绝路，都靠我把他救活。他今天反倒挟着天子发号施令爬到我头上来了！"他不接受太尉的官职。曹操不愿意在这个时候跟袁绍闹翻，只好请求汉献帝把自己大将军的头衔让给袁绍，还封他为邺侯。袁绍能做大将军，总算有了面子，就把邺侯的封号辞了。

袁绍接受大将军的头衔，底下的事就容易安排了。汉献帝任命曹操为司空兼任车骑将军，荀彧为侍中尚书令。曹操一心要搜罗人才，请荀彧推荐些人。荀彧推荐了他的侄儿蜀郡太守荀攸和颍川人郭嘉。曹操跟他们一谈，彼此都很对劲。曹操竭力称赞荀攸，说他是个不平凡的人，有了他就可以商议天下大事，用不着再担心事了，就推荐他为尚书兼任军师。曹操跟郭嘉谈论天下大事以后，高兴地说："帮我成大事的就是这个人。"郭嘉也高兴地说："他真是我的主人。"郭嘉被任命为司空祭酒。从此，这三个颍川名士都做了曹操的谋士。他又任命山阳人满宠为许令，董昭为洛阳令，程昱为东平相，其余像曹洪、曹仁、夏侯惇、夏侯渊、李典、乐进、典韦、于禁、徐晃等武将，分别提升，各有封赏。

北海太守孔融也是个名士，他的老师郑玄更是当时数一数二的经学大师。曹操想把他们都请到朝廷里来。孔融来了，做了将作大匠（地位很高的官职，是掌管建筑宫室的）。郑玄老先生说他年老多病，挺客气地推辞了。

这么一来，满朝文武大多是曹操的人，朝廷大权就很自然地落在他手中了。可是这个大权实在不容易掌握。别说各州郡的牧守大多割据着地盘，不听朝廷的命令，就是连年的饥荒也不能不叫天下大乱哪。这十年来，没有一年不打仗，再加上水灾、旱灾和虫灾。就说没有天灾，老百姓种的庄稼也不一定能让他们自己去收割，收割了也不能留给自己吃。全国有不少农民干脆不种庄稼，流亡到哪儿算哪儿。有的不是当上了黄巾，就当上了官兵。黄巾得势就当黄巾，官兵得势就当官兵，有时候黄巾就是官兵，官兵也就是黄巾。哪儿有粮食，就到哪儿去。弄到了粮食，吃饱就算，一般的人，谁也没法把粮食储藏起来。袁绍在河北，粮食不够，士兵们摘桑葚儿填填肚子。袁术在江淮，粮食供应不上，士兵们只好到河里掏蛤蜊和河蚌当饭吃。老百姓连草根、树皮都吃不上，饿死人是常有的事。什么城邑、什么乡村，简直分不出来，都是冷清清的，难得看见有人来往。不种庄稼，没有粮食，别说老百姓，就是官兵也活不下去啊！

就在这个粮食万分困难的情况下，有个羽林监（管理羽林军的一种官职，相当于皇帝的卫士长）姓枣名祗（zhī），想出了一个提倡生产粮食的办法，向曹操建议。以前曹操听了毛玠（jiè）要他着手耕种、发展蚕桑的话，总认为好是好，就是办不到。这会儿他听到枣祗说有办法，曹操就好像抓住了一个救星似的拉着枣祗，请他并坐着，急切地问："怎么能增产粮食呢？"枣祗就把他的计划说了出来。

枣祗增产粮食的计划叫"屯田制"。他请曹操招收那些没法过日子的和流浪的农民到许都来，由官家给他们土地，借给他们一些粮食，把他们组织成一支农业生产的大军。他们可不是兵，用不着打仗；他们不是地主，也不是普通的自耕农，用不着纳田租、出官差。他们叫"屯田客"。屯田客耕种官家的土地，每年收割的粮食一半归官家，一半归自己所有。用官家的牛耕种的，官家得六成，自己得四成。别的负担都没有，只是屯田客不能随便离开自己居住的地方，更不能扔了庄稼、半途而废地逃到外地去。逃亡的按逃兵办罪，主要的纪律就是这一条。

这种把一年的收获跟官家对分或者四六分的屯田客的田租，要比汉朝一般自耕农的田租重些，可是因为不再缴其他的赋税，也没有每户出绢两匹和绵两斤的户口税，对分或者四六分就不算太重了。最受农民欢迎的是屯田客可以免勤这一条。那时候，官府动不动就要农民出官差，甚至地主豪强也老叫农民给他们白干活儿。战争一发生，官差更多。有时候眼看庄稼快熟了，官差的命令一到，只好把庄稼扔了，那才痛心哪。现在做了屯田客，只要勤勤恳恳地干庄稼活儿，什么官差都不落在他们头上，他们就觉得松了一口气。屯田客实际上就是国家的农奴，屯田制也不是当初黄巾起义的要求。可是因为他们只有一个主人，就比原来的层层压迫、重重剥削的情况好一些，比那刨草根、剥树皮、饿死人的情况更好得多了。因此，枣祗的计划很快就实行起来了。

曹操任命枣祗为屯田都尉，另外再让原来的车骑都尉任峻为典农中郎将，叫他们负责主管屯田大事。屯田都尉枣祗和典农中郎将任峻底下又设置了许多田官。他们除了推行屯田制以外，还建了一些水利工程，挖了几条河渠，开了一些稻田。一年下来，光是许都就得到公粮一百万斛。这是个了不起的大事。曹操把屯田制在他势力所能达到的各州郡都推行开去，各地都设置了田官。此后，凡是推行屯田制、有田官的地方，谷仓都是满满的。以后几年，曹操征伐四方，就不必为了粮食太操心了。

曹操执掌朝廷大权，推行屯田制，兴修水利。可是他不能把汉朝的政权限于兖州，更不能限于许都一个城。他召集谋士，对他们说："大家都知道北方的袁绍和南方的袁术是国家的祸患，就是江东的孙策也不该小看了哇。我希望多知道一些关于江东方面的事。"颍川人钟繇（yáo）跟荀彧在一起，他看了看荀彧对曹操说："听说孙策跟袁术也是面和心不和的。"曹操说："那么咱们该想办法去联络一头才是啊。"钟繇就把他所知道的有关孙策的事说了一说。

## 读有所思

1. 董昭为什么建议曹操迁都许城？

2. 谁建议曹操颁布"屯田制"？

3. 曹操的"屯田制"起作用了吗？

# 小霸王

　　孙策自从他父亲孙坚被黄祖的士兵在岘山射死以后，跟着他母亲吴太夫人和兄弟孙权、孙翊（yì）、孙匡，还有一个小妹妹，住在江都。别看孙策那时候才十七岁，他虚心结交英雄豪杰，一心要替他父亲报仇。他首先得到了广陵人张纮（hóng）的帮助，把母亲、兄弟和妹妹托付给他，自己到寿春去见袁术，向他哭诉说："先父从长沙到了南阳，归附将军，结了同盟，共同征讨董卓。不幸中途受害，没能完成志愿。我想起先父过去忠心耿耿地追随将军，今天我应当继承先父的遗志，听将军的指挥。如果将军能让我带领先父的兵马，使我能够报仇雪恨，同时也替将军消灭敌人，我将一辈子忘不了将军的大恩大德！"

　　袁术听了，愣了一下，见他这么英俊，暗暗赞叹，可却不愿意给他兵马。他说："我已经让你舅父做了丹阳太守，你的堂哥哥也做了丹阳都尉。丹阳是出精兵的地方，你不妨到那边托他们帮你招募一些。"

孙策到了丹阳，招募了几百名壮丁，有了这几百人的队伍总算有个起头。谁知道半路上碰到了泾县的黄巾军祖郎。孙策被祖郎杀了一阵，人马死伤一大半，自己也差点儿丧了命。他只好再去恳求袁术，袁术才把原来孙坚的士兵拨给他一千多名。孙坚原来的兵马不止这一点，孙策怎么能满意呢？袁术可有补偿他的办法，任命他为怀义校尉，还答应他一有机会让他做九江太守。孙策谢过了袁术。打这儿起，他自己有了一支军队，他父亲部下的程普、黄盖、韩当、周泰等都归他带领。

袁术老叹息着说："要是我有个像孙郎那样的儿子，我死了也能闭上眼睛了。"话虽如此，他可不能重用孙策。九江太守要换人，袁术不用孙策，而是让丹阳人陈纪去接任。后来袁术打算进攻徐州，向庐江太守陆康征粮三万斛。陆康不给。袁术就派孙策去打陆康，很不好意思地赔了个不是，说："上回我错用了陈纪，这回陆康又叫我不称心，你这次若能把庐江打下来，我就叫你做庐江太守。"

孙策带领着自己名下的将士打到庐江去。他居然马到成功，轰走了陆康，占领了整个庐江城，马上向袁术报告胜利的消息。这会儿袁术总该让孙策做庐江太守了吧。可他还是叫孙策回师，另外派了自己的亲信刘勋去做庐江太守。这当然叫孙策很失望，可是孙策再一想，自己年纪轻轻，刚露了面，兵力不足，只能听从袁术的。这时候，侍御史刘繇（刘岱的兄弟）被任命为扬州刺史，带着不少人马来上任。他轰走了丹阳太守吴景和丹阳都尉孙贲（bēn），把曲阿作为治理扬州的城邑。

吴景和孙贲退到历阳（属九江郡，今安徽和县一带），派人向袁术求救。袁术另外派个部下为扬州刺史，吩咐吴景和孙贲反攻刘繇。刘繇早就防到了，他已经派部将樊能、于麋屯兵横江，派张英屯兵当利口。吴景和孙贲的兵马打了一年多，也没能把这两个地方打下来。

孙策原来指望他舅舅和他堂哥哥给他帮助，现在他们自顾不暇，怎么不叫人急死。他向几个老将士讨主意，大家认为袁术不给人马，有了主意也没用。丹阳人朱治本来是孙坚的校尉，这时候跟着孙策。他暗地里劝孙策想办法去夺取江东。孙策听了他的话，向袁术献计，说："先父以前在江东很有名望，老百姓到今天还没忘了他。我愿意帮助舅舅去打刘繇，打下了横江，我到本乡去招兵，至少可以招募三万壮士。有了这支军队，准能帮助将军平定天下。请将军吩咐，我就去。"

袁术知道孙策一定为了两次没让他做太守，心里怨恨。可是刘繇占据着曲阿，孙策已经没有力量去跟他对敌了，再说还有会稽太守王朗帮着刘繇。有这两路大军挡住去路，这小子，不知道天有多高、地有多厚，还想到江东去！袁术这么一琢磨，就答应了，还任命他为折冲校尉，兼任殄（tiǎn）寇将军。名头多么威风，可是给他多少人马呢？将士儿郎一共一千挂点儿零，马几十匹。要是这一点人马全军覆没了，那只能怪孙策没有能耐，怎么也不能怨袁术没让他去。

孙策带着这一千多些士兵和几十匹马走了。程普、黄盖、韩当、周泰等几个将军都跟了去，还有两个谋士朱治、吕范也去。不光是他们，连袁术的门客中愿意跟着孙郎去的也有几百个人。袁术觉得又好气又好笑，这种书呆子去就去吧。说也奇怪，沿路有不少壮士，听说孙坚的儿子来了，都来投军。这一千多人的队伍，到了历阳已经扩大到五六千人了。

历阳是吴景的根据地。张纮早就把孙策的母亲和兄弟、妹妹从曲阿送到历阳了。孙策见过了他母亲和兄弟、妹妹，马上写信给他的好朋友周瑜请他发兵相助。周瑜是舒城人，表字公瑾，岁数跟孙策一般大，就是小两个月。周瑜对待孙策像自己的亲哥哥一样。他一知道孙策到了历阳，就去跟他叔叔丹阳太守周尚相商，借了一些兵马和粮食黑天白日地赶到历阳。孙策见了他，高兴地说："公瑾来了，一定能成功！"

孙策率领军队直冲当利口，轰走了张英，跟吴景、孙贲的军队合在一起，进攻横江，打败了樊能和于麋。他一路打去，谁也抵挡不住。官吏扔了城子，躲到深山里去了；老百姓听到孙郎这么厉害，吓得掉了魂儿。等到孙策的兵马真的到了，队伍整齐，士兵规矩，鸡也不飞，狗也没上房，牛羊菜蔬一概不受侵犯，人们这才欢天喜地地抬着牛肉和黄酒，争先恐后地慰劳军队来了。

孙策渡过江去，打了一阵，夺下了牛渚营（牛渚，今安徽马鞍山一带，临长江），把刘繇堆积在那儿的粮草和兵器全都拿过来，这下子声势就更大了。孙策占领了牛渚营，接着往东进攻秣（mò）陵。他打败了守在那儿的两个将军，进了城。正在出榜安民，忽然后面的牛渚营飞马报到，说刘繇的部将樊能、于麋他们联合起来反攻牛渚营，打算截断孙策的退路。孙策派人守住秣陵，自己急忙回去。到了牛渚，扎了营，摆下阵势，就跟于麋打起来。两个人一来二去地对打了一阵，孙策逃了，于麋不放，追上去，一枪扎他的后心，孙策往左一闪，拨开了于麋的枪，两匹马蹭了一下。孙策眼快手快，力气又大，斜过身去，右胳膊往后一转，把于麋拦腰夹住，腿朝前、头在

后，活活地抓过去了。背后的樊能挺着长枪赶来，孙策当作没瞧见，只管夹着于糜往自己的阵里跑。士兵们大声地嚷着："背后有人暗算！"孙策回过头去，冲着樊能瞪着眼睛大喝一声，简直是半空中打个响雷，吓得樊能掉下马来，摔破了脑袋。孙策跑到营门，一撒手，扔下于糜，于糜可已经给夹死了。这一仗，孙策喝死了一个将军，夹死了一个将军。大伙儿都说他的力气比得上楚霸王项羽。为这个，人们管他叫"小霸王"。

## 读有所思

1. 袁术为什么处处防着孙策？

2. 在历阳，谁去投奔了孙策？

3. 孙策为什么被人们称为"小霸王"？

## 知识拓展

据《三国志》记载，周瑜年少时精通音律，即使在喝了三盅酒以后，弹奏者只要有些微的差错，他都能觉察到，并会立即扭头去看那个出错者。由于周郎相貌英俊，酒酣后更是别有一番风姿。弹奏者多为女子，为了博得他多看一眼，往往故意将曲谱弹错。魏晋之后，"周郎顾曲"常作为典故被各大文豪引用，常常出现在各类诗歌、戏曲等文学作品中。唐人李端有《听筝》诗赞道："鸣筝金粟柱，素手玉房前。欲得周郎顾，时时误拂弦。"

# 神亭交手

　　小霸王孙策又往东去攻打秣陵以南和以东的地区，连着打下了海陵（今江苏泰州一带）、湖孰、江乘（湖孰和江乘都在今江苏南京一带，均属丹阳郡），接着就向曲阿去打刘繇。刘繇急忙派兵遣将分头防守。他的同郡东莱黄县人太史慈前些日子由北海到了曲阿，刘繇把他留在军中。那时候，有人对刘繇说："太史慈可以做将军。"刘繇晃着脑袋说："我要是用了他，不会给别人讥笑吗？"他对太史慈说："我知道你挺勇敢，可是年纪太轻，现在先做些侦察敌人的工作。等到你立了功，我再提拔你。"太史慈心里不乐意，可是侦察工作也很重要，他就不说了。

　　有一天，他带着一个骑兵到神亭岭去侦察，两个人正走着，突然遇到了小霸王孙策。孙策带着程普、黄盖、韩当、周泰他们也到岭上来侦察。太史慈并不认识孙策，他瞧见那个领队的是个小伙子，看样子不是个平常的军官，就大声问了一声："谁是孙策？"孙策反问一句："你是什么人？"

"我，东莱太史慈，特地来捉小霸王！"

孙策笑了笑，说："哦，我就是！请吧！你们两个一起来！我用不着帮手。我要是怕你们两个，就不是孙伯符！"太史慈说："你们都来，我也不怕！"两个小伙子就一枪来、一枪去地交上手了。程普他们看孙策和太史慈决斗，暗暗地喝彩。太史慈打算把孙策引到岭下去，就一面对打，一面往后退。后来干脆快马加鞭，跑了。孙策紧紧跟上。到了平地，太史慈回过马来再打。孙策一枪刺去，太史慈闪过，左手抓住了孙策的枪，右手一枪扎过去，也给孙策抓住了。两个人抓住了两支枪，彼此使劲地拉扯，全都滚下马来。长枪没法使，只好空手对空手，互相揪着。孙策手快，把太史慈脊梁上背着的短戟抽去。就在这一眨巴眼的工夫，太史慈摘了孙策的头盔。短戟刺头盔，头盔砸短戟，又打了一会儿。刘繇接应的军队到了，孙策着了慌，恰巧程普、黄盖他们也赶到了。孙策和太史慈各放开手，天也黑了，双方都收兵回去。

太史慈见了刘繇，正想报告他跟孙策交手的情况，才开个头，就被刘繇狠狠地骂了一顿，还说以后不准出去交战。太史慈听了，心灰意懒，别的将士也都觉得不对劲。这么一来，刘繇连着打了败仗，扔了曲阿，逃到丹徒，又从丹徒逃到芜湖，躲在山里。太史慈退到泾县，守在那儿。

孙策进了曲阿，出榜安民，又通告临近的各郡县：凡是刘繇的部下来投降的，不咎既往；人民愿意从军的，全家都免役免勤；不愿意从军的，听便，官府不得强迫。这个通告出去才十几天，就得到了新兵两万多名，马一千多匹，孙策的名望传遍了江东。

孙策进兵泾县，他跟周瑜定了计策要活捉太史慈。太史慈尽管多么勇，尽管还有一些兵马，可是他怎么敌得过孙策和周瑜呢？他打得筋疲力尽，中了埋伏，被送到孙策的大营里来了。孙策见了，亲自替他松了绑，把自己的袍子脱下来给他披上，诚诚恳恳地对他说："我知道子义（太史慈，字子义）是个大丈夫。刘繇蠢材，不能重用你，他怎么能不打败仗？"太史慈见孙策这么待他，反正都是夺地盘的，就归附了他。

孙策拉着太史慈的手，乐着说："咱们在神亭交手，我要是被你逮住，你害不害我？"太史慈笑着说："那可说不定。"两个人都大笑起来。孙策因为泾县以西还有不少城邑没收过来，就向太史慈讨主意。太史慈说："刘繇连着打了败仗，士兵的意志都有些动摇，至少还有一万多的散兵没有归宿。要是抓住时机，我能够出去替将军安抚他们，我相信，他们是会来归顺的。可是我自己说这种话，很不合适。"孙策跪得端端正正地（古人席地而坐，跪着不是下跪的意思）对他说："这正是我心里的话，非常合适！"他就派太史慈去招收刘繇的散兵。

孙策手下的人都说："太史慈这一去啊，准是肉包子打狗，一去不回头。"孙策对他们说："子义是讲信义的，我信得过他。再说，他离开了我们，去帮谁呀？"孙策给太史慈送行，握住他的手，说："大概什么时候能回来？"太史慈说："至多六十天。"果然，不到两个月，他把泾县以西六个县都收下了，还收集了一万多名士兵。大伙儿都夸他们俩称得起是知心朋友。

孙策渡过浙江，打败了跟他作对的军队和当地的"强人"，收留了会稽太守王朗，就自己做了会稽太守。从这时起，孙策就跟袁术肩膀一般平，不再是他的属下听他的使唤了。

袁术听说孙策占领江东，自己做了会稽太守，当时就打算发兵。部将纪灵拦住他，说："要是现在就跟孙策翻了脸，以后咱们一有行动，就得担心后方了。不如先取徐州，然后再去征伐江东。"袁术说："吕布、刘备联在一起，咱们进攻徐州，也不容易呀。"纪灵说他有个计策，叫吕布帮他夹攻刘备。这么一来，刘备就够受了。

刘备占领徐州已经一年多了。除了关羽和张飞这两个像亲弟兄一样的心腹以外，他又重用了东海人麋竺、下邳人陈登、北海人孙乾。刘备的兵马虽然不多，好在大伙儿同心协力，还能守住徐州。谁知道袁术从寿春发兵来夺徐州，就又引起了一场大战。

袁术到了寿春，自称为扬州伯。他常说刘家的气数早已完了，就打算自己做皇帝。以前听说孙坚得到了传国玉玺，早想把玉玺弄到手。孙坚死了以后，孙策陪着他母亲把灵柩运到曲阿去安葬。袁术趁火打劫（趁人家失火的时候去抢人家的东西，泛指趁紧张危急的时候侵犯别人的权益）夺到了这颗"传国之宝"。从此他更想做皇帝了。他把这个意思向他的部下稍微透露了一点儿，没想到就有好多人起来反对。他只好暂时不再提了。他认为徐州接近扬州，要是兼并了徐州，土地广了，人口多了，到那时候他择个日子登基，别人就不至于再反对了。因此，他拜纪灵为大将，率领大军去夺徐州。

## 读有所思

1.孙策和太史慈在神亭交手，他俩谁赢了？

2.孙策捉到了太史慈，为什么又把他放了？

3.袁术为什么一心想要夺取徐州？

## 知识拓展

　　王朗和华歆一同乘船逃难，路上遇到一个人想搭乘他们的船，华歆感到很为难，王朗就说："船里正好很宽敞，为什么不同意啊？"后来，贼人追赶上来了，王朗就想抛弃携带的那个人。华歆就说："刚开始我之所以犹豫不决，就是因为考虑到这种紧急情况的发生。既然已经接纳他了，怎么能因为情况紧急就抛弃他呢？"于是还像原来那样，带着那个人一起逃难。世人便通过这件事，来评定华歆和王朗二人的优劣。

# 辕门射戟

　　刘备没等袁术的兵马进来，就叫张飞和原来陶谦的部将下邳相曹豹镇守下邳，自己跟关羽把军队驻扎在盱眙（xū yí，今江苏淮安一带）前哨，准备对敌。纪灵的兵马一到，就在盱眙打起来了。打了一个多月，彼此有输有赢，双方僵持在那儿。

　　袁术依着纪灵的计策，写信给吕布，约他夹攻刘备，偷袭徐州，答应送给他粮食二十万斛，马五百匹，还有金银绸缎多少多少。吕布贪图这么多礼物，就想发兵。他问了问谋士陈宫。陈宫说："小沛本来就不是将军长住的地方。现在既然有了机会，就该夺取徐州。"

　　吕布带着张辽、臧霸、高顺、郝萌、曹性等偷偷地从小沛出发，往东到了下邳以西四十里的地界驻扎下来。他们还没发动进攻，张飞手下的一个将军派人跑到吕布营里来报信，请吕布快去攻打下邳。

　　原来张飞守着下邳，日日夜夜巡逻四周。他不肯轻易相信别人，什么事情都由他亲自检查。这就引起了下邳相曹豹的不满。曹豹是陶谦部下的将军，自以为是本地的主人。张飞这么负责守城，在曹豹看来，是喧宾夺主。曹豹就自立营寨，不跟张飞来往，当然也就不听他的指挥了。张飞以为曹豹究竟不是自己人，谁能保证袁术或者吕布不去拉拢他呢？这么着，两个人互相猜疑，隔阂越来越深。曹豹还真不出张飞所料，打算去投奔吕布。张飞看出了曹豹这几天行动有些可疑，特地请他过来喝酒，想在喝酒的时候套他的话。不料曹豹粗里粗气地说"军中不喝酒"，把他拒绝了。张飞一生气，把准备请客的酒全由他一个人喝了。那还不醉？

曹豹一知道张飞醉成个泥人，就马上带着一队人马来杀张飞。这一来，倒把张飞闹醒了，他随手抄起那支丈八蛇矛，晃晃悠悠地跨上马，就跟曹豹打起来。士兵们摸不着头脑，不知道帮哪一边好，就都抱着胳膊肘看两只老虎搏斗吧。曹豹究竟不是张飞的对手，一不留神，被张飞一矛扎穿了心窝。张飞解了恨，酒涌上来了，"哇"的一声，吐了一地。他吩咐士兵们守住营寨，自己往大营里休息去了。

丹阳人许眈（dān）早就看出张飞不信任他，连那一千多名丹阳兵也只是防备着使用。他一见曹豹这么下场，半夜里就派人去向吕布送信，说张飞杀了曹豹，城中大乱，请他赶快进兵，自己作为内应。吕布连夜进兵，到了下邳西门，天刚蒙蒙亮。许眈带着一千多名丹阳兵开了城门，把吕布的军队迎接进去。张飞慌慌张张地出去迎敌，已经来不及了。他只好杀出东门，带着一部分人马向盱眙跑去。

刘备正跟袁术打得不可开交，一得到下邳失守的信儿，只好放弃盱眙这一头，马上退回来，想去跟吕布评个理。他在半路上遇到张飞的军队，就合起来再去夺取下邳。不料到了下邳，又被吕布的军队杀了一阵。他只好往东南跑，打算去占领广陵，又被袁术的军队杀了一阵。这两阵打下来，逼得刘备连个歇脚的地方都没了。只好再往北逃到海西（今江苏灌南一带），暂时把军队驻扎下来。

军队倒是驻扎下来了，可又碰到了一个大困难。粮食没有了，军队里发生了恐慌，那还了得！幸亏大财主麋竺的老家就在那边，他家里还藏着不少粮食。麋竺把家产全拿出来作为军饷，总算救了急。麋竺又看到刘备孤单单地连家小都没了，就把自己的妹妹嫁给他，就是后来的麋夫人。

刘备有了军饷，又有了家小，稍微安心了一点儿。可是这一点点地盘怎么保得住呢？刘备能屈能伸，他写信给吕布愿意向他投降。

吕布跟刘备本来并没有仇恨，只是为了贪图地盘和袁术的财物，他才恩将仇报地帮袁术夹攻刘备。赶到他得到了徐州，就很满意。当时出榜安民，一面派部将高顺去见纪灵，索取袁术所答应的粮食和金银财宝。纪灵说："您请先回去，我马上去向袁将军转达。"高顺只好回去向吕布报告。

过了几天，袁术的信来了，信上说："刘备还没消灭，战争就完不了，等到逮住了刘备，我答应的东西一定如数奉上。"吕布看了，火往头顶直冒，就要发兵去打袁术。这时候，刘备的信也到了。吕布和陈宫一商量，陈宫说："袁术占据寿春，进可以攻，退可以守。我们不能轻易跟他作战。不如就请玄德回来，让他住在小沛，做个助手。将来进攻寿春，可以叫他做先锋。"

吕布同意了，当时派人去请刘备。没几天工夫，刘备他们到了徐州。吕布先把刘备的家小送过去，让他们见面。刘备就去拜见吕布，谢谢他一番好意。吕布说："并不是我要夺取徐州，只因为张将军在这儿又是醉酒又是杀人，我怕他再闯出祸来，所以只好替将军守住了城。"刘备说："将军不辞辛苦，主持徐州，这是徐州人民的造化。"吕布也不再客气，就请刘备屯兵小沛，还派人送粮食和布帛给他。刘备和吕布就这么又和好了。

　　吕布跟刘备合到一块儿，对袁术就不利了。他特地派韩胤（yìn）为使者去讨吕布的好，运去粮食二十万斛。吕布见了粮食，殷殷勤勤地招待了韩胤，表示愿意帮袁术的忙。韩胤回去向袁术一报告，袁术认为二十万斛粮食已经把吕布收买了。他马上再派纪灵为大将，发兵三万去打刘备，刘备当然只好向吕布求救。

　　吕布手下的将军都说："将军原来要杀刘备，现在就可以借袁术的手去掐刘备的脖子了。"吕布说："不对，不对。玄德屯兵小沛，对我没有害处。要是袁术打败玄德，夺去了小沛，那么他北边联络泰山一带几个将军，我就被围住了。咱们应当去救玄德。"

　　吕布马上发兵，把军队驻扎在纪灵和刘备两个军营的当中。纪灵不便向刘备进攻，可是他得劝吕布别管闲事。吕布扎了营，就分头请刘备和纪灵到他大营里来喝酒，说有要事相商。

　　刘备带着关羽和张飞先到了。吕布对他说："今天我替将军解围，将来您可别忘了我啊！"刘备向他谢了又谢。吕布请刘备先坐下，刘备唯命是从地就坐下。关羽和张飞站在他背后侍候着。忽然进来了一个卫士，报告说："纪将军到！"刘备听了，吓了一大跳，就站起来想躲一躲。吕布叫他坐着。他说："我替你们讲和，怕什么？"刘备这才又坐下。纪灵进来，一看见刘备坐在那儿，也吓了一大跳，扭转身就想退出去。吕布连忙过去，一把扯住纪灵。纪灵着急地说："怎么，你要杀我吗？"吕布说："不杀你！"

纪灵放了心，他又问："那么，是不是帮我杀大耳朵？"吕布说："也不是。"纪灵说："那你叫我来干什么？"吕布请纪灵坐在他左边，指着右边的刘备，说："玄德是我兄弟。我兄弟被你们围困，我只能来救他。我平生不喜欢斗，我也喜欢劝人家别斗。"说着，他两只手拉着两个仇人，叫他们见了礼再说话。刘备和纪灵在吕布帐中都是客，彼此没有办法，只好勉强作个揖，两个人都挺别扭地坐了下来，看主人把他们怎么办。

吕布对他们两个人说："我劝你们两家讲和，又怕你们不同意，我只好让老天爷来决定。如果天意叫你们别斗，那你们就不准斗；如果天意让你们斗，那我不管，你们就斗去。好不好？"他们不知道到底有什么天意，都含含糊糊地答应了。吕布叫手下人摆上酒席，纪灵坐在左手，刘备坐在右手，他自个儿居中，喝起酒来了。大伙儿喝了三杯，吕布吩咐左右拿他的画戟插在辕门外。他对纪灵和刘备说："辕门离中军一百五十步，我一箭射去，如果射中画戟的小枝，你们两家就罢兵，如果射不中，你们回去交战。谁不听我的劝告，就是跟我作对！"纪灵心里琢磨着："画戟插得那么远，怎么就能射中？"

他答应了，刘备当然也答应了。纪灵可暗暗地祝祷（dǎo）着："唯愿老天爷让他射中才好哇。"

吕布搭上箭，扯满了弓，叫了一声"着！"。只听见"嗖"的一声，那支箭飞去，不高不低，不偏不倚，正射中了画戟的小枝。帐上帐下的将士们一个劲儿地喝彩，都嚷着说："将军天威！"吕布哈哈大笑，把那张弓往后一扔，两只手拉着两个

人，说："这是天意，你们
两家不可再打了！"回头对士
兵说："拿大杯来！大家干一杯！"

纪灵很为难地说："将军吩咐，不敢不听。可是叫我怎么去回报呢？"吕布说："我不能叫你为难。请替我捎一封信去。"

纪灵回去向袁术一五一十地报告辕门射戟的情况，并交上吕布的信。袁术听了报告，看了信，咬着牙，连鼻子都气歪了。他要亲自率领大军去打吕布。

## 读有所思

1. 张飞酒后杀掉了谁？
2. 吕布占了刘备的徐州后，为什么又要去拉拢刘备？
3. 袁术派纪灵攻打刘备，吕布是如何为他们劝和的？

# 投奔曹营

袁术白白扔了二十万斛粮食，吕布不但没帮他，还给刘备撑腰。这一气非同小可，他就想马上去打吕布。可是孙策占领江东，居然跟他分庭抗礼（指双方平起平坐，实力相当，可以抗衡），不听指挥，又非马上去征伐不可。但总不能两路作战。部将纪灵出了个主意，说："应当先取徐州，然后才可以专心征伐江东。"袁术一听，这话不错，就要发兵去打徐州。可是纪灵反倒拦住他，说："主公不可心急。吕布勇猛得很，箭法高强无比，现在又跟刘备合在一起，更不容易对付。这样的人只能智取，不能强攻。依我说，不如将计就计，跟吕布结成儿女亲家。他有个闺女，还没有婆家，要是他肯把他闺女嫁给公子，两家有了亲戚来往，再用个计策，叫吕布去消灭刘备。去了刘备这一帮手，吕布就孤立了。他一孤立，徐州就容易拿下来了。"

袁术依了纪灵的话，再派使者去结交吕布，替袁公子求亲。吕布还真同意了。接着袁术向吕布告密，说："刘备在小

沛招兵买马，亲家不可不提防一二。"吕布暗地里派人到小沛
去探听刘备的行动，他才知道刘备果然正在招兵买马，最近已
经召集了一万多人。他对刘备就讨厌起来了。正在这个时候，
吕布派到河东去买马的几个将士，慌慌忙忙地进来报告说："我
们买了三百多匹马，到了沛县地界，被强人抢去了一半。打听
下来，才知道抢马的强人原来是刘备的军司马张飞手下的人。"
吕布听了，眉毛都竖起来了。没说的，他
立刻发兵向小沛进攻。

　　刘备他们只好出城迎敌。吕布在阵
上大骂刘备不该抢他的马。刘备低声

下气地说："我派人买马是有的，哪儿敢要将军的马？"吕布驳他，说："你派张飞扮作强人，夺了我的好马一百五十匹，还抵赖什么？"张飞一听，也火儿了，他瞪圆了眼睛，大声嚷着说："就算我夺了你的马，怎么样？夺了你的马，你就来噜苏。你夺了我们的徐州，怎么不说啦！"两个人就打起来了。关羽正要冲出去，只听见刘备下令，敲锣收兵。他们就都退到城里。

刘备不愿意跟吕布闹翻，当时派人上吕布营中去赔不是，要求吕布让他求和。陈宫对吕布说："今天不杀刘备，往后准吃他的亏。"吕布听了陈宫的话，不让刘备求和。他吩咐张辽、高顺、宋宪、魏续加紧攻打小沛。

刘备跟麋竺、孙乾他们商议。他们都说："曹操一向痛恨吕布，咱们不如去投奔曹操，向他借兵再来对付吕布。"刘备知道自己力量小，怎么也敌不过吕布，只好同意他们到许都去投奔曹操。他叫张飞当头阵，关羽断后，自己夹在当中保护着家小。半夜以后，趁着月光，开了北门，带着几百个骑兵，杀出重围，急忙逃去。到了城外没多远，就碰到了高顺、宋宪的军队。张飞挺着丈八蛇矛，杀退了拦路的士兵，往西北跑去。后面张辽赶来，被关羽敌住。赶到吕布知道，刘备他们已经走远了。

刘备到了许都，留在城外。他派孙乾先去拜见曹操，说他们被吕布所逼，特来投奔。曹操理着胡子，高兴地说："玄德是我兄弟，快请他进城。"

刘备留着关羽、张飞他们在城外，自己带着孙乾、麋竺去见曹操。曹操热情招待，还真把他当作兄弟看待。刘备把吕布几次逼迫他的情形扼（è）要地说了说。曹操安慰他，说：

"吕布本来不讲信义，凭着自己一点儿蛮力，狂妄自大。将来我一定帮您把他逮住，您可以放心。"刘备很感激曹操的好意。曹操摆了酒席给刘备接风。到了晚上，把他送到宾馆，连刘备的家眷都已经迎接进去了。

曹操送出了刘备，刚坐下，程昱进来了。他说："刘备也是当世的英雄，野心不小。现在要不趁早把他除了，将来准有后患。"曹操不动声色地看了看他，好像同意，又好像不同意，他可不说话。程昱不便再说下去，就出去了。没一会儿，郭嘉进来，还没说话，曹操请他坐下，对他说："有人劝我杀刘备，先生您看怎么样？"

郭嘉说："话是不错。但是，主公起义兵为百姓除暴，推诚布公地搜罗人才还怕不够。现在来了个刘备，他有些名望，也算是个英雄。因为被逼得没地方去，才来投奔主公。要是把他杀了，落了个杀害贤士的坏名声，天下有才能的人谁还敢来？主公还能靠着谁去平定天下呢？杀一个人，断了天下四海的希望。这中间是非利害，关系重大，不可不仔细考虑。"曹操笑着说："先生说得对！我也这么想。"

第二天，曹操就上奏章，推举刘备为豫州州牧。曹操早就打算要消灭吕布，这会儿先给刘备几千人马和不少粮食，叫他到小沛一带去收集原来的散兵，然后曹操再亲自去接应，一同往东去攻打吕布。

刘备到了小沛那边召集了散兵，接着就打发使者上许都去约会曹操一同发兵。曹操正要发兵亲自去征讨吕布，忽然南阳来了个警报，说西凉的兵马已经到了宛城（今河南南阳）。现在要从宛城出发把皇上劫到弘农去。大伙儿听了，莫名其妙。西凉由韩遂和马腾镇守着，他们的兵马远在凉州，怎么能到这儿来呢？过去一再劫驾的是李傕和郭汜，他们的兵马早就没有多少了，哪儿还有力量再来劫驾呢？还有李乐和胡才，他们也闹过保驾、劫驾。可是他们不是还留在河东吗？要么，还有那个镇守弘农的武威人张济。可是他到南阳来干什么呢？怎么又打算劫驾了呢？大伙儿议论纷纷，倒把东征吕布的事撂（liào）在一边了。

　　曹操的大儿子曹昂和侄儿曹安民当时也在一起，自告奋勇地说："让我们打听明白了再来奉告。"他们就详详细细地盘问起那几个从南阳回来的探子。

## 读有所思

1. 刘备和吕布是怎么闹翻的？

2. 袁术是怎么拉拢吕布的？

3. 刘备逃出徐州后投奔了谁？

# 战 宛 城

　　骠骑将军张济跟李傕、郭汜分手以后，本来还在弘农。因为军队里缺乏粮食，士兵挨饿受冻，简直活不下去了，他就带着家小和侄儿张绣，率领全部人马逃荒似的到南阳来抢粮食。关中的军队到了荆州地界，马上进攻穰（ráng）城。在战争中，张济中了乱箭，死了。他的侄儿张绣很有能耐，统领原来的军队，打了胜仗，占领了穰城和宛城。张绣进了宛城，得到了当地的粮食，势力更大了。

　　张绣占领宛城后，首先派人到华阴去请同乡人贾诩。贾诩投在段煨的门下，早就觉得段煨尽管在外表上对他十分客气，可就是不能重用他。贾诩跟张绣原来有交情，正想找张绣去，使者一到，二话没说，马上就动身，到了宛城，做了张绣的谋士。他第一件事是劝张绣归附刘表，好歹有个依靠，不至于太孤单。张绣就请他去见刘表。

　　那时候，刘表正忙于结交名士，兴办学校，研究经学，提倡礼乐，自己要名副其实地做个名士学者。有不少人说他爱护百姓，尊重名流。因此，关西、兖州、豫州的所谓名士学者投靠他的就有一千多人。可是在这么乱糟糟的年代里，诸侯割据州郡，农民流亡，到处发生饿死人的惨事，刘表不想办法去反对割据，自己也占领着一个地盘，光拿提倡礼乐作为幌子，这对于没有饭吃的老百姓根本没有什么用处。别看贾诩不过是张绣的一个谋士，他见了刘表，谈了谈天下大势，就没把刘表看在眼里。贾诩回来对张绣说："天下太平，刘表可以凑合做个三公，天下大乱，他就看不清局势。看他外表，文雅得很，追究他的内心，猜忌重重。这种人到了紧要关头，就会疑惑不决，没有主意了。他尽管把我们当作上宾，也愿意帮助我们的军队，我可断定他不能成大事。"

贾诩联络了刘表，张绣有了依靠，胆儿更大了。他就在淯水（今白河，发源于河南南召，汇入汉江）一带招兵买马，打算向许都进攻，劫走汉献帝。

这些情况都让曹昂和曹安民打听明白。他们就一五一十地向曹操说了一遍。曹操眉头一皱，知道张绣是个祸根，就打算发兵去征伐。可是他又怕吕布从东边钻空子进来。按了葫芦瓢起来，怎么能顾到两头呢？谋士荀彧献计，说："吕布有勇无谋，唯利是图。只要主公升他官职，加他封赏，叫他跟刘备和好，他至少暂时不会不依的。"曹操完全同意荀彧的办法，一面派人到徐州去安顿吕布这一头，还叫刘备把军队驻扎下来，暂时不要行动，一面叫夏侯惇为先锋，亲自率领大军往南去征讨张绣。公元197年（建安二年），大军到了淯水，就在那边驻扎下来，声势十分浩大。

张绣一听到曹操亲自来了，就怕自己力量不够，打算请刘表发兵接应。谋士贾诩对他说："曹操拿天子的名义，亲自率领大军到了这儿，兵力强大，咱们跟他死拼，必然吃亏。不如派使者去求和，还可保全实力。我看刘表无能为力，咱们干脆归附曹操得了。"张绣完全信任贾诩，请他到曹操营里去接头。

贾诩见了曹操，把张绣愿意归顺的话说了。曹操向他三言两语地问了几句，见他对答如流，就知道贾诩是个人才。他说："我见了先生，真是相见恨晚（为认识得太晚而感到遗憾，形容一见如故，意气相投）。不知道先生能不能跟我一同回到朝廷里去？像先生这样的人才，皇上必然重用。"贾诩说："我从前跟着李傕，得罪了天下。后来皇上往东来了，我就退到华阴，隐居了。最近才投奔了张绣，难得他真诚相待，我不忍离开他。承蒙主公一番厚意，将来再找报答的机会吧！"曹操不便再劝他，很痛快地答应他讲和。

贾诩回去向张绣报告，张绣亲自到曹操营里当面投诚。曹操很客气地招待他，接着就跟着张绣带了一部分兵马进了宛城，把大军驻扎在城外。为了互相结交，曹操跟张绣一连几天彼此请客喝酒。特别是张绣，为了讨曹操的好，还把曹操的几个主要的将军也一起请了。

有一天，曹操带着大儿子曹昂、侄儿曹安民和两三个亲随，都穿着便服，随便溜达溜达，看看市容。街上虽然不算热闹，也还有一些来往的人。没想到迎面来了一辆便车，里面坐着一个女人，长得特别漂亮。曹操不由得多看了几眼。车都过去了，那女人回过头来有意无意地瞧了曹操一眼。曹安民在这种地方非常细心，他看在眼里，偷偷地吩咐一个手下去打听那

个美人是谁家的娘儿们。曹昂没注意到这些，他只想着这么大一个城，为什么铺子这么少。

到了晚上，曹安民一个人伺候着他叔叔。叔侄俩随便聊聊，就聊到白天见到的那个美人头上去了。曹安民好像献宝似的说："我都打听明白了。她是张绣的婶子，张济的续弦夫人。"曹操听了，一愣。他叹了一口气，说："怎么偏偏这么不凑巧？"曹安民说："那有什么呢？张济已经死了。寡妇再嫁，天下通行。难道做侄儿的能干预婶娘的事？"也是曹操一时马虎，就让曹安民去办这件事。这么着，曹操就把张济的妻子接过去了。

张绣投降了曹操，总觉得好像比别人矮了一截，抬不起头来。一听到曹操派手下人把他的婶子抢了去，认为这是对他莫大的侮辱，就冒了火儿。他跟贾诩商议要报这个仇，贾诩劝他不可太鲁莽。

那女人倒也喜欢曹操，就怕张绣出来干涉，老是提心吊胆的。她劝曹操早点儿回许都去，免得发生意外。曹操叫她放心，一则他相信张绣，二则他有典韦守卫营门，真是一夫当关，万夫莫开。他倒是为了另一件事决定不下：他又想重用张绣，又想把张绣的关中兵重新改编一下。他打算就在这几天内把这件事办好。这会儿他派人去探听张绣，看他到底怎么样。

曹操手下的人探听到了两件事：一件是张绣为了他婶子的事确实不大高兴；另一件是张绣部下有个大力士叫胡车儿。曹操一听到大力士，就像觅宝的人听到哪儿有宝，非弄到手不可，就叫手下的人去跟胡车儿结交，还送了他很多金钱。胡车儿非常感激，偷偷地到曹营里去拜谢。他出来的时候，典韦留

着他，说了几句仰慕的话。胡车儿挺痛快地说："我能在这儿投到一个英明的主人，没说的，就是把我的骨头磨成面儿，我也是甘心的。"典韦嘱咐他一有机会就把张绣刺死。胡车儿拍拍胸脯把这件事承担下来了。两个人就这么一来二去地做了知心朋友。胡车儿希望将来能像典韦那样伺候曹操。

典韦最喜欢喝酒，胡车儿也是海量。有一天，两个人就在典韦的帐篷里喝起酒来。一喝就是半天，好像成心要比一比谁的酒量大似的。胡车儿究竟不是典韦的对手，他又是个糊涂虫，天黑了，他可醉成个泥人了，典韦就把他留下，派几个士兵伺候着他。

那天晚上，典韦摘下头盔，卸了铠甲，把他八十斤重的双戟搁在床边。自己也早醉了，一躺下就打起呼噜来了。大约到了三更时分，忽然听到天塌似的叫喊的声音，典韦一骨碌起来，光着脊梁往营门口一瞧，哟！前面全是火把，无数的刀枪杀向营门，他来不及穿铠甲，只好去拿双戟，准备打出去，可是双戟不见了！急得他没办法，只好空手出去，挡住营门，从别人手里夺了一对戟，带着十几个卫兵拼死抵抗，每一个人顶得上十个。营门口进攻的敌人不能冲到营里来，可是有不少人从旁边打进来，累得典韦既要杀退前面，又得对付两旁。他一戟掠过去，就砸毁了十几支长枪。三面扎来的长枪像芦苇那么多，十几个卫兵都死了，典韦上上下下伤了十多处。进攻的士兵越逼越近，长枪、长戟都使不上来，典韦随手抓起两个小兵当大锤使，又打伤了八九个人。可是自己受了重伤，眼看支撑不了啦。他睁大了眼睛，看见胡车儿正使着自己的双戟过来。典韦大骂一声，倒下了。

由于典韦这么挡住营门，曹操才有工夫溜出后营，跨上马往淯水那边逃去。大儿子曹昂，侄儿曹安民，还有那个女人，都在后面跟着。张绣的兵马紧紧地追着。曹安民和那个女人死在乱军之中。曹操的胳膊中了一箭，他的马受了重伤，倒了。曹昂跳下马来，扶起他父亲，请他骑上。曹操跨上曹昂的马直跑。曹昂慢了一步，被乱箭射死了。

　　驻扎在城外的军队从睡梦中醒来，慌慌张张地跟张绣的军队打了一阵，乱哄哄地打了败仗，还败得很惨。曹操渡过淯水，一直到了舞阴（今河南泌阳一带），才停下来，各队兵马各走各的道，陆续来找曹操。其中有个将军，叫于禁，他也带着士兵，一边抵抗，一边后退，虽然有死伤，队伍仍然很整齐。他们把追兵远远地抛在后面，也往舞阴那边退去。他们还没见到曹操，在道上碰到了一批难民，有的受了伤，有的撕破了衣服，拼命地逃跑。于禁问了问，才知道青州兵抄小道到了乡下，沿路把老百姓抢了。于禁听了，挂了火儿。他对自己的士兵们说："青州兵也是曹公的兵，怎么可以抢劫老百姓呢？"他就出去干涉，青州兵不听劝告，两路兵马就自己打起来。青州兵打败了，逃了。

　　青州兵逃到舞阴，见了曹操，趴在地上哭诉着说："于禁造反，赶着杀青州兵。"曹操听了，大吃一惊。没一会儿，夏侯惇、李典、乐进他们到了。他们也都说于禁造反，打击自己人，应该马上去镇压。曹操半信半疑（有些相信，又有些怀疑），还拿不定主意。于禁的兵马也到了。他瞧见曹操他们都挤在一起，就先扎了营寨，叫士兵们守住阵营。他刚把军队布置好，张绣的兵马又追上来了。于禁首先出去抵抗，队伍非常

整齐，还把敌人打回去。别的部队看见了，都出来反攻，张绣的兵马打了败仗，退到穰城去了。

到了这时候，于禁才去拜见曹操。曹操怒气冲冲地问他为什么杀青州兵。于禁说："青州兵沿路抢劫，大失民望。为了安抚老百姓，我才把他们镇压了。"曹操觉得于禁回答得有理，可是他还不敢全信，就又问："你已经到了这儿，为什么不来见我，反倒扎了营寨好像跟我对敌似的？这是什么道理？你说！"于禁说："后有追兵，随时可到。要是不先作准备，怎么能出去对敌呢？有人说我造反，主公这么英明，哪能轻易相信？我认为分辩事小，退敌事大。"

曹操站起来，向他拱了拱手，说："淯水这一仗，连我都慌了。将军在匆忙之中能够整顿队伍，扎住营寨，任劳任怨，反败为胜，就是古时候最出名的将军也不过如此。"他就记下于禁的功劳，以后封他为益寿亭侯。

曹操在宛城打了败仗，回到许都，亲自祭祀典韦，痛哭了一场。他打算整顿兵马，非报宛城的仇不可。

## 读有所思

1. 张绣派贾诩去见过刘表后，贾诩是怎么评价刘表的？

2. 曹操为何会失去大将典韦？

3. 曹操的将军于禁为何要杀同为曹操手下的青州兵？

# 养虎与养鹰

　　曹操整顿兵马，有心再去征讨张绣，可是他好像还有更为难的事。几天来，他老是闷闷不乐。别人也早看出来了。

　　钟繇对荀彧说："我看曹公坐立不安，准有心事。是不是因为宛城吃了亏，连大公子也遭了难，他才闷闷不乐地不说话？"荀彧摇摇头，说："胜败兵家常事，曹公不能为这个闹别扭。做大事的人顾不了家，曹公不能为了大公子过分伤心。曹公失了典韦倒是很痛心的。"钟繇低声地说："咱们去问问，行不行？"荀彧点点头，两个人就去见曹操，自告奋勇地说，要是他有心事的话，大家愿意担当。

　　曹操请他们坐下，慢吞吞地说："你们说我有心事，那你们先说说吧！"钟繇同意了荀彧的看法，不提宛城的事。他说："听说袁术在寿春自称为帝。难道荆州的刘表、南阳的张绣、江东的孙策、徐州的吕布都能向着他吗？要真是这样，那还了得！"

　　曹操鼻子里笑了一声，说："刘表、张绣无能为力；吕布有勇无谋；孙策远在江东，目前还不至于跟我们作对；袁术狂妄自大（极端自高自大），想是活得不耐烦了。"说了这话，他瞧着荀彧，好像要他发表意见。荀彧说："南方虽然不安，

还不紧要，恐怕最大的祸患还在北方。袁绍在冀州独霸一方，不必说了，他还派他的大儿子袁谭为青州刺史，第二个儿子袁熙为幽州刺史，外甥高干为并州刺史。这些地方虽然还有别的人占领着，可是北方的四个州都有了袁家的人。他们的势力不小，主公是不是为这个操心？"

曹操已经收到了袁绍给他的一封信，信里的话又是傲慢，又带刺儿。几天来闷闷不乐就是为了袁绍这一头。他听了荀彧的话，还没回答，祭酒郭嘉进来了。曹操就把袁绍的信给他们看，让他们看完了，他接着说："我们要去征讨袁绍，可是兵力不足，怎么办？"

郭嘉说："自古以来，成功失败，不全在兵力。楚霸王跟汉高祖哪个强，哪个弱，哪个成功，哪个失败，主公是很清楚的。袁绍目前虽然强，可是他割据州郡，违反全国人的愿望；不分是非，赏罚不明，专用私人，用人多疑；有了好计策，下不了决心；骄傲自大，不知用兵。不说别的，就是这几种毛病已经足够使他由强变弱了。主公您呢，尊重天子，顺从民望，纪律分明，上下一律；用人不疑，待人诚恳；有了好计策，就立刻采用，随时随地变化无穷，作战经常以少胜多，用兵如神。虽然目前兵力不足，很快就能变强大的。"

曹操笑着说："我哪能像您说的那么好？我差得远了！北边有袁绍，南边有袁术、孙策，东边有吕布，目前就够叫咱们为难了。"郭嘉说："近来袁绍往北打公孙瓒去了。我们可以趁着这个机会去征讨吕布。要是等到袁绍灭了公孙瓒，往南打到这儿来，再有吕布帮他一下，那就为害不浅了。"荀彧也说："这话不假。不先消灭吕布，河北就不容易对付。"曹操皱着眉头说："不光是这样，要是袁绍侵犯关中，西边联合羌人、胡人，南边勾结蜀人，他的势力就更大了。拿我们区区的兖、豫两州去抵抗六分之五的天下，这怎么行呢？"荀彧可不这么想，他说："关中的将军不下十多个，各人有各人的打算，彼此不能联合起来，其中要算韩遂、马腾最强。只要拉拢这两个人，别人就不必担心了。现在不如拿恩德去跟他们联合。即使不能长久相安，目前总可以让主公一心去平定山东。我看侍中钟繇足智多谋（智谋很多，形容善于料事和用计），要是西边的事托他去干，主公可以不必再操心西边那一头了。"

曹操认为这是个好主意，就上个奏章，推荐钟繇为特派使者到西边去安抚关中的豪杰。钟繇到了长安，写信给马腾、韩遂，跟他们说明归顺朝廷和反对朝廷的是非利害。马腾他们同意了，各人把自己的儿子送到许都去伺候汉献帝。这么着，西北方面至少暂时能安定一下，曹操可以安心往东去征讨吕布了。没想到袁术跟吕布联了姻，情况可就不同了。

原来袁术依了纪灵的计策，派韩胤为使者去向吕布宣布他做了天子，同时带着金银绸缎为聘礼，要把新娘子接去。韩胤见了吕布，奉上礼物，还说了一大套奉承吕布的话。最主要的是要把新娘子接去成亲。吕布跟夫人严氏商量一下，严氏说："袁公路镇守淮南，地广人多，兵精粮足。他现在做了天子，我们闺女的女婿就是太子。这样一门亲事哪儿找去？"吕布也这么想，他殷勤地招待着韩胤，还准备大摆酒席请请这位做大媒的。韩胤向吕布要求让他马上把新娘接去。吕布没作准备，向陈宫讨主意。陈宫说："当今天下诸侯互相争夺势力。将军跟袁公路结成亲家，诸侯中能没有人眼红吗？人家一嫉妒，事情就难办了。所以我说，不许亲就不许亲，既然许了亲，不如先把新娘送到寿春，然后再择个日子成亲，就万无一失了。"

吕布还真连夜准备嫁妆，配了车马，天一亮，就派部将宋宪和魏续跟着媒公韩胤吹吹打打把女儿送去。那天早上，街道上不准有别的车马来往。城里的居民听到外面锣鼓喧天，都在窗口瞧热闹。有位老先生叫陈珪（guī），他在家里休养，也被吵醒了。他问了问家里的人，才知道是袁术派人来迎亲。

陈珪是邳相，当然关心着徐州的事。他怕袁术跟吕布联合起来，徐州和扬州的地方势力就更大了，对国家是个祸患。他马上去见吕布，对他说："上回袁术送礼给将军，要请将军帮他去杀刘玄德，将军自己有主张，辕门射戟，把袁术的军队吓回去，谁都说将军英明。现在袁术又派人来迎亲，这是个大阴谋！将军可别上当啊！"吕布听了，一愣，他说："怎么？是个大阴谋？"陈珪直截了当地说："袁术不是来迎亲，他是把将军的闺女劫去当作抵押，接着必然来夺小沛。小沛一失，徐州难保。不但如此，他以后一会儿借粮，一会儿借兵，将军答应他，就得罪了别人，不答应他，他就说将军欺负亲戚，令爱就不好做人。这些还是小事，先不提。最近袁术自称皇帝，他犯的是灭门大罪。将军把闺女嫁给他，跟叛逆的罪犯结了亲，天下人能放过将军吗？"

吕布听着，听着，起初脑门儿上出了汗，后来连脊梁都湿了。他跺了跺脚，懊恼地说："差点儿给陈宫害了。"他连忙吩咐张辽带领一队骑兵快去把他闺女追回来。他嘱咐着说："追回我的闺女就是保卫小沛，保卫徐州。"张辽快马加鞭，一口气追了三四十里地，追上了。他把新娘连同那个做大媒的上下人等全带回来。吕布把韩胤软禁起来，另外派使者去回复袁术，只说等到嫁妆准备好了，就送亲去。

陈珪趁热打铁，劝吕布归附曹操。为了表示真心，还劝他把韩胤解送到许都。这可把吕布难住了。他很客气地说："这事非同小可，让我再商量商量。"其实，吕布是不愿意轻易去归附曹操的。要他归附的话，还得先让他知道曹操准备怎么待他。这么着，他一边把韩胤软禁着，一边打算派人去探听曹操那边的动静。

曹操一听到袁术跟吕布勾勾搭搭，就想个办法一定要把他们拆散。他派使者带着诏书去拜吕布为左将军，又附去了自己的一封信。吕布很高兴地接受了左将军的印绶，他看了曹操给他私人的信，里面除了鼓励他服从朝廷以外，又说了些恭维他的话。吕布热情地招待着使者，接着就派陈珪的儿子陈登跟着使者到许都去谢恩。

陈登临走的时候，吕布私底下托他转请曹操让他做徐州的州牧。陈登说："只要把袁术的使者解送到许都，曹公就能相信将军忠于朝廷，什么事情都好办了。"吕布一想，这还不容易？他马上把韩胤押上了囚车，让陈登解去。

陈登到了许都，呈上吕布谢恩的表章，见了曹操，交出韩胤。曹操把韩胤定了死罪，在许都街上示众以后砍了脑袋。倒不是因为他替袁术的儿子做大媒，而是因为他是到徐州来宣布袁术称帝的使者。陈登得到了曹操的信任，很秘密地对他说："吕布有勇无谋，轻易变心。主公应当多加注意。"曹操点点头，说："我早就知道吕布是只豺狼，不该老养着他。请你和令尊随时留心，替我从中想办法。"陈登满口答应。曹操奏明皇上任命陈登为广陵太守，又把他父亲陈珪的俸禄增加到两千石。陈登拜别曹操的时候，曹操握着他的手说："东方的事，拜托你们了。"

陈登回到徐州，向吕布报告了经过，说曹操怎么优待他们爷俩，可就不让吕布做徐州州牧。吕布听了，气得他拔出宝剑来把案桌砍去了一个角，狠狠地说："你老子叫我拒绝袁术这门亲事，协助曹操，现在他不答应我的要求，你们呢，一个做了太守，一个加了俸禄！我吕布也不是这么容易给你们摆布的！"说着，他把宝剑凑到陈登的眼睛前面一晃，陈登眨巴一下眼睛，鼻子里哼哼地笑了几声，说："将军怎么能这么不明白呀？""我有什么不明白！"吕布歪着脖子说，他把宝剑收了，"你说！"

陈登说："我见了曹公，对他说，'养老虎应该把它喂饱了，要不然，它要吃人的。'曹公笑了笑，说，'不是你说的养老虎，我说倒像养老鹰。老鹰饿着肚子，才愿意帮着主人打猎。要是吃饱了，它准飞去。现在狐狸、兔子还多着呢，我正用得着左将军这只强有力的老鹰，怎么能让他先吃饱了呢？'可见曹公正要重用将军。将军怎么能这么不明白呀？"吕布点了点头，说："曹公有没有告诉你谁是狐狸，谁是兔子？"陈登慢吞吞地说："曹公说了。他说冀州袁绍、淮南袁术、江东孙策、荆州刘表、益州刘璋、汉中张鲁，都是。"吕布这才高兴了，他说："曹公真了不起，他知道我的心。"

他们两个人正谈着话，忽然来了个警报，说袁术打过来了。吕布又不高兴了，他再一次把陈登当作出气包。

## 读有所思

1. 陈珪为什么阻止吕布和袁术结亲?

2. 吕布为什么要派陈登去见曹操?

3. 陈登是如何劝说吕布归顺曹操的?

## 知识拓展

　　荀彧为尚书令,故称荀令。据说他嗜爱熏香,久而久之身带香气。所坐之处,香气三日不散。西晋名将刘弘也喜欢熏香,即使上厕所也要备个香炉。主簿张坦嘲笑他:"人家都说你是俗人,果然不假。"他分辩说:"我远不及荀彧,为何要责备我呢?"唐代王维《春日直门下省早朝》一诗中有"骑省直明光,鸡鸣谒建章。遥闻侍中佩,闇识令君香"句。之后"留香荀令"与"掷果潘郎"一样,成为美男子的代名词。

# 割发代首

　　吕布跟陈登正谈着替这位养老鹰的主人去逮狐狸和兔子，还把淮南的袁术当作兔崽子，忽然来了个警报，说袁术派张勋为大将，联合韩暹、杨奉，率领好几万人马，分作七路向徐州打过来了。吕布一下子着了慌。他只有三千士兵、四百匹马，就这一点儿人马怎么抵挡得住七路大军呢？他瞪了陈登一眼，说："都是你父亲教我闯的祸！快叫他来想办法。不能退兵，你们也别想活啦！"陈登还没起身，陈珪自己先来了。他对吕布说："我已经探听明白了。袁术的兵马都是乌合之众（指无组织无纪律的一群人。乌合，像乌鸦那样聚集）。七路人马，听起来声势浩大，可是他们不是一条心，就像七垛烂稻草，怕什么！韩暹、杨奉，这两个家伙，将军还能不知道？他们只贪图财物，谁也不能给袁术卖命。把他们拉过来，一同反攻张勋，准能把他打败。这件事，将军别操心，交给登儿去办就行了。"

　　吕布依了陈珪的计策，派陈登去跟韩暹和杨奉联络，答应他们打败了袁术，将来掳掠来的粮食和财物全归他们所有。

果然，他们同意了，愿意作为内应。

吕布这才带着张辽、高顺、陈宫、侯成、宋宪、魏续他们出城迎敌。徐州兵在离城十几里的地方下了寨。张勋知道吕布勇猛，自己不敢鲁莽，也扎了营。他要等会齐了各路人马，准备同时进攻。张勋跟吕布的营寨相距才几里地，双方守住营门，好像两条恶狗对立着，正瞪着眼睛，龇着牙，可还没相扑哪。忽然喊声大起，韩暹、杨奉两路兵马杀到。张勋还以为他们是来帮他进攻的，立刻出营加入战斗。没防到韩暹、杨奉、吕布三路夹攻，杀得张勋叫苦连天，慌忙逃跑，已经有十个将士掉了脑袋。败兵逃到河边，追兵又到，掉在水里淹死的不知道有多少。吕布、韩暹、杨奉三路兵马乘胜南下，水陆并进，沿路抢劫，一直到了钟离（今安徽凤阳一带，当时属九江郡）。那边有兵守着，他们就回到淮北。

袁术听到张勋他们打了败仗，差不多全军覆没，就亲自带着五千人马到了淮河南岸，跟吕布的军队仅仅隔着一条河。吕布叫士兵们提高嗓子把袁术连挖苦带损地骂了一阵，气得袁术头晕眼花，一下子感到身子很不舒服。他忍住了气，闷闷不乐地回去了。

韩暹和杨奉想跟着吕布一块儿到徐州去，吕布不好不答应，又不愿意答应。他把沿路掳掠来的东西全都给了他们两个人，叫他们留在徐州和扬州交界的地方防备着袁术，自己回去了。

韩暹、杨奉不能老靠着抢劫过日子，军队里粮食又不够了。他们跟吕布商量，打算到荆州去想办法。吕布怕他们去帮助别人，没依他们。为这个，他们埋怨着吕布，暗地里跟刘备有了来往，准备联合起来攻打吕布。豫州州牧刘备正在沛城，听到韩暹、杨奉在各地抢劫，怕他们对他不利，这会儿他们主动要跟他联合起来进攻吕布，他合计了一下，心中有了主意，就答应了他们的要求，欢迎他们进来。韩暹把军队扎在城外，叫杨奉先进城去。刘备大摆酒席，给杨奉接风。酒食吃了一半，刘备把酒杯一摔，关羽和张飞当场把杨奉杀了。头儿一死，手下几十个士兵有投降的，有逃散的。韩暹还想逃回并州去，半道上也被人杀了。

以前李傕、郭汜、张济、樊稠四个将军借着替董卓报仇的名义，扰乱长安。樊稠首先被李傕杀了，张济死在穰城，郭汜留在郿县，也被自己手下的人暗杀了。韩暹、杨奉曾经把汉献帝弄到安邑，又到了洛阳，那时候，胡才、李乐屯兵河东。李乐害病死了，胡才被冤家杀了。现在又死了杨奉和韩暹，这一帮人只留下李傕一个人还在关西。曹操请汉献帝发诏书，吩咐宁辑将军段煨去征讨李傕。段煨杀了李傕，灭了三族。到了这个时候，董卓一帮的人全给消灭了。曹操不再担心西北军来劫走汉献帝了。

曹操又探听到袁术被吕布打败，回到淮南，跟孙策又闹翻了。原来袁术还把孙策当作他的属下，派人到江东向他要兵要粮。孙策给他一封回信，狠狠地把他数落了一顿，说他自称为帝，大逆不道，他正准备联合各路诸侯兴兵问罪。曹操得到了这个信儿，马上派使者带着诏书到江东拜孙策为骑都尉，让他继承他父亲的爵位为乌程侯，兼任会稽太守，嘱咐他和吴郡太守共同去征讨袁术。袁术那一头也不致威胁许都了。曹操让吕布做了左将军，还答应他将来升他的官职，徐州方面也不致马上造反。袁绍正跟公孙瓒打着，一时也腾不出工夫来。

曹操这么四面八方都顾到了，才认为要征讨张绣，报宛城之仇，是时候了。公元 198 年（建安三年），曹操再一次发兵去征伐张绣。那时候正是收割麦子的时节。曹操下了一道命令，说："大小将士不得糟蹋麦子，践踏麦子的，杀头！"命令一下来，谁也不敢马虎，军官经过麦田都下了马，一手牵马，一手扶麦。曹操自己也很小心地拉住缰绳慢慢地走。冷不防麦田里飞起了一只斑鸠正从曹操的坐骑面前掠过，那匹马突然一惊，蹿到麦田里，踩坏了一大片麦子。曹操就召主簿来，问他："应该定什么罪？"主簿说："明公一军之主，怎么能定罪呢？"曹操说："我自己下了命令自己破坏，怎么能叫别人心服？但是我既然做了大军的统领，不能自杀。不能自杀，也得自罚。"他就拔出宝剑来把头发割去一绺，作为人头扔在地下。这叫作"割发代首"，也是执行命令的一种变通办法。

大军继续向穰城进发。穰城由张绣自己守着。他一面守住城，不跟曹兵交战，一面火速向刘表求救。刘表发兵守住安众（今河南南阳一带，当时属南阳郡），截住曹操的后路。

曹操一探听到刘表出兵，就准备分兵两路，一路围攻穰城，一路袭击刘表的援兵。这时忽然接到荀彧的密报，说袁绍的谋士田丰又劝袁绍趁着曹兵在外作战，立刻发兵去偷袭许都。曹操为了防备万一，只好离开穰城。可是他不能就这么白来一趟，一定要在退兵的时候，打个胜仗。他知道前面安众有刘表的军队挡住去路，后面张绣的军队准追上来，就准备在这儿打一仗。他连夜把大部分人马埋伏妥当，叫一部分人马假装逃跑的样子，自己带着精兵断后。张绣一见曹操退兵，就要追赶。贾诩拦住他，说："不能追！追上去准吃亏。"张绣眼看着曹兵纷纷逃跑，连队伍都乱了，他怎么肯错过机会？他不听贾诩的劝告，率领军队一直追到安众。刘表的军队一见张绣打了胜仗，也出来一块儿去追敌人。没想到一转过山腰，到了山沟地区，曹操的伏兵突然起来，左右夹攻，杀得张绣和刘表的军队死伤无数，大败而回。

张绣带着残兵败将回到城里，喘了口气，向贾诩赔不是。贾诩对他说："别说这些了。赶快整顿队伍，再追上去，准能打个胜仗。"张绣垂头丧气地说："我没听先生的话，以致大败而回，怎么这会儿倒叫我再追上去呢？"贾诩说："用兵变化无穷，这回追上去跟上回不同，一定能打胜仗。"

张绣重整队伍，立刻又追上去。果然，曹兵不敢回头抵抗，他们一边逃跑，一边把辎重都扔了。张绣看看曹兵逃远了，就收拾了沿路的许多辎重，得胜回来。他问贾诩，说："上回我率领精兵去追赶，您说一定失败，这回我带着一队败兵去追赶，您说一定得胜。前后两次都应了您的话，这是怎么回事？请先生指教。"贾诩说："其实，说来也很简单。将军善于用兵，究竟还不是曹公的对手。曹公并没打败仗，他为什么突然退兵呢？他自己这样退兵，必然有布置，他必然亲自断后，指挥作战。我们冒冒失失地追上去，正上了他的圈套，因此，非败不可。曹公没打败仗，突然退兵，国内必有变故。他布置了埋伏，打了胜仗，杀得我军大败而回，他自己巴不得早点儿赶回许都去，留下几个将军断后就是了。将士们认为已经打了胜仗，万事大吉，做梦也不会想到我们会再追上去。再说，曹操一走，别的将军虽说勇猛，究竟不是将军的对手。因此，败兵也能打个胜仗。"张绣听了，十分钦佩。

　　曹操回到许都，派人去探听袁绍发兵的情况，才知道他没有听从田丰的话，并没发兵来。曹操放了心。哪知道一波未平，一波又起，刘备那边派使者来讨救兵，说吕布派中郎将高

顺和北地太守张辽进攻沛城。曹操早就知道吕布反复无常，可没料到他这么快就叛变了。他派夏侯惇带领几千兵马去援助刘备。曹兵到了沛城，还没扎营，高顺率领着七百名冲锋队突然冲杀过来。夏侯惇匆匆应战，打了败仗。他正想回身，左眼中了一箭，只好忍痛逃回。高顺回头再攻沛城，刚巧刘备、关羽和张飞出城去接应夏侯惇。夏侯惇已经受了伤跑回去了，刘备就跟高顺交战。正在紧要关头，张辽的一队兵马把关羽和张飞冲散了。刘备一个人支持不了，带着几个亲随往梁地逃去。

沛城只留着孙乾、糜竺等几个人，没法守。高顺攻破沛城，孙乾他们乘乱逃出城去，连刘备的家小也顾不得了。她们做了俘虏，被押走了。

曹兵打败仗的消息传到许都，曹操召回夏侯惇，给他医伤调养，自己准备率领大军去征讨吕布。

## 读有所思

1. 曹操自己的马践踏了麦子，他是怎么做的？
2. 贾诩为什么建议张绣在大败后继续追击曹操？
3. 刘备为什么要向曹操求救？

# 白门楼

  曹操亲自率领大军去征讨吕布。他到了梁地，会同刘备，继续往东进兵，直到彭城。彭城守将侯谐出城交战，曹操派新来的一个猛将，名叫许褚（zhǔ，字仲康）的，出去交锋。许褚是个大力士，他能拉住牛尾把牛倒拖一百多步。曹操称他为樊哙。这会儿许褚一见侯谐，把他当作牛看，双方斗了没几下，许褚拉住侯谐的大腿，倒拖过来。

  那年（公元198年，建安三年）冬天，十月里，曹军攻破彭城，杀了不少人，到了这时候，关羽和张飞寻到了刘备，合在一起。曹军更强了。吕布打了败仗，逃到下邳，守在那儿。曹操就去攻打下邳。广陵太守陈登率领郡里的兵马向下邳进攻。吕布出城，亲自跟曹军和刘备、关羽、张飞他们打了几仗，每次都打得大败而回。从此，他躲在城里不敢出来。曹军四面围住，日夜攻打。

  吕布上了白门楼（下邳城的南门叫白门），一看，底下全是敌人，密密层层地围着城。他怕了。刚巧曹操派人把书信射上城来，劝他投降。吕布下了城门楼子，拿曹操的信给陈宫看。陈宫说："曹操远来，兵多粮少，待不长。我们万万不能投降。投降就是死路。要是将军带着一支精兵扎在城外，我带着另一支军队守在城里，敌人攻将军，我就攻他背后，敌人攻城，将军就引兵回救。这样，彼此照顾，互相呼应，不出十天，曹兵粮草一完，自然退去。到那时候，咱们合在一起，追击一阵，必能打个胜仗。"高顺完全同意陈宫的办法。吕布也认为到了城外找个机会还可以去截击曹军的粮道。他就准备带领精兵冲出城去。

到了晚上，吕布把陈宫的计划跟他夫人严氏一说，严氏要了她的命也不同意。她说："陈宫和高顺素来不和，将军一出去，他们必不能同心守城。万一出了差错，将军怎么还能自立呢？再说曹氏厚待公台（陈宫，字公台），犹如亲骨肉，他还离开曹氏来归附将军。现在将军对待公台，未必超过曹氏，怎么能够孤军出城而把整个城和家小托给他呢？一旦有变，我还能再做将军的妻子吗？"说着，抽抽搭搭地哭了起来。吕布只好答应她不出去，另外再想办法。

第二天晚上，他派两个手下人偷过敌营，跑到袁术那边去求救。袁术气呼呼地说："他不肯把女儿送来，自作自受，我不去责问他，他还有脸向我求救吗？"两个使者说："这全是中了曹操的反间之计，他现在已经后悔了，所以来向皇上求救。要是现在不去救吕布，这等于您砍去了自己的胳膊。吕布一失败，皇上您也成功不了。"袁术听了，觉得这话有道理，就换了一种口气，说："吕布如果真的承认错了，那么，叫他把女儿送来，我就出兵。"

两个使者回去向吕布报告，吕布急得想不出别的主意来，到了半夜，只好用布帛把他女儿捆成一个铺盖卷背在身上，自己拿着画戟，跨上赤兔马，冲出城去，跑了没多远，就跟曹兵打起来了。曹兵也真厉害，他们不用刀枪，净用弓箭。吕布没缝可钻，只好退回城里。从此，再也不开城门了。这样，又守了一个多月，弄得曹兵筋疲力尽（形容非常疲劳，一点儿力

气也没有了），可就没能把下邳打下来。

曹操怕士兵太累了，粮草也有困难，就打算回去。荀攸和郭嘉说："吕布屡战屡败，已经伤了锐气。乘此机会加紧攻打，准可逮住吕布。"三个人又商量了一下，决定把沂水、泗水两条河的水灌到城里去。当时就布置将士们分头按计划放水。果然，城里变成了水洼子，困得吕布愁眉苦脸地想不出办法来，他还老跟严氏喝酒，解解闷气。这样又守了一个多月，陈宫还是很坚决地告诉他不能投降。

吕布自己觉得身子也不如以前那么强壮了。他认为这一定是因为喝酒过多，就下决心不再喝了。他还下令城中不得酿酒。这一来，可坏了事啦。事情是这么起来的。

吕布的部将侯成叫他的门客去看马。那个门客看的都是名马，而且有十五匹之多。他把马赶到城外，打算去投奔刘备。侯成知道了，亲自追上去，杀了门客，夺回马匹。将士们向侯成道贺，他们凑合着弄来了几口猪、几斛酒，大伙儿吃一顿好的。侯成怕违犯军令，会餐以前，先给吕布送去半只猪、五斗酒，亲自跪在吕布跟前说明失马得马的经过和将士们凑合着道贺的心意，特地先奉上酒肉，表示敬意。不料吕布冒了火儿，他骂着说："我下令禁酒，你们偏偏送酒来，这明明是藐视我！"他吆喝一声，要把侯成砍了。慌得宋宪、魏续等几位将军跪下求情。吕布总算饶他不死，可是"死罪可免，活罪难逃"，侯成挨了四十军棍。大伙儿这才不欢而散。

到了十二月，某一个晚上，侯成、宋宪、魏续三个将军秘密地商量停当，率领他们自己的部下，突然绑了陈宫和高顺，开城出降。等到吕布听到部下叛变，慌忙赶到白门楼，天色已经蒙蒙亮了。

吕布向城下一看，曹兵已经到了城下。左右劝他投降，或许还可以保全身家。吕布只好依了他们，空手下楼。曹兵见了，七手八脚地来捉吕布。吕布已经决定投降，不便动手，只好让他们绑了，押着去见曹操。

吕布见了曹操，还是狂妄自大，他说："从今以后，天下太平了。"曹操问他这是怎么说的。他说："明公一向所担心的不过是为了我吕布。现在我服了，服了您了。明公发号施令，我做您的副手，天下不足忧了。"他见刘备坐在曹操旁边，就对他说："玄德公，您是座上客，我是阶下囚，绳子绑得我太紧，您不能美言一句，叫他们放松一点儿吗？"刘备不开口。曹操笑着说："绑老虎不得不紧。"

曹操早就恨透吕布了，这会儿听了吕布这些话，更加讨厌他。可是他好像不愿意自己做主，成心叫刘备做个难人，就故意问他："您看怎么样？"这可把刘备难住了，要是曹操真把吕布收下来，那还了得？他只好说："明公何必问我。您知道吕布怎么伺候丁建阳、董太师的。"曹操点点头。吕布瞪了刘备一眼，骂着说："你这个大耳朵小子，太没情义了！"

旁边一位将军大声嚷着说："要杀就杀，噜苏什么！"吕布回头一看，原来是部将高顺。曹操听了，也不去理他。他的目光从高顺那边转到陈宫身上，好像挺随便地对他说："公台，你平日自以为足智多谋，今天怎么样？"陈宫指着吕布说："是他没出息，不听我的话。要是他能听我的话，哪能给你逮住呢？"曹操说："现在你说我该怎么办？"陈宫说："高将军刚才说了，要杀就杀，何必多言！"曹操沉默了一下，接着说:"那……你的老母怎么办哪?你的女儿又怎么办哪?"陈宫说:"这全在明公,不在我。她们能不能活,您瞧着办吧。"曹操不再开口,陈宫头也不回地出去受刑。曹操对他着实钦佩,很难受地望着他的背影,算是送他一程。这么着,吕布、陈宫和高顺同时都被绞死了。曹操派人去供养陈宫的母亲,后来又把他的女儿聘了出去。

吕布的部将张辽率领他的部属全都投降了。曹操拜他为中郎将。陈登立了功,加封为伏波将军,叫他仍旧镇守广陵。曹操又叫刘备把家小接到小沛去,让他们团聚几天。接着吩咐将军车胄(zhòu)镇守徐州,自己带着刘备他们回到许都,马上表刘备为左将军,关羽和张飞为中郎将。

曹操回到许都,又打算去征讨穰城的张绣,可是他更忘不了冀州的袁绍。他也讨厌公孙瓒,可是公孙瓒能够牵住袁绍。公孙瓒和袁绍连年互相攻打,使袁绍一时不能来侵犯许都,倒是好事。万没想到消息传来,公孙瓒被袁绍灭了。这下子曹操不得不加紧防备袁绍那一头了。

## 读有所思

1. 曹操为什么把许褚比喻成樊哙?
2. 侯成等几个将领为什么要背叛吕布?
3. 吕布投降后,曹操为什么还要杀了他?

# 让帝号

袁绍一心要兼并幽州，可是连年进攻几次，都没能成功。他耍了花招，写信给公孙瓒，要跟他联合。公孙瓒觉得自己有力量，没理他，还对手下的人说："目前四方豪杰像老虎那样彼此斗着，可是没有一个能打到我城下，敢跟我打一年的。袁本初能把我怎么样？"

公元 199 年（建安四年），袁绍拿出了全部力量，向易京（今河北雄县西北）大举进攻。各地守将纷纷向公孙瓒告急求救。公孙瓒自有他的主张，他哪一个也不理，哪一处也不去救。他说："我要是去救一处，别处都想我去救，我要是去救一人，人人都想我去救，那谁还肯尽心守城、抵抗敌人呢？"各地守将因为得不到救兵，有的投降了，有的跑散了。因此，袁绍的大军很快打到易京。到了这时候，公孙瓒着了慌，打发他儿子公孙续向黑山军求救。

黑山军原来是黄巾军的一个支队，首领就是张燕（原名褚燕）。他先派使者送信给公孙瓒，告诉他公孙续带领五千铁骑为前队，大军随后就到。救兵还没到，公孙瓒秘密地派人去告诉他儿子，叫他先引五千铁骑从北门过来，举火为号，城里的兵马就可以从里面杀出去，内外夹攻，准能把敌人打败。哪知道这一回使者一出城，就被袁绍的将士逮住，搜出了书信。袁绍将计就计，布置军队，在北门外临近的地方埋伏着。到了预定的日子，袁绍的士兵在北门外放起火来，公孙瓒一见，还以为救兵到了，连忙开了北门冲杀出去。走了没多远，就闯进袁军的埋伏圈里了。公孙瓒一看，中了计，慌忙回头，已经伤亡了一大半人马。他带着残兵败将逃回城里，从此再也不出去了。

袁绍测量地形，挖掘地道，算准了方向和距离，直向公孙瓒作为宫殿的高楼挖去。将士们计算着已经挖到高楼底下了，开始用一排排的木柱支住地面，那等于在公孙瓒的楼下暗暗地建造了地下工事。然后按计划火烧木柱，地道一段段地垮，地面上的楼房也就跟着一排排地塌。公孙瓒自己知道没有生路，就把他的妻子和姐妹勒死，再放一把火，自己烧死在里面。

袁绍的军队进了城，公孙瓒的部将田楷和长史关靖都阵亡了。黑山军到了半路，一探听到易京已经被攻破，公孙瓒也被烧死了，再进去只有吃亏，就分头回去了。

袁绍灭了公孙瓒，兼并了幽州，他因为乌桓王蹋顿（丘力居的侄子）曾经率领上谷、辽东、右北平三个地区的部族首领帮他攻打公孙瓒，就立他为乌桓单于，总管诸部族。那三个地区的首领也加了封，得到单于印绶。又因为渔阳太守鲜于辅曾经推举燕人阎柔为乌桓司马，阎柔很得乌桓民心，袁绍就特别重用他，请他安抚北方。可是幽州还有六个郡在渔阳太守鲜于辅手里。再说阎柔做乌桓司马也是鲜于辅推举的，阎柔怎么能听袁绍的摆布呢？渔阳人田豫对鲜于辅说："曹氏奉着天子号令诸侯，终能定天下，还是早点儿去归附他好。"鲜于辅也认为与其服从袁绍，不如归顺朝廷，他就率领他的部属归顺了朝廷。曹操请汉献帝下道诏书，拜鲜于辅为建忠将军，都督幽州六郡。这可把袁绍气坏了。他准备发兵去攻打许都。有人赞成，有人反对，大伙儿议论纷纷，决定不下。正在这时候，袁绍得到了一个好消息：袁术派使者到了冀州，愿意把帝号让给袁绍。袁术称帝没多久，怎么肯尊袁绍为帝呢？

原来袁术称帝以后，骄傲自大，荒淫无度，老百姓苦得难过日子，军队的士气越来越坏。他跟曹操和吕布打过几仗，每次都打败仗。孙策原来是他的属下，现在不但不听他的指挥，反而跟他作对，说要前来征伐他。这些先不提，最困难的是粮食不够，不能供应自己的士兵。他知道不能再在寿春待下去，就把宫殿烧毁，带着家小、文武百官和士兵去投奔他自己的部将，谁知道人家把他拒绝了。这一来，手下的将士散去了一大半，弄得他像只无家可归的狗。在没法当中，他想往北去依靠袁绍，就派使者到冀州，愿意把帝号让给他，对他说："汉室寿命已完，袁氏应当接受天命。现在您统治着四个州（青、冀、幽、并），户口一百万，我很恭敬地把帝号奉归给您。"袁绍心里点了头，马上叫他儿子袁谭往南去把袁术迎到冀州来。袁谭是青州刺史，他先写信给袁术，说他从青州来迎接他。袁术就准备从徐州过去。

曹操得到这个消息，怎么也不能放他过去。他把袁家弟

兄俩又想联在一起反抗朝廷的情况向大伙儿说了一个大概，还想派人到小沛去截击袁术。左将军刘备趁着机会自告奋勇地向曹操讨这个差使，说他愿意带着关羽和张飞去截击，一定能把袁术逮了来。曹操同意了，可他另外派了朱灵和路招两个将军同去，名义上是帮助刘备，实际上是牵制他的意思。刘备一到徐州，袁术正想从下邳过去，一探听到前面有曹操的大军拦住去路，慌忙回头，可是已经有一些辎重被刘备他们夺去了。

袁术扔了辎重，只好往南走，打算回到寿春去。到了江亭，离寿春还有八十里地，他病倒了。那时候正是伏天，士兵们又饥又渴。袁术问了问伙夫还有多少粮食，伙夫说："只剩下麦屑三十斛，全分给随从也不够了。"袁术因为病了，吃不下饭，他渴得慌，想讨些蜜浆解渴，可是叫人家到哪儿要去？袁术到了这个时候，伤心得哭了。他大声嚷着说："唉，袁术，袁术！你竟落到这步田地吗？"一霎时胸口作呕，咯（kǎ）起血来，接着咯血一斗多，倒在床上死了。

袁术的妻子带着灵柩（jiù）到皖城去投奔庐江太守刘勋。他们到了半路，被前广陵太守徐璆（qiú）拦住，强迫袁术的妻子留下那颗传国玉玺，才放她过去。袁术的妻子被逼得没办法，只好把她丈夫从孙坚的妻子手里夺来的那颗玉玺交给徐璆。徐璆亲自跑到许都献给曹操。为这个，曹操让他做了高陵太守。

袁绍还正等着那颗玉玺哪。他灭了公孙瓒之后，越来越神气了。他听了袁术派去的使者的话，不敢马上接受帝号，可是心里确实感到甜丝丝的那么受用。有个臣下叫耿包的，很能奉承袁绍，秘密地对他说："将军应当顺从天意，顺从人心，接受帝号。"袁绍把他的话向他的手下人说了。他以为大伙儿听了，一定会欢呼"万岁！"或者多数人赞成，少数人反对。那么，就让他们商议一下也好。万没想到完全不是那么一回事。大伙儿听说耿包劝袁绍称帝，好像捅了马蜂窝似的哄闹起来。他们嚷着说："耿包妖言惑众，大逆不道，应当处死！"有的人甚至说："大逆不道，应当灭族！"事情越闹越大，逼得袁绍没有办法，只好把心一横，杀了耿包，才算向大伙儿表白了心迹。为了拍马屁，耿包做了大伙儿的出气包，成了袁绍的替罪羊。

等到袁绍听到徐璆把玉玺献给朝廷的消息，他气得没法说。他以前跟曹操共事的时候，曾经得到一颗玉印。他拿着玉印凑到曹操的胳膊肘前，向他夸耀。曹操笑了笑，心里可鄙视他这种行动。这会儿徐璆把传国玉玺献给曹操，袁绍心中大为不服。因此，这一次他下了决心，非进攻许都不可。沮授和田丰竭力反对，郭图和审配正相反，主张出兵。袁绍不听沮授和田丰的话，决定调兵十万，马一万匹，择个吉日，往南进军。

曹操手下的将士们听说袁绍向许都进攻，都害怕了。曹操对他们说："我知道袁绍这个人，野心大，才能小，外表厉害胆儿小，对人猜忌，缺乏威信，他的士兵大多职责不明，将军都很骄傲，号令不一。土地虽然广大，粮食虽然丰富，恰恰都是替我们准备的。"

孔融对荀彧说："袁绍土地广、兵力强。再加上田丰、许攸那样的谋士替他出主意，审配、逢纪那样的大臣给他办事，颜良、文丑那样的猛将统领兵马。在这种情况底下，恐怕不容易跟他争锋吧！"荀彧可不这么想，他对大伙儿说："袁绍的兵马虽然多，可是军队的纪律不好。再看他手下的人才：田丰性子刚强，动不动就触犯上司；许攸贪心不足，不顾体统；审配一味专横，没有计谋；逢纪自信过强，轻于判断。这几个人彼此之间就不能相容。他们内部必然会发生不和。颜良、文丑都是匹夫之勇，交战起来，可以把他们抓来。在这种情况下，有什么可怕的呢？"

将士们听了曹操和荀彧的话，觉得很有道理，他们的胆儿就大了。曹操进军黎阳，又派将士往东到青州，防御着袁谭那一头，叫于禁屯兵河上，又因为官渡（今河南中牟）是南北交通要道，特别派重兵镇守。曹操这么把兵马布置妥当，防备着北面的袁绍。这还不够，在南边他还得防备着穰城的张绣和荆州的刘表哪。

## 读有所思

1. 袁术是怎么死的？

2. 袁绍为什么要杀掉耿包？

3. 袁绍进攻许都，荀彧为什么担心？

# 打鼓骂街

　　曹操分兵守住官渡，再派使者分别到穰城和荆州去招抚张绣和刘表。

　　张绣跟曹操本来不和，听了使者劝他归顺朝廷的一番话，一时拿不定主意。恰巧袁绍也派使者来招抚张绣，另有书信写给贾诩，表示愿意跟他们结交。张绣有意去归附袁绍。贾诩指着袁绍使者的鼻子，对他说："劳驾你去对袁本初说，兄弟都不能相容，怎么能容天下国士呢？"袁绍的使者碰了一鼻子灰回去。张绣可着了慌了。他对贾诩说："您怎么这么拒绝袁氏？那咱们去依附谁呢？"贾诩说："不如去投奔曹公。"张绣皱着眉头说："袁氏强，曹氏弱，曹氏又跟我有仇，怎么能去归附他呢？"贾诩很有把握地说："正因为这样，所以应当去投奔他。您想，曹公奉着天子号令天下，名正言顺。这是应当去投奔他的第一点。袁绍强大，我以少数人马去投奔他，他绝不重视我们。曹公兵力弱，得到我们的人马做他的帮手，一定喜欢。这是应当去投奔他的第二点。做大事、立大业的人不记私仇，我们去投奔他好让四海的人都知道曹公对人多么宽宏大量。这是应当去投奔他的第三点。他既然派使者来，就表明他绝不计较过去。请将军别再怀疑，趁早去投奔他，错不了。"

张绣非常信任贾诩，就在那年（公元 199 年，建安四年）十一月，率领部属投降了曹操。曹操见了张绣和贾诩，十分高兴。他亲亲热热地握住张绣的手，就这么亲热地握着，没说什么话。完了，他又握住贾诩的手，说："您使我让天下人知道我多么重视信义。"当时带着他们去朝见汉献帝，拜张绣为扬武将军，封列侯，贾诩为执金吾，封都亭侯。接着大摆酒席，欢聚一堂。曹操还替他儿子曹均娶了张绣的闺女，两个人做了儿女亲家。从此，张绣就死心塌地地愿意替曹操卖命了。

那个派到荆州去的使者回来报告，说刘表还要看看风头，目前还不肯跟曹操合作。曹操知道刘表做事犹豫不决，也不致来侵犯许都，就暂时把他搁在一边。凑巧孔融推荐他的朋友祢（mí）衡给曹操，弄得大伙儿别别扭扭的。末了，曹操就派祢衡去见刘表。

祢衡，字正平，平原人，是个二十几岁的青年，从小颇有才能，跟孔融意气相投。可他目空一切，瞧不起别人。这一派人有个特点，就是态度傲慢，说话刻薄，好挖苦人，人们管他们叫"骂世派"。孔融把祢衡引见给曹操的时候，祢衡摆出少年老成的派头，就那么大摇大摆地作个揖。曹操一见，觉得这小子狂妄自大，目无尊长，看了他一眼，让他站着。祢衡没有座位，可火儿了，他仰着脑袋叹了一口气，说："四海这么大，可恨没有人才！"曹操说："你到过多少地方？见过多少人？就在这许都，也算得上人才济济，你怎么能说没有人才？"

祢衡指手画脚地说开了。他说："大儿孔文举（孔融，字文举），小儿杨德祖（弘农人杨修，字德祖），勉强算是有点儿才名，别的人，哼，照我看来，全是一家的奴才罢了。荀彧可以派出去吊吊丧，荀攸可以叫他管管坟头，程昱可以用他看看门户，郭嘉可以叫他念念赋，张辽可以打鼓敲锣，许褚可以看牛放马，乐进可以叫他读诏书，李典可以叫他送送文件，吕虔能够磨刀，满宠能够喝酒，于禁可以派去砌墙搬木头，徐晃可以叫他杀猪宰狗，夏侯惇可以称为独眼将军，曹子孝（曹仁，字子孝）可以称为要钱太守。此外，更不必提了。"众人听了，一个个都气炸了肺，他们看看祢衡，又看看曹操。曹操可没有这许多闲气，他只问了一句："那么你呢？"

祢衡说："我吗？上能辅助君王，下能安抚百姓。我不像那些庸人只会吃饭、奉承，奉承、吃饭。"曹操也像开玩笑似的说："你就在我门下做个鼓吏，行不行？"他说："什么行不行？我什么都能干。"

第二天，曹操大摆酒席，招待宾客，就叫祢衡打鼓。按照当时的规矩，鼓吏有鼓吏的服装，可祢衡就穿着便衣进去，见了大鼓就准备打起来了。左右侍卫拦住他，问："鼓吏为什么不换衣服？"祢衡也不回答，就在大众面前，脱去衣衫，光着上身站着。曹操见了他这个样子，知道他这是成心怄气。他向孔融瞟了一眼，却不说话。孔融叫他下去，他才慢吞吞地换了服装，使劲地打了三通鼓，走了。宾客们说："天下狂生也有的是，像他这样的真少见。"有的说："看曹公怎么办他。"

孔融出去，责备祢衡，说："说话也得有个分寸，不讲礼貌也得有个限度。曹公有心要试试你，你就该好好地干。打鼓并不丢人，自古以来做大将的也常亲自打鼓哪。你听我说，向曹公赔个错，别辜负了我推荐你的一片好心。"祢衡点点头，同意了。孔融就再去见曹操，说祢衡原来有些疯疯癫癫的毛病，现在已经清醒了，他说要来赔罪，请您包涵。曹操只觉得祢衡这个狂生实在狂得厉害，自己叫他打鼓，对这种没有一点儿修养的青年，未免也太过分些。这么一想，他就心平气和地等着祢衡。万没想到等了半天，就没见祢衡进来。原来他在门外跟管门的吵闹起来，大喊大叫地正在骂街。

荀彧、荀攸对曹操说："祢衡太无理了。他目无尊长，污蔑大臣，应当办罪。"曹操说："杀了他比杀只鸡还容易。可是这个人有点儿虚名，要是把他杀了，人家不谅解，不说他狂妄，倒说我不能容人。"他们点点头，接着说："难道就让他胡闹不成？"曹操说："我想叫他去办一件事，叫他到荆州去。刘表自以为宽待天下名士，人们也都说他宽和出了名。我倒要看看他能不能像我那样容忍这个狂生。"他们都佩服曹操的大量和机智。

曹操派祢衡为使者带着书信去招抚刘表。祢衡去了。刘表听说祢衡是个北方才子，就把他当作上等宾客接待。他不愿意投降曹操，可是想把祢衡收在自己的门下。祢衡愿意留在荆州。他很感激刘表这么优待他，满口赞颂刘表。可是对于刘表的左右，老是连损带挖苦地批评得一钱不值。他们就在刘表跟前说他坏话，说什么"祢正平说了，刘将军的好心眼没说的，西伯（周文王）也不过如此。可惜他没有决断，不能成大事。"这句话恰恰击中了刘表的要害。刘表听了，很不舒服。可是他也像曹操一样不愿意承担容忍不了名士的恶名。他知道江夏

（今湖北武汉一带）太守黄祖是个急性子，就派祢衡到他那边去，让他去碰碰钉子。

黄祖也因为听说祢衡是个名士，把他留下，请他掌管文牍。黄祖的长子黄射（yè）喜爱文墨，跟祢衡做了文字之交。黄射托他写了一篇《鹦鹉赋》，大为欣赏，从此，把他当作老师看待。祢衡有了知己朋友，可是并不满意自己的地位。他狂妄自大的脾气没改，还是不把别人搁在眼里。后来在宴会当中，跟黄祖吵闹起来，当着宾客把黄祖骂了一顿。黄祖吆喝一声，吩咐军士拿鞭子打他。祢衡骂得更凶。黄祖动了火儿，把他一刀杀死。祢衡死的时候才二十六岁。这位做过曹操的使者、刘表的使者、黄祖的文牍的才子，临死还不知道自己为谁而死，也不知道究竟为什么而死。

曹操派使者去招抚张绣和刘表是件大事。张绣一归附，不但南面没有后顾之忧，而且对于抵抗袁绍也得到了一个有力的助手。刘表存心观望，就让他观望吧。

其实像刘表那样存心观望的人还真不少，关中诸将就是这样。上次曹操已经派侍中钟繇为特使去安抚马腾、韩遂，他们已经把自己的儿子送到许都来了。这次又派河东人卫觊（jì）去镇抚关中。卫觊到了关中，亲眼看到流亡到四方的农民有不少又回到关中本乡来了。关中诸将大多把他们招收到自己的军队里作为新兵。卫觊了解了这些情况，就写信给荀彧，说："关中土地本来肥沃，因为遭了灾荒，人民四处流亡，流亡到荆州的就有十万多家。现在他们听说本土安宁，都希望回来。可是回到本乡，自己不能过生活。诸将互相抢着招收他们。郡县贫弱，不能跟武将争人口。这么一来，武将越来越强。一旦发生变动，后患将不堪设想。怎么办呢？我就想起食盐来了。盐是国家的大宝，应当像从前一样，规定一定的价钱，由官家公卖（变乱以来，公卖的章程无形中都废了）。官家把所得到的盈利用来购买耕牛和农具，供给回乡的农民使用。凡是勤于耕种，节约粮食的有赏。这样，关中就能积存粮食。四方流民一听到这种办法，必然会争先恐后地回来。朝廷再叫司隶校尉留在关中治理百姓。这么着，诸将势力就会逐渐削弱，官吏和百姓越来越兴盛。这是国家的根本利益，请您仔细斟酌。"

荀彧向曹操报告，曹操完全同意，开始在关中设置盐官，再派大臣去监督盐官。特派使者钟繇原来是司隶校尉，治理洛阳的，现在为了招抚关中，暂时治理弘农。关中从此服从朝廷。西面那一头就更没有后顾之忧了。

曹操安抚了南面和西面之后，正想专心致志地去对付袁绍，哪知道袁绍又派使者到荆州去联络刘表，约他一同进攻许都。曹操得再想办法去拆散他们的联盟才是。

## 读有所思

1. 张绣跟曹操有仇，为什么还会投靠曹操？

2. 祢衡为什么会死？

3. 卫觊给荀彧提了什么建议以稳定关中？

# 葛巾迎降

　　袁绍派使者去联络刘表，刘表答应了，可是不派兵去帮袁绍，也不去帮曹操。南阳人韩嵩和零陵人刘先劝告刘表，说："今天两雄相持，天下重心在于将军。如果自己要成大事、建大业，就该有所规划，要不然，也该选择一头去归附他。哪能带着十万甲兵（穿铠甲的士兵）坐观成败呢？这一头派人来求救，将军不去援助，那一头派人来联络，将军又不答应。两头结怨，到时候两头的怨都加到将军身上，恐怕将军要守中立而不可得了。曹操善于用兵，有才能的人士大多投在他的门下，他又奉着天子号令天下，看情况，他准能打败袁绍，然后把大军移到江汉这边来，将军就没法抵御了。为今之计，不如率领荆州去归附曹操，曹操必然感激将军，将军可以长享富贵，传之子孙。这是最完美的计策了。"

　　蒯越也这么劝他。刘表犹豫不决，他要派韩嵩先上许都去看看情况。韩嵩早已有了主意，他说："如果将军上能服从天子，下能归附曹公，那么就叫我去；如果犹豫不定，还要听听风声，那还不如请别人去。"刘表说："还是你去吧。"韩嵩说："去是可以的，可是我到了京师，万一天子给我一官半职，我怎么推辞得了呢？今天我是将军手下的人，听您的吩咐，叫我到水里，就到水里；叫我到火里，就到火里，决不含糊。如果见了天子，做了天子的臣下，叫我怎么能再替将军卖命呢？请将军再郑重地考虑一下，别辜负了我对将军的一片忠心。"刘表以为韩嵩怕到许都去，终于逼他走了。

韩嵩到了京师，曹操抓住机会，把他拉过去了，诏书下来，拜韩嵩为侍中，兼任零陵太守。韩嵩回到刘表那儿，满口称颂曹操，劝刘表趁早打发儿子去伺候汉天子。刘表听了，大发脾气，马上召集僚属，拿着符节，宣布要杀韩嵩，数落他，说："韩嵩心怀二意，为臣不忠！"大伙儿都害怕了，劝韩嵩赶快认罪。韩嵩不动声色地对刘表说："是将军对不起我，我可没对不起将军。"他把临走前的话说了一遍。大伙儿听了，还都向韩嵩点头。刘表的妻子蔡氏也劝他不可错杀好人。刘表没有话说，只好免了他的死罪，把他下了监狱。

刘表把韩嵩下了监狱，正想派使者去回拜袁绍，江夏太守黄祖派人来讨救兵，说孙策来势汹汹，没法抵抗。刘表马上发兵去帮助黄祖。

原来袁术的妻子把玉玺交给徐璆以后，带着部属投奔庐江太守刘勋。刘勋安置袁术的家小，接收他的部下。他还设法去收集袁术的散兵，很快召集了几万人，刘勋的势力就这么强大了起来。可是另一方面，也正因为人马多了，粮食不够，得另想办法。他派叔伯兄弟刘偕向上缭（今江西永修一带）豪强借粮，人家只给了他一点儿。刘偕气愤不过，请刘勋去攻打上缭。刘勋怕没有把握，一时不敢轻易发动。过了几天，孙策派人送珠宝和葛布来，说："上缭豪强屡次欺压江东地界的老百姓。我们要想打过去，路远不便。上缭很富裕，粮食更多，如果将军征伐上缭，我愿意出兵作为外援。"刘勋很高兴地收下了礼物，答应孙策的请求。上上下下都向刘勋道贺。淮南人刘晔（yè）劝他不可上孙策的当。他说："上缭虽说是个小城，可是城墙结实，城河又宽，不是十天八天可以打下来的。将军的兵马在外，日子一多，必然疲劳，内部虚空，万一孙策趁机打过来，咱们后方不能守，前方不能退，进退两难，怎么办哪？我说，将军如果出兵，恐怕灾祸立刻就到。"刘勋只知道上缭有粮食，不听刘晔的劝告，还是发兵进攻上缭。

孙策正因为刘勋接收了袁术的部下，兵力强了，势力大了，这不是死了一个袁术，又来了一个袁术吗？因此他和领江夏太守周瑜定了计，故意劝刘勋去进攻上缭。刘勋一走，孙策就发兵往西，以征伐黄祖为名，到了石城。他探听到刘勋到了上缭，就分了八千兵马给他的叔伯哥哥孙贲和孙辅去占领彭泽，自己和周瑜率领两万大军直接去打皖城，很快把皖城拿下来，还接收了袁术的部下三万多人，连袁术的妻子和刘勋的妻子都做了俘虏。孙策的军队还算注重纪律，皖城没遭到抢劫，就是袁、刘两家的家小也都放出来，加以抚养。孙策和周瑜进了皖城，就听到人说，城里乔公有两个闺女，长得又漂亮又伶俐，真是只此一对，天下无三。他们派人去求婚。乔公着实喜欢，就把大姑娘配给孙策，二姑娘配给周瑜。

两对新郎新娘刚成了亲，彭泽方面又来了捷报。原来刘勋一听到孙策去攻皖城，马上退回来，路过彭泽，被孙贲、孙

辅杀了一阵。他只好往西南逃去，派人到夏口向黄祖求救。

孙策一探听到黄祖派他儿子黄射率领五千名水兵去援助刘勋，他又亲自出马，把刘勋打得一败涂地，逼得他只好往北投奔曹操去了。黄射也幸亏逃得快，没丧命。这一仗孙策接收了一部分刘勋的士兵，还有一千来只战船。他趁着打胜仗的劲儿追击黄祖。黄祖这才向刘表求救。刘表就打发他侄儿刘虎和部将韩晞（xī）带领五千名长矛兵去帮助黄祖抵抗孙策。

黄祖带着刘虎、韩晞，率领步兵和水兵一共几万人马，一定要跟孙策决个死战。孙策带着程普、韩当、黄盖他们率领几万名步兵和水兵，士气旺盛，大有非把黄祖消灭不可的决心。双方展开血战，杀得天昏地暗、翻江倒海。几天交战下来，黄祖败下去了。末了，孙策斩了韩晞。刘虎总算单身逃脱。荆州的援兵就这么全垮了，黄祖孤立无援，见路就跑，连妻子都扔了。军中没有头儿，越败越惨，士兵给杀死和淹死的就有几万人。六千只船全由黄盖他们接收过去。孙策大获全胜，把大军扎在椒丘（今江西南昌一带），准备接收豫章。

孙策派使者去见豫章太守华歆（xīn），对他说："听说先生跟会稽太守王朗同样出名，为中州、海内人士所尊崇。我们虽然处在很偏僻的东边，可是对您也很敬仰。"华歆说："不敢当。我不如王会稽。"使者又说："不知道豫章的粮草、器械是否比会稽多？将士的勇气是否比会稽强？"华歆说："大大不如。"使者说："不必客气了，会稽太守王朗不听劝告，出兵抗拒，连着打了两个败仗，终于投降了。既然豫章不如会稽，孙将军的大军已经到了椒丘，这儿早就成了孤城，您也没法守。请您写篇通告，叫全郡及早归降。明天中午我来拿通告，现在告别了。"华歆说："孙会稽一到，我就告退。"

豫章太守华歆连夜写了通告，天一亮就派官员去迎接孙策。等到孙策到了豫章，华歆戴着葛巾（葛布做的文人的头巾）出迎，投降了孙策。孙策因为华歆素有名望，很虚心地对他说："先生德高望重，远近所归。我年幼无知，请让我执弟子礼。"说着向他拜了拜，把他当作上宾。

孙策把豫章分为豫章和庐陵两个郡，以孙贲为豫章太守，孙辅为庐陵太守，丹阳人朱治为吴郡太守，彭城人张昭、广陵人张纮（hóng）等为谋士，留周瑜镇守巴丘（属庐陵郡）。

孙策灭了袁术，打败了黄祖，轰走了刘勋，招降了王朗、华歆，江东大部分地区都给占领了。可是这时候，袁绍势力强大，曹操为了对付北方，尽力想法联络东吴。前一年（公元197年，建安二年），就拜孙策为骑都尉，让他继承他父亲为乌程侯。第二年，孙策派张纮向朝廷贡献土特产，曹操又表孙策为讨逆将军，封为吴侯，以张纮为侍御史，留在京师里。接着，他又把侄女嫁给孙策的兄弟孙匡，又为儿子曹彰娶了孙贲的女儿，还推荐孙策的兄弟孙权和孙翊，准备重用他们。曹操希望孙策打发孙权或孙翊到许都来伺候汉献帝，那要比结成儿女亲家更可放心，可是他们没来。

为了防备袁绍的进攻，曹操不但对孙策做了很多让步，就是对于别的割据地盘的将军也处处小心，成心联络。哪知道袁绍还没打过来，自己内部的将军倒先跟袁绍联络起来了。左将军刘备杀了徐州刺史车胄，派使者去联络袁绍一同向曹操进攻。这打哪儿说起呀？

## 读有所思

1. 孙策为什么要鼓动刘勋攻打上缭？

2. 孙策的使者是如何劝降豫章太守华歆的？

3. 曹操为什么要拉拢孙策？

## 高频考点

（四川内江中考真题）阅读下面的文言文，完成问题。

华歆、王朗俱乘船避难，有一人欲依附，歆辄难之。朗曰："幸尚宽，何为不可？"后贼追至，王欲舍所携人。歆曰："本所以疑，正为此耳。既已纳其自托，宁可以急相弃邪！"遂携拯如初。世以此定华、王之优劣。

1. 解释下列句中加点的词。

　　（1）歆辄难之　　　　难：

　　（2）本所以疑　　　　所以：

　　（3）王欲舍所携人　　舍：

　　（4）遂携拯如初　　　遂：

2. 翻译下面的句子。

　　既已纳其自托，宁可以急相弃邪！

3. 作者对华歆、王朗的评价是怎样的？你怎么看待作者的这个评价？

# 论英雄

刘备和曹操杀了吕布以后，一同回到许都，朝见了汉献帝。汉献帝排了排辈分，尊刘备为皇叔，由于曹操的推荐，拜他为左将军。左将军刘备见曹操十分尊重他，心里反倒不安。他别的什么都不怕，就怕曹操对他有所猜忌，他觉得自己在曹操身边，好像笼子里的鸟似的。有翅膀飞不出去不必说了，就怕一不小心，断送性命。他就故意不谈国家大事，也不议论谁是谁非，在后园种起菜来了。一种上菜，兴趣挺浓，经常在菜园子里浇水、锄草，还研究繁殖芜菁。关羽和张飞见他每天过着这种生活，这不是大材小用吗？暗地里还怪他不该这么消沉下去。曹操也挺纳闷，刘备老在家里干什么啊？他派个心腹暗地里去探听刘备的行动。那个心腹回来报告刘备浇水锄地的情形，他反倒不安起来。

有一天，汉献帝的丈人、车骑将军董承暗地里派心腹来找刘备，叫他去商议大事。原来汉献帝心里怨恨曹操，怪他太专权。他写了一道诏书，叫董贵人把诏书缝在衣带里，就是所谓的"衣带诏"。他把这条衣带赐给董承。董承拆开衣带，看了密诏，就约了他的心腹长水校尉种辑和吴子兰、王服两位将军，四个人很秘密地商议下来，认为刘皇叔可靠，就把他也拉过去，让他看了"衣带诏"，大伙儿决定想办法消灭曹操。

刘备恐怕曹操起疑，索性什么地方都不去，专心侍弄菜园子。他正在害怕曹操，提心吊胆的时候，许褚和张辽突然到了菜园，对刘备说："曹公请使君（州郡长官的尊称）马上过去。"刘备急切地问："有什么紧要的事？"许褚说："不知道。"刘备只好硬着头皮跟着他们走，心头可扑腾扑腾地直跳。他拜见了曹操，曹操冲他乐了乐，说："您在家里干的好事！"刘备吓得脸都白了。他还没说什么，曹操一把拉住他的手就往后园走。刘备提心吊胆地、毕恭毕敬地跟着，只听见曹操继续说："种菜也不容易呀。"刘备才透了一口气，说："没事，消遣消遣。见笑了。"曹操说："我一见后园梅子青了，就想起'望梅止渴'来了。去年征讨张绣的时候，道上缺水，将士们渴得要命。我抬头望见前面的树林子，拿马鞭子向前一指，说：'前面就是梅林，青梅有的是，就是太酸点儿。'将士们听了，嘴里滋出唾沫来，大伙儿就不渴了。今天见到了青梅，不能不欣赏一下，就备了些酒，请您过来聊聊。"刘备这才放了心，坐下来陪他。

刘备心头踏实得多了。天气也凉快点儿，天上还起了乌云，刮着风，好像就要下雨。两个人有说有笑地喝着酒，就像知心朋友一样。曹操是主人，年龄比刘备大，地位又比他高，说话比较豪爽、随便，大有老大哥的神气。刘备在他跟前多少带着小心谨慎，好像学生在老师跟前的味儿。他们聊着、聊着，就聊到天下大势和四方豪杰上头去了。曹操左手掀起胡子，右手拿着酒杯，眼睛盯着刘备，笑着说："当今天下英雄，就只使君跟我曹操两个人罢了。像本初那种人，算不了什么。"刘备听了，吓得魂儿出了窍，不由得打了一个寒战，连手里的筷子也掉了。他刚想哈腰去捡，突然"嗯喇喇"的一声霹雳，慌得他把勺儿也碰到地上。曹操把他当作唯一的敌手，两雄不两立，他还活得了吗？因此，吓得他连筷子、羹匙都掉在地下。就在这紧要关头，他机灵地借着天打雷，把话岔开去，说："天威真是厉害。俗语说，一个响雷下来，连捂耳朵都来不及。真是这个样子。"说着，他别别扭扭地乐了乐，接着说："我是连放筷子都来不及，见笑，见笑。"就这么把他害怕曹操的惊慌劲儿瞒过去了。

从这时起，他更加下了决心，要跟董承、种辑、吴子兰、王服他们一起，钻孔觅缝地找机会杀曹操。凑巧袁谭从青州去迎袁术，袁术要从徐州过去，曹操因为刘备熟悉那一带的情况，就派他去截击袁术。程昱、郭嘉和董昭三个谋士，一听说刘备带着关羽、张飞走了，三步并两步地跑到曹操跟前，叫他别派刘备去。曹操眼珠子一转，马上派人追上去，可是刘备他们已经走远了。

刘备一到徐州，打了胜仗。他把这个功劳让给曹操派去的两个将军，叫他们回到许都去送捷报，自己带着关羽和张飞直到下邳，假传命令叫徐州刺史车胄出城迎接。车胄做梦也没想到刘备来夺徐州。他出来迎接，还没见到刘备，就被关羽一刀劈死。张飞过去割下车胄的脑袋，高高地提着。刘备宣布说："车胄谋反，已经奉命处死了，别的人一律免罪。"城里的军民等不知道底细，再说刘备进来并不损害他们的身家性命，大伙儿都没话说。

刘备就留关羽守下邳，执行太守的职务。自己回到小沛，一家人又团聚了，心中十分高兴。这还是小事。徐州本来是陶谦的老根，陶谦临死把这个地盘让给刘备，后来被吕布夺了去，吕布死了，曹操接收过去，叫车胄守着。这会儿徐州重新落在刘备手里，老百姓倒也喜欢，五年来没忘了刘备，好像欢迎老主人回家似的那么迎接他。没几天工夫，临近的郡县大多背叛曹操投到刘备这边来。刘备的手下很快就有了几万人。他赶紧派孙乾（qián）为使者去见袁绍，约他一块儿去征讨曹操。袁绍上春灭了公孙瓒，兼并了幽州，原来打算发兵南下，一见刘备派孙乾来跟他联络，满口答应，当时就派使者跟着孙乾到徐州去回拜刘备。

刘备跟袁绍有了联络，胆儿就大了。正好曹操派司空长史沛国人刘岱（和以前兖州刺史刘岱是同名同姓的另一个人）和中郎将扶风人王忠带领一万兵马打过来了。他们到了徐州，就被刘备的军队截住。刘岱出马责备刘备不该忘恩负义，背叛曹公。刘备向他行个礼，说："实在因为车胄有意谋害我，只好把他杀了。请回报曹公，免伤和气。"王忠大声嚷着说："别胡说八道。趁早投降，还有商量。"刘备冷笑一声，说："曹公自己来，我不敢说，像你们这种人，就是再来一百个，能把我怎么样？"刘岱和王忠听了，气得不再开口，立刻冲杀过去。这边关羽和张飞早已一刀、一矛，马上把他们杀了回去。刘岱、王忠不是关羽、张飞的对手，只能逃跑，不能回手。

他们一口气跑了几十里地，才扎了营，守住阵脚。刘岱、王忠打了败仗，派人回到许都向曹操求救。因为已经到了年底，曹操吩咐暂且退兵，准备过了年再去征讨。

一转过年，就是公元200年（建安五年），就在正月里，董承联络王服、种辑，约会刘备，内外夹攻曹操的计谋给泄露了。曹操把董承他们一并拿来杀了，还灭了三族。他对汉献帝说："董承谋反，董贵人也不能无罪。"汉献帝因为下过"衣带诏"，自己心虚，只好眼看着董贵人被拉出宫去勒死了。

曹操扑灭了内部反对他的人，就要发兵亲自去征讨刘备。将士们都说："跟明公争天下的是袁绍，他现在正要打过来，您怎么反倒扔了这头往东去打刘备？要是袁绍从后面偷袭过来，怎么办？"曹操说："刘备野心不小，今天不消灭他，将来必有后患。"郭嘉同意这种看法，他还说："袁绍性子迟缓、多疑，即使他要来侵犯，一定不能太快，刘备刚起来叛变，大伙儿还没一心一意地归附他，立刻打过去，准能把他打败。"曹操分一部分精兵把守官渡，把大军移向东边去了。

刘备一探听到曹操发大军来，知道自己不能抵抗，马上派孙乾去向袁绍求救。谋士田丰劝袁绍立刻进攻许都。他说："曹操跟刘备一打起来，不是几天就能了结的，明公趁着这个机会，发兵去袭击空虚的许城，一下子就能把曹操灭了。"田丰哪知道袁绍的心思：他是不愿意消灭曹操的，正像当初他不愿意消灭董卓，再以后不愿意消灭李傕、郭汜一样。要是他立刻发兵去打许都，曹操必然赶回来，刘备必然在后面追击他，这样前后夹攻，曹操一定支持不住。曹操一下场，袁绍只能辅助汉献帝，他再也不能浑水摸鱼，怎么能自己做天子呢？他只希望曹操篡位，到那时候他再征伐曹操，把他杀了，然后自己即位，那就名正言顺地可以稳做皇帝了。可是这些心里的话怎么说得出口呢？他听了田丰的话，故意装出愁眉苦脸的样子对他说："我三个儿子当中最心爱的是小儿子尚儿。他现在病着，我正闷得慌，哪儿还有心思出兵打仗？"说着，他请孙乾先回去，还说但愿小儿子病好了，到那时候他才能出兵。

孙乾一走，田丰痛心得再也憋不住了。他拿起手杖连连打地，说："嗐，碰到这么一个难得的时候，为了婴儿的病，失去机会，多么可惜呀！"袁绍终于没去袭击许都。刘备这一点兵马挡不住曹操大军的进攻。小沛城被攻破了。刘备跟着张飞杀出重围，四面的敌人一下子又围上来。他们拼着命打了一阵，好容易各自冲杀出来，可是彼此失散了。张飞带着一部分随身的士兵往芒砀（dàng）山那边跑去，刘备只顾往北走，打算到青州去投奔袁谭。

曹操攻下了小沛，回头向下邳进攻。下邳由关羽守着，刘备的家小也在里面。曹操把所有带来的兵马都用上，把整个下邳城围得密密层层。关羽出城几次作战，每次都打了败仗，有一次险些被逮了去。他还想单刀匹马地冲杀出去，可是两位嫂嫂怎么办哪？想起自己徒然有一身本领，还没做过什么大事，就这么年轻轻地死去，实在不甘心。他不愿意死，可是在敌人重重包围之下，也没法活。他正在愁眉不展，下不了决心的时候，曹操派张辽来见他，劝他投降。据传说关羽向张辽提出三个条件：一、他只降汉不降曹；二、不准侵犯两位嫂嫂；三、一旦打听到刘备在哪儿，他就要去投奔他。张辽回报了曹操，曹操都答允了。张辽就这么领着关羽出来投降了。

曹操平了徐州，带着关羽他们回到许都来。一路上关羽

和刘备的家小同行，晚上宿在驿（yì）舍里，他们被分配在一间屋子里。关羽就在烛光底下通宵看着《春秋》。曹操知道了，格外尊敬关羽。

他们到了许都，曹操拜关羽为偏将军，待他十分殷勤，真所谓"三日一小宴，五日一大宴"，还时常送他礼物。关羽从没表示高兴。只有一次，曹操把吕布留下的那匹赤兔马送给关羽，关羽头一次向曹操谢了谢。曹操紧接着派张辽去探听关羽对他有什么意见。关羽挺直爽地说："曹公这么恩待我，我是十分感激的。但是我和刘将军是生死之交，我没法忘了他。说句老实话，我不能老待在这儿。可是曹公这么待我，我也忘不了他。我要走的话，一定要立个功，报效了曹公之后，才敢辞去。"张辽回去跟曹操一说，曹操叹息着说："真是个义士。要是他能长在这儿，多好哇。"

曹操四下派人去打听刘备的下落，有的说逃到芒砀山去了，有的说已经到了青州了，也有人说逃到汝南去了。曹操这边谁也不知道他已经到了邺城，原来刘备到了青州。青州刺史袁谭是袁绍的长子，曾由刘备举为茂才，一向很尊重刘备。这次殷勤招待不必说了，还火速写信给他父亲。袁绍非常高兴，亲自离开邺城两百里去迎接刘备，安慰他说，一定发兵去征伐曹操，田丰出来反对，说怎么也不能去打曹操。袁绍怪他一会儿劝他出兵，一会儿又反对他出兵。这到底是怎么回事啊？

## 读有所思

1. 汉献帝的"衣带诏"是针对谁的？
2. 曹操和刘备青梅煮酒论英雄，刘备为什么害怕？
3. 关羽是怎样的一个人？

## 高频考点

（山东济南模拟）阅读下文，完成问题。

### 望梅止渴

　　魏武行役，失汲道，军皆渴，及令曰："前有大梅林，饶子甘酸，可以解渴。"士卒闻之，口皆出水，乘此得及前源。

（《世说新语》）

1. 解释加点词语。

　　①饶子甘酸 _____

　　②乘此得及前源 _____

2. 翻译句子。

　　① 魏武行役，失汲道。_____

　　② 士卒闻之，口皆出水，乘此得及前源。

　　_____

3. "魏武"指的是"曹操"，他是 _____ 时期著名的

　　_____、_____、_____。请你再写出

　　1—2 个关于他的故事的题目来： _____

4. 经过社会的发展，人们已赋予了"望梅止渴"新的意义。

　　你知道吗？

# 劈颜良

袁绍为了扩张自己的势力，宁可往北去跟公孙瓒拼个死活，不愿意往南去攻打曹操。夺到了幽州，地盘是自己的，打败了曹操，许都还是汉天子的。因此，田丰劝他去袭击许都，他说什么也不干。可是等到曹操轰走了刘备，得了徐州，袁绍又怕曹操势力太大，这回非征伐他不可了。谁知道田丰出来反对，袁绍责备他，说："叫我去打曹操的是你，反对我发兵的也是你。你这是什么意思？"

田丰说："前些日子曹操用全力去打刘备，许都空虚，那是攻打曹操的好机会。现在曹操打败了刘备，得胜回朝，许都不再空虚了，怎么还能去袭击呢？再说，曹操善于用兵，变化多端，兵马虽然少，可不能小看他。现在我们应当作长期打算。将军统治着四个州，依山带河，地势十分有利。只要对外结交天下豪杰，对内重视耕种，同时训练兵马，精益求精，然后再找机会出去扰乱河南（黄河以南），他去救右边，就攻他的左边；他去救左边，就攻他的右边，叫敌人疲于奔命，百姓不得安居乐业。这样，我还没动用全力，他可已经疲劳不堪了，不出三年，就可以把曹操打下去。现在不从长远打算，不从最后的胜利着想，而单要大战一场来决定成败，万一不能称心如意，后悔也就来不及了。"

袁绍认为田丰太胆小了，公孙瓒都被他灭了，他还能怕曹操吗？怎么也不能听田丰的。田丰再三再四地拦着他出兵，袁绍火儿了，说他阻挠大计，扰乱军心，把他下了监狱。

袁绍叫书记官陈琳写了一篇通告，揭发曹操威胁天子、残害忠良的罪恶，号召天下豪杰起来，共同征伐曹操。公元200年（建安五年）二月，袁绍调动十多万人马进攻黎阳。监军沮授预料这次出兵准打败仗，田丰已经下了监狱，自己要再多说，往好里说，也不过监狱里多一个人。动身前他把家产都拿出来分给本家的人，还说他这次出去恐怕不能回来了。他的兄弟对他说："曹操的兵马比我们少，您何必这么担心呢？"沮授说："曹操善于用兵，又扛着天子做幌子，他的能耐和地位跟公孙瓒大不相同。我们虽然消灭了公孙瓒，可是将士们已经够疲劳的了。没想到今天主公这么刚愎（bì）自用，将士们疲疲沓沓，不知道自己，倒看轻敌人，失败就在这儿。"

袁绍派大将颜良去进攻白马城（今河南滑县），打算先消灭东郡太守刘延。沮授又拦着他，说："颜将军虽然骁勇，可是性情促狭，不能叫他独当一面。"袁绍又不听他。东郡太守刘延一探听到颜良来攻白马，立刻派"飞马报"向曹操求援。曹操亲自带着张辽、关羽一块儿去救白马。谋士荀攸对曹操说："敌人兵多，我们兵少，不能硬拼。不如分一小部分兵马往西到延津（在黄河边）南岸，假装渡河，作为疑兵。等到袁绍往西去截击，我们火速赶到白马城，打他一个措手不及，准能打败颜良。"

曹操依了荀攸的计策，派兵往延津去。袁绍一探听到曹军要在延津渡河，抄他的后路，果然，率领大军到那边去堵击。曹操带着一队轻骑，急急赶去，离白马城才十几里地，扎下营寨。颜良还不知道刘延的救兵已经到了。他围住白马城已经好几天了，每天在城下耀武扬威地挑战，刘延只是守住城，不出来跟他交手，四五月天气，正是夏初好阳光。颜良叫士兵撑着金黄的绣花缎的大伞（大将特用的华盖，古文作"麾盖"），自己在大伞底下来回指挥士兵，真是威风凛凛，得意扬扬。每天只有他这么逍遥自在地巡逻着，没有一个敌人敢出来跟他交手。他觉得就这么下去也有点儿腻烦了。这天，颜良还是在大伞底下没事找事地看看城头，望望天色，万没防到猛地来了一位大将，骑着快马，提着大刀，好像刮大风似的赶到颜良后头，冲开卫兵，手起刀落，把颜良劈落马下，割下脑袋，又像旋风似的那么一转，劈死了几个士兵，两腿往马肚子上一夹，那匹赤兔马一声嘶叫，飞也似的跑回去了。

河北士兵失了主将，当时就乱了。张辽带着一支轻骑追击，刘延从城内杀出，两面夹攻，打得颜良的军队大败而逃。白马城的围就这么解除了。曹操见了颜良的人头，不停地赞扬关羽，给他记了头功。可是一想起关羽立功报效之后准会辞去，反倒加了一层难受。他还打算用特别优厚的封赏去拉住关羽，就把他封为汉寿亭侯（汉寿，地名；亭侯，侯爵名）。

曹操在白马城打了一个胜仗，吩咐军民沿着黄河往西退去，准备真去加强延津那边的防御。袁绍一听到大将颜良被

杀，已经挂了火儿，又探听到曹军向西退去，就准备大军渡河去追击。沮授劝他沉住气，他说："照目前情况看来，我们应当留在延津北岸，再分兵官渡。官渡能打胜仗，再过河去追击也不晚，要是那边发生变化，这边也有个接应，那要比不了解情况就渡过河去妥当得多。"袁绍不相信十多万兵马会发生什么变化。再说还有一位大将文丑，他跟颜良是袁绍手下数一数二的武将，又是朋友，他要替颜良报仇，愿意做先锋去追杀曹军。听说杀颜良的是一个长胡子的大汉，骑的是一匹快马，使的是一口长柄大刀，那准是关云长。因此，他要求刘备一块儿去，好在阵前认个明白。刘备一来急于探听关羽的下落，二来他要是不去，更叫袁绍起疑，难免遭祸，就很痛快地答应了。

袁绍叫大将文丑带领一支军队先打头道，自己和刘备在后面跟着渡过河去。到了南岸，安营下寨，静听文丑前军的消息。文丑急忙忙地往前去找敌人，远远瞅见曹军在南坡驻扎，至多也不过一二千人马，可是散放的马很多，懒洋洋地就在南坡下吃草。文丑一声令下，叫士兵们先把这些马抢过来。士兵们七手八脚地争着抢马。放马的小卒子大声嚷着："贼军来了，快收马啊！"

曹操和荀攸躲在堡垒上挺焦急地望着。荀攸向小卒子做手势叫他们别收马。曹操点点头，向他微微一笑。文丑的士兵没碰到什么抵抗。马抢了不少，可是自己的队伍早就乱了。后队刘备的兵马赶到，前后两队五六千人，一面抢马，一面瞅见南坡上还有辎重，乱纷纷地也都争着去抢。到了这时候，曹操下令出击，六百名骑兵突然冲杀过去。袁军见了这队骑兵好像老鹰抓小鸡似的那么展着翅膀扑下来，扑得他们不知道该怎么办才好。有的牵着马跑，有的拉着辎重还不肯放手，大多数只能捧着脑袋往后逃，也有往下滚的。大将文丑挥动着大刀拼命抵抗。没提防马失前蹄，险些跌个倒栽葱。他刚拉起马头，不知道哪儿飞来一口大刀把他劈死，脑袋也被曹兵割去了。

刘备还在后面，一听前队中了埋伏，大将文丑被杀，曹军追杀过来，他只好退回去了。

颜良、文丑是河北名将。这两个名将都被杀了，别的人趁早别再逞强。大战还没开始哪，袁绍的将士都泄了气。袁绍正在大营里发脾气，一见刘备回来，对他也没有好脸色。等到逃回来的士兵一报告，袁绍气呼呼地追问情况。大伙儿都说颜良是关羽劈死的，千真万确；文丑被大刀砍死，很可能也是他干的。袁绍一听，火直往上冒，他瞪着眼睛对刘备说："好哇！你的人帮着曹操杀了我的大将，你还混在我这儿，你的胆儿也太大了！"左右将士一个个瞪眼睛、吹胡子，要向刘备讨回颜良、文丑。

## 读有所思

1. 曹操回到许都，田丰为什么又劝袁绍放弃攻打曹操？
2. 颜良是被谁杀死的？
3. 袁绍为什么非要带刘备一起去征伐曹操？

劈颜良

# 古城会

刘备很坦然地对袁绍说："如果颜良、文丑都是云长杀的，那他一个人足足可以抵上他们两个了。只要云长真在那边，我写封信去，他准来。招回云长，共灭曹操，将军看怎么样？"说得袁绍只好点头。当时就请刘备写信，派人送去。自己把军队驻扎在阳武（今河南原阳一带），跟曹军对峙着。

曹操还想再找机会攻击袁军的弱点，不料许都来了警报，说黄巾军的首领刘辟在汝南起兵响应袁绍，接连攻下了河南一带好几个郡县，连京师都吃紧了。曹操只好把主要的军队退到官渡，叮嘱将士们坚决镇守，不可出战。自己带着关羽他们回到许都，准备对付南边的黄巾军。

关羽跟着曹操到了许都，已经秋天了。那个替刘备送信给关羽的人沿路探听，暗地里跟着曹军混进京师，还真把信送到。关羽看了信，把这个消息告诉了嫂嫂，准备动身到袁绍营里去会刘备。他把屡次得到的赏赐封存妥当，送还汉寿亭侯的印绶，写信向曹操辞行。曹操把印绶发还，派人好言好语地去挽留他。关羽一天三次要求拜见曹操，曹操借着各种因由没出去见他。关羽没法再等下去，就把印绶挂在堂上，自己准备车马，带着十几名亲随的士兵，骑着曹操送给他的那匹赤兔马，提着青龙偃月刀，保护着嫂嫂，动身走了。

关羽走了没多久，就有人向曹操报告，说汉寿亭侯走了。左右将士抢着对曹操说："快追上去！"

曹操叹了一口气，

垂头丧气地说："各为其主，不必追了。"话是这么说，可是到底有没有人自告奋勇地去追，或者曹操有没有默默地让人去阻拦，我们不能胡说八道。相传关云长过五关斩六将，才逃出了虎口。不管怎的，按情理说，沿路不可能一点儿阻挡都没有，就是到了关口要道发生一些冲突，也不算什么意外。

关羽好不容易到了袁绍的地界，迎面来了一位将军拦住去路，大叫："云长快停下来！啊，还真给我找着了。"关羽勒住马头，一看，原来是孙乾，连忙打听刘备的下落，还说："你怎么在这儿？"孙乾说："我跟着刘将军投奔袁绍。袁绍待我们还不错，只是河北将士彼此不相容，成不了大事。田丰已经下了监狱；沮授怎么献计，袁绍反正不听他的；审配跟郭图互相倾轧，袁绍自己又没有决断。看情况，我们也不能老待在那儿。这次刘将军向袁绍讨了个差使，带着一支兵马往汝南去帮助刘辟袭击曹操的背后。他怕您一个人到邺城，也许吃他们的亏，特地叫我在这儿等您。今天能够见到您，好极了。"关羽就跟着孙乾保护着嫂嫂回到南边来了。

他们从北到南，走了不少日子，才穿过颍川。路过一个山头，遇见一个关西人叫周仓，原来认识关羽，就是没有来往。他曾经参加过黄巾军，失败以后，四处流浪。在江湖上听到有人提到关羽重义气，就想去投奔他。这次见了面，要求关羽把他当个小卒子收下。关羽见他长着一副黑脸膛，满脸全是曲里拐弯的胡子，丑八怪似的。可是细那么一看，丑陋之中透着正直、朴素的神气，说话又这么诚恳，就把他收下了。

周仓跟着关羽、孙乾，往汝南进发。远远望见一座山城，问了问当地的老百姓，他们说："这是古城。前些日子来了一位姓张的将军，带着几十个骑兵到城里向县官借粮。县官不肯，那位将军就把他轰了出去，自己做了县官，招兵买马，积聚粮草，现在已经有了三五千人马，临近的郡县谁也不敢惹他。"

关羽说："我们还是绕城过去吧。"周仓说："怕什么！他向县官借粮，难道不准我向他借粮？我过去看看。"关羽说："仔细了，别惹出祸来。"孙乾说："我也去。"关羽眼看着他们两个飞一般地去了，自己带着亲随的士兵保护着嫂嫂，在后面跟着。不一会儿工夫，孙乾、周仓急忙忙地跑回来，说："好极了，是张将军！"关羽一愣，还没开口，孙乾接着说："是中郎将翼德在这儿，好极了。"关羽眉开眼笑地说："我和他从徐州失散以后半年多了，没想到在这儿见到他。"就叫孙乾先进城去通知张飞，快来迎接两位嫂嫂。

张飞接见了孙乾，又是高兴，又是难受。他立刻拿着丈八蛇矛，跨上战马，带领一队人马，开了北门，出去迎接。孙乾正在纳闷：怎么需要这么隆重的仪仗队。张飞请孙乾先把两位嫂嫂送进城去，自己挺着长矛就向关羽直扎过来。关羽没作准备，慌忙拿青龙偃月刀拨开长矛，埋怨着说："兄弟你怎么啦！难道忘了我们的情义？"张飞眼睛睁得滴溜圆，眼眦（jī）角都快裂开了，骂着说："你背叛皇叔，投降曹操，得了封赏，还有脸说得上什么情义？"关羽一时说不出话来，只是摇头叹气。幸亏甘、糜两位夫人一看后面两个人闹了起来，连忙回转来。甘夫人不顾死活地拉住张飞的丈八蛇矛，扼要地向他说明前后缘由。张飞听了，扔掉长矛，滚下马来，哭着向关羽赔不是，关羽也流着眼泪下了马。两个亲如兄弟的将军就这么进了城。

关羽叫张飞照顾嫂嫂，暂时住在古城，自己带着孙乾和周仓到汝南去找刘备。哪知道关羽千辛万苦地到了汝南，刘备已经走了。原来刘备跟刘辟、龚都联合起来，在汝水和颍水之间守住了一个地盘，临近有不少郡县起来响应。没多少日子，许都以南都动摇了。为这个，曹操很担心。曹仁对他说："刘备刚得到袁绍的一点儿人马，军心未必归附，刘辟又是乌合之众，我们赶紧发兵去围剿，准能成功。"曹操同意他的看法，就派他率领一队精锐的骑兵去打刘备和刘辟。事情正像曹仁所说的那样，马到功成，曹军把刘备和刘辟打得各处乱跑。背叛曹操的那些郡县又都收复过去了。

好不容易孙乾见到了龚都，才知道刘备又上袁绍那边去了。关羽闷闷不乐，孙乾说："不必难受，再跑一趟就是了。"他们又回到古城，跟张飞商量。张飞要一块儿到河北去找刘备。关羽说："有了这座城，我们也就有个歇脚的地方，不可轻易放弃。你还是守在这儿，我们到河北见了皇叔，再作道理。"关羽和孙乾、周仓带着二十来个骑兵往河北去了。

他们到了河北地界，天快黑了，就找个庄园，进去投宿。有个老大爷出来招呼。关羽向他行礼，说明来历。那个老大爷说："我也姓关，叫关定。久闻大名，今日得见，万分荣幸。"他把客人们接到上屋，还叫他两个儿子出来拜见。关羽见了这么一个热心好客的老大爷，着实高兴，大伙儿喝酒、聊天，很快做了朋友。

当天晚上，孙乾对关羽说："将军杀了袁绍的大将，好歹得提防点儿。还是让我先去见过皇叔，如果袁绍真的不计较过去，那么我们一块儿来迎接您。不然的话，我约皇叔一同到古城去。您看怎么样？"关羽同意了。第二天，关定留住关羽，请他指教指教他第二个儿子练武，希望他稍稍多住几天。关羽就让孙乾一个人先去了。

孙乾到了邺城，见了刘备，把关羽来回找他的经过向他报告了。刘备感叹了一回，说："宪和（简雍，字宪和）跟子龙（赵云，字子龙）也在这儿，我们大伙儿商量商量吧。"孙乾说："那太好了。"他们当夜就定了计。

简雍是刘备的同乡，也是涿郡人，他俩从小就很要好。刘备接着陶谦做徐州州牧的时候，他跟糜竺、孙乾都是好同事。这会儿他跟着刘备投在袁绍门下，袁绍还很信任他。赵云因为他哥哥的丧事第二次回到本乡真定。以后，据他自己说，四海飘零，没有安身之处。他听说刘备在徐州，就去找他，可是他还没到徐州地界，徐州失守，关羽投降了曹操。最近他打听到刘备又在袁绍那边，就到邺城来见刘备。刘备见了赵云，只会握住他的手，左摸右摸，亲热得没法说。他们晚上不但在一间屋子里住，还在一张床上睡，谈话老谈到半夜。刘备叫他暗地里招募壮士，到目前已经有了好几百人，称为刘左将军的部队，可没让袁绍知道，袁绍还真不知道。

第二天，刘备对袁绍说："刘景升（刘表，字景升）镇守荆州，兵精粮足，要是跟他联合起来一同征伐曹操，那该多么好哇。"袁绍说："我也曾经派人去约他，可惜他不肯，这真叫我想不出办法来。"刘备说："他跟我同宗，我要是亲自去劝他，他一定不会推辞。"袁绍高兴得站起来，说："要是能够得到刘表，那要比刘辟强多了。"他就请刘备辛苦一趟。他又说："听说云长已经离开了曹操，怎么还没来呢？您得再想个办法去找他来。"刘备很有把握地说:"派孙乾去叫他来就是了。"袁绍完全同意,叫刘备打发孙乾先去。

刘备一出去,简雍也想脱身,他使个花招,进去见袁绍,咬着耳朵对袁绍说:"明公可别让玄德一个人去。他去了,要是不回来,怎么办?我愿意跟他一块儿去,一来帮他去说服刘表,二来可以监视玄德。"袁绍拍拍简雍的肩膀,说:"你能一块儿去,我就可以放心了。"当时就吩咐简雍跟着刘备一同往荆州去,顺道到汝南再去联络刘辟。

刘备和简雍辞别了袁绍,上马出城。他们到了界口,就见孙乾和赵云,还有刘左将军的几百名士兵早已候在那儿了。孙乾带道,进了关定的庄上。关羽带着周仓出来迎接。他见了刘备、简雍、赵云,高兴得没法说。刘备拉住关羽的手,眼泪再也忍不住了。老大爷关定领着他两个儿子拜见刘备,把他让到堂上。刘备问了问姓名,关羽说:"他跟我同姓,是个热心人。这是他两个儿子,一个学文,一个学武,都很不错。"关定趁着关羽正在兴头上,就说:"小子平儿一定要跟随关将军,不知道能不能收了他。"刘备说:"多大啦?""十八啦!"刘备乐了乐,对关羽说:"既承老丈厚意,你还没有儿子,就收了他吧。"关定听了,高兴得差点掉下眼泪来,当时就吩咐关平拜关羽为义父。关定一定要大摆酒席给刘备接风。刘备恐怕袁绍后悔,派人追上来,急忙忙地辞别关定,带着关羽、赵云、孙乾、简雍、关平、周仓他们动身走了。

他们一路走去,从冀州一直到了豫州地界,大伙儿先到古城,会了张飞和甘、糜两位夫人,又是一番悲欢离合的滋味。刘备因为古城实在太小,决定带着家小再往汝南去见刘辟。他们离开古城，很快到了汝南，可见不到刘辟，也不知道他的下落。幸亏他的副手龚都还守住汝南，当时就把刘备他们接进城去。

刘备对关羽、张飞、赵云、孙乾、简雍、糜竺他们说："袁绍外表宽大，内心狭隘，手下的人又各不相容，绝不是曹操的对手。因此，我借个因由又回到这边来了。袁绍那边不足道，我只怕曹操来争汝南。我们这一点儿人马没法守在这儿，还是往荆州去为是。"他们正商量着，龚都进来报告，说："曹操派部将蔡阳打过来了。快作准备。"张飞跳起来，说："我去把这小子抓来。"关羽、赵云都接着说："我们一块儿去。"

蔡阳只知道汝南由龚都守着，耀武扬威（炫耀武力，显示威风）地叫龚都出来。他压根儿不知道关羽、张飞、赵云三个大将已经到了这儿。突然见了这三个人，已经慌了神，一交上手，就掉了脑袋。曹兵一见主将被杀，撒腿就逃。

刘备见关羽他们三个人斩了蔡阳，打退了曹兵，又是高兴，又是担心。他说："曹操绝不会让我们安安稳稳地占领汝南，我们必须防备他再来进攻。我看我们只能暂时留在这里，日后还是去投奔刘景升为是。"

## 读有所思

1. 曹操厚待关羽，关羽为什么还要离开他？
2. 关羽去找刘备，为什么不直接去见袁绍？
3. 刘备、关羽和张飞打算去投奔谁？

# 于吉不死

　　曹操的败兵逃回许都，报告了蔡阳被杀的经过。曹操对荀彧说："怎么办哪？再发兵去吗？"荀彧还没回答到底要不要再去进攻汝南，有人进来报告，说："北方的乌桓司马阎柔派使者来了。"曹操出去见过使者，赞扬了阎柔和鲜于辅。他表阎柔为乌桓校尉，鲜于辅为右度辽将军，镇守幽州。阎柔和鲜于辅在袁绍的后方，他们能够归附朝廷，这对袁绍大为不利，对曹操倒是个有力的支援。因此，他把渔阳太守鲜于辅升为右度辽将军，乌桓司马阎柔升为乌桓校尉。

　　曹操送走了北方的使者，又跟荀彧商议进攻汝南的事，荀彧说："就是再派另一个将军去，恐怕也无济于事，除非明公亲自出马。可是目前最重要的还是加强北边的防守，抵住袁绍那一头，您哪能离开这儿到南边去哪？听说孙策又往西打黄祖去了，这倒是个好机会。广陵太守陈登正在孙策的背后，要是他能想办法去打孙策的后路，即使不能消灭他，至少能叫他不再向西扩展。"曹操正怕江东的势力越来越大，听了荀彧叫陈登牵制孙策的计划，完全同意。

广陵太守陈登就设法去拉拢严白虎的余党，联合起来，攻击孙策的后面。孙策没想到严白虎还有余党，更没想到陈登敢跟他作对。他立刻回过头来，赶到丹徒去对付陈登。在孙策看来，陈登无所谓，严白虎可真叫他头疼。

严白虎虽说是吴人，其实是东南方好些部族的首领。这些占领山区的几个部族总称山越，都是百越的后人。严白虎跟占领乌程（今浙江湖州一带）的邹佗、钱铜和占领嘉兴（今浙江嘉兴一带）的王晟（shèng）等，各自带领一万多人或者几千人分别割据地盘，一向不受朝廷管束。孙策统治江东，可管不了他们。他用全力把他们一个一个地消灭了，只有严白虎带着一部分人马退到余杭（今浙江杭州一带）。孙策派朱治为吴郡太守的时候，原来的吴郡太守许贡被朱治所逼，投奔到严白虎门下。后来孙策再一次攻打严白虎，杀了许贡。

许贡有三个门客，决心要替许贡报仇。他们打扮成猎人的模样，走到哪儿就跟哪儿的老百姓混在一起。这会儿陈登派人把印绶送给严白虎的余党，叫他们攻击孙策的后路，孙策就赶到丹徒，把他们打败。他不但要消灭陈登和严白虎的余党，而且还打算趁着曹操跟袁绍在官渡对峙着的机会，去偷袭许都。因为粮草还没运到，只好暂缓进攻。

孙策性情好动，又喜欢打猎，就在这等待粮草的一点儿空隙期间，带着几名骑兵到邻近的山上打猎去了。他们正在山腰里玩，突然瞧见一只梅花鹿在前面跑。孙策鞭着自己的快马飞似的赶了上去。鹿跑得多么快呀，孙策的快马还没赶上那只鹿，可把随从的骑兵远远地抛在后面了。那只鹿也真行，它跑了一会儿，东一拐、西一转，窜到树林子里再也见不到了。孙策还不死心，拉住马头，向树林子里东张西望。他没见到鹿，可瞧见三个人拿着弓箭迎面过来。孙策吆喝一声，问："你们是谁？在这儿干什么？"他们说："我们是韩当的部下，在这儿打猎。"说着又过来了。孙策还想再问，猛地一箭飞来，正中面颊。他忍住了痛，拔出那支箭来，"绷"的一声，对面一个人倒了。另外两个人大声嚷着说："我们是许贡的手下人，特来替主人报仇！"说着一箭接着一箭地连连射来，孙策拿弓拨开。正在万分危急的时候，随从的骑兵赶到，把那两个人当场戳死，保护着孙策赶紧回营。

孙策的伤势很重，医官尽心给他治疗，对他说："必须静养，不宜动怒。过了一百天，才能无事。"过了三五天，伤口逐渐好转。孙策回到会稽，治疗了二十来天。急性子的小霸王没法儿再静养下去。他召集将士和宾客在城门楼上开个会议。正在谈话的时候，忽然听到城下乱哄哄的，不知道出了什么事。他往下一看，有不少人围着一个道人跪拜，不由得生了气。他正想问问将士和宾客，老百姓为什么这么尊敬那个道人，万没想到他们也争先恐后地下楼去迎拜他了。掌管宾客的官员冒了火儿，先是叫他们别走，后来吆喝着不准客人下去。可是吆喝只管吆喝，将士和宾客一下子走了三分之二。孙策怒气勃勃地对左右说："快把这妖道拿来！"他们劝孙策别生气，好言好语地告诉他，说："这位道人叫于吉。他待老百姓好，给穷人治病，地方上都管他叫于神仙。"孙策跟起义的农民是对立的，他一想：原来是黄巾张角的余党，更加火儿了。他说："你们也信他，不听我的命令吗？快把他抓来！"说着，他叫卫士们把于吉送到将军府去。

那些信道的人一见于吉被武士们带走了，马上发动一班妇女去央告孙策的母亲吴太夫人。孙策回到府中，于吉也带到了。孙策责备他，说："大胆妖道，竟敢在我这里迷惑众人，该当何罪！"于吉很庄严地回答他，说："我只是给人治病，没杀过人。治病犯什么法啊？"孙策不理他，吩咐手下人把他下了监狱。吴太夫人对孙策说："于先生给人治病，也能给将士们治病，不可杀他。"将士们也连名请求释放于吉。

孙策对他母亲说："妖道迷惑众人，连将士们都离开我下楼去拜他。我还不如于吉，气人不气人？这种人非除了不可！"张昭也替于吉分辩，说："于道人在江东数十年，没听说犯过法，不可杀害他。"孙策还是把他下了监狱，准备再拷问他有关黄巾张角的余党。哪儿知道监狱官也相信于吉，还知道他有一百多卷治病的书叫《太平青领道》，对他特别尊敬，私底下给他去了刑具，自己还像弟子那样伺候着他。孙策知道了于吉在监狱里还要讲他的太平青领道，迷惑众人，他就断定于吉准是张角的一党。他立刻下了命令，把他杀了，还把他的人头挂在街头示众。

有不少老百姓聚在街头，议论纷纷地说："于神仙并没死，他只是把身子分开罢了。"他们就在人头底下点起香烛来。有些将士同情于吉，趁着夜里，把他的尸首偷偷地埋了。第二天，满城都说："于神仙的尸首和人头都不见了。"有的甚至说："于吉不死，他云游天下去了。"

孙策害着病，他可还要追究偷葬于吉尸首的人。吴太夫人流着眼泪对他说："你何苦呢？大夫叫你静静休养，可是你天天发脾气，你还不知道自己瘦成什么样了哪！"孙策因为害怕于吉，才把他杀了。他杀于吉为的是让将士们、宾客们和老百姓看看："到底谁强？是于吉还是我孙策？"他做梦也没想到大伙儿还是相信于吉，连他的人头，还有不少人去跪拜、祭祀！于吉已经砍了头了，人们还说他没死，只是分身罢了。他越想越可

怕。他自己也不信，天不怕，地不怕，杀人不眨眼的英雄好汉，难道会怕个道人？可是他一闭上眼睛，就瞧见于吉很严厉地看着他。在他的耳朵里只有一个声音，说："治病犯什么法啊？"这会儿他听他母亲说自己消瘦了，简直不能相信。他躺在床上，只觉得脸盘鼓起来了。他要了一面铜镜，拿来照照自己。不照还可，一照万事全休，只见镜子里迷迷糊糊地出现了一个影子。他害怕于吉，想的又是于吉，这会儿迷迷糊糊地见到的影子，不是于吉还有谁呀！他叫了一声"啊哟！"镜子掉在地下，箭创裂了口子，孙策昏过去了。急得吴太夫人和乔夫人慌作一团。

等到孙策缓醒过来，他立刻召张昭他们进来，对他们说："目前天下到处乱糟糟的。我们这儿有吴越之众，三江（吴淞江、钱塘江、浦阳江）之固，大有可为。请诸公好好地辅助我兄弟。"他就叫孙权把印绶带在身上，对他说："率领江东的人马出阵交战，跟天下争个高低，你不如我；提拔人才，任用贤能，使各人尽心保卫江东，那我就比不上你。兄弟，你可千万别忘了父兄创办事业的艰难，你要好自为之。"孙权只是流着眼泪，连连点头。当天晚上，孙策死了，死的时候（公元200年，建安五年）才二十六岁。

孙权倒在床前哭个没完。张昭劝他，说："请别再哭了。继承父兄的事业要紧。"他就叫孙权换了衣服，扶他上马，到军营里去巡视一过。巡视回来，张昭率领僚属向朝廷上个奏章，对各属城发出通告嘱咐文武百官安心供职。

周瑜在巴丘得到了讣闻，连夜带着兵马奔丧。孙权留他在吴中，跟张昭一同管理国内大事。这时候，孙权年轻，虽然在江东已经有了会稽、吴郡、丹阳、豫章、庐江、庐陵这几个郡。可是就在这些郡里，还有一些属地没能完全听从指挥，有些人还要看看风色，再决定怎么办。可是张昭和周瑜认为可以跟孙权共成大事，一心一意地帮着他。这就大大有助于安定人心。

张昭他们现在只担心许都这方面了。万一曹操趁着江东有丧事，发兵打过来，怎么办哪？的确，曹操一听到孙策死了，曾经打算去征伐。侍御史张纮劝告他，说："别人家有丧事就打过去，恐怕给人议论。万一赢不了，反倒结了冤仇。我说还不如对他们笼络一下好。"曹操一想，是个好主意，就表孙权为讨虏将军，领会稽太守，让张纮回到江东去做会稽都尉，嘱咐他辅助孙权，劝他一心归顺朝廷。

张纮带着诏书回到东吴。吴太夫人因为孙权年轻，正需要像张纮那样的人帮助他，就留住张纮，托他跟张昭、周瑜共同办事。周瑜又推荐临淮东城人鲁肃给孙权，对他说："子敬（鲁肃，字子敬）是个了不起的人才，他准能帮助将军建立功业。"孙权跟鲁肃一谈，挺对劲儿。两个人把床桌拼在一起，面对面地喝酒谈心。孙权说："汉室衰落，四方扰乱，我想继承父兄的事业，建立像齐桓公、晋文公那样的功业。不知道该怎么办？"鲁肃说："从前高帝想伺候义帝而不可得，就因为有项羽从中作乱。今天的曹操正像从前的项羽一样，将军怎么能做齐桓、晋文呢？我曾经仔细研究过，汉室不能再兴起来，曹操可也除不了。替将军打算，还是守住江东，注视天下的变动。北方多事，顾不到这边来。将军正可利用这个时机，剿灭黄祖，进讨刘表，把整个长江地区都统管起来，然后再取天下，这是高帝的事业啊，难道仅仅做个齐桓、晋文就完了吗？"孙权说："这我哪儿做得到？我只想在一个地区尽力而为，希望能辅助汉室就是了。"

孙权跟鲁肃这么亲密，张昭可说话了。他说："鲁肃年轻轻的，粗里粗气，懂得什么？"可是孙权更加尊敬鲁肃。他正像孙策所说的，很注意搜罗人才，提拔人才。他听说有一位很有见识的琅琊人（琅琊，郡名，今山东临沂一带）叫诸葛瑾，避乱江东，就把他请来做谋士。

除了张昭、张纮、周瑜、鲁肃、诸葛瑾这些人之外，还有汝南人吕蒙、会稽人骆统、下蔡人周泰、寿春人蒋钦、余姚人董袭、庐江人陈武、东莱人太史慈等，他们都跟着孙策好几年了。此外，还有孙坚的旧将，程普、韩当、黄盖他们。真是人才济济，大伙儿帮着孙权在江东建立基业。

曹操听了张纮的话笼络孙权，固然有利于江东，给孙权一个建立基业的机会，可是南方这头安抚住了，曹操才可以专心致志地去对付北方，那要比进攻江东重要得多了。

## 读有所思

1. 孙策为什么非要杀于吉？
2. 孙策是怎么死的？
3. 孙策死后，他的势力由谁接手了？

于吉不死

# 官渡之战

　　曹操安抚了江东这一头，亲自到官渡守住南岸。袁绍的大军驻扎在官渡北面的阳武。他一探听到曹操亲自到了官渡，就要率领军队迎上去。谋士沮授拦住他，说："我军尽管人多，可没像南军那么勇猛，南军尽管勇猛，粮草可没像我们那么充足。因此，南军利于速战，我军利于坚守。只要我们持久下去，日子一多，他们粮草接济不上，到那时候，南军必然败退，我们就能够大获全胜。"袁绍很不耐烦地说："你也要学田丰的样吗？怎么老阻碍我进军？"沮授一想，田丰还关在监牢里哪，他连着说："是，是！"

　　袁绍把大军向前推进，渡过了河，到了南岸，驻扎下来，东西几十里全是军营。曹操的兵马虽说不多，他也把军队分别布置一下，跟袁绍的军营针锋相对（针尖对针尖，比喻双方策略、论点等尖锐地对立）地扎营下寨。正像沮授说的，南军利于速战，曹操首先发兵叫战。打了一阵，占不到什么便宜，只好退回原地，修起土垒，守住营寨。

北军看着对方守住阵营，没法打过去，就吩咐士兵在曹操的军营外面堆起土山来，土山上再筑高台。将士们上了高台，向曹营射箭。曹兵慌忙拿盾牌或挡箭牌遮住身子，他们在军营里来往也只能在盾牌底下小心地爬。袁绍的将士们在高台上瞧着，哈哈大笑。曹操立刻召集谋士们商议对付高台的办法。他们一再设计，制造了一种发石车。车上安着机关，扳动机关能把十几斤重的石头飞出去。因为石头打出去的声音很大，这种车也叫霹雳车，也就是后世所谓"炮车"。霹雳车真顶事，大石头打出去，居然能把对面土山上的高台打垮，袁军士兵被打得头破血流，个个愁眉苦脸，谁也不再哈哈大笑了。

袁绍一见土山没有用了，就叫谋士们再想别的办法。他们说："明攻不如暗攻。"就叫士兵们专在夜里挖地道，打算偷偷地直接通到曹营里去。士兵们尽管在夜里偷挖地道，可是上千上万的人使用铁锹、土筐，离曹营又这么近，曹兵早已望见了。他们向曹操报告，说敌人在土山下挖坑道。曹操马上吩咐士兵在军营前面挖一条又长又深的壕沟，预先把任何的地道都切断。袁绍的地道失去了作用。他们只好退回去，守住自己的阵营。

这样，曹军打不过去，袁军也打不过来，双方只能各自守营，谁也攻不了谁。这么相持了一个多月，曹军的粮草越来越少，眼看着快接济不上了。曹操一边派人到许都向荀彧讨主意，一边召主管军粮的人来，对他说："兵多粮少，怎么办呢？你得想个法子。"主管的人说："可以改用小斛。"曹操说："好，暂时就这么办吧。"没想到几天下来，军营里议论纷纷，说曹公用欺骗的办法克扣军粮。曹操听到了，皱了皱眉头，对主管军粮的人说："我要借你的头压一压将士们，要不，我怕发生兵变。"他立刻叫武士把他砍了，把人头挂在军门，罪名是："用小斛（hú）贪污军粮。"

将士们怨恨曹操的一场风波，立刻就平了。同时他又接到荀彧的回信，大意说："袁绍把自己的兵马都用在官渡，要跟明公决个胜负。明公是拿最软弱的力量去抵抗最强大的敌人。这是生死存亡的关头。袁绍兵马虽然多，可是他不能用起来。明公这么神武英明，形势又对我们有利，不怕不能成功。今天尽管粮草缺乏，但是还没像楚汉在荥阳、成皋相持的时候那么严重。我们以袁绍十分之一的兵马守住官渡，正像掐住他的喉咙一样，前后已经半年了。只要坚持下去，粮草尽量再想办法，袁军准会发生变化。这是以少胜多、用奇兵的好机会，千万不可失去。"

荀彧先打发使者把回信送去，接着就想办法再运去一些军粮。曹操收到了荀彧的回信，鼓励将士们下决心坚守阵地。又过了两天，他一见运粮的来了，高兴地说："再过半个月，我们一定可以攻破袁绍的军队，那时候，不再叫你们辛苦了。"他连着派了好几个将士混到袁军的地界去探听军情。

偏将军徐晃的部将史涣抓到了袁军的一个探子，解到徐晃营里，盘问下来，才知道袁绍派将军韩猛从冀州押运的几千辆粮草就要到了。徐晃把这个消息告诉了曹操。荀攸在旁边说："韩猛有勇无谋，瞧不起别人。要是派个精细的将军带领几千骑兵到半路去袭击运粮队，烧毁粮草，袁军必然慌乱起来。"曹操就派徐晃和史涣带着骑兵先去，接着又派张辽和许褚两个大将去接应。当天晚上，韩猛押着几千辆粮车过来，路过山谷，徐晃和史涣突然杀出去，韩猛心慌意乱地对付着徐晃。史涣带领一部分骑兵从后面放火烧粮草。韩猛抵挡不住，逃了。

袁军的将士望见北边火起，火速报告袁绍，袁绍正要打发人去探听出了什么事情，韩猛的败兵跑来报告，说："粮草被劫！"袁绍立刻派张郃（hé）和高览两位将军前去对敌。他们到了半路，正碰上徐晃和史涣烧了粮车回来，马上就打起来了。交锋没多少工夫，背后张辽和许褚的兵马赶到，杀散了袁兵，四个将军合在一起，急急地回到官渡去了。

韩猛光身回报袁绍，袁绍气得要杀韩猛。众将官代他求饶，免了死罪。审配对袁绍说："行军以粮食为重，不可不用心提防。路上的粮车被烧毁，数量有限，乌巢（在今延津一带）是聚藏粮食的地方，必须派强有力的军队守卫着才好。"袁绍说："我早就准备了。你还是回邺城去，监督粮草，源源不断地送来。"审配就回去筹备粮食。

到了这年（公元200年，建安五年）的十月，袁绍又派军队去运粮食，特地吩咐大将淳于琼带领一万多人马驻扎在乌巢，保护粮草和辎重。沮授又对袁绍说："光是淳于琼守乌巢，还不一定可靠。最好再派一支军队在运粮道上来往巡逻，提防曹兵再来劫粮。"袁绍摇摇头，没回答他。乌巢离大营才四十里路，怕什么？沮授闷闷不乐地退出去了。他刚出去，另一个谋士南阳人许攸进来。他是来给袁绍献计的。

原来曹营里粮草又起恐慌了。曹操特地打发使者到许都去催。这个使者被袁军捉住，送到许攸那里。许攸搜出曹操写给荀彧催粮的信，就进去对袁绍说："曹操屯军官渡已经八个月了，许城必然空虚。我们只要分一路兵马趁着夜晚直接去袭击，一定可以把许城打下来。曹操在这儿粮草已经完了，趁此

机会，两路夹攻，准能活捉曹操。"说着他把曹操催粮的信给他看。袁绍看了，说："曹操诡计多端。你怎么知道这封信不是他故意写给你看的？这是诱敌之计，我可不上他的当！"

许攸万没想到这么一个妙计会碰鼻子。他还想再说下去，刚巧审配从邺城派人送信来。袁绍急急忙忙拆开一看，先是报告运粮的事，接着都是控告许攸的话。大意说，审配查出许攸在冀州受了多少贿赂，他的子侄侵吞了多少公款等等，现在审配已经把许攸一家和子侄等都收在监狱里。袁绍看了，直冒火儿，指着许攸的鼻子，责备他，说："你贪财受贿，又不能治家，还在我跟前耍嘴皮子。看在你过去的份儿上，自便吧！可别再多嘴了。"

许攸出来，又是害臊又是恨。他想自杀，又不甘心。再想想自己过去跟曹操也有交情，何必一定要赖在这儿现眼呢？他叹了一口气，连夜溜了。到了曹营附近的地方，就被伏路的曹兵拿住。许攸对他们说："我是曹公的老朋友，快去通报，说南阳许攸来拜访。"士兵不敢怠慢，一面去通报，一面领着他进去。曹操刚脱了靴子，准备歇息，一听说许攸来了，来不及穿靴子，就趿（tā）拉着鞋出来迎接，高兴得拍着手说："哎呀子远（许攸，字子远），您肯来，我就好了。"

他们原来是朋友，两个人一坐下，曹操就问他怎么样对付袁绍。许攸说："有人说许都空虚，教袁绍一路进攻官渡，一路连夜袭击许都，两面夹攻，使您为难。"曹操吓了一大跳，说："那还了得！是谁献这个毒计？"许攸说："还有谁哪？只是袁绍不听我的话，反倒把我的家小下了监狱，我才投奔到您这儿来。"曹操很感激地说："袁绍不听您的话，怎么能不失败呢？现在您来了，请多多指教。"

　　许攸问："您营里还有多少军粮？"曹操回答说："还可支持一年。"许攸冷笑一声，说："不对吧，您再说说。"曹操说："可以支持半年。"许攸生气了。他站起来说："告辞了！"曹操慌忙把他拉住，说："怎么啦？"许攸责备他，说："还问我怎么啦？我诚心诚意地来投奔您，您可故意骗我！"曹操说："请别见怪。这种事不好说。"他放低声音，说："军营里只有这个月的数目了，怎么办呢？"许攸正经地说："内无粮草，外无救兵，危急就在眼前。我是来替您救急的。袁绍有辎重一万多车，全都囤积在乌巢，派淳于琼保管着。淳于琼是个酒鬼，防备很差，只要使用几千骑兵突然打进去，把所有的辎重都烧了。不出三天，袁军不战自败，不攻自破。"曹操连连点头，殷勤地招待着许攸。

　　第二天，曹操叫荀攸、贾诩、曹洪、许攸把守大营，叫夏侯惇、夏侯渊带领一支兵马埋伏在大营左边，曹仁、李典带领另一支兵马埋伏在大营右边。自己的阵地布置妥当以后，再叫张辽、许褚在前，徐晃、于禁在后，自己在中间，率领五千人马，打着袁军的旗号，士兵带着柴草和一些引火的东西，在月亮底下，往乌巢进发。他们路过有袁军驻扎的地方，就被截住，袁军问他们："哪儿来的？"曹兵回答得顶干脆："袁公恐怕曹操来劫粮，我们奉命往乌巢去增援。"袁军见是自家的旗号，又是往乌巢增援去，就让他们过去。到了囤粮的地方，已经三更天了。一声鼓响，四围放起火来，将士们直杀到营寨里去。这时候淳于琼醉醺醺（xūn）的正睡得香，一听到战鼓和喊杀的声音，匆匆忙忙地出去抵抗。一霎时，火焰四起，烧红了半边天。

袁绍得到了警报，出营一看，东北角上火光满天，知道乌巢出了事，立刻召集文武百官，商议发兵去救。中郎将张郃说："我愿意跟高览带领一支兵马立刻去救。"谋士郭图说："曹军劫粮，曹操必然亲自率领，曹营必然空虚。我们只要派一部分兵马去救乌巢，用大部分兵马去袭击曹操的大营。曹操知道了，必然赶回官渡，这样，不但救了乌巢，而且夺取了曹操的大营，叫曹操前后受敌，走投无路。"袁绍就对张郃说："你和高览快去攻打曹操的大营。"张郃不同意这个办法，他说："不能这样！曹操来劫粮草，一定带领足够的兵马。淳于琼要是打了败仗，乌巢一失，我们什么都完了。我们必须用全力去救乌巢。"郭图火了，他对张郃说："你懂得什么？"袁绍催张郃快去攻打曹营，另外派蒋奇去救乌巢。

　　蒋奇带领一队人马直往乌巢，到了半路，碰到淳于琼的残兵败将。蒋奇骂他们没用，叫他们站在两旁让自己的人马先走。他走了一段路，忽然从淳于琼的队伍中冲出张辽、许褚来了，他们大喝一声："蒋奇不准走！"蒋奇来不及抵抗，被张辽一刀斩于马下。原来曹操杀了淳于琼，消灭了他的军队，把他们的旗子和军衣都拿来，叫张辽和许褚的士兵扮作淳于琼的败兵去截击袁绍的援军。蒋奇中了计，全军覆没。

　　张郃、高览进攻曹营，只对付中路，没想到左边夏侯惇、夏侯渊，右边曹仁、李典，中路曹洪，一齐杀出来，袁军抵挡不住三路夹攻，大败而逃。他们还没逃回大营，乌巢的一些士兵倒先到了。他们是曹操故意放回来向袁绍报告消息的。可是说话咿咿哇哇，很不利落，原来每个人的鼻子都被割去了。袁绍见了这副模样，连自己的鼻子也给气歪了。郭图在旁边，还想把自己的过错推给别人，就在袁绍跟前说张郃和高览坏话，说他们故意不肯用心，以致打了败仗。袁绍气得要命，派人去召张郃、高览快到大营里来受处分。高览也气得要命，他一狠心，杀了袁绍派来的人，跟张郃一起带着自己亲信的兵马投降了曹操。曹操马上封张郃为偏将军都亭侯，高览为偏将军东莱侯。

袁绍走了一个谋士（许攸），跑了两个将军（张郃、高览），乌巢的粮食和辎重又全烧了，士兵们已经慌了神，一见曹操放回来的一千多个俘虏，个个割去了鼻子，大伙儿好像被捅了窝儿的马蜂似的骚乱起来。白天就提心吊胆，晚上更不敢好好休息。果然，到了三更时分，曹军打过来了，打头阵的还是自己人张郃和高览的士兵。他们本来是一家人，有的还是朋友哪。张郃的士兵一招呼，还真有一部分人跑过去的。袁军乱打一气，死伤的死伤，投降的投降，到了天亮，各自收兵，袁绍这边的人马去了一半。

袁绍正在中军惊慌失措的时候，将士们进来报告，说："外面沸沸扬扬地都说着，说什么曹操分兵两路：一路取酸枣，进攻邺郡；一路取黎阳，截断我们的归路。"袁绍得到了这个消息，马上分三万人马去救邺郡，再派三万人马去救黎阳，连夜起行。其实，曹操哪儿有这么多兵马分两路进攻。他只是采用许攸的计策，叫大小三军到处去散播这种谣言，袁军人数虽然多，打了两三阵败仗，已经变成了惊弓之鸟。袁绍自己也早已心虚，这就中了计，先把六万人马分两路退去。曹操探听到袁绍果然调动兵马，就用全力直冲过去。袁军不敢对敌，四散奔走。袁绍和他儿子袁谭来不及戴头盔、穿铠甲，就穿着便服、戴着头巾，上了马，带着八百名骑兵，匆匆地渡过河去。曹操没料到

袁绍这么早就跑了，赶紧过河直追上去，可是已经给他逃了。

　　曹操大获全胜，前后杀了袁绍的士兵七八万人，他们抛弃的辎重、珍宝、绸缎以及图书档案等全归曹军所有。沮授来不及渡河，被曹军拿住，送到大营里。他大声嚷嚷地说："我不投降！你们杀吧！"曹操过去跟他也有交情，好言好语地对他说："本初无谋，不用您的计策，以致失败。现在天下未定，我正需要跟您共同商议大事，请不要过于固执了。"曹操免了他的罪，留在营里，优待着他。可是沮授偷了马匹准备逃回袁绍那边去。曹操这才把他杀了。

　　曹操到了袁绍的大营里，检查图书文件，发现一大沓书信，都是许都和军队里的一些人暗地里写给袁绍的。接近曹操的人就说："这是证据。要仔细对一对姓名，把他们揪出来一个个杀了。"曹操说："当袁绍强大的时候，我自己也保不住，还能怪别人吗？"他就把这些信全都烧了。他把袁绍营里的财物、珍宝，全都赏给将士们，大伙儿非常高兴。可是粮食不够了，袁绍营里也没有多余的粮食，乌巢的囤粮早已烧了。听说安民（今山东梁山东北）有粮食，曹操就把军队带到那边，休养一下再说。曹军不能接着渡河，只好让袁绍退回黎阳。

## 读有所思

1. 袁绍把粮草藏在哪里？

2. 曹操用了谁的计策打败袁绍的？

3. 曹操为什么要杀沮授？

# 投奔荆州

　　袁绍戴着头巾，穿着便服，跟他儿子袁谭带着八百多骑兵逃到黎阳北岸。当地防守着后方的大将蒋义渠出寨迎接。袁绍拉着他的手，说："我败得这个样子回来，今天应当向您赔罪。"蒋义渠尽力劝慰他，把自己的军营让给他，好叫他发号施令，收集散兵。有不少散兵陆续回来，可是有的死了哥哥，有的丢了兄弟，背地里都流着眼泪，直怪袁绍不听田丰的劝告，害得他们弄到这步田地。袁绍自己也后悔了，他说："我回去还有什么面目见田丰哪？"

　　田丰在监狱里直叹气。监狱官向他道喜，说："您的话句句对，这次主公回来一定重用您了。"田丰摇摇头，说："要是他打了胜仗回来，证明我的话全错了，他心里高兴，也许饶了我，现在他打了败仗，我的话都应了，他还能不恨我吗？落在内心嫉妒的人手里，我是死定了。"大伙儿不信他的话。

　　袁绍收集了散兵，重新整编队伍，这才回到邺城去。逢纪带着一些人出城来迎接。袁绍愁眉苦脸地对他们说："唉！

冀州人听到我打了败仗，也许会同情我。只是田丰屡次三番地劝告过我，我没听他，还把他关在监牢里，我真没有面目见他！"逢纪咬着耳朵对他说："别提啦！他在监里听说将军退兵，拍手大笑。"袁绍生了气，说："果然不出我所料，给他笑了。"

逢纪跟田丰不和，他向袁绍一咬耳朵，袁绍就派人传令杀了田丰。将军孟岱跟监军审配又合不到一块儿去。这次打仗，审配的两个儿子被曹军拿去做了俘虏。孟岱就对袁绍说："审配专权，您是知道的。他家族强大，还带着兵。他的两个儿子投降了曹操，您怎么还让审配做监军呢？"郭图和辛评两个人一搭一档地同意孟岱的话。袁绍就让孟岱做了监军，代替审配守卫邺城。接着袁绍把孟岱、郭图和辛评的话告诉了逢纪，问他有什么意见，逢纪跟审配素来不和，这会儿他要利用机会把审配拉过来，就说："审配天性直率，注重气节。他两个儿子尽管在南边，他绝不会把他们放在心里的，主公对他可以放心。"袁绍乐了乐，说："您平日不是讨厌审配吗？"逢纪冠冕堂皇地说："那是私人的小事，主公问的是国家大事。不相干。"袁绍点点头，说："您说得对。"他照旧重用审配。打这儿起，审配跟逢纪格外亲密了。

官渡打了败仗以后，冀州有些城邑归附了曹操。袁绍整顿军队，把这些城邑一个一个地收复过来，情况又有好转。他就把军队驻扎在仓亭，准备再向曹操进攻。曹操把主要的兵力在河上埋伏着，自己跟袁绍打了一阵，假装打败，把袁军引到河上的埋伏圈内，一下子又消灭他们好几万人马。袁绍气得胸口闷得慌，当时吐起血来。他叫审配和逢纪掌握军事，自己回到邺城养病去了。

曹操在仓亭打了胜仗，大伙儿劝他再打过去。曹操说："冀州粮食充足，审配又有计，一时不容易打到里面去。再说这阵子农民正忙着收庄稼，还是过了秋收以后再进兵吧。"他就留曹洪屯兵河上，自己回到许都去了。

到了公元201年（建安六年）九月，汝南方面来了报告，说刘备跟刘辟、龚都联合起来，又集合了好几万人马，夺取临近的郡县。在曹操看来，刘备要比袁绍厉害得多。要是他有了地盘，往外一扩张，那就没法对付了。他就亲自出马，带着夏侯惇、夏侯渊、许褚、张辽、于禁、李典、乐进、张郃、高览等十多名将军，发兵五万向汝南进发。

刘备分兵三路，准备痛击曹军。他叫关羽带着关平、周仓屯兵东北角上；张飞、孙乾屯兵西北角上；自己跟赵云在正南下寨；刘辟、龚都，还有简雍、麋竺、麋芳他们守在城里。曹军一到，还没休息，刘备就叫赵云去迎头痛击。曹操叫许褚对付赵云，自己先叫大军扎营下寨。没料到忽然喊声大震，东北角上冲出关羽的一队人马，西北角上冲出张飞的一队人马，跟刘备、赵云的中军会合起来，三面夹攻，打得曹军只能往后退去。刘备打了一场胜仗。

第二天，赵云又去叫战，曹军早扎了营，没人出去应战。又过了两天，张飞出去叫战，曹营里还是没有人出去应战。这样接连相持五六天，刘备才起了疑。他正想派人去探听汝南城里的情况，龚都派使者来讨救兵，说夏侯惇和夏侯渊带领大军绕到背后进攻汝南，城里十分危急。刘备当即叫关羽和张飞去救，自己也准备退兵。不到一天工夫，连着来了警报：夏侯

惇、夏侯渊已经攻破汝南，龚都不知去向；张飞的军队被李典、乐进围住，自顾不暇；关羽被于禁挡住，正打得不可开交。刘备只好跟着赵云往西南方退去。许褚追来，被赵云打回去。连夜跑了五六十里地，天已经大亮了。他们刚想休息一会儿，突然东面一队人马赶来。赵云扭过头去一望，原来都是自己人。刘辟、孙乾、简雍、糜竺、糜芳他们带着一千多个士兵保护着刘备的家小，逃出汝南，准备到荆州去。

孙乾对刘备说："夏侯惇的兵马像潮水一样，一浪一浪地涌上来，我们只好带着宝眷避开了。走了一阵子，曹兵追来，幸亏云长赶到，先让我们走了。我已经告诉他在淯水会齐，再商量商量要不要去投奔刘景升。"刘备只是点点头，不说话。工夫不大，关羽和张飞的人马也到了。他们集合在一起，正想略略休息一会儿，张郃和高览赶到，背后还有于禁的人马。张飞和赵云叫其余的人赶紧往后跑去，由他们去对付追兵。刘辟叫孙乾保护着刘备的家小快走，自己帮着赵云他们来助战。张飞、赵云、刘辟故意拖住追兵，好让刘备他们走得远些。这边是张飞、赵云、刘辟三个大将，可是兵马不多，那边是张郃、高览、于禁三个大将，带着一千多人。小兵对小兵，大将对大将，杀了一顿饭的工夫，刘辟一不留神，被高览一刀砍于马下。高览挥着大刀正在得意，赵云冲来，兜胸给他一枪，翻身落马。张郃、于禁赶来，被张飞喝住。两队人马，四个大将，又打了一会儿，突然来了关羽、关平、周仓和三百名步兵，才把张郃、于禁的兵马打得七零八落。曹军不敢再打，急忙忙地逃回去了。

关羽、张飞、赵云杀退追兵，马上回来跟刘备他们合在一起。孙乾说："这儿离荆州不远，我想先去见刘景升，你们暂时留在这儿，好不好？"刘备说："好，请麋竺跟您一块儿去吧。"麋竺和孙乾连夜快马加鞭，赶到荆州。第二天，他们两个人拜见刘表。刘表殷勤招待，问他们怎么到了这儿。孙乾说："刘使君天下英雄，一心忠于汉室，只是兵微将寡，屡次被逼于曹操。汝南刘辟、龚都跟刘使君无亲无故，他们可拼死地帮着他。明公和使君同是宗室，他现在打了败仗，前来投奔，不知道明公能不能收留他？"刘表很高兴地说："玄德是我兄弟，我早想会他，可是没有机会。这次他肯到我这儿来，太好了！"

刘表的大舅子蔡瑁反对，说："不行，不行！刘备先是跟着吕布，闹翻了，再去投奔曹操，又闹翻了，才去归附袁绍，可又不能跟袁绍合作共事。这种人干吗要收留他？"麋竺说："刘使君忠心为国，你不能把他跟曹操、袁绍、吕布相比。以前跟他们在一起是出于不得已。刘荆州和刘使君同是宗室，这才千里相投。我们又听说刘荆州礼贤下士，天下人士投到这儿来好像江河流入大海一样。蔡将军是不是因为刘使君是天下英雄，就嫉妒了？"刘表听了，责备蔡瑁，说："你别胡说八道，快准备迎接我兄弟去。"

刘表请麋竺和孙乾先去回报刘备。接着，自己带领亲随一百多人出城三十里候在那儿。到了下午，才见刘备他们一队人马到了。刘备很恭敬地拜见刘表，刘表拉住他的手，很是亲热。刘备引着关羽、张飞、赵云他们一个个地拜见了。刘表迎接他们一同进城，先让他们休息一会儿，再给他们大摆酒席，洗尘接风。

林汉达

三国故事全集

　　刘表一见刘备的兵马不满一千，什么地方都不能守，那怎么行呢？就另外拨给他一千人马，叫他屯兵新野（今河南南阳），守在那儿。

　　曹操探听到刘备投奔刘表，就打算进攻荆州。程昱说："袁绍还没除去就去攻打荆州，要是袁绍从北面打过来，两面受敌，那就不容易对付了。还不如回去，到了明年春天，先破袁绍，再取荆州，那要比现在就向荆州进兵，妥善得多。"曹操同意了。他回到许都，就听到西南方面的报告，说益州起了内乱。曹操抓住机会派使者去安抚刘璋和张鲁。

　　十几年前（公元188年，汉灵帝中平五年），刘焉做了益州的州牧。南阳、三辅（京兆、冯翊、扶风三个郡）的老百姓流亡到益州去的就有好几万户。刘焉把他们都收下来作为士兵。因为他们都是东州人，就称为"东州兵"。刘焉一死，跟刘焉一同进入益州的一个助手叫赵韪（wěi）的，立刘焉的儿子刘璋为后嗣，继承他父亲为牧伯。刘璋生性宽和软弱，不能管束住他手下的人，那些外来的东州兵一味欺压当地的老百姓。赵韪屡次三番地劝告刘璋，他都没能听。当地的老百姓中有不少人怨恨刘璋和东州人，向着赵韪。赵韪就背叛了刘璋，自立为将军。蜀郡、广汉郡、犍（qián）为郡都响应，归附了赵韪。这就够叫刘璋担心了。哪知道不光赵韪反对他，汉中张鲁也认为刘璋老实可欺，不再听他的命令了。

　　张鲁是张陵的孙子（张陵，就是后世称为张道陵的，也就是元朝时候被尊为张天师的张宗演的祖先），天文学家张衡的儿子。他做了蜀郡五斗米道的教主，结交官府，进行传教。凡是信道的人只需拿出五斗米来，就可以收为教徒，所以叫五斗米道。刘焉任命张鲁为督义司马，叫他跟着别部司马张修（xiū）去攻打汉中太守苏固。张修杀了苏固，夺取了汉中。张鲁又杀了张修，接收了他的军队，自己占据了汉中。他看到刘璋宽和软弱，不再接受他的命令。刘璋杀了张鲁的母亲和兄弟，张鲁就这么扯破了脸，跟刘璋做了敌人。张鲁又打下了巴郡，有了巴郡和汉中郡两个大郡，势力大了起来。曹操顾不到这一头，就派使者去拜张鲁为镇民中郎将，领汉宁太守。

张鲁接受了曹操用朝廷的名义给他的官爵，虽然仍旧割据着地盘，但还经常向朝廷进贡，表示他总算是汉朝的臣下。

张鲁借着宗教联络教徒和信道的群众，还用宗教的仪式给老百姓治病。就这一点来说，五斗米道跟太平道的黄巾军有些相像。不过黄巾主张用暴力推翻汉朝，改变制度；张鲁只是借着宗教割据地盘，联络官府，自己做了大官。就这一点来说，他跟黄巾军的领袖张角是大不相同的。因此，曹操可以让他做了中郎将和太守。

刘璋对张鲁毫无办法，只好让他占领着汉中和巴郡。他可不能放弃赵韪占去的地盘。他亲自带领军队到了成都。东州兵怕赵韪那边胜了，当地的将军必然抬头，这对他们大为不利。他们就同心协力地帮着刘璋，死命地那么一拼，把赵韪打败了。赵韪的部将庞乐和李异杀了赵韪，投降了刘璋。刘璋又在益州站住了。汉献帝依了曹操的意见，以五官中郎将（官职名，东汉有左、右五官中郎将）牛亶（dàn）为益州刺史，拜刘璋为卿士，请他到许都来，刘璋可没去。曹操也不着急，他最担心的究竟还是袁绍这一头。

# 兄弟相争

曹操收复了汝南，禁止士兵抢掠，出榜安民，派满宠镇守着，自己收兵回到许都。转过了年，就是公元202年（建安七年）。新年里曹操回到故乡沛国谯县，周围观察了一番，心中非常沉痛。他就下了一道命令，说："我起义兵，为天下除暴乱。几年战争下来，旧地的人民差不多全遭了死伤。我在本地走了一天，碰不到一个认识的人，真叫我难受！从我举义兵以来，将士当中没有后嗣的，就由亲戚继承他们，由官家给他们上等的田地和耕牛，再由官家聘请老师教他们的子弟读书。"

听说浚仪（县名，属陈留郡，今河南开封一带）一带常发生水灾或旱灾，曹操亲自到了浚仪，吩咐民工从这儿开始，修理睢阳渠（睢水由浚仪通过睢阳县，所以那条水渠叫睢阳渠）。然后由浚仪回到许都，再向官渡进军。

曹操再次进军官渡的报告到了邺城，袁绍还想亲自率领大军去对敌。小儿子袁尚说："父亲病体还没痊愈，不可太累了。还是让我去吧。"他母亲刘氏怕他在战场上有个三长两短，那还了得，怎么也不让他离开。袁绍召审配和逢纪进去，向他们讨主意。审配说："主公养病要紧，公子也不必出去。曹操屯兵官渡，我们只要加强河上的防守就是了。吩咐将士坚守阵地，不可出去交战。曹军粮草一完，非退兵不可。"袁绍同意他的办法，曹操一时也没法打进去。可是袁绍的病不见好转，刘氏还催着他立袁尚为后嗣。

原来袁绍有三个儿子，长子叫袁谭，二儿子叫袁熙，小儿子叫袁尚。袁尚是后妻刘氏生的，袁绍喜欢他，想立他为后嗣，又怕别人批评，不便说出来。他特意把长子袁谭过继给他死去的哥哥，派他出去为青州刺史。当时沮授反对，说："长公子应当立为后嗣，要是叫他到外边去，恐怕将来的祸患就从这儿开始了。"袁绍分辩说："我要让各人管理一个州，看谁有才能。"他又派二儿子袁熙为幽州刺史，外甥高干为并州刺史，单单把小儿子袁尚留在身边。官渡大战的时候，袁绍把袁谭、袁熙都调回来，可惜被曹操打败了。以后动用大军守住河上，让两个儿子回去镇守本州。刘氏就趁着机会逼袁绍立袁尚为后嗣，袁绍可还不敢答允。没想到到了五月里，袁绍吐血死了。刘氏立刻叫来审配和逢纪，商议后事。

审配和逢纪是袁尚一边的人，跟袁谭有意见，辛评和郭图是袁谭一边的人，跟审配和逢纪素来不和。袁绍一死，审配和逢纪怕袁谭掌权，辛评、郭图得势，对自己不利，就假托遗嘱，立袁尚为嗣子，主持丧事。长子袁谭得到讣告，奔丧到了邺城，没能被立为嗣子，心里非常气愤。袁尚说："我奉父亲遗命，主持丧事。目下曹操发兵来侵犯我们的地界，请哥哥辛苦，就去镇守黎阳。"袁谭知道自己力量不足，只好同意了。他说黎阳是抵御曹操最重要的地方，希望多带些兵去。可是袁尚仅仅拨给他几千人马，还派逢纪跟了去作为监军。袁谭就这么暂时屯兵黎阳，自称为车骑将军。

袁谭听了谋士郭图的话，派人来向袁尚要求再给他一些兵马。袁尚跟审配商议，审配说："袁谭有郭图和辛评做他的助手，咱们不能小看他。上次他听了命令去守黎阳，是因为曹操来夺他的地盘。要是增加他的兵力，他就能打退曹兵，曹兵一退，他必然来争冀州。因此，不如不发兵，这样，可以借曹操的刀除去咱们的后患。"袁尚听了审配的话，不发兵给袁谭。袁谭冒了火儿，杀了袁尚派去的监军逢纪。

　　九月，曹军渡过河来，袁谭向袁尚求救，再一次请他发些兵马去，袁尚又跟审配商议，他说："万一他投降了曹操，联合起来向咱们进攻，冀州也许守不住。可是增加他的兵力，咱们又放心不下，怎么办呢？"审配说："不能不派兵去，可是不能把军队交给他。我看不如自己带兵去，打赢了再把军队带回来。"袁尚认为这倒是个好主意。他就叫审配镇守邺城，自己带着军队到黎阳，帮着袁谭抵抗曹军。哥俩跟曹军交战几次，连着打了败仗，只好退到城里，小心防守，不再出去交战了。

　　袁尚派河东太守郭援跟并州刺史高干，再约了南匈奴单于，三路兵马联合起来，在临近牵制曹军。接着又打发使者到关中去联络马腾，请他援助郭援。马腾暗地里同意了。这么一来，郭援胆儿大了，他的军队所经过的城邑都给打下来了。司隶校尉钟繇正在关中，得到了这个消息，一面发兵去围住平阳的南单于，一面派使者去见马腾，向他说明是非利害。马腾被说服了，叫他儿子马超带领一万人马去跟钟繇会师，共同抵抗郭援。两路人马合在一起，到了汾水，正碰上郭援的兵马在那儿渡河。钟繇和马超立刻抓住机会给他一个迎头痛击。郭援的兵马有渡过河的，有在半渡中的，突然遭到了袭击，不少都死在河里。

马超军队里有个将军，是南安〔今甘肃陇西一带〕人，叫庞德，十分勇猛。他在岸上碰到了郭援军中的一员大将，两个人对打了好一会儿。庞德越打越有劲，突然一回身，手起刀落，把那个将军砍于马下，再一刀，割下了脑袋，塞在弓箭袋里。

钟繇和马超打了胜仗，袁军死伤了快一半人，其余的都逃回去了。钟繇听见士兵们说，郭援已经被打死了，可是没拿到他的人头。他听了又是高兴又是难受。原来郭援是钟繇的外甥。庞德就把弓箭袋里的人头交上去。钟繇拿来一看，果然是郭援。他捧着人头直哭。庞德见了，觉得很为难，就向他赔不是。钟繇对他说："郭援虽然是我的外甥，他可是国贼。你没错，何必赔不是呢。"

钟繇消灭了郭援，把南单于也压服了。这样，曹操不必再顾虑西边那一头，就用全力进攻黎阳。袁谭、袁尚哥俩抵挡不住，他们只好从黎阳退到邺城，守在那儿。

曹操占领了黎阳，继续进兵，追到邺城。那已经是建安八年四月里了。邺城防守严密，人马粮草都很充足，曹军一时打不进去，不必说了，自己营里的粮草又开始不够了。曹操就吩咐士兵把邺城郊区的麦子全割下来，作为自己的军粮。将士们主张趁着打胜仗，再打下去，总有一天邺城也像黎阳一样会守不住的。谋士郭嘉劝曹操退兵。他说："光是为了黎阳，咱们从去年九月打到今年〔建安八年，公元203年〕二月，费了将近半年工夫。邺城要比黎阳难攻得多，这可不能心急。袁绍因为偏爱小儿子，废了长子。哥俩各有一帮人。他们本来彼此不和，因为给咱们逼得急了，不得已才联合起来保卫自己。只要咱们让他们去，他们必然会发生争端的。到那时候，就容易各个消灭他们了。咱们不如退兵，暂时放宽这一头，转到南边去打荆州。"

曹操说："好！"他就叫部将贾信镇守黎阳，自己带着大部分兵马回许都去了。袁谭一见曹操退兵，就对袁尚说："我带领的将士因为铠甲不好，上次被曹操打败了。现在曹操撤兵回去，士兵们回家心切，一定不愿意再打仗。咱们趁着曹兵渡河的时候，突然打过去，准能把他们打败。这可是个好机会，千万不可失去。"袁尚不敢信任他，更怕他打胜仗，怎么也不能拨给他兵马，也不给他铠甲。

袁谭气呼呼地对自己的心腹郭图和辛评说："我是长子，为什么不能继承父亲？小尚是继母生的，反倒骑在我头上，我怎么能甘心呢？"郭图说："当初挑拨先公（指袁绍）叫将军过继给您伯父的，全出于审配的诡计。我说将军把军队驻扎在城外，请袁尚和审配过来喝酒。就说袁尚自己不来，他总得打发审配过来。只要把他杀了，小尚没有依靠，事情就容易办了。"袁谭就派人去请他们。

审配对袁尚说："这准是郭图的诡计。不能去。咱们不如将计就计，带着兵马假装去拜会，突然打过去，必能杀了他。"袁尚就发兵出城。袁谭一见，只好披挂上马，跟袁尚打起来了。袁谭打了败仗，退到南皮（县名，今河北南皮一带）。刚巧北海王修带着一部分人马从青州赶来帮助袁谭。袁谭就要求王修帮他向袁尚反攻。王修劝告他，说："兄弟好比左右手。

现在您跟别人斗争，先砍去自己的胳膊，还说一定能打败别人，这怎么行呢？自己的兄弟不能相亲，还能跟谁亲呢？别人家挑拨离间的话不要听。"袁谭听了，很不高兴，还是非要跟他兄弟拼个死活不可。结果，他跟袁尚又打了一仗，可是又打了败仗，带着败兵退到平原（今山东平原）。

审配叫袁尚继续进兵，一直追到平原，围城攻打。袁谭着急了，他跟郭图商议抵抗的办法。郭图说："平原城里粮草不多，小尚兵马又强，看情况这个城不容易守。我说不如派人去投奔曹操，请他去打冀州。这一来，小尚必然回头去救。将军跟曹兵两面夹攻邺城，准能逮住小尚。咱们把小尚的兵马接收过来，回头再去袭击曹操。曹军远来，粮食供应不上，必然退回去，将军就可以占领冀北了。"

袁谭依了郭图的计策，派辛评的兄弟平原令辛毗（pí）带着一队兵马突围出境，连夜去见曹操。可是曹操不在，他刚去征伐刘表，屯兵西平（今河南上蔡一带）。刘表派刘备带领一队兵马为前部前去迎敌，可还没开战。辛毗到了西平，拜见曹操，呈上袁谭的信，请曹操发兵去救。曹操看了信，留辛毗在营里，自己召集谋士们商议一下。程昱说："袁谭被袁尚所迫，不得已来投降，并非出于真心。"吕虔（qián）和满宠说："我们已经到了这儿，怎么能放过刘表去帮助袁谭呢？"荀攸不同意他们的意见，他说："天下正乱着，刘表坐保江汉，不敢扩张势力，可见他并没有打天下的志向。袁氏占据着四个州的土地，穿铠甲的士兵有几十万，要是他们弟兄二人和睦相处，共同割据北方，那就没法消灭他们了。现在兄弟相争，袁谭打了败仗，投奔到这儿来，正该帮他除去袁尚，然后再看情况。要是袁谭真心归顺朝廷，最好，万一他口是心非，成心背叛明公，到那时候不难把他消灭。这个机会可不能失去。"

曹操答应袁谭的要求，打发辛毗先去回报。他马上把军队调过来，离开西平。刘备瞧着曹操退兵，怕是个诱兵之计，不敢追，带着人马回到荆州去了。

曹操的兵马渡过河，到了黎阳。袁尚一听到这个消息，就退兵赶回邺城，吩咐两位将军吕旷和高翔压队断后。袁谭一见袁尚退兵，就带着平原的人马随后追去。追了几十里地，树林子里突然一阵鼓声，左边吕旷，右边高翔，同时杀出，截住袁谭。袁谭眼见脱不了身，就对他们说："我父亲在世的时候，我并没怠慢二位叔叔。今天为什么这么逼着我？"吕旷、高翔听了这句话，还真觉得不好意思。他们就让出一条路，放走了袁谭。一会儿他们又怕袁尚知道了准要办他们的罪，干脆就投降了曹操。曹操很高兴地接待他们，没过几天，还封他们为列侯。

袁谭刻了两颗将军大印，暗地里派人送给吕旷和高翔。这两个人已经投降了曹操，而且封为列侯，对曹操十分感激。他们就把这两颗印交给曹操。曹操这才知道袁谭还在耍花招。为了安抚袁谭，让他安心归附，特地派使者到平原，为他的儿子曹整求婚，要娶袁谭的女儿为儿媳妇。袁谭恐怕曹操起疑，就答应了，还请他赶紧去打冀州。曹操成心让他们哥俩自己消耗兵力，借口说粮草不够，又从黎阳退兵回去了。

# 以妲己赐周公

　　曹操退兵回去。袁尚认为这是因为他还得对付荆州的刘表和刘备、江东的孙权，一时顾不到冀州。他做梦也想不到人家是故意放过他们哥俩的。公元204年（建安九年）二月，他叫审配和别的几个将军镇守邺城，自己带领大军，叫马延和张颚（yǐ）两个将军为先锋，再跑到平原去攻打袁谭。

　　袁尚离开邺城往北去没几天，曹操就发兵由洹水进攻邺城。审配亲自指挥将士守城。曹兵在城外挖地道，审配在城里掘壕沟抵制地道，日夜防备。曹操眼看着没法打进去，就改变办法。那年五月，他叫士兵们沿城周围四十里挖掘水渠，宽一丈，深三尺。审配在城头上仔细观察，一见水沟挖得这么浅，不以为意。哪知道曹操故意让审配看看这么浅的水沟，什么用处都说不上。可是到了晚上，动用全部人马拼命地挖，一夜工夫就挖得两丈深了。水渠直通漳水，漳水倒灌到城里去。审配只好叫士兵和老百姓往高处搬，避开大水。一个月下来，城里粮食发生恐慌，挨了两个月，差不多饿死了一半人。看情况，再也活不下去了。

到了七月，袁尚带着一万多兵马从平原回来，前锋已经离邺城十七里地了。有人对曹操说："袁尚带领一万多兵马，必然来跟咱们拼命，不如暂时避开他的主力，再作计较。"曹操觉得这话有理，可是他想了想又说："如果他从大路过来，那是决心来拼命的，咱们就暂时躲开；如果他是从小路过来，就证明他心虚胆怯，经不起战斗的。"不一会儿，探子报告说："袁尚的军队是走小道的。"曹操就料定袁尚无能为力。他立刻吩咐曹洪围住邺城，不让审配出来，自己带着一队精兵沿路埋伏着。

袁尚的大军晚上举火为号，让城里的人知道救兵已经到了，可以从城里杀出来。城里也举火为号，让城外的救兵知道城里已经做了准备，可以内外夹攻了。没想到审配从城里杀出来，立刻被曹洪当头一棍，缩回城里去了。袁尚没见审配的兵马出来，自己反倒被曹军包围住了。曹操叫吕旷和高翔两位将军去劝告袁尚的两个先锋马延和张颉过来。那两个先锋一见曹军这么强大，又有两个老同事在一起，就率领着自己手下的士兵投降了。这一来，袁尚的军队自己先垮了。袁尚慌慌张张地往中山逃去，连自己的印绶、衣帽都来不及拿，全扔给曹军了。

邺城打下来了，曹操立刻下令："不准杀害袁氏一家老小，官员投降的官封原职。"接着曹操带着自己的儿子也进了城。

曹操进了邺城，带着亲随先去检查文书、档案。他的第二个儿子曹丕（pī，曹操长子曹昂在宛城阵亡），这时候已经十八岁了，跟着他父亲在军营里。他跟着进了城，有意要到袁家去看个明白，就一直到了袁家门口下马。把门的士兵嚷着说："大将军有令，将士不准进入袁府！"再一瞧，见是二公子，赶紧站在两旁让他进去。曹丕拿着宝剑到了大厅，没有人，两厢房鸦雀无声。四周围瞧了瞧，走到后堂，只见窗口下坐着一个大娘，默默地流着眼泪，身旁跪着一个中年妇女，把自己的头枕在那大娘的腿上，披散着头发直打哆嗦，曹丕拿宝剑指着说："你是什么人？"那大娘说："我是袁将军的妻子刘氏。""她呢？"刘氏说："是我二儿子袁熙的媳妇儿甄氏。她胆儿小，请别见怪。"

曹丕收了宝剑，走过去，轻轻地撩开她的头发一瞧，哟！这么一个招人疼的美人儿，露出又胆怯又害臊的神情，动人的眼泪还挂在脸上，真像逗留在梨花瓣上的露珠那么可爱。他说："我是大将军曹公的儿子曹丕，特来保护你家，你们都放心吧。"刘氏一听是曹公子，连忙叫甄氏起来转过身去向曹丕行礼，一边说："这就好了。"甄氏羞答答地行了礼，稍稍抬起眼皮子一瞅，原来是个英俊少年，不由得脸红了。

曹丕还想说几句话，忽然听见外面人声嘈杂，他就往外出去一看，他父亲到了。曹操坐在大厅上，向左右随从的将士们说："袁家人呢？"曹丕跑上一步，禀告说："袁家这儿只剩下婆婆跟儿媳妇两个人。她们躲在后堂，怪可怜的，请父亲从宽发落。"曹操点点头，说："我跟本初起兵讨贼，患难相共，没想到他中途背叛朝廷，不能相好到底。只要他全家归顺，自然应当一视同仁，何况是妇女呢。"曹丕放了心，回身到后堂把她们娘儿俩领出来拜见他父亲。曹操一瞧，哟！是个大美人儿，他问刘氏："你家怎么只剩下你们两个人？"刘氏回答说：

"别的人死的死，走的早走了。袁熙远在幽州，他媳妇儿甄氏不愿意离开我，所以留下了我们两个苦命人。幸亏公子到了，多蒙照顾，真够造化了。"

曹操听了刘氏的话，又看着曹丕关心甄氏的神情，心里已经明白了，就让曹丕把甄氏领去，还让她原来的婆婆一同住在家里，接着下个命令："冀州免租税一年，豪强不得欺压平民。"这个命令一下来，就有许多人说些奉承的话。曹操也很得意，就在邺城开个庆功宴，让将士们和谋士们都快乐一番，连袁绍的妻子也分到了酒肉。大伙儿有说有笑，十分高兴。许攸已经喝得够劲儿的了。他一高兴，狂妄地叫着曹操的小名儿，说："阿瞒，你要是没有我，怎么能到这儿啊？哈哈哈哈！"文武官员听了这话，都火儿了。只听见曹操笑了笑，说："你说得对，应当给你记个头功，是不是？哈哈哈哈！"这么一来，许攸就更加神气了。

有一天，许攸在东门口溜达，瞧见许褚骑着马进来，好像没看见他这个大人物在这儿，就叫许褚站住，对他说："你们这些将军，要是没有我许攸，怎么能在这个城门口跑进跑出呢？"许褚顶嘴说："我们出生入死，夺到城池，就只有你的功劳？"许攸开口骂了："你这小子，敢在我跟前没有规矩？"许褚勉强捺住性子，跑到曹操跟前，说许攸怎么无礼。曹操对他说："子远是我的老朋友，他才闹着玩儿。你也不必介意，以后叫他不再得罪你就是了。"接着，曹操把许攸下了监狱，加个罪名，把他杀了。

许攸狂妄自大，被曹操杀了，活该！没想到太中大夫孔融比许攸更狂妄，他听到曹操给他儿子娶了袁熙的媳妇儿，从许都写信给曹操，故意给他道贺，说："从前武王伐纣，以妲己赐周公，想必明公有心仰慕古人，可喜可贺。"曹操没听到过这段历史，可是再一想，孔融博学多才，他的话准有根据。后来他向孔融请教这个典故，孔融笑着说："照情理说来，不是不可能的，您想，武王这么英明，怎么能杀大美人儿呢？把大美人儿赏给周公，不是两全其美吗？"曹操这才知道原来孔融一直在挖苦他，只好恨在心里。

曹操打下了冀州，自己兼冀州的州牧，接着就打算进攻幽州和并州。并州刺史高干一探听到曹操出兵来打并州，觉得自己力量不够，情愿归顺。曹操同意了，仍旧让他镇守并州，继续原来的官职。这一头也算是平了。可是袁谭又自作主张，趁着曹操围攻邺城的时候，夺取了甘陵、安平、渤海、河间等几个城，兵力增强了。他听到袁尚逃到中山，就发兵去打中山。袁尚打了败仗，逃到幽州，投奔他二哥袁熙。袁谭接收了袁尚的军队，还想夺回冀州。曹操派使者给他送信去，责怪他不该失信背约，又退了婚，把袁谭的女儿送回去。没多久，就发兵进攻平原。袁谭扔了平原，退到南皮，守在那儿。

转过了年，就是建安十年（公元205年），曹操加紧攻打南皮，亲自击鼓，将士们拼死攻城，上了城头，杀进城去。袁谭逃出北门，正碰上曹洪。曹洪大喝一声，把袁谭一刀劈落马下。曹操的大军进了城，郭图他们一伙人都被杀了，其余的人一概免死。按当时的规矩，出榜安民，南皮一带都平下来了。

青州的大官王脩，正从乐安运粮回来，听说袁谭被杀，哭着去见曹操，要求收葬袁谭的尸首。曹操正要安定人心，搜罗人才，答应了，还把他夸奖了一番。除了王脩以外，还有袁绍的旧臣，像崔琰（yǎn）、陈琳这些人都归顺了曹操，曹操一一起用。他只是责备陈琳，说："你替袁绍写通告，骂我一顿也就是了，怎么连我祖宗三代也骂上了？"陈琳回答说："那时候，真所谓箭在弦上，不得不发。今天我已经认了错，请明公发落吧。"曹操说："过去的事也就算了。"

　　曹操正想去打幽州，幽州内部倒先自己打起来了。袁熙手下的将军焦触和张南一看袁家失了势，就背叛袁熙，向他进攻。袁熙打了败仗，带着袁尚一同投奔辽西乌桓去了。焦触自称为幽州刺史，派使者去向曹操投降。曹操马上派人去慰劳焦触和张南，封他们为列侯。幽州没打就收下来了，已经够叫曹操高兴了，黑山方面又来了个好消息。黑山军的首领张燕，一见曹军这么强大，就率领了十多万人马投降了。曹操马上封他为安国亭侯，镇守原地。这么一来，北方不是平定了吗？那还早着哪。辽西乌桓收留了袁熙和袁尚，联合另外两个郡的乌桓，向都督幽州六郡的鲜于辅进攻，北方的情况就又严重了。

## 读有所思

1. 进到邺城后，曹操的儿子曹丕娶了谁？

2. 曹操为什么要杀许攸？

3. 袁谭是被谁杀死的？

林汉达◎编著

# 林汉达
# 三国
# 故事全集
# ③

 中国出版集团有限公司

世界图书出版公司
西安　北京　上海　广州

**图书在版编目（CIP）数据**

林汉达三国故事全集：全 5 册 / 林汉达编著 . -- 西
安：世界图书出版西安有限公司，2023.3
ISBN 978-7-5232-0220-3

Ⅰ . ①林… Ⅱ . ①林… Ⅲ . ①中国历史 – 三国时代 –
儿童读物 Ⅳ . ① K236.09

中国国家版本馆 CIP 数据核字（2023）第 046579 号

**林汉达三国故事全集（全 5 册）**
LINHANDA SANGUO GUSHI QUANJI (QUAN 5 CE)

| 编　　著：林汉达 | 封面设计：智灵童 |
| 策划编辑：赵亚强 | 责任编辑：符　鑫 |

出版发行：世界图书出版西安有限公司
地　　址：西安市雁塔区曲江新区汇新路 355 号
邮　　编：710061
电　　话：029-87214941　029-87233647（市场营销部）
　　　　　029-87234767（总编室）
网　　址：http://www.wpcxa.com
邮　　箱：xast@wpcxa.com
印　　刷：优奇仕印刷河北有限公司
成品尺寸：170mm×240mm　1/16
印　　张：58
字　　数：630 千字
版　　次：2023 年 3 月第 1 版
印　　次：2023 年 3 月第 1 次印刷
国际书号：ISBN 978-7-5232-0220-3
定　　价：198.00 元（全 5 册）

# 目录

# 抵抗乌桓

混居在辽西、辽东、右北平三个郡的乌桓叫三郡乌桓，三郡乌桓趁着中原混乱，侵入幽州，汉人给他们掳（lǔ）去或者受他们统管的就有十多万户。袁绍占领冀州的时候，利用他们巩固自己的地盘，把乌桓的三个头儿都立为单（chán）于，还把家里的使唤丫头当作自己的女儿嫁给他们。三郡乌桓当中，要数辽西单于蹋顿最强大，袁绍待他也最优厚，所以袁熙、袁尚哥俩投奔了他。他就联合辽东单于和右北平单于，一步步地打进来。都督幽州六郡的鲜于辅只好向曹操求救。曹操并不害怕袁熙和袁尚，可是他们借乌桓兵来打幽州，情况就严重了。

曹操只好发兵去救鲜于辅。三郡乌桓一见中原的大军到了，稍稍抵抗一下，就退到塞外去了。乌桓并没打败，更没消灭，不必说了。并州刺史高干听到曹操发兵去打乌桓，就又叛变了。他抓住了上党太守，派兵守住壶关口，做起土皇帝来了。曹操只好撂（liào）下乌桓那一头，派乐进、李典带领一

林汉达

三国故事全集

2

支精兵去打并州。他们夺下了壶关口，高干退到壶关城，死守在那儿。乐进、李典没法打进去。

公元206年（建安十一年）春天，曹操亲自率领大军去征伐高干。围攻了壶关城两个多月，还没攻下来。高干叫将士们守城，自己跑到匈奴向单于求救。高干到了边界，正遇到匈奴的左贤王。他下了马，趴在地下，向左贤王拜了几拜，哭哭啼啼地求他发兵去打曹操。左贤王说："匈奴跟汉朝已经和好了，我跟曹操又无怨无仇，你要把野火烧到我的帐篷里来吗？"他说了这话，鞭子一扬，走了。

高干爬起来，还想追上去再说几句话，可是人家已经走远了。他只好垂头丧气地回来。到了半路上，就听说并州守将已经投降了曹操。他决定往南方去投奔刘表。到了上洛（今陕西商洛一带）地界，被上洛都尉逮住杀了。这么一来，以前袁绍所占据的青州、冀州、幽州、并州，全都平下来了。可是袁尚哥俩投奔了乌桓，辽西乌桓蹋顿帮着他们屡次三番地侵犯边塞里面，打算夺取更多的土地。曹操知道抵抗乌桓是件大事。要是出兵没多久，粮草接济不上就退回来，那就没法对付乌桓。他就先动用大批的民工挖掘平虏和泉州（今天津武清西南）两条水渠，作为运粮的要道，然后商议出兵去跟乌桓交战。

将士们大多不同意去跟乌桓交战。他们说："袁熙、袁尚已经势穷力尽，逃到塞外，还能干什么呢？乌桓原来是边界上的小部族，至多在边界上抢些财物，来来去去，一向如此。如果发大军去跟他们作战，万一刘备、刘表趁着许都空虚，偷袭过来，到那时候，我们来不及救应，这可怎么办哪？"谋士郭嘉说："诸公的话应当说是合乎情理的。可是你们对袁尚和刘表的估计都错了。袁氏一向厚待乌桓，乌桓正可以借口替袁氏报仇，扩张自己的势力。要是袁尚弟兄号召乌桓人和边界上的汉人大举进攻，祸患可就不小了。袁尚还能够借外族的兵反攻北方，那么四个州里原来属于袁绍和忠于袁绍的人就不会死心。因此，袁尚兄弟非除灭不可。说到刘表，坐镇江汉，空谈文教，自己知道没有能力利用刘备。重用刘备吧，怕管不住；不用他吧，又怕对自己不利。刘表他绝不敢进攻许都。明公可以放心出去。"

曹操完全同意郭嘉的看法，当时（建安十二年）就发兵，浩浩荡荡往北行进，到了易城（今河北保定一带），打算下令休息。郭嘉建议先派轻骑往前进，辎重随后跟上。曹操认为没有领路的人，还是稳扎稳打的好。郭嘉说："当初幽州牧刘虞的助手田畴反对公孙瓒，隐居在无终，后来袁绍灭了公孙瓒，请他去做大官，他没去。田畴是右北平人，熟悉北方情况，最好把他请来，就有带道的了。"

曹操派使者去请田畴，田畴满口答应，当即准备动身。他的门生挺纳闷地问他："以前袁公很隆重地派人来请老师，请了五次，您都回绝了。这会儿曹操的使者一到，您好像来不及动身似的，这是怎么回事啊？"田畴乐了乐，说："这你们不知道，以后再说吧。"他随着使者来见曹操。曹操跟他一谈，很对劲，就请他做官，可以随时商议大事。田畴说："我的志愿不在做官，我所以急于来见明公，是因为乌桓太残暴。我们郡里的知名之士也给杀了，老百姓被他们杀害的更不知道有多少。我有心起兵抵抗，自己又没有这份力量。现在明公出来，为民除害，我怎么能够不赶紧来见您呢？"曹操很高兴，就请他跟着大军到了无终。那年夏天，下大雨，道儿发泞，不好走。沿路的关口和要道上还有敌人，他们想各种办法阻挠着大军前进。曹操直皱眉头，他问田畴怎么办。

田畴很详细地告诉曹操，说："咱们走的这条路，倒是条大路，可就有一样：在夏秋的时候，老有水。我们这边的河跟南方的河不一样，有了水，车马过不去，水再深，也不能通船。多少年来都有这个困难。从前北平郡的长官驻在平冈，从右北平到平冈是走卢龙这一路，一直可以通到柳城（今辽宁朝阳一带）。可是走卢龙的这条路，在汉光武时代就坏了，到今天已经一百八十多年没有人走了。好在路的痕迹还找得到。乌桓人只知道大军由无终大路向北前进，他们认为只要守住关口，就能阻住我们。如果大军绕道由卢龙口过去，暗暗地翻山越岭一直通到乌桓的心脏地区，乌桓的头子就是再厉害些，也一定给明公逮住。"

曹操细细研究了地图，就依了田畴的计策，立刻退兵，还在河边路旁立了几根木头，作为路标，上面刻着字："今年夏天天气太热，路又难走。到秋冬再进军。"蹋顿听了探子的报告，认为曹操的大军已经退回去，沿路的防备也就松了。曹操请田畴为向导，由卢龙口进兵，翻山越岭，偷偷地走了五百多里，经过白檀、平冈和鲜卑庭，再往东到柳城只差两百里地了。到了这时候，乌桓才发觉了。蹋顿慌忙布置抵抗，带着袁尚、袁熙，联合辽东单于、右北平单于等率领几万骑兵前来对敌。

曹军到了白狼山（今辽宁凌源一带），远远地就见乌桓兵

过来了。将士们一见乌桓的骑兵多得数不清，都有些害怕。曹操上山，往下望了望，对张辽说："乌桓士兵队伍不整，人数尽管多，不必怕。你给我下去先打一阵。"张辽立刻下山去，许褚、徐晃、于禁他们紧跟着去打头阵，他们好像旋风似的刮到敌人的阵营中去，当时就把敌阵捣破。蹋顿正在惊慌失措（害怕慌张）的时候，没提防到张辽已经杀到跟前，他还没来得及定一定神，张辽兜胸一枪过去，把他刺落马下，结果了性命。乌桓军更加慌乱起来，大伙儿乱纷纷地扔了兵器。当时投降的胡人和汉人合在一起就有二十多万。袁熙和袁尚带着几千人马逃到辽东去了。

　　将士们请曹操让他们一直追上去。曹操反倒下令退兵。他说："辽东太守自然会把他们的人头送来的。"辽东太守素来害怕袁氏，怎么会杀他们呢？曹操又怎么知道呢？

　　曹操回到柳城，要封田畴为柳亭侯，请他镇守柳城。田畴坚决推辞了。他说官职爵位都不要，他愿意回乡，一面教书，一面耕种。他说打退了乌桓，他的心事已经了啦。曹操不好太勉强他，只好把他表扬一番，拜他为议郎。另外指定一部分兵马驻扎在柳城，自己带领大军到了易城。

　　这次出兵，将士们死伤不多，可惜谋士郭嘉，因为水土不服，带病从军，回到易城，死了，才三十八岁。曹操亲自祭奠，哭得实在伤心。荀攸他们竭力劝慰，曹操对他们说："诸君年龄跟我差不多，只有奉孝（郭嘉，字奉孝）最年轻。我正想以后多依靠他，没想到他这么短命。真正可惜！叫我痛心！"他就闷闷不乐地把军队驻扎在易城。

　　夏侯惇和张辽对曹操说："不去打辽东，又不回许都去，待在这儿按兵不动，干什么哪？"曹操说："等袁熙、袁尚的人头一到，咱们就回去。"大伙儿听了，暗暗发笑。没过几天，辽东果然派使者送人头来了。大伙儿不由得愣了半天。这是怎么回事啊？

辽东太守公孙康是公孙度的儿子。公孙度原来是辽东襄平人，由董卓推荐他为辽东太守。他趁着中原混乱的机会，自称为辽东侯，向东向西扩张了一些地盘，又由海道到了青州，占领了东莱和临近几个县，势力越来越大，就独霸一方了。曹操因为辽东太远，成心笼络公孙度，拜他为武威将军，封永宁乡侯。公孙度才不稀罕这些封号。他说："我实际上已经在辽东自立为'王'了，还要什么'侯'？"就把许都送来的印绶藏在武库里。公孙度一死，儿子公孙康继承他父亲的地位，把藏在武库里的印绶拿出来，转送给他的兄弟公孙恭。袁绍占领冀州的时候，一直想并吞辽东，可是没能够做到。这会儿袁熙、袁尚被曹操打得走投无路，就逃到辽东。

哥俩在路上商议着。袁尚力气大，他说："我们到了辽东，公孙康必然出来迎接。我乘他没提防，当场把他打死。得了辽东，再想办法收复四州。"袁熙完全同意。万没想到公孙康比他们更想得周到。他们一探听到袁尚他们来投奔他，就知道他们一定要夺他的地盘。公孙恭说："袁绍活着的时候，哪一天不想并吞辽东。现在袁熙、袁尚没有地方去，不来夺我们的辽东才怪哪。"公孙康说："如果曹操发兵打过来，我们就收留袁家的儿子作为帮手；如果曹操不来，那么就杀了他们，也可以作为结交曹操的一件礼物。"没几天工夫，探子来报告说："曹军已经退到易城去了。"

袁熙和袁尚带着几千骑兵到了辽东，把军队驻扎下来，先派使者去见公孙康。公孙康请他们进去相见。袁熙、袁尚带着宝剑进去，准备一见面就刺死公孙康，他们刚到了中门，武士们突然跳出来把他们抓住。他们连拔刀的工夫都没有，就给绑上，给拉出去，搁在露天里。那时候正是初冬天气，塞外天冷。袁尚坐在地下，连屁股都冻木了。他要求武士们给他一个垫子。袁熙愁眉苦脸地说："脑袋都保不住，还管屁股哪。"垫子没有，不必说了。公孙康吩咐武士们把他们砍了，派使者把人头送到易城。曹操就封公孙康为襄平侯，拜为左将军。

　　将士们可不明白曹操怎么知道公孙康准杀二袁呢。曹操对他们说："公孙康素来害怕袁氏。现在袁熙和袁尚去投奔他，我要是发兵去打辽东，逼得急了，他们只好联合起来抵抗我。我退了兵，辽东没事，公孙康落得杀了二袁，向朝廷卖个人情。这是情理上应有的事，诸君没仔细想想罢了。"他们这才心服了。

　　曹操平了北方，班师还朝。程昱他们建议说："北方已经平定了，就该发兵去征讨刘表。"荀彧说："大军刚从北方回来，应当休息一下。有了半年工夫，养精蓄锐（养足精神，积蓄力量），先打荆州，再攻江东，不怕不打胜仗。"曹操就分兵屯田，一面派人探听刘表的动静。

1. 曹操为什么要去拜访田畴？
2. 曹操和乌桓大战，谁赢了？
3. 出兵抵抗乌桓，曹操失去了哪个谋士？
4. 公孙康为什么要杀掉袁尚和袁熙？

## 知识拓展

公元 207 年，曹操北征乌桓胜利班师，途经碣石山，登山观海，面对洪波涌起的大海，触景生情，写下了一首壮丽的诗篇。

### 观沧海

东临碣石，以观沧海。

水何澹澹，山岛竦峙。

树木丛生，百草丰茂。

秋风萧瑟，洪波涌起。

日月之行，若出其中；

星汉灿烂，若出其里。

幸甚至哉，歌以咏志。

# 跃马檀溪

　　曹操的大军往北进攻的时候，刘备就劝刘表去袭击许都。刘表没有打天下的野心，推三阻四（以各种借口推托）地没能听他的话。等到袁氏败亡，曹操回到许都，刘表又后悔了。他请刘备过来喝酒聊天，对他说："上次没能听您的话，失去了一个好机会，实在可惜。"刘备安慰他，说："现在天下分裂，天天有战争。上次失了机会，怎么知道以后不能再碰到呢？机会难道有尽头的吗？只要以后不再错过，过去的就不必后悔了。"

　　两个人随便谈谈以后的打算。过了一会儿，刘备告便上厕所去。他摸了摸自己的大腿，禁不住流下眼泪来。回来的时候，脸上还留着眼泪的痕迹。刘表见了，问他："您怎么啦？不舒服吗？有什么心事？"刘备不好意思地乐了乐，说："没什么。我以前身子不离马鞍，大腿上的肉很结实，自从到了这儿，一晃五年过去了，净享清福，用不着骑马，大腿上的肉又肥又松。一想起光阴过得这么快，人都快老了，什么功业也没建树，因此，免不了有点儿难受。"

刘表安慰他，说："我弟如此雄才，不怕没有建树，只是我……唉！我的心事，说都不好说。"刘备说："兄长有什么为难的事，尽管说。要是有用到我的地方，赴汤蹈火我也去。"刘表吞吞吐吐地把家里的事告诉了刘备。原来刘表有两个儿子，一个叫刘琦，是夫人陈氏生的，小儿子叫刘琮（cóng），是后妻蔡氏生的。刘表又给小儿子刘琮娶了后妻蔡氏的侄女儿做媳妇，蔡氏的兄弟蔡瑁和刘表的外甥张允做了刘表的心腹。小舅子和外甥一搭一档地夸奖刘琮，净给刘琦说坏话。蔡氏又天天纠缠着他，要他立刘琮为后嗣（sì）。老头子刘表叹了口气对刘备说："前妻陈氏所生的长子琦，人倒不错，就是太软弱，不能成大事。后妻蔡氏所生的小儿子琮，聪明得很。我要是废了长子立幼子，恐怕不合礼法；要是立了长子，又怕蔡氏族中出来争闹，你要知道军队都掌在他们手里哪。因此决定不下。"刘备说："从古以来，废长子立幼子，准会出事。要是怕蔡氏族中军权太重，可以想办法慢慢减轻点儿。"刘表理理胡子，不说话。刘备后悔话说得太直爽了，宴会以后，闷闷不乐地回到新野。

果然，他的话给自己招来了灾祸。原来蔡夫人对刘备素来存着戒心，他跟刘表讲的话都给她偷听去了。她就跟她兄弟蔡瑁定了计策，决心杀害刘备。

第二天，蔡瑁对刘表说："今年秋收较好，主公最好能去会会各地的官员，表示慰劳。您看好不好？"刘表说："好倒是好，就是我身子不舒服。要么，叫我的两个孩子替我去招待客人吧。"蔡瑁说："公子年轻，恐怕有失礼节，总得有个德高望重的人才好。"刘表想了想，说："那么请玄德代我去吧。"这么办，正中了蔡瑁他们的计。他们当时就派人请刘备到襄阳来。

使者到了新野，催刘备往襄阳去替刘表慰劳官员。孙乾说："主公前日匆匆回来，好像不大高兴似的。我料到荆州准出了什么事。今天又来请您去。我看还是不去为妙。"刘备就把他跟刘表说的话说了一遍，自己后悔说走了嘴。关羽说："这是您自己疑心说错了话，刘荆州可并没怪您。襄阳离这儿不远，要是不去，反倒引起疑心。"张飞说："什么疑心不疑心！高兴去就去，不高兴去就不去！"赵云同意关羽的意见，他说："我带领三百名士兵一块儿去，多少有个防备。"刘备说："好，就这么办吧。"

刘备带着赵云到了襄阳，蔡瑁、张允、蒯（kuǎi）越，还有刘表的门客伊籍，都出来迎接。随后刘琦、刘琮也到了。刘备见了两位公子都在，就放心了。当天就在宾馆里休息。赵云带着三百人马四周保护着。

第二天，大摆酒席慰劳各地来的官员，刘备坐了主位，殷勤地向客人们劝酒。蔡瑁的手下人招待着赵云，另在一处喝酒。赵云推辞了，跑到刘备身边站着不动。荆州来的将士一定要招待赵云，刘备只好叫赵云跟着他们去。赵云才勉强答应，出去了。蔡瑁已经在外面布置好了，东门、南门、北门里里外外三条路上都有将士把守。只有西门不必把守，因为西门外有条大溪，千军万马也不能过去。这样，刘备已经成为网里的鱼了。

主人和客人正喝着酒，伊籍起来向大伙儿敬酒。他向刘

备敬酒的时候，拿眼睛向他做暗号，低声地说："请更衣（上厕所的委婉说法）。"刘备喝了一口酒，告便上更衣室去。伊籍敬完了酒，偷偷地溜到后园，见了刘备，咬着耳朵对他说："蔡瑁设计杀害使君，城外东、南、北三路都有兵马把守。只有西门可走。快走！快！"说着回转身进去了。刘备急忙忙解下自己的"的卢马"（额上有白色斑点的马，古人认为这种马是凶马，妨主），出了后园，跳上马，飞一般地往西门去。管城门的问他，他也不回答，拦也拦不住。那个管城门的也跳上马，飞一般地往城里跑，向蔡瑁报告。蔡瑁立刻带领五百骑兵往西门去追赶刘备。

刘备逃出西门，跑了几里地，就有一条大溪拦住去路。那条大溪就是有名的檀溪（在今湖北襄阳西南，也有的说檀溪就是襄水），有几丈宽，水流很急，刘备到了溪边，没法过去，只好回转来。一回头，就见后面尘土大起，一队兵马追赶过来。刘备慌了，拉转马头，又回到溪边。往后一瞧，追兵越来越近了。刘备只好再下檀溪，还想蹚着水走。哪知道马前蹄陷下去，连衣袍都浸湿了，前面过不去，后面的追兵已经近了。刘备一面抽着鞭子，一面死命地嚷着："的卢，的卢！使劲地跳哇！"那匹马忽然从水里跳到岸上，往回走了几步，突然冲到溪边，就那么一蹦，三丈宽的檀溪，好像腾云似的飞跃过去了。

刘备到了西岸，回过头来冲着东岸一看，蔡瑁的兵马已经到了。蔡瑁高声嚷着说："哎呀，刘将军！您怎么啦？怎么这么快就走啦？"刘备说："我跟您无冤无仇，为什么要跟我为难？"蔡瑁只好赔着不是，说："没有的话！将军别错怪了人。旁人的闲言闲语不能听。既然这样，我们就在这儿送您啦！"两个人隔岸拱了拱手，各自走了。

蔡瑁对左右说："他怎么过去的呀！真邪门儿！"他只好带着原来的人马回去。到了西门口，正碰上赵云带着自己的三百人赶出城来。他怒气冲冲地问："你把刘将军赶到哪儿去了？"蔡瑁说："你讲什么话！我听说刘将军独自走了，又不知道是谁得罪了他。寻到这儿又不见了。"赵云只好再往西找去。到了溪边，一看两岸都有水迹。他想："难道跳过大溪走了？"他不便再进城去，心里一想，也许刘备已经回到了新野，他就急急忙忙地绕道往新野走去。

刘备过了檀溪，又是高兴，又是吃惊，晃晃悠悠地让那匹的卢马驮着他走。跑一程，走一程，心里有点儿像做梦似的那么不踏实。又走了一程，脑袋有些发晕，口渴得厉害。这儿又没有人家，哪儿去讨水喝。正在没着没落的当儿，听见有吹笛子的声音。顺着声音过去，前面有个看牛的小哥，坐在牛背上，吹着短笛。那头牛甩着尾巴，踱（duó）着方步，慢吞吞地走去。刘备赶上一步，向牧童拱了拱手。说："小兄弟，我渴得很，哪儿能要点水？"说着，又拱了拱手。牧童说："到我们庄子里去，就在前面。我师父一定会欢迎像您这种老拱手的人。走吧。"刘备就问："你师父是谁？干什么的？"牧童说："您还不知道吗？我师父叫司马徽，也叫司马德操，人们可都管他叫水镜先生。您问我师父是干什么的，那我可说不上。听说我师父的本领最大，他要做多大的官就可以做多大的官，可是他不干。就在家里看看书，弹弹琴，跟朋友们喝喝酒，聊聊天。"

说着说着，已经到了村庄。刘备下了马，对牧童说："我叫刘备，字玄德，从新野来，来拜访你师父，请替我去通报一声。"牧童进去，一会儿领着一位老先生出来，说："这就是我师父。"刘备向他行礼，跟着他进了草堂。水镜先生说："您像是逃难到这儿。"刘备吓了一跳，还故意镇静一下，说："我偶然路过，碰见这位小哥，特地来拜见先生。"水镜先生笑眯眯地说："您不必隐讳。您自己瞧瞧，半身污泥，衣袍都湿了。"

　　刘备就把襄阳宴会和逃难的经过从实说了。水镜先生点点头，说："就是，就是。"不一会儿，酒食摆上来了。"我们喝两杯吧。我也久闻大名，没想到将军这几年来，这么不称心。"刘备跟他谈谈天下大势，就认定他是个头等人才。当时就请他出山相助。水镜先生呵呵大笑说："像我这种山沟子里的糟老头子，有什么用啊。这儿多的是人才，您自己留心去找吧。"刘备再三央告他，请他指教。

　　水镜先生就透个信儿，说："有两个了不起的人，您光听听他们的外号就知道是怎么样的人了。一个号称伏龙，一个号称凤雏（chú）。伏龙、凤雏，二人得一，就可以安抚天下。"刘备急着问："伏龙是谁？凤雏又是谁？他们都在哪儿？"水镜先生哈哈大笑，说："何必这么心急呢？我说他们……"正说到这儿，忽然听到庄院外乱哄哄地不知道进来了多少人马。刘备吓了一大跳，偷偷地往外一瞧，脑门上抹了一把冷汗，原来赵云到了。他很高兴地出去。赵云下了马，说："我沿路打听，居然给我找到了。请主公赶紧回去，免得给人家暗算。"

　　刘备拜别了水镜先生，跟赵云上了马，回新野去了。刘备到了新野，就把蔡瑁的行动跟大伙儿说了。孙乾说："应当先给刘荆州写封信，把事情说明白。"刘备就写了信，请孙乾送去。刘表正怪刘备为什么不别而行，看了来信，又听了孙乾的话，才知道蔡瑁谋害刘备和跃马檀溪的经过，当时气得脸皮都发了青，吆喝一声："来呀，把蔡瑁拿下，砍了！"武士们把蔡瑁绑了。孙乾慌忙趴在地下，央告说："这可万万使不得！杀了他，恐怕玄德再也不能住在这儿了。"蔡夫人也出来求情。蔡瑁认了错，起誓赌咒地说再也不敢得罪刘备了。刘表就免了蔡瑁的死罪，派长子刘琦跟着孙乾到新野去向刘备赔罪。一场风波就这么平息下去了。

有一天，有一位士人来见刘备。刘备一看，就知道是一位名士，把他当作贵宾招待。水镜先生所说的伏龙、凤雏两个人，甭说他准是其中一个了。

## 读有所思

1. 蔡瑁为什么想要加害刘备？
2. 刘备是怎么脱险的？
3. 刘备逃难的时候遇见了谁？

# 三顾茅庐

刘备虚心地招待着那位士人，问他姓名来历。他说："我是颍川人，原来姓单（shàn）名福。少年的时候，跟小伙子们击剑，想做个侠客。后来路见不平，替别人报仇，杀了人，逃到外地，改名更姓叫徐庶，字元直。从此弃武就文，学习经书，也结交一些名流。久闻使君招贤纳士，特来相投。"刘备把他当作谋士收下了。

刚巧曹操派夏侯惇和于禁带领一队人马来夺博望（今河南南阳一带）。刘表叫刘备去抵抗。徐庶替刘备准备了对付的计策，把关羽、张飞、赵云他们分别布置在南门外下里坡地区。刘备在博望守了几天，把积存的辎重和粮食都烧了，带着军队急忙忙地往南逃去。夏侯惇和于禁一见刘备自己烧了辎重，连粮草也烧了，乱糟糟地往南逃跑，就断定刘备不敢交战，立刻发兵追上去。他们就这么急忙忙地钻到徐庶所布置的埋伏圈里。一霎时伏兵四面起来，杀得曹兵七零八落，大败而逃。夏侯惇和于禁带着残兵败将逃回许都，向曹操请罪。曹操说:"胜负乃军家常事,以后多给你们人马就是了。"他打算再去向刘表进攻。荀彧拦住他,说:"将士们已经累了,过了年,明春再发兵吧。"曹操就在邺城玄武园内挖了一个大池,叫玄武湖,准备在这玄武湖内操练水军,到时候再去南征。

刘备听了徐庶的话,打了胜仗。因此,更加尊敬他,愿意听他的指教。徐庶这才对他说:"这儿有个杰出的人才,就在襄阳城外二十里的隆中（山名,在今湖北襄阳西郊）,将军要不要见见他?"刘备说:"既是名士,我怎么会不愿意见他呢?不知道他比得上先生吗?"徐庶说:"我跟他比呀,那是乌鸦比凤凰。他把自己比作管仲、乐毅。照我看来,他比管仲、乐毅还强。"刘备有些不大相信。他说:"先生既然知道他,就请您辛苦一趟,请他来吧。"徐庶摇摇头,说:"这样的人只能将军亲自去请。他肯不肯来还得看将军的诚意如何。他自己怎么肯来呢?"刘备就说:"好!那我就自己去请他。可是他到底是谁呀?"

徐庶十分郑重地说:"他姓诸葛,名亮,字孔明。他本来是琅琊郡阳都县人（阳都,旧县名,今山东沂南一带）,父亲早死了。他叔父跟刘表是朋友,就带着孔明一家到了荆州,住在南阳邓县（汉朝的邓县在今湖北襄阳一带。诸葛亮的茅庐究竟在哪里,有两种说法:河南南阳和湖北襄阳）。后来他叔父死了,孔明就在那边亲自耕种,做了庄稼汉。因为他住的地方有条卧龙岗,人们就称他为卧龙先生。后来因为他的好朋友都在这一带,大伙儿一要求,他就搬到隆中,搭了几间茅庐,还是靠耕种过日子。可是朋友们仍然叫他卧龙先生。"

刘备好像忽然猜着谜语似的说:"哦,我知道了,司马德操先生说的伏龙凤雏，准是他。"徐庶说："伏龙、凤雏是两个人，凤雏是襄阳庞士元，伏龙正是诸葛孔明。"刘备当时就要请徐庶带道去拜访诸葛亮。徐庶摇摇头，说："不行！我知道他的脾气，将军得自己想法去请他。别提起我，也不要说起水镜先生。"

第二天，正是好天气。刘备带着关羽、张飞和几个从人到了隆中，寻到了诸葛孔明的村子。过了小桥，沿着黄土的矮墙走去，正瞧见徐庶所说的小溪上一溜儿七八棵倒挂的柳树，中间夹着的净是些弯弯扭扭的老梅树，长满了骨朵儿，可还没开。正对着小溪就是两扇木柴编成的围墙大门，一扇关着，一扇半敞着。他们进去，到了院里，就有个小哥出来，问："你们找谁？"刘备下了马，说："刘皇叔刘备求见孔明先生。"小哥把他上下打量了一下，又看了看别的这许多人，回答说："先生早晨就出去了，还没回来。"刘备又问："什么时候能回来？"他说："那可说不上，有时候三五天，有时候十来天，没一定。"

刘备呆呆地站了一会儿，不知道该怎么办才好。张飞说："碰不到，就回去！"刘备说："再等一等吧。"关羽说："不如先回去，以后再派人来探听吧。"刘备嘱咐小哥，说："请告诉诸葛先生，刘备特来拜访。"他只好上了马，走了。走了几里地，到了一个小灌木林，迎面来了一个穿布袍、戴头巾的文人，逍遥自在地迈过来。在山野里过来了这么一个读书人，不必说准是诸葛孔明了。刘备下了马，向他行个礼，说："先生就是卧龙先生吗？"那个士人说："将军是谁？哪儿来？"刘备毕恭毕敬地告诉了他。那个人说："我是孔明的朋友，博陵人崔州平（太尉崔烈的儿子）。”刘备说："久闻大名，难得见面，就在这儿草地上坐一会儿吧。”两个人就坐下了。关羽、张飞也下了马，站在旁边。

崔州平好像已经知道了刘备特来访问诸葛亮的用意，故意问他："将军为什么要见孔明呢？”刘备说："方今天下大乱，汉室衰弱，人民遭殃。我求见孔明先生，想跟他谈谈治国安邦的道理。”崔州平微微一笑，说："天下大势，分久必合，合久必分。天运如此，人力怎能勉强。将军用心固然可嘉，只怕徒费人力，无济于事。”刘备说："尽我的力量就是了。不知道先生能不能同到敝县，随时赐教。”崔州平说："对不起，我愿意老死山林，不愿意去求功名。我想孔明也不见得愿意下山。”他站起来，拱了拱手，说声"再见"，就走了。刘备只好跟关羽、张飞他们上了马。张飞气呼呼地说："真倒霉！孔明没见到，倒碰上了这么一个没出息的书呆子，费了这么多工夫！”关羽也冷冷地说："孔明跟这种人做朋友，我看也不过如此。”刘备跟他们一面走，一面安慰他们，说："孔明跟他不一样。我相信水镜先生和元直（徐庶，字元直）的话是可靠的。”

他们回到新野。过了几天，刘备派人去探听，说是诸葛先生正在家里。刘备还是请徐庶和赵云守在城里，自己带着关、张二人再一次往隆中去。那天正飞着雪花，可是雪不大，天气也不太冷。他们一路走去，一路欣赏风景，百忙中难得有这个机会。到了隆中，离孔明的茅庐只有五六里地了，碰上了两个士人，一老一少，正在那里欣赏雪景。刘备下了马，向他们作揖，彼此通了姓名，才知道都是孔明的朋友。那个年长的是颍川人石广元，那个年轻的是汝南人孟公威。他们刚从孔明家里回来，说是邀他去踏雪寻梅的。哪儿知道孔明架子大，说什么有心事，不去。

刘备对他们说："久闻二公大名，难得相见。我们正是去拜访诸葛先生的，请一同去吧。"石广元摇摇头，说："老朽是'今日有酒今日醉'的无用废物，国家大事从不过问。请将军自便吧。"孟公威也拱了拱手，走了。刘备、关羽、张飞上了马，一直到了庄上，正碰到上次见过的那个小哥在院子里扫雪。刘备下去问他："先生在家吗？"他说："在，正在看书哪。"

雪停了，天反倒冷了些，外面没有休息的屋子，他们三个人拴了马，都进去了。刘备瞧见一位年轻的读书人，就向他行礼，说："上次来拜访，先生不在。今天冒雪而来……"那少年说："将军就是刘豫州了。我是孔明的兄弟诸葛均。"刘备很高兴地说："哦，原来是弟兄两位。今天令兄在家吗？"诸葛均说："请坐，请坐，大家请坐。我们弟兄三个。长兄诸葛瑾（jǐn），在江东。孔明是二家兄。他送走了两位朋友，说有要紧的事出门去了。一两天，三五天，不一定能回来。真对不起。"

刘备皱着眉头，说："我怎么这么不凑巧，两次都没见到他！"张飞说："走吧！人家不在，待着干吗？"关羽说："怕再下雪。还是留几句话，咱们先回去吧。"刘备就跟诸葛均说了一番仰慕诸葛亮的话。诸葛均说："待家兄回来，我告诉他回拜将军吧。"刘备摆摆手，说："不，不。不敢惊动令兄，过几天，我们再来拜访。"

刘备回到新野之后，过了五六天，又要去访问诸葛亮。关羽和张飞都不同意他去。张飞首先说："咱们已经去了两次，要是他懂道理，就该来回拜。"关羽说："上两次碰到了诸葛先生的朋友，听他们说的话，不是把国家大事推给命运，就是自己醉生梦死，不图上进。您又不想隐居，跟这种隐士们打什么交道？"刘备可不同意他们的看法。他说："你们不要看错了。孔明先生不是隐士。他把自己比作管仲、乐毅，这说明他是有志向要做一番事业的，只是没碰见齐桓公、燕昭王就是了。可是我算什么呢？没有势力，没有地位，我凭什么要求他来帮助我呢？我一而再，再而三地去拜访孔明先生，要是他能看在我这一片诚意上，肯跟我们在一起，那就是我的造化了。如果你们还不明白我的心思，那么，这一次我就独自去吧。"他们这才说："还是一同去吧。"

三个人连手下的人都不带，再一次到了隆中诸葛亮的院子里，诸葛亮亲自出来迎接。刘备叫关羽和张飞等在外面，自己跟着他进去。诸葛亮很抱歉地说："蒙将军不弃，屡次下顾，真叫我过意不去。我自己知道年幼学浅，太不懂事，惭愧得很。"刘备四周一看没有别的人，就坦率地说："汉室衰落，奸臣霸占朝政，主上受着欺压已经好久了。我知道自己无才无德，没有力量，可是我还想为天下申明大义，只恨自己想不出办法来，以致这几年来东奔西跑，直到今天，毫无成就，可是又不肯从此罢休。因此，特地来拜见先生，请先生指教我该怎么办。"

诸葛亮一见刘备这么实心实意地把自己的心事全说了出来，初次见面就够朋友，正像从前燕昭王见了乐毅把自己的心事全说了出来一样。诸葛亮也就把心里的话老老实实地告诉了他。他说："自从董卓作乱以来，群雄并起，抢夺地盘，占据州郡的人，数也数不清楚。曹操比起袁绍来，名望小，人马不多，可是他居然兼并了袁绍，转弱为强。这不但依靠时机，也在于人谋。现在曹操已经拥有一百万人马，挟着天子号令诸侯，实在没法跟他针锋相对地斗争了。孙权占据着江东，已经三辈了（从孙坚、孙策到孙权），地势险要，人民附和，有才能的人愿意替他出力，根基已经巩固，现在只能跟他交好，作为外援，可不能轻易动摇他了。再说到我们这儿，荆州这一

地区，北边直通汉沔（miǎn，"汉沔"指汉水），南边可以尽量利用南海的利益，东边连接吴会（吴郡和会稽郡），西边通到巴蜀。这一大片地区从古以来就称为用武之地。可是这块土地的主人守不住这块土地。这是上天留给将军的，不知道将军有没有这个意思。还有益州，那也是个险要的地方，几千里都是肥沃的土地，一向称为天府之国，高祖曾经拿这地方作为根据，建立了汉帝国。可是刘璋懦弱无能，不能统治益州。那个占据益州北部的张鲁呢，尽管在他的地盘里物产丰富，百姓勤劳，他可不知道安抚百姓，救济穷人。那两个头儿这个样子，怎么不叫人失望呢？凡是有见识有才能的人都希望能得到一位英明的君王去领导他们。将军既然是皇室，素来注重信义，四海闻名，征求人才好像口渴的人要喝水那么迫切，怎么能不叫人钦佩呢？要是将军能占领荆州和益州，凭着地形，保卫疆土，西边跟戎族和好，南边安抚夷越，对外跟孙权结交，对内整顿政治，一旦天下发生变动，就吩咐一个上将带领荆州的军队进攻宛城和洛阳，将军自己率领益州的大军从秦川（关中平原）出发，直取中原。老百姓谁不会拿着吃的喝的来迎接将军？能够这样，霸主的事业可以成功，汉室可以再兴起来了。"

刘备听着，打心眼里钦佩诸葛亮。心里还真奇怪：一个年轻轻的读书人怎么能把天下大势看得这么清楚。他愿意拜他为老师，他说："先生的话句句开导了我。为了汉皇室，为了老百姓，请先生今天就下山吧！"诸葛孔明认为他得到了一个知己，他对刘备的情义大大超过了对崔州平、石广元、孟公威他们。这几年来，他是多么寂寞和孤独哇！他见到了刘备，不再感到寂寞和孤独了，就很爽直地说："承蒙将军不弃，我愿意尽心效劳！"

刘备叫关羽和张飞进去拜见孔明，奉上礼物。孔明也不推辞，叫兄弟诸葛均和妻子黄氏出来拜见他们。孔明的妻子是沔南的名士黄承彦的女儿，长得很不好看，黄头发、黑脸膛，好像粗里粗气，可是有才有德，志向很高，非诸葛孔明不嫁。诸葛孔明也决定非黄氏不娶。结婚以后，夫妻恩爱。黄氏才学高，脾气好，在孔明的眼里，她就是个大美人。这会儿孔明嘱咐他兄弟在家照顾嫂嫂，自己跟着刘备他们走了。他下山的时候才二十七岁。他们到了新野，当时由徐庶和赵云迎接进去。徐庶和孔明原来是朋友，大家能在一起，格外称心。刘备把孔明当作老师看待，越来越亲密。关羽和张飞背地里咬着耳朵，有些不高兴起来了。刘备向他们解释，说："我得到孔明正像鱼得到水一样，请你们不要议论。"关羽和张飞总算没话说了。

转过了年，就是建安十三年（公元 208 年），孔明对刘备说："曹操在玄武湖操练水军，必然要来侵犯江南。不如先派人过江去探听探听。"刘备就派人往江东去探听动静。

## 读有所思

1. 谁向刘备推荐了诸葛亮？

2. 为了请诸葛亮出山，刘备前后共请了几次？

3. 诸葛亮给刘备制订了什么大计？

# 灭黄祖

　　江东孙权原来已经表为讨虏将军，领会稽太守。曹操怕他强大起来，不受约束，曾经在公元 202 年（建安七年）叫他送儿子到许都来伺候汉献帝。孙权跟张昭他们商议了好几天，还是决定不下。吴太夫人叫孙权进去要他报告送孙子当抵押的事。孙权带着周瑜一块儿到她跟前。吴太夫人向孙权瞪了一眼，回过头去问周瑜："你说哪？"

　　周瑜说："将军继承了父兄的事业，拥有六个郡（会稽、吴、丹阳、豫章、庐陵、庐江），兵精粮足，将士们愿意替将军出力，再说东吴是个好地方，开山可以炼铜，煮海可以造盐，物产丰富，百姓安居乐业，何必急于把公子送去做抵押呢？送了抵押，就不得不听从曹氏，他下道命令叫你去，你不得不去，就这样受了别人的牵制。依我看不如不送。如果曹氏能讲道义管理天下，将军再去伺候他也不迟。如果他打算作乱，那必然自取灭亡，怎么还能制服别人呢？"吴太夫人说："公瑾（周瑜，字公瑾）说得对！"她回头对孙权说："公瑾跟伯符（孙策，字伯符）年龄一般大，只小一个月，我把他当作自己的儿子，你要把他当作哥哥，听他的话。"孙权连着说："是，是！"他才不接受曹操的命令。那时候，曹操一心要平定冀州，腾不出手来，只好不去难为孙权。

孙权不但不把儿子送到许都做抵押，不愿意受曹操的制约，他还要想法儿扩张地盘。建安八年冬天，他借着为父报仇的名义，发兵去打江夏太守黄祖，在大江（长江）展开了血战。黄祖打了败仗，往夏口逃去。孙权的部将凌操乘着小船直追上去，眼看快追上了，被黄祖的部将甘宁一箭射死，黄祖逃去。孙权夺到了不少船只，可是没把城邑打下来。他听到山越又在后方起事，只好退兵回到东吴。

孙权镇压了山越，经常在大江操练水军，一定要兼并黄祖，差不多每年都有小规模的争夺。直到建安十三年，孙权又准备发兵去打黄祖。张昭因为去年冬天吴太夫人去世，就说："在丧事期内不可动兵。"周瑜说："报仇雪恨，就是大孝。"还有凌操的儿子凌统，因为父亲被黄祖的部将甘宁射死，哭着要替父亲报仇，愿意打头阵。正在这个时候，平北都尉吕蒙推荐黄祖手下的一位将军给孙权。那个将军不是别人，正是凌统的仇人甘宁。

甘宁是巴郡临江人，很有力气，又有学问，原来是个侠客。曾经召集了一些亡命徒，坐过山头，做过大王，在江湖上有些名望。后来他率领弟兄八百多人投奔刘表，想在他的手下做一番事业。刘表正在拉拢名士，提倡文教，对于曾经做过大王的甘宁当然不会重用。甘宁也看出刘表不能成大事，跟着他没有出息，一旦刘表败亡，自己也许同归于尽。他就离开刘表去投东吴。黄祖在夏口，不让甘宁的人马过去。甘宁就留在夏口，做了黄祖的部下，可是黄祖并不重用他。上次黄祖被东吴打败，险些被凌操逮住。幸亏甘宁箭法高强，一箭射死凌操，救了黄祖。黄祖回到大营，自己打了败仗，还不肯认输，故意装出若无其事的样子，还是把甘宁当作普通的将士看待，连救命的大恩也没记上一功。

黄祖的都督苏飞屡次三番地推荐甘宁，黄祖回答得挺干脆："江湖劫贼，怎能重用？"苏飞就想办法把他调出去，保荐他做了邾县（邾 zhū；邾县，今湖北黄冈一带）长。甘宁靠着苏飞的帮助，过了夏口，到了邾县。从邾县往东吴很方便，就怕东吴恨他射死凌操。他就先去联络吕蒙，探听探听。吕蒙一力担保，对他说："孙将军求贤若渴，不记旧恨。再说以前各为其主，无所谓仇恨。"

周瑜知道了这件事，跟吕蒙一同保举甘宁。孙权很高兴地说："我有了兴霸（甘宁，字兴霸），准能攻破黄祖。快请他来！"甘宁见了孙权，孙权待他比待一般的臣下都好。他向甘宁打听江夏的情形。甘宁向他献计，说："当今汉室越来越衰弱，曹操专权，日后必然篡位。荆南是东吴西边的屏障，不能让别人拿去。我看刘表一向不作长远打算，儿子又是无能之辈，荆南万难保全。要是将军不先下手，荆南准得被曹操拿去。要取荆南，必须先取江夏。黄祖年老昏庸，左右贪污，官吏横行不法，百姓怨声载道，水军不整顿，战船不修理，军队不重纪律，农民不重耕种，士气低落，粮草缺乏。眼下将军发兵打过去，准能把黄祖灭了。灭了黄祖，再向西进军。打下了楚关，就可以进取巴蜀。"

孙权听了，连连说："对，对！报仇雪恨，在此一举。"当时就拜周瑜为大督，统领水陆将士，吕蒙、董袭为副将，甘宁为先锋，发兵去打黄祖。水军在大江中由东向西，逆流而上。到了沔口，前面有两只极大的战船横在江面上，拦住去路。大船前后有很长的缆索拴着大石头抛在江心，大船就稳稳地停在江面上。两只大船上站着一千来个弓箭手，等到吴军过来，一声鼓响，飞箭好像下雨似的下来。吴军不能上去。偏将军董袭和别部司马凌统两个人为前部，各带一百名敢死队员，每人穿着双重的铠甲，拿着盾牌、单刀，驾着快船，突然冲到那两只大战船旁边，拼命地砍断缆索。那两只大船一下子没着没落地随着江流漂去。东吴大军就这么冲过沔口，继续前进。

黄祖慌忙叫都督陈就带领水军前去迎战，被吕蒙、甘宁他们杀了一阵。陈就大败，逃到岸上。吕蒙追上，一刀把他劈死。吴军上岸攻城，黄祖和大将苏飞开城出战，又打了败仗。苏飞被吴军活捉过去。黄祖独自逃跑，被吴军砍死，割了脑袋，前去报功。

周瑜和孙权先后进了江夏，首先吩咐手下人用木盒子把黄祖的人头装好，准备回去祭祀孙坚。另外又做了一只木盒子，预备装大将苏飞的脑袋。

孙权大摆酒席，犒（kào）劳将士。甘宁流着眼泪，趴在孙权跟前直磕头，脑门子都磕出血来了。孙权叫他起来，对他说："你立了大功，我正不知道该怎么报答你。你有什么为难的事，说吧！"甘宁说："我要是没有苏飞，早已死了，哪儿还能够给将军卖命。苏飞应当斩头，但是我恳求将军开恩，免他一死。"孙权倒也同情甘宁这种以德报德的心情，他说："我

就为了你，赦了苏飞，可是要是苏飞逃走，怎么办呢？"甘宁
说："苏飞受到了将军不杀之恩，就是轰他出去，他也一定不
走。万一他真逃了，我愿意把自己的脑袋装在木盒子里。"孙

权就吩咐人把苏飞放出来，还请他加入宴会。苏飞向孙权谢恩之后，跟着甘宁在一起。忽然有个小将向孙权哭诉，说："杀父之仇，不共戴天，请主公替我做主。"孙权一瞧，原来是凌统，就对他说："兴霸射死你父，那时候各为其主。今天都是自己人了，你不可再把他当作仇人看待。"孙权把凌统安慰了一番，凌统不便再说。孙权还怕凌统看着甘宁不顺眼，就派甘宁和苏飞带领五千人马到别的地方去驻扎，自己率领大军驻扎在柴桑（今江西九江一带），以防备江夏那一边可能发生的进攻。

## 读有所思

1. 孙权为什么不同意自己的儿子去许都作人质？

2. 甘宁为什么背叛黄祖，投靠孙权？

3. 孙权为什么会赦免黄祖手下的大将苏飞？

# 上楼拔梯

　　孙权杀了黄祖，刘表着慌了。他派人到新野去请刘备。刘备派去探听江东动静的人也正回来，报告说："东吴杀了黄祖，屯兵柴桑。"诸葛亮对刘备说："刘荆州因为黄祖被杀，所以来请将军去商议对付东吴。"刘备就问他该怎么办。诸葛亮说："看情况再说吧。"刘备就带着诸葛亮一同到了襄阳，在宾馆休息一下，刘备先去拜见刘表。刘表说："刚才探子回报，孙权怕江夏孤城难守，已经退兵回去了。目前不致再到这边来。可是我年老多病，两个儿子又没什么才能。我死之后，这个州怕保不住，还是请你掌管吧。"刘备听了，慌忙回答说："千万别这么说。公子都很不错，您何必过于担心呢？我一定尽力辅助公子。"刘表才点了点头，说："那么，就请多多教导他们。"

　　刘表因为宠爱蔡氏，听了蔡瑁、张允的话，巴不得让小儿子刘琮继承他的地位，可是刘备只说"公子""公子"，并不是专指小公子。因此，刘表还得防备着刘琦去跟刘琮争地位。

他打算把刘琦调到别的地方去，又怕刘备反对，没说。

刘琦不但担心自己的地位，还怕连命都保不住。他一听到刘备带着诸葛亮来了，就特意请诸葛亮喝酒。刘琦请他进了内室，向他诉说自己的心事，求他出个主意。诸葛亮不是把话岔开去，就是不说话。刘琦知道他不愿意谈，就陪着他到了后园，上了高楼。他咬耳朵嘱咐手下的人下去，就留下自己跟诸葛亮两个人。他突然跪在诸葛亮跟前，请他想个办法，诸葛亮推辞，说："这是公子家里的事，外人怎么好说话呢？"说着就要下楼去。万没想到楼梯已经被抽走了。刘琦央告着说："今天你我二人在这儿，上不到天，下不着地，话从您嘴里出来，只到我的耳朵里，可不可以请先生赐教？"诸葛亮就低声对他说："公子难道不知道申生留在里面遇到不幸，重耳调到外面脱了危险？"这两句话提醒了刘琦。当时安上楼梯，送走了诸葛亮，使个计策买动蔡瑁的左右去劝刘表把自己调到外边去。

刘备正想去跟刘表辞行，刘表又派人来邀他去。两个人一见面，刘表就说："江夏是个重要的地方，我想派大儿子去镇守，你看行不行？"刘备点头说："那还不行？一来自己儿子可靠，二来长公子为人宽厚，一定能够爱护老百姓。"刘表又说："听说曹操在邺中操练水兵，必然打算往南进攻，怎么办呢？"刘备想了想，说："我愿意屯兵樊城（今湖北襄阳北），保卫襄阳，请不必担忧。"刘表就叫大儿子刘琦为江夏太守，叫刘备去守樊城。

刘备辞别刘表，把家小都接到樊城。这时候甘夫人已经生了个儿子，叫刘禅，乳名阿斗，快一周岁了。甘夫人和糜夫人照顾阿斗，同坐一辆车；刘备、诸葛亮和徐庶三个人骑着马一块儿走；后面跟着关羽、张飞、赵云、孙乾、简雍、糜竺、糜芳他们。大伙儿到了樊城，准备长期镇守，抵御曹操。曹操平定了河北，果然就想进攻荆州了。

公元208年（建安十三年）六月，为了专心征伐刘表，曹操预先办了两件大事：一件是废除三公（东汉以太尉、司徒、司空为三公），把朝廷政权集中起来；一件是安抚西北，免去后顾之忧。

征伐南方不是一件容易的事。曹操怕朝廷大臣从中牵制，就上个奏章，请汉献帝废去三公，恢复汉朝初年丞相和御史大夫的制度。就这样，他自己做了丞相，掌握着朝廷大权，任用清河人崔琰（yǎn）、陈留人毛玠（jiè）、河内人司马朗为主要的助手。崔琰和毛玠管理人事，据说他们所推举的都是正派的人士和廉洁的官吏，至少在外表上必须这样。这是因为曹操反对豪强士族的派头和大小官员的威风。当时有些想做大官的名流，尽管很出名，由于行为上受到指责，没能任用。这么一来，大伙儿拿廉洁来勉励自己，谁也不敢明目张胆地贪污和铺张浪费了。连皇上所宠用的人和贵族也不得不注意自己的车马和服装，不敢轻易超过制度了。县一级的官吏衣服穿得更差，不必说了，连脸都让它脏着，出来坐的车也故意显得破破烂烂的。军官上府里去，穿着朝服，不坐车、不骑马，自己走着去。

崔琰、毛玠这样用人，得到了曹操的赞许。他又听到崔琰曾经对司马朗说过："令弟真了不起，您都比不上他哪。"就特地提拔司马朗的兄弟。司马朗的兄弟叫司马懿（yì）。他可不愿意受提拔，干脆不出来，推说患了风湿症。曹操派人一调查，才知道他装病，就直截了当地告诉他："要么接受命令，要么就进监狱。"胳膊拗不过大腿，司马懿只好出来，做了文学掾（yuàn，掾是官吏的助手）。御史大夫还没有适当的人，暂时空着。

朝廷内部的人事布置好了以后，就派使者去见马腾。马腾原来和镇西将军韩遂结拜为弟兄，后来为了部下互相攻打，变成了仇人。朝廷叫司隶校尉锺繇和凉州州牧韦端出去调解，重新和好，叫马腾屯兵槐里，拜为前将军，还封他为槐里侯，带领兵马为朝廷防御胡人。几年来总算相安无事。这会儿曹操为了往南进军，特地推举马腾为卫尉，叫他到朝廷里来。马腾觉得自己年老，只好服从命令到京都去伺候皇上。曹操当然欢喜，就拜他儿子马超为偏将军，接替马腾统领军队，留在槐里，家眷可都搬到邺城来了。

曹操把这两件大事都办妥，免了后顾之忧，就在那年七月发兵往南去打刘表。出兵不到一个月，任用山阳人郗（xī）虑为御史大夫，察看朝廷内部有没有人反对出兵。郗虑跟太中大夫孔融本来有意见，他见到孔融就像眼睛里夹颗沙子似的不舒服。孔融哪，仗着自己的才干和名望，做事随随便便，有时候狂妄自大，说话没有分寸，还屡次连损带挖苦地讽刺曹操。曹操因为孔融名望大，对他还算客气，就是被他说几句，也好像不以为意。例如曹操为了节约粮食，下令禁酒。孔融给曹操写了一封信，嘲笑他，说："天上有颗星叫'酒旗'，地下有个郡叫'酒泉'，人有雅量叫'酒德'。所以帝尧不喝一千钟（钟是古代的计量单位，合六斛四斗）酒，不能成为圣人。现在要禁酒了，为什么不把婚姻也一起禁了呢？"曹操看了，不说什么，心里可挺厌恶他。这种情况郗虑是知道的。现在他做了御史大夫，大臣们有什么过错，他都可以弹劾，何况他跟孔融本来不对劲。他就控告孔融：说他在北海的时候企图作乱，又暗通孙权，诽谤朝廷，他跟狂人祢衡互相标榜，祢衡说孔融就是当代的孔子，孔融说祢衡就是颜回的再生。不光这样，郗虑还控告孔融，说他和祢衡曾经说过：父母和别的人一样，没有理由必须孝敬他们。母亲比如一只瓦罐，儿女比如里面盛着的东西，难道所盛的东西就该孝敬瓦罐吗？据说，这也是孔融说的："要是赶上荒年，粮食不够，父亲不好，我宁可养活别人，让他饿死。"

曹操地位巩固了，就把孔融这些违反孔子的言论添枝加叶地揭发出来，把他交给廷尉。廷尉按照上级的心意，拿"败伦乱理，大逆不道"的罪名，把孔融和他的妻子、儿子都杀了。

曹操做了丞相，收了马腾，杀了孔融，这才率领大队人马加速向南进军。

刘备在樊城听说曹操发兵，正想派人去告诉刘表加紧防御，刘琦倒先派伊籍来了。伊籍从江夏跑来报告，说刘表已经死了，当他病重的时候，刘琦曾经去看他，可是蔡瑁、张允他们不让他进去。他们说："将军叫公子镇守江夏，防备东吴，责任多么重大。你现在轻率地离开军队到这儿来，将军见了，必然生气，一生气，病就加重，这不是做儿子的孝道，还是快回去吧。"刘琦没法见到他父亲，沿路哭着回到江夏。没几天工夫，刘表死了。蔡瑁、张允立刘琮为后嗣。他们也不向刘备报丧，只派人去告诉刘琦，送给他一颗侯印，让他做刘琮的臣下。刘琦又是伤心又是气，把侯印扔在地下，准备趁着丧事跟刘琮他们拼了。伊籍讨了差，到樊城来见刘备。

他向刘备献计，请他借着吊丧为名去袭取襄阳，诸葛亮说："这倒是个好计策。刘琮一个十三四岁的孩子，捏在蔡瑁他们手里，怎么守得住荆州？要是不趁早把襄阳拿到手，必然会被曹操拿去。"刘备怎么也不肯趁火打劫去夺刘表的地盘。他说："我希望他们弟兄二人同心协力，继承他们父亲的事业。我已经答应刘荆州尽力辅助两位公子，千万不能自己打自己。"他嘱咐伊籍回去好好守住夏口，提防东吴那一头，一面打发使者到襄阳去吊丧，同时探听一下荆州的情况。

## 读有所思

1. 谁给刘琦出了主意，避免被蔡氏杀害？
2. 曹操在征讨刘表之前，安排了哪两件事情？
3. 曹操为什么要杀孔融？

## 知识拓展

　　郗虑是著名大儒郑玄的弟子，而孔融与郑玄的关系非常亲密。那为什么郗虑会构陷孔融呢？

　　原来二者早有矛盾。《江表传》记载，汉献帝曾经问孔融：郗虑这个人有什么才能。孔融回答汉献帝，郗虑只可以与其适道，不可以给他权重。郗虑听到之后非常不满，开始揭孔融的老底。孔融原是北海相，在黄巾余党以及袁绍所置青州刺史袁谭的打击下狼狈出逃，归于东汉朝廷。郗虑反问孔融"其权安在？"两个人就此产生了矛盾。

# 长坂坡

　　使者祭吊完了，只知道蔡瑁、张允、蒯越他们用心提防曹操，还听他们说："如果曹兵过来，一定给他们一个迎头痛击。"万没想到这是他们的诡计。他们故意不让刘备知道实际的情况。原来曹操的大军才到宛城，他们就准备投降了。九月里曹操到了新野，刘琮就打发使者带着荆州的地图和户口册偷偷地到曹营去递降表，他可不敢告诉刘备。后来刘备几次派人去要兵马，准备加强防守，刘琮知道再也隐瞒不住了，这才派一个叫宋忠的官员去通知他。刘备听了，直跺脚。他嚷着说："你们为什么不早告诉我一声？现在大祸已经临头，才来通知我，不是太晚了吗？"

　　刘备这一股子火儿说都没法说，就拿着刀指着宋忠说："砍你的脑袋也不够解恨！可是大丈夫事到临头，何必杀人呢？你回去吧，告诉刘琮好好想想！"宋忠捡了一条命，抱着脑袋跑了。刘备立刻召集大伙儿准备撤退。有人劝刘备连夜袭击刘琮，还可以夺取荆州。刘备说："刘荆州临死前向我托孤，我绝不能贪图地盘背信弃义！我不能保护他的儿子，反倒去害他，日后还有什么脸见世人呢？请大伙儿马上动身，还是退到江陵（今湖北荆州一带）去吧！"

这么着，全部人马，连家小都在内，离开了樊城。路过襄阳，刘备停下马来，在城下叫喊，请刘琮出来相见。刘琮不敢露面。蔡瑁他们还上了城头，叫弓箭手射箭。刘备只好走了，到了襄阳城东，向刘表的坟墓辞了行，流着眼泪离开襄阳。刘琮的左右和荆州人士都说刘备讲义气，有不少人逃出襄阳，跟着刘备一块儿走，也有一些人陆续赶上来情愿跟着他跑到别的地方去。荆州的老百姓听说曹兵杀过来了，有的就纷纷逃难，没处逃的也把刘备当作依靠。等到刘备到了当阳，人数增加到十多万，车马有几千辆，可全不是战车。人们带着的是铺盖、行李、粮食、小件的家具，还有牲口什么的。这么多难民哄在一起，怎么也走不快。因此，一天只走了一二十里地。关羽、张飞他们对刘备说："这儿到江陵，路还远着哪！应该加快速度赶路，才能够及时赶到。现在这么多人跟着，简直是扯住我们的腿。人数尽管多，能打仗的人少，曹兵一到，怎么抵抗得了！还是下个决心，快去守住江陵要紧。"

刘备含着眼泪说："要成大事，全靠人心。现在众人这么归向我，我哪儿能忍心把他们扔了呢？你们能够照顾就照顾着他们吧。"诸葛亮说："将军既然舍不得众人，就该立刻派云长先到江夏向公子刘琦求救，赶快调出几百只战船到江陵来，到时候才有个接应。"刘备就派关羽和孙乾带着五百名士兵飞马赶到江夏去。自己还是拖着十几万难民一步一步地走。

忽然探马跑回来报告，说："曹兵追来了！"大伙儿不由得慌了神。曹兵要追到当阳来，也不能这么快呀。原来曹操接到了刘琮的降表，封他为列侯，可不能让他留在荆州。他把荆州的军队接收过来，仍然利用原来的将士，封蒯越、蔡瑁、张允等十五人为侯，还把韩嵩从监狱里放出来，让他做了大官。然后他进了襄阳，把刘琮调出去为青州刺史。他听说刘备已经跑了，就知道他一定去夺江陵。江陵是荆州重要地区，粮草、兵器都有富余，要是被刘备占领这个地方，那就麻烦了。他就把辎重暂时留在后面，挑选了五千名精锐的骑兵，火速追上去，一日一夜，跑了三百多里。到了当阳的长坂（山坡名），就把他们追上了。

诸葛亮着急地说："将军快走！别再耽误了。"刘备就叫张飞断后，赵云保护家小，糜竺、糜芳、简雍他们照顾老百姓，自己带着诸葛亮和徐庶先跑一步。一霎时，曹兵到了跟前，单靠张飞截击，怎么阻拦得了。当时大伙儿四散飞跑，把甘夫人和糜夫人也给冲散了。赵云仗着一支长枪在乱军中杀进杀出，各处寻找。只见老百姓像被秋风刮着的落叶似的刮得晕头转向。有的带着伤跌跌撞撞地逃跑，有的躺在路边惨声地喊叫。跟着赵云的也就是三四十个骑兵，他们见到简雍躺在山坡下，立刻把他救起。赵云问他两个夫人的下落。简雍说："两位夫人从车上跑下来，抱着小主人混在老百姓里面逃。我飞马赶过去，转过山坡，被敌人刺了一枪，跌下马来，马也被抢去了。将军快到长坂桥去，张将军守在那边。"

赵云对他说："那你先去吧，我随后就到。"他把骑兵的马借一匹给简雍，又叫两个小兵扶着他走。自己沿路寻找两位夫人和阿斗。可巧，他在男女难民队里找到了甘夫人。甘夫人哭

着说:"糜夫人替我抱着阿斗,叫我独个儿逃。不知道他们在哪儿。"赵云还没开口,男女难民叫嚷起来,斜路里冲出一队曹兵,杀过来了。赵云赶上去,把那个领头的将军杀了。曹兵往后退去。赵云夺到一匹马,请甘夫人骑上去,一直送她到长坂坡。果然,张飞在马上挺着丈八蛇矛站在桥头,一见赵云送来了甘夫人,就请她过桥。问到阿斗和糜夫人,赵云回答说:"还没找到哪。"说了这话,就不顾死活地回到旧路上,到敌军中去找糜夫人和阿斗。

赵云一边杀散曹兵,一边探问糜夫人的下落。好容易在一个墙缺里找到了。糜夫人大腿上受了伤,不能走道,可还抱着阿斗。她见了赵云,就说:"好了,阿斗有救了!"说着要把阿斗交给赵云,赵云下了马,抱着小孩儿,请糜夫人上马。糜夫人说:"我不行了。请将军可怜他父亲飘荡半世,只有这点儿骨肉。他若能见到他父亲,我就够满足了。请将军快上马。"赵云哪儿肯依。四面喊杀的声音又逼上来。糜夫人好像早已挑选了这个地方,墙缺旁边有一口井,她一转身就跳到井里。弄得赵云毫无办法,他只好把阿斗裹在胸前,拿起枪正要上马,又走到井边,推倒土墙,把糜夫人埋在井里。没一会儿,曹兵过来,可是见了赵云那支枪,真是神出鬼没,没人敢挡。赵云杀散了曹兵,急忙忙跑回长坂桥。张飞还在桥上等着赵云。赵云刚到了桥边,后面追兵又到了。他又想回身去对敌,又怕阿斗受到惊吓,连忙叫张飞帮助。张飞说:"有我在这儿,请你放心,快过桥去!"赵云马上过了桥,走了。

张飞也只带着二十几个骑兵。他一到长坂桥,准备守在那儿。瞧见桥东有一带树林子,就叫士兵们砍了些树枝,拴在马尾上，在树林子里来回地跑，尘土扬起半天高，好像千军万马躲在后面似的。张飞一个人守住桥头，真是一夫当关，万夫莫敌。一见曹兵过来，就睁大了眼睛，挺着丈八蛇矛，大声嚷着说："燕人张翼德在此！不要命的过来！"这一声吆喝，好像半空中响了个霹雳，吓得一个将军跌下马来，士兵纷纷倒退。他们偷眼一瞧，树林子里飞着尘土，知道有伏兵，就没命地往后逃了。

张飞吓退了曹兵，天快黑了。他怕曹操的大军连夜过桥追来，就吩咐士兵们拆断桥梁。曹兵再要过来，还得费好些工夫才能把大桥修好，也许要到天亮才能动工。这么布置完了，他才退去。

幸亏有张飞断后，刘备他们才能够一口气往南跑了三五十里地，把追兵甩了一大段路。大伙儿才停下来，安了营，歇一会儿。尽管刘备十分镇静，可也压不住内心的焦急。家小没有下落且不说，关羽能不能借到救兵也没有把握，张飞、赵云还都没回来。他正在惊慌不定的时候，只见麋芳面带污血逃来报告，说："赵云变了心，投奔曹操去了！"大伙儿听了，脸都变白了。这儿就数赵云最有能耐，他一投降曹操，不是全完了吗？刘备瞪了他一眼，说："别胡说八道！"麋芳撇了撇嘴，说："我们全都往南逃，就他一个人单枪匹马地往北跑。我亲眼瞧着他去的！在这兵荒马乱的关头，非亲非故的，谁保得住？"

这一来，刘备可真火儿了，他顺手抄起一支戟，向麋芳扔了过去，吆喝着说："你再胡说，我不饶你！"麋芳这才服了软，连着说："好，好！我不说，我不说！"刘备告诉大家：

"子龙绝不会扔了我走的！"

没多大的工夫，简雍、甘夫人和赵云都先后赶到了。赵云见了刘备，很难受地报告，说："糜夫人身受重伤，已经过世了。我只好草草地把她埋了。托将军洪福，总算救出公子，突出了重围。"说着，从前胸解下阿斗，双手递给刘备。刘备接过来，高兴得差点掉下眼泪来，可他顺手把阿斗扔在地下，说："为了你这个小子，险些丧了我一员大将！"这一扔虽然不太重，可把阿斗扔哭了。甘夫人慌忙把他抱起来，向赵云谢了又谢。

末了，张飞到了。他一进来，就哈哈大笑。大伙儿瞧他的那股乐劲儿，也都精神百倍，连沉闷和疲劳都给他笑跑了。他很得意地把他在桥上大喝一声、吓退曹兵和拆断桥梁的事说了。刘备点点头，说："好！拆断桥梁，阻住敌人，也能叫他们多费些工夫。可是曹操知道我们兵马不多，他一定连夜搭起浮桥，再赶上来。我们还是再辛苦点，连夜抄小道先到沔阳（今湖北武汉一带）去吧。"

他们休息了一会儿，就抄小道往东南走去。走了两天，才到江边。正想歇歇腿，忽然后面尘土大起，鼓声连天，追兵又赶上来了。大伙儿正在惊慌，往江面上一瞧，有不少船只扯满风帆从东到西过来。船上的人一见岸上围着这许多人，还真往江边驶过来。第一只大船上站着一位大将，拿着青龙偃月刀，正是关云长。当时几只大船并了岸，孙乾上来，请众人上船。没多少工夫，大伙儿都上了船，关羽一一看去，就短了个糜夫人。刘备对他说了，大伙儿又叹息了一回，糜竺、糜芳更加伤心。

刘备是惊弓之鸟，催关羽快点儿开船过江。关羽说："不忙。江夏太守刘公子率领水兵一万多名就在后面。"他准备上岸去杀曹兵。张飞和赵云他们有了援兵，同意关羽的打算，索性上岸，迎头赶上去。他们就率领士兵都上了岸，一会儿刘琦的战船也赶到了。刘琦过船来见刘备，说："听到叔父下来，小侄特来接应。"刘备很是感激，就跟他的兵马合在一起，声势就大了。曹兵没料到刘备的兵马会比他们多，害怕了，打了一阵，反倒吃了败仗。曹操的大军正在后面，一两天内没法赶到。关羽、张飞、赵云三位大将就趁着这个机会杀退这一路的追兵，还掳来一些俘虏，夺到不少辎重，回到船上。大伙儿这才稍稍安了心。

刘备因为曹兵已经杀退了，自己的散兵陆续有回来的，就让家小先过江，自己跟诸葛亮、徐庶他们再在西岸等一等。没想到这一等啊，出了事儿了。

原来徐庶从归来的士兵中探听明白，从襄阳跟着来的老百姓被曹军掳去的就有好几万，徐庶的母亲也做了俘虏。徐庶流着眼泪来向刘备辞行！他说："我本来想跟着将军做一番事业，现在母亲被掳去，我的心乱极了。"他指着胸口，接着说："这颗心乱得没法说，我就是留在这儿也没有用处。还是请将军让我到曹营去找我母亲吧！请别怪我。"

刘备皱了皱眉头，叹了一口气，说："我不怪你，我也不好留你。咱们总算交好一场，请你多多保重自己。"他还亲自送他，诸葛亮也送了一段路，就被徐庶拦住，请他先回。诸葛亮只好留步。刘备和徐庶两个人恋恋不舍（形容舍不得离开）地并马而行。徐庶说："我即使身在曹营，也绝不替曹操出主意。"刘备说："是我没福跟先生共事。"说着又送了一程。分手的时候，徐庶千叮万嘱地推崇诸葛亮，说："孔明比我强得多。将军有事跟他商量，错不了。"刘备点点头。徐庶向刘备拱了拱手，说："将军请回，我走了！"

刘备送走了徐庶，失魂似的回到船上，吩咐开船。就这样跟刘琦的战船一同到了夏口。刘备和刘琦进了城，早有东吴的使者鲁肃等着他们了。

## 读有所思

1. 刘备为什么不愿意在逃命的时候甩掉难民？

2. 赵云在曹操的包围中都救出了谁？

3. 刘备的哪位谋士因为救母亲而投靠了曹操？

## 知识拓展

建安十三年（208年），刘表病死，次子刘琮接领荆州，派遣使者请求投降曹操，曹操率领大军南下。刘备率众南行，徐庶带家眷与诸葛亮一起随刘备逃亡，在当阳长坂坡被曹操大军追上，徐庶的母亲被曹军所获。徐庶为了保全母亲，向刘备辞行，刘备不忍。徐庶指着胸口对刘备说道："我本来想和将军一起创建王霸之业，所凭恃的就是这颗心，但是现在我的母亲被曹操抓去，方寸已经乱掉了，对将军也没什么帮助，所以我请求从此与你告别。""方寸大乱"这个成语由此诞生。

# 孙刘结盟

　　鲁肃是孙权派来向刘琦吊丧的。他见到刘琦和刘备，彼此问好，还跟诸葛亮见了面。孙权跟刘荆州有杀父之仇（指孙坚被刘表的部将黄祖所杀的事），怎么反倒派鲁肃来通好呢？原来鲁肃已经跟孙权商议过，打算联络刘备，抵抗曹操。因此，借吊丧的名义顺便来见刘备。没想到刘琮投降了曹操，刘备从当阳败退，鲁肃就在半路跟刘备相见，问他准备上哪儿去。刘备假意说："以前跟苍梧（今广西梧州）太守吴巨有点儿交情，想去投奔他。"鲁肃很坦率地对他说："苍梧远在岭南，地方偏僻，对使君帮助不大。我说您不如联络孙氏，孙将军虚心待人，江东英雄多归附他。现在他拥有六个郡，兵精粮足，可以建立大事业。我为使君着想，不如派心腹去跟他联络，共同抵抗曹军。"

　　刘备心里愿意，可还没回答，诸葛亮在旁边插一句，说："刘使君和孙将军素来没有来往，怎么能轻易去见他呢？"鲁肃微微一笑，对他说："我跟令兄子瑜（诸葛瑾，字子瑜）是朋友。这样吧，我带您到江东去，一来可以跟令兄相会，二来可以跟孙将军商议大事。您看怎么样？"诸葛亮回头对刘备说："事情已经很急了，请让我去见孙将军吧。"刘备同意了，就说："那么，就请先生辛苦一趟。"鲁肃带着诸葛亮动身的时候，向刘备献计，说："为了联络东吴，便于接应，使君不如屯兵樊口（今湖北鄂州一带）。"刘备点了点头。

诸葛亮和鲁肃辞别刘备和刘琦，到柴桑去见孙权。这时候，曹操大军已经占领了江陵，准备向东进兵，可还没到东吴地界。孙权正屯兵柴桑，看看风头。鲁肃把诸葛亮引见给孙权。孙权见他是个年少英俊的士人（诸葛亮当时才二十八岁），孙权正像鲁肃说的"虚心待人"，对诸葛亮很客气。诸葛亮见孙权相貌堂堂，眼神敏锐，不像个庸碌之辈，对他也很尊敬。孙权先开口，说："先生光临，有何指教？"诸葛亮说："几年来海内大乱，将军起兵江东，刘豫州（刘备做过豫州州牧，所以尊他为刘豫州）起兵汝南，跟曹操共争天下。不料曹操平河北，破荆州，扫除豪强，威震四海，逼得英雄无用武之地，所以刘豫州逃到这儿。请将军合计合计：如果能够拿吴越的人马去跟中原对敌，那么不如早点儿跟曹操断绝来往……"孙权皱着眉头说："曹操拥兵百万，顺流东来，我们这儿有人主张作战，有人主张讲和。究竟主战主和，决议不下。"诸葛亮接着说："如果不能抵抗，为什么不放下刀枪，面朝北地伺候曹操呢？现在将军外表上好像听从曹操，内心里摇摇摆摆，没有个准主意。当断不断，大祸快临头了！"

孙权生气似的说："要这么说，刘豫州为什么不投降曹操呢？"诸葛亮说："从前田横，不过是个齐国的壮士，他还能坚守忠义，不愿屈服。何况刘豫州是王室子孙，英才盖世，人们归向他像水归向大海一样，怎么能低三下四地去投降曹操呢？"孙权把话接过去，说："对！我也不能低三下四地把东吴的土地、十万甲兵交给别人！我认为没有刘豫州不能对抗曹操；可是，刘豫州新近打了败仗，怎么还能再抵抗曹军呢？"诸葛亮摇了摇手，说："不对。刘豫州虽然在当阳遭到挫折，可是士兵回来的和关羽的水军就有一万多，刘琦的江夏士兵也有一万多。曹兵老远追来，一日一夜跑了三百多里，弄得士兵筋疲力尽。再说北方人不会水战，坐船也不习惯。荆州百姓被曹操所逼，并不心服。从这几点看来，我可以断定：曹军不是不能打败的。只要将军和刘豫州结成联盟，两处的兵马联合起来，同心协力地抵抗，一定能把曹军打败。曹军一败，必然回到北方去。这样，荆州和东吴都能保全，势力强盛，造成三分天下的形势。成功不成功，全在今天了！"

鲁肃在旁边连连点头。诸葛亮说的正是他心里的话，不必说多么高兴了。可是他在这里不便插嘴，只听见孙权也连连说好。孙权同意跟刘备联合抗曹，不过他还得跟他手下的文武百官商议一下，就请鲁肃陪着诸葛亮去见他哥哥诸葛瑾。兄弟相见，聊聊家常，自有一种乐趣。

孙权召集臣下，商议是出兵抗曹还是派使者求和。恰巧曹操派使者送信来。孙权一看，上面写着：

近来奉命征伐有罪之人。旗子向南一指，刘琮束手归顺。现在率领水军八十万，愿意跟将军在东吴相会，打猎玩玩。

孙权把这封信给他手下的人看，大伙儿吓得说不出话来，好像大祸已经临头，谁也不敢开口。前辈老大臣张昭，在东吴人士中很有声望，他四面一瞧，大伙儿都正望着他，好像要请他出个主意似的。张昭就先开口，说："曹公借着天子的名义，号令天下，征伐四方。我们要是抗拒他，在名义上就是抗拒朝廷，名不正，言也不顺。拿军事的形势来说，将军可以抵抗曹操的，全靠这条长江。现在曹操得了荆州，占领了大片的土地，刘表的水军都归他指挥，大小战船就有一千多只。曹操有了这些水军，加上原来的步兵，水陆并进，所谓长江天险，他已经占了一半，跟我们一样可以利用了。他率领八十万水军，我们的兵马能有多少？寡不敌众，我说不如派使者去迎接曹公。"

　　老大臣张昭这么大胆地一说，大伙儿松了一口气，说话的人就多了。有的说："一打仗，老百姓就得遭殃。"有的说："刘备打了败仗，派诸葛亮来求救，我们何必把别人家的棺材扛到自己的家里来呢？"孙权听着听着，低下头去。不一会儿他站起来，进了更衣室。鲁肃跟了进去。孙权知道他跟进来的意思，拉着他的手，说："你说吧，怎么办呢？"鲁肃说："他们刚才说的那些话都听不得。各人都为自己打算，不能跟这些人商议大事。要说投降的话，我鲁肃可以投降，将军您可不能投降！"孙权一愣，说："那为什么？"鲁肃说："我们迎接曹操，请他来统治东吴，我们照样可以做官。退一步说，做不了大官，也能做小官，不坐高车驷（sì）马，还能坐牛车，照样可以跟名士们来往。将军您要是迎接曹操，自己的地盘就完了，您还能上哪儿去呢？请将军早定大计，别听那些没志气的话！"

孙权叹了一口气，说：“他们这么商议，真叫我失望。你的话正合我的心意，可是要开战的话，叫谁统率军队呢？”鲁肃说：“那还用提吗？请快叫公瑾来商议。”孙权点点头，两个人才出来。孙权立刻派人到鄱阳召周瑜回来。当时主战主和没作决定，大伙儿暂时散了。鲁肃就到宾馆去见诸葛亮，把这些情况告诉了他。诸葛亮说：“公瑾到这儿，我想去拜见他。”鲁肃说：“到时候，我陪您去。”

　　周瑜一到，先去见过孙权。孙权就召集臣下，再一次商议大计。周瑜对孙权说：“曹操尽管托名为汉室的丞相，其实是汉室的奸贼！将军您这么有雄才大略的英雄，继承父兄的事业，占领江东，地方数千里，兵精粮足，应当号召天下，为汉室除暴去害，怎么能去迎接汉贼呢？”孙权故意慢吞吞地说：“谁愿意迎接曹操，就怕寡不敌众（人少的一方抵挡不住人多的一方）。”他拿眼睛往文官队里扫了扫，“所以召你来商量商量。”周瑜说：“您说寡不敌众，我敢说，这是曹操自来送死！请让我说明道理：北方并没平定，马超、韩遂还在关西，不受曹操的指挥，这都是曹操的后患。曹操顾前不顾后，打了南边打东边，犯了兵家的大忌。这是一不利。南方的将士长于水战，北方的将士长于陆战。现在曹操不利用马匹而用船只，叫将士们骑了马再坐船。弃长用短，这是二不利。目下正是严冬腊月，马没有草料，这是三不利。强迫北方的士兵，老远地跑到多湖沼的南方来，水土不服，必然生病，这是四不利。曹操犯了这许多大忌，兵马再多，又有什么用？将军活捉曹操，正是时候了。我愿意率领几万精兵，出屯夏口，一定能替将军打败曹操！”

孙刘结盟

53

右边站着的二三十个武将，像程普、黄盖他们，听了这话，个个扬眉吐气，摩拳擦掌地准备干一下子。左边站着的二三十个文官，像张昭、顾雍他们低着头，偷偷地你看看我、我瞧瞧你。孙权握紧拳头，在案桌上"砰"地一敲，说："老贼早想篡位了，就因为怕袁绍、袁术、吕布、刘表和我这

些人。现在他们都给灭了，就剩下我了。我跟老贼，势不两立。你说应当开战，不应当投降，正合我的心意！"周瑜逼上一句，说："将军下了决心了吗？"孙权站起来，拔出刀来，"啪"的一声，把案桌砍去一只角，向文武百官宣布，说："诸位将官有谁再提起投降曹操的，就跟这案桌一样！"张昭他们吓得不敢再开口，主战主和就这么决定了。

周瑜和鲁肃出来，两个人说了几句话。周瑜请鲁肃去邀请诸葛亮。周瑜做了主人，三个人一块儿喝酒谈心，说话挺对劲。诸葛亮说："孙将军固然已经下了决心，可是主战的人少，曹操的兵马多，万一孙将军有个顾虑，那就麻烦了。我把曹军的实际情况告诉二位，请向孙将军详细说明，他了解了情况，就能增加信心，大事必成。"他就把曹军的情况说了出来，周瑜、鲁肃听了，同声地说："好极了。"

诸葛亮辞去，天已经快黑了。到了晚上，周瑜独自去见孙权，对他说："咱们这儿有些人劝将军迎接曹操，是因为给曹操的那封信吓唬住了，说什么'率领水军八十万'，完全是虚张声势。诸葛亮已经探听明白：曹操自己的北方士兵不过十五六万，这十五六万人马连着奔波作战，已经疲惫不堪了。至于荆州投降的士兵，至多也不过七八万，这七八万人不是曹操的兵马，他们是被迫改编，人人三心二意，一有机会，大多愿意归向刘氏。将军您想：叫疲惫不堪的士兵带领心怀二意的降兵，遥远地跑到江东来，人数再多，也不必担心。咱们跟刘豫州和刘琦的军队联合起来，荆州的降兵就不会甘心替曹操打仗。咱们只要有五万精兵，就可以打败曹军了。"

孙权听了，拍拍周瑜的肩膀，说："公瑾，你这么一说，

我可以宽心了。子布（张昭，字子布）他们这些人，只顾及自己的妻子儿女，一点儿没有远见，真叫我失望。只有你跟子敬（鲁肃，字子敬）和我同心，这是上天叫你们二人来帮助我的！"接着，他眼珠子转了转，说："五万精兵一时不能齐全。这会儿战船、兵器、粮草等都准备妥当的有三万人马。请你和子敬、程普先带着这三万人马去，我再集合第二批精兵，亲自接应你们。万一你们在前面不能称心如意，就回到我这儿来，我一定跟孟德（曹操，字孟德）亲自决一死战！"

第二天，孙权就拜周瑜为左督，程普为右督，鲁肃为赞军校尉，发兵三万，准备去跟刘备会师，共同抗曹。周瑜自从跟诸葛亮见面谈话以后，就想跟他共事。他向孙权推荐，孙权就叫诸葛瑾去说，劝他留在东吴。诸葛瑾奉命去邀请诸葛亮，诸葛亮反倒请他哥哥去投刘备。诸葛瑾知道两个人都不可能离开自己的主人，就向孙权回报，说："我兄弟一心归向刘氏，正像我一心伺候将军一样。他不肯留在这儿，正像我不肯跟着他去一样，好在两家结盟，同心抗曹，也不必都在一处。"孙权把这个意思告诉了周瑜。周瑜就请诸葛亮一同坐船，率领水军到樊口去会刘备。

刘备在樊口眼巴巴地等着东吴发兵来，天天派水兵在江面上巡逻，一听到周瑜的战船到了，就派麋竺去慰劳周瑜。周瑜对麋竺和诸葛亮说："我心里真想拜见刘豫州，可是我率领大军，不能轻易离开。要是刘豫州肯劳他的驾，那就是我的造化了。"麋竺和诸葛亮辞别周瑜，回去见了刘备。刘备立刻坐了小船去会见周瑜，对他说："将军决定抵抗曹公，大计定得好！可不知道将军带来多少人马？"周瑜说："三万。"刘备皱了皱眉头，说："好，就是太少了些。"周瑜微微一笑，说："兵不在多，还得看怎么调度。请豫州看我破曹！"刘备不由得称赞他几句，回去跟诸葛亮他们商量调动将士，帮着周瑜共同抗曹。

周瑜继续进军，战船开到赤壁（今湖北赤壁西北，长江南岸），跟曹军的前哨遥遥相对，好像乌云聚在一起，随时都能来一场暴风骤雨。

## 读有所思

1. 刘备和孙权为什么要结盟？
2. 孙权为什么会下定决心联合刘备抗击曹操？
3. 周瑜带了多少人马去樊口与刘备会合？

## 知识拓展

赤　壁

〔唐〕杜牧

折戟沉沙铁未销，自将磨洗认前朝。

东风不与周郎便，铜雀春深锁二乔。

# 火烧赤壁

公元 208 年（建安十三年）十一月初，曹军追刘备到巴丘（今湖南岳阳一带），再往东到了赤壁山的对岸，大军驻扎在乌林。这时候，孙权坐镇柴桑后方，刘备跑到樊口，刘琦在夏口，周瑜到了赤壁前线，跟曹军隔江相对。曹军的前哨眼看南岸的吴军不多，将士们想占个便宜，给他们一个迎头痛击，就派了一部分的战船去试探一下。不料两军一交锋，曹军就败下去，回到北岸。周瑜收军结营，驻扎在南岸。好像满天的乌云，下了几滴小雨，又停下了。

曹操原来想利用荆州的水军作为先锋，带动大批北军一下子就能把吴军压住。没想到刚一交锋就吃了败仗。他责问荆州的降将蔡瑁、张允："为什么东吴兵少，反倒占了上风？"蔡瑁回答说："荆州的水军好久没操练了，青州和徐州的将士本来不惯于水战，所以反为兵少的所败。我说，只要扎好水寨，操练十几天，就是青州、徐州的士兵也准能学会水战。"曹操觉得有理，就吩咐蔡瑁、张允两个将军去训练水军。

蔡瑁、张允先立了水寨，大船停在外围，好像筑了一座水城，小船在里面来往接应。因为北方人不惯于坐船，更别说在水面上打仗了。曹操就让荆州的将士为教练，帮着青州和徐州的士兵天天操练。一到晚上，战船上点上灯火，照得水面通红，岸上的旱寨更是灯火相连，望不到头。

　　五六天过去了，水寨里的北军还是不服水土，一碰到刮风，起了波浪，有不少人晕船，动不动就吐，饭是更不想吃了。岸上旱寨里的北军并没受到波浪，可是情况也很不好。那年正赶上冬瘟，人还算死得不多，可是病倒的或者感到不舒服的也就不少。急得曹操一面叫人准备大量的医药，一面召集谋士们商议怎么能防止晕船。有人献计，说："把战船用铁链锁在一起，三五只一排或十几只一起，不光用铁链锁住，还可以用木条或铁板钉住，合成一只巨大的方船。这样，就不怕风浪，士兵们也不会晕船了。"大伙儿认为这办法好，曹操同意先试试。果然，战船互相锁住，人在上面好像在平地一样，连马都可以下船，来回地走了。曹操就下令叫军中铁工连夜打造铁链、铁环、大钉，把绝大部分的战船一批一批地连起来。士兵们这才喜气洋洋，不再呕吐了。

　　程昱用手托着下巴颏，闭着眼睛考虑了好久，才对曹操说："不行！战船不能锁！几只大船锁在一起，行动不便。万一敌人用火攻，只要几只船起火，连着就都烧起来，逃都逃不了，那还了得！"大伙儿听了，着急地说："哎呀，那还了得！赶快先把战船拆散了吧！"曹操笑了笑，说："这倒用不着担心。"荀攸也着急了，他说："火攻不能不防，丞相为什么发笑？"曹操说："你们只知其一，不知其二。我早就料到这一点了。要不，我怎么能同意锁船呢？你们知道目前正是严冬腊月，不刮风也就罢了，一刮起风来，十之八九不是西风就是北风。咱们兵在北岸，东吴兵在南岸，他们要是用火攻，不是自己烧自己吗？如果在春天或者十月小阳春的时节，一刮风就是东南风，那就万万不能把战船都锁起来了。"大伙儿听了，才放了心，不得不钦佩曹操高见出众，又想得周到。

那天正是十一月十五日，明月当空，水波不兴。曹操和将士们在大船上喝酒赏月，一眼望去，沿江都是灯火，江面上的倒影，闪闪发光，已经够叫曹操兴奋了，抬头一看，那颗滚圆的、静静的月儿也正瞧着他。他已经喝了六七分醉，拿着长矛站在船头，又是高兴，又是感慨无穷。忽然听见岸上的乌鸦"哇哇"地叫着向南飞去。曹操望着月亮，听了乌鸦的声音，心中有所感触。他对左右说："我拿着这支长矛，破黄巾，擒吕布，灭袁术，除袁绍，深入塞北，击退乌桓。我今年已经五十四了，如果这次能够打下江南，统一中原，就不算虚度一生了。诸君请别见笑，我说，对酒当歌，人生几何？好像早晨的露珠儿，一转眼就消失了。要是不做点儿事，岂不虚度一生？"说着，他当场作了一首歌，哼了起来，其中有四句大意是这样的：

> 月明星稀，乌鹊南飞，
>
> 绕树三匝，何枝可依？

大伙儿听了，心里都触动了一下，谁都不说话，让月亮静静地照着，照得真有点儿叫人憋得慌。还是曹操哈哈大笑。

他说："作诗唱歌嘛，就这么凑凑词儿，请诸君别介意。还是进来，再喝几杯吧！"

他们刚进了船舱坐下，有个军官进来报告，说："东吴有人送信来。"曹操召他进来，一见，是个打鱼的老大爷。他呈上书信，原来是东吴的大将黄盖派他的心腹扮作渔翁来送信。那信上写着：

> 我黄盖受了孙氏三世厚恩，一向当着将军。三个主人都待我不薄。但是天下事情，还得顾到大势。拿江东六郡山越之人去抵挡中原百万大军，兵力强弱，相差多远，这是谁都看得明白的。江东的将士和官吏，不论有见识没见识，可都知道不能抗拒大军。只有周瑜和鲁肃两个人，不知道天高地厚，又浅薄又鲁莽，没法跟他们说理。我受了点气，倒是小事，今天归顺朝廷，这是大义。周瑜所带领的人马，一来人数不多，二来斗志不强，容易消灭。交锋那一天，我为前部，到时候一定随机应变，立功图报。

曹操把信翻过来掉过去，看了又看，眼睛盯着使者说："你们也耍花招来个假投降，是不是？"使者竭力辩白，说："黄老将军因为反对周瑜，挨了一顿毒打。他是真心诚意地来归顺丞相，一则为国效劳，二则也为自己报仇雪恨。是非利害摆在眼前，丞相用不着怀疑。"曹操对他说："黄将军如果真心归降，朝廷一定给他高官厚禄。我不写回信，你们随时来通消息就是了。"

东吴的使者一走，曹操为了防备周瑜和黄盖的"苦肉计"，特地再派探子到东吴去探听动静。第二天，就有探子回来。过了一会儿，那第二次派去的探子也回来了。他们都说东吴内部不和，就把详细的情况说了个大概。他们说周瑜召集将士们，叫他们准备三个月的粮草，一定要把曹军打回去。老将黄盖再一次劝告周瑜听从张昭他们一班老大臣的话，归顺朝廷。周瑜怒气冲冲地说："我奉讨虏将军（指孙权）的命令跟刘豫州同心破曹，你竟敢说出投降的话，扰乱军心。不把你办罪，那还了得！"

黄盖也惹了火儿。他骂着说："你受了讨虏将军的命令，就这么狂妄自大，我黄盖一向跟着破虏将军（指孙坚）、讨逆将军（指孙策）在东南一带打了多少次仗，立了多少次大功，你这小子算老几？也敢在老前辈跟前作威作福！"周瑜气得暴跳如雷，吆喝着说："推出去砍了！"将士们苦苦央告，请周瑜从宽处罚。周瑜不好过于使性，就吩咐左右把黄盖责打五十军棍。武士们当场把黄盖剥去衣服，拖翻在地，噼噼啪啪地打得黄盖皮破肉绽，鲜血迸流，早已昏过去了。

探子们末了说："周瑜打黄盖这件事，谁都知道。东吴有不少人都替黄盖打抱不平，可是听说黄盖已经认了错，服了。这会儿正在医治、休养。"曹操和谋士们听了这个确实的报告，就眼巴巴地等着黄盖来投降。万一是个假投降，那也没什么，等他到了这儿再杀他也不晚。

过了五六天，黄盖又去了一封信，大意说："周瑜防备严密，一时不能脱身。这几天当中将有运粮船到，江面由我巡查，到时候船上插着青龙旗的就是粮船，也就是投归朝廷的船。"

黄盖按照周瑜的计划，准备了几十只大船，船上装满了干草、芦苇，灌饱了膏油，上面盖着油布，船头插着青龙旗。一切布置停当，请周瑜检查。那天正刮着风，江面上波浪翻腾，水花直打到岸上来，船上的旗子扑鲁鲁地飘得欢。周瑜看着看着，想起了一桩心事，一霎时头晕眼花，差点儿倒了下去。回到营里，就病倒了。鲁肃慌了手脚，连忙给他请医调治。周瑜说："用不着请大夫，还是请孔明先生过来商量商量吧。"好在樊口离赤壁不远，鲁肃很快请到了诸葛亮，跟他说了说周瑜在江边得病的情况。两个人进去看周瑜，略略一谈，周瑜叫手下的人都退出去，他对诸葛亮和鲁肃说："不瞒二位，我这个病是刮风刮出来的。"诸葛亮说："我知道。给您开个方子，怎么样？"周瑜愣了一下，说："请先生指教。"

诸葛亮拿起笔来写了四句话。周瑜和鲁肃一看，上面写着：

要破曹操，当用火攻；
万事俱备，独缺东风。

周瑜脱口而出："是呀，可怎么办哪？"诸葛亮说："虽说天有不测风云，可是风云也得顺从季节。目前严冬腊月，西北风是经常的。后天就是冬至。冬至一阳生，春气转了，到时候，十之八九能起东南风。"周瑜给他这么一说，病完全好了。当时送走了诸葛亮，立刻叫黄盖继续准备。

果然，到了冬至那天，刮起东南风来了。黄盖又去了一封信给曹操，约定晚上带着几十只粮船到北营来投降。

一到黄昏时分，风越刮越大。黄盖率领着几十只大船准备出发。每只大船船尾拴着两三只小船，弓箭手都躲在小船里。一声号令，船队依次出发。到了江心，扯满了风帆，直向北岸驶去。北岸的曹军早已作了准备，等着接收粮船了。那天晚上，星光闪闪，江面上还望得见船只移动。曹操带着几个谋士和卫队正在楼船上瞭望（特指从高处或远处监视敌情）。忽然瞧见对岸的船队顺风而来，隐隐约约还飘着青龙旗。曹操理了理胡子，得意地说："黄盖果然来了。"贾诩皱着眉头，说："今天起了东南风，咱们得防备意外。"程昱接着说："来船轻快得很，绝不是粮船。"曹操忽然叫了一声："哎呀，那还了得！"他立刻下令派将军们发出一队小船去传命令："来船抛在江心，不准过来！"一面叫各船将士准备弓箭。

号令刚下去，东吴的大船已经过来了，离北岸才二里光景。一眨巴眼儿的工夫，几十条大船同时起火，火焰冲天，火船被狂风刮着，好像射箭一样地直飞到北营里来。火趁风势，风助火威，水寨中一处起火，就成了火种，立刻烧到别的船。水寨外围都是大船，大船三五只一排，十几只一连，都用铁链锁住，还用木条和铁板钉住，散都没法散，逃也没法逃，只能听天由命，让大火烧个够。这还不算，东吴大船后面的小船，放了大船，立刻排成队伍，不慌不忙地逼近北营，接连发射火箭。不但水寨里的战船被烧，连岸上的营寨也着了火。岸上的人和马烧死了不少，水里的士兵烧得焦头烂额，扑通扑通地都掉在水里，好像要把长江填满似的。曹操正在上岸不得、下水不能的紧要关头，幸亏张辽带着一队小船把他救了出来，一面叫水兵射箭保护着曹操，一面像飞一样地逃了。

黄盖在火光中瞧见了曹操，不顾死活地追上去。划船的

水兵正如猎狗见了小兔子，一个劲儿地追，小兔子更是要命地逃。黄盖看着越追越近了，没防到乱箭飞来，肩膀上中了一箭，一个倒仰掉在水里。后面韩当的水军赶到，黄盖在水里大声喊叫救命。韩当听出是黄盖的声音，连忙把他救起，叫人送回大营医治。北营的战船只有一部分沿江逃去，可是东吴的战船集中起来，周瑜亲自擂鼓，从后追赶，杀得曹兵死伤了一大半。赤壁山的对面一片大火，红了半条江。

曹操逃了一程，上了岸。将士们陆续找到了他，集合了一队人马，急忙忙向乌林退去。沿路又被赵云、张飞、关羽他们截击，杀出一重，又是一重。等到东方发白，才逃出了虎口。检点兵马，只有几千名士兵。曹操准备退到南郡去。士兵们报告：前面有两条道，一条是通南郡的大道，一条是抄华容的小道。大道远，好走；小道近，可是路窄地险。到底走哪条好，将士们意见不一。曹操眯着眼睛琢磨了一下，说："抄华容小道。"

他们走了一段，的确路窄地险，不大好走，这且不说，大风没停，倒也罢了，忽然下起雨来。风越刮越大，雨越下越急，小道变成了泥坑。曹兵拖泥带水地走着，一步一滑，一滑一跌，已经可怜极了。那些骑马的也好不了多少，马蹄陷在泥坑里，拔都拔不出来。将士们就叫小兵沿路铺草。小兵们肚子早就饿了，身子淋成了落汤鸡，天又冷，冻得直打哆嗦。好在小道上没有追兵，可是也许正因为没有追兵，大伙儿一松劲，更走不动了。有些士兵干脆倒在道上。道又窄，一溜几十个人一躺下，就把道儿堵住了。曹操为了鼓励士气，故意哈哈大笑。将士们挺纳闷地问："我们到了这步田地，哭都哭不出来，丞相怎么还发笑呢？"

曹操说："人们都说周瑜、诸葛亮足智多谋，我看也不过如此。要是在这儿埋伏着一队兵马，我们还不全做了俘虏吗？他们一定以为我不会像平常人那样走小道，而我却偏偏当作平常人抄小道走，这就出于他们的意料，所以我笑他们到底平常。"

话虽如此，曹操认为华容道上究竟不是休息的地方，万一敌人追上来，那可不是闹着玩的。他就从士兵躺着的道上踩着过去。路上还是有说有笑地一直到了江陵。谁都佩服他在极端困难的时候，还有这种乐观劲儿。可是一到了江陵，他就长长地叹了一口气，还真哭起来了。这从哪儿说起呀！

### 读有所思

1. 谁用了"苦肉计"骗得了曹操的信任？
2. 曹操利用哪两个人训练水军？
3. 为什么诸葛亮一来拜访周瑜，周瑜的病就好了？

# 夺取江南

　　曹操叹了一口气，伤心地说："这次要是郭奉孝还在的话，我也不至于败到这步田地。"说着又哭了："伤心哪奉孝！痛心哪奉孝！可惜呀奉孝！"谋士们和将士们听着，又是难受，又是害臊。当时大伙儿略略休息一下。第二天，曹操吩咐征南将军曹仁和横野将军徐晃镇守江陵，对他们说："刘备、周瑜必然赶来，你们不可轻易出战。我先回许都调度兵马，到时候，再作布置。"

　　果然，不出曹操所料，刘备和周瑜联合进攻，水陆并进，追到南郡，跟曹军隔江相对。曹仁只守不战，弄得周瑜没法跟他交锋。彼此相持了几天以后，刘备向周瑜献计，说："江陵城内粮草充足，一时不容易打下来。不如分兵夹攻它的左右。我想叫张翼德带领一千精兵跟着您攻打正面，请再给我两千人马，我打算从夏水（河流名，汇入长江）过去，从东路绕到北面去截击曹仁的后路，您再派一队兵马去夺取夷陵（今湖北宜昌一带）。这样，三面夹攻，曹仁非退兵不可。您看怎么样？"

周瑜同意了。可是他觉得刘备叫张飞留在这儿，分明是怕他不放心，这又何必呢。他很诚恳地说："翼德还是跟您在一起方便些。"周瑜又加了两千人马给刘备，让他去截击曹军。另外拨给甘宁三千人马，叫他去打夷陵。

甘宁带了三千人马渡江到北岸，马到成功，夷陵拿下来了。可是曹仁分兵反攻，又把夷陵围住了。甘宁一队人马成了孤军。他火速向周瑜求救。周瑜要想发兵去，又怕曹仁出来反击，弄得他进退两难。还是吕蒙想出个办法来，他对周瑜和程普说："请凌公绩（凌统，字公绩）留在这儿守住大营，我和程将军跟着都督一同去救夷陵，准能解围。来回不过十天。十天之内我敢担保公绩一定能在这儿守住。"周瑜就叫凌统守住营寨，自己带着大队人马去救夷陵。

围攻夷陵的将军正是曹仁的叔伯兄弟大力士曹洪。他可没料到周瑜会离开大营带着程普、吕蒙、周泰、韩当这么多大将来跟他拼。刚一交战就败下去了。城内的甘宁一见救兵到了，就从城里杀出来，内外夹攻，杀得曹兵大败而逃，连战马都丢了三百多匹，全给东吴拿去了。曹洪带着残兵败将，逃往江陵去跟曹仁合在一起。曹仁丢了一个夷陵，可是江陵的防守反倒加强了。

周瑜打退了曹洪，救了夷陵，回到大营，吩咐大军渡江，驻扎在北岸，跟曹仁的军队更接近了。周瑜经常叫将士们去叫战，曹仁经常坚守不出。有时候也出来对敌一下，双方都有些死伤。曹仁也够厉害的，他依靠后方巩固，城里粮食充足，认为江陵城要守多久就能守多久。这倒不是他完全吹牛。周瑜在这一地区攻打了一年多，还没能把江陵打下来。刘备也没能把它的后路截断。

刘备要截断曹仁的后路的话，他必须绕到北面去，可是正相反，他净往南走。原来刘备采用诸葛亮的计策，表奏刘琦为荆州刺史，派关羽、张飞、赵云三个将军分头去攻打长沙、武陵（今湖南常德一带）、桂阳和零陵四个郡。长沙太守韩玄、武陵太守金旋、桂阳太守赵范、零陵太守刘度，先后都投降了。刘备接收了这四个郡，仍旧叫原来的太守为太守。不但如此，还来了两个将军和不少兵马。庐江军营里有个将军叫雷绪，带着几万名士兵来投奔刘备。长沙太守韩玄有个部将，很有能耐，人们都管他叫老英雄，姓黄名忠，字汉升，南阳人，原来是刘表的中郎将，跟着刘表的侄子刘磐镇守长沙和攸县。这会儿他从攸县跑来归附刘备。刘备的势力开始壮大起来了。他拜诸葛亮为军师中郎将，总督长沙、桂阳、零陵三个郡，征收赋税作为军饷。接着又让赵云领桂阳太守。桂阳太守不是赵范吗？怎么又叫赵云去了呢？

起初桂阳太守赵范一见赵云发兵前来，自己觉得不能抵抗，就开了城门，亲自捧着太守的印绶到大营里去投降。赵云为了鼓励当地的人士，把赵范当作上宾款待。赵范十分感激。为了表示亲切，他对赵云说："将军姓赵，我也姓赵；将军是真定人，我也是真定人。同姓又同乡，我真感到荣幸。"赵云听了，也觉得在遥远的南方碰到这么一个同乡，着实难得。

第二天，赵范请赵云到城里出榜安民。赵云不愿意惊动老百姓，只带着几十个随从进了城。赵范请赵云到太守府喝杯水酒表示欢迎。赵云挺豪爽地去了。赵范特地请赵云到后堂畅饮几杯，赵云摸了摸腰间挂着的宝剑，大胆地进去了。三杯以

后，赵范请出一个女子来，叫她给赵云敬酒。赵云一看，是个大美人，倒觉得很不自在。他问赵范："这位是……"赵范说："是我家嫂嫂樊氏。"赵云向她回了礼。樊氏又给赵云斟了一杯酒，就进去了。赵云对赵范说："不该惊动令嫂，怎么可以请她出来斟酒呢。"赵范说："这里面有个因由。请将军不要怪我冒昧，我就实话实说吧。家嫂樊氏青年守寡，我家劝她改嫁，她说除非有个出色的英雄才可商量。这次天缘巧合，见到了将军。如蒙将军不弃，我做大媒，您看怎么样？"

赵云推辞，说："既是同姓同宗，令兄就是我的兄长，令嫂就是我的嫂子。我不能乱了人伦，这事万万不敢遵命，还请多多原谅。"这几句话说得赵范红了脸。赵云出来，他怕赵范也许下不了台阶，发生变乱，就吩咐部下日夜加紧防备。有人劝赵云，说："同姓结婚的也不是没有，何况她姓樊，把樊氏娶过来也是一件美事，何必这么固执呢？"赵云很正经地说："你们哪儿知道。赵范被逼投降，是不是真心归附，就这么短短几天，你敢担保吗？天下女子不少，何必一定要这一个呢？"赵范果然不是真心归附，他一见赵云辞婚，找个机会，逃了。因此，刘备让赵云领桂阳太守。

刘备得到了荆江以南四个郡，有了自己的地盘。这全是由于孙刘联盟共同抗曹的好处，大伙儿都很高兴。可惜阿斗的母亲甘夫人在长坂坡得病，一年多来，终于不治身死。刘备接连死了妻小，不免难受。诸葛亮劝他不要过于伤心，倒是帮着荆州刺史刘琦去夺取荆州要紧（刘表以襄阳为荆州郡治，东吴以南郡为郡治。这里所说的荆州是指襄阳）。可是江陵还没打下来，就没法回到襄阳去。他们就派人去探听周瑜那边的消息，才知道周瑜中了曹仁的计，险些丧了命。

曹仁在江陵守了一年多，眼看粮食快要完了，救兵又没来。他决定跟周瑜大打一场。他在城里布置了埋伏，外表上装出准备逃跑的样子，开了城门去跟东吴交战。周瑜在高台上瞭望，只见城头插满旗子，出城的士兵腰间还拴着包裹、草鞋什么的。他就有几分料到曹仁可能准备走了。他派吕蒙、韩当、周泰、蒋钦四员大将出去对敌，叫程普、凌统守营，自己带着徐盛、丁奉他们看准情况准备夺城。一阵鼓响，曹仁、曹洪带着军队杀出来了。这边吕蒙、韩当等四员大将上去交锋。打了一阵，曹仁、曹洪败走，他们可并不退回城里。曹兵乱了队伍，抢着往西北跑，谁也不敢回城。可见他们确实弃城逃了。周瑜看得清楚，吩咐士兵抢城。徐盛、丁奉进了城，周瑜也跟着进了瓮城。冷不防地一声梆子响，两边钻出弓箭手，一齐放箭，好像下了一场阵雨。周瑜急忙回身，右边肋旁已经中了一箭，翻身落马。城里的曹兵趁机杀出来捉周瑜。幸亏徐盛、丁奉退回，拼命把他救回。他们刚退出瓮城，曹仁、曹洪的兵马又杀回来了。吴兵大败。程普、凌统出来接应，三路兵马合在一起，才把曹军打了回去。

过了三天，曹仁探听明白，说周瑜中箭，受了重伤，不能起身，快死了，吴兵准备渡江逃去。曹仁这才透了一口气。他抓紧时间率领兵马出城，想再一次打击吴兵。周瑜伤重倒是真的，可是他用布帛扎住伤口，带病上马，支撑着跑到军前，大声嚷着说："曹仁匹夫，快出来跟周郎拼个高低！"曹仁心想自己中了计，以为周瑜没中箭，赶紧下令退兵。曹兵纷纷往城里直逃。吕蒙、韩当、周泰他们赶上，杀了一阵。曹仁知道没法再守下去，就扔了南郡向北退去了。

　　周瑜进了江陵城，治了箭伤，向孙权送了捷报。孙权任命周瑜为南郡太守，屯兵江陵，程普领江夏太守，吕范领彭泽（今江西九江一带）太守，吕蒙领寻阳令（今湖北黄梅一带）。这几个郡都在东边，比较偏。刘备就向朝廷表奏孙权为车骑将军，领徐州州牧。

　　孙权正想去联络荆州刺史刘琦，可惜刘琦害病死了。他跟鲁肃商议下来，两个人都认为赤壁之战亏得刘备相帮，才敢抵抗曹操，保全东吴，以后还得相帮相助。他们还认为曹操绝不肯轻易放过东吴，不如让刘备守住荆州，挡住曹操那一头，作为东吴的屏障。孙权就向朝廷表奏刘备领荆州州牧，还告诉周瑜让刘备管辖荆江南岸零陵、桂阳、武陵、长沙四个郡。周瑜明知道那四个郡原来是由刘备、关羽、张飞、赵云他们打下来的，也只好归给刘备。这一来，刘备就大胆地把大本营设在油口（今湖北公安一带），改名公安。

　　赤壁之战以后，一年来刀兵没停止过。孙权自己率领一队兵马进攻合肥，可没能打下来。曹操因为中原地区连年遭到兵灾，粮食生产很困难。合肥是个生产粮食的好地方，绝不能放弃。他不但动用大队兵马守住合肥，而且还派水军由肥水赶到那边，再动员民夫修理芍陂（què bēi，水渠名），就在合肥屯田。孙权只好退兵，回到京口。他正想再派些将士去帮助周瑜，不料丹阳郡、黟县（黟 yī；今安徽黄山一带）和歙县（歙 shè；在休宁县西北）地界里山越族的首领陈仆、祖山等率领几万山越人反抗孙权派去的官府，孙权就派威武中郎将贺齐前去镇压。因此，不能再派更多的兵马去帮助周瑜。

同样，曹操也正因为庐江郡有好几个县发生叛变，他派荡寇将军张辽发兵去征伐，不能再派更多的兵马去帮助曹仁。张辽打了胜仗，奉命跟乐进、李典带着七千多人屯兵合肥。

就这样各方面互相牵制着，孙权更需要刘备挡住荆州那一头。刘备趁着机会稳扎稳打地占领了江南，尤其是湘水以西的地盘。赶到曹操回到许都，孙权回到京口，张辽屯兵合肥，周瑜屯兵江陵，刘备屯兵公安，一年来争夺地盘的混战，暂时告一段落。这反倒叫曹操很不安心。他认为要是把孙刘两家逼得紧了，他们必然联合起来，彼此相帮相助，要是对他们略为放松点儿，他们为了各自抢夺地盘，说不定彼此打了起来。没想到孙权听了鲁肃的话，情愿让些土地给刘备，刘备屯兵公安，连周瑜也没表示反对。这怎么能叫曹操放下心去呢？

曹操正在为难的时候，有个名士向他献计，说他能叫周瑜过来归顺朝廷，那真太好了。

## 读有所思

1. 曹操想到郭嘉，为什么会流下眼泪？
2. 赵范提议把嫂嫂嫁给赵云，赵云接受了吗？
3. 赤壁之战后，谁占据了荆州的大部分地盘？

# 东吴招亲

　　那个名士是九江人，叫蒋干，很有口才，在江淮一带也算是个人才，辩论起来，谁都说不过他。他对曹操说："我跟周公瑾是同窗好友，跟他说明是非利害，我想可以劝他来归降的。"曹操就秘密地派他过江去见周瑜。

　　蒋干穿着布衣，戴着布头巾，打扮成一个不计较功名富贵的隐士模样，渡过襄江，到了江陵去拜访周瑜。周瑜一听到蒋干过江的报告，就特意把自己打扮一下再去迎接他。原来周瑜为人风流潇洒，平日喜欢穿便服。做了都督，有时候还是头戴方巾，手执鹰毛扇，好像没事的神仙似的那么舒坦。这会儿一听到蒋干来了，就故意穿戴成大官儿的派头。他不准备跟蒋干比文雅劲儿，倒要跟他比比富贵似的。

　　周瑜把蒋干迎接进去，立刻就说："子翼（蒋干，字子翼）辛苦了，渡江过河老远地跑来，是不是来替曹氏做说客？"蒋干说："我跟您分别几年，特来拜访，叙叙过去的交情，您怎么疑心我是来替曹氏做说客？"周瑜笑着说："我虽说比不上师旷那样精于音乐，可是听了琴弦，也能知道弹的是什么曲子。"原来周瑜长于音乐，就是喝了酒，也能听得出乐曲中的错误。他一听出错误，一定要回过头去看一看。这已经成了习惯了。所以当时有这么一句歌谣："曲有误，周郎顾。"蒋干跟他是老朋友，当然知道。周瑜就拿听音乐作个比方，当面揭露蒋干的企图。蒋干生气了，向周瑜拱了拱手，说："您这样对待朋友，我只好告辞了！"

周瑜很殷勤地留着他，跟他一块儿喝酒、聊天。接着，周瑜对他说："我有些要紧的事，暂时失陪了。请您在宾馆里委屈几天，我办完了事，再来请您。"

过了三天，周瑜陪着蒋干参观军营，故意指给他看看仓库、兵器和别的军用物资，还问他："粮草、军械，不太少吧？"蒋干只好说："兵精粮足，名不虚传。"两个人回来之后，又是喝酒、聊天。周瑜还把豪华的服装、名贵的古玩向蒋干夸耀一番，挺得意地说："人生在世，好容易碰到了知己的主人，名义上固然有上下尊卑的分别，实际上跟骨肉一样地亲密。我说句话，他一定听，我献个计，他一定依。我们有福同享，有祸同当。我有了这么个主人，就说苏秦、张仪、郦生、陆贾再活转来，我也只能拍拍他们的脊梁，叫他们趁早闭上嘴。哈哈哈哈！"蒋干也只好跟着打个哈哈。

蒋干知道周瑜是个雅人，也知道他喜欢戴方巾，摇鹰毛扇，所以自己特地换上布衣葛巾来见他。没想到周瑜故意在他跟前装作夸耀富贵、专讲势利的俗人。这明明是在讽刺他，蒋干哪儿能看不出来。他整了整葛巾，掸（dǎn）了掸布衣，一字不提朝廷大事，就这么跟周瑜告别了。

蒋干回去，换了衣帽，向曹操报告了一番。末了，他不得不说："周公瑾为人雅致，气量大，品格高，不是几句话可以说服他的。"曹操对周瑜也只好死了心。他就从事于补充军队，搜罗人才，暂时搁下东吴这一头。孙权和鲁肃也就利用这个时机尽可能地想办法来巩固跟刘备的联盟。

孙权见刘备屯兵公安，多少也有些顾虑，后来听说荆州方面以前刘表的属下纷纷投奔刘备，孙权更不安心了。鲁肃对他说："孙刘联盟，东吴就能转危为安，一旦两家失和，必然两败俱伤。只要让曹操知道孙刘两家越来越亲密，他就不敢再发兵来。"孙权点点头，说："您说得对。要不要把临近公安的地方也让他去镇守？"鲁肃说："这倒不必。我想着另一件事，刘荆州接连丧了妻小，还没续娶。要是孙刘两家结成亲戚，那该多么好哇。"

孙权就打算把自己的妹妹嫁给刘备，鲁肃把这个意思向诸葛亮透个信。诸葛亮在孙刘联盟、同心抗曹这件事上跟鲁肃完全一条心。他巴不得促成这门亲事。刘备也愿意多多联络东吴。这么着，男女双方互相通了使者，这门亲事很顺利地就说妥了。

公元 209 年（*汉献帝建安十四年*）十二月，刘备准备到东吴去迎亲。诸葛亮对他说："将军这次去东吴，是忧是喜各占一半。孙权目前害怕曹操，倒是愿意联亲，只怕周瑜从中阻挠，好在鲁肃能顾全大局，不至于出什么大的差错。可是将军千万要快去快来。此外，还得挑个合适的人做个近身卫士才好。"

刘备把赵云从桂阳调回来，保护着他到京口去见孙权。

两个人初次见面，同是三国英雄，又是姑爷、大舅，彼此说些仰慕的话。孙权择个好日子，给刘备办了喜事。结婚那天晚上，刘备送出了贺客，就有使唤丫头领他进屋。他刚走近新房，还没进去，就吓了一跳，连忙回身。原来他瞧见新房里刀枪密布，杀气腾腾，房里丫头一大队都带着刀枪站在两旁。刘备见了这种情况，不由得怀疑起来，他想："难道我真上圈套了吗？"他问了问手下的人："这是怎么回事？"其中有个领头的侍女说："皇叔请别见怪。我们的郡主从小喜爱武艺，随身不离兵器，平常也教侍女们使棒弄枪，她屋子里就喜欢这么布置。"刘备说："今天新婚之喜，可以不必这样了吧。"。

侍女把刘备的话转告新娘，新娘撇了撇嘴，说："打仗打了半辈子，还怕刀枪哪！"说着，叫侍女们撤去刀枪，身上的佩剑也都摘了。刘备当时就感觉到：这位新夫人今天这么布置洞房，还不是有意要显一显她的神气劲儿？这么一个夫人恐怕以后不容易对付，他不由得担了一份心。

结婚以后，两口子倒挺恩爱，孙权对待刘备也着实热心。刘备在东吴一住就是半个多月。赵云催他快点回去，刘备就向孙权辞行。孙权一再挽留，请他安心多住几天。

孙权并不是故意不让刘备回去，他倒是有心跟他多结交结交。孙权特地把鲁肃和吕范召来，把江陵太守周瑜给他的信让他们看，还要听听他们的意见。他们一看，信上写着：

> 刘备是个英雄，再加上关羽、张飞像老虎那样的将军帮着他，他绝不会长久屈服在别人手底下的。我们应当把刘备留在东吴，给他多盖些宫室，多给他美女和玩

好，让他好好享受享受。再把关羽、张飞两个人分开来，叫他们各人住在一个地方。然后我们才能够把刘备制服。现在我们还把土地割让给他，帮他建立地盘。这三个人合在一起，都占领着战争的场地。蛟龙一旦得到了云雨，恐怕不再是水池子里的东西了。请将军仔细考虑。

吕范同意周瑜的想法，劝孙权把刘备软禁在东吴。鲁肃反对，说："不行！将军虽然神武，威力还比不上曹操。我们刚到荆州，对人民没有什么恩德可说，人心还没归附。曹操打了败仗，存心报复，必然还想夺回荆州。荆州人士投奔刘备的不少，不如叫他去安抚荆州，让曹操多一支敌军，我们可多了一个帮手。"鲁肃的话正说到孙权的心坎里，他就不听周瑜和吕范的主张，很殷勤地招待着刘备。

东吴的大臣中对待刘备就这么分成两派。虽然大伙儿同样招待着新姑爷，可是无形中就有两种不同的味儿。赵云的嗅觉尤其灵敏，他偷偷地告诉刘备，说："夜长梦多，请将军别忘了孔明先生的话。咱们不如赶紧回去吧。"刘备也隐隐约约地听到些对他不利的闲言闲语。他就把这些情况老老实实地告诉了孙夫人。孙夫人真够夫妻情分，立刻决定跟着他一同走。

为了防备可能发生的阻挡，刘备只给孙权留下一封信，孙夫人也不向她哥哥辞行（吴太夫人已于七年前死了），跟赵云他们静悄悄地下了船。那天正赶上东南风，扯起风帆，很快地往西驶去。等到孙权看到了刘备的信，新夫妇已经走了。他马上带着鲁肃、张昭他们十几位大臣下了飞云大船，一声令下，大船左右的划桨一齐划动，所有的风帆全都扯满，那只飞

林汉达

三国故事全集

82

云大船立刻乘风破浪，就像飞一样地赶了上去。没多大工夫，就快把小船追上了。刘备一见后有追兵，越驶越近，不由得提心吊胆。赵云拿起弓箭准备抵抗。孙夫人眉毛一挑，生了气，按着佩剑出来，把自己的身子挡住刘备，叫他别害怕。只见大船前艄站着鲁肃，左右士兵高声喊叫"刘荆州慢行！刘荆州慢行！""孙车骑亲来送行！孙车骑亲来送行！"

刘备一见鲁肃在场，就放下了心，叫人下了风帆，等着。大船慢慢地过来，鲁肃先向刘备拱拱手，说："孙车骑亲来送行。"刘备带着孙夫人上大船来见孙权，向他赔不是，说："曹操不能放过荆州，我不得不回去防守。"孙权说："是我不好，没早点给你们送行。"说着，就在大船上摆上酒席，孙权自己和张昭、鲁肃等十几个人向刘备和孙夫人敬酒。刘备和孙夫人不敢多耽搁，很快地就向孙权告别，回到自己的船上。孙权他们都过来送到小船，又坐了一会儿。张昭、鲁肃他们先出来了，孙夫人进了内舱，赵云站在前艄，只有孙权一个人留着跟刘备说几句体己话。

刘备叹了一口气，说："公瑾文武双全，像他这样的人才，一万人中也挑不出一个来。可是他器量大，目光远，只怕不能长久屈居臣下。"孙权点点头，微微一笑，就出来上了大船。刘备夫妇再一次向大船告别，扯起风帆，一路平安，回到公安。诸葛亮他们出来迎接。刘备对他说："先生说这次去东吴，是忧是喜各占一半，真说得对！要是仲谋（孙权，字仲谋）听了周瑜，我恐怕回不来了。"当时大伙儿全都喜气洋洋，大摆酒席，庆贺刘备迎亲归来。

没过了多少日子，孙权派使者送信给刘备，约他共同去攻打蜀郡。刘备和诸葛亮都没防到东吴来了这一手。孙权和鲁肃从没提起过这件事。不知道是谁出的主意。这真叫刘备太为难了。

## 读有所思

1. 孙权把自己的妹妹嫁给刘备，目的是什么？
2. 谁作为近身护卫，陪刘备到了东吴？
3. 刘备是怎么从东吴回到荆州的？

## 高频考点

（山东济南中考真题）明朝人罗贯中写的小说《三国演义》中，有"蒋干盗书""孔明草船借箭""周瑜打黄盖""诸葛亮借东风"等情节，这些脍炙人口的故事描写的是哪一次战役？
（　　）

　　A. 桂陵之战　　　　　　B. 巨鹿之战

　　C. 赤壁之战　　　　　　D. 淝水之战

# 借荆州

　　南郡太守周瑜从江陵到京口去见孙权，问他为什么让刘备回去。孙权说是为了防备曹操。周瑜说："曹操打了败仗，大失威望。他首先得安定内部，对付反对他的人，绝不会在这个时候再发兵来跟将军纠缠。倒是刘备，我们不能放松。他要是不侵犯东吴，必然去夺取蜀郡。如果我们能够先下手，一定可以占上风。我打算跟奋威将军（丹阳太守孙瑜，孙坚的侄儿）一同去取蜀郡，兼并张鲁，叫奋威将军守在那边，再叫他跟马腾的儿子马超联结起来，互相支援。到那时候，我就可以回来再跟将军一起去夺取襄阳，进逼曹操，打到北方去。消灭了曹操，就不怕刘备这一边了。"孙权完全同意，就叫周瑜整顿兵马，跟奋威将军孙瑜一同去攻打蜀郡。

　　可是周瑜回到江陵就病倒了。他赶紧到了巴陵看医治病，他一面叫孙瑜发兵到夏口，再由夏口到江陵跟他的兵马会师，一面请孙权派使者去通知刘备，免得他临时出来阻挠。孙权就派使者到公安去见刘备，呈上孙权的信。刘备一看，上面写着：

米贼张鲁，在巴汉自称为王，替曹操进攻益州做了耳目。益州州牧刘璋懦弱无能，不能守住自己的地盘。要是曹操夺取了蜀地，荆州可就难保。我准备先去攻取刘璋，再去征伐张鲁。吴楚连成一片，南方就能统一。到那时候，就说有十个曹操，也不必怕了。

刘备自己想夺取益州，就跟诸葛亮商议该怎么办。诸葛亮说：“绝不能让东吴夺取益州。孙权要是事前没作准备，一定不会透露这个消息。现在他派使者来，可能他已经发兵了。我们只好一面回他一封信，作个缓兵之计；一面必须调动人马，守住江面，以防万一。”刘备就照诸葛亮的意思，写了回信，请使者带回去。孙权拿来一看，上面写着：

益州人民富强，地势险要。刘璋虽说软弱，自己足够守住。张鲁为人虚伪，未必忠于曹操。现在将军发兵到蜀汉去，转运万里，行军上阻碍重重。成功不成功，没有把握。可是曹操那边，虽然赤壁打了一次败仗，究竟三分天下已经占了两分。他老说要到东海来饮马，要到吴会来阅马，怎么能待在北方养老就算了呢？现在将军师出无名，同盟之中自相攻打，只对曹操有利，恐怕不是长远的计策。再说我跟刘璋同是汉朝的宗室，如果他有得罪将军的地方，我愿意替他请罪。万望将军再思再想。

孙权这一次已经听了周瑜，就把刘备的信搁在一边，下了命令，催孙瑜火速进兵。孙瑜率领水军逆流而上，到了夏口。啊？这是怎么啦？前面排列着一队战船拦住去路。孙瑜出来查问，老远地就瞧见对面大船上站着的不是别人，正是东吴的新姑爷荆州州牧刘备。孙瑜高声喊着说："我奉了孙车骑的命令前去征伐蜀郡！"刘备也高声喊着回答他，说："将军要进攻蜀郡的话，请从别条道儿过去！我已经写信给孙车骑，劝他不可自相攻打。您要是一定要去攻打蜀郡，我只好披散头发躲到山林里去，可不敢失信于天下。"孙瑜再要跟他分辩，刘备已经退到船舱里，弄得他直皱眉头。前面都是战船，船面上的将士们都拿着刀枪弓箭。孙瑜再要过去，就得跟姑爷开仗，他可没有这么大的主意。他只好退兵回去，派人去向孙权和周瑜报告，再作道理。

孙权哪儿还顾得到这种报告，就是天塌下来，他也顾不了啦。他正在痛哭，哭得非常伤心，手里还拿着周瑜给他的最后的一封信，里面有一段说："人生有生必有死，命短也不足惜。只恨立志未成，不能再伺候将军。目前曹操在北方，跟东吴为敌，战争并没过去。刘备近在公安，跟我们的地界紧贴着，那边的人还没归附过来，必须有个有才能的人守着才好。鲁肃足智多谋，做事稳健、认真，足足可以接替我。我虽然死了，可是已经尽了心了。"

周瑜死的时候才三十六岁。孙权穿上素服，哭得左右的人没有不掉眼泪的。他按照周瑜的意思，拜鲁肃为奋武校尉，叫他到江陵去接替周瑜的职务。

鲁肃前往江陵，路过寻阳。听了左右的话去会见寻阳令吕蒙。吕蒙是汝南人，少年好武，不读经书。有一天，孙权对他说："你应当好好学习，这对于自己很有好处。"吕蒙说："军营里事务多，苦得忙不过来，没法读书。"孙权说："我又不是要你研究经书去当博士。可是过去的历史和成败的道理多

少该看看。你说事务多，我的事务比你的更多，你再忙也忙不过我。可是我经常读书，我觉得学习对自己很有帮助。"吕蒙从此下了决心，刻苦自学。这会儿鲁肃路过吕蒙屯兵的地方，原来有些瞧不起这个大老粗，路过就路过算了。有人对他说："吕将军立志上进，您应当去看看他尽个礼。"

鲁肃见了吕蒙，两个人坐下来一谈，鲁肃愣了。他一听，吕蒙不但很有学问，而且有些见解比自己想的更精明。他不由得离开座位，走过去，拍拍吕蒙的肩膀，说："哎呀，我还以为老弟只是武艺高强，哪儿知道您的学问也这么好。您今天不再是吴下阿蒙了！"吕蒙笑着说："一个人哪，三天不见，就该另眼相看。老兄您不该小看人哪！"说着，两个人都笑了。鲁肃还进去拜见了吕蒙的母亲，两个原来的老同事交了朋友，才离开了。

鲁肃到了江陵，看情况很不妙。关羽、张飞他们已经把军队驻扎在南郡地界，看样子江陵已经处在刘备的控制之下了。鲁肃上书向孙权报告，并且建议把荆州借给刘备，让他守住江陵，抵挡曹操在襄阳那一路的压力，那要比自己分兵守在那边好。孙权正为了岭南那一边操心，南方还没派刺史去，合浦、南海等几个郡不受节制，还得派将士去镇守。他仔细合计一下，同意鲁肃把江陵"借"给刘备，拜鲁肃为汉昌太守，屯兵陆口（今湖北嘉鱼一带），叫孙瑜仍旧回到丹阳去。

孙刘两家最近在地区和驻防方面的调整，使曹操不敢发兵来报赤壁之仇，起初他一听到周瑜病死的消息，心里就有了主意。他打算给曹仁写信，叫他再去夺取江陵。他拿起笔来正在写的时候，又来了个报告，说孙权把荆州让给刘备，现在诸葛亮总管南郡，关羽守江陵，张飞守秭归（秭zǐ；秭归，今湖北宜昌一带），刘备自己带着赵云屯兵孱陵（今湖北公安一带）。曹操一面听着，一面眨巴着眼睛。完了，他叹了一口气，把笔扔在地下，信也不写了，收复江陵的事只好以后再作计较了。

这两年来，曹操就怕人们说他专权。汉献帝在他的控制下，倒是事实。因此，人们议论纷纷，说他早晚就要篡位了。曹操听到这些流言蜚语，很不舒服。刚巧有件很名贵的古物出土，是古代的一个铜爵（也有写作"铜雀"的）。"爵"原来是一种饮酒的器皿，借着音又当作"爵禄""爵位"的意思讲。曹操就借着铜爵的因由，在邺城大兴土木，起造铜爵台和不少楼阁，表示他有了高贵的爵位，晚年享乐享乐就满足了。铜爵台落成以后，不但文武百官向曹操贺喜，一班玩弄笔墨的文人更是写了不少诗歌，连汉献帝也赏给他四个县城，一共加封了三万户。

曹操借题发挥，写了一篇自传式的文告，大意说："我本来不想出来做官，因为朝廷征调我为都尉，又升为典军校尉，我就有心为国立功。要是能够得到一个侯爵，在自己的墓碑上题上'汉故征西将军曹侯之墓'这样的字样，就心满意足了。自己回想一下，自从讨董卓、破黄巾开始，以后灭袁术、擒吕布、除袁绍、定刘表，就这样大体上平定天下，做了丞相。做臣下的富贵已经到了顶点，我还希望什么呢？我把心里的话说出来，好像有些自高自大；但是我要讲实话，就顾不到这些了。说实在的，要是国家没有我这个人，不知道有多少人称帝，有多少人称王！也许有人见我兵势强盛，就胡乱猜疑。他们都错了。我不是不想把兵权交出，自己回到封地去，但是事实上办不到。为什么呢？因为兵权一交出去，我必然会被人所害。对自己，对国家都没有好处。为了羡慕虚名，遭到实祸，我不干。可是皇上赏我四个县，我没法依，又不得不依。我只好辞去三个，接受一个，也好减少一些人对我的批评。"

这个文告一下来，大臣们议论纷纷，有的公开赞扬，有的背地里彼此咬耳朵。有的说曹操是忠于朝廷的好人，有的说他是个大大的奸雄。可是曹操为了安定内部，对付反对他的人，不能发兵去打荆州。这对孙刘两家大有帮助。孙权和刘备就利用这个时机，用心巩固和扩张自己的地盘。

孙权早想把岭南一大片地区收在自己的统治之内。以前有个苍梧人叫士燮（xiè）的，一向在边缘的南方做太守。他又让他的三个兄弟管理合浦、南海等三个郡。士燮一家占领了南方四个郡，势力很大，尊贵无比。中原士人有不少避难到南方去依附他。要这么下去，南方的士燮很可能像北方的公孙度那样独霸一方，自立为王了。公元210年（建安十五年，就是曹操造铜爵台的那一年），孙权派步骘（zhì）为南方的刺史，让他去监督那边的太守。步骘真有两手，他又用兵力，又用安抚的办法，收服了那四个郡。士燮又很识时务，嘱咐他的三个兄弟听从节度，还打发自己的儿子去伺候孙权。打这儿起，岭南才归孙权统治。

刘备这边哪，除了在江南已经占领的武陵、长沙、零陵、桂阳四个郡以外，现在又加了一个南郡和临近南郡的一些县城。他积极准备，一有机会就去联络刘璋，使他在西南也有个帮手。事情也真凑巧，曹操在关西打了胜仗，反倒帮助了刘备进入益州。这是怎么回事啊？

## 读有所思

1. 刘备为什么阻止东吴进攻刘璋和张鲁?

2. 周瑜是怎么死的?

3. 周瑜死后,谁接替了他的职务?

## 高频考点

(四川甘孜中考真题)阅读下面的文言文,完成下面小题。

### 孙权劝学

初,权谓吕蒙曰:"卿今当涂掌事,不可不学!"蒙辞以军中多务。权曰:"孤岂欲卿治经为博士邪!但当涉猎,见往事耳。卿言多务,孰若孤?孤常读书,自以为大有所益。"蒙乃始就学。及鲁肃过寻阳,与蒙论议,大惊曰:"卿今者才略,非复吴下阿蒙!"蒙曰:"士别三日,即更刮目相待,大兄何见事之晚乎!"肃遂拜蒙母,结友而别。

1. 对下列语句中加点的词的解释,不正确的一项是(    )

　　A. 孤岂欲卿治经为博士邪　　治:管理

　　B. 见往事耳　　　见:了解

　　C. 及鲁肃过寻阳　　　过:经过

　　D. 即更刮目相待　　　待:看待

2. 把上面文言文阅读材料中画横线的句子翻译为现代汉语。

　　(1)孤常读书,自以为大有所益。

　　(2)卿今者才略,非复吴下阿蒙!

# 献地图

关西一带向来由前将军马腾和镇西将军韩遂统治着，后来曹操要向南进军，免除后顾之忧，特地推举马腾为卫尉，全家搬到邺城，拜他儿子马超为偏将军留在槐里。公元 211 年（建安十六年），马超、韩遂他们听到夏侯渊从河东发兵来跟关中督军锺繇会师，引起了不安。马超少年好勇，对于曹操把他父亲调到朝廷里去已经很不满意，后来有一批鼓动他扩张势力的将士传出话来，说他父亲马腾跟某些反对曹操的人有了联系，甚至有谣传说，马腾已经下了监狱。马超正在半信半疑的时候，有八个部的八个头领公推马超为首领起兵抗曹。马超就跟韩遂联合起来，发动十部兵马，会师十万，进攻潼关。

曹操得到了警报，立刻吩咐安西将军曹仁带领一支精兵去守潼关，嘱咐他坚守不战。同时他真把马腾一家下了监狱。接着他叫他儿子五官中郎将曹丕和奋武将军程昱把守邺城，他自己率领大军到潼关去对付马超。

大军到了潼关，跟马超的军营夹关相对。谋士们很担心地对曹操说："关西兵善使长矛，勇猛得很。不用精锐的军队作前锋，恐怕抵挡不住。"曹操听了，有点儿生气。他心里说："怎么？还没交战，就怕得这个样儿！"可是他理着胡子，乐了乐，说："交战在我，不在贼人。贼人的长矛再长也刺不到诸君的身上来。你们等着瞧吧。"

曹操在关前跟马超的兵马相对扎营，好像准备大战一场似的，他可暗地里派徐晃、朱灵带领四千人马往北转西，渡过蒲坂津（古地名，今山西永济一带），绕到关西军的背后，在河西扎了营。曹操自己指挥大军从潼关渡河到北岸。他带着一百多名卫士留在南岸压队。马超发现曹军渡河，赶紧带着一万多步兵和骑兵前去阻拦，可是已经晚了。南岸的曹兵只留下百八十人了。马超叫弓箭手消灭这一小队敌人，箭像下雨似的直射过去。曹操还在交椅上坐着，不动声色地叫卫士们快走。许褚着急了，一把拉他离开岸上，扶他上船。船刚离开岸，马超的弓箭手赶到。船上的士兵被射死不少。曹操船上的船工也中箭死了。许褚左手拿着马鞍子当作盾牌护着曹操，右手替船工撑篙。岸上马超的兵马还沿着河岸追去。

猛一下子南岸的弓箭手和别的士兵都回头跑了。他们瞧见一大群牛和马乱哄哄地放着，就过去抢，再也顾不得追赶曹兵了。曹兵就这么都到了北岸，在蒲坂下营。将士们纷纷向曹操请安。曹操对少数近身的将军们说："马家这小子不死，我没有葬身的地方了。"不一会儿工夫，将士们越来越多，有的来看看曹操是不是还活着。曹操在谈话中哈哈大笑，说："今天差点儿被小贼子困住了。幸亏仲康（许褚，字仲康）救了我。"许褚说："也幸亏南岸放了牛马引诱敌人忙着去抢，让我们过了河。"曹操问："是谁想出这个办法？"许褚说："不知道。"曹操派人去查问，才知道是渭南县的校尉丁斐出的主意。曹操知道他是个人才，把他升为典军校尉。

曹军在蒲坂造了壁垒，虚张旗子作为疑兵，晚上用船和筏子偷偷地渡过渭水，又建造浮桥，很快把一部分兵马送到渭南。渭南本来就在潼关西边，东西相连，是在一条线上的。曹操可把精锐的步兵和骑兵往北转西再回南，就这么绕个大弯占领了关西军背后的阵地。等到韩遂知道了这情况，他首先慌了。马超可跟他不一样，他带领自己的一队人马连夜就去劫营。没料到曹军早已作了准备，反倒把马超的人马团团围住。马超拼死杀出，已经死伤了不少人马。

马超打了败仗，直怪韩遂不肯用心。韩遂眼看曹军强盛，情愿向曹操割地求和。马超自己觉得力量不够，只好让韩遂去跟曹操讲和。

韩遂派使者到了曹营，说明来意，曹操还不肯答允。谋士贾诩对他说："人家好意来求和，答允了吧。"曹操嘴上不说，心里还怪贾诩不该轻易让他求和，只见贾诩向他递个眼色，曹操就答允了韩遂的使者，叫他告诉韩遂明天在阵前相见。使者走了以后，曹操问贾诩有何妙计。贾诩说："让他们内部不和，就容易各个击破了。"曹操点点头，说："我明白了。"

曹操跟韩遂的父亲同一年举为孝廉，又跟韩遂同时出来做官，所以可以称为老朋友了。第二天，曹操排队出营，请韩遂出来相会。两个人就在马上行了礼，聊起天来了。聊的都是关于过去的交情，根本不提军队的事。马超是韩遂的晚辈，他在后面只瞧见他们两个人有说有笑的，有时候还拍起手来，可是听不见他们说的是什么。

这时候，韩遂军队里的汉人和胡人一层层、一排排地站在曹操对面，踮着脚尖要看一看中原的曹丞相。曹操笑着对他们说："你们要看曹公吗？他跟你们一样，并没有四只眼睛、两个嘴，就是多点儿聪明罢了。"说着，跟韩遂拱了拱手。韩遂也就回去了。

马超急忙来见韩遂，问他跟曹操谈了些什么。韩遂说："没什么，就聊聊以前几个朋友的情况，别的什么也没谈。"说得马超不能不起疑。又过了一天，马超听说曹操有信给韩遂，又过来探问，还要求看看曹操的信。韩遂又说："里面没讲什么。"马超一看，信里有好几处已经改了，有的句子涂得什么字也看不出来。他认为韩遂有心涂改。哪儿知道他已经中了计。打这儿起，马超跟韩遂互相猜疑，没法合在一块儿了。

又过了几天，曹操出动少数兵马向马超挑战。马超出去对敌。打了半个时辰，马超还占了上风。突然一阵鼓响，两旁冲出来曹操的精兵。马超抵挡了好久，有几个部的头目也有被杀的，也有逃走的。马超眼看支持不住，带着一部分人马退到凉州去了。

韩遂也受到了攻击，求和没成功，自己孤立无援（指单独行事，得不到外力援助），也只好逃了。

到了年底，曹操回到长安。他还打算再进军去消灭韩遂和马超，谁知道北方河间起了叛变，就叫夏侯渊镇守长安，自己带着大军回去了。

林汉达

三国故事全集

96

曹操得胜回朝，不免得意扬扬。这一得意呀，可把大事误了。原来有个使者从益州来，名叫张松，已经等了好些日子了。曹操刚回来，没有工夫接见他，叫他在宾馆里再住几天，等候召见。曹操派兵遣将，很快平定了河间的叛变，然后向汉献帝上书，两个捷报一起报告。一会儿转过了年，把马腾一家男女老少杀得一干二净。到了这时候，才传下命令召张松进去拜见。

张松是益州州牧刘璋派来的，要向曹操表示顺从朝廷、互相交好的意思。曹操刚打了胜仗，态度上有些傲慢。张松哪，别看他是个小矮个儿，可比曹操更神气。曹操就没把他搁在眼里，不但没把他当作贵宾招待，很可能还有失礼的地方。张松认为他有一千个理由应当得到曹操的重视，他是来献宝的。可是偏偏曹操对他礼貌不周，他就把宝贝藏下了。

原来张松在益州有两个好朋友，都是右扶风郡人，一个叫法正，一个叫孟达。他们三个算是益州很突出的人才，尤其是法正，见识高，办事稳当。他们看到刘璋庸庸碌碌，不能成大事，自己向他献计图强，没被重用。因此，闷闷不乐，心想另投主人。他们因为张鲁在北面经常侵犯益州地界，就劝刘璋去跟曹操交好，有了靠山就不必害怕张鲁那一头了。刘璋听了他们的话，派张松去见曹操。张松是蜀郡人，他知道益州地形险恶，有许多情况外面的人是不知道的。有些盘盘曲曲的山路要道，外地的人更摸不清楚。张松暗地里画了一张西川地图，随身带着，原来想献给曹操作为投靠他的见面礼。他一见曹操对他这么傲慢，大失所望，就自作主张，另找门路，到荆州去试试刘备。刘备因为上次孙权要进攻蜀地，正想设法去联络刘

璋，一听说益州派张松来，就跟诸葛亮商量，决定大摆酒席，热情地招待张松，尊他为名士。

刘备天天对张松请客敬酒，却不谈益州内部的事情，倒是张松忍不住了。他说："并不是我卖主求荣，实在是刘季玉（刘璋，字季玉）太懦弱，看样子这么下去，益州难保。我这次见了曹操，才知道此公待人傲慢，我没法跟他相处。使君当阳败退，还情愿带着老百姓一同吃苦，无怪人心归向使君。要是使君先取西川再收汉中，然后恢复中原，辅助天子，这是霸主的事业，谁不赞扬。使君如果有意进取西川，我们有不少人愿为内应。"

刘备摇摇头，说："我跟季玉都是宗室，我要是夺他的地盘，岂不被天下人唾骂？如果我能够帮他守住益州，那倒未始不可。可是蜀郡地势险恶，天下闻名，千山万水，车马难行。就是想去联络季玉，恐怕路上也不方便。"张松就把西川地图献给刘备，说："益州情形都在这儿了。"刘备千恩万谢地收了地图，说："我要是能到西川去，全是您的功劳。"

张松回去向刘璋报告，说："曹操是汉朝的贼子，他还想并吞天下。听他的口气，一定还要进攻西川。"刘璋着急地说："这……怎么办哪？"张松说："刘豫州跟使君都是宗室，他又是曹操的对头。他为人忠厚，又能用兵。要是叫他去征伐张鲁，张鲁必然败亡，张鲁败亡了，益州大大加强，曹操再来也无能为力了。"刘璋点点头，接着问："派谁去联络刘备呢？"张松推荐法正，法正却有些为难。

## 读有所思

1. 关西军的弓箭手箭射曹操，他是怎么脱困的？
2. 张松为什么没有把地图献给曹操？
3. 刘备是怎么招待张松的？

## 知识拓展

　　张松很有辩才。他出使许都时，杨修夸曹操的才能，被张松一一驳斥，杨修辩不过，就将曹操写的一部兵书《孟德新书》拿给张松看。谁知张松竟有过目不忘的本领，拿着书只看了一遍，就笑着说："这哪里是丞相写的兵书啊，分明是战国时期无名氏所写的。"杨修不相信，张松就说："此书吾蜀中三尺小童皆会暗诵，何为新书？曹丞相盗窃以为己能，止好瞒足下耳！"杨修让他背一下，张松竟一字不差地背了下来。杨修大惊，就告诉了曹操。曹操也很吃惊，恼怒得一把火把自己半生心血给烧了。

# 逆取顺守

刘璋派法正为使者去联络刘备，法正推辞，说："还是请别人去吧。"刘璋再三对他说："还是请您辛苦一趟。"法正推辞不了，只好去了。他到了荆州，跟刘备一谈，彼此相见恨晚。刘备殷勤地招待着他，正像前些日子招待张松一样。

法正回到益州，向刘璋报告，说刘备怎么想念着他，愿意结为同盟。刘璋当然喜欢。法正回头告诉张松，说刘备的雄才大略真了不起。两个人就秘密地商议停当要奉刘备为主人，可就是没有机会。刚巧曹操叫锺繇发兵进攻汉中，刘璋害怕了。张松说："曹操打下汉中，必然来并吞巴蜀。不如请刘豫州到这儿来，也有个帮手。再说我们这儿有几个将军，自己认为功劳大，骄傲得不像臣下。要是不快请刘豫州来帮助我们，那么敌人从外面打进来，自己的人在内部作乱，哪有不败亡的道理。"

刘璋就派法正带领四千人马去迎接刘备。巴西人黄权反对，说："刘左将军天下闻名，您请他来，把他当作部下，他一定不满意；把他当作宾客，可是一国不容二君。我说不如守住边界，不让外人进来。曹兵远来，未必一定打胜。"刘璋不听他的话，还是叫法正动身。

法正到了荆州，直截了当地对刘备说："益州天府之国，刘州牧（益州州牧刘璋）懦弱，要是将军不去占领，一定被曹操拿去。像将军您这么英明，又有张松作为内应，进取益州易如反掌。"刘备说："刘季玉跟我都是宗室，我怎么也不愿夺取他的地盘。"正在这时候，外边进来了一个人，他很坚决地说："老天爷送给您，您不要，我怕老天爷也不乐意。"刘备一看，原来是军师庞统，就很殷勤地请他坐下。

庞统，也叫庞士元，襄阳人，跟诸葛亮原来是朋友，当时一个称为"伏龙"，一个称为"凤雏"，凤雏就是庞统。周瑜和鲁肃都很尊敬他，把他当作名士。周瑜打下江陵，领南郡太守的时候，就要重用庞统。可是没多久，周瑜死了。孙权派人运灵柩，庞统送丧到东吴。有人把庞统推荐给孙权，孙权见他面貌不顺眼，没用他，让他回到南郡去。后来诸葛亮做了南郡太守，把庞统推荐给刘备。庞统临走的时候，还向鲁肃去辞行。这时候，鲁肃正要多多结交刘备，使孙刘两家同心抗曹，就让庞统去帮助刘备，还嘱咐他千万不可叫孙刘两家互相攻击。庞统见了刘备，向他作个揖，说是来投奔他的，他可没提起诸葛亮和鲁肃推荐他的话。刘备也像孙权一样，见庞统长得不好看，没重用他，只派他到耒阳（今湖南衡阳一带）做个县令。

庞统上了任，觉得自己仅仅做个县令，大材小用，很不高兴。他就天天喝酒、睡觉、发牢骚、说大话，就是不办事。

刘备一听说这个新县令这么不用心，派人去调查，果然是这样，就下了命令，把他免了职。倒是鲁肃随时留心着庞统，怕他脾气古怪，性情高傲，得不到刘备的重用，就给刘备去了封信，大意说："庞士元不是治理一百里地方的人才（县令，治理一个县邑的才能，文言叫"百里才"），要是请他做个谋士或者在将军左右做个助理，准能发挥他的长处。"刘备还不大相信。后来他见了诸葛亮，问了问，诸葛亮说的跟鲁肃一样。到了这时候，刘备才想起司马德操所称赞的伏龙凤雏两个人来了。他立刻把庞统请了来，拜他为军师中郎将，地位和待遇仅仅次于诸葛亮。

这会儿庞统对刘备说："荆州连着遭到战争的破坏，地区荒凉，人口稀少，东有孙权，北有曹操，光有这么一个地方，有志难成。益州户口百万，土地肥沃，物产丰富，拿那地方作为根底，大事可成，为什么不去呢？"刘备说："现在跟我作对的就是曹操。他以急躁出名，我就拿宽和去对付他的急躁；他以残暴出名，我拿仁爱去对付他的残暴；他以欺诈出名，我拿忠厚去对付他的欺诈。我跟曹操每每相反，事情就可以成功。如果我贪图小利，对天下人失了信义，这怎么行呢？"

庞统说："兵荒马乱的年月里，不能死守规矩，逆取顺守（背叛国君夺取天下，遵循常理治理国家），古人也认为难能可贵。成功之后，拿好地方封给刘璋，不算对不起人。今天将军不把益州拿到手，必然被曹操拿去。这对将军有害，对刘璋无益。"刘备认为庞统说的句句是实话，句句是正理，就留诸葛亮镇守荆州，叫关羽、张飞、赵云帮着他，自己带着军师庞统和黄忠、魏延他们几个将军率领步兵几万人，跟着法正往西

到益州去。地方官吏已经接到刘璋的命令，沿路出城迎接。巴郡太守严颜叹息着说："这真是坐在深山里，请老虎来保护。"可是他还是服从刘璋的命令，好好地接待刘备。

刘备就这么一路顺风地从江州直到涪城（今四川绵阳），离成都三百六十里。刘璋率领步兵和骑兵三万多人，从成都出发，亲自到涪城来迎接刘备。张松叫法正去劝刘备，说："夺取益州，在此一举。"刘备摇摇头，说："这事不能莽撞。"庞统说："趁着刘璋过来相会，马上抓住他，将军就可以不动刀兵稳取益州。"刘备不同意，他说："我们初到这儿，对老百姓没有一点儿恩德和信义可说，万万不能这么干。"

他叮嘱手下的人千万不可轻举妄动。等到刘璋到了涪城，亲自迎接刘备。两个人相会，叙起家谱来，原来是平辈的弟兄，彼此相见恨晚，亲如同胞手足。一个请客，一个回请，欢聚了好几十天，将士官吏也都相安无事。刘璋推举刘备行大司马，领司隶校尉；刘备推举刘璋行镇西大将军，领益州州牧。两个人在涪城欢聚了一百来天。刘璋送给刘备二十万斛米、一千匹马、一千辆车，还有锦帛丝绵多得说不上数目来，又给他一队兵马，叫他到汉中去征伐张鲁。除了这个，还叫刘备监督益州的一支白水军。刘备就有了三万多人，车辆、器械、粮草很多。刘璋这才跟刘备分手，回到成都去了。

刘备率领军队正要出发的时候，荆州来了报告，说孙夫人被孙权接回去了。原来孙权听了张纮的建议，把都城从京口搬到秣陵，改名为建业（今南京），筑造石头城，又用吕蒙的计策，在濡须水口（濡 rú；濡须水口，今安徽含山一带，紧挨巢湖）修了好些很大的船坞。正像石头城是陆地的堡垒，濡须坞就是水上的堡垒。这水上和陆地上两项巨大工程都是为了防御曹操的进攻建设起来的。孙权把南郡让给刘备，原来是叫他去守卫前哨，等到石头城和濡须坞建造成功，大大巩固了防御，准备再去收复荆州。他一听到刘备往西到益州去，气得暴跳如雷。他想起刘备所说的话，什么"您要是一定要去攻打蜀郡，我只好披散头发躲到山林里去了"，不由得骂着说："这贼子这么狡猾！"

孙权暗地里派大船到荆州要把他妹子接回去。孙夫人已经有三年没回娘家了，虽然她母亲吴太夫人在十年前已经死了，能够回家一趟，心里也十分喜欢。她对东吴的使者说："皇叔不在，我得跟军师说一说。"使者说："郡主回家走走，又不是国家大事，何必跟别人商议。动身以后，派人说一声也就是了。"孙夫人就带着七岁的阿斗和随从的侍女几十人坐车到了江边，上了大船。正要开船的时候，赵云赶到，高声叫着："有要紧的事，请夫人慢点儿去！"

原来赵云一听到孙夫人带着阿斗不别而行，就吩咐左右派水兵去追，自己飞马赶到江边，可是孙夫人的船已经扯起风帆走了。他沿着江岸边追边叫，人家干脆不理他。刚巧水兵的小船赶到，他就下了船，叫船工拼命追赶。不一会儿赶上了大船，赵云跳上去，见了孙夫人，请她回去。东吴的水兵仗着人多，不准他留在大船上。孙夫人也怪赵云不该出来阻拦。赵云说："夫人要回去，为什么把小主人带走？"孙夫人说："阿斗是我儿子，留在这儿没人照顾，我为什么不能带去？"赵云正要跟她争理，忽然江面上闹哄哄地来了十多只战船，把东吴的大船截住。一位将军手执长矛跳上大船。孙夫人一看，原来是征虏将军张飞。张飞和赵云要求孙夫人回去，孙夫人不依，孙夫人要带着阿斗到东吴去，张飞和赵云不依。他们又怕得罪孙家，伤了和气，就请孙夫人留下小主人，向她作个揖，说："请夫人沿路保重，早日回来。"孙夫人也只好回个礼，让他们把阿斗带回去。他们就这么分别了。她哪儿知道从此再也不能回来了呢！

刘备得到了这个报告，心里直怪孙权不该把他夫人劫走。幸亏赵云和张飞把阿斗夺回来，没让他落在孙权手里作为要挟。这么一想，他放心多了。

刘备带领大军往北到了葭（jiā）萌关。他可不愿意马上去征伐张鲁。他初到蜀郡，首先要收服人心，给老百姓做些好事情。可是有人不让他这么做。孙权来了信，说曹操向他进攻，请刘备发兵去帮他抵抗曹操。刘备就向刘璋借兵，说要回荆州去，急得张松慌忙派人去告诉法正千万不能让刘备回去。张松挺纳闷，难道刘备辛辛苦苦地到了益州，就这么白来一趟又回到荆州去了吗？

## 读有所思

1. 刘璋为什么让刘备带兵进驻益州？

2. 赵云和张飞为什么要拼了命地留下阿斗？

3. 庞统是怎么劝说刘备接管益州的？

# 采用中策

　　孙权把妹子接回来以后，就打算趁着刘备不在，发兵去夺荆州。没想到曹操也趁着这机会来打东吴。他知道荆州由诸葛亮、关羽他们守着，没法从这边过去，就在公元212年（建安十七年）十月，率领大军从合肥那边去打孙权。

　　曹操这次出兵，还强迫谋士荀彧一同出去，叫他参加军事。荀彧心里很不乐意，勉勉强强到了寿春，推说害病，不愿意再跟着曹操了。荀彧一向把曹操看作英明的霸主，曹操一向像尊敬老师那样尊敬着荀彧。这么互相尊敬的两个人怎么会闹起别扭来了呢？谁都知道曹操在朝廷上权力越来越大，威望越来越高。就在一月里，诏书下来，赐给曹操三项特权，就是在上朝的时候，不必报名，不必像别的大臣那样走快步，还可以带着宝剑上殿。到了下半年，曹操的心腹董昭，就是以前向曹操献计叫他把汉献帝接到许都来的那个人，劝曹操即位为天子，曹操很客气地把他批评了一顿。董昭就约了别的几个大臣和将士请皇上封曹操为魏公，还建议给他九种最高贵的赏赐，叫作"九锡"（锡，就是赐的意思）。那九种赏赐就是：

1. 特别高贵的车马；

2. 特别高贵的衣服；

3. 封王的人才能享受的音乐；

4. 朱红的门户；

5. 上去下来踏步用台阶；

6. 进进出出有三百名卫士保护；

7. 长柄的大斧子；

8. 朱红色的弓和特种的箭；

9. 祭祀用的香酒和玉壶。

荀彧很不赞成用这种方式去表扬曹操。他对董昭那样专门奉承曹操的人，一看见就有点儿恶心。他劝曹操掌握实权，推辞虚名。在他看来，像这种王莽也要过的九锡，还是不要的好。他说："君子拿恩德爱人，不应该贪图虚名。"荀彧可以说是真正忠于曹操的。曹操还真辞了九锡，不称魏公，可是把荀彧看成碍手碍脚的人。由于荀彧的名望大，过去的功劳也大，曹操不便跟他作对。这次兴兵下江南，就叫他随着军队走。曹操都往前走了，荀彧还落在后面。他到了寿春，推说有病，就留下了。他知道孔融的下场就快轮到自己。果然，曹操派人给他送吃的来了。他拿起食盒，拆开封条一瞧，里面什么也没有，就这么一只空盒子。荀彧一想：这是丞相的好意，让他自己绝食。他就闷闷不乐地喝了毒药死了。死的时候，整五十岁。

报丧的报到曹操那儿，曹操着实叹息了一回，封他为侯，用诸侯的礼节把他安葬了。接着，他亲自到了濡须坞的对岸，瞭望对面船坞，战船整齐，队伍分明，不由得叹了口气，说："生子当如孙仲谋，像刘景升的儿子简直跟猪狗一样。"

　　曹军和吴军相持一两个月，打了几仗，双方有输有赢。转眼到了春天，南方多雨，道路泥泞，不便行军。孙权给曹操一封信，信中说："春季雨水多，你们北方人对这种天气很不习惯，我劝您还是快回去吧。"他又说："足下不死，我就不能安定。"曹操看了来信，哈哈大笑，说："孙仲谋说的真是大实话。"他就下令退兵。孙权也回到了建业。

　　孙权一来怕曹操随时再打过来，二来不愿意让刘备安安定定地得到益州，就故意向刘备求救，要求他带兵回来同心抗曹。刘备气可大了，他说："他无缘无故地劫夺我的妻子，还有脸来向我求救！"庞统说："我们已经到了这儿，怎么也不能随便回去。我有三条计策，请将军自己挑吧。"刘备说："请问哪三条？"庞统说："马上挑选精锐的士兵日夜赶路直接去袭击成都。刘璋兵力不足，又不作准备，大军突然进去，马到成功。这是上策。其次，杨怀、高沛是刘璋的两名大将，现在守着白水关（今四川广元一带）。听说他们屡次劝刘璋叫将军回到荆州去。我们不如借着孙权来请救兵的因由，就说荆州紧急，只好带兵回去。我们在外表上装作动身的样子，派人去向他们辞行。他们一来钦佩将军，二来听说将军回去，心里高兴，一定出来送行，趁着他们出来，突然把他们逮住，接收他们的军队，再向成都进军。这是中策。再其次，我们把军队退到白帝城（今重庆奉节东），跟荆州连接起来，合成一片，慢慢再想办法进取益州。这是下策。要是疑虑不决，进退不定，必然遭到极大的困难。将军可不能老这么耗下去啊！"

刘备稍感为难，末后说："还是采取中策吧。"当时就给刘璋写了封信，大意说："乐进屯兵襄阳，跟关羽相持。孙氏跟我原来唇齿相依，现在曹操兴兵下江南，关羽兵力又弱，要是我不快点儿去救，荆州必然给曹操夺去。曹操拿下了荆州，往西进兵，必然来侵犯益州。曹操那边的威胁要比张鲁更大。张鲁好比小贼，不必担心。因此，我恳求您借给我一万精兵、一万斛粮食，帮我回去，使我能够打退曹操。打退了曹操，回来再去征伐张鲁也不晚。"

这封信送到成都，刘璋看了，很不高兴。他把刘备迎接进来，原来要他去打张鲁。现在他回去对付曹操，这对益州并没好处，还要借这么多兵马和粮食，更不能随便答应。再说，益州的文武百官，除了张松、法正他们几个人以外，别的人都说帮助刘备没有好处。可是刘璋又不敢得罪刘备。他就给刘备四千人马，粮食也打个对折，给他五千斛。刘备有意鼓动他手下的将士，说："我们为了保卫益州，替他去打强大的敌人。向他要些人马和粮食，他竟这么舍不得给！怎么叫我们的将士替他去卖命呢？"

刘璋的使者回去一说，张松听了，直怪刘备不该回去。他偷偷地写信给刘备和法正，说："大事眼看就快成功了，怎么能走呢？"张松劝刘备夺取益州的计谋被他的哥哥广汉太守张肃知道了。张肃怕自己受到牵累，就向刘璋告发。刘璋马上把张松抓去杀了。接着就通知镇守关口的将军们不准再跟刘备来往。

刘备也火儿了，立刻把白水军的将领杨怀和高沛召来，责备他们只知道挑拨离间，不遵守部属的礼节，也把他们杀了。白水军原来是刘璋叫刘备监督的，刘备就把这支军队接收过来。他留着一部分兵马守住葭萌关和白水关，率领大队兵马往南占领了涪城。刘璋派刘璝、吴懿这些将军发兵去打刘备。他们都打了败仗，退到縣竹（今四川德阳一带）。吴懿认为刘备是个英雄，他带着一部分人马投降了。刘璋又派李严和费观两位将军统领縣竹的兵马去夺涪城，他们又被黄忠、魏延打败。刘璝和刘璋的儿子刘循退到雒（luò）城，守在那儿。李严和费观也像吴懿一样带着自己的部下投降了刘备。刘备的军队就这么更强大了。他很得意，就在涪城大摆酒席，犒劳将士们。

　　刘备继续攻打雒城，守城的将军张任出来交战。他很勇敢，打了一个胜仗，把刘备的兵马打得往后退去。张任不肯放松，一直追过去，可就这么中了庞统的埋伏，被逮住了。刘备命令他投降。张任很严厉地回答说："老臣绝不能伺候两个主人！"他就这么被杀了。刘备叹息了一会儿，叫人把他的尸首好好地埋了。

　　张任一死，城里的将军们坚决守城，不再出来作战。他们尽力保持着通往成都的运粮道路。因此，城里粮草不感到缺乏。雒城守了一年多，还没给打下来。

　　刘备打不下雒城，心里很着急，这时候葭萌关方面又来了警报。葭萌关的守将霍峻派人来报告，说刘璋发兵一万多人从阆（làng）中去进攻。霍峻只有一千多人，幸亏他很有本领，坚守关口，使一万多敌人在关前占不到多大便宜。刘备不能再派兵到葭萌关去，这边又怕刘璋在巴东截断后路，他只好写信给诸葛亮，请他从荆州再派些兵马来。庞统急于取得胜利，巴不得早点攻下雒城。他亲自出阵攻城。没防到城头上的箭像下大雨似的下来。庞统中了箭，受了重伤，回到营里就死了。死的时候才三十六岁。刘备伤心得痛哭流涕。以后只要一提起庞统，他就流眼泪。

刘备失去了庞统，好像短了一只胳膊。他派"飞马报"去请诸葛亮亲自到蜀地来指挥作战。诸葛亮收到了刘备的信，马上召集关羽、张飞、赵云他们商议。他们听到庞统阵亡的消息，都很难受，诸葛亮更止不住流泪。接着，他对关羽他们说："主公在涪城进退两难，我不能不去。"关羽说："军师一走，谁守荆州？"诸葛亮说："主公的意思要我带着翼德和子龙同去，这镇守荆州重大的担子只好落在将军的肩膀上了。我就把印绶移交给您，请您勉为其难。"关羽接受了，对诸葛亮说："军师放心。我一定听从主公和军师的嘱咐，死守荆州。"

张飞和赵云就要跟关羽分手，请诸葛亮安排发兵动身。诸葛亮还是放心不下荆州，就问关羽："如果曹操打过来，你怎么办？"关羽说："全力抵抗！"诸葛亮又问："如果曹操跟孙权联合进攻，怎么办？"关羽说："分两路抵抗！"诸葛亮皱了皱眉头，说："这么一来，荆州危险了！"关羽眼珠子转了转，似信非信地说："那怎么办哪？"诸葛亮说："我有八个字，将军只要牢牢记住，就可以守住荆州。"诸葛亮接着说："那八个字就是北拒曹操，东和孙权。"关羽说："军师的话我一定听。"

诸葛亮留下马良、糜竺、糜芳、关平、周仓等人和一部

分兵马帮着关羽守荆州，自己带领两万大军逆流而上去跟刘备会合。

## 读有所思

1. 曹操想要的"九锡"分别是什么？

2. 曹操和荀彧为何事有了隔阂？

3. 庞统给刘备出了三个计策，刘备采用了哪一个？

## 知识拓展

"九锡"到底是什么？"锡"是个通假字，通"赐"字，九锡就是九赐，是古代天子赐给诸侯、大臣的九种器物，是一种最高的礼遇。九种特赐用物分别是：车马、衣服、乐县、朱户、纳陛、虎贲、斧钺、弓矢、秬鬯，记载见于《礼记》。

九锡作为权力的象征，在一定程度上反映的是古代皇权的发展状态。汉魏南北朝时期，忠君观念还没有完全形成，皇权也没有完全集中，往往形成皇帝和世家大族共治天下的格局，所以九锡配合禅让制得以屡次实行。历史上第一个接受完整"九锡"的人是王莽，王莽最终废汉室建立了新朝。从此，"九锡"成为权臣篡位的先声。第二个接受"九锡"的是曹操，其子曹丕建立曹魏。以至于之后的权臣谋夺帝位都照此例，先加九锡，表达承天命之意。于是乎，"九锡"成了篡逆的代名词。

# 收严颜

　　诸葛亮拨一万人马叫张飞先去夺取巴郡，从垫江到巴西，然后再到雒城会齐。他自己带着赵云作为第二路。张飞节节胜利，一直到了巴郡，可是被巴郡太守严颜挡住去路，不能再前进了。严颜早已说过，请刘备他们进来就好像"坐在深山里，请老虎来保护"。他还想把"老虎"打出去。打了一阵，占不到便宜，他就守住城不再出去了。张飞使了个计，把他引出来。张飞假装打败仗，然后一回头，伏兵四面围上，把严颜活活地逮住。

　　张飞威风凛凛地问他："大军到此，你不但不投降，居然还敢抗拒，是何道理？"严颜不慌不忙地顶嘴说："你们不讲道理，侵犯我们的地方。我们当然要抵抗！"张飞耐着性子问他："现在你被我逮住了，投降不投降？"严颜说："我们这儿只有断头将军，没有投降将军！"张飞气得大声咆哮，嚷着对左右说："推出去砍了！"严颜面不改色，仰起脸来对张飞说："砍头就砍头呗，干吗生这么大的气！"张飞见他这么不怕

收严颜

死，服了他了，连忙走下座来，亲自给他松了绑，请他上座，像贵宾那么招待他。张飞对他说："老将军真英雄，刚才我太鲁莽了，请多多原谅！"严颜见他这么讲义气，也服了他了，连忙跪下去，说："情愿跟随将军！"

张飞把他扶起来，虚心地问他怎么打到雒城去。严颜说："只要将军拿恩德对待我们，我们这儿的人不是不讲道理的。从这儿到雒城，都是老夫所管的地界。将军让我带道，我叫沿路的将士儿郎们出来迎接就是了。"张飞就请严颜为前部，收服了巴西、德阳（今四川遂宁一带），到了雒城，跟刘备的军队会师。刘备很高兴。没过几天，赵云的一路兵马也到了。诸葛亮一到巴郡就叫赵云从外水（岷江）绕到成都西边，再到雒城会齐。赵云收服了江阳和犍为（今四川彭山一带），到了雒城。雒城经不起三路夹攻，终于落到刘备手中。

法正一直跟刘备在一起，但是他还想着刘璋，给刘璋写了一封信，说："左将军（指刘备）到了西川，对明公念念不忘，他绝不会亏待明公。万望认清形势，必能保全全家。"刘璋不理他。刘备就向成都进军。诸葛亮、张飞、赵云他们也都到了成都附近的地区。忽然从北面来了警报，说张鲁派马超来帮刘璋抵抗刘备。刘备知道马超素来英勇，连曹操也怕他几分，他来支援刘璋，成都就不容易打下来了。可是马超远在凉州，怎么能跟张鲁联在一起呢？张鲁跟刘璋一向不和，彼此还老打仗，怎么他会来帮助刘璋呢？刘备得到了这个消息，闷闷不乐。他跟大伙儿商议怎么去对付马超。

诸葛亮对刘备说："将军不必担心。只要派人去说服马超就好对付了。"

有个益州郡的督邮叫李恢，他是本地人，听到刘备打了几场胜仗，知道刘璋必败、刘备必成，就跑到縣竹投奔了刘备。刘备把他赞扬了一番，留在身边作为谋士。李恢了解汉中的情况和马超跟张鲁两方面的关系，就自告奋勇地对刘备和诸葛亮说："我愿意到汉中去联络马超，一定能叫他弃暗投明。"刘备就派他去见马超。

　　马超在潼关中了贾诩的计，跟韩遂互相猜疑，以致打了败仗，往凉州逃去。曹操一直追到安定。当时凉州参军杨阜对曹操说："马超的勇劲比得上韩信、英布，他又跟羌人、胡人交好，很得人心。要是我们大军回去，这里没有严密的防备，陇上这些郡县恐怕都保不住。"曹操完全同意杨阜的看法，可是河间有人兴兵作乱，这是心脏地区的祸患，要比边缘地区严重得多。他叫杨阜帮着凉州刺史韦康镇守冀城（*属天水郡，今甘肃甘谷一带*），留夏侯渊屯兵长安，自己回去镇压河间的叛变。

　　果然不出杨阜所料，曹操的大军一走，马超就率领西北方面各部族的首领，发兵进攻陇上，各郡县纷纷投降。张鲁又派些人马去帮助马超攻打冀城。凉州刺史韦康把士大夫和宗族子弟都用上，才集合了一千多人。可是围攻冀城的军队竟有一万多人。韦康派使者到长安去求救兵。没想到使者一出了城，就被马超逮住杀了。韦康坚守了八个来月，没法再守下去，只好请求投降。参军杨阜哭着拦阻韦康，韦康不听，开了城门把马超迎接进去。

　　马超痛恨韦康，说他到了这步田地才投降，不是出于真心，就把他杀了。有人对马超说："杨阜反对韦康投降，更应该杀了。"马超说："这么说来，杨阜倒是个忠义之士，不可杀他。"他把"忠义之士"收下，仍旧请他做参军，带在身边。杨阜又推荐自己手下的几个人给马超，马超让他们都做了军官。马超屯兵冀城，自称征西将军，领并州州牧，总督凉州。夏侯渊派了一支兵马去，被马超打得落花流水，逃回长安。

夏侯渊派来的兵马都打回去了，马超就该守住凉州了吧。没想到马超吃了"将心比心"的大亏。他以为只要他信得过别人，别人也一定信得过他。哪儿知道杨阜他们都是曹操的人，他们点头哈腰地跟在马超身边，可是心里却老想要替韦康报仇。刚巧杨阜的妻子死了，杨阜就借这因由向马超告假回家去办丧事。马超是个直肠子，很痛快地答应了。杨阜到了外面，联络了别的几个带兵的将军，发兵征讨马超，占领了祁山（在今甘肃西和一带）和卤城。

卤城离冀城不远，马超吩咐杨阜推荐的人守冀城，自己带领一支军队去打卤城。卤城没打下来倒也算了，忽然听说夏侯渊也从长安赶来了。马超只好收兵回到冀城。兵马到了城下，城门不开。城下的士兵高声叫嚷，城楼子上出来了几个人，他们都是杨阜的心腹将士，由杨阜推荐给马超的。他们早就商量好：等马超带兵出去，就把冀城占了，还把马超一家老小投进监狱。马超再叫开门，城上扔下了几颗血淋淋的人头，马超一看，差点儿从马背上掉下来。原来马超的妻子和儿女全被杀了。

马超咬牙切齿，恨不得打进城去跟他们拼个死活，可是敌人分几路杀来。他不能再吃亏，就叹了口气，往汉中投奔张鲁去了。

张鲁多了个助手，很高兴，封马超做了官，还打算把自己的女儿嫁给他，因为有人反对才作罢。马超向张鲁借兵去打祁山。祁山方面早就向夏侯渊求救。夏侯渊派张郃带领五千人马从陈仓小道进入祁山，他自己带领一万人马在后面押运粮草。夏侯渊和张郃打跑了马超，回头又把韩遂打败，他们才回到长安。

马超打了败仗，回到汉中。自己的兵马本来不多，这会儿又把张鲁给他的兵马损失了不少，张鲁对他就冷淡起来了。再说张鲁手下的将军们跟马超也合不到一块儿，他们还想排挤他。马超心中固然气愤，可是寄人篱下，有什么办法？只好忍受着。就在这个时候刘璋失了雒城，他实在没有别的办法，也不管过去的不和，派使者去向张鲁求救。马超抓住这个机会，愿意替张鲁出力。张鲁就利用马超，在外表上叫他去帮刘璋，实际上要他去夺取成都。

马超有两个部将，一个是他的堂兄弟马岱，一个是南安人庞德。庞德正害着病，留在汉中医治。马超就带着马岱和几千兵马往南去往成都，正好李恢前去接他。马超原来是借因由讨得这个差使另找出路来的，李恢又很能说话，两个人就是不说什么，彼此早已明白了。

马超秘密地派人送信给刘备，刘备秘密地多给了他一些兵马，叫他把军队驻扎在城北。刘璋还以为救兵到了，上了城楼，往下问："来的是哪一位将军？"底下的士兵大声回答说："西凉马超，来劝刘璋投降左将军的！"刘璋听了，差点儿从城头上摔下来。这一吓，非同小可，城里都慌了。

刘备把城围上，派简雍到城里去见刘璋。这时候城里还有精兵三万人，粮食、布帛足足可以供应一年以上。有不少将士和官吏主张坚守到底或者拼个死活，绝不能投降。刘璋虽说软弱，可是心眼好，他很明白地说："我父亲跟我在这儿二十多年（公元 188—214 年，汉灵帝中平五年到汉献帝建安十九年），对老百姓没有什么恩德可说。为了我，老百姓已经打了三年仗，吃了好多苦，我哪有这个狠心再叫他们流血呢？"大伙儿听了，都掉下眼泪。

刘璋下令大开城门，他跟简雍一同坐车出来。刘备把他接到大营里，两个人见了面，不由得都流下眼泪。刘璋说："我早该把益州让给您了。"刘备说："您知道我并无相害之意。咱们都为形势所逼，实在出于不得已。"

刘备捧给刘璋一颗振威将军的大印。所有刘璋的财物全都还给刘璋，还给他在公安准备了房屋，请他和他一家搬到南郡去住。刘备进了城，大摆酒席，犒劳将士，把蜀城中一部分的金银财物分别赏给将士，老百姓的粮食和布帛全都还给老百姓。

刘备自领益州州牧，拜军师中郎将诸葛亮为军师将军兼益州太守，原来的益州太守董和为掌军中郎将兼左将军府事，偏将军马超为平西将军，军议校尉法正为蜀郡太守，广汉黄权为偏将军。还有别的原来是刘璋的人，如刘巴、严颜、孟达、许靖、李严、费观、吴懿、霍峻、李恢等，都很重用，各有各的官衔和职司。平定江南的时候已经任用的黄忠、魏延他们，也都升了职。还有原来刘备手下的人员，如麋竺、简雍、孙乾、伊籍他们，都拜为将军。此外，荡寇将军关羽总督荆州事，征虏将军张飞领巴西太守，牙门将军赵云拜为翊军将军。

原来是刘璋方面的人，不论是亲非亲，是重用的或是被排挤的，这会儿都一视同仁，量才录用。蜀中人士大为兴奋。其中有两个人情况特别，值得一提，一个是刘巴，一个是许靖。刘巴是零陵人，有些名望。当初刘备从新野退到江南的时候，荆州有不少人跟着他走，只有刘巴独独往北投奔了曹操。曹操利用他的名望，派他去安抚长沙、零陵、桂阳那边的人士。关羽、张飞、赵云打下了这三个郡，刘巴不能再替曹操在那边做事了，诸葛亮就特地写信去请他。刘巴不答应，终于从交阯转到益州，投奔了刘璋。刘璋迎接刘备的时候，刘巴出来反对，他对刘璋说："刘备进来对您只有害处，没有好处。"赶到刘备已经进来了，刘璋准备派刘备去征伐张鲁。刘巴又反对，他说："叫他去征伐张鲁就好比把老虎放到山林里去。"刘璋又不听他。刘巴从此关上大门，推说有病，再也不出来了。刘备进攻成都，下了一道命令，说："谁要是加害刘巴，灭三族！"这会儿刘备得到了刘巴，他那股子高兴劲可就不必提了。许靖是名士许劭（shào）的哥哥。哥俩同样出名。刘璋拜许靖为蜀郡太守。成都危急的时候，许靖就准备投降刘备，他计划从城头上吊下去，不料计划被泄露。刘璋本来要定他死罪，因为成都保不住，连自己的性命还不知道怎么样哪，就宽大为怀，没杀他。为了这件事，刘备很瞧不起许靖，不打算用他。法正对刘备说："天下有'有其名而无其实'的人，许靖就是。可是主公刚开始创立大事业，没法去跟天下之人一家家说去。还不如对许靖表示敬重，以鼓励远远近近的人。"刘备依了法正，很有礼貌地用了许靖。

成都倒是拿下来了，军用物资不足，怎么办呢？城里的粮食、布帛不是可以供应一年以上吗？老百姓的粮食、布帛归还给老百姓，公家的哪儿去了呢？府库里的财宝又往哪儿去了呢？

## 读有所思

1. 张飞为什么要像贵宾一样对待严颜？

2. 马超为什么要去汉中投奔张鲁？

3. 张鲁派马超去打刘备，为什么马超却投奔了刘备？

## 知识拓展

　　张飞义释严颜是《三国志张飞传》中记载的真实故事。但是在这之后，严颜就再也没有在历史记载中出现过。这是因为严颜本是忠于刘璋的将领，他对刘璋引刘备入川就十分抵触。在刘备发动益州之战后，他对于刘备的举动十分不满，这也是他对张飞拼死抵抗的原因。但是由于不敌，严颜成了张飞的俘虏。他被张飞的诚意感动，向张飞投降，甘愿做他的门客。这是严颜用自己的行动表明，自己投降张飞是因为他爱敬君子的行为，而不是赞同刘备的举动而屈膝。

# 治蜀从严

当初围攻成都的时候，刘备为了刺激将士，曾经说过："攻下成都，府库财物我不要。"等到将士们进了城，大伙儿扔了刀枪去抢财宝。府库就这么拿空了。这会儿安静下来一合计，军用物资不足，刘备就为此担心。

名士刘巴说："这好办。只要铸造些值一百文的大钱，拿它去平抑物价。物价由官家制定，叫各地的官吏执行。如此府库就能充实起来。"刘备采用了这个办法，几个月当中府库果然充实起来了。

府库充实了，将士们又得了些财物，就有不少人打算休息休息，享受享受。有人向刘备建议，请他把成都上等的田地和住宅分别赏给将士们。不管刘备愿意不愿意，他觉得不好反对，再说封赏有功的人历来就是这个样的。将士们听了这个建议，心头甜丝丝地十分受用。诸葛亮皱了皱眉头，还没开口，就听见赵子龙说话了。他说："霍去病（汉武帝时候的大将）尚且说'匈奴未灭，无以家为'，现在扰乱国家的贼子比匈奴还厉害，我们怎么能够讲求安逸呢？只有到了天下都安定了，我们可以各回各的家乡，能够安心耕种自己的土地，那才是我们休养的时候。益州人民遭了兵灾，有些人逃散了，田地、房屋没有人管。现在益州已经平定了，田地、房屋都该归还给老百姓，让他们能够安居乐业，人们才高兴，然后才可以向他们要粮、要税、出公差。主公不该把老百姓的财产夺过来去赏给私心所爱的人。"

大家听了赵云这么一说，心里尽管不太乐意，可是谁也说不出反对的话。刘备更是喜欢。他认为有功的人虽说没得到土地，但是该升官职的人都升了，该加俸禄的人都加了，这也就够了。在这许多功臣之中，要算法正最重要了。刘备特别优待他，给他做了蜀郡太守，都城成都由他统管，不光这样，法正还成了刘备谋士中的主要人物，他的权势可就不小了。法正这个人就有一样，他对个人的恩怨看得很重。谁给他吃过一顿饭，他一定要报答，谁向他翻过白眼，他也非报复不可。报恩，大家高兴，谁也没话说；报仇，那可叫人受不了啦。为了报私人的仇恨，法正就自作主张，杀了好几个人。有人向诸葛亮报告，说："法正太专横了。军师也该向主公说说，把他作威作福的劲头压一压才是。"

诸葛亮劝他们别这么说。他说："我们该知道，主公在公安的时候，情况是怎么样的。北边怕曹操打过来，东边怕孙权来逼迫，甚至在身边还怕孙夫人随时发生变化。法孝直（法正，字孝直）帮着主公，让他能够飞起来。现在主公已经飞得这么高这么远，谁也不能把主公怎么样，难道一定要把法孝直压下去？现在法孝直稍稍要照自己的心意做，怎么

治蜀从严

125

能禁止他呢？"法正听到了诸葛亮这些话，红了脸，不敢再太任性了。

诸葛亮对法正这么宽大，要是不立规章制度，以后谁都可以随自己的心意去做，那还了得！于是诸葛亮就改定治理蜀地的一些规章制度，刑法定得相当严厉。有不少人抱怨说："诸葛亮太严了，刑法比刘璋那时还重。"法正劝告诸葛亮，说："从前高祖进关，约法三章，秦人知道了恩德。现在您刚进来，对老百姓还没做过什么有恩德的事。本地的人是主，新来的是客。客人对主人似乎应当宽大些，才符合人民的愿望，怎么反倒更加严厉待人呢？"

诸葛亮向法正解释说："您只知其一，不知其二。秦王暴虐，刑法严酷，人民怨声载道。高祖宽大，正是顺从了人民的愿望。这儿的情况相反。刘璋生性软弱，对人民既无恩德，又无威望，法令松懈，官吏不敢惩办不法之徒。蜀地豪强专横成性，无法无天。为了纠正这种多年积下的弊病，我们必须注重刑法，要求军民人等上下一律遵守法律，地方才能安宁。"法正听了这番道理，从内心里钦佩诸葛亮，自己也更不敢像以前那么专横了。官吏、百姓一看规章制度这么严，执行又这么认真，谁都不敢轻易犯法。强横的人感觉到很不方便，可是一般善良的老百姓都感到确实比以前好，他们情愿小心谨慎，遵守法律，没有怨言。

诸葛亮治理益州，不怕曹操进犯。别说曹操远在许城，就是夏侯渊，也只能守住长安，离益州很远。诸葛亮担心的是关羽一人远在荆州，北有曹操，东有孙权，万一他跟东吴发生不和，荆州就太孤立了。他正在担心的时候，忽然收到关羽给

林汉达

三国故事全集

128

他的一封信，里面别的不提，只问："马超是怎么样的人？可跟谁相比？"诸葛亮仔细问了问送信的人。他说："听说关将军还要上这儿来跟谁比武哪。"

原来关羽听说马超前来投降，非亲非故，就做了平西将军，心里很不服气，因此写信给诸葛亮，还真打算来跟马超比个高低。刘备慌了：关羽要是真离开荆州，孙权一定进去，那还了得？诸葛亮说："我给他回信，准能平他的气。可是这封信不能让这儿的人知道。"刘备就请他写。诸葛亮在信上说：

> 孟起文武双全，勇猛过人，可以称得起是当今的英
> 雄。您问他可跟谁比，照我看来，黥布、彭越也不过如此。
> 在我们这儿，他也可跟翼德并驾齐驱，难争先后。不过
> 要像美髯公那样超群绝伦，那他还差着哪。

关羽的胡须又长又多，所以诸葛亮称他为美髯公。美髯公看了信，高兴得捋着胡须，美滋滋地笑了起来。他还把诸葛亮的信给宾客们看。他们都凑着热闹夸奖他，他才得意地留在荆州。

果然，不出诸葛亮所料，孙权知道刘备得了益州，把刘璋送到公安，就召集张昭他们，说："荆州是我暂时让给刘备的，他现在已经有了地盘，荆州就该退还。"大伙儿议论纷纷，有的说，可以派人去跟刘备说去；有的说，不如发兵去夺荆州。孙权还没最后决定怎么办，合肥方面来了警报，说曹操又发兵打过来了。孙权只好暂时搁下刘备那一头，派兵遣将先去抵抗曹操。

曹操送了一只空食盒给荀彧，让他自杀以后，过了半年，到公元213年（建安十八年）五月，就接受了"九锡"，外加冀州的十个郡作为封地，不客气地做了魏公，不再推辞了。

魏公曹操在建安十九年七月发兵去打孙权。有人出来反对，说："目前还没归顺朝廷的，只剩下吴和蜀了。吴仗着长江的险要，蜀有高山的阻隔，一时不容易用武力去征服。不如在这时候，注重文教，兴办学校，拿道义去收服他们。"曹操笑了笑，没听他，留小儿子曹植镇守邺城，自己率领军队到了合肥。孙权得到了警报，暂时把荆州那一头搁下，派兵遣将去抵抗曹操。

曹操从七月到十月，在战场上没占到便宜，只好退兵。他回到许都，向汉献帝报告这次出兵的情况。接着，他说："孙权、刘备各霸一方，不肯归顺朝廷，怎么办呢？"汉献帝连想都没想地说："全由魏公决定！"曹操听了，不由得挂了火儿。他说："皇上怎么说出这种话来？别人不知道，还以为是我专权，欺负了皇上。"汉献帝也生了气，他说："您要是能够帮助我，这是我的造化，要不然的话，请您开开恩，扔了我吧。"

曹操听了，脸变了颜色，不知道该怎么说，就慌里慌张地说了句请求告退的话，出来了。照当时规定的朝仪，凡是三公领兵回朝，朝见皇上，必须由卫士们拿着刀把他保护在当中，为的是防备意外。曹操一出来，东张西望地瞧了瞧，脊梁上湿透了。打这儿起，他再也不这样照规矩地朝见皇上了。

## 读有所思

1. 刘备要封赏部下，赵云为什么反对？
2. 关羽为什么想要和马超一比高低？
3. 曹操跟汉献帝生气的结果如何？

## 知识拓展

　　霍去病是平阳人，他是汉武帝卫皇后的姐姐卫少儿和霍仲儒的非婚生子，其舅父卫青是抗击匈奴的名将。元朔六年（前123），年仅18岁的霍去病以校尉的身份跟随卫青出征。他率领800骑兵长途奔袭，斩获匈奴2000余人，战功冠于全军，被汉武帝封为冠军侯。在之后与匈奴的战斗中，霍去病显露出卓异的军事才能，共斩俘匈奴10万余人。汉武帝很喜欢这个名将，曾下令给他制作府第，但霍去病拒绝了。他说："匈奴未灭，何以家为？"

　　元狩六年（前117），年仅23岁的霍去病猝然去世。武帝十分怅然，在自己将来的陵墓茂陵旁边为他修建了一座状如祁连山的坟墓，用以表彰他抗击匈奴的卓著功绩。

# 逼宫

汉献帝自从迁都许城以来，一直做个挂名皇帝。左右伺候他和保卫他的全都是曹操的人。只有议郎赵彦还老跟他谈论国家大事和整顿朝廷的计策。曹操因此很讨厌赵彦，就加个罪名，把他杀了。汉献帝也不敢作声。只有这一回，汉献帝竟不顾前后地说什么"请您开开恩，扔了我吧"。曹操出来一琢磨，不得不防备着宫里宫外可能会发生的意外。他忘不了董美人和她父亲车骑将军董承想杀害他的那件事。幸亏发觉得早，才把乱党扑灭了。他很怕伏皇后也会像董美人那样联络她父亲辅国将军伏完和外面的人来杀害他，就嘱咐手下的人特别留意伏皇后的行动。

伏皇后因为董贵人被杀，尤其是董贵人还怀着孕，汉献帝替她求情也没用，心里十分痛恨曹操的凶横。后来伏皇后写信给她父亲说，曹操欺压皇上，叫他暗地里想办法消灭曹操。伏完胆小，不敢发动，等到曹操做了魏公，伏完已经死了三四年了。这会儿曹操查究伏完生前的行动，还真搜出了伏皇后给伏完的信。曹操一面吩咐御史大夫郗虑去接收伏皇后的印绶，一面叫尚书令华歆带着士兵到宫里去逮伏皇后。

伏皇后吓得跟什么似的，叫内侍关上宫门，自己躲在夹墙里。华歆劈开宫门，拆毁夹墙，把伏皇后拉了出来。汉献帝在外殿跟郗虑坐在一起，看见伏皇后披头散发，光着脚，被押出宫来，不由得掉下了眼泪。伏皇后哭着对汉献帝说："皇上不能救救我吗？"汉献帝悲痛地说："我自己也不知道能活到哪一天。"他回过头去对郗虑说："郗公，天下竟有这样的事吗？"

华歆把伏皇后拉到冷宫里，又把伏皇后所生的两个皇子也都关在一起，用毒药灌他们，母子三人就都这么被毒死了。伏家的兄弟和族里的人一起被杀的有一百多。华歆办完了这件事，向曹操报功，曹操夸奖他办事能干，更加重用他。说起华歆这个人来，原来也称为名士。从前他跟北海人管宁和邴（bǐng）原是同窗好友。当时有人把这三个人比作一条龙，华歆比作龙头，邴原比作龙身，管宁比作龙尾。当初是这么说的，以后的说法可又不同了。比作龙尾的管宁对于名和利不感兴趣。有一天，他跟华歆一块儿在菜园里干活，锄地的时候，管宁瞧见在石头子儿中间有一块金子。在兵荒马乱的年月里，金银埋在园子里是常有的事。管宁把金子跟石头子儿同样看待，继续锄他的地。华歆瞧见了，把金子捡起来，看了看，又看了看管宁，挺别扭地又把金子扔了。管宁见他又爱金子又不敢拿的神情，对他已经不高兴了。

又有一天，管宁和华歆坐在一张席子上一同看书。古人席地而坐，同学在一起用功，当然坐在一起。忽然听见门外有

车马的声音，大概是什么大官从这儿路过，耀武扬威地吓得老百姓往屋子里躲。管宁还是看他的书，什么大官小官他都不在意。华歆可没法安下心去。他扔了书卷，急忙忙地跑到门口去看。管宁也不说话，拿刀把席子割了，各坐各的一半，表示从此跟华歆绝交，不再来往。管宁不愿意在乱世出去做官，一直住在山谷里，靠着耕种过生活，还教老乡们读书。

那个比作龙身的邴原，办了个学馆，教授门生。曹操把他接到许都，请他做个司空的助手。他从此闭门自守，非公事不出门。他有个女儿，早死了。曹操有个心爱的小儿子，也死了。曹操向邴原要求，让死了的小两口子合葬在一起，好像后世所谓的"阴配"。邴原坚决地拒绝了。他说："生前不是亲，死后合葬不合礼。我们应当尊重礼义。要是我依了明公的命令，那我们就都太庸俗了。"曹操只好把这件事作罢。两个人始终没成为儿女亲家。

这位比作龙头的华歆，在李傕、郭汜掌权的时候，就已经做了豫章太守了。后来孙策打到豫章，华歆不能抵抗，就脱去官衣，摘了官帽，穿上便服，戴上读书人的头巾，文质彬彬地出来投降了孙策。孙策死后，曹操表荐孙权为讨虏将军，领会稽太守，叫华歆到许都去。孙权不想让他走，华歆劝孙权别这么着。他说："将军尊重皇上，交好曹公，曹公叫我去，我到了那边就能替将军效劳，这对将军不是大有好处吗？要是不让我走，留下我这个无用之物，太不值得了。"孙权认为他说的有道理，就把他送走了。

华歆到了许都，做了议郎。尚书令荀彧被迫自杀以后，他的侄儿荀攸做了尚书令。荀攸比他叔父荀彧反倒大六岁，在他五十八岁那一年（建安十九年），跟着曹操去打孙权，路上死了。曹操就让华歆接替荀攸做了尚书令。曹操对于孔融、荀彧、荀攸一向都很尊敬，就是他们三转五弯地总有话说，简直是成心跟曹操闹别扭。这么一比呀，华歆可就不同了，难怪曹操重用他，把抄灭伏皇后一家的大事交给他去办。

伏皇后被杀以后两个月，就是公元215年（建安二十年）一月，汉献帝立魏公曹操的女儿曹贵人为皇后。立皇后是件大喜事，何况新皇后是魏公曹操的女儿，那个庆祝贺喜的热闹劲儿就甭提了。曹操的志愿可还不在这儿。他召集大臣们商议怎么样才能够收吴灭蜀。有人说："关羽守住江陵，鲁肃守住陆口，孙权屯兵濡须坞，一时不容易攻破，还不如先去征伐张鲁，然后从汉中进攻蜀地，准能成功。"曹操说："我也这么想。"他就发兵亲自去打汉中。

这年四月，曹操走陈仓那条道，经过散关（今陕西宝鸡西南），到了河池（今甘肃徽县），却被那边的部族联络韩遂挡住了去路。这么一来，曹操为了进攻汉中，先得平定凉州，这真是出乎意料的事。这些羌人和胡人已经不太容易对付，再加上韩遂，就更麻烦了。曹操派大将张郃、朱灵他们打了将近三个月，才把凉州平了，韩遂逃到金城，终于被那边的将军们杀了。

张鲁在汉中幸亏有韩遂他们把曹军拖住了三个月，他才有时间布置抵抗。曹操还没打到汉中，张鲁正在准备抵抗，刘备可已经慌了，他担心曹操从汉中打到益州来。诸葛亮担心的还不是这一路。他担心的是孙权也许要趁着机会去夺荆州。因此他劝刘备向东吴让些步。这么一来，曹操反倒帮了孙权一个大忙。

## 读有所思

1.曹操为什么要逼死伏皇后？

2.管宁为什么要与华歆绝交？

3.曹操带兵去打张鲁，中途被谁拖住了？

## 高频考点

（江西中考真题）某班围绕"交友之道"展开讨论，下面是四位同学的发言记录，其中偏离议题的一项是（　　）

　　A.甲：我认为交友要讲原则，管宁割席断交的故事就体现了管宁的交友原则。

　　B.乙：我认为交友须谨慎。"近朱者赤，近墨者黑"，朋友的言行会对我们产生影响。

　　C.丙：我认为交友要真诚，诚信是传统美德，是立身之本，经商之魂，为政之要。

　　D.丁：我认为交友应重志趣，伯牙与子期志趣相投、结为至交的故事，就是最好的例证。

# 单刀赴会

　　孙权因为刘备已经得到了益州，特地派诸葛亮的哥哥诸葛瑾为使者去跟刘备商量，要求把荆州南部的几个郡归还给东吴。刘备很不高兴，他说："当初我们两家结成亲戚，同心抗曹，原来希望交好到底，没想到孙将军趁我不在家，把我的夫人劫走。这件事于情于理都说不过去。我为了顾全大局，没去跟他计较。怎么他反倒来向我要荆州呢？"诸葛瑾说："荆州是东吴的屏障。没有荆州，东吴就很难布置统一的防守。"刘备拿手指头在案桌上比画着说："荆州是蜀地的大门，没有大门，叫我往哪儿走？"

　　诸葛亮怕这么各说各的，老僵着，怎么下台阶哪？他也拿手指头在刘备比画过的大门的后面点了点。刘备想了想，明白了，他接着说："只要我有了后门，那前门就让给东吴也行。"诸葛瑾怪纳闷地问："哪个后门？"刘备说："我们正打算去征伐凉州。凉州平了以后，就把荆州让给你们吧。"

　　诸葛瑾回去一报告，孙权气呼呼地说："这分明是空口说白话，成心拖日子。咱们自己不动手，荆州是不会送上门来的。"他就派去一批官吏，要把长沙、零陵、桂阳三个郡接收过来。孙权的如意算盘碰在关羽的拳头上，全都落了空。关羽还算客气，没去伤害孙权派来的那些官吏，可全把他们轰回去了。孙权气得吹胡子、瞪眼睛，马上派吕蒙为大将率领两万兵马用武力去接收那三个郡。

吕蒙还真有一手。他一面进军，一面发出通告，告诉这三个郡的长官，归附东吴，有他们的好处，要不然的话，刀枪无情，杀个鸡犬不留。吕蒙的通告还真顶事，长沙和桂阳两个郡的太守都倒过去了，只有零陵太守郝普守住城不肯投降。刘备得到了这个消息，亲自率领五万大军到了公安，派关羽带领三万兵马到益阳去夺回那两个郡。

孙权也不马虎，他亲自到了陆口，派鲁肃带领一万兵马扎在益阳，跟关羽的军营两两相对。同时又派"飞马报"去给吕蒙送信，叫他马上放弃零陵，赶紧回来帮助鲁肃。这样，东吴的军队和关羽的军队都在益阳扎营下寨，中间相隔不太远。彼此就这么对峙着，却没开仗。在这紧要关头，鲁肃还不愿意孙刘两家失和。非万不得已，他是不主张跟关羽开仗的。他自己出面要去会见关羽，将士们都拦阻他，说："去不得！两军对峙，刀出了鞘，箭扣在弓弦上，怎么能在这个时候去跟敌人会面呢？万一他们趁这个机会安下埋伏或者准备暗杀，那不是太危险了吗？"

鲁肃向将士们解释，说："今天的事应当说个明白。刘备不是不讲道理的，关羽也不敢轻易违抗命令。"他就邀请关羽相见，双方各退兵马几百步，中间临时搭个帐篷作为会谈的场

所。赴会的将军只准带防身的单刀，不准带士兵。关羽带着随身的卫士周仓，就这么两个人到了会场。鲁肃见了关羽，殷勤招待，吩咐手下人摆上酒席，两个人就谈起话来了。

鲁肃责问关羽为什么不把长沙、零陵、桂阳三个郡还给东吴。关羽说："那一次乌林大战（乌林在赤壁对岸，所以赤壁之战也叫乌林之役），左将军（指刘备）亲自作战，共同破敌，他夺下来的土地难道连一块都没有份？您怎么说要把这些地方归还给东吴？"鲁肃说："话不能那么说。当初刘豫州（指刘备）在长坂坡只有一小队人马，被曹兵打败，逼得没有办法，想投奔到遥远的南方去。是我向主上说情，请他发个好心，让刘豫州有个安身之地。赤壁之战以后，又把南郡（指江陵等地）借给他。现在刘豫州已经得到了益州，就该把荆州还给东吴。我们并不要求全部荆州，也不要求退还南郡，我们只要求长沙、零陵、桂阳三个郡。要是连这一点也不答应，那就太说不过去了。"

关羽还没回答，就看见周仓瞪圆了眼睛，大声嚷嚷地说："天下的土地，有德的都可以住，谁说非给你东吴不可？"鲁肃向他瞪了一眼，很严厉地责备他不该在这儿胡说八道。关羽起来，手按在刀把上，向周仓使个眼色，帮着鲁肃责备他，说："这是国家大事，你懂得什么？快给我出去！"周仓马上出去准备兵马来接关羽。关羽向鲁肃告别，说："您说的话，我一定转告左将军，再作商议。"鲁肃说："好！我们恭敬地等候回音。"说着，就很有礼貌地把关羽送了出去。

关羽回来，派人到公安去报告单刀赴会的经过。刘备正在为难，不知道该不该把这三个郡让给孙权。益州来了警报，说曹操派夏侯渊、张郃为先锋，自己率领大军向汉中过来。刘备跟诸葛亮一商议，怕前后受敌，失去益州，就派使者到东吴求和。孙权再派诸葛瑾去接洽。双方约定：以湘水为界，把荆州分为两部分，长沙、江夏、桂阳以东属东吴，南郡、零陵、武陵以西属刘备。订立盟约，言归于好。孙刘两家就这么避免了一场战争。

刘备向孙权让步还是好的。他把三个郡让给孙权，带领五万大军回到益州，集中力量对付曹操那一头。那年（建安二十年）七月，曹操到了阳平（今陕西勉县一带）。张鲁害怕了，跟他兄弟张卫商议，打算把汉中献给曹操。张卫不干，他认为汉中地势险要，可以抵御曹兵。他就带领几万人马守住阳平关。关在山上，沿山又筑了十多里长的城墙。真是一夫当关，万夫莫敌。曹兵接连攻打了十多天，死伤了不少人马，可就没法打进去。后来曹操使了个计，全军撤退，又怕敌人追击，叫大将军夏侯惇和将军许褚压队。张卫一见曹兵退去，果然出来追击。追了一程，突然有几千头野鹿冲到张卫的军队里来，一时就乱了队伍，纷纷逃回。曹军的后队忽然变为前队，夏侯惇和许褚两位大将率领全部兵马冲杀过来。张卫抵抗不住，军心慌乱，士兵四散逃跑。阳平关被曹军打下了。

张卫连夜逃跑，一直到了南郑。张鲁一见丢了阳平关，南郑也没法守，就跟他兄弟一同逃到巴中去。临走的时候，左右的人都劝张鲁把仓库和粮食全都烧毁，免得落在敌人手里。张鲁摇摇头，叹了一口气，说："我原来成心归顺朝廷，现在出于不得已，逃到巴中去，仓库财宝应当归还给国家，怎么可以烧毁呢？"他就把仓库一律封起来，派人看管，自己离开

南郑，躲到巴中去了。曹操从阳平关出发，一路无阻地到了南郑。他见仓库封藏完好，把张鲁称赞了一番，派人去安慰他，劝他随时过来投降，不但既往不咎，还能封他为侯。张鲁回了信，表示愿意归顺朝廷。曹操没等张鲁过来，就叫夏侯渊为都护将军，带着张郃、徐晃等镇守汉中，下令退兵。

有人出来反对。曹操一看，原来是司马懿，问他有什么意见。司马懿说："刘备用欺诈的手段夺取益州，掳去刘璋。蜀人还没诚心归附，他还遥远地去跟孙权争荆州。现在大军已经打下了汉中，离益州不远，蜀地必然震动。乘此机会直打过去，一定可以把刘备打败。这是个好时机，千万不可失去。"曹操听了，自己盘算着说："不当家的不知道当家的难处。你只知其一，不知其二。我们可以再打个胜仗，但是难处在于兵力有限。要是再打过去，即使把益州打下来，恐怕合肥和襄阳就保不住。失了合肥、襄阳，敌人来个两路夹攻，许都怎么办？"他眯着眼睛笑了笑，说："人生苦于不知足，既得陇又望蜀。我看还是稳扎稳打的好。"他不听司马懿的话，赶紧带领大军回到邺城。

果然，孙权趁着曹操亲自去打汉中，就在八月里发兵十万围攻合肥。合肥由张辽、李典、乐进守着，一共才七千人，哪儿敌得过孙权的十万大军？曹操出去征伐张鲁的时候，就防到孙权可能来夺合肥。他留下一封信，封得严严的交给文官薛悌，说："这封信留在这儿备而不用。要等敌人来了，才可以拆开来看。"孙权的兵马一到，张辽他们把那封信拆开来，一看，上面写着："如果孙权发兵来侵犯，张、李两位将军出去交战，乐将军守城，不可出去。"这是因为曹操知道张辽和李典作战勇猛，可以出去对敌，乐进小心谨慎，可以守城，薛悌仅仅是个文官，不让他出战。将士们看了这封信，都认为人数相差太远，怎么能出去对敌呢？张辽说："魏公远征在外，要等他回来救咱们的话，咱们可早就完了。因此，他叫咱们先去打一仗，杀杀敌人的威风，鼓励自己的士气，然后才可以守住这座城。"乐进他们不说话，好像都不同意张辽的主张。张辽紧握着拳头，鼓励他们，说："成功失败就在这一仗。你们要是怕前怕后，犹豫不决，那我就一个人去！"

李典平日跟张辽老合不到一块儿，这会儿反倒慷慨激昂（形容情绪、语调激动昂扬而充满正气）地说："这是国家大事，听您的。我跟您去！"当天晚上，张辽召集了愿意拼死的勇士八百人。天一亮，张辽穿上铠甲，跨上快马，拿着长戟，冲到东吴军营，杀了几十个小兵，斩了两个大将，高声嚷着说："荡寇将军张辽在此，能打仗的出来！"一边嚷着，一边直冲到孙权的大营。孙权连忙跑到一个土丘上，拿着长戟自卫。张辽叫孙权下来，孙权动也不敢动。后来他一瞧张辽的人马不多，马上叫自己的士兵把他们围住，一围就围上好几层。张辽带着几十个人突围出来，还没跑出来的那些人嚷着说："将军扔了我们了吗？"张辽又杀进去，把他们都救了出来。孙权的兵马一碰到张辽，不是纷纷倒下，就是乱糟糟地逃散，谁也不敢跟他交手。张辽就这么跟吴人从早晨打到中午，吴人泄了气。张辽、李典他们退回城里。士兵们这才安心下来，准备死守到底。

孙权围攻合肥十多天，没法把城打下来。又听到曹操大军已经从汉中回来了，他只好退兵回去。孙权和将军们在后面压队。他们到了逍遥津（今安徽合肥东，水上原来有座桥叫逍遥桥）北岸，又被张辽他们围上了。甘宁和吕蒙拼命抵抗。凌统带着一小部分兵马保护着孙权，突出包围，然后带领几十个手下的士兵再杀入阵中跟张辽作战。左右士兵一个个地倒下，凌统自己也受了伤。他估计孙权已经脱离了危险，才回来。孙权骑着一匹快马走上逍遥桥，哎呀，桥南一段没有桥板，大约有两丈多已经被张辽的士兵拆去了。孙权进退两难，急得没有了主意。跟在他马后的一个将军请孙权退后几步，然后在马后使劲地抽了一鞭，那匹马急急地跑过去一蹦，蹦到桥南。正好将军贺齐带着三千多人马在南岸接应，保卫着孙权上了大船。吕蒙、甘宁、凌统他们沿河退去，都上了船。

孙权就在船上摆上酒席，祝贺脱险。贺齐很诚恳地对孙权说："以后主公必须自己留神，千万不可小看敌人。今天差点儿闯了大祸。"孙权点点头，说："真惭愧。您的话不但应当记在飘带上，还应当刻在我心里。"他就退兵回到濡须，把军队休整一下，再对曹操作报复的打算。

## 读有所思

1. 孙权为什么派诸葛瑾去见刘备？

2. 刘备为什么不愿意归还荆州？

3. 孙权去攻打合肥，结果如何？

# 捉刀人

　　曹操在公元216年（建安二十一年）二月才回到邺城，真是双喜临门，很快就三喜临门了。张鲁在头年十一月全族投降，曹操推荐他为镇南将军，封为阆中侯，他的儿子和几个主要的将军都封为列侯。汉中完全平了。这是第一桩喜事。张辽在合肥以少胜多，真了不起。曹操把他大大夸奖了一番，拜他为征东将军。这是第二桩喜事。五月里，曹操的爵位再提高一级，高得不能再高了。魏公晋爵为魏王。这是第三桩喜事。

　　曹操做了魏王，就有不少人写文章、作诗、上表章，颂扬曹操的功德。其中有一个表章据说写得最好，是巨鹿人杨训写的。杨训是中尉崔琰推荐给曹操的。曹操信任崔琰，也就重用了杨训，再说杨训的文章又写得这么好，真叫曹操喜爱。

　　可巧南匈奴单于呼厨泉派使者来朝见汉天子，听到魏公晋爵为魏王，就要向魏王拜贺。曹操要在外族人面前显一显自己的威风，可是他觉得自己长得并不怎么样，就叫崔琰做他的替身。崔琰不但身材魁梧奇伟，而且一把胡须长达四尺（汉朝一尺约合市尺六寸），又美又威风。曹操叫他扮作魏王，他自己拿着刀站在他旁边作为卫士，就这么接见匈奴的使者。崔琰平日虽然威严得很，这会儿叫他扮作魏王，魏王又在旁边看着，反倒显得局促不安，在接见匈奴使者的时候，只是端端正正地坐着。可是曹操哪，拿着刀站在那儿，旁若无人，自然得很。两只眼睛直视使者，简直把他的心都看透了。会见以后，有人问使者魏王怎么样。使者回答说："挺威严。可是那个捉（捉，就是执或拿的意思）刀人，嘿，够厉害的，真是个英雄！"这话传到曹操的耳朵里，很舒坦。他对崔琰更加信任，让他做了尚书。可是没多久，曹操对崔琰讨厌起来，这是为什么呢？

曹操打算立后嗣，大儿子曹昂死在宛城，以下四个儿子，就是曹丕、曹彰、曹植、曹熊。这四个儿子当中，曹操最喜爱曹植，说他天分高，才学好，打算立他为嗣子。他曾经问过贾诩，贾诩没回答他。曹操再三问他："为什么不回答我？"他说："我正在想。"曹操逼了一句，说："想什么？"贾诩淡淡地说："我想起袁本初和刘景升的父子。"曹操听了，哈哈大笑。立嗣的事暂作罢论。可是曹操手下另有一派人，如丁仪、杨修他们，跟曹丕不合。他们老在曹操跟前称赞曹植，还说既然都不是嫡长子，就该立个最有才能的。曹操就秘密地询问百官，叫他们密封回答，发表各人的意见。只有尚书崔琰写了封开口信，那就是他公开回答的意思。他说："春秋大义，立子以长。五官将（指曹丕）仁孝聪明，应当立为正统。我情愿拼死遵守规矩，不敢违背正理。"

曹植是崔琰的侄女婿，崔琰不存偏心，不帮曹植，这么大公无私地护着曹丕，真叫曹操没话说，心里可直怪崔琰太固

执。崔琰叫曹操讨厌的还不只是这一件事哪。

崔琰所推荐的那个巨鹿人杨训，写了这么一篇歌功颂德的好文章，曹操看了很得意。可是有人在背后笑，也有人在背后骂。骂他虚伪、浮夸，骂他只会拍马屁，不能说真话。这还不够，甚至连崔琰也被骂在里面，说他推荐这种人，害臊不害臊？这种话，杨训也听到了。他倒无所谓。他能写，就不怕别人骂。崔琰可受不了啦。他向杨训要了那篇奏章的草稿。看了以后，他写了一封信给杨训，其中有一段说："上表章是件好事情。天有不测风云，谁知道什么时候准下雨。"据说，他原意是讽刺那些发议论的人，说他们不见得会永远得势。可是跟崔琰有意见的人一知道有这么一封信，就向曹操告发，说崔琰狂妄自大，毁谤魏王。曹操眼睛一眯，眉毛一挺，气得脸上的肉都颤抖了，愤愤地把崔琰下了监狱，还把他的头发削去，让他做个奴隶，看他还敢不敢狂妄自大，毁谤魏王。

没过几天，又有人向曹操报告，说崔琰受了罚，还不老实，说起话来，目中无人，照样捋着四尺长的胡子，瞪着眼睛看人。曹操不知道实际的情况，相信了手下人的话。总算看在崔琰过去的功劳和交情上，叫他自杀。崔琰还不明白自己犯的到底是什么罪。监狱官告诉他，说："是魏王叫您自杀的。"他谢过了监狱官，说："我实在太糊涂了。我还不知道曹公居然是这个样儿的。"说完，他就自杀了。

像崔琰一样，曾经受过曹操的赞许，说他用人得当的，还有一个大臣，就是毛玠。他认为崔琰无辜被杀，太冤枉了，心里很不痛快。当时就有人讨曹操的好，向他报告，说毛玠心里不服，嘴里毁谤魏王。曹操就把毛玠也下了监狱。毛玠果然很不服气，他在监狱里还说："萧子（萧望之）死在石显（汉元帝宠用的一个宦官）手里，贾谊被绛灌（绛侯周勃和灌婴）挤在外边，晁错在东市被杀，伍员（伍子胥）在吴都送了命。这几个人哪，都被小人嫉妒，死在他们手里。我已经老了，不说话也可以。人间有是非，是非不屈人，人间无是非，曲直何足论。"

有两位德高望重的大臣，一个叫桓阶，一个叫和洽，他们向曹操指出，有人捏造事实，污蔑大臣，要求曹操调查事实，明辨是非，千万不可被左右所蒙蔽。曹操也不愿意多杀人，更不愿意查究反对崔琰和毛玠的人。这会儿不重办毛玠，只是革去他的官职，让他老死在家里就是了。

崔琰死了，那个把崔琰当作魏王的匈奴使者回去一报告，说魏王的胡须有四五尺长，捉刀人厉害得很，是个英雄。南匈奴单于呼厨泉就在七月里亲自到邺城来拜会魏王曹操。曹操趁着这个机会，要调整一下跟南匈奴的关系。

原来南匈奴有一部分人早就住在汉朝的边界以内了。这些匈奴人跟汉人杂居在一起，户口的编制大体上也跟汉人相同，可是因为他们是外族，不向国家纳税，也不出公差。有些大臣担心这些人养男育女，户口越来越多，将来怎么管得了。他们说应当早点想个主意，防备他们才是。曹操也有这个打算。这会儿南单于呼厨泉来访问魏王曹操，曹操就请他住在邺城，像贵宾那样招待着他，叫匈奴的右贤王去替他监理国家。每年给单于绢帛钱谷，像对待列侯一样，还允许他的子孙继承他的封号。接着又把南匈奴分成左、右、前、后、中五部，分别住在并州各郡，让呼厨泉的子弟都做了首领，再选汉人为司马监督他们。

南匈奴已经跟汉朝和好了，曹操就想起他已故的朋友蔡中郎蔡邕（yōng）来了。蔡邕有个女儿，被匈奴掳去已经十多年了，曹操想办法要把她接回来。

## 读有所思

1. 曹操回到邺城的三件喜事分别是什么？

2. 曹操为什么要让崔琰假扮自己接待匈奴使者？

3. 曹操为什么要杀崔琰？

## 高频考点

（浙江中考模拟）阅读下文，回答问题。

### 床头捉刀人

魏武将见匈奴使，自以形陋，不足雄远国，使崔季珪代，帝自捉刀立床头。既毕，令间谍问曰："魏王何如？"匈奴使答曰："魏王雅望非常，然床头捉刀人，此乃英雄也。"魏武闻之，追杀此使。

1. 解释加点的词

（1）自以形陋，不足雄远国　　　以：

（2）帝自捉刀立床头　　　　　　捉：

（3）魏王雅望非常　　　　　　　雅望：

（4）然床头捉刀人，此乃英雄也　　然：

2. 填空

"魏武将见匈奴使"的"使"，词性为＿＿＿＿＿＿解释为＿＿＿＿＿＿＿＿；"使崔季珪代"中的"使"，词性为＿＿＿＿＿＿＿，解释为＿＿＿＿＿＿＿＿。

3. 在匈奴使者眼中崔季珪"雅望非常"，但曹操却是气度非凡。说明曹操虽"形陋"，但英雄气质自然流露，非崔季珪可比。此事世人多认为曹操阴险奸诈，你对曹操的看法是怎样的？

# 文 姬 归 汉

　　蔡邕有个女儿，叫蔡琰（yǎn），字文姬（jī），博学多才，又像她父亲那样，长于音乐，嫁给河东卫仲道为妻。可惜丈夫死了，年轻守寡，又没有儿女，就回到娘家，住在那儿。后来蔡邕因为同情董卓，叹了一口气，被司徒王允杀了。公元194—195年，李傕、郭汜、张济等带着凉州兵马和胡人打到中原地区，抢劫陈留、颍川等县，掳掠青年男女。他们到过的地方，大多成了废墟。蔡文姬跟着难民各处乱逃，被匈奴兵掳去，做了左贤王的夫人，生了两个儿子。蔡文姬虽然想念着父母之邦，也只好安心留在匈奴。

　　曹操因为南匈奴已经归顺了汉朝，就想起被掳到匈奴的蔡文姬来了。他派使者带着礼物，一定要把蔡文姬赎回来。一来曹操一心要在外族人面前显出自己的威风，就连接见匈奴的使者也叫崔琰做他的替身，何况自己朋友的女儿被外族掳去，当然非要把她救回来不可；二来蔡邕已经写了一部分的汉史，文姬又有才学，要是她能把她父亲的著作整理一下，那该多有意思。

　　左贤王不愿意把自己的妻子送走，可是胳膊拗不过大腿，不答应也只好答应。蔡文姬当然巴不得回到父母之邦来，可是做母亲的扔了自己的儿子，怎么也感到悲痛。她回到邺城，曹操把她再嫁给屯田都尉董祀（sì），做个续弦夫人。没有多少日子，董祀犯了法，定了死罪。蔡文姬亲自跑到曹操那边去求情。恰巧曹操在家里请客，朝廷上的大臣，世族名流，还有远方来的使者都聚在魏王府里，济济一堂。曹操对宾客们说："蔡伯喈的女儿在外多年，现在已经回来了。要是诸君有兴头，叫她来跟诸君见见面，好不好？"大伙儿都说愿意相见。曹操就叫手下人把蔡文姬带进来。

　　蔡文姬披散了头发，赤着脚，一进来就跪在曹操跟前，磕头请罪。话说得那么伤心，嗓音又是那么清脆，宾客们听了，都哭丧着脸，连鼻子都酸了。曹操说："事情值得同情，可惜文书已经批下去了，追也追不回来，怎么办呢？"蔡文姬央告着说："明公马房里的马，往少里说，也得有一万匹，像猛虎那么勇的武士多得可以成为树林子。只要一匹快马，一员虎将，就可以把垂死的人救回来。"曹操还真写了赦书，派"飞马报"送去，免了董祀的死罪。

　　那时候正是冷天，曹操特地赐给蔡文姬一顶头巾、一双鞋和一双袜子。蔡文姬穿戴起来，居然像个书生。曹操问她："听说夫人家有不少书籍和文稿，现在还都保存着吗？"蔡文姬很感慨地说："以前亡父留给我的书就有四千多卷，几次遭难，不是毁了，就是失散了。现在我还能背得出来的才四百多篇了。"曹操听说还有四百多篇，那也不少，就说："我派十个

文官到夫人家，叫他们把夫人所记得的都写下来，怎么样？"蔡文姬不同意这么办，她说："怕不方便吧。还是恳求明公赏我一些纸笔，我一定遵命把能背出来的都写下来。"曹操就派人护送她到家里，让她去写那些文章。

蔡文姬这才安下心来，细细地把她所记得的文稿都写了下来，送给曹操，简直没有遗漏或错误。她把曹娥碑文也抄下来了。那碑文是颍川人邯郸淳（邯郸，姓；淳，名）写的，碑的背面有八个字是蔡文姬的父亲写的。

曹娥碑所纪念的是一位姑娘，叫曹娥，会稽上虞人。她父亲叫曹盱（xū），在公元142年（汉顺帝汉安元年）五月五日，掉在江里淹死了，尸首都没捞着。曹娥才十四岁，日夜不停地哭着，沿江找她父亲。找了十七天，还没见尸首浮上来。邻居们劝曹娥不必找了。曹娥一个人留在江边，把衣服扔到江里，祝告着说："我父亲的尸首在哪儿，就在哪儿沉下去。"衣服漂到一个地方沉下去，曹娥就在那边投江死了。相传曹娥背着她父亲，两个尸首一同浮到水面上。当地的老百姓大受感动，都说曹娥是个孝女，很小心地把尸首埋了。

过了三年（公元145年，汉冲帝永嘉元年），上虞县长度尚把曹娥改葬在江南大路旁边，给她立了个碑，叫邯郸淳写了一篇碑文，刻在石碑上。那时候邯郸淳才二十来岁。后来蔡邕到南方去游历，到了江边（后人把那条江叫曹娥江，在浙江绍兴东），见了碑文，就题了"黄绢幼妇外孙齑（jī）臼"八个字，刻在背面。可是谁也说不上这八个字是什么意思。

据说，有一回，曹操和杨修见到了曹娥碑上这八个字，曹操琢磨了一下，猜不透。他问杨修："你知道吗？"杨修说：

"知道了。"曹操说："你别说，让我仔细想想。"两个人上了马，走了。走了十里地，曹操完全明白了。原来"黄绢"是有颜色的丝，"丝"旁加"色"，是个"绝"字。"幼妇"就是少女，"女"旁加"少"，是个"妙"字。"外孙"是女儿的儿子，"女"旁加"子"，是个"好"字。"齑臼"这两个字在今天比较生僻。"齑"是切细了的姜、蒜等调味品，味辣，古人就用"辛"字。"臼"是捣姜、蒜的容器，是接受的"受"的意思；"受"旁加"辛"，是个"辤"字，就是现在的"辞"字。这样，"黄绢幼妇外孙齑臼"就是"绝妙好辞"的意思。

可是杨修究竟比曹操早知道。他在这方面的才能要比曹操高。曹操说："你真是个才子。我比你呀，差了十里。"话虽如此，曹操对他多少有点儿不大舒服。

蔡文姬把她能背得出来的几百篇文章写完了以后，又感觉到人生的空虚和悲哀来了。她怎么也忘不了留在匈奴的两个儿子。

曹操费了很大的心思，把朋友的女儿赎了回来。蔡文姬又是高兴又是难受。"树高千丈，叶落归根"，能够回到家乡，总是好的。可是母亲的爱，对两个孩子的伤心，恐怕不是别人所能完全体会得到的。蔡文姬的被掳终究是个悲剧。后来有人借着她的遭遇，作了一首很出名的歌，叫《胡笳十八拍》。也有人说，那首歌是蔡文姬自己写的。

曹操收服了南匈奴，让他们杂居在并州各郡以后，就要再去征伐孙权。上次孙权发兵十万来攻合肥，这件事曹操也得去报复一下。那年冬天十月里，曹操就加紧练兵。转过年，就是公元 217 年（建安二十二年），曹操的大军到了居巢（今安

徽巢湖一带），准备进攻濡须。孙权还想把曹军打回去，可这一次可就难说了。

## 读有所思

1. 曹操为什么要一门心思地把蔡文姬从匈奴给赎回来？
2. 曹娥碑讲述了一个什么样的故事？
3. 曹操为什么不喜欢杨修？

## 知识拓展

水龙吟·题文姬图

〔清〕纳兰性德

须知名士倾城，一般易到伤心处。柯亭响绝，四弦才断，恶风吹去。万里他乡，非生非死，此身良苦。对黄沙白草，呜呜卷叶，平生恨、从头谱。

应是瑶台伴侣，只多了、毡裘夫妇。严寒霜篥（bì lì），几行乡泪，应声如雨。尺幅重披，玉颜千载，依然无主。怪人间厚福，天公尽付，痴儿騃（ái）女。

# 浑身是伤

魏王曹操率领大军向濡须进发，骑兵、步兵号称四十万，一到江边饮马，沿江全是马群。孙权率领七万人马出去抵抗。兵马数量相差这么远，曹兵又不是赤壁之战那一回的初下江南的北方人，东吴的兵马就是再加两倍也没法跟曹兵比。将士们免不了有些害怕。孙权也担了心事。上次赤壁之战，由于周瑜、鲁肃和诸葛亮的调度、合作，总算以少胜多，打了胜仗。这会儿情况不同了：周瑜死了，诸葛亮远在成都，鲁肃在陆口正病着。跟谁去商量呢？孙权知道甘宁勇猛，就跟他定了计，交给他三千精兵为前部，秘密地嘱咐他当夜先去偷袭曹营，给他们一个下马威，好给吴军壮壮胆量。

甘宁在三千人中挑选了一百多名勇士，半夜里向曹操的大营静悄悄地爬过去，到了军营外围，很快地拔去鹿角，跳过营垒，一直冲到军营里，突然一声呐喊："冲啊！杀啊！"吓得曹兵从睡梦中醒来，来不及拿兵器，一下子给吴人左劈右砍，杀了几十个人。甘宁他们提着血淋淋的人头大声呼喊着从原路回去。曹军各营慌忙点起火把来，一眼望去，稀稀朗朗，好像星星似的，可照不到远处。他们还没完全查明到底进来了多少敌人，甘宁他们已经敲锣打鼓地回到营里，高声喊着万岁。一百多人没有一个受伤。当时就向孙权报告，孙权赏给甘宁他们每人十匹绢，一口刀，高兴地说："孟德有张辽，我有兴霸（甘宁，字兴霸），足可抵敌了。"

这一次的袭击还真叫曹兵不敢小看吴人。曹兵心里一虚，打起仗来就差了劲儿。水陆两路打了一仗，曹军没得到多大便宜。到了三月里，曹操自己回去了，他叫夏侯惇、曹仁、张辽等带领二十六支军队退到居巢，重新布置一下，再跟吴军比个上下高低。

夏侯惇、曹仁、张辽他们再一次向东吴进攻，他们主要的兵力是骑兵和步兵，水军的力量很差。东吴的大将徐盛、董袭统领战船，甘宁、周泰他们都在岸上接应。徐盛在水上找不到对手，就跳上岸去杀敌人，董袭在楼船上击鼓助战。万没想到突然起了风暴，翻江倒海似的波浪把楼船颠翻了好几只。水兵们请董袭离开战船，董袭不依。他说："战船由我统领，我必须跟战船同生同死！"可是战船敌不过风暴，几个大浪把董袭的楼船掀翻，董袭就跟战船一同完了。

徐盛在岸上打了败仗，差点儿丧了命，连孙权自己也被曹军围住。幸亏周泰赶到，拼着死命把他救了出来。

孙权虽然还不算败得怎么惨，可是他只能往后退，不能把曹军打回去。要是曹操自己再来督战，那就连濡须也保不住了。他就派都尉徐详为使者到曹营去求和。夏侯惇派人向曹操报告，曹操因为东吴一时不能打下来，同时他又得对付汉中。

东西两头作战，老是顾前顾不得后的，就同意了。他特地派使者到东吴通好，情愿订立盟约，结为亲戚。当时就下令停止进攻，叫夏侯惇他们屯兵居巢。孙权也退兵回去，留平虏将军周泰总督濡须兵马，镇守濡须。这可叫周泰为难了。

周泰，字幼平，九江下蔡人，原来是伺候孙策的一个小卒子。他为人小心谨慎，胆量又大。伺候孙策恭敬周到，在战场上多次立过功劳。孙策、孙权都喜欢他。他曾经做过别部司马。论他的出身和地位，都不算高。一下子做了平虏将军，就有一些人，像朱然、徐盛他们，心中不服。朱然跟孙权原来是同学，早就做了太守，徐盛是个中郎将。他们认为周泰出身寒微，堂堂太守和中郎将反倒做了他的部下，受他的指挥，怎么也不服气。

孙权知道了这些情况，他不愿意他手下的文武百官只讲究门第的高低，不重视功劳的大小，就亲自到濡须坞来，开了一个宴会，把将士们都请来欢聚一堂。大伙儿正喝得高兴的时候，他亲自斟了一杯酒，走到周泰跟前，在递给他之前，先叫他脱去衣服。周泰犹豫了一下，很别扭地把衣服脱了。大伙儿一瞧，他光着上身，差不多浑身是伤，有旧伤疤，有新伤疤，有伤疤上再结的伤疤。他们全都愣了。

孙权放下酒杯，一只手搭在周泰的肩膀上，一只手指着他身上的伤疤，对大伙儿说："你们看，从这儿起，一、二、三、四、五、六、七、八——转过来——九、十、十一、十二，这十二处，是幼平打山越的时候受的伤。那一次要是没有他，我早已没有命了。这儿，肩膀上，这儿，胸口上，是征伐黄祖那会儿所受的伤。这儿，一、二、三、四、五，五处是

赤壁之战所受的伤。还有……你自己说，这几处伤哪？"周泰不好意思地说："这几处是南郡打曹仁那会儿所受的伤。还有大腿上，臀部上，那就不必说了。我不敢说受伤有什么功劳，只觉得自己能耐太差，一打仗老受伤，真有点儿害臊。"

大伙儿听他这么一说，从心眼里佩服他。孙权拉住他的胳膊，掉了眼泪，他说："幼平为了我们弟兄二人，拼着命跟敌人作战，九死一生地救了我的命。身上的伤像图画和文字那样地刻着，一个个伤疤都是一次次战争的记录。我怎么能不把您当作自己的骨肉看呢？我怎么能不把这儿的兵权交给您呢？您是我们东吴的功臣，我一定跟您同甘共苦。您不可因为出身寒微，自己退缩。"说着他向周泰敬酒。周泰一面喝，一面说："主公太夸奖了。我为主公效力，死也甘心。"别的将士们也向周泰敬酒，朱然和徐盛直怪自己不好，没说的，服了周泰了。第二天，孙权派使者把自己的一顶青罗伞送给周泰使用，让他进进出出威风威风。朱然、徐盛他们再也不敢说他出身低微了。

孙权回到建业（建安十七年，即公元212年，孙权迁都秣陵，建造石头城，改秣陵为建业），大臣们很热闹地欢迎他。他们大多认为东吴投降了曹操，以后可以不再打仗了。那可只是心里暗暗欢喜，在谈话中谁也没说投降曹操是件好事情。孙权还想听听大臣们对于跟曹操结盟联亲的意见，就听见有人向他报告，说鲁肃很生气，还老叨唠着当初周瑜反对孙权送儿子到许都去做人质的一番话，什么"送儿子做人质，就不得不听从曹氏，他下道命令叫你去，你不得不去，这样就受到别人的牵制"。

孙权不同意这种说法，他认为现在情况不同，而且又不必把儿子送去，就打算派人到陆口去叫鲁肃回来，想跟他解说解说。过了没多少日子，陆口来了个报丧的，说鲁太守害病死了。孙权听了，脑袋"嗡"的一下，差点儿倒下去。他直怪上天夺去了周瑜和鲁肃，简直等于把他的两只胳膊都砍去了。周瑜死的时候才三十六岁，鲁肃死的时候也不过四十六岁。孙权直纳闷为什么他们都这么年轻就凋谢了。

孙权已经够伤心了，谁知道还有比他更伤心的人。真正主张孙刘联盟、同心抗曹、跟鲁肃一条心的还不是孙权，而是诸葛亮。他得到了鲁肃去世的消息，内心痛楚万分，给鲁肃举行了哀悼的仪式。他又听到孙权叫吕蒙接替鲁肃屯兵陆口，就担心起关羽在荆州那一头的防守来，暂时只好把曹操这一头搁在一边。法正跟他正相反，他熟悉蜀地的情形，把汉中这一头看得比荆州那一头更严重。他向刘备献计，说："曹操一下子就叫张鲁投降，平定了汉中，他可没趁着这个机会来打巴蜀，仅仅留着夏侯渊、张郃守在那边，自己匆匆忙忙地回去了。这并不是曹操的智谋差，而是力量不足。这里面一定是由于他担心内部的事，逼着他不能不回去。夏侯渊、张郃的才略未必比咱们的将军们强，咱们发兵去征讨，一定能够打赢。打下了汉中，发展农业，积聚粮食，等待时机，上可以消灭敌人，尊重王室；中可以兼并雍州、凉州，开拓疆土；下可以把汉中作为蜀地屏障，守住要害，作持久打算。这是天赐良机，千万不可失去。"

当初张鲁逃到巴中去的时候，偏将军黄权就对刘备说："失了汉中就好比砍去蜀的胳膊和大腿，三巴（巴东、巴西、巴郡）难保。"那时候，刘备拜黄权为护军，率领一支兵马去迎接张鲁。可是他还没赶到，张鲁已经投降了曹操。这会儿刘备听了法正的话，一定要抓住时机夺取汉中。

## 读有所思

1. 在宴会上，孙权为什么要让周泰脱去上衣？
2. 鲁肃反对孙权投降曹操，你认为他的说法对吗？
3. 法正劝说刘备夺取哪里？

## 知识拓展

南乡子·登京口北固亭有怀

〔宋〕辛弃疾

何处望神州？满眼风光北固楼。

千古兴亡多少事？悠悠。

不尽长江滚滚流。


年少万兜鍪，坐断东南战未休。

天下英雄谁敌手？曹刘。

生子当如孙仲谋。

# 一 身 都 是 胆

　　刘备请诸葛亮坐镇成都，请法正为随军参谋，自己率领将士向汉中进兵。同时派巴西太守张飞和他的助手马超、吴兰，往北去占领下辨（县名，属武都郡，今甘肃成县一带），自己把大军驻扎在阳平关，派兵遣将去攻打夏侯渊。曹操正像法正说的一样，他担心内部发生叛变，自己不能脱出身来。他下了命令，吩咐夏侯渊挡住阳平那一头，叫曹洪去争夺下辨。

　　曹操自己住在邺城，派丞相长史王必在许都总督御林军马。主簿司马懿对曹操说："王必性情宽和，恐怕不大合适。"曹操说："王必跟着我吃过苦头，经历过困难，忠诚可靠，我看还可以。"这时候，关羽在荆州越来越强大，许都内部就有人把关羽作为后援去反抗曹操。京兆人金祎（yī）原来是汉武帝的托孤大臣金日磾（mì dī）的后人。他认为他家祖祖辈辈做了汉朝的臣下，现在眼看汉朝的天下快要转到魏王的手里了，就暗地里结交了少府耿纪、丞相司直韦晃、太医令吉本和吉本的两个儿子吉邈、吉穆。这几个人共同商议，准备杀了王必，夺取御林军，以天子的名义去征伐魏王曹操，联系关羽，发动政变。因为金袆是王必的朋友，不便出面，他就躲在后面指挥，让太医令吉本领头去干。

吉本他们就在建安二十三年（公元218年）元旦晚上，趁着大伙儿庆祝新年的热闹劲儿，率领家丁一千多人突然火烧军营，攻打王必。王必正在营里喝酒，一见外边起火，慌忙骑上快马逃去，肩膀上已经中了一箭。左右扶着他逃跑。他逃到自己的朋友金袆的家门口，想进去躲一躲。他一敲门，门里的人还以为金袆回来了，急着问："王必那家伙杀了没有？"王必听了，好像踩了毒蛇，回头就跑。他手下的人把他送到南门。他受了伤，躲在南城，全靠颍川典农中郎将严匡发兵出来镇压，才把这场叛变平定下去。严匡屯田许下，他发兵进城，跟金袆、吉本他们打了一阵。金袆、吉本、吉邈哥俩全被杀了；耿纪、韦晃被士兵逮住，杀头示众。王必受伤过重，没几天也死了。

就因为许都内部太不稳定，曹操自己就坐镇邺城，非万不得已，他是不愿意轻易出去了。他一得到报告，说刘备分两路进攻汉中，就派"飞马报"叫曹洪去争夺下辨。张飞叫马超和吴兰出去攻打。吴兰阵亡，马超逃回。张飞一看情况不妙，只好拼死抵抗，不再出去挑战了。阳平关那一头碰到夏侯渊、张郃、徐晃他们的抵抗，不但占不到便宜，还打了一个败仗，急得刘备只好写信给诸葛亮，请他再派些兵马来。诸葛亮恐怕本地人不愿意出去打仗，要是再派一支大军到阳平关去，也许对后方不利，就跟犍（qián）为人杨洪商议，问他该怎么办。杨洪说："汉中是益州的嗓子眼儿，没有汉中就没有益州。趁早发兵，不必犹豫。"

　　诸葛亮得到了本地人的支持，就发兵两万，派黄忠老将为统帅，连夜赶去帮助刘备。这次他知道杨洪有见识，又因为蜀郡太守法正跟着刘备往北去了，就表荐杨洪领蜀郡太守。刘备在阳平关跟夏侯渊对峙了一年多，很不得手，这会儿讨虏将军黄忠一到，就派他为先锋，大军跟着往南，渡过沔水，到了定军山，挑个险要的地区安营下寨。夏侯渊一面把军队调到那边，准备进攻，一面向曹操报告，请他再发兵来接应。曹操因为刘备接连侵犯汉中已经一年多了，就亲自到了长安。这时候，他怕夏侯渊出岔子，特地派人去劝告他，说："做将军的不能光凭勇猛，还得有胆小的时候。勇敢是根本，但是勇敢必须有智谋。有勇无谋，就是所谓匹夫之勇。你得在这上头多多留神。"

　　夏侯渊微微地笑了笑，有心要在"这上头"多多留神。可是他在阳平关一直占着上风，他探听到盘踞定军山的敌人不过一二万，带兵的原来是个老头儿，虽然他知道要多多留神，可没法把个老头儿放在眼里。他马上带领得力的将士往山上进兵去夺刘备的军营。法正请刘备叫将士们坚决守住军营，不跟夏侯渊作战。曹兵上来，山上的弓箭手就把他们射回去。夏侯渊进攻几次，都没成功。从早晨到中午，从中午到下午，几次叫战，就是没有人出来应战。不用说他们见了夏侯渊这么勇猛的进攻，害怕了。到了黄昏时分，曹兵没碰到对手，有点儿腻烦了。

　　法正仔细察看敌人的情况，对刘备说："敌人已经松了劲，咱们可以下去了。"刘备就叫黄忠出战。黄忠率领神兵居高临下，跑下山去，突然冲进曹营，鼓声和喊杀声震动天地，杀得曹兵纷纷逃跑。夏侯渊亲自出来，正碰到黄忠老将，被他一刀劈落马下。益州刺史赵颙（yóng）赶紧来救，也被黄忠劈了一刀。两员大将就这么仅仅挨了两刀，双双完蛋。刘备一见前锋得胜，催动全部人马跟着追赶，杀得敌人连滚带爬，东逃西窜，死伤了一半人马。张郃火速派人向曹操报告战况，自己带着残兵败将退到汉水东岸，远远地摆下阵势，只等刘备的军队渡河过来，就在中流给他一个迎头痛击。刘备到了汉水，怕前面有埋伏，就在西岸安营下寨。

公元219年（建安二十四年）三月，曹操亲自从长安出发，由斜谷（褒斜谷）去救汉中。刘备听到消息，对将军们说："曹操虽然亲自来，也无能为力，汉川是给咱们拿定了。"他下令守住关口要道，不跟曹操交战。两军隔水相持了十多天，好像双方都在准备什么，谁都不愿先动手似的。黄忠的部将张著探听到曹军的粮食存在北山下，有米千万袋。黄忠认为可以去袭击一下，或者抢些来或者把它烧了。刘备就派黄忠和张著带领一支兵马先过去，派赵云和他的部将张翼在后面接应。黄忠跟赵云约定时刻，两支兵马会齐，去夺取粮食。

当夜黄忠带领人马偷偷地渡过汉水，直到北山，天才亮了。一见北山下整袋的粮食堆积如山。守卫粮食的少数士兵一见蜀兵进来，慌忙逃散。黄忠毫无困难地打了进去，反倒觉得有些太方便了。要是他留神一下，就该知道曹兵逃散，准有蹊跷。曹操打仗一向爱劫别人的粮草，自己存粮的地方哪有一点不防备的道理？黄忠想了一想，正准备叫搬运粮食的士兵退回去，突然一阵鼓响，张郃和徐晃两路兵马冲杀过来。黄忠挡住张郃，张著挡住徐晃，两支蜀兵边打边退。幸亏黄忠一把大刀厉害，左砍右劈，杀了不少人。接着，他抡着大刀风车似的转了几转，杀开一条血路，才逃了出来。可是这么交战下来，早已过了跟赵云约定的时刻。

到了约定的时候，赵云还不见黄忠他们回来，就对部将张翼说："你守住营寨，不可出去，营里两旁布置弓箭，以备万一。"自己带着几十个骑兵，走出营门去看望一下。走着走着，一直到了汉水，只见前面无数人马正在交战。他做梦也没想到曹操的大队人马会追杀蜀兵一直到了西岸。张郃紧紧地赶着黄忠，正碰上赵云。赵云放过黄忠，大喊一声，挺着长枪过来，好像小鸡啄小米，咯咯咯咯，一枪一个，连着戳倒了几十个曹兵。张郃一见赵云，心中暗暗着急。他早知道这位常山赵子龙，就是十一年前大闹当阳长坂坡的英雄，怎么也不敢小看他。他还没拿定主意究竟跟赵云交手好呢还是趁早退兵，谁知道赵云已经把张郃的军队打散了。曹兵见到赵云的长枪，就拼命往回跑。黄忠手下的士兵也勇气百倍地跟着赵云来了个回马枪。有人指着东南上一团人群说："张将军给敌人围上了！"赵云向东南冲过去，杀入重围，救出张著，收集散兵，各回各营。

哪儿知道张郃、徐晃回头一看赵云的兵马不多，他们把散乱了的队伍集合起来，重整旗鼓（指失败之后，重新集合力量再干），又追过来了。他们看准了赵云的营寨，一定要把它夺过来。守营的部将张翼一见曹兵像潮水似的涌过来，连忙对赵云说："追兵近了，怎么办？快关上营门，躲在军壁后面去吧。"赵云很有把握地说："别忙！把营门全打开，把旗子都

收起来，也别打鼓。你叫弓箭手都伏在壕沟里。"他这么布置完了，又告诉张翼射箭和反攻的暗号，然后他一个人站在营门外，好像等待客人似的。张郃、徐晃带着大队人马冲了过来，离开营门不远，就望见赵云单枪匹马地候在那儿，反倒吓了一跳。再一望营门大开，旗子不见了，全营鸦雀无声，不由得起了疑。抬头一看，天快黑下来了。要是再上去中了埋伏，那可不是闹着玩的。他们在前面这么一犹豫，队伍就停下来了。有人对张郃说："冲过去试试！已经到了这儿，总不能白跑一趟。"张郃就派一部分兵马过去，有几个莽撞鬼想夺头功，不顾前后地冲到离营门不到两百步的地方，赵云不动声色，不到一百步了，赵云还是不动声色地横着长枪等着，他那匹马好像在地下扎了根。曹兵大喊大叫地冲上来，赵云突然把枪一招，壕沟里的大弓小弓一齐发箭，前面一排人叫了一声"哎呀"都倒下了，后面的人扭转屁股就逃。张郃、徐晃阻拦不住，自己反倒被挤在中间站不住脚，往后一瞧，只听得喊声大震，战鼓好像霹雷似的擂着，谁都不知道有多少蜀兵追杀过来。赵云、黄忠、张著各带一队兵马追到汉水。曹兵吓破了胆，自相践踏，掉在水里。汉水上游河床本来不深，不用船就可以走来走去，可是掉在水里或者被挤倒的，也被淹死，而且淹死了很多。

第二天早上，刘备带着法正到了赵云那边，看了看昨天交战的地方，问了问怎么样以少胜多。张翼指手画脚地说了个大概。刘备高兴地说："子龙一身都是胆！"接着又说："打了这一仗，往后只要守住阵地，不必再出去作战了。"

## 读有所思

1. 许都内部发生了什么事情导致曹操亲自坐镇?
2. 曹操的大将夏侯渊是被谁杀死的?
3. 刘备说谁"一身是胆"?

## 知识拓展

咏史下·赵云

〔宋〕陈普

子龙一身都是胆,
更有仁心并义肝。
士劝渠能和益土,
百惊不动是人安。

# 汉中王

　　曹操在汉水吃了败仗，士气低落，天天有人逃亡。他亲自指挥，又跟蜀兵相持了一个多月，粮食越吃越少，天气越来越热，军营中开始发生了疫病。曹操仔细合计了一下，到了五月里，只好带着汉中的军队回到长安，把汉中让给刘备了。这还不算，曹操还怕刘备再往北去夺取武都氐（氐 dī，部族名。武都，郡名，今甘肃东南部）进逼关中，就问雍州刺史张既该怎么办。张既说："不如劝告武都的氐人避开贼军，搬到北边或东边去，说那边有粮食，先去的有重赏。这么一来，先到的有了赏，还没走的见了眼红，一定也跟着去。"曹操听从了张既的话，动员氐人搬家，搬到扶风和天水等地落户的就有五万多家。打这儿起，氐族就散居在秦川了。这样，曹操不但把从张鲁手里夺过来的汉中让给了刘备，连武都也放弃了。

　　刘备得到了汉中，回到成都。诸葛亮就劝他趁着机会再去夺取上庸（今湖北竹山一带）和房陵（在上庸东南，今

湖北房县一带），把这两个重要的地方打下来，沿着汉水下去，汉中就可以跟襄阳连接起来了。刘备立刻派宜都太守孟达从秭归出发，往北去进攻房陵，再派自己的养子刘封从汉中出发，乘沔水下来跟孟达在上庸会师。孟达马到成功，杀了房陵太守，打下了房陵。刘封的军队顺流而下，跟孟达的军队东西两路夹攻上庸。上庸太守申耽带着部下投降了，还打发妻子和宗族到成都来。刘备完全信任申耽，拜他为征北将军，领上庸太守，拜他的兄弟申仪为建信将军、西城太守（西城，县名，本来属汉中郡，刘备把它分出来改为郡，今陕西安康一带）。

这么一来，刘备在益州和汉中的地位就巩固了。七月里，他手下的文武百官都要尊他为汉中王。刘备、关羽、张飞、诸葛亮、赵云他们都是中原去的客人，刘备要在益州坐江山，不得不依靠当地的力量。为此，原来的西北军的首领，平西将军都亭侯马超领衔，其次是原来刘璋手下的大臣许靖、庞羲、射援，接下来就是军师将军诸葛亮、荡寇将军汉寿亭侯关羽、征虏将军新亭侯张飞、翊军将军赵云、征西将军黄忠、牙门将军魏延、扬武将军法正、兴业将军李严等一百二十人，向汉献帝上了个奏章，请封左将军宜城亭侯刘备为汉中王。刘备谦让了一番，就在沔阳搭个高台，举行自立为王的典礼。大臣们都在台上，士兵在台下排成队伍作为仪仗队。诸葛亮把大臣们给汉献帝的奏章宣读了一遍，就奉上玉玺和王冠、王袍。刘备又退让再三，才跪下去，遥远地拜了拜汉天子，接受了玉玺，把王袍和王冠穿戴起来。

汉中王刘备立刘禅为王太子，拜许靖为太傅，法正为尚书令，关羽为前将军，张飞为右将军，马超为左将军，黄忠为后将军，赵云为翊军将军。

刘备要回到成都去，但是必须派个重要的大将镇守汉中。大伙儿以为一定是张飞，张飞自己也认为准是他。可是出乎意料，刘备任命牙门将军魏延为汉中镇远将军，领汉中太守。大伙儿不由得都吐舌头。刘备在大臣们面前问魏延："我把这么重大的责任委托你，你准备怎么样？"魏延说："要是曹操率领天下的兵马打进来，我就替大王把他们打回去，要是曹操带领十万人马打进来，我就替大王把他们都吞下去。"刘备笑了笑，说："你说得好。"

刘备和诸葛亮他们回到成都。诸葛亮为了一件事担心。他对刘备说："上回马超来投降，云长还要跟他争个高低。黄忠的名望不如马超，这会儿跟云长并列，我怕云长不服，怎么办？"刘备说："军师不必担心，我有办法。"他就派益州前部司马犍为人费诗到荆州，把前将军的印绶送给关羽。关羽果然发了脾气，不接受印绶，还说："大丈夫绝不能跟老兵同列！"费诗对他说："从前萧何、曹参跟高帝从小要好，陈平、韩信都是后来投降过来的。论地位，韩信封了王，最高，萧何、曹参不过封侯。可是没听说萧何、曹参怨恨过谁。现在汉中王尊重汉室，不得不提升有功之人跟君侯同列，汉中王内心的轻重可不在这儿。再说汉中王跟君侯亲如手足，同甘共苦，同生共死，君侯不是不知道。我以为君侯不该计较官职的高低，爵禄的多少。我只是个使者，奉命而来，君侯不接受印绶，不肯下拜，那么我就回去，没什么了不起的。可是君侯这种举动，我只觉得有点儿可惜，恐怕君侯也要后悔的。"关羽听了这一番打一巴掌揉（róu）三揉的话，明白了过来，立刻跪下去，接受了印绶。他把费诗当作老师那么尊敬，还把他想趁着曹操在汉中失败和士气低落的形势，准备进攻襄樊的打算告诉了他，请他回去向刘备报告。自己先在南郡后方布置一下，就准备发兵去攻打樊城。

关羽叫南郡太守麋芳守江陵，将军傅士仁守公安，嘱咐他们随时供应粮草，必要的时候再送士兵来，作为补充，自己带着关平、周仓等率领一支军队去打樊城。樊城的守将曹仁一探听到关羽发兵，就向曹操报告。曹操派左将军于禁、立义将军庞德带领七队人马赶到樊城去帮助曹仁。曹仁叫他们屯兵樊北，互相接应。关羽的军队很快渡过襄江（汉水的下游），围住樊城，每天在城下叫战。城内的兵马只有几千，可是驻扎在城北的就有七队兵马，声势浩大。曹仁就跟于禁联络一下，来个两路夹攻。于禁派两个部将董超和董衡带领两队人马先去试探一下。没有一顿饭的工夫，就被打得落花流水，死伤了三分之一，吓得曹仁不敢出来。

汝南太守满宠做了曹仁的参谋，他说："云长是个虎将，足智多谋。咱们不如加紧防守，不可轻易出去跟他交战。他老远地发兵来，就希望快点儿作战。日子一多，不但粮草供应不上，就是东吴，也不见得不打主意。江陵本来是周瑜从咱们手里拿去的，难道孙权不想再拿回去吗？"曹仁就决定只守不战，准备跟关羽耗下去。

1. 刘备回成都时，派谁驻守汉中？

2. 关羽刚开始为什么不接受左将军的印绶？

3. 费诗是如何劝说关羽接受左将军的印绶的？由此你受到了哪些启发？

## 知识拓展

　　将军一词在历史上有特定含义。最早出现在春秋战国时期，将领带领军队作战时，被称为"将军"。随着时间推移，演变成对曾经带兵打仗的将领的一种尊称。在秦末汉初风起云涌的战争环境中，将军一词逐渐成为一个阶层的代称，许多人都被称为"将军"。但这时，将军还没有作为一个制度登上历史舞台，将军号也没有正式出现。

　　两汉时，将军号趋向于完备，开始有了重号将军和杂号将军的区分。重号将军是指：大将军、骠骑将军、车骑将军、卫将军、前后左右将军这八种，重号将军之外的其他各种将军统称为杂号将军，位次都在重号将军之下。原则上所有将军号都是临时设置的，有特定的行动时才有将军号，一旦行动完成，就会撤销将军号。直到汉末，李傕郭汜上位，二人对典制缺乏概念，先自我加封为将军，然后其部下都相继做了将军，到汉献帝从长安出逃时，只要带兵的人几乎都是将军。

汉中王

自此，原本不常设的杂号将军成了国家的中流砥柱，不仅可以外御强敌，还可以内安国政。各类将军开始逐步进入国家的政坛之中，拥有了自己的官职和地位。但是，在魏晋南北朝时期，可以带兵打仗的将军在国家的政治体系中的地位不如文臣。到了唐代，国家非常信任武将，汉代的允文允武变成了唐代的出将入相。武将拜相成为唐代不成文的官场法则，唐代是将军们的高光时刻。到了宋代，在强干弱枝、重文轻武的风气之下，将军的命运急转直下，越发坎坷。

# 水淹七军

　　曹兵坚守不战，关羽没法打进去。老天爷又不作美，下起秋雨来了，急得他不能不发愁。白天他观察地形，不怕累，晚上可睡不着觉。好在他有个习惯，爱在烛光底下看书。有一天晚上，他把平日读得能背的《左传》看了又看。一想到连日来打不下樊城，心烦意乱，又把《左传》搁在一边，听听外边的雨声，无聊。还是拿起书来，解解闷。他一直看到《左传》最后一篇，记着韩、赵、魏三家共灭智伯的事，就闭上眼睛，理着胡子，静静地听着雨声，眼前好像瞧见了智家的士兵们在水里一起一沉地挣扎着的乱劲儿。他慢慢地点了点头，有了主意。第二天一清早，就冒着雨上了高地，再一次观察襄江，可惜樊北的山沟和河道朦朦胧胧的，看不清楚。

　　关羽回到营里，仔细问了问当地的向导，就吩咐将士们赶紧准备大小船只和木筏子。关平不明白，他说："咱们已经过了襄江，陆地作战，船只、木筏子有什么用？"关羽对他说："于禁七军不扎在平地上，而扎在险要的水口。八月里本

来经常涨水，这阵子又天天下雨，襄江必然要发大水。咱们派人去把各处水口堵住，赶到发大水的时候，咱们就坐着船去放水，樊城、樊北一定淹没，曹兵都做了鱼鳖（biē）。到时候，大小船只和木筏子就顶事了。"关平他们一听这话，加倍使劲地准备起来。

八月中旬一个晚上，大雨像天塌似的直倒下来，又赶上刮大风，襄江突然发了大水，平地水涨一丈多高。于禁、庞德急急忙忙出来一看，大水好像长了腿，四面八方都向军营奔跑过来，谁都抵挡不住。七军大乱，士兵们随波逐流，一起一沉地挣扎着。于禁、庞德、董超、董衡等几个将军都上了小丘避水。好容易等到天亮，狂风暴雨好像发了疯，把襄江的水掀得更高了。别说樊北地势低，平地水高几丈，七军都给淹没，就是樊城，大水也涨到了城墙的半腰，曹仁、满宠他们早已爬到城门楼子上了。

关羽、关平、周仓他们坐着大船，别的将士们划着小船，小卒子撑着木筏子，把于禁围住。于禁被逼得走投无路，投降了。关羽叫他放下兵器，脱去铠甲，把他押在大船里。然后好像坛子里捉鳖一样去逮庞德。

庞德、董超、董衡带着几百名士兵躲在河堤上避水。关羽的大船过去，叫弓箭手专射士兵。庞德披着铠甲，拿着弓箭回射。尽管他箭法很好，也射死了几个对方的士兵，可是究竟射过来的箭多，自己这边被射死的人更多。董超、董衡对庞德说："四周没有活路，不如投降了吧。"庞德骂他们没志气，他说："我们受了魏王的大恩，绝不能投降敌人！"说着，他就亲手把这两个部将杀了，还说："谁要再说投降，这两个人就是榜样！"大伙儿见他这么坚决，也都勇气百倍地坚持着。从早上抵抗到中午，从中午抵抗到午后，双方还是对峙着。关羽的箭是百发百中的，怎么射不到庞德的身上去呢？青龙偃月刀就斩不了孤立无援的庞德吗？原来关羽因为庞德本来是马超的部下，他的叔伯哥哥庞柔也在益州，就打算活捉庞德，劝他投降。庞德有了这一便利，坚持了大半天。末了，箭都使完了，叫士兵们用短刀短枪接战。他对督将成何说："我听说良将不因怕死而逃命，烈士不为活命而失节。今天是我死的日子了。"

成何也不肯投降，反倒跑上一步去抢小船，被关羽一箭射落水中。水越涨越高，士兵们乱纷纷地全都投降了。庞德趁着这个乱劲儿，带着几个小兵，跳上一只小船，杀散了船上的荆州兵，一心想逃到曹仁的营里去。偏偏迎面来了一只大筏子，把小船撞翻，庞德掉在水里，给荆州兵活活逮住。关羽大获全胜，回到营里。

于禁已经做了俘虏，被押到江陵，下了监狱。这会儿将士们带上庞德，庞德不肯下跪。关羽对他说："令兄在汉中，也想念着您；您原来的主人孟起在蜀中做了大将，封了侯。我想请您做将军，您不早点儿投降，还想什么？"庞德骂着说："你这小子敢叫我投降吗？魏王手下穿铠甲的将士就有一百万，威震天下；你们的刘备，庸庸碌碌，算得了什么？怎么能跟魏王对抗呢？我宁可为国家死，也不愿意做贼人的将军！"关羽冷笑一声，拿手一挥，武士们把庞德推出去，砍了。

第二天，荆州兵又开始进攻樊城。城里城外都是水，城墙也坏了好几处。士兵们又要进行抵抗，又要搬石头、担土、修理城墙，大伙儿都害怕了。有人对曹仁说："这个城没法守下去，还不如趁早坐着小船连夜逃出去吧。"曹仁也觉得自己力量不够，再守下去，必然全军覆没。他把这个意思告诉了满宠。满宠回答说："山洪暴发，不能长久，过几天大水必然退去。听说关羽已经派人到了郏下（郏，jiá；郏下，属颍川郡），许都以南的老百姓乱纷纷地都准备逃难了。可是关羽还不敢进兵，就为了怕咱们截断他的后路。要是咱们离开这儿往北逃去，那恐怕黄河以南都不再为国家所有了。请将军再坚持一下吧！"曹仁说："对！"他就鼓励将士守住樊城。

关羽连连攻打几天，还没能把它打下来。他就又派一支兵马去围攻襄阳。荆州刺史胡修、南乡太守傅方都投降了。关羽的威望越来越大。

水淹七军的警报到了邺中，曹操叹息着说："我跟于禁相知三十年，怎么到了紧急关头，反倒不如庞德？"就封庞德的两个儿子为列侯。赶到他听到关羽派兵到郏下去，黄河以南有不少人响应关羽，曹操慌了。陆浑（属弘农郡，今河南嵩县一带）的平民孙狼率领老百姓杀了县里的长官，归附关羽。关羽派人送印绶给孙狼，还拨给他一部分士兵，由他带领。关羽的威声震动中原。曹操为了避避风头，跟大伙儿商议，准备放弃许都，迁都到别的地方去。

当时有一位大臣起来反对，说："大王不必担心，我有办法对付关羽。"曹操一看，原来是司马懿，就问他："仲达有何高见？"司马懿说："于禁的军队被大水淹没，并不是战争的失败，对国家没有太大的损失。孙权把妹子嫁给刘备，接着又把她抢回去。这当中就可以看出孙刘两家是有疙瘩的。关羽得志，孙权必不乐意。只要派个使者去劝孙权扯关羽的后腿，答应把江南封给孙权，樊城的围一定可以解除。"

　　曹操同意司马懿的办法，他一面下令叫镇守宛城的徐晃发兵去救樊城，一面打发使者去见孙权，叫他进攻荆州。使者还说魏王在前方拉住关羽，东吴在后面进攻南郡，前后夹攻，一定能把关羽打败；打败了关羽，荆州全归东吴。孙权就跟大伙儿商议要不要帮助曹操。这就喊喊喳喳地议论开了。有些人认为鲁肃的话对。他曾经不止一次说过，为了对付曹操，东吴应当跟关羽交好，千万不可把他看作仇人。另有一批人认为吕蒙的话对。自从吕蒙代替鲁肃屯兵陆口。一直以为关羽骁勇，有兼并的野心，而且他占据着长江上流，顺流而下，方便得很。像现在这样各守地界的局面恐怕不能长久。吕蒙上书给孙权，说："要是主公派征虏将军（这时候孙权叔父的儿子孙皎为征虏将军，督夏口）去守南郡，潘璋去屯兵白帝城，蒋钦带领一万人马沿着长江上下打游击，那么我替主公去打襄阳。这样，何必害怕曹操！何必依赖关羽！再说关羽君臣欺诈我们，反复无常，不能把他们当作自己人看待。"

　　当时有人把吕蒙这些意见说了说，多数人认为不能把关羽他们当作自己人看待，因此还不如早下手去夺荆州。孙权自己也觉得关羽狂妄自大，太小看他了。孙权曾经为他儿子向关羽求亲，要娶他的女儿。关羽不答应也就是了，还把做大媒的骂了一顿，说什么"老虎家的女儿怎么也不能配给狗崽子"！孙权这一气呀，气得眼睛发绿，脸色发紫，早就恨上关羽了。这阵子曹操派使者来，他跟大臣们一商议，就有七八分要跟关羽干一场。

1. 关羽用什么办法打败了曹操的七队兵马？
2. 谁给曹操出了离间孙权和刘备的主意？
3. 吕蒙对关羽驻守荆州有何谋划？

## 知识拓展

　　《左传》是中国古代第一部叙事完备的编年体史书，相传为左丘明著，原名为《左氏春秋》。《左传》全书约十八万字，记载了从鲁隐公元年（前722）到鲁哀公二十七年（前468）共254年的历史。《左传》一改《春秋》大事纲要的记史方法，以系统灵活的史书编纂方式，既记录春秋史实，又包含大量古代典章史料。书中记载了东周前期二百五十四年间各国政治、经济、军事、外交和文化方面的重要事件和重要人物，是研究我国先秦历史很有价值的文献。

　　《三国志·关羽传》裴注引《江表传》记载："羽好《左氏传》，讽诵略皆上口。"《三国志·吕蒙传》释注："斯人（关公）长而好学，读《左传》略皆上口，梗亮有雄气。"金代田德秀的《嘉泰重修庙记》中称："公平喜好《春秋左氏传》……"明代钱福的《东光关帝庙碑记》中谓："史称其（关公）好读《左氏春秋传》，其得力学问亦自有不可诬者。"明代张幼学的《图志》序中也说："帝（关公）平生好读《左氏春秋传》，义气深重，立身行事，概在遗篇。"史料中记载关羽读《左传》的还有很多。

为什么关羽最爱读《左传》而不是《孙子兵法》呢？

《左传》以《春秋》的内容为基础记述春秋时期的具体史实，而《春秋》乃"文圣"孔子之大作。孟子又讲："孔子作《春秋》，而乱臣贼子惧。"在当时，曹操"挟天子以令诸侯"，以丞相之名行君王之事，大逆不道。关羽追随刘备，本质上是尊崇汉室，维护正统。只有尊孔重经读《左传》，才符合其"武圣"的身份，也才能和孔子并称"文武二圣"了。

此外，《左传》叙事详尽，不但"时间、地点、人物、起因、经过、结尾"一应俱全，还会交代事件背景，渲染人物对话，甚至夹叙夹议，引入第三方的评论。因此，书中汇集的春秋时代的大大小小战例，写的具体而微，从组织部署到攻杀战守，从计划到变化，从执行计划到应对突发事件，从前线到后勤，从内政到外交，从战前动员到战后总结，从己方视角到对方视角 。所以关羽爱好《左传》也在情理之中了。

林汉达◎编著

三国
故事全集

林汉达

4

 中国出版集团有限公司

世界图书出版公司
西安　北京　上海　广州

**图书在版编目（CIP）数据**

林汉达三国故事全集：全 5 册 / 林汉达编著 . -- 西安：世界图书出版西安有限公司，2023.3

ISBN 978-7-5232-0220-3

Ⅰ．①林… Ⅱ．①林… Ⅲ．①中国历史 – 三国时代 – 儿童读物 Ⅳ．① K236.09

中国国家版本馆 CIP 数据核字（2023）第 046579 号

**林汉达三国故事全集（全 5 册）**
LINHANDA SANGUO GUSHI QUANJI (QUAN 5 CE)

| 编　著：林汉达 | 封面设计：智灵童 |
|---|---|
| 策划编辑：赵亚强 | 责任编辑：符　鑫 |

出版发行：世界图书出版西安有限公司

地　　址：西安市雁塔区曲江新区汇新路 355 号

邮　　编：710061

电　　话：029-87214941　029-87233647（市场营销部）
　　　　　029-87234767（总编室）

网　　址：http://www.wpcxa.com

邮　　箱：xast@wpcxa.com

印　　刷：优奇仕印刷河北有限公司

成品尺寸：170mm×240mm　1/16

印　　张：58

字　　数：630 千字

版　　次：2023 年 3 月第 1 版

印　　次：2023 年 3 月第 1 次印刷

国际书号：ISBN 978-7-5232-0220-3

定　　价：198.00 元（全 5 册）

# 目录

# 大意失荆州

  孙权写了回信给曹操，表示愿意为朝廷效劳去征伐关羽。他就叫吕蒙回到建业，当面讨论夺取南郡的详细计划。孙权要的是荆州，并不是成心帮助曹操；曹操要的是解除樊城之围，也并不是成心帮助孙权。双方都希望对方去跟关羽大战一场，死伤的人马越多越好，自己可以坐享其成。关羽这边呢，既要夺取樊城，又得防备孙权偷袭荆州。论形势，郏（jiá）下方面已经派人去了；陆浑的孙狼已经收了兵马，接了印绶，情愿听从指挥；许都以南凡是反对曹操的都纷纷响应关羽。关羽就打算绕过樊城去打郏下，再由郏下去打宛城，然后直捣许都。如果能把后方的军队多调些到这儿来，打胜仗是有把握的。可是他担心自己的供应线拉得太长，万一南郡被东吴夺去，那可不是闹着玩儿的。因此，他再三叮嘱糜芳和傅士仁小心镇守荆州。又因为吕蒙屯兵陆口，关羽只好把大部分军队留在南郡。这还不够，为了防备沿江袭击，又在江边设置岗楼，二十里或者三十里一个岗，筑起了烽火台，派兵守着。关羽知道吕蒙的

林汉达

三国故事全集

2

厉害，他屯兵陆口，不用说矛头就是对着自己。因此，关羽对于吕蒙这一头的防备，一点儿也不敢放松。

吕蒙回到陆口，一探听到关羽这么小心谨慎地把重兵留在南郡，江边还布置了这么多岗哨，急得他无法可想。他越没办法越发愁，旧病又复发了。他原来有病，很可能是心脏病，一疼起来疼得他神志昏迷。这会儿他一探听到关羽布置得这么严实，简直没有缝子可钻，他就害起病来了。真病也罢，假病也罢，他趁此机会上书给孙权，说他病重活不了啦。孙权只好叫吕蒙回去治疗、休养，还发个通知给陆口的将士们，吩咐他们安心等候新的统帅。

陆口的士兵们因为统帅病重，议论纷纷，安不下心来。等了几天，新的统帅下来了。大伙儿一见，差点儿笑出声音来。原来这位新来的统帅是个白面小书生，看过去叫他抓只小鸡都费劲。说起话来，小嗓子嘤嘤呦呦（yōu）赛过一个小姑娘，叫他来接替吕蒙，正像叫小鸽子来接替鹞鹰，这哪儿成哪？

"赛姑娘挂帅"的消息传到襄阳，关羽马上派人去仔细探听。派去的人回来报告，说："屯兵陆口的新统帅是江东大族的一个公子哥儿，叫什么陆逊，原来是个屯田都尉，做过县官。"关羽问了问将士们和当地的向导："陆逊是谁？哪儿人？多大年纪？"大伙儿都说："没听说过。"原来是个无名之辈。关羽听了，半信半疑。可是，不管怎么样，吕蒙害病离开陆口是事实，来了个少年将军接替他也是事实，关羽就稍稍调动一部分后方的军队到襄阳来。

没过几天，陆逊派使者带着礼物来见关羽，奉上一封信，大意说："水淹七军，于禁被捉。远远近近听到了这个消息，哪一个不赞叹将军的神威？从前晋文公城濮之战，淮阴侯（韩信）背水破赵，也比不上这次将军的功劳。敌国打了败仗，我们做同盟的听了也高兴。听说徐晃到了樊城，他一定想找个机会挽救一下。曹操是个狡猾的贼子，他一定会偷偷地增加兵马。古人说，打了胜仗之后，容易小看敌人。但愿将军劝勉部下多多留神，希望将军发挥威力，消灭敌人，把胜仗打到底。我是个书生，才疏学浅。这次被派到西边来，很担心不能称职。好在将军在近旁，随时可以讨教。奉上薄礼一份，请收下作为我的拜见礼吧。"

关羽看了信，才知道这个曾经做过屯田都尉的陆逊很不错，果然是个晚辈，倒难得他这么恭敬、诚恳。他这才放了心，把荆州大部分的军队陆续调到襄樊这边来。听说曹操的大将徐晃已经离开了宛城，上樊城去了，他的兵马一到，樊城当然更难攻了。大水又一天天地退下去，大小船只和木筏子的用处就越来越小了。关羽打算趁着徐晃的兵马还没到，大水还没完全退去，先攻下樊城。因此，他亲自督战，加紧攻城。没防到城上放冷箭，一箭射中了关羽的左胳膊。关平他们赶紧送他回营，叫随军医官拔出箭头，敷上药膏。没有几天就快收口。不料箭头有毒，胳膊还是肿疼，一到阴天或下雨，整个胳膊又酸又疼，要老这样，怎么还能挥动青龙偃月刀上阵杀敌呢？这个消息一传出去，曹仁他们更加用心守城，绝不退兵了。

有个民间医生找到军营里来，说他愿意医治毒箭的伤痛，为的是要替他师傅报仇。关平一看，是个老大爷，头发、胡子全白了，可是眼睛挺有神，脸色红通通，像个年轻小伙子。关平请他进来，问他："老先生尊姓大名？令师是谁？您要向谁报仇？"他说："我叫吴普，广陵人。"接着他就把他师傅的冤屈说了说：

他的师傅是个大名鼎鼎的民间医生，叫华佗，字元化，一生替人治病，年纪快到一百岁了，看上去还是个壮汉。他曾经替曹操治过病。曹操因为不时要犯头疼病，就把华佗留在身边。华佗本来也是个士人，不愿意为了曹操一个人老跟着他替他管药箱，推说回家去取药方，到了家里就住下了。

曹操催他几次，他说妻子有病，不能离开。曹操派人去打听，原来华佗不愿意伺候曹操，他的妻子并没害病。曹操气得眼珠子直转，把华佗下了监狱，要把他处死。那时候，荀彧还在，他劝曹操说："华佗精通医术，有关人命，还是免了他的罪好。"曹操说："不怕天下没有像他这一类的医生。"终于把他杀了。华佗临死，交给监狱官一卷药方，可治百病。监狱官怕得罪曹操，不敢收。华佗也不勉强，叫他拿火来把药方全烧了。

华佗尽管被杀了，药方尽管被烧了，可是他的本领已经传给了他的弟子，其中最出名的有两个，一个就是这次来求见关羽的广陵人吴普，一个是彭城人樊阿。他们从华佗那里学到了一般治病的医药，还有割大腿、破肚子等外科手术，樊阿尤其擅长针灸。这会儿吴普跟关平说了底细，关平向他父亲一报告，关羽就请他相见。吴普拜见了关羽，看了伤口，就说："毒已经到了骨头，必须刮骨才能去毒。"关羽就请他动手医治。将士们进帐来探病，关羽请他们一同喝酒。他右手拿着杯子，左手让大夫开刀。一个小卒子拿着盘子蹲在底下盛血。吴普把伤口开大了，挖深了，露出骨头来，上面已经有点儿发黑了。他就用尖刀在骨头上细细地刮，发出"瑟瑟瑟"的声音

来，听见的人不由得脊梁发冷。关羽有说有笑地喝着酒，眉头也没皱一皱。大伙儿都认为关羽真了不起。他是个英雄好汉，不怕疼，那是没说的。可是在他左右的这些将士们还不知道华佗的本领。他发明了一种药叫"麻沸散"，可以喝到肚子里，也可以敷在肌肉上。喝了麻沸散，醉得像死人一样，全身不知痛痒；敷上麻沸散，局部麻木，刀割也不大感觉到疼。这还不算，为了叫开刀的地方快点儿收口，吴普还使了一种特别的针线把伤口缝上。完了，他说，过几天就好，线脚自然会退去，用不着拆，不过最重要的是静心休养，不能冒火儿。他又说，打仗也不在乎一天两天，要能消灭曹操，那就是替他师傅报仇了。关羽连连点头，想请他留在营里。吴普推辞说："害病的老百姓比军营里的将军多，只好失陪了。"

关羽送走了华佗的门生，休养了几天，箭伤果然很快收口了。现在他什么都不担心，青龙偃月刀很快又可以自由地挥动了，就担心粮草供应不上。关羽在襄樊的人马多了，于禁七军中投降的就有几万人，粮草的供应越来越困难。不用说，糜芳和傅士仁的后勤工作做得不够好。关羽责备他们，说："要是再不用心把粮草按时运上来，我回来非治你们不可。"他的责备和警告只能叫糜芳和傅士仁他们泄气。粮食还是不太够。当初东吴和蜀划分荆州，拿湘水为界。孙权在湘水东边设置关口，就叫湘关。湘关里储藏着不少粮食。关羽的军队不管关口不关口，把湘关的米抢了去。

孙权得到湘关的米被劫的消息，气得跟什么似的，正好陆逊来了报告，请吕将军赶快发兵去袭击关羽的后方。以前所谓吕蒙病重，所谓无名之辈的陆逊接替吕蒙等等，原来是个计，为的是叫关羽不去防备陆口这面的进攻。关羽果然中了计，把后方大部分的军队都调走了。

吕蒙把战船扮作商船，叫摇橹的士兵扮作商人，穿上那时候一般商人所穿的白衣服，将士们都躲在船舱里。一批一批的商船由白衣人摇橹过江，到了北岸。北岸岗楼上的士兵瞧见大批商船都泊在北岸，就出来盘问。白衣人说："我们都是客商，江面上起了风，到这儿来避一避。"说着就拿出一些货物来送给士兵们，求他们行个方便，让他们在这边躲躲风浪。士兵们一见都是白衣商人，就让他们停在江边。没想到到了晚上，船舱里的将士一齐出来，把岗楼上的士兵全都抓住，连一个也没跑了。吕蒙就这样把江边的岗楼全都夺过来，烽火台一点儿星火也没放。吕蒙的大军神不知鬼不觉地到了公安。

镇守公安的将军傅士仁突然瞧见东吴的大军已经到了城下，慌了手足，匆匆地关上城门，再作计较。吕蒙派人去劝他投降。一来，岗楼不举烽火，他也有罪，将来人们说他做了东吴的内应，他也没法分辩；二来，关羽平日对他很傲慢，近来还说回来要办他的罪。他替自己这么一考虑，就投降了。吕蒙着实有一手，待他很好，还带着他渡过江到了江陵，劝南郡太守麋芳一同投降。麋芳大开城门，带着牛肉和酒出城来把吕蒙的军队迎接进去。

吕蒙进了城，把于禁从监狱里放出来，收在营里，接着安慰了荆州将士们的家属，嘱咐士兵们严守纪律，不得侵犯人家的一草一木。有个吕蒙手下的士兵，也是他的同郡人。因为下雨，拿了老百姓家的一顶斗笠遮盖官家的铠甲。吕蒙认为他犯了军令，流着眼泪把他杀了。这么一来，上上下下全都挺小心的，连道上丢了的东西都没人敢捡了。吕蒙有意收买人心，早早晚晚派手下的亲信去抚慰年老的人和穷苦的人家，有病的给他们一些医药，受冻挨饿的给他们一些衣服和粮食。他又把关羽的库房财宝都加上封条，等候孙权来处理。

公安、江陵全落在吕蒙手里，关羽的后方失了，他已经没有退路，可他还不知道。他听说徐晃到了阳陵坡，就派兵前去，把一部分的军队扎在偃城，准备先跟徐晃决个胜败。

## 读有所思

1. 华佗被谁所杀？

2. 吕蒙设了什么计骗过了关羽？

3. 关羽大意失去荆州最主要的原因是什么？

## 知识拓展

华佗是东汉末年著名的医学家，与董奉、张仲景并称为"建安三神医"。他医术全面，尤其擅长外科，精于手术，被后人称为"外科圣手""外科鼻祖"。为了将医学经验留传于后世，华佗精心于医书的撰写，写有《青囊经》等多部著作，可惜大都失传了。华佗曾经对弟子吴普说："人的身体应该得到运动，只是不应当过度罢了。运动后水谷之气才能消化，血脉环流通畅，病就不会发生，比如转动着的门轴不会腐朽就是这样。因此以前修仙养道的人常做'气功'之类的锻炼，他们模仿熊攀挂树枝和鸱鹰转颈顾盼，舒腰展体，活动关节，用来求得延年益寿。"

# 走麦城

徐晃故意修土垒、挖壕沟，做出要截断关羽退路的样子。关羽怕被他围住，就烧了营寨和鹿角，退兵回去。徐晃追杀一阵，打了个胜仗。他得到了偃（yǎn）城，大军向樊城前进，又跟关羽碰上了。他们两个人本来交好，在阵前相见，还彼此行礼问好。徐晃说："自从跟君侯分别以来，一晃十几年过去了。没想到您的胡子和头发都花白了。"关羽说："彼此，彼此，您也老多了。"就说了这么几句话以后，徐晃忽然宣布命令，说："谁能取得云长的人头，重赏千金！"关羽对徐晃说："大哥，这是什么话？"徐晃说："这是国家大事，我怎么敢因私废公呢？"说着，将军们就把关羽围上了。关羽大战一阵，终于左手差劲，占不了上风。关平怕关羽敌不住他们，就敲起锣来，收兵回去。不料曹仁他们从樊城杀出来，跟徐晃的兵马两路夹攻，荆州兵大乱，死了几个将军，关羽只好把军队退到襄阳去。

半路上忽然来了个探子，报告说："吕蒙亲自率领东吴大军沿江过来，已经到了公安！"关羽听了，目瞪口呆，接着皱着眉头，闭着眼睛，想了想，说："沿江岗哨为什么不举烽火？"探子说："吕蒙叫水兵穿上白衣扮作客商，一站站先逮住岗哨上的士兵，东吴大队人马就一路无阻地进了公安。"关羽叹了一口气，说："是我一时大意，中了奸计！"他准备率领大军连夜回去直接救公安，万没想到又来了个"飞马报"，说："傅士仁、糜芳投降了东吴，公安、南郡全被吕蒙夺去了！"这一下把将士们吓得脸都白了，好像被当头打了一棍子，差点儿都倒下去。关羽大喝一声："胡说！这是敌人造谣！谁再这么胡说八道，砍他的脑袋！"

将士们听了关羽这么一吆喝，神志清醒点儿，都但愿这是谣言。当时关羽手下的几个文武助手，像马良、伊籍、关平、廖化他们都直纳闷，廖化还说："不是说吕蒙病重只差一口气了吗？小孩子家的陆逊怎么敢大举进攻荆州呢？"关羽给他一个白眼，说："别再糊涂了。"部将赵累趁着机会说："咱们这次出来，早就该向主公报告了。现在到了紧要关头，应该火速派人到成都去求救，咱们这儿从旱路去夺南郡。"关羽同意赵累的意见，马上派马良和伊籍到成都去求救兵，自己带着大军向南郡退去。

关羽离开樊城退到襄阳，又从襄阳往南郡逃去。曹仁召集将士们准备全力追击。将士们都说："大王（指魏王曹操）把几个郡的兵马都集合在这儿，关羽打了败仗往南逃去，南郡又有东吴的兵马挡着，咱们追上去，一定能把他逮住。"都督护军赵俨起来反对，他说："不能追，不能追！关羽打了胜仗，不顾前后地接连用兵，孙权侥幸在后方占了便宜。他也担心关羽打回去，更怕我们趁他们双方作战疲劳的时候打过去，所以他才上书，表示愿意为朝廷效劳。现在关羽失了势往南逃，就该让他去跟孙权纠缠。如果我们穷追关羽，孙权一定害怕，这对我们只有害处，没有好处。我想大王必然为此担心。"曹仁听从赵俨的计策，下命令把军队驻扎下来，暂时等一等再说。

果然，曹操的"飞马报"到了。曹操在汉中打了败仗，逃回长安，从长安赶回邺城，身子已经够累的了。正想休养一下，不料关羽发兵进攻襄樊，他只好亲自赶到洛阳，又从洛阳赶到摩陂（今河南郏县一带），把十二营的军队拨给徐晃，自己留着一部分兵马扎在摩陂。这会儿一听到关羽打了败仗，退到南郡去，他恐怕将士们追上去，特地派"飞马报"日夜赶路去嘱咐曹仁千万不可去追。曹仁接到了曹操这道命令，一愣，倒在床上，心头直跳。他对左右说："好险哪，差点儿犯了错误！幸亏听从了都督护军的话。"

关羽不见曹兵追来，略略宽了宽心，把军队驻扎下来。他还想探听一下究竟荆州怎么样了。谁知道接连来了报告，糜芳、傅士仁果然投降了东吴，荆州全失了。关羽对赵累他们说："目前前后受敌，救兵一时又不能到，怎么办？"赵累说："陆口的守将过去曾经跟咱们订过盟约，同心抗曹，也曾经写信来表示交好。现在吕蒙帮助曹操向咱们进攻，这是违背盟约的。咱们可以派使者去责备他，看他怎么回答。"关羽一想，这话很有道理，就给吕蒙写了封信，派使者送到南郡去。没想到这一来，事情弄得更糟了。吕蒙抓住机会，进行拉拢。他一听到关羽派使者来，就叫人到城外把使者和随从的人迎接进来，很殷勤地招待他们。

吕蒙看了关羽给他的信，很客气地对使者说："我对关将军十分钦佩，怎么也不敢得罪他。可是今天的事很叫我为难，您想想，我受了主人的命令，怎么能自己做主呢？"他请使者和随从的人到驿舍里休息几天，让他们接见接见当地的人们。他又四面派人去通知关羽的将士们的家属，说他们可以随时到驿舍里去探听他们亲人的消息，如果要捎封信或者要捎些什么东西给他们在前方的亲人，使者可以替他们捎去。不光这样，使者还可以在城里随便走走，到老百姓家里去看看，聊聊天。人们都说东吴人待他们很好，病人还给医药，穷人还给粮食。将士们的家属和老百姓根本没把东吴的士兵当作敌人看。相反的，他们觉得彼此相处得很好，连关羽的使者也这么想。

　　使者回到关羽那边，把吕蒙的话说了一遍，还说："城里（指江陵）很安宁。君侯和将士们的宝眷都很安全，连日常的供应都照顾得周全。"关羽瞪了他一眼，骂着说："住口！这是敌人的诡计，不能听！"又是关羽一时大意，仅仅把使者训斥一顿，让他们出来了。使者们一出了军门，将士们纷纷来向他们探问家中的情况。使者实话实说，告诉他们各家都好，还把捎来的信分给他们。大伙儿都放了心。可是他们对吴人一放下心，就都不愿意再打仗了。当天晚上，就有一些将士偷偷地逃回荆州去了。

　　关羽又急又恨，只好催动人马分头向江陵方面打过去。走了一程，正碰上东吴将士拦住去路。可是这些将士都不是关羽的对手，关羽很快地就把他们杀退了。不料杀退一批，又来了一批。吕蒙和陆逊的两路兵马会合起来，围住了关羽。幸亏青龙偃月刀和赤兔马发挥威力，终于杀散敌人，冲出重围。正好碰到关平和廖化的两支兵马赶到，合在一起，守住阵营。可是看看手下将士越来越少了。

关平说："军心已经乱了，咱们不能待在这儿。得先占领一座城，暂时守住，等待救兵。"赵累说："这儿离麦城（今湖北当阳一带）不远，麦城虽小，还可以屯兵。"关羽想不出别的办法来，只好往西占领了麦城。从八月中旬水淹七军打了个大胜仗，到了十一月孤军占领麦城，已经三个月了，时间不算太短。谁也不明白为什么成都方面没有一点儿消息。是不是因为关羽本来打算单独消灭曹操，不愿意受到别人的牵制？还是因为诸葛亮他们不同意关羽自作主张单独出兵？反正成都方面并没派人来，连音讯都没有。关羽能够得到的一些音讯，全是从东吴方面传过来的。那就是陆逊往西打过去了。

汉中王刘备所设置的宜都（今湖北宜昌）太守樊友扔下城子逃了，郡县的长官和当地各部族的首领都投降了陆逊。陆逊留用了这些长官，还把金印、银印、铜印分别发给这些部族的首领。接着他打败了蜀将詹晏等和那些有武装的秭归大姓，前后消灭了几万人。孙权就拜陆逊为右护军、镇西将军，封为列侯，叫他屯兵夷陵，镇守峡口（在今湖北宜昌一带）。陆逊夺下了宜都，麦城的东、南、西三面全是敌人，还是北面这一路因为曹仁不追赶，倒勉强可以绕道。

都督赵累就对关羽说："刘封、孟达屯兵上庸，赶快派人突围出去，往西北跑，向他们去求救兵。只要他们能发兵来，就可以守住麦城，等待成都的大军。士兵们有了这个指望，准能安心守城。"关羽问："谁能突围出去？"廖化说："我去！"关平说："我帮你突围，护送一程。"关羽就写了封信，交给廖化，藏妥了。关平带着一支骑兵，开了北门出去。一出了城，就有吴兵上来截住去路，被关平杀了一阵。廖化趁着乱劲，杀出重围，连夜往上庸去了。关平回到城里，关上城门，不再出战。

廖化赶到上庸，见了刘封、孟达，呈上关羽求救的信。谁知道廖化天大的希望落了空，他做梦也没想到刘封和孟达虽然各有各的心思，可是他们在对关羽不满意这一点上倒是相同的。他们推托说："这儿是个山城，四周有不少部族，他们归附我们还没多久，并不心服。要是我们轻易出兵，怕连这儿也守不住。"廖化什么话都说完了，末了，他趴在地下磕头，脑袋磕出血来。他说："你们不发兵去，关将军一定完了！"孟达说："我们就是出去，一杯水也救不了大火。"廖化气可大了，骂他们见死不救，猪狗不如，上马往成都去了。

关羽被围在麦城，时时刻刻盼望着上庸兵到。可就像石沉大海，音讯全无。赵累说："现在内无粮草，外无救兵。不如杀出去，回到西川，再作道理。"关羽说："我也这么想。"他上了城门楼子，瞭望了一下，又问了问当地的向导："从这儿往北，地势怎么样？"他们回答说："都是山沟小道，可通西川。"关羽就准备走这条小道。周仓催他动身，说："请君侯快走，沿路多多保重。我在这儿死守到底。城可破，头可断，我绝不投降！"有几个跟着周仓的士兵冲天起誓说："我们绝不投降！"

可是要跑出去也不容易。上次关平帮着廖化冲出去以后，吕蒙下令加紧包围，把四面城门围了个风雨不透。他还怕万一关羽突围出去，也得有个准备，就跟将士们商议，说："关羽兵少，如果出来，绝不敢走大路。麦城北边有条小道可通西川，他要逃走，一定走这条小道。"大伙儿都同意，就请他下令布置。吕蒙叫朱然带领五千精兵，埋伏在离麦城二十里的北边山坡上，嘱咐他："关羽的人马要是过来，不可跟他们作战，只等他们过去了，才从后面大喊大叫地追杀一阵，让他们逃去。"他又叫潘璋带领一千精兵埋伏在临沮小路上。

吕蒙这么分头布置，孙权完全同意。为了进一步打击关羽的军心，孙权从江陵派使者到麦城去劝他投降。关羽一听东吴派使者来，就先跟手下的将士商议怎么对付他，然后叫士兵让东吴的使者坐在筐子里，吊到城头上来。使者见了关羽，说："真人面前用不着说假话。将军统管的荆州九郡全都丢了，汉中王当然不会高兴。现在您在这儿内无粮草，外无救兵，麦城也不能再守下去。大丈夫不怕死，死并不难，可是死了怎么样呢？吴侯一向敬仰将军，他愿意请将军仍旧镇守荆州，不知道将军能不能归顺吴侯？"

左右将士低着头不说话，关羽皱着眉头，慢慢地理着胡子，半睁着眼睛看了看使者，刚张了张嘴，又闭上了。使者凑上去，说："将军有什么为难之处，尽管说。"关羽挺了挺腰，说："吴侯总该知道我的脾气吧。关某一生刚强，不甘屈服。现在兵临城下，叫我投降，哈哈哈哈，真是没见过世面的人的想法。要是吴侯真心求和、愿意订立盟约的话，先退兵十里，才有商量余地。"

使者回去，说关羽愿意投降，要求退兵十里，在南门相见。关羽叫人在城头上竖起长幡和长旗，又做了一些草人扮作士兵排列在城门楼子上。吕蒙果然退兵十里，等候关羽投降。

关羽趁着这个机会，带着关平、赵累他们开了北门，偷偷地向西北逃去。为了避免沿路招摇，留下的几百个士兵都解散了。跟着关羽一同走的，才十几个骑兵。初更以后就进了北山，静悄悄地走了二十多里，只听见一阵鼓声，伏兵一齐起来追赶。赵累压队对付敌人。他还以为幸亏敌人动手晚了一步，才给他挡住背后的敌人，好让关平他们向前跑去。他一见敌人不敢再上来，才带着伤赶上关平他们，继续前进。他们好像是被猎人追赶着的小鹿，一面快快跑，一面竖起耳朵，四面听听动静。他们逃出敌人的包围，开始踏上通向西川的小道，往临沮走去。

这时候已经十二月了，天气很冷。赵累对关平说："要是上庸或者成都能有一队兵马在这儿接应我们，我们就可以脱离虎口了。"关平赌气似的说："咱们不能盼望他们，只能依靠自己了！"说着说着，突然一声鼓响，东吴的偏将军潘璋出来截住去路。关羽见了，提着青龙偃月刀过去，大喝一声"滚开！"好像半空中打个霹雳，吓得潘璋的马猛地一蹦，把潘璋颠下马来，跌了个仰面朝天。关羽不愿意多杀人，两腿夹住赤兔马，使劲地往前跑。没防到山路两边的伏兵一齐起来，长钩、套索同时并举，赤兔马被绊倒，栽了个大跟头，关羽翻身落马，跌出两丈以外，连大刀也丢了。他拔出宝剑来，还想杀散敌人，不料一脚踩空，跌到陷坑里，当时就被潘璋的司马马忠逮住了。关平、赵累火速赶来，又被敌人四面围住。他们拼着命打了一阵。末了，赵累死在乱军之中，关平打得筋疲力尽，也被逮住。

马忠、潘璋、朱然他们费了很大的劲，十分小心地把关

羽、关平送到吕蒙的大营。吕蒙还想劝他们投降，被关羽骂了一顿。他本来打算把他们押到孙权那边去，可是江陵离临沮两三百里地，谁也保不住半道上不出岔。他就把关羽父子杀了。关羽这年五十八岁。

朱然、潘璋他们到了麦城，用竹竿挑着人头，大声嚷着，叫守城的将士出来投降。周仓上了城门楼子，往下一看，果然是关羽、关平的头颅。他眼睛使劲一睁，眼犄（jī）角全裂开了，大叫一声，从城头上跳下去，摔了个粉身碎骨。麦城也被东吴拿去了。

关羽的那匹赤兔马被马忠拿去。吕蒙早就听说它是匹天下闻名的千里马，想把它献给孙权，也可能孙权会赏给他。他这个打算落了空。赤兔马几天不吃，咽了气。大伙儿直叹息。

这次孙权任用吕蒙，杀了关羽，夺取了荆州九个郡，就在公安开庆功会，大赏功臣，尤其是吕蒙。吕蒙的得意劲就不用提了。

## 读有所思

1. 吕蒙拉拢关羽的使者，对关羽士兵的士气有什么影响？

2. 赵俨为什么会反对曹仁穷追关羽？

3. 孟达和刘封二人为什么不肯出手救关羽？

# 献头

孙权开庆功会，大摆酒席。吕蒙说是有病不能来。这怎么行呢？宴会主要是为他开的，他要不来，说什么也没这个理。孙权特地派了一个极隆重的仪仗队，有步兵，有骑兵，有官员，有吹鼓手，沿路吹吹打打，把他接了来。吕蒙一到，文武百官都站起来迎接。按功论赏，吕蒙第一，陆逊第二。孙权叫他们坐在自己身旁。大伙儿开始喝酒。孙权说："我早想得到荆州，今天才得到了。这全是子明（吕蒙，字子明）的功劳。"吕蒙摆摆手，说："不敢，不敢！"

孙权接着说："以前公瑾雄略过人，大破孟德，开拓荆州。可惜他死得太早，幸亏有子敬接替他。子敬初次见到我，就谈论到建立帝王的大事业。这是我平生第一件快事，也是子敬第一个长处。后来孟德接收了刘琮的人马，兴兵南下，几十万大军水陆并进。当时他们都劝我投降。只有子敬驳斥他们，劝我快召公瑾来，把军队交给他，终于火烧赤壁，大破孟德。这是第二件快事。后来子敬虽然劝我把一些土地借给玄德，这是他

的一个短处，可是这一个短处不足以损害他的两个长处。子明少年的时候，我就知道他有胆量，不怕艰苦。以后他在军中，用功自学，大有进益。设计定谋可以跟公瑾比一比，就是风度谈论比他差点儿。这会儿破关羽、得荆州，那就比公瑾、子敬更胜一步了。"

说了这话，他亲自斟了一杯酒递给吕蒙。吕蒙趴在地下拜谢。孙权扶他起来，让他接了酒杯。吕蒙拿着酒杯，哆里哆嗦地把酒都漾出来，一霎时脸色变了样，扔了酒杯，慢慢地倒下去，两眼直勾勾的，下巴抖着，不省人事了。孙权和在座的文武百官都慌了手脚，连忙叫手下人把他抬到内室，请官医治疗。吕蒙本来有病，这阵子劳累过度，又过于兴奋，突然中了风。可是人们背地里议论纷纷，很快就出了传闻，说关云长阴魂不散，要他偿命。

第二天，吕蒙有了些知觉，可还不能说话。孙权拜他为南郡太守，封为列侯，赐钱一亿，黄金五百斤。过了几天，江东出名的医生都请到了，可是谁也治不了他的病。爵位还没封下来，吕蒙已经死了。死的时候，他才四十二岁。

孙权正在伤心的时候，张昭从建业赶来。孙权见他来得这么慌张，不由得心惊肉跳（形容担心祸患临头，非常害怕不安），急忙问他："外面出了什么事儿？"张昭说："外面没事儿，事儿出在这儿。主公杀了关羽父子，刘备怎肯甘休？目前他占领西蜀，得了汉中，兵精粮足，声势浩大，加上诸葛亮、法正、许靖这班谋士，张飞、马超、赵云、黄忠这些大将，他们一得到关羽被杀的消息，必然发兵来报仇。刘备为了急于报仇，他很可能会跟曹操暂时和解。要是他们联合起来，东吴怎么抵挡得了？"孙权连连顿着脚，说："哎呀！我真是顾前不顾后，没想得这么周全。可怎么办哪？"张昭说："我就为了这件事赶来的。我说，主公不如把关羽的人头献给

曹操，算是交了差，让刘备知道东吴杀关羽是曹操主使的。这样，他必然痛恨曹操。他要报仇，就该发兵去打曹操，不会到这边来了。"

孙权听一句，点一点头。马上叫人把关羽的人头装在木匣子里，连夜派使者赶路送到曹操那边去。这时候，曹操已经从摩陂（今河南郏县一带）回到洛阳。他一知道孙权打败了关羽，夺取了荆州，就叫徐晃退兵回来，一面表荐孙权为骠骑将军，领荆州州牧，封南昌侯。这会儿见孙权派使者献上关羽的人头，他看了看，又是高兴又是难受。他原来害怕关羽，关羽一死，他可以安心了；可是他对关羽本来有点儿好感，现在关羽被杀，自己也老了，近来又是多病多痛的，心中觉得空空洞洞地那么不踏实。他半闭着眼睛，想了想，说："孙权这小子要我承担杀害云长的名义，去跟玄德结怨。"他就故意对关羽的被杀表示同情，叫工匠用木头雕了个身子，穿上寿衣，跟人头缝在一起，用安葬诸侯的仪式把他葬在洛阳南门外，叫大小官员送殡，自己还亲自祭奠。

魏王曹操这么隆重地安葬关羽，不但叫孙权莫名其妙，这个消息传到成都，也叫刘备发愣。要说哪，关羽的失败固然由于自己太大意，平日刚愎自用，心高气傲，跟手下的部将不能很好地合作共事，可是不能说跟汉中王刘备和军师将军诸葛亮毫不相干。水淹七军的捷报传到成都的时候，刘备是高兴的。后来又听说关羽把重兵留在后方镇守荆州，还在江边设置烽火台，防备周密，刘备更放心了。直到马良、伊籍到了成都，说麋芳、傅士仁投降了东吴，关羽兵败，失了荆州，大伙儿都震动起来。麋芳的哥哥麋竺脱去上衣，叫左右把他双手反绑了，跪到刘备跟前，请他处罚。刘备亲自给他松绑，安慰他说："你兄弟的事跟你不相干，你不必介意。"刘备待他跟以前一样，可是糜竺自己觉得很害臊，闷闷不乐地害了病。

马良、伊籍来了以后，没多久，廖化也赶到了，报告刘封、孟达不肯发兵相救。刘备愤恨地说："这一来，云长难保了。"他当即派人到阆中去通知张飞会集人马等候命令。可是远水救不了近火，只能干着急。等到消息传来，关羽父子同时被害，荆州九郡全部失去，刘备听了，差点儿昏晕过去。他不但流着眼泪，还不时地哭出声来。诸葛亮和别的文武百官再三劝慰。他还是吃不下饭，睡不着觉。

刘备十分气愤地说："我跟东吴决不两立！"正在这时候，探子来报，说东吴把关羽的人头献给曹操，曹操用安葬诸侯的大礼厚葬关羽。刘备不由得发愣，他不明白为什么曹操这么尊重关羽。他问诸葛亮："这是什么意思？"诸葛亮说："孙权要叫大王恨曹操，曹操厚葬云长好叫大王专恨孙权，不去怪他。"刘备说："这个仇非报不可，我一定得发兵去征伐东吴。"

诸葛亮苦口婆心地劝刘备别这么心急。他说："目前东吴盼望我们去打曹操，曹操又盼望我们去打东吴。他们各有各的鬼主意。大王最好按兵不动，先给云长发丧。等到孙权和曹操彼此不和，我们才能出兵。"大伙儿全都同意军师的意见，再三劝告刘备暂时忍耐一下。刘备下了命令，叫大小将士挂孝三天，还拿着关羽的衣冠招魂，在成都城外万里桥边做了一座坟，叫衣冠冢。刘备又让关羽的儿子关兴继承他父亲的爵位。

汉中王刘备给关羽发丧以后，又叨念着要发兵去打东吴。可是诸葛亮以下所有的将军和谋士都认为必须先去探听孙权和曹操两家的情况，然后才能决定发兵去打哪一家。消息传来，孙权不但没有反抗曹操的意思，反倒派使者向曹操进贡。刘备只好压住心头之火，等候机会。

孙权不但向曹操进贡，还上书称臣，劝魏王曹操顺从天命，早日称帝。曹操拿着孙权的信给大伙儿看，自己理着胡子笑嘻嘻地说："这小子要把我搁在炉火上烤吗？"曹操的心腹左右都说："汉朝的寿命已经完了。大王功德这么大，天下的人都仰着头等着大王做天子，所以孙权遥远地自称为臣下。上合天意，下顺民情，大王就该登基。难道还有什么可以怀疑的吗？"

朝廷大权在曹操手里，兵权也在他手里，而且他有大功于天下，自己也并不是不想做皇帝。可是他知道汉室虽然衰落，正统的名义还在。他不怕别的，就怕名义不正，人们不会心服。自己要是冒天下之大不韪（wěi），篡了位，必然会像羽毛搁在炉火上，一燎就完。在他看来，孙权称臣，请他登基，实际上是成心害他。曹操可不上这个当。他说："如果天命真临到了我，那我就是文王了。"（文王三分天下有其二，还做着殷朝的臣下，他儿子才灭了殷朝做了王，就是武王）

转眼就是公元220年（建安二十五年）正月，自命为周文王的曹操旧病复发，脑袋疼痛。请医服药，没有多大用处。这时候，他后悔前几年不该杀了华佗，现在这些专治头痛的医生一个也比不上他。他干脆把这些医生都轰出去，还是自己安心休养休养的好。

## 读有所思

1. 关于吕蒙的死因传言很多，你认为吕蒙的死因有哪几点？
2. 孙权为什么把关羽的人头送给曹操？
3. 曹操为什么不肯称帝？他的顾虑有哪些？

## 知识拓展

当初，孙权对吕蒙说："你现在当权管事，不可以不学习！"吕蒙用军中事务繁多来推托。孙权说："我难道想要你研究儒家经典，成为专掌经学传授的学官吗？我只是让你粗略地阅读，了解历史罢了。你说军务繁多，谁比得上我事务多呢？我经常读书，自己觉得获益颇多。"吕蒙于是开始学习。

等到鲁肃到寻阳的时候，鲁肃和吕蒙一起谈论议事，鲁肃十分吃惊地说："你现在军事方面和政治方面的才能和谋略，不再是吴下时没有才学的阿蒙了！"吕蒙说："与读书的人分别几天，就应当用另外的眼光看待，长兄你知晓事情怎么这么晚呢？"于是鲁肃拜见吕蒙的母亲，和吕蒙结为好友。

# 本是同根生

    曹操的病不是像吕蒙那样突然发作起来的。从他在汉中打了败仗回到洛阳，已经很累了。接着，关羽进攻襄樊，于禁七军全部消灭，他的身体就越来越差劲。他一直住在洛阳，还想像邺城一样盖一所供自己休养的宫殿，就开始起造"建始殿"。

    起造建始殿的工匠的头儿叫苏越，他要找一棵又高又直的大树作为栋梁。当地有人对他说："城外有个潭，叫跃龙潭；潭前有个祠，叫跃龙祠。跃龙祠旁有一棵大梨树，高十来丈，笔直，顶上枝叶茂盛，远看像一顶巨大的青龙伞。就怕不容易砍倒。"苏越走去一看，果然是好材料，做宫殿的栋梁正合适。他得到了曹操的同意，就带着工匠去锯大树。苏越想尽可能利用木材，打算锯得低点，先叫工匠刨地，准备齐根锯断。大伙儿刨开了地，先砍树根。被砍的树根慢慢地滋出粉色的水浆来。大伙儿都纳闷，说是大梨树出了血了。谁都不敢再砍。

    苏越向曹操指手画脚地说了一通。曹操亲自去看了一下，果然有浅红色的血水。当时就有人说："这棵树已经几百年了，里面有树神，不能砍。"曹操很讨厌这种话。他才不相信什么树神。可是他从跃龙潭回来就病倒了。这就难怪底下人说他得罪了树神。赶到他病得厉害的时候，有些官员还说打醮可以免灾。曹操说："我在军中三十多年，从不相信怪异。死生有命，何必求神求鬼贻笑大方。"接着他立了遗嘱，大意说：现在天下还没安定，不必遵守古代的制度，安葬完毕就可以除去孝服；将军士兵屯兵在外的不得离开岗位；各地官吏必须各守各位；入殓要朴素，只需穿上平日的衣服，灵柩葬在高陵（在邺城西），坟里不得埋藏金玉珍宝。

曹操的一班左右心腹，如曹洪、陈群、贾诩、华歆、司马懿等一听到魏王病重，一同到了榻前，等候着最后的嘱咐。曹操吩咐手下人把他平日所收藏的名香分给伺候他的一班妇女，嘱咐她们："生活必须勤俭，要多做女工，做了鞋卖钱，可以自己养活自己。"说了这话，他就不再开口，这几个心腹大臣急于要知道有关朝廷的大事，所说的文王、武王到底怎么办，总该有个明确的指示。曹操连分香、卖鞋这些琐碎的事儿都详细说了，可就不谈今后的国家大事，好像说："以后的事你们自己干，我就撒手不管了。"这位一生精明、三国时代杰出的政治家、军事家、文学家就这么咽了气，享寿六十六岁。

曹操死的时候，太子曹丕还在邺城，洛阳的军队失了统帅骚动起来。有人主张把消息压一压，暂不发丧。谏议大夫贾逵（kuí）认为这么重大的事情不应当不让大伙儿知道。大臣们同意发丧，派使者到各地去报丧。

青州兵（二十八年以前曹操打败黄巾所改编的军队）自

作主张地敲着鼓一批批地走散了。大伙儿都说应当马上禁止他们走动，不服从的就该办罪，跑了的应当去征伐。贾逵竭力反对，说："使不得！"他跟大伙儿商议之后，发给青州兵一种证明，凭着证明，青州兵所到的地方就有当地的官员招待他们。一场骚动才安定下来。

不料一波刚平，一波又起，曹丕没来，曹丕的兄弟曹彰带着一部分兵马从长安赶到洛阳。谏议大夫贾逵是办理丧事的大官，也是洛阳军营的总管。曹彰就问他："先王的玺绶在哪儿？"明摆着他是想把曹操的大印接过去。贾逵很严厉地回答他说："一家有一家的长子，一国有一国的太子，先王的玺绶不是君侯您该问的！"曹彰好像斗败了的公鸡似的，只好把翎毛收起，不敢再争了。

在洛阳的文武百官把曹操的遗体入了殓，灵柩运到邺城，由太子曹丕主丧。尚书陈矫说："应当先请太子即位，免得发生变化。"他们就奉了卞（biàn）王后的命令，立曹丕为魏王。一天工夫就把即位大礼办好了。第二天，御史大夫华歆从汉献帝那边领到诏书，赶来了。这样，曹丕就正式地继承他父亲为魏王、丞相，领冀州州牧。魏王曹丕尊父亲魏王为魏武王，尊母亲卞氏为王太后。接着，他任命贾诩为太尉，华歆为相国，王朗为御史大夫，其他大小官员各有升赏。王弟鄢（yān）陵侯曹彰和别的王弟等都回到自己的封地去（曹丕有异母兄弟二十多人）。只有临淄（zī）侯曹植根本没来。有人告发他，说他整天喝酒，使者去报丧，他不但不哭，还把使者骂了一顿，轰出来了。这打哪儿说起？

原来卞氏生了四个儿子，就是曹丕、曹彰、曹植、曹熊。

小儿子曹熊早死；三儿子曹植多才多艺，是个才子；二儿子曹彰很有力气，武艺高强，喜欢做将军，因为他胡子是金黄色的，得个外号叫"黄须儿"。曹操就担心黄须儿有勇无谋，不敢重用；曹丕才能比曹植差，可是能耍心眼儿。曹操自己是个才子，文学好，早就喜爱曹植，爱他聪明，爱他诗词歌赋都比别人强。当时的一些名士，如杨修、丁仪和丁仪的兄弟丁廙（yì）等都帮着曹植。曹操屡次三番地要立曹植为太子，可是另有一批人，如贾诩、华歆、陈群、贾逵等使着各种花招反对曹植，连宫人和左右伺候曹操的人都得了曹丕的好处，替他说话。曹操也怕袁绍和刘表的下场临到自己家来（袁、刘两家都因为不立长子，兄弟争位，弄得一败涂地），于是立曹丕为魏太子。

曹丕得到了自己被立为太子的消息，高兴得像撒欢的小猫，又蹦又跳，他两手抱住议郎辛毗（pí）的脖颈子说："辛君，您知道我有多么高兴吗？"辛毗把这话告诉了他女儿宪英。宪英叹了一口气，说："太子是接替君王主持宗庙社稷的，职责多么重大！接替君王，不能不担心；主持国家，不能不害怕。应当担心、害怕的时候，反倒欢蹦乱跳，怎么能长久呢？魏恐怕长不了啦！"

曹丕还怕地位不稳，想尽各种办法让曹操不喜欢曹植。曹植也真是聪明一世，懵懂一时，他自己太随便，不留神遵守制度。他竟坐着车马私开司马门。监视他的人立刻向曹操报告。曹操气极了，把那个管司马门的大官定了死罪，杀了。他喜欢曹植的心情越来越差了。俗语说，祸不单行。曹植的媳妇又因为违反制度被曹操杀了。曹操定了一条规矩：他家里的人

林汉达

三国故事全集

30

不准穿绣花的绸缎衣服。有一天，曹操从高台上往下瞧，瞧见一个穿绣花衣服的女人，冒了火儿。一问，是曹植的媳妇。曹操说她违反制度，叫她自杀了事。打这儿起，曹植更加心灰意懒，天天喝酒解闷，无聊得很。

曹仁被关羽围攻，连着请求救兵的时候，曹操叫曹植为中郎将征虏将军，派他去支援曹仁。曹丕和跟着他的一批人着慌了，魏王这么重用曹植，对太子是不利的。大伙儿设个计，叫曹丕去向曹植道喜。曹丕送酒食去跟他兄弟一块儿喝酒。曹植本来喜欢喝酒，一喝就喝开了。起先，曹丕给他敬酒，后来向他劝酒，末了简直逼他喝了。曹植给他灌得烂醉，倒在炕上不省人事。正在这个时候，曹操下令召他去，连催几次，曹植不能接见使者，不能接受命令。这会儿曹操可真火了，骂曹植酒醉糊涂，自暴自弃。打这儿起，他讨厌曹植和跟着他的一班人。帮着曹植的那些人当中，杨修是个头儿。曹操怕将来可能发生变乱，再说杨修又是袁术的外甥，就借个罪名把他杀了。杨修被杀以后一百多天，曹操死了，曹丕即位为魏王。

魏王曹丕一听曹植侮辱使者，还喝酒骂人，有失孝子的体统，又听说丁仪、丁廙还打算造反，要立曹植为王，他立刻派许褚带着一队卫兵连夜动身赶到临淄，把曹植、丁仪、丁廙等都逮住，押到邺城。曹丕先把丁家两弟兄和两家的男丁一概杀光，然后再亲自审问曹植。

母亲卞太后急得直揉胸膛。曹丕、曹植是一奶同胞，都是她的亲生儿子。她把曹丕叫来，流着眼泪对他说："你兄弟平生喜欢喝酒，脾气怪僻，性情疏狂，是我平日教养不严。你要是能够体念同胞之情，留他一条性命，我就是死了，也可以

闭上眼睛。"曹丕跪着说:"母亲放心!三弟的才学我也喜爱,我怎么能害他呢?我只是警戒警戒他,好叫他改改脾气。"卞太后这才擦着眼泪进去了。

曹丕出来,坐在大殿上,叫曹植进去相见。曹植趴在地下请罪。曹丕说:"我和你虽然是兄弟,可是照国法,我们是君臣。你怎么能狂妄自大,蔑视法令制度?父亲在的时候,你老拿自己的文章向别人夸耀。我怀疑也许有人替你代写。今天我要亲自考考你:限你走七步,作诗一首。如果你真有才能,免你一死;如果不能,足见你一向欺诈,绝不宽容!"曹植说:"请出题目。"曹丕叫他起来,对他说:"我和你是兄弟,就拿兄弟二人为题,可是不许犯着兄弟字样。来吧。"

曹植开始迈了两三步,接着走一步,念一句:

> 煮豆燃豆萁,
> 豆在釜中泣;
> 本是同根生,
> 相煎何太急!

曹丕听了,掉了眼泪。他母亲卞太后从殿后出来,哭着说:"做哥哥的别把你兄弟逼得太紧了!"曹丕慌忙离开席位,说:"请母亲放心!"他下了一道命令,说:"植弟是我同胞兄弟,我对天下尚且无所不容,何况兄弟?为了骨肉之亲,免他死罪,把他改封就是了。"他就把曹植的封地减少,改封为安乡侯。

曹丕做了魏王,不像他父亲那样为了顾全名义,对汉献帝多少还有点儿忌惮。他威胁汉献帝可就更厉害了。这个消息传到成都，汉中王刘备大吃一惊，马上召集大臣们商议对付曹丕和孙权的办法。

## 读有所思

1. 曹操遗令里为什么说到分香卖履，却不提国事？
2. 曹操想重用曹植，曹丕是怎么做的？
3. 曹丕为什么命令曹植在七步之内作一首诗？

## 知识拓展

浪淘沙·北戴河

毛泽东

大雨落幽燕，白浪滔天，秦皇岛外打鱼船。一片汪洋都不见，知向谁边？

往事越千年，魏武挥鞭，东临碣石有遗篇。萧瑟秋风今又是，换了人间。

# 推位让国

汉中王刘备召集文武百官商议说："曹操已经死了，曹丕继承为魏王，威胁天子比曹操更厉害。可恨东吴孙权，还向他称臣进贡，真是厚颜无耻。我打算发兵先去征伐东吴，给云长报仇。你们看怎么样？"廖化流着眼泪说："关将军父子被害，不但因为糜芳、傅士仁投降了敌人，实在也因为刘封、孟达不肯发兵去救。应当把这两个人拿来办罪。"刘备心里同意，他早就不满意他们了。可是那个地区的情况也实在复杂。要是孟达一变心，房陵、上庸、西城就都保不住。再说上庸在汉中郡，是属益州的，又不在荆州管辖的范围内。荆州出了事不能记在益州账上。诸葛亮也说："必须妥善处理。太急躁了，容易出毛病。"谁知道这儿不发兵去惩办刘封、孟达，那儿刘封、孟达倒先出了事啦。事情是这么起来的。

孟达因为没发兵去救关羽，心里到底不踏实。刘封又自以为是汉中王的义子，没把孟达搁在眼里。两个人各有各的心事，一直面和心不和的。孟达在这种情况底下，早已有了外心。刚巧他的朋友彭羕（yàng）在监狱里自杀了，孟达同病相怜，决定脱离汉中王，投奔魏王去。

彭羕、孟达这两个人，原来跟法正、许靖他们在一起，都是刘璋的旧臣。他们认为刘备能够得到益州，全是他们的功劳，论功行赏，他们的地位应该跟诸葛亮、法正他们一样高。可是孟达仅仅在副将中郎将刘封底下做个部将，彭羕也不过做个治中从事。彭羕是益州广汉人，他做了官，觉得自己是本地人之上的本地人，比外地人更不必说了。他的神气劲儿好像谁都不在他的眼皮底下似的。诸葛亮曾经对刘备说：“彭羕这个人狂妄自大，野心不小，恐怕不大肯听指挥。”刘备对彭羕就疏远起来了。没多久，命令下来，把他调出去做江阳太守。

彭羕一听到要把他调到远处去，很不高兴。他到马超那儿，约他一同反对刘备。马超一听他说话不对劲，就故意对他说：“您的才能大家都知道，主公一向很重视，我以为您应该跟孔明、孝直他们不相上下，怎么反倒把您调到小郡里去？这不是太叫人失望吗？”彭羕一点儿不掩盖地骂刘备，说：“老东西荒唐透了，还有什么可说的！”他把嗓音放低了，很有把握地说：“您发动西凉人马，联络孟达，从外面打进来，我发动本地人在里面接应，夺取益州也不难！”

马超原来是从西凉归附过来的，他老有点儿怕，怕得不到刘备的信任。这会儿一听到彭羕说出这种谋反的话来，心中大吃一惊，可当时不能反对。彭羕回去以后，马超立即向刘备告发，刘备就把彭羕下了监狱，让他自杀。

彭羕被逼自杀的消息传到孟达那儿，孟达自己知道他的情况跟彭羕一个样。再说刘封又瞧不起他，跟他不和，他就写了一封信给刘备，主要是说：我得不到信任，有力没处用；君臣之间有了猜疑，还不如客客气气地早点儿走开，各奔前程。他写了这封信，带着他自己的部下四千多户投降了曹丕。曹丕十分重用他，封他为列侯。又把房陵、上庸、西城三个郡合并管辖，称为新城，任命孟达为新城太守，把夺取西南的事情都委托给他。他这个新城太守，实际上只是个空头衔，因为那三个郡还在刘封手里。曹丕派征南将军夏侯尚、右将军徐晃跟着孟达一同去攻打刘封。孟达还先写了封信给刘封，劝他投降。

刘封把孟达给他的信撕了，把送信的使者也杀了。可是这有什么用呢？上庸太守申耽和他的兄弟西城太守申仪都跟着孟达背叛了刘封。刘封孤立无助，打了败仗，逃到成都，向刘备哭诉。刘备恨他不能跟孟达共事，又恨他不救关羽，骂道："你有什么脸来见我？我要是不办你，怎么能叫人心服？"刘封还是跪着求饶。诸葛亮一直担心刘封刚愎自用，不容易管得住，劝刘备不如趁着这个机会把他除了。刘备就叫他自杀。刘封临死，叹息着说："我悔不听孟子度（孟达，字子度）的话！"这话传到刘备的耳朵里，他一查问，才知道刘封撕信和杀孟达的使者，倒也替他流了眼泪。就在这短短的一个时期内，孟达、申耽、申仪三个将军投降了敌人，彭羕、刘封被迫自杀，房陵、上庸、西城三个郡全丢了。刘备心头十分恼恨，又因为不断地替关羽伤心，他就长吁短叹地害起病来，只好把征伐东吴的事暂时搁下。

诸葛亮安慰刘备，劝他好好休养。可是谁去安慰诸葛亮，劝他好好休养呢？人们只知道刘备因为死了关羽，失了荆州，心里难受，谁能体会得到诸葛亮的心事比刘备更大，他对于曹丕威胁着汉朝的天下比谁都着急。他老想念着鲁子敬，他们是一致主张孙刘联盟、同心抗曹的知己朋友，可惜鲁子敬年轻轻的四十六岁就死了。到了西川以后，总算有个法正可以谈谈天下大势，可惜他在刘备做汉中王的第二年也死了，死的时候还比鲁子敬死时小一岁，真可惜。他跟右将军、巴西太守张翼德平日来往比较少。荆州失了以后，前卫的城邑没有了，张翼德把着西川的大门；魏兵、吴兵他都得提防，就是安抚或者镇压当地的各部族也够他操心了。后将军黄汉升跟法正同年死了。左将军马孟起因为全家被曹操杀了，一心想报仇，对刘备倒是忠心耿耿的。将军当中要数赵子龙见识出众，可是他多半忙于练兵，不大谈论国事。诸葛亮好像感觉到有些孤独，他的心情就更加沉重了。他布置了内部的事务，一定要做到足食足兵，一面叫张飞提防东吴和曹魏的进犯，一面派探子去探听邺城那边的动静。消息不断地从邺城传来，叫他坐立不安。原来曹丕正在耍花样要夺取汉朝的天下。

公元 220 年秋天七月，魏王曹丕带着一支军队到了故乡沛国谯县，正像从前汉高祖回到沛县一样，大摆酒席，请故乡的父老们都来欢聚一番。大伙儿不但有吃有喝，又唱歌，又舞蹈，而且还特别表演了杂技百戏，各种玩乐应有尽有。官吏和父老们一批批地向魏王上寿。酒席越吃越欢，有不少人只恨爹娘没给他们多生一个肚子。魏王曹丕宣布：免除谯城租税两年。大伙儿听了，欢呼万岁。一直闹到太阳下了山，才散席。

仅仅过了一个月，左中郎将李伏上书给曹丕，说："魏应当代替汉，这是上天的旨意。"他还引用了张鲁的一段话说："从前有人劝张鲁去投奔成都，张鲁说：'我宁可做魏王的奴仆，也不愿意做刘备的贵宾。'可见人心所向了。"李伏一个人开了个头，别的大臣也跟着上来了，其中最突出的有魏王侍中刘虞、辛毗、刘晔，尚书令桓阶，尚书陈矫、陈群，黄门侍郎王毖（bì）、董遇等。他们都劝曹丕赶快登基。魏王不答应，劝大臣们别这么说。

曹丕越不答应，上书的人越多。太史丞许芝，还有御史中丞司马懿，也都上了书。有一个汉朝的宗室辅国将军清苑侯叫刘若的，约了一百二十人联名上书。一次不行，两次，上书请魏王即位。曹丕还不愿意答应下来。到了十月里，几个重要的大臣，如左中郎将李伏、太史丞许芝、太尉贾诩、相国华歆、御史大夫王朗、尚书陈群等，直截了当地叫汉献帝放明白点儿，把皇位让给曹丕。汉献帝当初以为曹操一死，他可以自己掌权，寿命也可能长些，就把建安二十五年改为延康元年。哪儿知道这些大臣逼着他下诏书，让位给魏王。汉献帝很识时务，反正少说话，多磕头，错不了。他就下了诏书，大意说：

> 从我即位以来到今天，三十二年了。天下动荡，万民遭殃。汉朝气数已尽，魏应当代汉。这是天意，也是民意。现在我把玉玺让给魏王，千万不可推辞。

曹丕立即推辞，上了个奏章，说自己无德无才，不敢接受玉玺。汉献帝只好再下诏书。怎么说呢？好在能写文章的大臣有的是。大笔一挥，第二道诏书又下来了，大意说：

> 唐世衰落，天命在虞；虞氏衰落，天命在夏。可见

朝代有盛有衰，天命在于有德。自古以来，都是这样。
请魏王千万不可推辞。

曹丕还怕后世的人说他篡位，跟华歆他们商议一下，又
推辞了。大臣们只好再替汉献帝起个草。第三道诏书又下来
了，大意说：

天命不在于一个人，帝王不属于一个姓。从古以来，
都是这样。汉朝气数已尽，天命不能推辞，人民的愿望
不能违背。请魏王接受玉玺。

这第三次的诏书照旧被推辞了。接着，这一批捧魏王的
人又耍了个新花样，他们逼着汉献帝在繁阳（在许都南七十
里）造了一座高台，叫作"受禅（shàn）台"，择个日子，隆
重地举行皇上推位让国的仪式。让大臣们和全国的人都知道汉
朝的皇位是汉献帝自愿让给曹丕，而不是曹丕夺过来的。

曹丕受禅登基，称魏文帝，追尊他父亲曹操为武皇帝，
改汉延康元年为魏黄初元年。改相国为司徒，御史大夫为司
空。立华歆为司徒，王朗为司空。大小官员都有升赏。大赦
天下。

十一月，废汉献帝为山阳公。据说，古时候帝尧禅位给
帝舜，还把两个女儿嫁给他。魏国的大臣们告诉山阳公，说他
学帝尧就要学得像个样儿，干脆把自己的两个女儿也嫁给曹丕
为妃子。这事很快就办好了。曹丕派人到洛阳建造宫殿，接着
就迁都洛阳，改许都为许昌。

公元 221 年三月，曹丕做皇帝的消息才传到蜀中，一时谣言纷纷。有的说，曹丕谋王篡位，早把汉帝杀了；有的说，汉帝没死，可是充军到什么山里去了。大伙儿都相信汉帝已经死了，谋王篡位哪儿有不死人的道理？汉中王刘备一听到这个消息，据说哭了，还哭得死去活来，准备通告天下，大规模地给汉献帝发丧。

## 读有所思

1. 刘封为什么撕毁孟达的信，还杀掉了他派来的使者？

2. 诸葛亮为什么劝刘备除掉刘封？

3. 魏文帝和魏武帝分别指的是谁？

## 知识拓展

### 燕歌行

〔三国魏〕曹丕

秋风萧瑟天气凉，草木摇落露为霜。

群燕辞归雁南翔，念君客游思断肠。

慊慊思归恋故乡，君何淹留寄他方？

贱妾茕茕守空房，忧来思君不敢忘，

不觉泪下沾衣裳。

援琴鸣弦发清商，短歌微吟不能长。

明月皎皎照我床，星汉西流夜未央。

牵牛织女遥相望，尔独何辜限河梁？

# 东征孙权

　　汉中王刘备下了命令，吩咐文武百官一律穿孝三天，遥远地对着许都祭祀汉帝，追尊他为孝愍〔mǐn〕皇帝。蜀中的一班文官武将都劝汉中王继承孝愍皇帝即位为汉帝。汉中王当然不能答应。就有不少人耍花样，说天象显示了吉兆，禾稻结了双穗，黄龙在武阳〔今四川彭山一带〕出现。蜀中官员纷纷上书，劝汉中王顺从上天，顺从下民，赶快即位，以安天下。

　　一般的官员上书以后，接着出名的大臣也上书了，其中有太傅许靖、安汉将军糜竺、军师将军诸葛亮、光禄勋黄权等。他们都说："曹丕篡位，覆灭汉室，杀戮忠良，天地不容。现在上无天子，海内人心惶惶，忠臣义士向谁效忠？大王是孝景皇帝中山靖王之后，在汉中为王，理应继承孝愍皇帝即位，这是上天的旨意。"刘备不再推辞。他们就订立礼仪，在成都武担造了高台，祝告天地，共同立汉中王刘备为皇帝，后来称为汉昭烈帝，历史上也叫先主或者汉主。从那年〔公元221

年）四月起，改元为章武元年。大赦天下。

昭烈帝拜诸葛亮为丞相，许靖为司徒，张飞为车骑将军，立刘禅为太子，娶车骑将军张飞的女儿为皇太子的妃子，立皇子刘永为鲁王，刘理为梁王（那时候蜀汉并没占领鲁、梁等地，鲁王、梁王只是封号，没有土地）。

到了七月里，昭烈帝又想起关羽被东吴杀害终究是个大耻辱。关羽已经死了一年零七个月了。刘备早想替他报仇，这一年零七个月的日子真不好挨，他闷闷不乐地曾经害过病。这会儿他做了汉帝，就准备发动大军去征伐孙权。有一天，昭烈帝在朝堂上向大臣们商议发兵。有一位将军起来反对，说："不可，不可！"昭烈帝听了，很不乐意。一看，原来是翊军将军赵子龙，就问他有什么高见。

赵云说："国贼是曹操，不是孙权。只要灭了曹魏，孙权自然服了。现在曹操虽然死了，他儿子曹丕篡位，人心不服。我们应当趁着这个机会，早点儿去夺取关中，屯兵大河（黄河）和渭河上游去征讨逆贼，关东的忠臣义士必然带着粮食，赶着车马来迎接王师。我们不应当放弃曹魏去跟东吴交战。"

别的大臣也有出来阻拦的，昭烈帝可都不听。广汉縣竹有个名士叫秦宓（mì），因为州郡的长官推荐他去做官，他都推辞了，大伙儿都尊他为处士。秦处士一听到昭烈帝要去攻打东吴，就上书说明利害。主要是说跟东吴作战一定没有好处。昭烈帝怒气冲冲地说他有意阻挠军心，把他下了监狱。原来诸葛亮和黄权也都同意赵云的意见，反对昭烈帝放弃主要的敌人去进攻东吴。昭烈帝一向尊敬这几位大臣，他们即使说几句不顺耳的话，昭烈帝也能克制自己不去难为他们。他就指桑骂槐，把秦宓下了监狱作个警诫，叫别人不再去反对他。诸葛亮不愿意跟昭烈帝当面顶撞，只说秦宓是益州的名士，为了重视文教，请昭烈帝特别宽容他。昭烈帝同意了，把他从监狱里放了出来，可是以后别的人就不敢不顺着昭烈帝说话了。

这么着，昭烈帝决定发兵东征。他留着诸葛亮辅助太子镇守成都；留着骠骑将军、凉州州牧马超和他的叔伯兄弟马岱镇守凉州；还有镇北将军汉中太守魏延镇守汉中，挡住曹魏那一头；派侍中马良去联络武陵五溪的部族（现在湖南、贵州交界处是古代五溪各部族居住的地方），最好能叫这些部族派人马来帮助蜀汉，至少不要去帮助东吴。这么布置完了，昭烈帝自己带着赵云、黄权、冯习、张南等将军，率领大军一同出发。同时派使者去约车骑将军张飞，叫他带领兵马从阆中出发，到江州会齐。

张飞正跟昭烈帝一样，一心要替关羽报仇，这一年多来，脾气尤其急躁。他跟关羽志同道合，但两个人待人接物可不一样。关羽对待士大夫很傲慢，还老瞧不起别的将军，对小兵他可十分体贴。张飞正相反，对待士大夫很有礼貌，可是对小兵一点儿也不爱惜，甚至动不动就用鞭子抽打。昭烈帝曾经劝诫他说："你对手下的人太严厉了。他们都是壮士，你打了他们，又让他们在左右伺候着你。这么下去，我怕你可能惹出祸来。"张飞听了，觉得这些话都很对，可就是没能改。

这会儿昭烈帝派使者去通知张飞征伐孙权，张飞马上准备带去一万兵马。兵马出发的前一天，他又发了脾气，还把帐下的将士张达、范疆抽了几鞭子。这两个人气愤不过，当天晚上趁着张飞睡着的时候，把他暗杀了。他们割下他的脑袋，驾

着一只小船顺流而下去投奔孙权。

张飞营里的都督慌忙上表，派使者去见昭烈帝。昭烈帝一听到张飞营里的都督有奏章送来，就失神似的叹息着说："哎呀，翼德完了！"（表章应当由张飞自上，现在由都督越级上表，就知道张飞一定死了）看了表文，果然是报凶信的。昭烈帝放声大哭。大臣们尽力劝慰他。他更加痛恨东吴，把关羽、张飞的仇恨都记在孙权账上。当时就派将军吴班带领阆中的兵马，按照原来的计划向东吴进军。张飞的大儿子叫张苞，早死了，二儿子张绍，还有关羽的儿子关兴，两个少年要求同去杀敌，为父报仇。昭烈帝同意了。两路大军在江州会齐，然后水陆并进，浩浩荡荡向巫县打过去。

警报到了东吴，孙权立刻召集百官，对他们说："刘玄德继了帝位，率领几十万大军，亲自打过来，声势十分浩大。怎么办？我看不如向他求和，你们看怎么样？"大伙儿都慌了，孙权马上派使者去向昭烈帝求和。

孙权一面派使者去见昭烈帝，一面吩咐部将李异、刘阿他们防守巫县。这时候，孙权已经迁都到鄂城，把鄂城改名为武昌，诸葛瑾接替吕蒙为南郡太守，镇守公安。蜀兵已经向巫县打过来了。诸葛瑾的所在地公安处在巫县和武昌之间，武昌离公安比公安离巫县远。为了争取时间，诸葛瑾就派使者去见昭烈帝，给他一封信。诸葛瑾也听说了曹丕篡位，汉献帝被杀，汉中王继了位，他就称刘备为皇上。那信上说：

皇上跟关云长再亲也亲不过先帝；荆州这么一块地方，再大也大不过海内。谁是最大的敌人？应当向谁报仇？这个道理按说是容易明白的。请皇上三思。

昭烈帝不听诸葛瑾的劝告，也不答应孙权的求和，这也不必说了。诸葛瑾可因此被人说坏话，受了冤屈。他劝告昭烈帝及早回头，不要放过曹魏来跟东吴作战，本来是一片好意。万没想到有人秘密地向孙权告发，说现在刘备兵马多，势力大，诸葛瑾派心腹去联络刘备和他的兄弟诸葛亮，准备投降了。没过了几天，外面议论纷纷，都说南郡太守变了心。镇西将军陆逊屯兵夷陵，也听到了这些议论。他马上上个奏章，担保诸葛瑾绝无此意，请孙权在别人面前替他分辩。

孙权回了陆逊一封信，说：

　　子瑜和我相处多年，情义犹如骨肉，互相有深刻的了解。他这个人，不按道理的事不干，不合礼义的话不说。以前玄德派孔明到东吴来，我曾经对子瑜说过："您跟孔明同胞手足，而且做兄弟的跟着哥哥，也合乎道义。您何不把孔明留下？孔明要是留在这儿，我就写信给玄德向他说明。我猜想玄德是不会不答应的。"子瑜回答我说："我兄弟已经投了别人，名分都定了。按道义说，也不该心怀二意。我兄弟不留在这儿正像我不到他那边去一样。"他这话就好比对天起誓。现在他怎么会改变呢？上次有人上表给我，那是胡说。我已经把原表封着寄给子瑜，还给了他一封亲笔信。我跟子瑜的交情是在心里，不是别的人所能拆得开的。我知道您很关心这件事，就把您的表章封着寄给子瑜，让他也知道您的心意。

林汉达

三国故事全集

48

接着，使者回来，说刘备一点儿没有讲和的意思，西边已经打起来了。孙权皱着眉头说："唉！玄德不答应讲和，江东太平不了啦。"大伙儿正在焦急的时候，巫县方面来了报告：李异、刘阿他们被蜀汉的将军吴班、冯习打败，还败得很惨；巫县丢了，秭归也守不住，蜀汉这一路的兵马就有四万多人；还有武陵各部族的首领，听了蜀将马良的话，接受了大印，派人马去帮助刘备。

没几天工夫，又来了报告：蜀兵已经进了秭归。孙权知道求和的希望完全没了，他就拜镇西将军陆逊为大都督，带着朱然、潘璋、宋谦、韩当、徐盛、鲜于丹、孙桓等将军，率领五万人马，赶去抵抗蜀兵。蜀兵这一路已经够叫孙权着急了，可他还怕魏文帝趁火打劫，发兵南下。两路夹攻，那怎么受得了？他合计下来，只好西拒蜀汉，北投曹魏了。

## 读有所思

1. 赵云为什么反对刘备东征孙权？

2. 孙权听说诸葛瑾要投靠刘备的传闻后，是如何处理的？

3. 孙权为什么想要投靠曹魏？

# 北投曹魏

　　孙权是能屈能伸的。昭烈帝不让他求和，他就去投靠魏文帝，自己又称为臣下，用极谦卑的字句上了一个奏章，派使者到洛阳去朝见魏文帝，还把左将军于禁带去，送还给魏文帝。大臣们都向魏文帝贺喜，欢呼万岁。

　　魏文帝曾经问过大臣们："刘备会不会替关羽报仇去打孙权？"大伙儿都说："不会。蜀是小国，就数关羽是个出名的大将。关羽兵败身死，国内起了恐慌，哪儿还敢出去攻打别人？"侍中刘晔可不同意这种估计。他说："蜀虽然弱小，刘备正在发愤图强，他想用兵来显示自己的威武。再说，关羽跟他，从名分上说，他们是君臣，从情义上说，好像父子一样。关羽死了，要是刘备不发兵替他报仇，他们的情义就算完了。我想刘备不会这么干。"

　　这会儿孙权派使者来投降，刘晔又有了不同的意见。他说："孙权不会无缘无故地要求投降，一定是因为国内有了急难，才来投靠我们。他前年杀了关羽，这会儿刘备很可能大规模地向他进攻。他外面来了强大的敌人，内部人心惶惶，又害怕中国（魏自称为中国）。我说趁着他们打仗，我们就向东吴进攻，一定能打胜仗。当今天下三分，中国占十分之八，吴和蜀仅仅各保一州（吴保扬州，蜀保益州）。一个靠着大江当作边防，一个靠着高山当作屏障，有急难互相帮助，这是这两个小国的好处。现在他们互相攻打，这是天叫他们灭亡。皇上应当趁热打铁，立刻发兵，一直渡过江去袭击东吴。这样，蜀兵攻打东吴的西边，我们袭击东吴的北边，用不着一年半载，就可以把东吴灭了。东吴一亡，西蜀就孤立，也长不了。"

魏文帝说："人家已经称为臣下来投降，我们反倒去袭击他，这不是叫天下人不来归向我们吗？"他不听刘晔的话，终于接受了东吴的投降，殷勤地招待使者，还感谢他把于禁送回来。于禁的头发、胡子全都白了，面色干枯，好像有病的样子，他见了魏文帝直磕头，又是眼泪又是鼻涕地哭得很伤心。魏文帝拿荀林父和孟明视的故事安慰他（晋国的大夫荀林父被楚国打败，晋景公仍旧重用他，后来征伐赤狄有功；秦国的大夫孟明视打了败仗，被晋国逮去，又放回来，秦穆公仍旧重用他，建立霸业），拜他为安远将军，叫他休息几天，再去谒见高陵（在邺城西，魏武帝曹操葬在高陵）。魏文帝跟于禁当面说的比唱的还好听，可是他预先派人在高陵厅堂的墙壁上画了关羽打胜仗，庞德愤怒不屈，于禁趴着求降的图画。于禁一见，好像当头打了一个闷棍。他不恨魏文帝捉弄他，只恨自己没早点儿死，又悔又恨，就病死了。

东吴的使者要求回去，魏文帝派太常邢贞为使者带着诏书到东吴去封孙权为吴王，还给他九种最尊贵的赏赐，就是

所谓的"九锡"。这是因为魏文帝有他的难处。光是兄弟之间的事，已经够他操心的了。魏文帝有曹彰、曹植等十多个皇弟，原来都封为侯，这会儿除了安乡侯曹植减少封地，改封为鄄（juàn）城侯以外，其余各升一级，一概加封为公，还怕他们当中有人不满意。国内的老百姓哪，也不是容易对付的。这几年来，遭了旱灾，还有虫灾，老百姓受冻挨饿，难过日子。河西（指黄河以西的广大地区）、西平（郡名，今青海西宁），都发生了叛变，还得派军队去镇压，更不要说还得有强大的军队去对付胡人和羌人了。里里外外都有困难，不当家不知道油盐酱醋贵，在这种情况下，魏文帝认为还是去拉拢孙权的好，这才封他为吴王，还加了"九锡"。

邢贞到了武昌，东吴的几个大臣不愿意孙权真做曹丕的臣下。他们主张孙权应当自立为上将军，不应当接受曹魏的封号。孙权为了有利于对付蜀兵的进攻，暂时做做曹丕的臣下也无所谓。他对大臣们说："从前沛公也受过项羽的封号做了汉王。为了应付当前的局面，变通一下，又有什么不可呢？"他就带领文武百官到都亭等候使者。邢贞进了城门，见到了迎接他的人，自己以为是朝廷的天使，还是仰着脑袋，挺神气地坐在车上。东吴的大臣们见了，都很气愤。老大臣长史张昭上去责备邢贞，说："礼应当互相尊敬，法不能不严肃。你这么妄自尊大，目中无人，难道你看到了江南软弱，以为我们手无寸铁了吗？"邢贞脸红了，马上下了车，跟孙权相见。

大伙儿进了朝堂，邢贞宣读魏文帝的诏书，发给大印，封孙权为吴王。孙权面北拜受。中郎将徐盛见了这个场面，又气愤又伤心。他流着眼泪对同事们说："我们不能发愤图强，舍出性命，为国家夺取许、洛，兼并巴、蜀，以致让我们的主公弯着身子接受人家的封赏。这不是我们的耻辱吗？"大伙儿全都掉下眼泪来。孙权可不是这么想。他有他的主张，也有他自己的忍耐劲儿。他在邢贞面前，显出很高兴的样子，还大摆酒席招待他，好让邢贞知道他是很感激魏文帝的。

邢贞回去的时候，在路上对他的从人们说："东吴的将相这个样儿，终不会久在人下！"

吴王孙权接着就派南阳人中大夫赵咨上洛阳去拜谢魏文帝。魏文帝觉得很得意，亲自接待赵咨，跟他聊聊天儿。他问："吴王是怎么样的一个人？"赵咨说："英明、厚道、足智多谋、又威武又机智，是个了不起的君主。"魏文帝微微一笑，请他详细说说。赵咨就说："他从平常人当中能挑出鲁肃，从队伍当中能选拔吕蒙，这是他的英明；拿到了于禁，不去害他，这是他的厚道；不展开血战就夺取了荆州，这是他的足智多谋；占据了三州（荆州、扬州、交州），像老虎那样注视天下，这是他的威武；他能哈着腰归顺皇上，这就是他的机智。"魏文帝点了点头，又问："吴王也研究学问吗？"赵咨回答说："吴王指挥战船一万只，带领兵马一百万，任用品格高、能耐大的人，他是够忙的了，可是他稍有一点儿工夫，就阅读经史，采取精华，不像书生那样只知道咬文嚼字、寻章摘句罢了。"魏文帝自己喜欢舞弄文墨，一听赵咨提起书生寻章摘句，不由得觉得好像是在讽刺他。他也不介意，就又问他："要是我去征伐吴国，行不行？"这一问，就不像聊天了。

赵咨把脸一沉，说："大国有征伐的军队，小国也有抵御的办法！"魏文帝还想吓唬他，说："吴国怕不怕魏国？"赵咨回答得挺干脆，他说："吴国有一百万兵马，又有大江、汉水为城池，何必怕人！"魏文帝听他说话这么厉害，知道他是个能人，就和颜悦色地问他："吴国像大夫这样的能人有几个？"赵咨说："聪明突出的，八九十人，像我这样的人，那就车载斗量，数也没法数了。"

魏文帝很佩服赵咨，叫大臣们好好招待他。不过他只是佩服赵咨口才好，能说大话，可并不相信东吴真有什么了不起的。没过了多久，他派使者到东吴，向孙权要求特种的礼物，叫他进贡。他所要求的礼物当中有雀头香（就是香附子）、大贝、明珠、象牙、犀角、玳瑁、孔雀、翡翠、斗鸭、长鸣鸡等。东吴的大臣们见了单子，都火儿了，他们说："荆州、扬州进贡都有一定的规章。魏要求这些供珍玩的礼品，根本就不合理。我们不应该给他！"

吴王摆摆手，说："别这么说。我们西北出了事（指跟蜀兵交战），何必再得罪人家呢？再说他所要求的这些东西，对我们说来，简直跟瓦石那么不值钱，我们有什么舍不得给的呢？他要求这一类的玩意儿，也可见他的为人了，还能跟他讲什么理呢？"吴王就照单子把这些东西全送了去。

魏文帝收到了这些额外的礼品，果然高兴了。当年年底就要封吴王的太子孙登为万户侯。吴王上书，说是因为孙登年幼，推辞了。封侯虽然推辞了，还派了吴郡人沈珩（héng）上洛阳去谢恩，献上一些土产。魏文帝一见吴王这么小心谨慎地讨他的喜欢，一定是害怕他，就问："吴王担心我向东打过去吗？"沈珩说："不担心。""为什么？""因为订过盟约，言归于好，所以不担心。可是如果魏违背盟约，东吴也有点儿准备。"魏文帝还想叫吴王打发太子到洛阳来做人质，他故意试探一下，说："听说吴太子就要来了，是不是？"沈珩不能说是，可也不好说不是，就说："我在东吴还没听说过这一类的话。"魏文帝点点头，说他回答得很好。

沈珩回来，正像上次赵咨回来一样，只觉得魏文帝并不是真正跟东吴和好。他对吴王说："北方不可靠，订了盟约，也不一定能遵守。还是靠自己要紧。东南也可以立国，主公应当顺从上天，顺从下民，改年号，即帝位。"吴王孙权嘴里不说，心里同意。可是在这个时候，最紧要的是怎么样对付蜀兵。蜀兵又步步紧逼，有不少军队已经到了夷陵地界。东吴将士们个个摩拳擦掌，要跟蜀兵大战一场，比个上下高低。可是大都督陆逊一直按兵不动，谁都不知道他葫芦里卖的是什么药。

## 读有所思

1. 孙权为什么要假装臣服于曹丕？
2. 邢贞为什么说东吴的将相终不会久在人下？
3. 沈珩劝孙权自己称帝，孙权是怎么想的？

# 守夷陵

昭烈帝也算是个打仗的行家，一辈子在军营里过生活。他知道要打败东吴，不能单靠兵精粮足，还需要有旺盛的士气，将军和谋士们总得意见一致，同心协力，才能有打胜仗的把握。军师将军诸葛亮对于东征孙权，一向不赞成，昭烈帝心里明白，所以请他留在后方，镇守成都。翊（yì）军将军赵云早就说过："国贼是曹操，不是孙权。"为了这个缘故，昭烈帝带着他一块儿去，又不想带他去。大军到了江州，张飞已经死了，阆中也没有人主持，昭烈帝就叫赵云留下，镇督江州，作为联络前方和后方的中间站。现在跟着他一同进入秭归的谋士和将军中间，能拿事的要算治中从事黄权了。

昭烈帝急于要从秭归出发，再往东进兵。黄权拦着说："吴人又勇敢又能打仗，万万不能小看他们。我们的水军顺流而下容易，退回来可就难了。当中不是没有危险的。我想了又想，不如让我做个先锋往江南进攻，皇上在后面接应，千万不能自己轻易去冒险。"昭烈帝觉得黄权的话有道理，可是觉得他这么顾前顾后的，胆子也太小了。他立黄权为镇北将军，叫他留在江北，统管江北的军队，防御魏兵，自己率领大军，向江南进兵。水军沿江扎了水营，配合岸上的大军，准备随时夹攻吴兵；岸上的大军翻山越岭，到了夷道猇亭（猇 xiāo；夷道，今湖北宜都一带）。

昭烈帝观察了地形，把陆地的大军分为两路，一路埋伏在山谷中，一路联络水军由正面去向敌人挑战。他这么三面布置停当，只向东吴挑战，不再向东进兵。将士们还不明白：他们出兵没几个月工夫，就进去了五六百里地，没碰到太大的抵抗就从江州到巫峡，从巫峡到秭归，又从秭归到了夷道，怎么到了猇亭就停下来了呢？他们哪儿知道昭烈帝的计策：他布置了天罗地网，像渔夫那样静静地等着，但等东吴大军过来，三路夹攻，要把他们一网打尽。哪儿知道东吴的大都督陆逊按兵不动，不出来跟他交战。

东吴的将军朱然、潘璋、韩当、周泰这些人都是打仗的能手，立过大功，有的是孙策的部将，有的还是孙坚手下的人。他们对于年轻的书生陆逊做了大都督这件事，早就不服气。吴王孙权拜陆逊为大都督的时候，给了他一把"尚方宝剑"，对他说："有不听号令的，先斩后奏！"他还说过："京城里面的事由我主持，京城以外，一切由大都督做主。"因此，这些将军们才不敢不听陆逊的指挥，可是内心里还是瞧不起他，说他胆小，说他只知道放弃土地，不敢出去拼个输赢。他们眼看着蜀兵得寸进尺，步步紧逼过来，已经到了夷陵地界，再也容忍不住。大伙儿要求陆逊让他们出去抵抗一阵。

陆逊对他们说："敌人兵精粮足，声势浩大，再说刘备报仇心切，锐不可当。我们要是不顾前后去跟他硬拼，必然吃亏。打一次败仗，事小，损失了兵马，整个东吴没法再抵抗，那就不堪设想了。我有意让敌人进来，他们占领的地方一多，不但分散了兵力，而且供应粮草的道儿也就拉长了。还有，就是把他们进攻的年月拉长，只要一年半载地拖下去，远道而来的蜀兵多消耗粮食不必说了，他们路远迢迢地到了夷陵，行军已经够疲劳了。他们急于进攻，我们保存力量，不跟他们打，日子一多，蜀兵一定会松懈下来。我们等待时机，到时候就能够打败他们。"

将军们听了，不好跟陆逊争论，暗地里还是摩拳擦掌地要跟蜀兵大干一场。大都督手下有一个将军特别勇猛，他是吴王孙权族中的侄儿安东中郎将孙桓。他做了前锋，带领一支人马首先到了夷道，守在那儿。刚巧蜀兵赶来叫战，他立刻出去对敌，打退了蜀兵，还追杀一阵。没想到人家是故意引他出来，一霎时四面八方全是蜀兵。幸亏孙桓有能耐，拼死杀开一条血路，逃回城里，再也不出来了。蜀兵围住夷道，孙桓连夜派人突出重围，向陆逊求救。陆逊还是按兵不动（使军队暂不行动，等待时机）。

将士们带着责问的口气对陆逊说："孙安东是公族，现在被敌人围住，为什么不去救他？"陆逊回答他们说："夷道城高粮足，安东又得人心，一定守得住，你们不必替他担心。等到我出兵打败刘备，安东方面的包围不去救，也自然解除了。"将士们就说："那么就请下令去打刘备。"陆逊说："那要看情况，现在还不是时候。"

这些将军当中要数潘璋最粗鲁了。他打仗是没说的，勇

猛得很，老立大功，可有个毛病，就是不大遵守纪律。他撇了
撇嘴，粗声粗气地说："打又不打过去，救又不去救，就这么
按兵不动，天天待下去，难道刘备自己会跑？请下命令，我拼
着命也得轰走刘备！"别的将军都点了点头，有的还说："潘
将军说得对。请下命令，我们这就出去！"陆逊突然把脸一
沉，一只手捏着宝剑的把儿，很严厉地说："刘备天下知名，
连曹操都怕他。现在他带领大军进入我们的地界，是我们强大
的敌人，怎么也不能小看他。我虽然是个书生，但接受了主上
的命令，你们就得服从。主上所以委屈诸君跟着我，就因为我
有可取的地方，能够忍受侮辱，挑得起重担。我挑着重担，怎
么能推辞呢？你们都知道军令如山，千万不可违犯哪！"

潘璋红着脸，连忙赔罪认错，别的人也都低着头连连说：
"是，是！"大伙儿这才不敢再言语了。

昭烈帝从巫峡到夷陵地界扎了几十个大营，供应军用的
和运粮的道儿就有七百多里地。他以冯习为大督，张南为前部
督，跟陆逊相持了六个月，陆逊始终不出去跟他交战，连孙桓
被围都不发兵去救。昭烈帝耐着性子等着等着，一直到了六月
底，他再也耐不住了。再说他认为陆逊究竟是个王孙公子，年
轻的驸马爷，他仔细探听了吴军的情况，将军们都怪陆逊胆子
小，大多不服他的指挥。上次关羽打了败仗，失了荆州，大半
是出于陆逊的计策，可是别说是别人，就是东吴的将士也只知
道那是吕蒙的功劳。话虽如此，昭烈帝行军仍处处小心，他宁
可把陆逊当作老练的军事家看，这才三面布置埋伏，等了他半
年，好像钓鱼的人屏住气等鱼来上钩。从一月到六月底，足足
等了半年，乖乖，鱼儿不上钩，怎么办？

1. 陆逊为什么不同意出兵与刘备交战？
2. 孙桓被围困，陆逊为什么不发兵去救？
3. 面对年轻的对手陆逊，刘备轻敌了吗？

## 知识拓展

杂咏一百首·刘备

〔宋〕刘克庄

华容芦荻里，一炬可无遗。

叹息刘玄德，平生见事迟。

守夷陵

# 火烧连营

昭烈帝派吴班带着几千人在平地上扎了营，耀武扬威地在吴军关前叫战，大声嚷嚷着要吴兵出来尝尝刀枪的滋味。东吴的将士耐着性子，不理他们。有些蜀兵开始骂街，有的甚至脱了衣服，光着上身，干脆躺在树底下乘凉。韩当、徐盛、潘璋他们这几个东吴的将军见了，气得直发抖，脸皮都发了青，鼻翅一扇一扇地去见陆逊，嚷着说："真气死人！"这一回潘璋憋着一肚子的火儿，躲在韩当和徐盛的背后，净喘气，不开口。陆逊问："你们怎么啦？"

韩当说："刘备手下有个将军，叫吴班，他带着几千个士兵在平地上扎营，正对着我们。这明明是不把我们放在眼里。他们还提高嗓门对着我们直骂街，说我们不敢出去，骂我们是胆小鬼，是狗！他们这么骂下去，我们的耳朵也受不了！"

陆逊点了点头，又是正经又像开玩笑似的说："那你们就捂住耳朵，别理他们！"他接着向将军们解释，说："我早就看了地形，蜀兵在平地上扎营的才几千人，可见前面山谷里全是伏兵。吴班大声嚷嚷地骂我们，更可见得是要引我们出去。我们怎么也不能上这个当。蜀兵占领山头，居高临下，我们上去进攻，一定吃亏。可是他们翻山越岭地过来，伏在山谷里腾不出地方来，兵马又多，挤在树林子的岩石中间，也长不了，到时候，他们只好出来。那时候我自有办法收拾他们。现在你们必须鼓励士兵加紧防守，千万不可疏忽。"将军们听了，还是不明白，他们总以为陆逊究竟年轻，胆儿小。

过了三天，蜀兵从山谷中出来，吴兵呆呆地瞪着眼睛说："险些上了圈套。"陆逊对将士们说："我之所以不听从诸君去打吴班，就料到刘备有这一招。现在伏兵已经出来，我们就可以偷偷地躲到山谷里去了。"他就派一部分人马绕到猇亭的后面去。

昭烈帝因为等了半年，叫人上去骂街，人家还是不出来，"安排香饵钓鳌（áo）鱼"的计策行不通，再等下去，日子越久，耗费的粮食越多，他就叫伏兵从山谷中出来，战船里的士兵也都上了岸，三路兵马并成一路，准备过了夏天，到秋季来个总攻击，就在沿江一带安营下寨，拿树木编造栅栏。因为天气热、太阳毒，营寨大多扎在低洼的多草木的险要地区，还用树木连枝带叶地搭了无数的"凉棚"。

侍中马良已经从武陵带着五溪的首领沙摩柯和一支人马到了。他对昭烈帝说："树栅连营，就水歇凉，好是好，可有一件，万一东吴用火攻，怎么办？"昭烈帝说："如果为了避暑，把军营扎在树林子里不是更凉快吗？我们离开树林子，沿江扎营，也是为了防备这一点。现在东吴更不能用火攻了。你想：从北岸烧过来吧，大伏天哪来的西北风？从南岸烧过来吧，他们得先占领南岸的树林子的南面，要烧先烧树林子，他们怎么能够穿火过来？再说我们的军营并不挨着树林子，何必怕火攻呢？"马良和别的将士们这才放心了。

到了闰六月，昭烈帝还没发动进攻，那边陆逊倒先准备动手了。将士们都说："要打刘备，早就该动手了。现在蜀兵已经进来了五六百里地，相持了七八个月，一切主要的关口要道，他们早已布置了防御。他们不打过来已经上上大吉了，我们打过去，一定没有好处。"陆逊说："刘备老奸巨猾，阅历丰富。他发兵来的时候，一定考虑周到，我们不能跟他对敌。到了今天，他们在这儿待了这许多日子，一直占不到便宜，士兵疲劳，精神沮丧，他也想不出好主意来。我们要打败蜀兵，是时候了。"他一面写信给吴王孙权，说明可以打败敌人的一些道理，一面派鲜于丹带领一支兵马先向连营试探一下，叫韩当和徐盛在后面接应。

鲜于丹带着几千人马偷偷地绕到蜀营附近的地方，突然一阵鼓声，冲杀过去。万没想到他们才冲了一百来步，就被木栅挡住。大伙儿正想拔去木桩，搬开鹿角，蜀兵已经由左右两旁出来厮杀。一霎时，临近几个连营里的将军一齐杀到，吴兵死伤了一大半，鲜于丹再也抵挡不住，拼死逃跑，正碰上胡王沙摩柯从横里过来，向他射了一箭，中了肩膀。幸亏韩当、徐盛的一支兵马赶到，救出鲜于丹，带着残兵败将逃回吴营，向陆逊请罪。

陆逊说："这不是你们的过失，是我要试试敌人的虚实和连营的情况。"韩当说："蜀兵强大，难以攻破；硬要打过去，恐怕白白损失兵马。"鲜于丹说："我们原来想突然攻他一个

营，没想到他们的营寨一个挨着一个，一眨巴眼的工夫，各营一齐杀到，我们只好退回来了。"陆逊说："我知道攻打连营的办法了。试了一次，我们就更加有了把握。"

他召集将士们，向他们说明火攻的计划。首先派韩当带领五千人马埋伏在大江北岸；叫朱然率领一万水军，船上多伏弓箭手，但等敌人败退的时候，沿着南岸追击敌人；叫徐盛、鲜于丹带领一万人为前队，用茅草和松明束成火把，沾上油脂，每人带上十来个；叫宋谦和潘璋带领五千名刀斧手和五千名火箭手埋伏在南岸的树林子里，但等三更时分，由树林子里冲出去，直奔江边，火烧连营。

碰巧那天晚上起了东南风，到了半夜，风刮得更大。徐盛、鲜于丹、宋谦、潘璋把人马分成四队，顺风放火，每隔一营，烧一营，四十多个大营，只点了二十个，就同时起火了。也是昭烈帝一时大意，总以为吴军屡战屡败，不敢过来。他只知道北岸不能用火攻，南岸树林子里也不能放火，因为那是自己烧自己。谁知道人家出了树林子直扑江边的树栅连营。没一会儿工夫，烧红了半边天，连江面上全是火光。张南、冯习和胡王沙摩柯都死在乱军之中，士兵们被射死的、烧死的、挤到江里淹死的，就有一万多人。将军傅肜（róng）和从事程畿（jī），还有关羽的儿子关兴、张飞的儿子张绍，这些人带领着一部分人马保护着昭烈帝逃出火网，到了北岸，占领了马鞍山（今湖北宜昌一带），临时守住山口，不让吴兵上来。

好不容易挨到天亮，有几批败退下来的蜀兵找到马鞍山来，人数倒增加了不少，可是没多久，埋伏在北岸的韩当和率领战船的朱然都赶到那边，水陆两路又展开了血战。看情况马鞍山也难守下去，昭烈帝这时候才体会到逆流行船的困难，吩咐程畿传令下去，叫水军们扔了战船，上岸往西逃跑，免得留在那边的水军全军覆没。昭烈帝在山上往下一望，长江一带还冒着浓烟，水面上乱七八糟地漂着战船、器械，还有无数的尸首，差不多把长江堵住了。他叹了口气，又是惭愧、又是懊恼地说："我还真败在陆逊这娃娃手里，是天数吗？"话还没说完，只见有一批士兵往山上跑。有个将军报告说："吴军放火烧山，请皇上快走。"昭烈帝叫将士们冲下山去。傅彤、关兴、张绍他们冲了好几次，还是冲不出去。蜀兵心慌意乱，简直像土崩瓦解一样，又死了不少人。好在那边树木不多，一时也烧不到山上来，接着天也黑了，吴军把马鞍山四面围上，扎营下寨，暂时休息一下。

昭烈帝趁着这个机会，准备连夜逃去。傅彤杀出山口，让昭烈帝先走，自己在后面压队。吴军紧紧追赶，才把傅彤的后队拦住。傅彤跟吴军大打一阵，手下的人一个一个倒下去，最后就剩下傅彤一个人了，他可越打越精神。吴兵大声嚷着说："投降吧！你一个人拼死也没用。"傅彤骂着说："吴狗！大汉将军哪儿有投降的？"他又扎死了几个吴人，受了重伤，咽了气。就因为有这一点儿工夫，昭烈帝他们才冲出包围，往西跑去。

程畿到了江边，吩咐水军们上岸往西退去，他自己坐在战船里慢慢地逆流而上。左右对他说："后面的追兵就快到了，请坐小船快逃吧！"程畿说："我在军队里只知道追杀敌人，可没学过在敌人面前逃跑。"他也像傅彤一样，受了重伤，死了。

第二天，吴兵还是紧紧地追赶着。蜀兵到了一个山沟子里，地名石门，道路挺窄，看看快给追上了。昭烈帝逼得没办法，吩咐将士们脱去铠甲，堆在道上，士兵们把军用的锣鼓什么的也都扔在一起，这样，不但把山道堵住，还把这些东西烧起来。吴兵赶到这儿，过不去。他们只好停下来，把那些正在烧着的铠甲什么的拨开，接着追赶。蜀兵沿路有逃散的，有倒在路上的，到后来跟着昭烈帝的才几百个骑兵了。后面的追兵还没甩掉，突然前面又来了一队人马，拦住去路，大伙儿进退无路，还有活命吗？

## 读有所思

1. 面对蜀兵的叫骂，陆逊为什么坚守不出兵？

2. 刘备凭什么推断陆逊不会使用火攻？

3. 陆逊最后是如何打败刘备的？

## 高频考点

（黑龙江中考真题）《三国演义》中的人物和情节对应不正确的一项是（　　）

A. 诸葛亮——火烧新野

B. 曹操——火烧乌巢

C. 关羽——火烧赤壁

D. 陆逊——火烧连营

# 退守白帝城

　　大伙儿正在惊慌失措，不知道应该向前冲还是应该往后退的时候，前面的士兵突然响起了一阵欢呼的声音。原来这一支军队是从江州赶来，那位大将正是常山赵子龙。他镇守着江州，没能跟昭烈帝一块儿来，可是一直惦记着东边的情况，经常派人探听消息。他听说前方连营七百里，心里十分焦急。有一天晚上，他看到东方升起一片黄气，又像火光，又像浓烟，料到前方可能出了岔子，就吩咐部下的将士加紧防御，自己带领一部分兵马借着押运粮草的名义，赶到东边来。他一到白帝城，正碰到自家的兵马败退下来，就放下粮草，火速去救，把昭烈帝接到白帝城，整顿军队，布置防御，守在那儿。昭烈帝把白帝城作为前方的大本营，准备再跟东吴作长期的斗争。

　　昭烈帝进了白帝城，好像老虎从平阳上回到山岗，吴兵不敢过来，早已从石门退回去了。徐盛、潘璋、宋谦等要求陆逊再发大军追上去，陆逊不答应。他们纷纷上书给吴王，说再追上去，一定可以把刘备逮住。安东中郎将孙桓也来见陆逊，对他说："前些日子大都督不发兵来救夷道，说实在的，我直怪您。今天才知道大都督调度有方，终于打败了蜀兵。佩服、佩服！可是已经打了胜仗，敌人败得那么惨，为什么不追上去呢？"陆逊说："这道理跟曹操不追关羽一样。要是我们追赶上去，深入蜀地，一定会被敌人钻空子。"正好吴王孙权派人来问陆逊该怎么办。他接到了将军们要求追击刘备的奏章，也动了心，能够把巴、蜀都拿下来，那该多么好啊？可是他不敢轻易决定，就先问问陆逊。

陆逊约了征北将军朱然和偏将军骆统，三个人共同上书给吴王，说："曹丕召集了将士，外表上说是帮助我们征伐刘备，内心里另有奸计。我们决定立刻退兵，请主公马上布置濡须和东北一带的防御，千万千万！"

陆逊全军刚刚退回荆州，北面就来了警报：魏兵分三路打到东吴来了。大伙儿都捏了一把汗。魏文帝曹丕一听到蜀兵树栅连营七百里，就对大臣们说："刘备不知道用兵。哪儿有七百里连营可以抵抗敌人的？在高原、洼地或者险阻的地方扎营的，难免不被敌人困住，这是兵家犯忌的呀。我猜想孙权就快有信来了。"过了七天，果然，吴破蜀的消息到了，那时候，他希望东吴的大军一直往西追上去，还说准备"帮"他们一下。可是他还得等一等，要弄清楚南北两岸战争的情况。八月里，蜀将镇北将军黄权到了，魏文帝把他当作上宾接待。黄权原来屯兵北岸。昭烈帝被吴兵打败，从南岸转到北岸，退到白帝城，早把黄权的军队甩在后面了，黄权被吴军截断退路，又不肯投降东吴，他要死里逃生，带领手下人投奔了魏文帝。魏文帝高兴得了不得，他说："你离开叛逆的人来归附我，是不是要看陈平、韩信的样儿？"黄权说："我受了刘主的恩待，不能投降东吴，可是回蜀无路，只好投到这儿来。败军之将，能够免死已经够造化了，哪儿还敢仰慕古人？"魏文帝特别优待他，拜他为镇南将军，封为育阳侯。黄权推辞了一番，终于接受了。忽然有个臣下报告说："从蜀中传来消息，说黄权的家属全给刘备杀了。"魏文帝下了诏书要给黄权的家属发丧穿孝。黄权推辞，说："千万别这样。我跟刘、葛推诚相信，他们知道我的心，一定不会杀害我妻子的。"

黄权做了魏镇南将军，心里直希望魏文帝发兵去打东吴。魏文帝也正想发兵去，他先派人去告诉吴王，叫他把太子孙登送到洛阳来做人质。吴王拒绝了。魏文帝火了，就要发兵。谋士刘晔拦住他，说："他刚打了胜仗，上下齐心，再说东吴凭着长江、大湖作为防卫，不是一下子能够打得下来的。"魏文帝不听刘晔的劝告，他吩咐征东大将军曹休、前将军张辽、镇东将军臧霸率领水军从广陵（今江苏扬州）出发，这是第一路；派大将军曹仁去夺濡须，这是第二路。这两路都在东线，中间相隔不远，主要是去牵制东吴的后方。第三路可是主力，这儿有上军大将曹真、征南大将军夏侯尚、左将军张郃、右将军徐晃等，集中兵力去围南郡。南郡在东吴的西头，可是离巫峡还远得很，要是陆逊的大军追赶蜀兵到了白帝城的话，那南郡就非给魏兵打下来不可。俗语说："棋逢对手，将遇良才。"陆逊火速退兵到了荆州，立刻派左将军南郡太守诸葛瑾从公安出发，平北将军潘璋和将军扬粲从夷陵出发，分两路去救南郡，自己率领大军随后接应。同时，吴王接到了陆逊的奏章，就派建威将军吕范率领五支兵马，分水陆两路去抵抗曹休那一头，派裨将（裨将也叫副将）朱桓率领战船守住濡须，抵抗曹仁。

就因为陆逊立刻退兵回来，作了准备，才没让魏兵占着便宜。从九月到十月，双方对峙着，各不相让。可是吴王因为扬越（也写作扬粤，五岭以南到海边都是扬粤，就是现在广东地区）的几个部族大多还没平下来，为了对付这些地区的叛变，他只好向魏文帝上书，话说得非常谦卑，央告魏文帝给他一个改过自新的机会，还替他的儿子孙登求婚，表示一心归顺的意思。

魏文帝回答得很干脆，他说："我和你名分早已定了，谁还高兴老远地派军队到江、汉去？你只要叫你的儿子到朝廷里来，他早晨到，我晚上就撤回军队。"吴王不愿意把太子孙登送去做人质，就决计坚守阵地抵抗下去，自立年号，改元为黄武元年。

魏文帝曹丕一见吴王孙权抗拒命令，亲自从许昌到了宛城，催动各路兵马加紧攻打东吴。

昭烈帝镇守白帝城，整顿兵马，准备找机会再跟陆逊干一场，一听到曹丕大规模地发兵进攻东吴，就写了一封信给陆逊。信里说："现在曹贼的大军已经到了江、汉，我又要到东边来了，将军看我能不能啊？"吴王和陆逊就因为昭烈帝镇守白帝城，随时可以向东过来，一直担着一份心。这会儿陆逊看了来信，仔细琢磨着每一个字的滋味。他认为："刘备真要是到东边来，他绝不会先来通知我，叫我早作准备。可见那只是一种恐吓。我们在这个时候能够跟他讲和倒是好的，可是要讲和也绝不能被吓倒了之后再去请求。"他就写了一封回信，里面说："你们的军队刚打了败仗，创伤还没恢复过来，若能互相通使交好，自己还可以弥补损失，哪儿还能用兵呢？如果不仔细合计合计，一定要把留下的这些残兵老远地送到东边来，请原谅我说句不恭敬的话，恐怕他们一个也回去不了。"

陆逊真有两下子，他一方面不怕昭烈帝的威胁，另一方面为了全力对付魏兵，请吴王去向昭烈帝求和。吴王就派太中大夫郑泉到白帝城去聘问，送上礼物，向昭烈帝赔不是。昭烈帝正像陆逊所说的那样，先要弥补损失，恢复元气，就派太中大夫宗玮到武昌去回拜。这么着，猇亭之败以后半年，就是到了十二月，又跟东吴有使者来往了。

## 读有所思

1. 刘备大败，惊慌失措之时遇到了谁？
2. 曹丕同意从东吴退兵的前提是什么？
3. 孙权大败刘备，为什么后来又有了使者往来？

## 知识拓展

　　刘晔在人才济济的谋士群中也称得上是一位出类拔萃的人物，足智多谋，算无遗策。不过，刘晔也有个致命的弱点，阿谀奉承，欺上瞒下。有大臣非常讨厌刘晔，于是对魏明帝曹叡表示："刘晔这个人对陛下并不忠心，他仅仅是善于揣摩陛下的心思而故意提出与陛下想法一致的建议。陛下可以试着与刘晔交谈，故意反着来问他，如果刘晔的意见与陛下的说法相反，就证明刘晔的真实想法与陛下一致。如果他的回答与陛下的说法完全一样，足以证明刘晔是在附和陛下。"于是，魏明帝曹叡便按照此人的说法进行验证，果然发现刘晔事事都在附和自己，从此疏远了他。刘晔因此精神失常，忧郁而死。这就是人们常说的"巧诈不如拙诚"。

# 托孤

过了年，就是公元 223 年（魏黄初四年，蜀章武三年，吴黄武二年），曹休、曹仁两路兵马碰到了吕范和朱桓的军队，起初还占了上风，后来死伤了不少人马，连将军也有好几个阵亡的。这两路魏兵碰了壁，吃了亏，不必说了。围攻南郡的曹真、夏侯尚、张郃、徐晃那一路，眼看着快要把诸葛瑾打败了，突然朱然的大军赶到，大战一场，吴兵十分勇敢，没让魏兵得到便宜。魏文帝这才听了刘晔的劝告，传令退兵，自己也回到洛阳。吴王还得防备着白帝城那一头，不敢追击魏兵。他把俘虏都送去，还向魏文帝赔了不是。魏文帝落得表示宽大，不作计较。

吴王打退了魏兵，反倒很小心地向魏文帝赔了不是。他始终害怕蜀汉那边再来报仇。昭烈帝真把白帝城作为再一次东征的大本营，改名永安。赵云劝他回到成都去，自己留在这儿镇守，昭烈帝不依。昭烈帝把自己住的地方修理了一下，称为永安宫，永安就这样成为蜀汉的陪都了。

昭烈帝还想请诸葛亮也到永安来，可又放心不下成都那一头。正在这时候，有人向昭烈帝报告两件大事，一件是洛阳来的，一件是江东来的。

从洛阳来的消息说，魏文帝拜黄权为将军，还封了侯，听说还要叫他带道来打巴蜀。大伙儿很生气，要求昭烈帝把黄权的家小拿来办罪。昭烈帝说："是我对不起黄权，不是黄权对不起我。"继续把黄权的俸禄供给他的家属。

从江东来的消息说，孙夫人听说昭烈帝在猇亭打了败仗，死在乱军之中，她更痛恨她的哥哥。孙夫人被孙权接到东吴已经十年了，一直没开过笑脸。这会儿一听到她丈夫阵亡的消息，就坐着车马到了江边，望着西岸哭祭一番，突然一跳身，投到江里自杀了。昭烈帝得到了这个信儿，不由得想起她的情义。那要比黄权投降曹丕难受得多了。后来有人替孙夫人在江边立了祠，叫蟂矶祠（xiāojīcí，又名蛟矶庙、灵泽夫人祠），直到今天祠里还有副对联：

思亲泪落吴江冷，望帝魂归蜀道难。

当时昭烈帝因为东征失败，人马死伤一大半，又悔又恨，再加上孙夫人投江自杀这一层的悲伤，就更受不了啦。他闷闷不乐，害起病来了。这才决定请诸葛亮到永安来。诸葛亮早就想赶到白帝城去。他一听到火烧连营的信儿，很痛心地叹息着说："咳！要是孝直还在，他一定能够阻止主上东征；即便东征，也必不致打了败仗。"他一直担着心，可是一来，成都离白帝城两千四五百里，实在太远了；二来，成都后方也不安宁，汉嘉太守黄元正在偷偷地招兵买马，他更走不了。这会儿他接到了昭烈帝的诏书，叫他和尚书令李严一同到永安去。诸葛亮叫益州治中从事杨洪小心辅助太子刘禅，又嘱咐他注意汉嘉那一头，加紧防御。

那年二月，诸葛亮和李严，还有两个皇子鲁王刘永和梁王刘理一同到了永安。昭烈帝见了诸葛亮，流着眼泪说："我没能听从丞相的话，后悔也来不及了。近来我老想起我们当年在隆中初次见面的情形，好像还在眼前。想不到这次遭到了挫折，又患了病，我怕寿命不长，不能再跟丞相共事了。"诸葛亮不由得掉下眼泪来，安慰他说："过去的事已经过去了，千万不要再添烦恼。请陛下好好休养，恢复健康要紧。"昭烈帝点点头，又跟李严和两个皇子说了几句话。医官怕他太累，就来伺候他，让他安静地睡一会儿。以后这几个大臣和皇子经常进去问候，昭烈帝的病没见好转，成都那边却出事了。

汉嘉太守黄元听说昭烈帝病重，诸葛亮也到东边去了，成都一定空虚，他就造起反来了，首先火烧临邛县（邛qióng，今四川邛崃），接着往东打过来。益州治中从事杨洪从心眼里服了诸葛亮。他奏明太子，派陈忽和郑绰两个将军去征讨。黄元打了败仗。杨洪料定黄元一定顺江东下去投靠东吴，吩咐陈、郑两位将军在南安峡口（今四川乐山一带）布置埋伏等着他。黄元果然走那条道，就活活地被逮住，杀了。

杀了黄元，平了汉嘉，成都又安宁了。成都令马谡（sù）这会儿也到永安向昭烈帝请安。马谡的哥哥就是侍中马良。马良奉命去抚慰五溪各部族，猇亭打了败仗，归路断绝，他也被敌人杀害了。诸葛亮很看重他的兄弟马谡，推荐他做了成都

令。这会儿马谡赶到永安，见过了昭烈帝和诸葛亮。昭烈帝听到诸葛亮称赞马谡能干，当时也没说什么。第二天，他见诸葛亮独自进来，就对他说："马谡言过其实，不可大用。丞相您要留意呀。"诸葛亮听了，点点头，可他不明白为什么昭烈帝在这个时候评论起马谡来。

到了四月里，昭烈帝病重了。他叫诸葛亮、赵云、李严等和他的两个皇子到榻前嘱咐后事。他对诸葛亮说："您的才能比曹丕高出十倍，必定能够治国成大事。要是阿斗可以辅佐，您就辅佐他，如果他不行，您就自己做头儿吧。"诸葛亮听了，心里疼得比刀子扎还难受，他哭着说："臣怎么敢不全心全意，尽忠尽节？我情愿拿死来报答陛下！"昭烈帝对着诸葛亮又是感激又是伤心。他吩咐李严代写遗诏，留给太子。接着叫刘永和刘理过来，叫他们跪在诸葛亮面前，对他们说："你们必须记住：我死之后，你们弟兄三人要像伺候父亲那样伺候丞相，不得怠慢！"他伸出手来指着赵云说："我和你一见如故，患难之中相处到了今天。没想到我今天要跟你分别了。你是太子的救命恩人，请再照顾照顾他。"赵云连忙跪下，流着眼泪说："臣做牛做马也绝不辜负陛下！"

昭烈帝还想对别的大臣嘱咐几句，可是话已经说不上来了。他闭上眼睛，静静地掉了两滴眼泪，晏驾了，享寿六十三岁。

诸葛亮依照昭烈帝的意思，请李严镇守永安，自己率领百官奉丧回到成都。太子刘禅才十七岁，举哀行礼，拜受遗诏。遗诏上主要的有下面几句话：

我起初得病，只是下痢，后来又加了别的毛病，就严重起来，怕没法治了。一个人活到五十岁，也不算短命，我已经六十多了，还有什么可恨的呢？我只是放心不下你们几个兄弟。你们必须自己勉励自己。凡是坏事，别以为小就去做；好事，别以为小就不去做！只有德行好，才能叫人心服。你父亲德行差，不足做个榜样。你跟丞相共事，要像伺候你父亲那样伺候他。你和你兄弟必须努力向上，切记切记！

　　太子刘禅拜受了遗诏，即位，就是后主。大赦天下，改年号为建兴，封丞相诸葛亮为武乡侯，领益州州牧。朝廷上的事不论大小，都取决于诸葛亮。诸葛亮开始制定官职，严格执行规章制度，有功必赏，有过必罚，有赏有罚，纪律分明。大伙儿正盼着上下一心，克勤克俭，能过着安宁的日子，哪儿知道益州郡（就是建宁郡，今云南晋宁一带）有个大头目，造起反来了。东吴和曹魏也都想趁着机会向蜀汉进攻。国内刚遭了大丧，后主又这么年轻，叫诸葛亮怎么对付得了？

## 读有所思

1. 黄权投靠了曹丕，刘备为什么还要善待他的家人？
2. 刘备得病的根源是什么？
3. 刘备在临终前都托付给了诸葛亮什么事情？

# 蜀吴联合

　　益州郡有个大族的土霸叫雍闿（kǎi），听说汉主死在永安，就杀了益州郡的太守，结交了东吴南方的太守士燮，通过他，投靠了东吴。孙权让雍闿做了永昌太守。士燮做了东吴的大官，拉拢南中（南方地区笼统地称为南中）酋长孟获，叫他去联络西南各部族起来反抗蜀汉。牂牁（zāng kē，今贵州遵义一带）太守朱褒（bāo）、越嶲（xī）部族的首领高定，都响应了雍闿，同时反对蜀汉。诸葛亮因为刚遭了大丧，不便用兵，而且他决定要联吴抗魏，不愿意跟东吴作对，就好言好语地安抚各部族，把他们反抗的事暂时搁在一边。

　　当时就有人反对诸葛亮，说他胆小，不敢出兵。有的人说："益州、永昌、牂牁、越嶲四个郡同时叛变，这情况多么严重，应当严肃处理，怎么可以马虎呢？"诸葛亮向这些人耐心地解说。他说："正因为对边疆上部族的反抗必须严肃处理，我们绝不能在这个时候出兵。"他仅仅封锁了越嶲的灵关，不让敌人打进来就是了。他一心一意地发展农业，多种粮食，不兴土木，不派官差，让老百姓有个休养的时期。他首先要把老百姓安抚一下，让他们有足够的粮食，然后才能用兵。

诸葛亮正在十分困难的日子里，魏文帝那边的几个大臣，也算是当时的名士，像司徒华歆、司空王朗、尚书令陈群、太史令许芝、谒者仆射诸葛璋等，一个又一个地给诸葛亮写信，说了一些顺从天命、适应人事的话，劝他顾全大局，让魏文帝把益州当作藩属收下来。诸葛亮不回复他们，可是写了一篇论文给蜀国大臣们看，鼓励他们抵抗曹魏。那篇论文的大意是这样的：

　　从前项羽不重德行，虽然占据中原，掌了大权，做了霸王，可是最终身败名裂，给后世做了警诫。现在的魏还不如当年的楚。自身没遭到祸害，已经够造化了，子孙可就免不了。如今有几个人年龄都不小了，居然奉承伪朝廷，称颂曹魏，这跟陈崇、张竦（sǒng）称颂王莽的功德，拉拢别人上书，帮着王莽篡位，有什么两样呢？世祖（汉光武帝刘秀）最初只带领几千个装备不全的士兵，奋发起来，在昆阳郊外消灭了王莽四十多万强大的军队。要知道拿正理去征讨强暴，不在人数多少。孟德凭着他专使诡诈的本领，率领着几十万兵马，到阳平来救张郃，被打得一败涂地，自己跑得快，才保了一条命。他丢了汉中，逃回邺城，他倒深深地知道篡夺君位不行，没多久，就闷闷不乐地死去了。儿子曹子桓（就是曹丕）接着篡了位，可是他也长不了。他们这几个人哪，即使像苏秦、张仪那样能说会道，也是枉费心机。有见识的正人君子是不愿意这么干的。

　　大臣们听到了这些议论，都钦佩诸葛亮说得这么透彻，对敌人的诱惑又拒绝得那么坚决，大伙儿增加了抵抗曹魏的决心。
　　广汉太守邓芝做

了尚书，他认为抗魏必须联吴，就向诸葛亮献计，说："主上刚即位，年纪又轻，国内还没平静。我们是不是应该派个大使去跟东吴重新和好？光是回聘一次恐怕是不够的。"诸葛亮说："我早就想派人去，可就是找不到合适的人，今天才找到了。"邓芝急切地说："那太好了，谁呀？"诸葛亮说："就是您哪。您明白联吴的道理，一定能够完成这个使命。"

十月里，邓芝到了东吴。吴王孙权已经向魏文帝赔了不是，表示愿意和好，这会儿又来了蜀汉的使者，他怕得罪洛阳，不知道该怎么办好。邓芝等了两天，吴王还不肯接见他。邓芝上书，说："我这次来，不单是为了蜀汉，也是为了东吴。"吴王只好跟他相见，对他说："我不是不愿意跟蜀联合，就怕蜀主幼弱，国家小，现在又有困难，没有势力，一旦被魏攻打，就保不住了。"

邓芝马上把他的话驳回，说："话可不能这么说。大王，您想想，东吴、蜀汉两个国家，占领了四个州的土地（指荆州、扬州、梁州、益州），大王是当世英雄，诸葛亮也是当世俊杰。蜀汉有高山和险要的关口作为巩固的屏障，东吴有大江、大河作为阻挡敌人的城池，两个国家联合起来，唇齿相依，进可以兼并四海，退可以三分天下，这是一定的道理。如果大王甘心做魏的臣下，那么，魏必然首先要求大王入朝，其次要求太子去做内侍。要是大王不服从命令，他就可以拿征伐叛逆的名义打过来，到那时候，蜀汉也可以趁着机会顺流而下。这么一来，江南地方可就不再是大王的了。"

吴王闭着嘴不作声，过了好一会儿，他才说："先生的话对。我应当跟蜀联合。请先生先回去，随后我就派使者去订盟约。"邓芝辞别吴王回去。吴王可并没派人去。过了半年多，在公元224年夏天，才派中郎将张温作为使者到成都去回聘。蜀后主亲自接见，诸葛亮更把他当作贵宾招待。张温自以为是大国的使者，谈话之中显出高傲的神气。过了两天，就急着要回东吴去。诸葛亮留不住他，率领百官送行。为了表示对东吴的好意，还在城外摆上酒席。诸葛亮因为还有一个人没到，连连派人去催。等了好久，还是没来。张温好像有些不耐烦，就问："还要等哪一位？"诸葛亮说："益州学士秦宓。"

秦宓为了劝阻昭烈帝东征，曾经下过监狱，诸葛亮推荐他为益州别驾（官衔，州刺史的助理）。这会儿大家等着他。张温听诸葛亮称他为益州学士，嘴里不说，心里想："益州能出什么学士！"等秦宓一到，张温很没有礼貌地问他："你也学习吗？"秦宓生了气，很严肃地回答说："蜀中五尺儿童都学习，何况像我这样的人？"张温接着说："哦，你既然有学问，必然知道天文。可知道天有头吗？"秦宓马上回答说："有！""在哪儿？""在西方。《诗经》里有'乃眷西顾'，可见头在西方（蜀在西，吴在东，头在西方暗示君王在蜀汉）。"张温又问："天有姓吗？""有！""姓什么？""姓刘！""你怎么知道？"秦宓说："天子姓刘（天子，双关，是皇帝的意思，也可说是天的儿子），从这一点推论出来。"

张温有心要说东方的重要，就故意问："太阳不是从东方出来的吗？"秦宓说："是啊，它到了西方就下去了。"说得张温不敢再问。他只好说："益州学士，真有口才，佩服，佩服！"诸葛亮怕他下不了台阶，就把话岔开去，说："今天喝酒，说说笑笑，很有趣味。来，大伙儿再敬中郎将一杯！"张温也回敬一杯，就这么告别了。诸葛亮再派邓芝到东吴去回拜，也算是送张温回去。

两个人到了武昌，张温先去向吴王孙权报告，接着孙权接见邓芝，还摆上酒席招待他。喝酒的时候也有说有笑地随便聊着。孙权一时高兴，捋着胡子，笑呵呵地说："我们两国通好，同心同意，要是能够把曹魏灭了，到那时候，天下太平，两个国君分别统治天下，不是很快乐的事吗？"

邓芝回答说："天上没有两个太阳，一个国家也不能有两个君王。灭了曹魏之后，还不知道天命归谁。做君王的发挥美德，做臣下的各尽其忠，那时候，战争还刚开始呢。必须统一之后，国家才能够太平。大王您看是不是？"孙权不由得哈哈大笑，说："你说得对！你真是个君子，实话实说到了这步田地呀！"孙权很尊敬地请邓芝带回些礼物送给后主。自从吕蒙袭击关羽（公元219年）以来，四年了，到了今天（公元223年），才真正恢复了以前诸葛亮和鲁肃所主张的孙刘联盟的局面，两国经常有使者来往。蜀吴两国重新联合，可又恼了魏文帝曹丕。

魏文帝曹丕召集大臣们，对他们说："蜀、吴联合，必然要来侵犯中原，还不如我先去征伐。"那时候太尉贾诩已经死了，廷尉锺繇做了太尉，还有司徒华歆、司空王朗，他们都老了，好像懒得动脑筋，都不说话。另外一个老大臣侍中辛毗，起来反对，说："目前天下刚安定一些，土地多，人民少，在这个时候动刀兵，我看没有好处。以前先帝（指曹操）屡次三番地发动精锐军队去征伐东吴，每次到了江边，只好回来。现在的军队并没比过去强，现在的东吴也没比过去弱，要是再像过去那样出兵，恐怕未必能够成功。照今天的情形看来，还不如养民屯田，好好准备，十年之后，兵多粮足，然后出兵，一定能够马到成功，统一天下。"

魏文帝曹丕正雄心勃勃，十个月都等不及，哪儿能再等十年？他皱了皱眉头，说："照你这么慢吞吞地去做，难道还要把这些叛乱的人留给子孙后代吗？"辛毗马上回答，说："那怕什么？从前周文王把纣王留给武王，他就是能知道时间。时间没到，是勉强不了的。"

魏文帝觉得辛毗究竟年老了，说出话来，未免有些迂腐。他当时就决定进攻东吴。

尚书仆射司马懿献个计策，说："东吴仗着长江作为防御，只要我们有了足够的战船，长江也就可以为我们所用了。"

魏文帝完全同意司马懿的话，造了不少大小战船。他要亲自出征，就特地造了一只龙船，又高又大，简直像一座水上的皇宫。公元 224 年（魏黄初五年，蜀建兴二年，吴黄武三年）八月，他亲自带领曹真、曹休、张辽、张郃、文聘、徐晃、许褚、吕虔（qián）等得力的将军，水陆并进，浩浩荡荡地向东吴进军。魏文帝这么御驾亲征，家里怎么办呢？要是内部发生叛变，不是全完了吗？用不着担心，他信任一个人，就是尚书仆射司马懿，把他留在许昌，镇守后方。镇守后方多么重要！魏文帝有这么多的兄弟和子侄，为什么他不依靠自己人而去依靠一个司马懿呢？当然，司马懿有本领，能够镇守许昌，可是主要的理由恐怕还不在这儿。

## 读有所思

1. 诸葛亮为什么要派邓芝出使东吴？

2. 孙权同意联蜀抗魏吗？

3. 魏文帝曹丕率军征伐东吴，留下谁镇守许昌？

## 知识拓展

　　唇亡齿寒出自《左传·僖公五年》。春秋时期，晋献公攻打虢（guó）国，要从虞国借道。虞公贪图晋献公送的美玉和宝马，答应了借道的事情。虞国大夫宫之奇听说后，急忙劝阻说："大王万万不可答应，虞国和虢国是唇齿相依的关系。我们两个小国相互依存，是要彼此帮助的。万一虢国被晋国所灭，我们虞国也将自身难保了。俗语说：'唇亡齿寒。'没有了嘴唇，牙齿也是保不住的。所以，大王千万不要答应晋国借道的请求啊。"但是虞公不听劝谏。最后，晋国借道灭掉虢国后，反过来又灭掉了虞国。

# 骨肉猜忌

　　魏文帝的兄弟很多。大哥曹昂早已在宛城阵亡了。曹操在世的时候，并不是很痛快地就立曹丕为太子。他最喜爱的是环夫人生的那个天才儿童曹冲，字仓舒，其次是曹丕的一奶同胞陈留王曹植，字子建。魏文帝不止一次说过："家兄孝廉（指曹昂）应当立为后嗣，这是分内之事，谁也没有话说。要是仓舒（就是曹冲）还在，我也没有天下了。"

　　曹冲特别聪明，五六岁的时候，他的智慧就超过一般的成人。公元200年（建安五年），曹操表孙权为讨虏将军、领会稽太守。大概在第二年，孙权送给曹操一只大象。北方人从没见过这么大的牲畜，都看得愣了。有的说总有好几千斤重吧。曹操也想知道这只大象到底有多重，就叫大臣们想法把它称一称。大伙儿喊喊喳喳地商量了半天，都说："这玩意儿没法称。一来哪儿有这么大的秤呢？二来抬也没法抬。"曹冲瞧了瞧一只运粮的大船，又瞧了瞧大象，就对他父亲说："把大象牵到一只空船上，船就往下沉，看船两边水的印子到什么地方，就刻个记号。然后再把大象牵上来，拿别的东西，粮食、石头都行，装在船上，装到刻着记号的地方，再把这些东西一批一批地称。称完了，算算这些东西有多重，大象就有多重。"

曹操听了，高兴得把眼睛眯成一条缝。马上照曹冲的办法去做，就知道了大象的重量。大臣们都夸奖曹冲，说他是个天才儿童。

曹冲不但天资聪明，而且心眼还好，乐意帮助别人。那时候各地都动刀兵，曹操特别注重法令，刑法很严，动不动就把人处死。他有一副马鞍子搁在仓库里，没想到被耗子咬坏了。管仓库的两个人见了，吓得直打哆嗦。他们知道这下命就保不住了。他俩商量着叫人把自己绑上去认罪，可是他们又害怕即使这样也难免一死。曹冲知道了这件事，对那两个管仓库的人说："且等三天，让我想想办法。"

第二天曹冲拿小刀把自己的衣服割了个窟窿，割得好像是耗子咬破似的。他愁眉苦脸地站在曹操跟前，却不说话。曹操问他："你怎么啦？好像有心事，是不是？"他说："爹爹您看，我的衣服被耗子咬了。听说谁的衣服被耗子咬了，谁就不吉利。我怎么能不担心呢？"曹操安慰他，说："这是人家胡说，你别信。耗子懂得什么呢？"

过了一会儿，两个管仓库的人反绑着俩手，跪在曹操跟前，报告说："主公的马鞍子被耗子咬了，请主公办罪。"曹操笑着说："我家里孩子的衣服还被耗子咬坏了，何况搁在仓库里的马鞍子呢？"他叫左右给他们松绑，一句责备的话都没说。

像这一类帮助底下人免罪或者减轻刑罚的事，前前后后

有几十起。曹操好几次对自己的臣下说，他要立曹冲为后嗣。没想到这么一个好心眼的孩子，才十三岁就死了。曹操哭得非常伤心。曹丕劝他父亲别太伤心了。曹操连想都没想地对他说："这是我的不幸，倒是你的造化！"说着直流眼泪。曹丕就知道他父亲是不愿意立他为嗣子的。后来曹操又打算立曹植为太子。为此，曹丕把他的三弟看成眼中钉。

据说，曹植跟他的嫂子甄夫人同病相怜，彼此挺要好。魏文帝曹丕除了甄夫人和汉献帝的两个女儿以外，还爱上了郭氏、李氏、阴氏三个贵人，其中最得宠的是郭贵人。魏文帝住在洛阳宫里，他把年纪比他大得多的甄夫人撇在邺中，连面都不见。公元221年，魏文帝说甄夫人口出怨言，借个罪名，逼她自杀。第二年，他立郭贵人为皇后，可是郭夫人没有儿子。甄夫人有个儿子叫曹叡（ruì），魏文帝很喜爱，就把他交给郭皇后抚养。

魏文帝杀了甄夫人，还不肯放过曹植。卞太后就因为亲生的四个儿子（丕、彰、植、熊）到这时候（黄初五年，公元224年）只剩下这两个弟兄了，她豁出命去也不准魏文帝杀害曹植。魏文帝像防备敌人一样地防备着他。骨肉之间的猜忌就不用再提了。

魏文帝另外有个异母兄弟为北海王曹衮（gǔn）。他除了看看书，研究研究文学以外，别的什么都不过问。曹衮为人小心谨慎，据说没有一点儿过错。他手下有几个人很感动，上了一个奏章，表扬他的美德。他听到了，吓得汗珠像黄豆似的冒出来，责备他们，说："你们成心害我怎么着？修身为善是一个人的本分，有什么可以夸奖的呢？再说我又没有什么值得一提的。你们上表，不是反倒叫我难做人吗？"

北海王曹衮这么安分守己地过日子，还怕魏文帝猜忌，那些不很注意自己言语行动的弟兄，更叫魏文帝放心不下了。为了这个缘故，他不能不防备着自己家的人。他宁可信任司马懿，把一部分兵权交给他，叫他留在后方，由他主持朝政大事，自己才能放心亲自出征。

魏文帝率领大小战船几千只，从蔡水和颖水两条河进入淮河，到了寿春。九月，大军到了广陵。

警报传到武昌，吴王孙权吓了一大跳。探子接连报告，说魏文帝拜曹真为大将，自己坐着大龙船已经到了寿春，又往东去了。吴王孙权召集大臣们商议发兵去抵抗，首先得决定谁为大将。有人建议要打败魏兵，非把陆逊调来不可。孙权当然知道陆逊的能耐，关羽、刘备都败在他手里，还怕一个曹真吗？太常顾雍说："不行，不行！陆伯言（陆逊，字伯言）镇守荆州，不可轻易调动。"孙权点点头，接着又说："你们看谁最合适？"大伙儿你瞧瞧我、我瞧瞧你，一时说不上来。安东将军徐盛说："我愿意去！"孙权很高兴地说："有你去守江南，我就不担心了。"

安东将军徐盛暗地里布置兵马，防守南岸，把战船都藏在港口里。魏文帝上了龙船上层，远远地瞭望江南，没见到一只船，也没见到一面旗子、一个人影。他不由得纳闷，说："这是怎么回事？"谋士们说："兵法虚虚实实，实实虚虚。东吴知道大军过来，绝没有不做准备的道理。我们刚到这儿，还不熟悉情况，万万不能大意。"

魏文帝知道孙权的厉害，处处小心，生怕中了敌人的埋伏，就说："是啊，且等一两天看看动静。"魏军把战船在北岸扎了水寨，准备明天派人到南岸去侦察一下。

当天晚上，江面上起了大雾，船上尽管烧着火把，点着灯烛，可是一闪一闪的火光就像萤火虫那样只照着自己的后面，前面迷迷糊糊，什么都看不见。第二天，江水高涨，还刮起风来。太阳从云端里硬钻出来，慢慢地把大雾冲散。魏文帝站在龙船上刚一抬头，一阵狂风，差点儿把他的帽子刮去。他整了整帽子，拉紧衣袍，冲着对岸望去，一愣，简直不相信自己的眼睛。对江出现了一座长城，城上旗子飘扬，士兵们拿着的刀枪在太阳光下闪闪发光。龙船上的将军和谋士见了，不由得睁大了眼睛，吐出舌头来。探子一个个连着上来报告，说："从石头（指石头城，今南京）到江乘接连几百里都有城墙，城上的旗子和士兵多得没法数。"

魏文帝叹了一口气，说："魏虽然有一千队骑兵，到这儿也都用不上。江南人物本领这么大，唉，恐怕没法把它拿下来了。"

他哪儿知道东吴的大将徐盛趁着晚上起雾，一个命令，把停在各港口的大小战船全都划出来，沿江排列着，船上搭成假的城墙和城门楼子，插满旗子。城上的士兵全用芦苇扎成，穿上军衣，拿着刀枪。接连几百里的一座假连城，就在一个晚上完成。连城外面浮在江面上的全是大战船。魏文帝亲眼看到江南这么威风，不由得泄了气，说出没法把江南拿下来这么一句话。没想到话刚说完，暴风越来越大，白花花的浪头越掀越高，太阳又躲到云端里去了。不一会儿工夫，只见对面白茫茫一片，大战船后面隐隐约约还露出城头和大旗，好像淡墨水画成似的，较远的城头淡得好像快要没了。

　　魏文帝坐的那只龙船，比一般的战船大，它不大怕浪，可是因为船面太高，一个暴风刮来，险些把龙船刮翻。大臣们慌忙扶着魏文帝下了船舱，接着又是一个大浪，泼得船舱里全是水。龙船在风浪中晃晃荡荡好像快要停下来的陀螺似的。大臣们赶快帮着魏文帝下了小船逃命。大小战船跟着都撤回去了。真所谓乘兴而来，败兴而归。东吴守住江南，没跟魏兵交锋，就把他们顶回去了。第二年，魏文帝率领水军又来了一次，到了长江，正赶上大风大浪。他只好叹息着说："唉！这是老天要把南北分隔开来呀！"他自己从陆地上逃回去，几十只战船零零落落地占了几百里水道，费了很大的劲儿才撤了回去。

---

### 读有所思

1. 曹操为什么想要立曹冲为后嗣？
2. 曹袞为什么不让手下上奏章称颂自己的功德？
3. 东吴的徐盛用什么办法吓退了魏文帝？

# 攻心为上

　　诸葛亮乘着魏文帝进攻东吴，料定他不能在这个时候来侵犯西蜀，就准备粮草，调动兵马，打算去征讨雍闿。公元223年，雍闿发动叛变，镇守永安的都护李严写信给他，说明利害，劝他回头。一连给他六封信，雍闿才回了他一封，说："我听说天上没有两个太阳，国内没有两个君王。现在天下三分，有了三个君王，我远在偏僻地区，不知道应该归向哪一个。"他就这么傲慢地回复了李严。益州、永昌、牂牁、越嶲四个郡一叛变，差不多去了蜀汉的一半土地。怎么叫诸葛亮不着急呢？可是他必须先跟东吴联合，稳住东边这一头，才能出兵南征。他沉住气，不声不响地提倡生产，训练兵马。这几年来，蜀地粮食丰收，牛马也繁殖得快。就在公元225年三月，诸葛亮拜别后主，率领大军，往南出发。

　　成都令马谡做了参军，送诸葛亮出了都城，又送了几十里地，还是依依不舍，好像有什么要紧的事要说似的。诸葛亮很诚恳地对他说："我跟你同事已经好几年了，今天更要请你多多指教。"

马谡回答说:"南中仗着地形险要,离都城又远,早就不服管了。即使发兵征讨,打个胜仗,只怕今天打下来,明天又叛变。以后丞相还得兴兵北伐,那时候南中知道我们国内虚空,叛变一定更快。如果用全力把这些部族赶尽杀绝,除了后患,一来我们绝不能这么残忍,二来也不是短时期内就能够做到的。我听说用兵的道理,攻心为上,攻城为下;心战为上,兵战为下。丞相这次出征,最好叫南人心服,才能够一劳永逸(辛苦一次,把事情办好,以后就不再费事了)。"

诸葛亮连连点头,说:"你说得对!我一定这么办。"他请马谡回去,自己赶路,追上了前面的军队。

大军向越嶲进发,节节胜利,准备直接去攻打益州郡。雍闿名义上做了东吴的永昌太守,可是他不能到那边去上任。永昌在益州郡的西边,永昌的功曹吕凯和府丞王伉(kàng)等,杀了几个响应雍闿的人,跟当地的官吏和老百姓封锁东边的关口,不让雍闿进去,雍闿只好留在益州郡。因此,南征的大军准备从越嶲去打雍闿。没想到大军还在路上,越嶲的首领高定和雍闿窝里反了,高定的部下杀了雍闿,高定继续反抗蜀汉。大军到了越嶲,又把高定杀了。三个叛乱的头子,一出兵,就去了两个。

诸葛亮一面镇压叛乱的头子,一面安抚当地的老百姓。他另外又派了两路兵马配合大军进攻益州郡。一路由建宁(今云南昆明一带)人李恢带领,从益州进去,一路由巴西人马忠带领,从牂牁进去,连自己的一路大军,三路人马约定到滇池会齐。

李恢的军队进了建宁，各县反蜀的头子联合起来，把李恢的军队围在昆明。那时候，李恢的兵马少，敌人的兵马多。他又没能够跟诸葛丞相的大军联系上，这一支兵马变成孤军了。正在万分危急的时候，李恢假意对敌人说："唉！官兵粮草也没了。我原来是本地人，离家好多年了，今天能够回到故乡，也好。反正我不能再往北去，请你们大伙儿合计合计，还是讲和吧。"那几个头子知道李恢是本地人，信了。他们撤了围，安了营，大伙儿大吃大喝，安安定定地睡觉，专等李恢来投降。李恢乘着这个机会，对士兵们说："大丈夫立功，这是时候了。"士兵们给他这么一鼓动，大伙儿精神百倍，突然打出去，大败南人。

李恢这一路打了胜仗，追赶着敌人，越追越有劲，一直追下去，南边到了槃江，东边接着牂牁，跟马忠的那一路军队联系上了。他们这才知道马忠也打了胜仗。

马忠的一路军队打进牂牁，采用除暴安良的办法，专门惩办恶霸土豪，不伤害当地的老百姓。为了这个缘故，朱褒的士兵有投奔过来的。才半个月工夫，马忠收服了牂牁，杀了朱褒。

这样，诸葛丞相南征没到两个月，首先拿下来越嶲，永昌已经由吕凯、王伉他们镇守着，益州、牂牁这会儿又被李恢和马忠的两路兵马收服了。这几个主要的头子雍闿、高定、朱褒都被杀了，四个郡全都平定，南征大功告成，不是可以撤兵回去了吗？没想到事情就出乎意料，南征大事不但不能结束，好像才开个头。南人的酋长孟获召集了雍闿他们的散兵，以抵御外族侵略、保卫自己家乡的名义，坚决地抗拒蜀兵。诸葛丞相探听下来，才知道孟获不但有万夫不当之勇，而且意志坚强，不怕任何艰苦，待人接物也很忠厚，是个出名的慷慨仗义的汉子。他在南方很得人心，连汉人也有很多服他的。因此，诸葛丞相打定主意，一定要想尽办法把孟获争取过来，作为自己的帮手。

孟获尽管力气大，手下的人尽管多，可是他一味蛮干，不会用兵。他打了一会儿，一瞧蜀兵败下去，就认为蜀兵不是他的对手，不顾前后地直追上去，闯进了埋伏，四周没处逃，就给逮住了。他被押到丞相大营，自己认为要死了，心里想着："要杀就杀，要剐（guǎ）就剐，死也得做个好汉，不能丢人现眼。"没想到诸葛丞相亲自给他松绑，好言好语地劝他归顺。孟获傲慢地说："少废话！"

诸葛丞相暗暗地嘱咐左右布置一下，接着大营外锣鼓喧天，摆下阵势。他亲自陪着孟获出去看看，在大营外走了一周，让他看个够。完了就问他："你看这阵营怎么样？"孟获看了一遍又一遍，全是些老弱残兵，就说："以前我不知道你们军队的虚实，给你赢了一阵，这会儿看了你们的阵营，如果就是这个样子，不是我说句大话，要赢你也不难。"诸葛丞相笑了笑，放他回去，让他再作交战的准备。诸葛亮早就留心孟获一再瞅着营寨左右和守卫营门口的士兵，料定他准来偷营，当时就布置了埋伏。

孟获回去，对他手下的勇士们说："我到了蜀兵的军营，仔细看了他们扎寨的情况和守卫的士兵，也不过如此，没有什么了不起的。今天晚上三更时分，咱们暗暗地过去，冷不防地冲到大营去劫寨，一定能够逮住那个摇鹰毛扇的家伙。只要把他逮住，别的人就容易对付了。"大伙儿依照孟获的话准备起来。

当天晚上，孟获带领五百名刀斧手，乘着黑夜，偷偷地摸到蜀兵的大营，突然放火为号，点起火把，一声呼哨，哗啦啦杀了进去。他们进了营门，什么阻拦都没有，一直跑到中军，却连一个人的影子都没碰到，原来是一座空寨。孟获知道中了计，叫了一声"哎呀"，回头就走。五百名刀斧手正想退出来，才一眨巴眼工夫，四外全是火光，不知道有几千几万的蜀兵，好像打鱼的大网似的围上来，网口越收越小，五百名刀斧手死的死，投降的投降。孟获又给逮住了。

没多大工夫，天亮了。将士们把孟获和他的一部分手下人押到另一个大寨里来。诸葛亮早就杀牛宰马、准备了酒食，招待他们。他问孟获："这次你又被我逮住，心里可服了吗？"孟获说："是我上了你的当，又不是我打了败仗，怎么能叫我服呢？"诸葛亮笑了笑，说："你还不服吗？我再放你回去，怎么样？"孟获拱了拱手，说："如果你再放我回去，让我好好地准备一下，我一定再跟你比个上下高低。要是再给你逮住，我才服你。"诸葛亮又把孟获他们放了。这还不算，连他们的斧子都还给他们。

孟获吃了两次亏，长了见识，再也不敢鲁莽了。他带领着所有的人马退到泸水（金沙江）南岸，守在那儿。他又重新整顿队伍，约会了各部族的首领，叫他们供应粮草，补充人马。各部族的首领一向佩服孟获，供应粮草，补充人马，都可以办到，可是他们很担心，诸葛亮大军一到，怎么办呢？孟获对他们说："我已经知道怎么对付诸葛亮了。咱们不能跟他硬拼，不能跟他交战。硬拼一定吃亏，交战一定中他的诡计。他们老远地跑到这儿，不说天气又热，水土不服，就是运送粮草也有困

难。我说他们怎么也待不长。我们这儿哪，有这条泸水可以防守，再在这边造个土城或者一些土垒。我们只守不战，看诸葛亮能把我们怎么样！"大伙儿都说这个办法好，就在泸水渡口筑了土城，还多多准备了弓箭、石头、木棍什么的。孟获有了这个对付诸葛亮的办法，才觉得松了一口气，不再烦心了。

孟获的计策还真顶事，蜀兵到了泸水，不能过去。再说这儿的夏天好像比哪儿都热，五月天的太阳，毒花花地晒得人透不过气来。动不动就是一身汗，穿上铠甲，简直受不了。泸水两岸尽是高山，水又急，又没有船，大军怎么能过去呢？有人害怕了，希望早点儿回去。诸葛亮对将士们说："要是我们现在回去，不但前功尽弃（以前的成绩全部废弃，指以前的努力完全白费），而且我们回去以后，孟获他们必然过来。我们一来，他们走了；我们一走，他们就来。这么来来去去，哪儿能有安定的日子？要想一劳永逸，只有渡过河去。但愿诸君以国家为重，再接再厉，必能立功。报效朝廷，在此一举。你们看怎么样？"将士们一个劲儿地说："丞相放心，我们听您的！"

## 读有所思

1. 诸葛亮去平叛，临行前马谡对他说了什么话？
2. 诸葛亮已经抓住了孟获，为什么又要放了他？
3. 孟获是一个什么样的人？

# 五月渡泸

　　诸葛亮叫将士们分头扎营，多搭凉棚。为了防备万一，营寨化整为零，各不相连，即使失火，也容易扑灭。他一面叫士兵们赶快造木筏子和竹筏子，一面派人到泸水的上游和下游去探测地形，做渡河的准备。泸水渡口的蜀兵故意大喊大叫，天天用几十只木筏子假装渡河的样子，到了河中心，一碰到对岸射过来的箭，就立刻逃回来。逃回来以后再去，去了再逃回来，在这儿来来去去假装渡河的才三五千名士兵，其余的大军分成两路，趁着黑夜，暗暗从上游和下游的狭窄地段，纷纷渡过了泸水。这两路兵马绕远从后面像钳子一样把孟获守着的土城掐住了。土城、土垒的防御工程都是对着渡口，背后什么遮盖都没有，怎么抵挡得了？没说的，孟获第三次又被带到诸葛亮面前。这会儿他可服了吧！他还能说什么呢？

　　孟获可还有他不能心服的理由。他说："你们这些人诡计多端，天天打渡口，可又不过来。我怎么知道你们不走近路绕远道。是我一时大意，没防备着后路，这可不是你们的本领大。要是你们能够让我退到后边去，只要你们也敢进去，就算我输了。"诸葛亮又一次拿酒食招待孟获他们，劝他们顾全大局，让各族的老百姓能够过安定的日子，别为了背叛朝廷，逼着老百姓不断地出壮丁、交牲口、交粮食。他们大吃一顿，临走都向诸葛亮打个招呼，表示感谢。

将士当中有人说："丞相的好心眼感化了没教化的人。"有人说："宰了他不就结了吗？干吗捉迷藏似的跟他没完没了地玩着呢？"诸葛亮告诉他们说："要平定南方，必须重用孟获这样的人。他在各部族的老百姓眼里是个好汉，气魄大，威望高。要是他能够心悦诚服地联络南人报效朝廷，就抵得上十万大军。幼常（马谡，字幼常）说的话一点儿不假：用兵的道理，攻心为上，攻城为下；心战为上，兵战为下。你们都辛苦了，可是不把他收下来，你们以后还得到这儿来。现在再辛苦点儿，以后就不必再到这儿来打仗了。"大伙儿都说："丞相说得对！上刀山、下火海，我们也绝不回头！"

诸葛亮处处小心谨慎，行军绝不莽撞。他总是先探听孟获他们到了什么地方，那边的情况怎么样，还得准备足够的军粮、马料、医药用品，还有在作战中消耗最多的箭。好在吕凯、王伉、李恢、马忠他们早已平定了永昌、越嶲、益州、牂牁，他们就从这些地区不断地运送粮草和药物，供应前方。还有将军郭达带领一支人马留在泸水西边，起造大炉，专门打箭。据说那个地方后来就叫"打箭炉"。

这一次孟获可机灵了，他带着人马远远地离开泸水，故意要把蜀兵引到不长树木、不种庄稼的山沟子里去，别说打仗，就在这"不毛之地"，大伏天中了暑，没法治；被毒蛇咬

一口，没法治；一到傍晚，瘴气起来，有毒的蚊子成群出来，声音好像动雷似的，蚊子多得没法说，白茫茫一片，好像起了烟雾。瘴气和蚊子合在一起，真叫厉害，人碰到它准害病，病了还没法治。这些情况，诸葛亮都知道了。他早就吩咐医官配制一种药面，拿很小的瓶子盛着，行军的时候每人带上一瓶。碰到中暑，就把药面吹到鼻子里，打几个喷嚏，病就能好。据说，今天我们还在服用的"诸葛行军散"就是那时候传下来的方子。另外还有一些药品，大多是解毒避疫用的。蜀兵有了这些灵丹妙药，沿路不怕中暑，就在白天行军，深深地进入了不毛之地，终于找到了孟获的老窝，在滇池附近的山沟子里。

离孟获占领的山沟子还有二十多里地，大军就驻扎下来。诸葛亮采用当地人民打窑洞的办法，在山岸上凿了不少窑洞，使将士们可以在里面避避热气。有了医药，有了可以避热气的营寨，他们要驻扎多久就驻扎多久。就在不毛之地，也一直保护着运粮的道儿。这时候，诸葛亮已经上了奏章，报告吕凯、王伉他们的功劳，任命吕凯为云南太守，王伉为永昌太守，马忠为牂牁太守，马忠的部将巴郡人张嶷（yí）为越嶲太守。其中功劳最大的是建宁人李恢，他拜为安汉将军，兼任建宁太守。

为了加强兵力，便于收服孟获，诸葛亮把李恢和张嶷调到大营里做他的帮手，他们两个人都比诸葛亮更了解各部族的情况和南方的地形。李恢献了计，在临近孟获大营的一条山路上，挖了几个陷坑，上面铺着浮土，做上记号，然后由一个小兵扮作诸葛丞相，坐着一辆小车，带着几十个骑兵，大模大样地出来侦察。孟获手下的将士见了，气得瞪眼睛、鼓腮帮，硬要孟获去看个明白。他们说："他这么大胆，太瞧不起咱们了！"孟获仔细望了望，后面没有兵马。就凭这几十个人光天化日地敢来探营，那不是故意拿草棍来戳老虎的鼻子眼吗？再怎么有耐性的老虎也得打个喷嚏，他马上带着几百个壮士，亲自带头，跑了过去。那几十个人不是孟获的对手，保护着小车，回头就逃。孟获怕中计，停住了，再瞧个仔细。不料前面那个推车的慌慌张张地绊了一跤，栽个跟头，小车翻了。孟获眼瞧着那个摇鹰毛扇的摔了一丈来远，正在路旁爬着。这一下，他可逃不了啦。

孟获带着三五个随从壮士领头直奔过去。仅仅跑了一段路，就踩上陷阱，"啪嗒"一声，栽个跟头，掉在坑里。紧跟着他的三个壮士，刹不住腿，一拐弯，都掉在旁边的坑里。后面的人一见不对头，慌忙回头，不敢再往前跑，可也不愿意往后退，就这么呆呆地愣了一会儿。忽然，一阵鼓声，山腰里涌出无数的蜀兵，好像都是从地洞里钻出来似的，七手八脚地用绳索和长钩把陷坑里的人一个个拖了出来，捆上，推上了车，先走了。那些站着发愣的本地士兵怕中了圈套，再说蜀兵又这么多，没法对敌，只好跑回去了。蜀兵也不去追赶，欢蹦乱跳地回到大营。

孟获和他手下的三个首领都没放回去。那边营里议论纷纷，有的人认为这一次凶多吉少，恐怕不能再活着回来了。大伙儿都显露出没着没落的神情。其中也有一些人曾经到过蜀营，受了优待放回来的，心里都有点儿怪孟获不该那么不讲人情。说他脾气不坏，就是太倔了一点儿。那些从别的部族征调来的人，更不愿意老跟着别人的屁股跑。可是尽管有人三三两

两地说些抱怨的话，究竟因为没有领头的人，谁也不敢提出什么主张来。

到了第三天，有人主张必须把孟获救回来，或者去跟诸葛亮讲和。大伙儿正商量着派谁去的时候，孟获和他手下的三个首领都回来了。死沉沉的场面一下子又活跃起来，大伙儿问长问短。他们瞧见回来的四个头儿，胳膊上或者脚上裹着布，就知道他们受了委屈，气得瞪眼睛、拧眉毛、扇鼻孔、鼓腮帮。倒是孟获很直率地说："我们掉在坑里，都受了些伤。他们非要把我们这一点儿擦破的皮肉医治好不可，就那么待了三天。"

当时有一个首领乘着孟获说话并没露出不乐意的味儿，就请这几个主要人物进了内帐，劝告孟获，说："诸葛丞相屡次三番地饶了我们的性命，我们也不能太不讲情义。"另一位首领接着说："中原最厉害的两个人要数曹操和孙权了。他们都不是诸葛丞相的对手，咱们怎么能跟他比呢？请大王想个主意吧。"

孟获问他们："你们想去投降，是不是？"他们说："我们？我们同生同死，大王怎么着，我们怎么着。"孟获挺正经地对这三个首领说："你们要去投降，好，我就派你们带领一支人马去假投降。诸葛亮为人忠厚，一定会信。你们进了蜀营，瞅个机会，放火为号，里应外合，两面夹攻，准能打败蜀兵，逮住诸葛亮或者逮住一员大将，也可以洗刷去我们的耻辱。"

三个首领带领一支人马，大模大样地前去投降。这几个直肠子要想作假也作不像，假投降的把戏怎么也瞒不过明眼人。李恢和张嶷早就看出来了，他们对诸葛亮说："他们明目张胆地离开自己的大营，哪儿有这么投降的？"诸葛亮说：

"将计就计，你们去对付吧。"

李恢和张嶷殷勤地招待着这三个人，称他们为"三雄"，接连三天，大摆酒席，亲亲热热地跟他们聊天，很对劲。大伙儿只恨没早点认识，还真交上了朋友。"三雄"见李恢和张嶷这么实心实意地对待他们，真够朋友，他们没法把心里的话搁在肚子里，不知不觉地把他们的计划一点一滴地露了馅，连孟获想抓一个大将、洗刷耻辱的话都从包袱底里抖搂出来了。张嶷嘴里不说，心里可决定自己让他们逮去，也许能够叫孟获早点儿归向朝廷。事情已经明摆着了：这方面是知己知彼，百战百胜，那方面自己还在闷葫芦罐里闷着，那还不让蜀兵马到成功，手到擒来？

到了约定的日子，约定的时辰，李恢放火为号，引孟获他们进来，张嶷跟着"三雄"杀了出去。引进来的中了埋伏，又送到丞相那边去了，杀出去的没碰到蜀兵，张嶷故意跺着脚，埋怨"三雄"冤了他，打算逃跑。"三雄"只好带着张嶷，跟着自己的残兵败将回到了南营。营里的士兵听说三位头领把诸葛亮手下的大将逮来了，好像天上掉下了馅儿饼似的一窝蜂地拥上来，一看，还没绑上，他们怕他逃了，七手八脚地把张嶷捆成个大粽子。张嶷咬着牙、皱着眉头，心里想："要是被他们杀了，那该多冤哪！"当时他听到有人说："推出去砍了，也算是给咱们的大王报仇！"那三个首领拦住，说："慢来！先把他下了监狱，让大王发落。要是大王有个三长两短，再杀他也不晚。"

## 读有所思

1. 蜀军是怎样渡过泸水杀到孟获后方的？

2. 孟获再次被放，他把蜀军引到了什么地方？

3. 故事中，孟获被抓了几次？诸葛亮是如何做到的？

## 高频考点

（上海浦东月考）阅读下文，完成下列小题。

建兴三年，诸葛亮率军至南中，所在战捷。闻孟获者，为夷汉所服，于是令生致之。既得，亮使观于营阵，曰："此军何如？"获对曰："向不知虚实，故败。今蒙赐观看营阵，若止如此，定能胜！"亮笑，心知获尚不服，纵之使更战。七纵七擒，而亮犹欲释获。获曰"公天威也，南人不复反矣。"于是亮进军，南中平。

（1）解释下列句子中画线的词。

①亮<u>使</u>观于营阵_____　②<u>向</u>不知虚实_____

（2）用现代汉语翻译下列句子。

于是令生致之。

（3）首擒孟获后，为了让孟获降服，诸葛亮所做的努力是_____、_____。

（4）下列对"南中平"原因分析最正确的一项是（　）

A. 诸葛亮率军在南中"所战皆捷"，战无不胜。

B. 诸葛亮擒获了孟获，让南中人失去了主心骨。

C. 诸葛亮运用了攻心策略让孟获和南人主动归顺。

D. 诸葛亮代表着天威，南中人根本不敢去反抗。

# 平定南中

　　没想到他们的大王第五次又被放回来了。原来李恢一知道"三雄"把张嶷带走，急得直打自己的后脑勺儿。他怕张嶷遭了毒手，慌忙来见诸葛亮，请他想个办法去救。诸葛亮说："你放心，他们不会害他的。可是为了防备万一，你赶快让孟获回去，托他好好地照顾伯岐（张嶷，字伯岐）。别领他来见我，耽搁工夫。"

　　李恢见了孟获，把这些话全跟他说了。孟获受了诸葛亮和李恢的委托，心头甜丝丝地乐了乐，拍拍胸脯，请他放心。

　　孟获回到南营，一瞧见张嶷绑得像个大粽子，气儿可就大了。他一面亲手给张嶷松绑，一面骂他手下的人，说："你们成心给我丢人是怎么着？怎么这么得罪丞相的大将！真是！"他也学诸葛亮的样，大摆酒席，给他压惊。张嶷看风驶船，劝孟获顾全大局，归向朝廷。孟获把头慢慢地点了点，又慢慢地摇了摇，他可不说话，好像他也愿意，可是又好像还有什么疙瘩没解开似的。他们就不再谈下去了。

孟获吩咐"三雄"带领一支人马护送张嶷回去。张嶷摇晃着脑袋，说："请大王让我留在这儿吧！您不回头，我就没脸回去。如果您讲情义的话，请派人去告诉丞相，说我在这儿很好就是了。"孟获笑了笑，把他当作贵宾留在营里。

　　打这儿起，孟获下了决心，不再跟蜀兵作战。任凭蜀兵怎么叫战，他只是传令下去，守住壁垒，决不出去对敌。有时候将士们手痒，要求出去打一阵。孟获就亲自出马，向将士们千叮嘱、万叮嘱："打了胜仗，不可追赶！追赶过去，准中蜀人的计！"蜀将好容易把孟获引了出来，蜀兵每打一阵，就败一阵。孟获总是笑笑，让他们耍花招。他们爱怎么逃就怎么逃，爱怎么跑就怎么跑，他绝不追赶。一连十来天，都是这个样儿，连诸葛亮都没有主意了。

　　李恢又献了个计，把大军分成五队，一队镇守大营，其余四队分成四路，绕到孟获大营的四周围，专门截击从各地运来的粮草。这办法真顶事，几天下来，孟获的军队着慌了。又过了几天，眼看营里快断粮了。孟获向张嶷讨主意。张嶷说："要么借粮，要么抢粮，别的办法没有。"孟获派使者去见诸葛亮，说："要是丞相讲道义，请借点粮。"李恢接见了使者，对他说："粮食有的是。明天就先发十万石搁在阵前。请你们的大王亲自出来，大将对大将，比个输赢。谁要有个帮手，不是好汉。你们赢了，粮食奉送，我们就撤兵回去。"

　　第二天，果然，蜀兵忙着搬粮食，离开南营不太远的地方，粮食堆得像小山似的，只有一个将军骑着白马，拿着长枪站在那儿。孟获一看就明白：他是等在那儿准备跟自己比个高低的。孟获过去，那个蜀将出来拦住，两个人就打起来了。蜀将不是孟获的对手，打了几个回合，往右一拐弯，孟获赶上，刚转到粮食堆旁边，他想到万不能追，立刻准备回头，已经踩上了绊马索，一个跟头，跌在地下。李恢出来，大声地传令，说："丞相有令：让孟获回去，粮食派人来搬。从即刻起，停战三天。"

孟获回去，直叹气。张嶷对他说："像丞相那样耐心地对待大王，从古以来，没听说过。我说大王也不能太固执了。"孟获很直爽地说："丞相的恩德，我万分感激。可是，我们南人祖祖辈辈住在这儿。究竟是你们来侵犯我们的土地，还是我们去侵犯你们的土地？你说这叫我怎么能服气呢？"

张嶷开诚布公地对他说："永昌、牂牁、益州、越嶲，早在汉朝的时候就在这些地方设置了郡县。住在北边的南人，住在南边的北人，都是自己人，说不上谁侵犯谁的土地。这次大军到了这儿，这场风波完全是由雍闿掀起来的。他做了汉朝的官，又去勾结东吴，煽动各族人民反对朝廷，就这么叫好些地区不得安宁，害得老百姓吃尽苦头。雍闿、高定、朱褒这几个叛乱的头子，一逮住就处了死刑，灭门三族。为什么单单对你不这么办呢？就因为你并不是叛乱的坏头头，你是受了他们的蒙蔽，犯了罪你自己还不知道。丞相知道你是正派人，是个好汉。你是无心作恶，背叛了朝廷。丞相说了：'我相信孟获一定能够归正，我还要他做我的帮手哪！'你说说，到底是你错了，还是丞相错了？"

孟获听了，十分感动地说："是我糊涂。丞相这么对待我，唉，我太辜负丞相了！"他接着又说："住在这儿的南人、北人，都是自己人。这话对。您不说，我还想不到呢。"张嶷静

林汉达

三国故事全集

114

静地听他说。孟获低着头，不说话。过了一会儿，他抬起头来，很兴奋地说："我要是再不听从丞相的指挥，就不是人！"张嶷跷着大拇指夸他，说："大王真了不起！我这就告诉丞相去，好让他老人家宽宽心。"

孟获拦着他，说："慢着！我一个人归顺还不够。要是别的部族不同意或者反对我，事情就麻烦了。我打算把我们南方部族的首领都请了来，让他们再打一仗。到时候，我有办法叫他们听我的话。"张嶷怕他出乱子，要他先说个明白。孟获说："这是我心里的秘密，现在不能说，请您也别跟丞相说。"说了这话，他就让张嶷回去了。

孟获召集了十几个部族的头头，商议怎么再跟蜀兵打一阵。他要求这些头头亲自出马，跟着他一块儿上阵作战。这一来，大伙儿喊喊喳喳咬开耳朵了。有的愿意去，有的不愿意去，有的认为可以再打一下，有的缩着脖子，害怕了。可是谁也不敢提一句投降的话。他们大多都说："我们愿意听从大王的吩咐！"孟获说："有福同享，有祸同当。要封官大家封官，要死死在一起！你们看怎么样？"他们都说："我们听从大王的吩咐！"

到了第三天，孟获带领这一批人一同上阵，打着打着，一步一步地打过去，又被蜀兵引到埋伏圈里，终于一网打尽，连一个也没逃了。孟获他们做了俘虏，被押到大营里来。中军传出话来，说："丞相没有脸再见孟获，让他回去！各地来的首领也都可以回去，再去招兵买马，你们喜欢什么时候再来决战，随你们的便！"

有不少人跪在孟获跟前，说："请大王做主！"孟获流着眼泪说："七擒七纵，从古以来没听说过。丞相对我们仁至义尽（形容对人的善意和帮助已经做到最大的限度），我是没有脸再回去了！你们说我应该怎么办？"

他们一齐嚷着说："我们听从大王的指挥！让诸葛丞相发落我们吧！"

这时候，诸葛亮、李恢、张嶷和别的将士都出来了。诸葛亮伸着双手，请他们都起来，对他们说："你们能够顾全大局，忠于朝廷，这是皇上的洪福，老百姓的造化！"接着又嘱咐他们要听从孟获的指挥，好好地管理自己人，不可再跟朝廷作对。他们一齐嚷着说："我们绝不再造反了！"他们又是惭愧，又是感激，这才回去了。

有人对诸葛亮说："丞相好容易平定了南中，为什么不派官吏来统治，反倒仍旧让这些头领去管呢？"诸葛亮很郑重地回答说："如果不这样，就有三个不便。派官吏留在这儿，就得留下士兵，留下士兵，叫他们吃什么呢？这是一个不便。这次打仗，本地的父兄也有死伤，他们的子弟见到外来的人必然有仇恨。留外地来的人不留军队，一定会发生祸患。这是第二个不便。各部族本来经常有杀害自己人的事。要是我们派人留在这儿，一发生凶杀的案件，尤其是杀害他们的首领，人家就会怀疑到我们身上来。各部族的人是不会相信外来人的。这是第三个不便。现在我们没有官吏留在这儿，就不必驻扎军队；不驻扎军队，就不必运送粮食。让各部族的人自己管理自己，就可以叫汉人和非汉人相安无事。"

大伙儿听了这一番话，都钦佩诸葛丞相想得周到。这么着，诸葛丞相就任命孟获他们为蜀汉的官吏，替国家管理各部族的人民。这些首领做了朝廷的官儿，都很高兴，纷纷拿出一些金子、银子、丹砂、生漆、耕牛、战马等献给国家，甚至起誓发咒地保证以后不再违抗命令。

诸葛亮下令撤兵。孟获他们一定要送一程。送了一程又一程，还是依依不舍的。诸葛亮坚决地嘱咐他们回去，孟获才派了三百名心腹士兵作为向导，准备护送蜀兵渡过泸水。

大军由滇池出发，经过一段不毛之地，回到泸水，已经是秋天了。正赶上秋汛发大水，浪高流急，老远就听到"轰隆隆隆"闷雷似的声音。走近岸边，低沉的闷雷变成了怕人的霹雳，急流打在岩石上，"砰砰""乒乒"，不断地跳着蹦着。人们说话，只见嘴唇动，可听不见声音。流水像万马奔腾，直往下冲。什么也挡不住，什么也留不下。您只要站一会儿，就会耳聋眼花，好像身子一晃悠，就给大浪吞没去了似的。好险哪！五月里大军过来的时候，已经冲走了不少人。那时节只顾过来作战，渡河好像冲锋似的前面一批倒下，后面一批上去，谁也不回头。现在战争结束了，谁都希望平平安安地回家去，谁还乐意再跟大风大浪搏斗呢？为了这个缘故，大军只好停在南岸，扎营下寨，再作安全渡河的打算。

孟获手下的人和当地的老百姓纷纷向诸葛亮报告。他们说："发大水的时节不能渡河，除非先祭祀河神。"将士们听说祭祀河神，就可以渡河，都说："那容易，祭就祭呗。"诸葛亮才不信河里有什么神，可是借着机会向上次死在泸水的和战争中阵亡的将士祭祀一番，在他看来，也是理所应当。他就同意了。接着就问："怎么祭？"他们说："以前也祭祀过。祭祀分三等：头等祭祀上供，除了黑牛、白羊以外，还得用

七七四十九颗人头；中等祭祀也得用二七一十四颗人头，最简约的也得要七颗人头，就怕不太灵。"

诸葛亮说："战争刚停下来，怎么能够随便杀人呢？"他理理胡子，皱着眉头，想了想，说："好，有办法。我们准备一些比人头更好吃的脑袋，举行一个头等祭祀吧。"他嘱咐伙夫杀牛宰羊，用面粉塑成人头，管这种用面粉做成的"人头"叫作"馒头"。用大馒头祭祀以后，大伙儿精神大发，士气旺盛。才三天工夫，造了许多木筏子、竹筏子，还用粗麻和竹篾子绞成绳索和篾缆。俗语说"众志成城"，一点儿不假。无数的木筏子、竹筏子、绳索、篾缆，把泸水两岸连成一片。孟获的三百名士兵和当地的老百姓都是造筏子、做绳索的能手，在架吊桥、搭浮桥的活儿中，更非他们帮助不可。大军渡了河，本地人隔岸相送，然后才带着蜀兵留给他们的一些牛马、粮食和药品，高高兴兴地回去了。

诸葛亮率领大军回到成都，就瞧见后主和朝廷上的大臣们早就候在城外迎接了。从三月出发到今天得胜还朝，足有半年多时间。当天晚上，就在宫里开个庆功会。论功行赏，对阵亡将士的家属按规定抚恤。南征大事到这儿大功告成。以后尽管还免不了有些纠纷，部族之中也有再发生骚动的，可是南方各部族的首领孟获始终忠于朝廷，南边大体上是安宁的。

诸葛亮联络东吴，安抚南边以后，就打算一心一意地从事北伐。他一面让劳累了的士兵休养一个时期，军饷、军粮还得再积聚一些，一面他要仔细探听探听曹丕和孙权那两方面的动静，再做计划。

## 读有所思

1. 诸葛亮为什么要七擒七纵孟获？
2. 正值汛期，诸葛亮是如何渡过泸水的？
3. 馒头最初是用来做什么的？

## 知识拓展

### 八声甘州·读诸葛武侯传

〔宋〕王质

过隆中、桑柘倚斜阳，禾黍战悲风。世若无徐庶，更无庞统，沈了英雄。本计东荆西益，观变取奇功。转尽青天粟，无路能通。

他日杂耕渭上，忽一星飞堕，万事成空。使一曹三马，云雨动蛟龙。看璀璨、出师一表，照乾坤、牛斗气常冲。千年后，锦城相吊，遇草堂翁。

# 出师表

过了年，就是公元226年（魏黄初七年，蜀建兴四年，吴黄武五年），诸葛丞相准备从汉中出兵去进攻北方。为了加强后方，他把前将军中都护李严调到江州，让护军陈到镇守永安，属李严统领。这么调整了一下防卫东边的将领，叫李严兼顾后方，然后再派人去探听洛阳的消息。

那年五月，魏文帝曹丕住在洛阳宫里，害了重病，立甄夫人的儿子曹叡为太子。魏文帝早已把甄夫人杀了，怎么这会儿又立她儿子为太子呢？原来魏文帝杀了甄夫人，就立郭夫人为皇后，把曹叡交给她抚养。曹叡也知道他母亲实际上是死在郭皇后手里的，他可特别小心，把郭皇后当作亲娘。他在十五岁那年，跟着魏文帝打猎。魏文帝瞧见两只鹿，一大一小，他一箭射去，射倒了那只大鹿，就叫曹叡射那只小鹿。曹叡流着眼泪央告说："皇上已经杀了它母亲，孩儿我怎么忍心再杀儿子呢？"这句话戳痛了魏文帝的心，不由得鼻子一酸，扔了弓箭。他想起了自己十八岁那年在袁家轻轻地撩开甄氏的头巾，那会儿见到的这么一个招人疼的姑娘，今天留下了这么一只"小鹿"，心里很不是滋味。他闷闷不乐地回到宫里，老想着母鹿和小鹿。没多久就封曹叡为平原王。从那时候起，他有意要把皇位传给曹叡。

魏文帝病重，立平原王曹叡为太子。中军大将军曹真、镇军大将军陈群、征东大将军曹休、抚军大将军司马懿四个人受了遗诏，做了托孤大臣。魏文帝死的时候，才四十岁。太子即位，就是魏明帝。魏明帝拜锺繇为太傅，曹休为大司马，曹真为大将军，华歆为太尉，王朗为司徒，陈群为司空，司马懿为骠骑大将军。

魏文帝病死的消息传到东吴，吴王孙权乘着魏有丧事，就在八月里亲自发兵去攻打江夏郡。江夏太守文聘坚决守城，相持了好多天。东吴的优势兵力在于战船，士兵也大多是水兵。他们原来打算在人家没作准备的时候，突然打过去，可以占到些便宜，所以敢于离开战船，上岸去攻城。没料到文聘坚持了这些天，各县都有兵马调来，吴兵只好退回去了。

江夏一头的进攻没成功，吴王还不肯罢休，他又派左将军诸葛瑾带领部将张霸进攻襄阳和寻阳。魏派司马懿和曹休带领几万人马赶去抵抗吴兵。司马懿打败了张霸，还把他杀了。曹休在寻阳也打了胜仗，杀了东吴另一个将军。诸葛瑾也像吴王自己一样，只好退兵回去。

两次发兵都打了败仗，"偷鸡不着蚀把米"不必说了，国内还起了骚乱。丹阳、吴郡、会稽三个郡里的山民（就是山越部族）趁着东吴对外有战事，起来攻打县城。官兵少了，他们消灭官兵；官兵多了，他们就退到山上；官兵一走，他们马上下来。吴王想了个办法，把这三个郡里的险要地区划出来，临时设置一个郡，叫东安郡，任命绥南将军全琮为太守。全琮治理山民真有两下子。他首先整顿各县的官吏，有功必赏，有罪必罚，赏罚分明，缓和了一些民愤。最重要的是不准官吏和豪强欺压山民。几年下来，山民反抗官府的行动比较少了。东安郡大体上安定下来。吴王召回全琮，又取消了东安郡。

全琮统治人民的办法对东吴有利。还有陆逊也上书劝吴王拿恩德去统治老百姓，请他减轻刑罚，减轻赋税，减少官差。吴王为了巩固自己的统治，只好采用这种办法，山民的反抗才慢慢地缓和下来。

就在这一年，东吴镇守西南方的太守士燮死了。那边的郡县离东吴的都城很远，士燮是苍梧人，当地的豪强都向着他，势力很大，差不多已经做了土皇帝。他接受了东吴的封赏，还打发自己的儿子士徽去伺候孙权，也就是作为人质的意思。士燮一死，吴王让他的儿子士徽做了安远将军，兼任南方一个郡的太守，另外派大臣去接替士燮的职位。士徽不让别人去占领他家的地盘，发动本族的人马抗拒东吴派去的官员。他哪儿知道东吴的都城虽然离南方边缘地区仍旧很远，但是情况变了。那时候，东吴海上的交通相当方便，能够出洋的大海船就不少，北边通到辽东，南边直通大洋。吴王利用战船、水兵，派兵遣将，很快地由海道到了海东、海南，打了胜仗，灭了士徽一家，平定了南方。

吴王把海南几个郡划为一个大行政区，叫广州。这一大片地区平定下来，南边就有不少国家和部族派使者跟东吴来往，彼此赠送礼物。

魏有大丧，新君刚即位，东吴乘机进攻江夏和襄阳，遭到了失败，还得发兵去镇压江南三个郡的山民，最后平定了广州。这些大事，诸葛亮都探听明白。也许他像古人所说的那样，尊重春秋的道义，不趁着人家有丧事去进攻，也许他还得训练兵马，准备粮草，反正他没在这一年出兵。

过了年，就是公元227年（蜀建兴五年），诸葛亮嘱咐中部督向宠，典宿卫兵尚书陈震，侍中郭攸之、费祎、董允他们保卫宫中，请长史张裔和参军蒋琬留在丞相府，统管朝中大事。大军出发之前，诸葛亮向后主刘禅上了一个奏章，上面写着：

先帝创立基业还没完成一半，就中途晏驾，现在天下三分，益州疲弱，这真是危急存亡的关头！但是侍卫的臣下在里面不懈怠，忠心的将士在外边都愿意舍生忘死，就因为他们想念着先帝的特殊恩情，要想来报答陛下。希望陛下广开视听，多多采取众人的意见，来光大先帝的美德，发扬志士的正气，不应当妄自菲薄，只说些浅薄的事情，失去大义，以致阻塞了忠诚规劝的道路。

宫里和府里是一体的，赏善罚恶，不该两样。如果有做坏事犯法的，或者有尽忠为善的，应当交给主管的官员依法惩办，论功行赏，显示陛下处理公平、明察，不应当有所偏私，不应当让宫里和府里有两种不同的法令。

侍中郭攸之、费祎和侍郎董允等，这些人都善良诚实，立志忠正，存心真诚，所以先帝把他们提拔起来留给陛下。愚以为皇宫里的事情，不论大小，都要问问他们，然后施行，这样一定能够弥补缺点和疏漏，这是大有好处的。将军向宠，性情和行为善良公平，又熟悉军事，当初先帝试用他的时候，就称赞他有能耐，因此大家公推他总督御林军马。愚以为军营里的事情，都要先问问他，这样一定能够使得行伍中间和和睦睦，好的差的都能安排恰当。

亲近贤臣，疏远小人，这是前汉兴盛起来的因由；亲近小人，疏远贤臣，这是后汉衰落下去的原因。先帝在世的时候，每次跟臣谈到这些事情，没有一次不叹息痛恨桓帝和灵帝的。侍中、尚书、长史、参军，这些都是坚贞不屈、能够以死报国的忠臣，希望陛下亲近他们，信任他们，汉室兴隆的日子就会很快来到。

臣本来是个平民，在南阳亲自耕种，生逢乱世，但求保全性命，并不想在诸侯当中要显露自己。先帝不看我卑贱，反而亲自枉屈下顾，三次到草庐之中来看我，向我询问当时天下大事，我因此非常感激，就答应先帝愿意奔走效劳。后来突然遭到颠覆，在兵败的时候，在十分危急的关头，接受了命令。到现在已经二十一个年头了。

先帝知道臣小心谨慎，所以临终的时候把国家大事托付给臣。受命以来，早早晚晚都担着心事，叹息着，恐怕辜负了先帝的托付，损害了先帝的英明。所以五月里就渡过泸水，向不长草木的旷野地区进军。现在南方已经平定了，兵强马壮，足够使用，应当奖励三军，往北去平定中原，臣愿意竭尽一切力量，清除奸贼，消灭元凶，重新恢复汉室，回到旧时的都城，这是臣所以报答先帝，忠于陛下的本分。至于斟酌情理，掌握分寸，

多进忠言，这是郭攸之、费祎、董允他们的责任。唯愿
陛下把讨伐奸贼、复兴汉室的大事交给臣负责，如果不
见效，就治臣的罪，上告先帝的神灵；要是缺乏立德修
身的忠言，那就责备郭攸之、费祎、董允等的疏忽，指
出他们的过错。

陛下也应当为自己着想，多询问治国的大道理，听取正直的言语，深刻地体念先帝的遗诏，那臣就受恩感激不尽了。如今臣就要远离陛下，就在写这份表章的时候，不由得流着眼泪，真不知道自己说的是什么了。

诸葛亮上了《出师表》，率领大军往北出发，到了沔北阳平关，驻扎下来。他屯兵汉中，作为进攻祁山的前哨根据地。

警报到了洛阳，说诸葛亮派赵云、邓芝为前部先锋，向边界进犯。魏明帝准备亲自率领大军从斜谷进攻汉中，或者专打南郑。散骑常侍太原人孙资拦住他，说："南郑、斜谷，地势险要，路上阻碍重重。如果发大军去征讨，就会骚动天下，还不一定打得进去。还不如派大将守住关口，就可以挡住敌人。"魏明帝就派大将军曹真带领五万名骑兵和步兵，镇守关右，专门抵挡蜀兵那一头。再派骠骑大将军司马懿镇守荆州和豫州，屯兵宛城，专门抵挡东吴这一头。果然，诸葛亮那一头还没发生大战，新城这边反倒先出了事。新城太守孟达，跟诸葛亮有了来往，这跟屯兵宛城的司马懿有什么相干呢？

## 读有所思

1. 魏文帝死后，谁接替他做了魏王？

2. 诸葛亮为什么要写《出师表》？

3. 《出师表》中，诸葛亮都交代了哪些事情？

# 收姜维

　　孟达原来在刘封手下镇守上庸，因为没发兵去救关羽，又跟刘封不和，怕受到处分，就投奔了魏文帝曹丕。曹丕十分高兴，封他为侯，马上重用他，把房陵、上庸、西城三个郡作为一个大行政区，称为新城郡，让孟达做了新城太守。那时候，孟达得到了魏文帝的信任，又跟魏文帝的亲信尚书令桓阶、夏侯渊的侄儿夏侯尚他们很要好，自己虽然是投奔过来的人，倒还不分彼此，心里很踏实。后来魏文帝、桓阶、夏侯尚他们都先后死了，孟达心中不安，别人对他也有了议论。诸葛亮一听到孟达在魏不得意，就想办法跟他通信，劝他回来。孟达也给诸葛亮写了几封信，答应了，可是得找个机会。等到诸葛亮屯兵汉中，接应的路线更近了，孟达就约请诸葛亮派军队去接应。他写信给诸葛亮，说："宛城离洛阳八百里，离我这儿一千二百里。司马懿即使听到我起兵，他还得向朝廷上表，一来一往，怎么快也得一个月工夫。到那时候，我这儿已经布置了防御。再说这儿地势险要，司马懿自己绝不会来。他派多少兵马来，我也不怕。"

诸葛亮接到了这封信，叹息着说："唉，孟达这么粗心，他一定败在司马懿手里了。"果然不出诸葛亮所料，不到半个月，孟达来讨救兵，还说："我起兵才八天，司马懿的兵马已经到了城下，怎么能这么快呀？"诸葛亮只好派一队人马去救新城。

原来孟达跟魏兴太守申仪早有矛盾，申仪风闻到孟达跟西蜀有来往，就秘密地上个奏章。魏明帝还不相信，他嘱咐司马懿留意孟达。司马懿一面写信给孟达，说了一番安慰他的话，一面立刻发兵，一天走两天的路程向新城赶去。因此，孟达起兵弃魏投蜀才八天，司马懿的大军已经到了。孟达守住新城，又向东吴求救。没几天，东西两路都来了救兵，可是司马懿早已派兵遣将，分头截击。魏兵挡在汉中和新城的中间，蜀兵不能顺利地过去。东吴那一头也有魏兵挡着。司马懿亲自攻打新城，攻打了十六天，就拿下了城，杀了孟达。司马懿暂时留在新城。

诸葛亮只好调回救兵，照原来的计划向祁山进攻。镇北将军汉中太守魏延做了丞相司马。他向诸葛亮献计，说："用不着十天工夫就能把长安打下来。"诸葛亮听了，还能不高兴吗？他叫魏延详细说明。

魏延说："镇守长安的夏侯楙（mào）是个公子哥儿驸马爷（夏侯惇的儿子，娶魏王曹操的女儿清河公主为妻），年纪轻，对人傲慢。有的人有勇无谋，他啊，没有谋，胆子又小。只要丞相让我带领五千精兵和五千人半个月的粮食，从褒中出发，沿着秦岭小道往东进去，穿过子午谷往北直上，不过十天工夫，就可以抄到长安。夏侯楙听到我们突然打进去，他必然扔了长安往东逃。赶到东方再调兵马进行反攻，至少也得二十几天。到那时候，丞相的大军从斜谷大路过来，也到了。两路会师，一下子就可以把咸阳以西的地区全拿下来了。"

诸葛亮摇摇头，说："太冒险了！碰运气的事我不干。你光从自己这边着想，难道中原就没有能人？魏主并不含糊，司马懿更不能轻视。要是有人出个主意，在偏僻的山沟子里安下一队伏兵，不但五千人受害，就是全军的锐气可也就伤了。不如从大路行军进攻陇右，夺到一个郡，就是一个郡。这样稳扎稳打，步步为营，才是万全之计。"

魏延还不肯就此拉倒，他说："丞相从大路进兵，步步为营，固然安全，可是沿路都有敌人，处处都有防御，要一个一个打下来，那就太费时日了。这么打法，什么时候才能平定中原呢？"诸葛亮说："是啊，那就更不能太急躁了。"他终于不采用魏延的计策。魏延只好闷闷不乐地出了中军，心里直怪诸葛亮谨小慎微得太过分了。自己想出了这么一个好计策，还不肯采用，以后怎么还能发挥自己的才能呢？

公元 228 年（魏太和二年，蜀建兴六年，吴黄武七年），诸葛亮让士兵们传扬出去要从斜谷进兵，直接去打郿城，还叫镇东将军赵云、扬武将军邓芝屯兵箕谷，作为疑兵，好像诸葛亮的大军集中在东边这一路。魏明帝听到了这一路的消息，就叫曹真把镇守关右的兵马都调到郿城，驻扎下来，在那边防备着蜀兵。诸葛亮可不走那一路。他率领大军从西路去打祁山。大军浩浩荡荡，真是队伍整齐，号令严肃，行军攻城，十拿九稳。

魏的将军们和官吏们因为昭烈帝一死，诸葛亮坐镇成都，几年来默默无闻，对蜀汉这一边的防备就大大放松了。这会儿诸葛亮的大军冷不防地到了祁山，远远近近都慌了，连关中都震动起来。魏朝廷上的有些文武百官都害怕了，魏明帝却不着慌，正像诸葛亮说的，他并不含糊。为了安定人心，他故意说："诸葛亮仗着险要的地势，躲在汉中，我们不容易打进去。现在他自己出来，这真是我们求之不得的好事。这一次我们一定能够打败诸葛亮。"他就发兵五万，派右将军张郃为大将，往西去抵抗蜀兵。魏明帝自己也到了长安，还把司马懿从东边调来，一同去对付诸葛亮。

　　诸葛亮顺利地进入祁山的时候，魏天水太守马遵和参军姜维，另外还有几个官吏，正在各属县观察。一听到蜀军突然打进来，天水郡有不少属县纷纷响应，投降了诸葛亮，马太守这一吓，非同小可。天水郡治，也就是太守镇守的那个城，叫冀县。冀县偏偏就在西边，而蜀兵正由西路直往北打，冀县首当其冲。马太守就想往东逃到上邽（guī）去。姜维不同意，劝他先回冀县，守在那儿。他说："如果丢了冀县，整个天水郡就保不住。"

　　马太守没准备抵抗诸葛亮，倒先防备起姜维来了。他怀疑姜维也像别的属县一样响应诸葛亮，故意叫他回冀县去。他不能上这个当。可是姜维是个小伙子，力气大，又是带兵的，怎么也不敢跟他闹翻，就说："要么，你往西，我往东，各走各的，怎么样？明天再说吧。"姜维越是不让他往东走，他就越犯疑。当时没再说什么。到了晚上，马遵背着姜维，自己连夜逃到上邽去了。第二天，姜维不见了太守，就知道他准上上邦去，自己是他的属下，不能不听他的，虽然自己迟了一步，他还是急急忙忙赶上去。等到他到了上邦城下，城门紧紧地关着。姜维大声地叫门，城门始终不开。城门不开，倒也罢了，城门楼子上的将士还拿着弓箭，很有礼貌地叫他快走，要不然，就要放箭了。

姜维这才知道，人家已经把他扔了。他是天水冀县人，他不信冀城就不能守。他带着亲随的士兵再从上邽赶到冀县。冀县的军民人等一见姜维回来，很高兴地把他迎接进去，请他去拜见丞相。姜维愣了，连话都说不出来。这到底是怎么回事啊？他还不知道冀县的官吏和将士响应了诸葛亮，县城早已由丞相司马魏延接收了。姜维就这么被自己的人欢迎进去，真是进退两难，不知道该怎么办才好。他还没定一定神，诸葛亮已经出来了，他对姜维说："今天我能够在这儿迎接伯约（姜维，字伯约），这是大汉的造化。"姜维从心眼里感激诸葛亮这么看重他。就在这一眨巴眼的工夫，想起自己愿意帮助太守，太守倒把他扔了，还叫人拿箭射他；自己原来打算抗拒诸葛亮，诸葛亮倒把他当作自己人看待。这么一比呀，他不由得向诸葛亮跪下去，诸葛亮扶他起来，请他坐下，就跟他谈论起国家、政治、军事等大事来了。两个人越谈越对劲，都觉得遇到了一个知心人。

　　诸葛亮认为姜维又有学问，又有武艺，真是文武双全，智勇兼备，而且少年英俊，大有培养前途。他向后主推荐，拜姜维为奉义将军，封为当阳亭侯。这时候，姜维才二十七岁，正跟自己初出茅庐的时节一样年龄。诸葛亮心里的得意不能不向自己人说说。他写信给留府长史张裔和参军蒋琬，说："姜伯约懂得兵法，长于军事，既有胆量，又有义气。这个人志气高，有心复兴汉室。我打算叫他早点去朝见皇上。"

　　诸葛亮有了本地人姜维做帮手，天水、南安、安定三个郡和各属县都拿下来了。占领了这三个郡，凉州的边防更巩固了。骠骑将军领凉州州牧马超在公元222年（蜀章武二年）

病死了，死的时候才四十七岁。他的从兄弟马岱接着镇守西北。这会儿诸葛亮回到祁山大营，不再叫马岱遥远地镇守边界，把他调到祁山大营里来一同去打关中。就在这个时候，诸葛亮听到曹魏派张郃带领五万人马来救天水，还有曹真一路扎在郿城，随时可以会师。他仔细研究情况，料定张郃一定先来争夺交通要道街亭（今甘肃天水一带）。

当时有不少人都说魏延、吴懿两个出名的大将可以做先锋。诸葛亮不同意。他看上了参军马谡，交给他两万几千人马，叫他去守街亭，再三嘱咐他，说："街亭是通向汉中的要道，你要小心守住。最好能多架栅栏，加强壁垒，不让敌人过来。"马谡说："丞相放心。街亭既然是要道，地形必然险要。一夫当关，万夫莫敌。我也知道一点儿兵法，别说一个张郃，就是司马懿亲自来，我也不怕！"

诸葛亮说："我知道你熟读兵书，可是千万不能大意。"他另外派巴西人王平为裨将军，做马谡的助手，对他说："我知道你平生谨慎，特地叫你帮助参军。这次安营下寨必须守住要道，只要挡住敌人就行，不必出去跟他们交战。"这么嘱咐完了，才让马谡他们往北去守街亭，然后叫魏延带领一队人马往东进军。

## 读有所思

1. 魏延向诸葛亮提出了一个什么计划？
2. 姜维为什么会投靠诸葛亮？
3. 诸葛亮安排谁去守街亭？

# 失街亭

马谡带着王平和两万多人马到了街亭，看了看地形，微微一笑，对王平说："丞相心眼可真多。这儿地形险要，旁边还有一座山，山上又有树林子，正可以布置埋伏。魏兵怎么敢过来？"

王平提醒他说："丞相说了：这次安营下寨，要加强壁垒，多架栅栏，守住要道，不让敌人过来。我们一面在要道口扎营，一面叫士兵上山砍木头，布置栅栏，好不好？"马谡撇了撇嘴，说："你别忙。这儿正可以在山上扎营，居高临下，那要比平地上扎营更有利。"王平只记着诸葛亮要他们守住要道，不同意在山上扎营，就说："要是敌人四面围上来，怎么办？"马谡很有把握地说："敌人围上来，我们就冲下去。居高临下，势如破竹（形容节节胜利，毫无阻碍），还怕不能杀退敌人吗？"

另外有个将军叫李盛的，他只知道捧马谡，不愿意听王平的话。他露出不耐烦的神气说："王将军，你少说几句行不行？我们的参军熟读兵书。你这一点儿想法，参军还能不知道？"

王平总觉得不能在山上扎营，他又说："我看这座山是个绝地。要是敌人断了我们的水道，没有水，不打仗也活不了。"马谡向王平瞪了一眼，说："你懂得什么！兵法说：'置之死地而后生。'如果魏兵断绝我们的水道，难道我们的士兵就不会拼命？一拼命，十个抵得上一百个。还怕没有水喝？"

将军李盛还想说："马参军熟读兵书，是有学问的人。你呀，你还认不到十个字，懂得什么哪？"可是他再一想，这话太挖苦人了，就换个口气，说："平时丞相行军还老问问我们的参军，你怎么反倒不听参军的指挥了？"马谡就决定在山上扎营。

王平最后央告说："那么，请给我一部分兵马在临近的地方另外扎个营寨，大军扎在山上，两个军营成了犄角，魏兵过来，彼此可以接应。"马谡勉强答应了，可是仅仅拨给他一千人马。王平带着这一千人马，在离山十里的地方扎了营寨。马谡和李盛就把两万多兵马扎在山上。王平当即画了地图，注明扎营的地点，派人送到祁山大营。

"知己知彼，百战百胜。"这话一点儿不假。马谡只听说张郃去救天水，可不知道张郃的五万人马以外，还有司马懿的十多万人马。两路大军会合起来，很快就到了。司马懿早已探听明白这边的情况，就派张郃去对付王平那一路的蜀兵，自己率领大军连夜赶到街亭。第二天，天一亮，就把马谡扎营的山头围上，在山下布置阵势，赶紧筑起壁垒来。司马懿带着十多万兵马，还不能马上跟两万兵马的马谡交战吗？他为什么还要赶筑壁垒，守住阵脚呢？他是个行军作战的行家。他要采取少用力、多占便宜的办法对付马谡，就下了一道命令："守住阵营，不准上山；只围不攻，只守不战！"

马谡一见魏兵围上了山，就下令叫士兵分头冲下山去，就是他所说的"居高临下，势如破竹"。没想到人家的队伍动也不动，只是出动全部弓箭手、弩箭手，往上射箭。蜀兵被射死射伤了不少，只好往回退。马谡不让他们上来，再一次下令往下冲，就再一次被射死射伤不少，其余退到山上。就这样一天当中，冲了十几次，都被人家顶回来。山下的魏兵越围越欢，山上的蜀兵越来越慌。山上山下交通被割断，山上的士兵没法下山去打水。营里连做饭都不成，两万人揭不开锅，不打自乱，乱哄哄地闹到半夜，纷纷空手逃下山去，投奔魏营。马谡和李盛禁止不了。他们还盼着王平来救，可是王平只有一千人马，光是对付张郃已经不容易了，哪儿还能过来接应？马谡和李盛只好带领这支孤军杀出重围，往西逃跑，沿路被魏兵截击，打一阵，败一阵，败一阵，逃一阵。两万兵马被杀得就剩下几千人了。

马谡的残兵败将竟还逃在王平前面。王平才一千人，勉强守住营盘。他叫士兵们拼命打鼓，装作进攻的模样。张郃怕他有埋伏，不敢逼上去。他不见张郃过来，就慢慢地退兵回去。张郃见他这么不慌不忙地退去，怕他是个诱兵之计，不敢追。这么着，王平的一千人马，不但一个也不少，沿路还收集了不少马谡的散兵，挺镇静地向阳平关退去。马谡不见魏兵追来，才透了一口气，也向阳平关退去。

司马懿和张郃为什么不去追赶马谡和王平呢？为什么不

一直追到阳平关去呢？张郃不敢自作主张，特地来问司马懿该怎么办。司马懿说："马谡、王平一定退到阳平关去。要是咱们沿着这条道追上去，不但阳平关打不进去，而且诸葛亮的大军必然从祁山向咱们的背后打过来。到那时候，咱们前后受敌，一定吃亏。诸葛亮一听到失了街亭，他一定退兵。我们向那一路追上去，准能打个胜仗。你不如带领一支人马往东去对付赵云和魏延的军队。他们也一定向阳平关退去。他们退兵，你追击一阵，打赢了也不必穷追，只要把他们的辎重夺过来就是了。我自己带领大军去夺西县。"

张郃还不明白。他说："我们为什么不趁这个机会去收复天水、南安、安定三个郡，反倒去争夺一个小小的县城？"司马懿说："我已经探听明白，西县虽然是个小城，但它是蜀军屯粮食的地方，而且像街亭一样，也是通向三个郡的要道。只要夺取西县，那三个郡用不着打就可以收复。"这样决定下来，司马懿就叫张郃往东进兵，叫曹真往北进兵，自己率领十五万大军往西转南进兵。

诸葛亮正在西边。他自从派马谡去守街亭，派魏延往东进兵以后，一直不大放心。有一天，街亭那边派人送地图来。他拿来一看，正像当头挨了一棍子似的那么一愣，当时脸色发白，两眼发直。过了一会儿，他叫了一声"哎呀"，连连摇头、叹气。左右见他这个样儿，连着说："丞相，丞相，您怎么啦？"他又叹了一大口气，说："可恨马谡，不听我的话，自作聪明，把大军扎在山上，街亭一定守不住。街亭失守，不但天水三郡去了，连我们这儿也保不住。"大伙儿听了，好像大祸临头一样，慌忙请诸葛亮快想办法。诸葛亮立刻派人分头去向魏延、赵云、姜维他们传令，火速退兵，退守阳平关，自己带领一万人马退到西县，连夜搬运粮食。

倒霉的消息不断传来：街亭失守，马谡败得很惨，差不多全军覆没，王平带着残兵败将向阳平关退去。这时候，诸葛亮身边只有吴懿是个大将，带来的一万人马已经分了一半搬运粮草去了，城里才留着五千士兵，怎么也没法抵抗司马懿的十五万大军。他正想扔了西县退到阳平关去，万没想到"飞马报"接连不断报告，说司马懿十五万大军离城才二十里了！十五里了！十里了！一班文官听到这一连串的警报，吓得背地里嘚嘚嘚嘚上牙打着下牙。

## 读有所思

1. 马谡和王平为什么起了争执？

2. 马谡为什么会失掉街亭？

3. 司马懿为什么派兵去夺取一个小小的西县？

# 空城计

　　诸葛亮上了城楼一望，果然，东北角好像起了风暴，尘土弥天，魏兵正向西县杀来。诸葛亮要走也来不及走了。他下决心留下。下了决心，反倒精神大发，对手下的人说："你们都可以放心，魏兵不敢进城！"他立刻传令下去：城头上的旗子一律藏起来，军中不准敲鼓；士兵们不准出来张望，大开四个城门，每一个城门口派几个老弱残兵洒扫街道，魏兵过来，不可惊慌，不遵守这个命令的处死。

　　魏军的前哨到了城下，瞧见城门大开，反倒吓了一跳，慌忙向司马懿报告。司马懿在六十里地外就得到了探子的报告，说诸葛亮留在城里，兵马少，力量薄弱。这会儿怎么不闭门守城，反倒大开城门呢？他不敢相信，要亲自看个明白。自己一马当先到了城下。司马懿在城下勒住马，上下左右细细地端详了一番，越看越起了疑。赶到他一瞧见几个老弱残兵安安静静地在那儿又是洒水，又是扫地，不由得慌了神。他好像被马蜂蜇（zhē）了一下似的回头就跑，一口气跑到中军，喘

着气下令："后军改作前军，前军改作后军，望北山路火速退兵！"

他的部将们问他："这是为什么？"司马懿告诉他们，说："诸葛一生谨慎。听说他不肯让魏延抄近路出子午谷，直接袭击长安。这明明是个好主意，就因为他小心谨慎，不肯轻易冒险，即使是好主意，他也不用。这次我们带领着一二十万大军，浩浩荡荡地过来，他能不知道吗？现在四个城门大开，打扫街道，这明明是诓（kuāng，欺骗的意思）我们进去。他不安下埋伏才怪！咱们可别上他的当。我料想不但城里，恐怕这一带地区也布置了伏兵。咱们火速退兵，我还怕晚了一步哪！"说了这话，他就绕远往北山退去。

诸葛亮在城楼上一见魏兵退去，才擦了一把冷汗，呵呵大笑。他对吴懿说："司马懿怕我有伏兵，我料到他不走大路，一定绕着北山逃去。你赶快带领三千人马到北山去候着，但等魏军过去一半，就在山谷里擂鼓呐喊，不可出去交战。如果敌人扔了辎重，你们就直接运到阳平关去，不必再到这儿来。"接着，诸葛亮下了命令，叫西县的一千多家老百姓跟着军队搬到汉中去，免得被魏兵杀害。

吴懿带着三千人马抄小道赶到北山。司马懿还真绕远沿着北山退去。忽然听到后面打鼓的声音像打雷似的响着，也不知道有多少人马大叫大嚷地追了上来。司马懿早就料到蜀兵在这一带有埋伏，这会儿他们真追上来了。魏兵慌忙扔了辎重，没头没脑地逃跑。吴懿的士兵只是擂鼓呐喊，不去追赶。等到魏兵去远了，他们才搬运魏兵的一部分辎重回到阳平关去。

这时候，诸葛亮已经到了阳平关，马谡、李盛、王平、魏延、赵云、邓芝、姜维、马岱等各路兵马也陆续到了。诸葛亮问过了马谡、李盛、王平和从街亭退回来的士兵以后，马谡承认了自己的过错。各路将士听了，都把牙齿咬得咯咯直响，痛恨马谡和李盛不听丞相的指挥，以致许多郡县得而复失，前功尽弃。诸葛亮吆喝一声，先把将军李盛砍了。他对马谡说："我要是不把你办罪，全军不服。"他就把马谡下了监狱。

马谡在监狱里给诸葛亮写了一封信，说："丞相平日待我像自己的儿子一样，我也把丞相当作父亲。这一次是我犯了死罪，但愿丞相能够想念'杀鲧用禹'的故事（相传鲧治水失败，舜帝把他杀了，又用鲧的儿子禹去治水），我死了也可以闭上眼睛了。"他写了这封绝命书，就自杀了。他哥哥马良死的时候才三十六岁，马谡死的时候也才三十九岁。

诸葛亮亲自祭祀马谡，还抹着眼泪哭得很伤心。当时在场的士兵都掉了眼泪。诸葛亮按法惩办了马谡，可是很好地照顾他的家小，还把他的儿子当作自己的儿子看待。

裨将军王平几次劝阻马谡，在退兵的时候还能够收集散兵，安全地压队回来，不愧为大将的风度。诸葛亮特别表扬了他，拜他为参军，升为讨寇将军，封为亭侯。

诸葛亮问邓芝，说："街亭退兵，将士逃命，前队顾不到后队，几乎全军覆没。箕谷退兵，将军没伤一个，士兵也没失散，连军用物资都没损失。这是怎么回事？"邓芝实话实说："全靠子龙亲自在后面压队，将士们整队退回来，一个都没损失，军用物资一点儿也没抛弃。"诸葛亮叹息着说："可见用兵在人，不在兵马多少。"他见到赵云把军用物资都带了回来，

连做军衣的绢帛也都有富裕，就吩咐赵云把这些东西分给将士作为赏赐。赵云却不同意，他说："军队没打胜仗，为什么要有赏赐呢？请把这些东西藏在仓库里，到冬天给士兵们做军衣吧。"诸葛亮从心眼里喜欢赵子龙。

诸葛亮又对将士们说："这次出兵失败，固然由于马谡不服从命令，可是我自己用人不当，也推不了责任。"他就上表自己弹劾（hé）自己，请后主罚他降级三等。赵云也请求处分，请丞相在表上附上几句。

后主刘禅接到了表章，问蒋琬、费祎该怎么办。他们说不如依了丞相，暂时降职。后主就把诸葛亮降职为右将军，行丞相事，把赵云降一级，改为镇军将军，打发蒋琬拿着诏书到汉中去见诸葛亮。

诸葛亮见了蒋琬，办完了公事，就跟他一块儿喝酒、谈天。蒋琬说："从前楚王杀了成得臣，晋文公高兴了。现在天下还没平定，您杀了有才能的人，岂不可惜？"诸葛亮流着眼泪说："孙武子所以能够战无不胜，在于纪律严明。现在四海分裂，我们北伐的军事才开始，要是废了纪律，怎么能去征伐国贼呢？"说着又哭了，还哭得很伤心。蒋琬安慰他，说："马谡已经死了，丞相何必过于难过呢？"诸葛亮说："我想起先帝在白帝城曾经叮嘱我，说：'马谡言过其实，不可大用。'这次果然应了先帝的话，我痛恨自己在用人方面没能像先帝那样精明。我想起了先帝，不由得伤心起来。"

蒋琬也叹息了一番。他劝诸葛亮回到成都去。诸葛亮摇摇头，说："我奉命出来讨贼，怎么能半途而废呢？"蒋琬见他坚决不肯回去，就建议说："是不是需要再加些兵马？"诸葛亮又摇了摇头，说："我们的军队在祁山、箕谷的时候，都比贼军多，而不能破贼，反倒被贼所破，毛病不在兵少，在于错用了人。现在我打算减少一些士兵，省去一些将军，自己检查过错，要做到赏罚分明，不再犯过去犯过的错误，对于未来的事特别小心，这样，也许能够加强力量。要不然，兵马再多，有什么用呢？但愿从今以后，诸公在朝廷里多多指出我的缺点，大伙儿同心协力，发愤图强，这样，大事可以成功，国贼可以消灭，我们踮着脚尖盼着，大功告成的日子一定会到。"

蒋琬听一句，点一点头。他回去以后，诸葛亮留在汉中，着手考查有功劳的人，给予奖励，哪怕一点点的小功劳也不抹杀，表扬壮烈阵亡的将士，安抚他们的家属。他把这次失败的责任自己承担下来，让大伙儿知道自己的过错。然后着着实实地训练兵马，鼓励士气。提倡生产，厉行节约。全体将士都受了感动，把这次的失败看作自己的事，准备将来立功，报效朝廷。

## 读有所思

1. 司马懿的二十万大军兵临城下，诸葛亮是怎么做的？
2. 街亭失守，诸葛亮是怎么处置马谡的？
3. 赵云为什么阻止诸葛亮给士兵们发放奖赏？

# 围攻陈仓

　　蜀兵退到汉中，留在那儿。诸葛亮整顿军队，积聚粮食，一有机会，就再出兵北伐。魏兵赶走了蜀兵，大部分的军队也都撤回去了。曹真收复了安定等三个郡，他认为诸葛亮看到了这次的失败，以后不会再从祁山过来，再要出兵的话，八成先来夺取陈仓。他就叫太原人将军郝昭带领一队兵马镇守陈仓，嘱咐他把城墙修理一下，加高加厚。他自己到了长安，保护着魏明帝回到洛阳。

　　蜀汉这一头被打退，魏明帝渡过了一个难关，没想到东吴那一头又使了个计，叫魏兵吃了败仗，连大司马兼扬州州牧曹休也丧了命。东吴的鄱阳太守周鲂（fáng）假装得罪了吴王孙权，一定要弃吴投魏，跟大司马兼扬州州牧曹休私通消息，约他发兵去接收鄱阳郡。曹休率领骑兵步兵共十万名往皖去接应周鲂，帮他反抗吴王。魏明帝接到了曹休的奏章，又叫豫州刺史贾逵向东关（就是濡须口）进兵。两路并进，不但要接收一个郡，还可以就手再夺些地盘。

曹休的兵马从寿春出发，沿路一点阻挡都没有地一直经过夹石，到了石亭（在今安徽潜山东北），就钻进了人家早已布置好的罗网里。鄱阳太守周鲂是按照吴王孙权的主意，使的是个假投降的计策。吴王亲自到了皖城，拜陆逊为大都督，朱桓、全琮为左右都督，各带三万人马，三面埋伏。曹休的兵马一进来，就被围住了。魏大司马曹休做梦也没想到东吴鄱阳太守周鲂是请他来挨揍的。他还以为自己人马多，挨得起揍。哪儿知道一阵打下来，就像一个人当头砸了一闷棍，两腿一软，晃了晃就倒下了。等到他缓醒过来，吓得没头没脑地跑，哪儿还敢还手？

曹休抱着脑袋逃到夹石，已经死了一万多人。牛、马、骡、驴拉的辎重车，连同粮草、军资、器械什么的全扔了，可还是没能逃出东吴的包围，夹石西北的去路也都被挡住了。东南有追兵，西北没退路，眼看全军就将覆没。正在万分危急的时候，救兵到了。这支救兵，杀散截击曹休的一股人马，挡住追赶上来的东吴大军，把曹休这一路的残兵败将救了出去。

曹休这儿压根儿来不及派人去求救，这救兵是打哪儿来的呀？原来曹休从寿春发兵直往皖城以后，魏明帝就叫贾逵带领前将军满宠、东莞太守胡质等几万人的军队往东去跟曹休的军队会合，由皖城去夺取东关。贾逵发兵以后，就听到曹休已经往皖城去了。他料到东吴的军队一定集中在皖城，大司马曹休孤军深入，必败，就吩咐各队兵马水陆并进，走了两百多里地。他在那边逮住一个东吴兵，盘问下来，才知道曹休中了计，果然打了败仗，东吴还派兵在夹石截断他的归路。将士们听到了这个消息，慌了神。有的还说："已经知道中了计，咱们可不能再送上门去。"

　　贾逵对他们说:"东吴知道大司马后面没有接应的军队，才敢大胆地追上来。我们火速行军赶到夹石，突然打过去，东吴必然退兵。"他们就加速行军，迎头赶上去。到了夹石附近，在山口要道上，竖了不少旗子，留着一部分士兵来回打鼓，作为疑兵。其余的大队人马迎头打击吴兵。吴兵突然碰到了这么一支生力军，后面又有大军，左右山头都是旗子，打鼓的声音震动了山谷，不知道这里埋伏着多少魏兵。他们不敢穷追，只好回头了。贾逵就这么占领了夹石，拿出一部分粮食和军资供应曹休的军队。曹休这才重新编排队伍，退了回去。

　　曹休这个跟头已经摔得够瞧的了，可是贾逵救了他的命这件事更叫他受不了。原来曹休仗着自己是曹家的宗室，一向瞧不起贾逵。早在魏文帝时代就老说贾逵坏话，不让魏文帝升贾逵的官职。这一次这个冤家对头居然救了他的性命，还拿出粮食、车辆什么的救济了他一无所有的军队，他心里这份害臊和懊恼就像炭火烧他脊梁那么难受。他回到扬州庐江（魏占领的扬州只有九江、庐江两个郡，其他江津要害地区大多给东吴占领着），上书请罪。魏明帝因为他是宗室，没把他办罪。曹休又是羞又是恨，一肚子的郁闷没处发泄，在脊梁上长了个毒疮。没几天工夫，他被毒疮折磨死了。魏明帝让满宠接替他统领扬州。

　　魏军在东边打败仗的消息传到汉中，诸葛亮又探听到魏军大多还在东边，关中虚弱，就打算再一次出兵北伐。朝廷上的大臣们都说，我们刚在祁山打了败仗，元气还没恢复过来，怎么能再去攻打别人呢?诸葛亮又向后主上了一道表章，大意

林汉达
三国故事全集

148

说："先帝一直认为汉室和汉贼不两立，王业不能偏安，所以嘱咐臣征讨汉贼。像先帝那么英明，估量臣这点儿才能，就知道臣去征伐汉贼，敌人要比我强。但是，不去征伐，王业也要灭亡，与其坐着等候灭亡，还不如发兵去征伐。所以他才毫不犹豫地嘱咐了臣。臣自从接受命令那天起，睡也不安心，吃也没滋味。可是要出兵北伐，先得去平定南方。因此，那年五月大热天，渡过泸水，深深地进入不毛之地，两天吃一顿饭。这并不是臣自己不爱惜自己，为的是王业不可偏安在蜀都一个角落里，所以甘心冒着危险，不怕困难地去执行先帝没完成的意志。有些人不了解这个意思，认为这么做是失策的。现在贼子在西边已经够疲累的了，在东边又打了败仗。兵法中说向敌人进攻要趁他疲劳的时候。现在正是进攻的好机会。"末了，他说："臣鞠躬尽瘁，死而后已，至于成功还是失败，那就不是臣所能预料的了。"

后主接到了这个奏章，当然又批准了。诸葛亮就率领五万兵马打出散关，兵围陈仓。陈仓的守将郝昭早就作了准备。可是守城的才一千多点人，怎么对付得了几万人的攻打呢？没想到郝昭有勇有谋，知兵善战。他在上半年就把城墙加高加厚，准备了足够的弓箭和粮食，任凭蜀兵怎么攻打，也没能够把陈仓打下来。

诸葛亮派一个郝昭的老乡叫靳详的去劝降。郝昭在城楼上大声回答说："魏家的法令，您是熟悉的，我这个人，您也是知道的。请回报诸葛先生：能攻就攻，不能攻就退，别的就不必多说了。"靳详只好回到大营，把郝昭的话说了一遍。诸葛亮再叫靳详去劝告他，说："双方兵力相差太远了，何必白白地遭到破灭呢？"郝昭回答得挺干脆，他说："话嘛，上次已经说定了。我是认识你的，可是箭不认识你。"说着他就对着靳详拉满了弓。靳详只好低着头回来了。

劝降没有盼头，诸葛亮下令攻城。城上的箭和石头像下大雨和雹子似的下来，蜀兵占不到便宜。魏的救兵一时可也来不了。蜀兵又利用云梯和撞车攻城。可是人家也作了对付的准备。云梯一接近城墙，城上的火箭就"呼呼呼"地射来，云梯着了火，梯子上的人有给烧死的，也有给摔死的。撞车一到城门口，自己先给撞坏了。郝昭叫士兵用绳索拴着不少大石磨，就在城门口悬着。撞车一到，石磨砸下来。"呼啦啦"一声响，一辆撞车给砸碎，"呼啦啦"二声响，第二辆撞车又翻了。

蜀兵又想出了两个攻城的办法来，一个是填壕沟，一个是挖地道。他们把城下的壕沟用土填起来，只要有一段壕沟填满，变成了平地，他们就可以直接去爬城。郝昭就在城墙里面再筑一道墙。末了蜀兵就在城下挖地道，直通城里。郝昭马上叫士兵在城里挖一条深沟，把城外通进来的地道拦腰截断。这么一边攻城，一边防守，日日夜夜坚持了二十多天，双方还僵持着。到了这时候，魏大将军曹真已经派将军费耀发兵来救陈仓了。

魏明帝还不放心，他叫张郃去抵抗诸葛亮，正像上次他在街亭打败马谡一样。魏明帝亲自到了河南城（在洛阳城西），摆上酒席，给张郃送行。他说："将军此去，一定马到成功，就怕晚了些。等到将军赶到，恐怕诸葛亮已经得了陈仓了吧。"张郃料到诸葛亮大军远道而来，粮食一定供应不上。他扳着手指头算了算，说："等臣到了陈仓，诸葛亮大概已经走了。"

果然，不出张郃所料，陈仓围攻了二十多天，诸葛亮正担心粮草供应不上，又探听到东路的大批救兵眼看就快到了。他只好下令退兵。他秘密地嘱咐魏延在退兵的时候要这么这么办。

这边一退兵，那边就追上来了。魏军的先锋，大力士王双，带领着新到的一支魏兵，步步紧逼，追着蜀兵。王双眼看前面的蜀兵打着旗子，唱着歌，不快不慢地走着。王双追得急些，他们跑得快些；王双追得缓些，他们跑得慢些。王双不耐烦了，催动兵马杀奔过去，自己夹在中间，前后指挥。刚转过山腰，一阵鼓响，大将魏延从树林子里杀了出来。王双只道蜀兵在前面，没提防拦腰里还有敌人。他回头一看，还没看明白是谁，就被魏延一刀劈下，连肩膀带脑袋都给砍下来了。魏兵一见主将被杀了，又不知道树林子埋伏着多少敌人，连滚带爬，回头就逃。魏延带着一支精兵倒追过去，杀了一阵，然后才压着后队缓缓地回到汉中。

## 读有所思

1. 曹休是怎么死的？

2. 诸葛亮带领蜀军打下来陈仓了吗？

3. 除了曹真，魏明帝又派去哪位大将救陈仓？

# 吴王称帝

二次北伐大军回到汉中，休养了一个多月，就到了新年（公元229年，魏太和三年，蜀建兴七年，吴黄龙元年）。诸葛亮这会儿不想遥远地去打安定或者陈仓，他要首先夺取几个临近的郡县，就派部将陈式进攻武都（今甘肃成县一带）和阴平两个郡（今甘肃文县一带）。魏雍州刺史郭淮从东边发兵去救。诸葛亮早就料到这一步，亲自率领一支军队冷不防地袭击郭淮，把他的军队打得落花流水。郭淮只好逃回雍州。诸葛亮就这么打下了两个郡，安抚当地的两个部族（氐部和羌部），派将士留在那边镇守，自己又回到了汉中。

后主下了一道诏书，大意说："街亭那次的战役是由于马谡的过错而遭挫折，您一定要把责任自己承担下来，还坚决要求降级。我不好违背您的意见，只好听从了。去年出兵，打了胜仗，杀了王双。今年出兵，赶走了郭淮，安抚了氐、羌，收复了两个郡，显扬了朝廷的威信，您这个功勋就不小。现在恢复丞相的职位，请不要推辞。"

诸葛亮官复原职，满朝文武都像透了一口气那么痛快。大伙儿不由得想起跟诸葛亮同时要求降级的那位镇东将军赵云赵子龙来了。没想到就在这一年，他害病死了。诸葛亮伤心得没法说。后主刘禅早就听说过赵云两次救了他的命。这么一个救命大恩人死了，怎么能不哭呢？他要追封赵云，叫大臣们商议给他一个称号，表示尊荣。姜维他们商议下来，尊他为顺平侯。他的大儿子赵统继承爵位，二儿子赵广也做了将军，跟姜维在一起。

　　诸葛亮第三次北伐，得了武都、阴平两个郡，又做了丞相。消息传到东吴，东吴的将士们也都眼红，劝吴王兴兵伐魏，夺取中原。吴王也正想着上次叫周鲂使了一个假叛变的计策，消灭了曹休的一支军队，可东吴并没有扩张地盘，还不如蜀汉一出兵就得到了两个郡。他心里一直打算打到扬州去收复寿春和庐江两个郡。这会儿听了将士们的鼓动，就先派人去探听大江北岸的动静。

　　大江北岸还没探听到什么重要的消息，大江南岸倒出了惊人的新闻了。东吴的文武百官纷纷上书，要求吴王登基称帝。孙权早有这个想头，就怕一旦做了皇帝，曹魏绝不肯放过他。因此，他对魏在名义上经常处在从属的地位。可是多少年来，一直保持着又是称臣，又是不受管束，又是接受魏的封赏，又是分庭抗礼、刀兵相见，这么一个不三不四的局面。这几年来，情况可不同了。魏不但没有东征西讨、统一中原的计划，反倒在东边和西边屡次受到打击，只能一边抵御，一边退却，根本没有回击的力量。吴王孙权看清了这种形势，才大胆地做了皇帝，改黄武八年为黄龙元年，追尊父亲孙坚为武烈皇

帝，母亲吴太夫人为武烈皇后，哥哥孙策为长沙桓王，立王子孙登为皇太子。

吴主孙权拜陆逊为上大将军，顾雍为丞相，让诸葛瑾的儿子诸葛恪（kè）、张昭的儿子张休做了太子的师傅。这时候，张昭已经七十三岁了。他上朝祝贺吴王称帝。吴主把东吴能有今天的主要功劳归给周瑜。张昭也想说几句颂扬功德的话。他刚举起朝笏（hù），做着发言的姿势，动了动嘴唇，却没说出话来，吴主就笑了笑，叫他别说了。他说："要是当年我听了张公的话，到今天只能做个要饭的啦（指赤壁之战）。"这句话说得张昭直冒冷汗，连耳朵带脖子全红了。他趴在地上直认错。吴主请他起来，叫他别介意。张昭因为年老多病，上书要求退休。吴主封他为娄侯（娄，县名，今江苏昆山），食邑万户。又过了八年，张昭在八十一岁那年死了。

诸葛恪是诸葛瑾的长子，从小聪明。他六岁那年，跟着父亲参加宴会。孙权因为诸葛瑾脸长，成心跟他开玩笑，叫人牵来一匹毛驴，替它相面。相了一会儿，拿白粉在毛驴脸上写了"诸葛子瑜"四个大字。大伙儿见了，笑得前俯后仰，有的为了讨孙权的好，故意捧着肚子好像已经笑得透不过气来似的。诸葛瑾觉得很别扭，又不能发脾气，只好让人家把自己当作逗乐的玩意儿了。六岁的诸葛恪跪在孙权跟前，要求让他写两个字。孙权拿笔交给他。他就添上两个字，合成"诸葛子瑜之驴"这么一句话。在场的人从心眼里称赞他的聪明。孙权高兴得哈哈大笑，轻轻地拍了拍他的后脑勺儿，就把那匹驴赏给他。

这会儿吴主嘱咐诸葛恪和张休辅助太子，其他文武大臣都有升赏。接着就打发使者到成都向蜀后主建议，互相尊为皇帝。后主召集大臣们商议这件事。他们大多认为汉是正统，魏是篡位的，吴自称为帝，对大汉来说，是大逆不道的行为，怎么还能跟他来往呢？

蒋琬说："咱们还是去问问丞相。"后主就派人到汉中去问诸葛亮。诸葛亮说："孙权早就想做皇帝了。我们所以不把他当作敌人是为了要他帮我一手去拉住曹魏。如果跟他断绝来往，必然加深仇恨。这么一来，不但还得加强东边的防卫，而且先得跟东吴决战，占领了东吴之后，才能够再打算去收复中原。目前东吴的人才还不少，他们的将军和丞相又都彼此和睦，不是一朝一夕能把东吴打得下来的。如果在东边驻扎军队跟东吴对峙着，那么，我们东边的军队坐着等老，北面的贼子倒得了好处。这不是上策。从前孝文皇帝很客气地对待匈奴，先帝也曾经很客气地跟东吴联盟。这都是为了长远的利益，暂时采取的一种变通办法。现在东吴派使者来，跟我们结成联盟，我们出兵北伐，就不必顾到东边，魏要防备东边，就不敢把军队都调到西边来，这对我们就大有好处。"

经过诸葛亮这么一解说，大伙儿才认为应当变通一下，跟东吴结成联盟。后主就派卫尉陈震为使者带着礼物去回拜吴主，祝贺他上了尊号。吴主建议跟汉订立盟约，约定灭魏之后，孙刘两家平分天下：豫州、青州、徐州、幽州归东吴，兖州、冀州、并州、凉州归蜀汉。此外，还有一个司州，以函谷关为界，西边属汉，东边属吴。陈震同意回去请示。

那时候，魏、蜀、吴三分天下。魏地最大，除了上面所说的蜀、吴打算平分的九个州以外，魏还有荆州、扬州、秦州、雍州四个州的一部分，一共十三个州。东吴占领荆州、扬州、交州、广州四个州，其中荆州和扬州还跟魏各占一部分。蜀的土地最小，原来只有一个益州，后来把益州分成益州和梁州，再加上凉州和交州的一部分，勉强也算四个州。

吴主跟汉约定平分天下以后，因为不必再担心西边，就迁都到建业，留着上大将军陆逊和别的一部分大臣辅助太子孙登镇守武昌，上大将军兼管荆州。又因为扬州的豫章、鄱阳、庐陵三个郡接近荆州，再说那边的山越还老发生叛变。因此，这许多地区的军政大事，全由陆逊总督。

吴主老想往北扩张地盘，可是魏在东面从广陵、寿春、合肥起，往西直到沔口、西阳、襄阳都驻扎着军队，从东到西，形成一条巩固的防线，叫吴主很难伸展。诸葛亮曾经说过："孙权不能打到江北去，正像曹魏不能渡过汉水夺取江陵一样。"吴主就利用沿海的特殊条件，大量建造海船，向东、南、北三面发展。

东吴的大海船往北直通辽东，跟魏辽东太守公孙渊（公孙康的儿子，公孙度的孙子）经常有来往，建立了南北的海上交通，有了买卖关系，彼此都有好处。公孙渊在名义上是魏的太守，实际上从他祖父公孙度起，经过他父亲公孙康，到他自己，三辈都保持着一个半独立的地位。因此，陆地尽管不通，航海倒很方便。东吴的马匹大多是由辽东方面供给的。魏明帝明明知道，却没办法。

东吴的大海船往东，发兵占领了离临海郡（今浙江南部）两千多里的海岛，岛上也有几万户人家。海船往南直到珠崖（海南省），在那边设置了郡县。海船往东南到了夷洲（台湾）。

吴主还要把这些岛上一部分的居民移到大陆上来，为的是增加户口，进行耕种。陆逊和全琮都反对这么干，一来因为这些部族的风俗习惯跟汉人太不相同，生活、管理都有困难，二来岛民搬了地方，水土不服，容易害病。他们说："桓王（指孙策）创立基业的时候，士兵还不到一个旅（古时士兵五百人为一旅）。现在江东人口很多，并不缺少士兵。如果从一千里，甚至一万里以外的海岛上把各部族的人当作俘虏带到陆地上来，这是利少害多的事，请皇上三思。"可吴主没听他们的。

东吴和蜀汉订了盟约，迁都到建业，不向西过来，有时候倒向海上去发展，诸葛亮就不必再为东路操心了。他在南郑西边沔阳地方造了一座城叫汉城，在南郑东边成固地方造了一座城叫乐城。汉城、乐城两座新造的城大大巩固了北伐前哨的根据地，然后再准备出兵。哪儿知道诸葛亮还没出兵，魏明帝倒派大司马曹真和大将军司马懿率领两路大军打过来了。诸葛亮决定守住紧要的关口等着他们。

## 读有所思

1. 吴王为什么要下定决心称帝？
2. 孙权拿诸葛瑾开玩笑，其儿子诸葛恪是如何给他解围的？
3. 吴主想把岛上的居民迁到陆地上来，陆逊和全琮为什么要反对？

# 木牛流马

大司马曹真自从收复南安、天水、安定三个郡以后，还想去打汉中。公元230年（魏太和四年，蜀建兴八年，吴黄龙二年），他上了一个奏章，大意说他要从斜谷进兵，如果再有别的将军从另一路出发，两路并进，一定能够打个大胜仗。魏明帝同意了，另外叫大将军司马懿从汉水经过西城打过去，到汉中跟曹真的军队会齐。可是有人不同意这么办。

司空陈群反对说："从前太祖（指曹操）到阳平进攻张鲁，收割了当地的豆子和麦子补贴军粮。张鲁没打下来，军粮已经不够了。现在没有豆子、麦子可以收割，军粮没法补充，运粮大有困难。再说斜谷地势险恶，道路狭窄，进兵、退兵都不方便。路上转运粮草、军需，必然会遭到截击。这种情况不可不考虑。"

魏明帝认为陈群说得有理，就不让曹真去。曹真又上了一道奏章，建议由子午道那边进兵。陈群又说那条道儿不好。魏明帝不知道究竟哪条道儿好，就下了一道诏书，叫曹真再跟

林汉达

三国故事全集

162

陈群商议商议，曹真自作主张，拿着这道诏书，叫司马懿照原来的计划发兵，自己率领大军走了。

汉丞相诸葛亮探听到曹真、司马懿两路进兵，料定他们一定到成固那边会齐。他就把大军驻扎在成固，等着他们。好在那边刚造了两座城，结实得很，城里又储藏着足够的粮草，要守多久就能守多久。又因为东边的防御可以放松一点儿，就叫江州都督李严带兵两万，赶到汉中来，让他儿子李丰为江州都督，接替他父亲守在那边。

诸葛亮作了准备，等候魏兵打过来。谁知道等了一个多月，魏兵却没来。不是不来，是来不了啦。那年秋天下大雨，连着三十多天下得没个完，山洪暴发，栈道断绝。曹真带领大军从长安出发，走了一个多月，子午道还没走出一半。幸亏魏太尉华歆和别的几个大臣上了奏章，说天时不好，不该进兵。魏明帝才下了诏书，叫他们退兵回来。司马懿为人机灵，他借口天下大雨不便行军，早就中途停下了。这会儿接到了诏书，很方便地就回去了。

魏兵不能过来，诸葛亮倒叫魏延往西去招抚羌人。这么一来，就跟雍州刺史郭淮打了一仗，把他打得一败涂地，再也不敢出来了（这一仗算是四次北伐）。

第二年（公元 231 年）春天二月里，诸葛亮第五次出兵北伐，围攻祁山。这次供应粮食和军用物资采用一个新的办法，就是不用大量的牛马，而用一种一个人拉的双轮小车，人们管这种小车叫"木牛"。用木牛运粮，可以节省畜力、人力，而且因为车身小，分量轻，周转灵活，适宜于山谷小道。

"木牛"确实比牛马或者一般的辂辘车轻巧得多，可是山沟子里的小道一碰到下雨，被水冲坏，哪怕仅仅冲坏一段，或者小道上左右不平，就没法行车。诸葛亮和几个专做木工的士兵从一个人拉的双轮小车上想主意，试了好多次，居然让他们发明了一种一个人推的独轮小车。那种小车只要有道，任何小道，不管多窄，人走得过去，车也推得过去。他们管这种独轮手推车叫"流马"。

督运粮食是非常重要的事，诸葛亮特地叫骠骑将军李严负责办理。这儿一边用"木牛""流马"运粮，一边把军队集中到祁山。警报早就到了洛阳。

大司马曹真这时候因病回到洛阳，不能出征。魏明帝只好派大将军司马懿屯兵长安，指挥将军张郃、费曜（yào）、戴陵、郭淮等去抵抗蜀兵。没有多少日子，曹真死了，他儿子曹爽继承他父亲的爵位为列侯。司马懿可就掌握了军事大权。他派部将费曜、戴陵带着四千精兵留在上邽，守住后方。其余的兵马都往西去救祁山。

张郃认为救祁山用不着这么多兵马。他建议，是不是可以让他带领一部分兵马驻扎在雍县和郿县，作为接应。司马懿回答他说："照你的办法把大军分成前后两队，你带领后队作为接应，我带领前队出去作战。要是前队能够对付蜀兵的话，那你的办法很好。可是我担心我们全部人马不一定能打败敌人，要是再把军队分成前后两队，力量分散，那就更不行了。"这么着，司马懿没听张郃的话，他集中兵力去救祁山。

诸葛亮一听到司马懿集中兵力亲自到祁山这边来，他偏偏不跟他交锋。当时分了一部分兵马给王平留在祁山，转攻为守，自己带着魏延、姜维他们率领大军抄小道往北直上去打上邦。镇守上邽的两个将军，费曜和戴陵，不知道天高地厚，马上出去应战。两军一碰头，立见分晓。四千精兵，再精也不过四千。不出来，还可以守，一出来交战，差不多全部消灭。幸亏雍州刺史郭淮领兵赶到，把两位将军和一些败兵救了出去，逃回城里，再也不敢出来了。

上邽城门紧闭，像死一般地静。好在城墙结实，蜀兵也不容易打进去。城外有一片好庄稼，正赶上麦收时节。蜀兵老实不客气，赶紧收割麦子，能割多少是多少，那要比木牛流马运送更省事。郭淮他们不能出来争夺麦子，可是他们早已派"飞马报"去向司马懿求救了。

司马懿的大军赶到上邽东边，就碰上了魏延和姜维的军队。司马懿立刻下令扎营，挑了险要的地区布置壁垒，吩咐将士们守住阵脚，只许放箭，不许出战。蜀兵几次进攻，都被射退。魏延、姜维他们只好收兵回营。以后蜀兵天天出来叫战，魏兵只是加强防守，决不出战。诸葛亮不能老待在那儿天天消耗粮食，就在五月里下令退兵，退到卤城。

司马懿一直不出来交战。这会儿瞧见蜀兵退去，他倒要打了。张郃拦着他，说："蜀兵老远地跑来，希望快打，我们守住阵地，日子一多，远来的敌军粮食供应不上，只好退兵。祁山那边知道我们的大军来了，将士们守城的决心一定更坚，祁山就能保住。我们就在这儿屯兵，让诸葛亮有个忌惮，我料定蜀兵只好退回去。他们退兵一定作了准备。如果我们追上去，逼着他们大战一场，我们就算打个胜仗，也没有好处。我怕这不是老百姓的愿望。"

司马懿不同意张郃的主张，很简单地说了一句"全军追上去吧"，心里可很不是滋味儿。司马懿率领大军追到卤城，可又不出战，只是扎了营，掘了壕沟，守在那儿。蜀兵天天到司马懿的军营外叫战、骂街，一天到晚高声嚷着说："胆小鬼，出来吧！""脑袋缩在甲壳里，不害臊吗？"

魏营里的将士们几次三番要求出去打一仗，司马懿高低不答应。其中有两个将军，一个叫贾栩，一个叫魏平，实在耐不住了。他们直截了当地对司马懿说："明公害怕蜀兵像害怕老虎一样，给天下人笑话怎么办？"司马懿是哑巴吃黄连，有苦说不出。他实在害怕诸葛亮，又因为张郃曾经跟诸葛亮作战出了名，张郃几次献计，都被司马懿拒绝，彼此都有点别扭。司马懿追了上来，又不跟人家作战，将士们在背后笑他，他已经不太舒服了。贾栩、魏平的话更叫他难受。

末了，他同意交战，就给张郃一万人马，叫他去救祁山，自己带领大军正面对付诸葛亮。

## 读有所思

1. 为了方便运粮及军用物资，诸葛亮发明了什么工具？
2. 司马懿带大军去救祁山，诸葛亮是怎么做的？
3. 司马懿叫张郃带领一万兵马去救祁山的目的是什么？

# 木门道

　　诸葛亮早已吩咐魏延、高翔、吴班等在卤城左右埋伏着，天天等着司马懿出来，好像打猎的安排了陷阱等候着野兽掉下来一样。这会儿司马懿让那两个急于要打的将军带着兵马冲杀过去，天天叫战的蜀兵反倒不出来了。他们守住阵营，只有前排的士兵用连弩弓抵抗魏兵。那连弩弓是诸葛亮的发明创造，箭是铁制的，长八寸，每发射一次，十支箭同时出来，要比一般的弓箭厉害得多了。魏兵好几次冲杀过去，都被连弩箭射回来。他们每冲一次，地下都会留下一大批像刺猬似的尸首。等到魏兵的冲劲没了，蜀兵"唰"的一声，突然杀过去。司马懿慌忙叫贾栩、魏平去顶一顶。顶管什么用？魏兵各自逃命，哪儿有路就往哪儿跑，哪边没人就往哪边躲。魏延、高翔、吴班三路伏兵同时出来，杀得魏兵不知道死了多少。蜀兵打了个大胜仗，身穿普通军衣的小卒子不算，高一级穿铠甲的魏兵就杀死了三千多名，此外，还得到了黑色的铠甲五千套，镶（xiāng）角的弩弓三千一百张。

贾栩、魏平到底比一般的士兵机灵，他们一看自己顶不住蜀兵，早就保护着司马懿，逃出包围，先回大营了。司马懿咕嘟着嘴，直怪部将们不听他的指挥，一定要出来交战，以致打了败仗。打这儿起，他叫将士们捂住耳朵，不听蜀兵的叫战、骂街，只是坚守营垒，怎么也不再出战了。

张郃那一路还没走了多远，就听说司马懿大军打了败仗，还败得很惨。他只好退兵回来，跟司马懿的大军合在一起，守住阵地。他们只是用弓箭对付蜀兵的进攻，就这么又相持了十多天。

诸葛亮十来万大军遥远地跑来，在上邽、卤城一带跟司马懿已经相持了快四个月了。司马懿死也不再出来，诸葛亮没法。不打不要紧，可有一件，十万士兵每人每天吃二斤粮，四个月一百二十天，就得两千四百万斤。一个人拉的"木牛"小车至多不过运粮几百斤。粮食的供应慢慢地显得不怎么富裕了。

诸葛亮正在为难的时候，那个负责供应粮食的李严，已经改名为李平，打发参军狐忠和督军成藩两个助手赶到卤城，请诸葛亮赶紧退兵回去，别的话一句也没提。诸葛亮问他们是怎么回事，他们都说不知道。诸葛亮考虑了一下，认为李平总不会无缘无故请他退兵的。这么一推想，准是运粮有了困难。粮食要是供应不上，大军也不能再待下去。他叫狐忠、成藩先回去告诉李平，这儿马上撤兵。一面派人传令，嘱咐围攻祁山的王平把军队撤到成固，一面派魏延带领一万人马外加一千名弓箭手先到木门道（今甘肃天水西南）埋伏着。然后自己率领全部兵马堂堂皇皇地离开卤城。

蜀兵突然退去，司马懿还不敢相信。他派人去察看，探听蜀兵往哪条道儿走。察看下来，果然，卤城内外见不到一个蜀兵。再探听一下，才知道他们都往木门道那边逃了。司马懿呵呵大笑。他说："这回真退兵了。谁敢追上去？"将士们因为上次受了窝囊气，脸上太不好看，这会儿蜀兵逃回去，落得追赶一阵，就说立不了大功，脸上也风光风光。因此，大伙儿抢着说："我去，我去！"只有张郃来个"死鱼不张嘴"。司马懿挑着眼角向他瞧了瞧，说："怎么啦？将军的意思是……这一次又不应该追？"

张郃说："兵法上有句话说，围城必须开一条出路，撤回去的军队不可去追。"司马懿用鼻子笑了笑，说："将军的胆子也太小了吧。"张郃斗气似的说："我上过多少次战场，从来不敢落后。要追就追，怕什么？"司马懿马上高兴地说："好！将军做先锋，我跟在后面。只要兵马多，不怕诸葛亮使什么诡计。咱们就追上去吧！"说着，他叫张郃带领一万兵马为第一队，自己带领三万兵马跟在后面为第二队。

张郃一马当先，一点儿阻挡都没有地直追上去。遥远地瞧见蜀兵的后队乱糟糟地跑着。没费多大工夫，就追上了压队的大将魏延。魏延边打边退，张郃步步紧逼。追了一程，他怕中计，立刻勒住马，往前瞧瞧。他还不放心，亲自上了高岗，观察一番。往前望去，只瞧见魏延带着几千人在那儿压队，没瞧见诸葛亮的大军。要么大军已经走远了，要么没走这条道，反正前面才几千个人。他往后一望，尘土灰沙飞得半天高，司马懿的大军正跟上来了。他这才放胆地又追上去。

张郃瞧见魏延还在前面磨蹭着。这不是引他进去吗？他仔细望了望，不像。魏延正忙着叫将士们把铠甲、刀枪、做饭的铜锅什么的扔在道上，要把道路堵死，不让魏兵过去。张郃最后才决定追上去。好在铠甲什么的并不太多，魏兵到了，把这些东西往两旁一踢，就过去了。魏延跑进木门，回头一瞧，张郃还追着，他慌了神，他那匹马乱蹦乱跳，险些把魏延摔了下来。张郃看得真切，往后一招手，魏兵跟着他进了木门道。道儿越来越窄，两旁是山岸，上面还有树木。他怕这儿有埋伏，正想回头，突然一阵鼓响，高岸上的连弩箭就像下大雨似的直倒下来。张郃的右腿先中了一箭，翻身落马，接着，他跟别的将士一样，很难说究竟中了几箭。魏兵的后队一看前队逃回，主将被杀，慌忙回头，又被魏延的兵马追杀一阵。司马懿赶到，接应着，放过败兵，挡住魏延。他怕自己也中了埋伏，急忙退回。魏延也不再追赶，带着自己的兵马回去了。

诸葛亮回到汉中，查问李平叫他退兵的详细情况。李平故意装出吃惊的样子，反问说："军粮很充足，为什么就回来了？"原来李平因为今年夏末秋初雨水多，山道运粮不便，他怕军粮供应不上，就要个花招叫狐忠和成藩去劝诸葛亮退兵。这会儿又想把退兵的过错推给诸葛亮，还故意含糊地说狐忠、成藩可能没说清楚。诸葛亮不愿意在这儿跟他分辩，就回到成都去了。李平又怕后主责备他，就上了一个奏章，说丞相退兵是个计，要把敌人引出来，然后消灭他们。他想用这种话蒙住后主。

诸葛亮到了成都，把李平的前后奏章和信件拿出来核对一下，就知道他居心不良，要把自己的过错推给别人，以致前后言语颠三倒四。李平没有话说，情愿领罪。诸葛亮直叹气，很伤心地上了一个奏章，把李平废为平民，放逐到梓潼郡（今四川梓潼）去。李平这件事跟他儿子李丰无关，李丰仍旧做着江州都督。

诸葛亮又一次整顿内政，动员农民增加生产。朝廷减少官差，减轻赋税。同时，训练兵马，制造运粮的小车，还在斜谷口加强防御，修了仓库，把军粮陆续先运过去，准备三年以后，再一次出兵北伐，非把长安打下来不可。

## 读有所思

1. 李严为什么要让诸葛亮退兵？
2. 诸葛亮从卤城撤兵时做了哪些布置？
3. 曹魏大将张郃是怎么死的？

## 知识拓展

木门道，位于天水牡丹乡木门村附近。古道东西两面雄山对峙，壁立千仞，空谷一线，状若天然门户。峡谷中稠泥河自北向南流入西汉水，峡谷窄处仅有一小道可通，大有一将当关，万夫莫开的气概。木门道地名的来历，在当地有两种说法。一说为这里古时森林茂密，木材资源丰富，时有飞禽猛兽出没，当地人将其砍伐的木材贩运进城必经此路，也就是通过峡门运送木头的路，故名木门道。另一说为《后汉书·段颖传》：东汉建宁二年，羌众溃，东奔，复聚射虎谷，分兵守诸谷上下门。颖规一举灭之，不欲复令散走，乃遣千人于西县，结为木栅，广二十步，长四十里，遮之……

林汉达◎编著

# 三国故事全集

## 林汉达

⑤

中国出版集团有限公司

世界图书出版公司
西安 北京 上海 广州

图书在版编目（CIP）数据

林汉达三国故事全集：全 5 册 / 林汉达编著 . -- 西
安：世界图书出版西安有限公司，2023.3
ISBN 978-7-5232-0220-3

Ⅰ . ①林… Ⅱ . ①林… Ⅲ . ①中国历史 – 三国时代 –
儿童读物 Ⅳ . ① K236.09

中国国家版本馆 CIP 数据核字（2023）第 046579 号

林汉达三国故事全集（全 5 册）
LINHANDA SANGUO GUSHI QUANJI (QUAN 5 CE)

编　　著：林汉达　　　　　封面设计：智灵童
策划编辑：赵亚强　　　　　责任编辑：符　鑫

出版发行：世界图书出版西安有限公司
地　　址：西安市雁塔区曲江新区汇新路 355 号
邮　　编：710061
电　　话：029-87214941　029-87233647（市场营销部）
　　　　　029-87234767（总编室）
网　　址：http://www.wpcxa.com
邮　　箱：xast@wpcxa.com
印　　刷：优奇仕印刷河北有限公司
成品尺寸：170mm×240mm　1/16
印　　张：58
字　　数：630 千字
版　　次：2023 年 3 月第 1 版
印　　次：2023 年 3 月第 1 次印刷
国际书号：ISBN 978-7-5232-0220-3
定　　价：198.00 元（全 5 册）

# 目录

# 赶集遭殃

公元 234 年春二月，汉丞相诸葛亮第六次出兵北伐，同时打发使者到东吴，约吴主也出兵，东西两面夹攻，使魏分散力量，难于应付。四月里，诸葛亮率领十万大军由斜谷到了渭水南岸的郡县，屯兵五丈原（今陕西岐山一带）。这西边的形势固然严重，可是长安有司马懿（yì）的军队守着，蜀兵又是远道而来，只要司马懿派兵守住关口、要道，诸葛亮是不能很快就打过去的。为这个魏明帝倒特别注意东吴那一边。

吴主孙权一直打算往北扩张地盘，这会儿诸葛亮打发使者来约他一同发兵，他就下了决心，分三路进兵。他自己率领大军为第一路，到了巢湖口，向合肥新城（今安徽合肥东）进军，大军号称十万，声势十分浩大。他派陆逊、诸葛瑾带领一万人马为第二路，进入江夏、沔（miǎn）口，准备进攻襄阳，又派将军孙韶、张承带领一万人马为第三路，进入淮地，向广陵、淮阴进军。三路兵马同时并进。

魏明帝曹叡（ruì）认为东吴这一边的三路进攻，要比蜀兵从斜谷过来更加严重。因此，对付西边，他仅仅派了将军秦朗带领两万人马去帮助司马懿，嘱咐他们严守阵地，不可出战，自己坐着龙船，率领大军，御驾亲征去对付东吴。他还在路上，豫州刺史都督扬州军事的满宠向他献计，准备故意放弃新城，引吴兵进入寿春，在那里消灭他们。魏明帝不同意，他说："先帝（指魏文帝曹丕）挑选了重要的地区驻扎军队：东，屯兵守合肥；南，屯兵守襄阳；西，屯兵守祁山。敌人到了这三个地方，都被打败，就因为地势好。孙权进攻新城，一定不会成功，只要将士们坚决守住，待我大军一到，也许孙权已经跑了。"

满宠就用原来的一点儿兵马坚守新城。吴主一看没法打进去，就下了命令，叫士兵们用木头制造大量攻城的器具，如云梯、撞车，等等，派自己的侄儿将军孙泰率领将士攻城。满宠招募了一批勇士，拿松明作为火把，浸上麻油，由将军张颖等率领，从上风放火，向吴兵反攻。那天正赶上刮大风，松明加上麻油，一点就着。这班勇士拿松明作为飞镖，遥远地向云梯什么的扔过去。扔到哪儿，烧到哪儿，攻城用的大量木头架子被烧毁，还烧死了不少士兵。吴主的侄儿孙泰又被城上的乱箭射死。大将一死，士兵纷纷逃回。

吴主打了一个败仗，正在进退两难，不知道下一步该怎么办的时候，倒霉的事又连着来了。第一件是"秋老虎"来了。那年秋天闷热得叫人喘不过气来，军营里发生了瘟疫，官吏、士兵害了病，已经死了不少人。第二件是魏帝率领大军来了。吴主原来估计魏帝不能出来，也许像上回那样往西到长安去。这会儿一听到他亲自率领大军到合肥来了，"好汉不吃眼

前亏"，他就下令退兵。他这第一路退兵，右边的第三路孙韶他们配合不上，也只好退回来了。

左边第二路陆逊、诸葛瑾他们离第一路比较远。陆逊一听到魏帝亲自到合肥来，就打发心腹韩扁给吴主送去奏章，说他准备改变原来的作战计划，不去向襄阳进攻，而要赶到东边去切断魏兵的归路，约吴主前后夹攻，活捉曹叡。没想到韩扁到了沔中，吴兵已经退去，自己反倒被魏兵的巡逻队拿住。幸亏他的一个手下人眼快腿快地逃回去，就近向诸葛瑾报告了经过。

诸葛瑾吓了一大跳，马上给陆逊去信，说："皇上已经回去了，敌人逮住了韩扁，知道了我们的计划，我们必然吃亏。再说天旱水干，还是快点退兵吧！"陆逊看了信，对来人说："请回报大将军，急事缓处，我自有办法。"说着他像平日一样，继续跟将军们在一起干他们的事儿。

使者回去向诸葛瑾回话，诸葛瑾担心陆逊太大意了。就问使者："大都督还做些什么准备？"使者说："这我可不知道。我光知道他还督促士兵们在营外种芜菁（菁 jīng；芜菁，就是大头菜）、豆子什么的，自己不是跟将军们下棋，就是跟他们比箭玩儿。"

诸葛瑾听了，放了心，他说："伯言足智多谋，一定有办法。"他就亲自去见陆逊，问他详细的情形。陆逊说："敌人知道我们的皇上已经带着大军回去了，他用不着担心东边这一路，就必然用全力来对付我们，而且料到我们退兵，他就一定布置兵马沿路截击。我们这儿一退，让敌人看出我们害怕，他就会趁着机会逼上来，我们难保不打败仗。因此，我们必须另想办法，让敌人摸不透我们的意图，然后我们才能够回去。"

他们两个人很秘密地商量定了，马上行动起来。诸葛瑾率领战船，陆逊率领步兵、骑兵，不但不往后退，反倒水陆并进，浩浩荡荡地向襄阳进军。魏人一向害怕陆逊，这会儿一探听到他亲自来进攻襄阳，马上把那些已经出去的军队调回去，准备坚守襄阳。吴兵就这样没在路上跟魏兵交战。陆逊的大军到了白围（在今湖北襄阳白河入汉江一带），假意说去打猎，暗地里派将军周峻、张梁等袭击江夏郡的新市、安陆、石阳几个小城。

石阳倒是个热闹的地方，那天东门外正赶上集市，赶集的人还真不少。周峻他们突然打过去，老百姓惊惶失措，纷纷扔了货物，都往城里逃。守城的魏将下令关门，可是城门口挤满了人，城门没法儿关。魏兵一瞧前面的吴兵已经到了，就横了心，把拥挤的人杀了一些，才勉强把城门关上。吴兵就在城外杀了一千来人，还带来了一些"俘虏"。就这么得胜而归，全军退到东吴地界。

魏人大忙了一阵，加强了襄阳的防守，吴兵可没过来。第二天探听下来，才知道东吴大军已经退回去了。

东吴十多万人马的三路进攻，并没跟魏展开大规模的战斗，仅仅由于满宠招募了一些勇士，烧毁东吴攻城的器具，射死了吴主的侄儿，就这么烟消云散了。难道吴主孙权就这么不中用吗？他以前曾经任用周瑜，火烧赤壁，打败了曹操；任用吕蒙，夺取荆州，消灭了关羽；任用陆逊，火烧连营，赶走了刘备。为什么这一次他不把十多万兵马的大军交给大都督陆逊，而仅仅给他一万人马，把他当个次要的配角呢？为什么要自己率领这十多万人的主力军，可又不敢跟敌人拼个死活呢？有人说，做了皇帝，谁还肯拼死？把兵权交给别人吧，总不如自己拿着好。咱们且不管这些个，反正东吴这次北伐大事就这么虎头蛇尾地吹了。

东边去了威胁，魏明帝就在寿春封赏有功劳的将士。大臣们都向魏明帝建议，说："司马懿正跟诸葛亮相持着难分难解，皇上是不是可以再一次御驾亲征，到长安去一下？"魏明帝说："孙权一逃，诸葛亮一定吓破了胆，司马懿的大军足足可以抵制他，用不着我担心了。"他留下一部分的兵马守在那儿，自己带着其余的将军和大臣回去了。真的把司马懿那边的战争不怎么放在心上。

魏明帝坐着龙船东征回来，已经是八月了。他还真大模大样地替汉朝的皇帝安葬。原来汉献帝被废为山阳公以后，不愁吃、不愁穿，多磕头，少说话，无声无息地又活了十四年。今年五十四岁，三月里害病死了。东汉从汉光武刘秀到汉献帝刘协，一共八代，十三个皇帝，一百九十六年（公元 25 年到 220 年），已经完了。魏明帝曹叡曾经穿着孝给他发过丧。这会儿按照安葬皇帝的仪式把他葬在禅陵，还让他的孙子刘康继承他为山阳公。

安葬了汉献帝以后，魏明帝正想知道郿县那边的情况，司马懿的奏章到了。从诸葛亮四月到了郿县，在渭水南岸扎了营，司马懿跟他对抗着已经一百多天了。司马懿有了秦朗两万兵马的支援，一直依照魏明帝的命令只守不战。这会儿派人送奏章来，请求魏明帝让他出去跟诸葛亮大战一场。司马懿一向主张坚守，他怎么会要求出去作战呢？这里面准有花样。

## 读有所思

1. 吴军进攻新城，结果如何？

2. 诸葛瑾通知陆逊抓紧退兵，陆逊是怎么做的？

3. 故事中，东吴的北伐结局如何？

## 知识拓展

### 永遇乐·京口北固亭怀古

〔宋〕辛弃疾

千古江山，英雄无觅孙仲谋处。舞榭歌台，风流总被雨打风吹去。斜阳草树，寻常巷陌，人道寄奴曾住。想当年，金戈铁马，气吞万里如虎。

元嘉草草，封狼居胥，赢得仓皇北顾。四十三年，望中犹记，烽火扬州路。可堪回首，佛狸祠下，一片神鸦社鼓。凭谁问：廉颇老矣，尚能饭否？

# 鞠躬尽瘁

　　司马懿素来害怕诸葛亮，他一听到诸葛亮屯兵五丈原，心里急得跟什么似的。一般的将士们只知道蜀兵来了，却还不知道究竟在哪儿扎营。为了安定军心，司马懿故意对将士们说："如果诸葛亮从武功那边沿山往东过来，我没法不担心，如果从五丈原那边过来，将士们可以放心。"探听下来，果然诸葛亮屯兵五丈原。魏将由于司马懿说了那一番话，安心得多了。

　　司马懿下了命令，"只守不战！"他对将士们说："让蜀兵多消耗粮食。日子一长，他们打又打不过来，运来的一些粮食越吃越少，木牛流马也不能大量地供应粮食。咱们只要坚持三四个月，他们必然退去。等到他们退兵，咱们用全力追击，一定能打胜仗。"

　　诸葛亮这一回已经料到司马懿有这一招儿，因此，他利用木牛流马，早在斜谷口积聚了粮食，还不断地继续运送。蜀兵有了这么多粮食，一年半载绝不会饿肚子。不光这样，诸葛亮又作了长期打算，他下了决心，北伐不成功，就永远不回去。他分出一部分士兵在渭河南岸开了不少荒地，开始耕种。这些士兵跟附近的农民杂居在一起。蜀兵纪律严明，不侵犯老百姓，不拿他们的东西。为这个，屯田的士兵和居民做到了相安无事。军队屯田种地，生产粮食，诸葛亮就可以跟司马懿相持下去，要坚持多久就多久，非跟他拼个上下高低不行。

诸葛亮派人向司马懿下战书，还说，不出来交战的不是好汉。司马懿硬是不出来，不是好汉就不是好汉。蜀兵天天到司马懿的营门口叫战，骂魏将都是"胆小鬼""没皮没脸、没耻没羞""缩在甲壳里的王八"，等等，什么难听的词儿都用上了。魏兵的耳朵起了茧子，将军们更加受不了，屡次三番地要求出去打。司马懿好像没事似的就是不答应。就这么两军对峙（zhì）了一百来天。要是在往年，蜀兵早已吃完了粮食回去了。可是这一回，别说一百天，就是一年两年也能坚持下去，非把司马懿引出来不可。

有人向诸葛亮献计，拿那时候轻视妇女的风俗习惯去嘲笑司马懿。诸葛亮笑了笑，说："不妨试试，也好让他们知道害臊。"他们就打发使者给司马懿送去一套妇女的衣服，外加发钗、耳环，还有胭脂、花粉什么的，叫他"好好打扮打扮，赶快回到千金小姐的闺房里去，别再在这儿带着兵马丢人现眼啦"！

司马懿和他的将军们见到了诸葛亮送去的这份礼物，听了使者传达的这种讽刺话，这一气呀，真不得了啦。有的吹胡子、瞪眼睛、鼓腮帮子，有的气了个倒仰儿。司马懿本来想故意笑一笑，把这口大气硬咽下去，可是他一见将军们气得鼻子眼儿都喷了火，他也只好跟着他们绷着脸，翻了翻眼皮子。

鞠躬尽瘁

9

将军们嚷着说："我们也算是上过阵的将军，怎么受得了这号侮辱？请下命令，我们情愿决一死战！赢不了蜀兵，甘心受军法处分！"司马懿说："谁愿意受气？我也不是不敢出战，就因为皇上嘱咐我们只守不战，我才千忍受万忍受，怎么也不敢违抗皇上的命令。"他说了这话，瞧了瞧各人的脸，还是竖着眉毛，咕嘟着嘴。他怕不能把他们的火儿硬压下去，就说："你们既然都要出战，我就立刻上个奏章，要求皇上答应我们大战一场。你们看怎么样？"大伙儿只好同意他先上奏章。

司马懿真有两下子，他一面把将士们的火儿压下去，一面还想探听探听诸葛亮的近况，就很有礼貌地招待着送女衣和胭脂花粉的使者。他一点儿也不问打仗的事，只是像聊家常似的说："孔明先生身体可好？事情一定很忙吧。睡觉好吗？胃口不坏吧。"使者还以为这些都是客套话，又不是什么军事秘密，就很天真地回答说："诸葛公起得早，睡得晚，打二十板屁股的刑罚也得他亲自批准。胃口不算好，一天也就是吃几升口粮。"司马懿后来对将士们说："诸葛孔明吃得少，事务烦，能长得了吗？"

诸葛亮确实又忙又烦，一向如此，可是吃得少还是近来的现象，他一向闲不着，文件都得亲自批阅。主簿杨颙（yóng）在八九年前曾经劝过他，说："我每回看到丞相自己批阅文件，总觉得您太累了。治国治家都需要有个体制，上上下下各有专职，不可互相侵犯。就拿治家来说，做主人的必须把工作分配好：谁下地，谁做饭；公鸡打鸣儿，狗管门，牛驮东西，马跑远路。各种各类的工作都要按照专责完成，主人自己就不会老忙不过来。如果他什么事情都要亲自动手，不再叫别人去干，那么，他为了这些琐碎的事，弄得筋疲力尽，结果，没有一件事情做得好。难道他的智慧能力还不如他手下的人吗？难道他还不如鸡、狗、牛、马吗？不是的。毛病在于他失了做主人的法度喽。所以古人说：'坐着谈论大道理的叫王公，起来实干的叫士大夫。'现在丞相亲自办理这些烦琐的细事，一天到晚流着汗，您不觉得太辛苦吗？"

诸葛亮不能同意他的说法，认为分工负责固然需要，亲自动手也少不了。再说他自己也有内心的痛苦，那就是合适的帮手太少，这话他可说不出口。但是他知道杨主簿讲这番话是出于好心。他很感激地谢了谢他的劝告，然后说："我不是不知道，但是受了先帝托孤的重任，唯恐自己尽力不够，辜负了先帝。"

诸葛亮这么鞠躬尽瘁（指小心谨慎，贡献出全部精力）地干下去，人家还不谅解他，甚至连后主阿斗也觉得自己没掌握着大权，他说："朝政由葛氏去办，祭祀我来。"这也许是实话，因为先主曾经嘱咐他要像伺候父亲那样伺候丞相，可是把应当像父亲那样受尊敬的丞相称为"葛氏"，分明是在发牢骚了。也可能由于诸葛亮过分地自己负责，不轻易信任别人，以致蜀中的人才越来越少，而自己累得吃不下饭去。这会儿使者向司马懿透露出这一个紧要的情报，司马懿一面给魏明帝上个奏章，一面鼓励将士们，说："诸葛亮活不了多久啦。"

魏明帝接到了司马懿的奏章，对大臣们说："司马懿同意我坚守不战的计策，怎么这会儿又要求打了呢？"卫尉辛毗（pí）说："司马懿本来不要打，那一定是因为将士们受不了诸葛亮的侮辱，他才上了这个奏章，请皇上帮他一下，才可以压服他们。"魏明帝拜辛毗为大将军军师，拿着节杖到渭河去传达命令。

皇上派一位老大臣到军营里来，还让他做了大将军军师，这个职位多高哇。他还拿着皇上的节杖来传达命令，这是一件十分郑重的大事。全军的将士们又是害怕又是兴奋地想早些知道皇上的诏书。司马懿和几个主要的将军把辛毗迎接进去。辛毗奉着节杖宣布说："谁敢再要求出战的，就是违抗天子的命令！"将士们只好你瞧瞧我、我瞧瞧你，谁也不敢再吭声了。

蜀营里得到这个消息，马上报告上去。护军姜维对诸葛亮说："辛老头儿拿着节杖来传达命令，贼兵绝不再出来了！"诸葛亮说："司马懿本来不敢出来交战，他这么装腔作势地上奏章要求开仗，完全是做给将士们看的，表示他并不是不敢打。要不然的话，将军接受了皇上的命令，率领三军，他在外面，皇上再有命令下来，也可以不接受。如果司马懿能够打得过我们的话，他早就动手了，哪儿有跑了一千里地去请求作战的道理？"

诸葛亮给司马懿送去了妇女的服装和首饰，司马懿忍着气，始终不敢出来，这会儿辛毗一到，更可以不必出战了。诸葛亮退又不愿意退，打又打不进去，有力没处用，这么耗了一百多天，急得心里闷闷不乐，到了八月里，害起病来了。他还想坚持一下，哪儿知道病情越来越严重，他只好向后主上个奏章，报告害病的情况。后主急得什么似的，马上派尚书仆射李福赶到五丈原去慰问。

李福见了诸葛亮，传达后主的命令，代他问安。诸葛亮流着眼泪说："我不幸半途而废，没完成北伐大事，辜负了先

帝的嘱咐。我死之后，诸公千万要忠心辅助皇上，为国家出力。劝皇上清心寡欲，爱护人民。以后我还要再给皇上上个奏章。"李福——记在心头，就动身回报后主去了。

诸葛亮勉强起来，叫左右把他扶上小车，还想再一次到各营去看一遍。没想到他才看了几个军营，已经头晕眼花，再也支撑不住了。他对着军营深深地叹了口气，说："唉！我再也不能临阵讨贼了！国家没能统一，人民吃尽苦头，天哪，天哪！这叫我太难受了！"

他回到内帐，闭着眼睛休息了一会儿，就叫长史杨仪、护军姜维、尚书费祎他们进去，嘱咐后事，告诉他们怎么退兵，怎么断后，怎么对付可能发生的变化，等等。他们偷偷地擦着眼泪，只能劝他安心休养。诸葛亮嘱咐完了，宽了宽心，病好像轻松点了，安安静静地睡着了。

过了几天，丞相的病突然又严重起来。大伙儿正在慌乱的时候，尚书仆射李福又来了，他见到诸葛亮闭着眼睛，已经奄奄一息了，轻轻地哭着说："唉，我耽误了国家大事！前几天我不敢问，这会儿又来不及问了。"诸葛亮听到李福说话，慢慢地张开了眼睛，对他说："我知道你要问的是什么。国家大事一时哪儿说得完。以后你们可以去问蒋公琰（蒋琬，字公琰）。"李福点了点头，说："公琰之后，谁可以继任他呢？"诸葛亮闭上了眼睛，又说了句："费……费文祎（费祎，字文祎）可以……接着他。"李福又问："费文祎之后呢？"没有回答的声音。大伙儿围着他，叫："丞相！丞相！"可他已经睡着了，从此不再醒来。那一年，这位三国时代伟大的政治家和军事家才五十四岁。

杨仪、姜维他们按照诸葛亮的遗嘱，不把他去世的消息透露出去，只是把尸体裹着装在车里，叫各军营按前后次序不慌不忙地退去，由大将魏延断后。魏延可不愿意压队，他就单独行动，率领着自己的一队兵马向南谷口（南谷也叫褒谷，是穿越秦岭的褒斜谷的南口）退去。大军就由姜维压队了。

　　司马懿的探子火速回去报告，说蜀兵拔营走了，听说诸葛亮已经死了。将士们都主张快追上去。司马懿说："诸葛亮诡计多端，很可能是个诱兵之计，不能追。"他马上又派几个将士到五丈原去察看一番。过了一个时辰，派出去的人回来，说："五丈原没有一个营寨，蜀兵都走光了！"

　　司马懿跺着脚说："哎呀，真让他们逃了！快追，快追！孔明真死了！"他立刻亲自上马，带领大军追赶上去。

## 读有所思

1. 诸葛亮屯兵五丈原，是怎么解决粮食问题的？
2. 诸葛亮为什么要给司马懿送去一套女人的衣服？
3. 魏明帝接到司马懿请求出战的奏章，是怎么处理的？

# 吓走活司马

司马懿率领大军赶到五丈原，一看，零零落落，只剩下几个七歪八倒的空营，可不见一个蜀兵。他下令继续追赶，自己兴高采烈地领队带头。跑了两个时辰，追到山脚下，果然望见蜀兵就在面前。要是再晚一步，让蜀兵转过山腰，那就被他们逃得没踪影了。他拼命地追去，越追越近，前面的逃兵最多不到半里地光景，再使劲一赶，他们就跑不了啦。司马懿向后一指挥，拿鞭子在马屁股上抽了两下，那匹马跑得四个蹄不沾地，简直像飞似的奔腾着。后面的兵马紧跟着追了上来。如果诸葛亮真死了，这一回非把他的灵柩劫下来不可。

司马懿的兵马刚转到山腰，忽然山后"咚咚咚"一阵鼓响，山谷左右树林子里千军万马呐喊的声音，把山谷都快震裂了，前面的蜀兵立刻后队变成前队，"哗哗哗"地冲了过来。司马懿"哎哟"了一声，好像马蜂蜇（zhē）了他的鼻子尖，慌忙拉转马头，往回就跑。背后杨仪、姜维赶来，大声吆喝着："跑不了啦！你中了丞相的计啦！"魏兵没防到诸葛亮有这一招，三面一看，满山遍野的蜀兵都变成了吃人的老虎，吓得他们扔了刀枪，丢了头盔，没命地跑，前队挤倒后队，后队碰倒前队，你踩我、我踩你，人撞马、马撞人，人撞人、马撞马，跑了的算便宜，跑不了的认了命。

魏兵这一逃呀，连死带伤损失了四五千人。司马懿跑了几十里地，后面不见动静，才停下来。他还逗乐地摸摸自己的头，说："我的脑袋还在吗？"部将们对他说："都督放心，蜀兵已经走远了。"司马懿回到五丈原，再去看看蜀兵扎营过的地方，才知道军营大多都烧了，还有几座七颠八倒的空营，进去一看，地下散着图书、文件什么的，都是残缺不全，也有没烧完的。不说这些，大量的粮食还没搬走哪！司马懿还仔细看了看诸葛亮的"八阵图"（一种布阵的方式），他回到大营，对辛毗说："孔明确实死了。他在五丈原这么安营扎寨，真是个天下奇才！"

辛毗还有点儿半信半疑，说："他可能死了，也可能没死。这很难说。"司马懿说："军事家最重要的是图书和粮食。现在他们把这些重要的东西都扔了。哪儿有人掏出了内脏还能活的呢？咱们还可以追上去。"

他准备再一次带领大军抄小道去追蜀兵。可是抄小道有一个不方便的地方。关中多蒺藜（jí lí），走道扎脚。司马懿吩咐两千名士兵穿上一种软料平底的木屐（jī）在前面开路，他们先过去，蒺藜给踩平了，然后马队和步兵跟上去，就这么一直追到赤岸坡，才知道蜀兵已经进了斜谷，去远了。司马懿只好死了心，回来了。

他在路上就听到老百姓编了歌谣唱着："哈哈哈，死诸葛吓走了活司马！"司马懿听了，也不生气，反倒笑了笑，说："我能料到生，已经不容易了，哪儿还能料到死呢？"他回头又对将士们说："敌国死了人才，是国家的洪福。孔明一死，西半边可以不怕了。"他就撤兵回到长安。

杨仪、姜维他们带领大军到了斜谷，才飘起白旗，发丧举哀。将士们像死了自己的父亲那样沿路哭着，慢慢地退到南谷口。忽然瞧见前面火光冲天，一队兵马拦住去路。前队将士吓得连忙往回站住。杨仪、姜维跑到头里一看，原来是前军师征西大将军魏延。他高声嚷着说："你们只要把杨仪这个反贼交出来，杀了他，万事大吉；要不然，别想回去！"自己人打自己人，这打哪儿说起？这当中的讲究，费祎肚子里明白，杨仪、姜维也知道。别的将士大多还在闷葫芦罐里闷着。

原来魏延比谁都勇猛，蜀中自从关羽、张飞、马超、黄忠、赵云、马谡这些人死了之后，就数他是数一数二的大将了。这几年来，他更加自命不凡，瞧不起别人，连诸葛亮都不在他眼里。别人对他不是打躬作揖，说些甘拜下风的话，就是躲着他，敢怒而不敢言。只有杨仪，因为他很早就做了参军，这几年来又做了丞相长史，自以为年龄大，阅历深，地位高，能力强，在魏延面前不肯屈服。两个人好像水火不相容似的老闹别扭。诸葛亮因为他们各有长处，国家又正需要人，一直舍不得偏废哪一个。

诸葛亮病重的时候，嘱咐杨仪、姜维、费祎怎么退兵，怎么对付司马懿。他说退兵的时候，叫魏延断后，姜维第二。万一魏延不服从命令，就由姜维断后，大军照样撤回去。诸葛亮一死，杨仪不把消息透露出去。他派司马费祎去告诉魏延，

探听探听他的心意。

费祎到了魏延的军营，进了内帐，退去左右，咬着耳朵对他说："丞相已经过世了。临终再三嘱咐不可发丧，请将军率领大军断后，对付司马懿。要不慌不忙地退去。"魏延说："谁代理丞相的事？"费祎说："丞相的事务暂时由杨长史代理，行军的事由将军和姜伯约偏劳。"魏延不乐意了。他说："丞相虽然死了，我还在哪！长史他们这些文官不必留在这儿，他们可以把灵柩运回去安葬，我这儿亲自率领大军继续征讨贼子。怎么能够因为死了一个人就把天下大事废了呢？再说杨仪是什么人？我魏延又是什么人？他敢叫我给他断后！像话吗？"

费祎劝他别生气，说："这是丞相留下的命令，叫我们暂且退兵，您可别违抗啊。"没想到魏延听了这一句话，几年来在肚子里憋着的火儿就喷出来了。他拧眉瞪眼地说："哼！丞相要是听了我的话，进兵子午谷，早就把长安拿下来了！"费祎只好顺着他，让他说去。魏延跟费祎商量，把一部分军队撤回去，灵柩叫他们带走，其余的兵马留在这儿继续进攻，他叫费祎亲笔写个通告，由他们两个人联名通知将士们这么办。费祎使个花招，对他说："我看还是我去通知杨长史。他是个文官，不懂得行军大事。将军出了这么个好主意，他怎么也不敢不听啊！"

魏延很得意地仰了仰脖子，觉得费祎说得对，就让他去通知杨仪。费祎骑上快马，好像捡了一条命，马上加鞭，急急忙忙地跑回去了。费祎一走，魏延歪着脖子想了想，人心隔肚皮，谁也不知道谁。他后悔了，马上派人去把费祎追回来。可是就在这么片刻工夫，人家已经走远了。他只好再派人去探听杨仪他们的动静。探听下来，才知道他们决定按照原来的计划，正忙着烧毁东西，拔木桩，拆帐篷，乱纷纷地准备走了。魏延气得头顶冒烟，骂着费祎说："好哇！你跟杨仪一条肠子欺负我，我非把你们宰了不可！"他料定杨仪还不能马上动身，就率领自己的一队兵马先走，准备在半道上截断他们的归路。他带着队伍走上了通往南谷的栈道，走一段，就烧一段，不让杨仪他们过来。就在这紧要关头，司马懿亲自带兵追赶。幸亏姜维、马岱他们早作准备，布置了埋伏，利用诸葛亮生前的威风，说司马懿中了丞相的计，把他吓退。姜维他们才火速回头赶路。

等到魏延烧毁栈道，截断了大军的归路，大伙儿不由得着了慌。要是魏兵再追上来，那还了得！姜维熟悉这一带的地形，挺有把握地说："栈道不能走，就走山路！山路窄些，多蒺藜，有几段比较难走，但是只要我们不怕难，沿山开路，也能砍出一条可以行军的道儿来。难道丞相一死，咱们就忘了他的情义？别的不能报答，难道他老人家的遗体，咱们都保不住？没有路，就开路！怕什么！"

将士们听姜维提到丞相，忽然都哭了起来。有的哭得差点儿断了气，有的抽抽搭搭地嚷着说："我们情愿死，也不能把丞相的灵柩扔给敌人！"上下将士一心一意地赶路，翻山越岭，披荆斩棘，日日夜夜，沿着山路跟在魏延的背后跑。等到司马懿第二次再追上来，到了赤岸，蜀兵已经去远了。

这会儿大军到了南谷口，魏延派兵拦住去路，还说杨仪谋反，不准回国。费祎对杨仪说："魏延烧毁栈道，不让我们回去，还说我们谋反。听他的口气，可能已经上了奏章，诬告我们了。我们一面在这儿对付他，一面也得奏明天子，报告真相。"杨仪同意这么办，写了奏章，派自己的心腹翻山越岭地送到成都去。这儿就派将军王平前去抵敌。

王平到了阵前，大声地对魏延和他的将士们说："丞相刚死，身体还没冷透，我们伤心得没法说，哭都哭不过来。你们怎么不顾大局，自己人打自己人？你们这是为什么呢？怎么对得起国家？怎么对得起丞相呢？"魏延的士兵们听了，也有抹眼泪的。开头喊喊喳喳地偷偷地说几句，后来议论的人越来越多，都说魏延没理，大伙儿不愿意给他卖命，好像马蜂给捅了窝似的"嗡嗡"地散了一大半。魏延来不及跟王平交手，就得先去镇压逃散的士兵，他抡着大刀，拍马赶上去，杀了几个人。这一来，逃的人更多了。王平叫他们放下刀枪，跑到这边来。魏延阻挡不住，一看大势已去，带着自己的几个儿子往汉中逃去。

王平召集了魏延的一部分散兵，回去向杨仪报告。杨仪马上派将军马岱带领一队精兵追上去。魏延寡不敌众，被马岱斩了，他的几个儿子也都死在乱军之中。魏延虽然并没投奔敌人，他只想杀了杨仪，自己接替诸葛亮，掌握军政，可是实际上他帮了司马懿，蜀兵两次险些被消灭。要不是没路开路，日夜行军，也早被司马懿在赤岸追上了。

杨仪、姜维、王平他们继续往南退兵，马岱的军队在后面接应。成都方面已经接到魏延和杨仪的奏章。一个说杨仪谋反，一个说魏延作乱。后主刚得到李福回报的凶信，已经乱得昏头昏脑，不知道该怎么办才好。现在前后接到前方作乱的奏章，吓得话都说不利落了。他召集大臣们，问了问侍中董允和留府长史蒋琬到底谁造反了。董允、蒋琬一齐说："臣等愿意替杨仪作保！"

后主一听，就知道是魏延造反。魏延勇猛过人，他造反了，那还了得！他愁眉苦脸地盯着蒋琬。蒋琬劝他不必过于担心，自己愿意发兵去接应杨仪。他就调动京都各营的军队和一部分的禁卫军出了成都，往北去了。

## 读有所思

1. 魏延为什么说杨仪造反？
2. 司马懿领兵追上蜀军了吗？

## 知识拓展

咏史诗·五丈原

〔唐〕胡曾

蜀相西驱十万来，秋风原下久裴回。

长星不为英雄住，半夜流光落九垓。

# 立庙

　　蒋琬带领军队才走了几十里地，就有"飞马报"赶到，说魏延已经死了。蒋琬放了心，马上带兵回来。又过了几天，北伐大军回到成都。后主和满朝文武全都挂孝，痛哭流涕地到城外去接灵。诸葛亮的儿子诸葛瞻才八岁，守孝居丧。

　　后主依着诸葛亮的遗嘱，把他葬在汉中定军山。遗嘱上还说明：不可做大坟，只要放得下棺木就够大了；入殓的时候，只穿一身便服，别的什么器物都不可放。后主把诸葛亮生前的几篇奏章看了又看，其中有一篇说：

　　　　成都有桑树八百棵，薄田十五顷，子弟衣食也就够了。至于臣在外面做事，并不需要什么，随身衣食，都是公家供应的，臣不做任何营生，来增加自己一丝一毫的收入。臣死的时候，不让家里有多余的布帛，外面有多余的财物，为了不敢辜负陛下啊。

诸葛亮死的时候，家里的情况就是这个样儿。后主为了纪念他，尊他为忠武侯，下令大赦天下。

下令大赦后，全国人都知道诸葛亮死了。一般钦佩他、尊敬他的人，心里难受，不必说了，连受过他刑罚的人也痛哭起来，那就太难得了。其中最突出的有两个人，一个叫廖立，一个就是改名为李平的李严。

廖立曾经得到先主的信任，做过巴郡太守，也做过侍中。后主即位以后，他被调出去做了长水校尉（官名，长水是地名）。他自己认为除了诸葛亮，就数他最有本领。委屈他做个校尉，已经够叫他生气了，他还在李严这些人的底下，那怎么受得了？他就不止一次狂妄自大地毁谤朝廷。一般的文武百官不在他眼里，说他们都是庸才，连关羽和刘备也都被他批评得不像话。诸葛亮上了个奏章，把他废为平民，放逐到汶山郡（今四川茂县一带）去住。那边有不少部族，汉人和非汉人杂居在一起，也可能汉人更少些。廖立带着他妻子和儿子耕种过日子。这会儿他一听到诸葛亮死了，哭得很伤心。他说："唉，丞相一死，我只好穿着左襟的衣服，一辈子做土人了！"

李平为了督运粮草，耍了花样，前后奏章自相矛盾，恶意地把责任推给别人，被诸葛亮罚为平民，放逐到梓潼郡。这会儿一听到诸葛亮死了，哭得害起病来，很快就病死了。

廖立、李平都受过处分，可是并不怨恨诸葛亮，别的人更不必说了。因此，蜀人要求给诸葛亮立庙。可能是为了制度的缘故，后主不同意。有人就在道上私底下祭祀武侯，逢时逢节，香火更旺。不但一般人，就是做官吏的也跟着大伙儿祭祀起来。这种自发的举动谁也不想禁止，也禁止不了。可是在道上私祭终究太不成体统。有人向后主建议，在临近武侯墓的沔阳地方给武侯造个庙，人们就不会在道上祭祀他了。后主同意了。

诸葛亮安葬以后，后主拜左将军吴懿为车骑将军，督守汉中；丞相留府长史蒋琬为尚书令，总理朝廷大事，兼领益州刺史；护军姜维为右监军辅汉将军，统领三军，封为平襄侯；丞相长史杨仪为中军师；司马费祎为后军师。其中最受人注意的是尚书令蒋琬。他一下子地位这么高，别的人都在他底下。可是他没显出担心的样子，也没显出高兴的神气，举止行动，待人接物，都跟往常一样。为这个，大伙儿开始服了他。

朝廷大臣的职位这么调整了一下，主要是按照诸葛武侯的意见办的。现在吴懿督守汉中，司马懿早已退兵回去，天下不是又安定了吗？没想到东边来了警报，说东吴大将全琮亲自率领一万多兵马到了巴丘界口。后主大吃一惊，说："丞相刚去世，东吴要是背弃盟约打过来，怎么办？"

蒋琬说："东吴增兵巴丘，可能为了防备魏人，也可能要扩张地盘。我们先得加强永安（白帝城）的防御，再派使者到东吴去探测动静。"后主就派王平、张嶷（yí）两位将军带领一万兵马赶到永安，以防万一，然后打发右中郎将宗预为使者到建业去见吴主孙权。

宗预拜见了吴主孙权，还没提出东吴增兵巴丘的事，吴主孙权反倒先责问宗预，说："吴蜀犹如一家，你们在白帝城增兵，这是为了什么？"宗预回答说："东边增加了巴丘的防守，西边就得增加白帝城的防守。事势所逼，道理一样。彼此都用不着问。"吴主给他这么一顶，占不到上风。他又故意讨好似的说："我听到诸葛丞相归天，怕魏人趁着丧事去侵犯西蜀，所以我不得不在西边加强兵力，为的是帮助你们，不是为了别的。"宗预说："是啊，东吴既然在西边增兵去帮助西蜀，西蜀当然也该在东边增兵来接应东吴！"

吴主看到宗预坚强的劲儿，一点儿不肯屈服，说话又尖锐又有道理，不由得哈哈大笑，说："先生正像邓伯苗（邓芝，字伯苗。昭烈帝去世后，邓芝曾奉命出使东吴）一样，豪爽，痛快！"他很客气地招待宗预，像当初招待邓芝一样。接着他也打发使者去回拜后主，还给诸葛丞相吊唁（yàn）。后主这才放了心。再说文武大臣都能够遵照诸葛丞相的遗嘱和睦共事，他还是跟以前一样，现成做他的皇帝。

大臣们虽然还能和睦共事，蒋琬又是小心谨慎，不敢得罪别人，可是朝廷上还有人不服气，经常大发牢骚，甚至开口骂人，弄得大臣们只好躲着他。那个人就是中军师杨仪。

杨仪自从杀了魏延以后，自以为这件功劳太大了，他应当代替诸葛亮执掌朝廷大权。没想到诸葛亮已经跟几个主要的大臣交换过意见，说他性情急躁，气量狭隘，意思是要蒋琬接替他。杨仪到了成都，后主拜他为中军师，论地位好像比丞相长史高，可是撤销了兵权，手下没有实力，反倒是有职无权了。他一直忘不了在昭烈帝那会儿，他做了尚书，蒋琬才做了尚书郎，是他的属下。后来两个人都做了丞相参军、丞相长史，肩膀一般平，可是杨仪事情做得多，更接近丞相。再说他自己认为才能比蒋琬强，资格比他老，阅历比他深。怎么诸葛亮一死，蒋琬就爬到他头上来了？他开始闷闷不乐，心里别扭，后来发发牢骚，说说怪话，再这么下去，他实在憋不住，就不再忌讳，甚至于开口骂人了。

　　大臣们背地里怪他说话没谱，动不动就把别人看作"草包"，都不敢跟他接近。只有后军师费祎有时候还劝劝他，安慰他。杨仪把他当作心腹，就把他心里的话，揭开包袱底，全都抖搂出来了。他恨恨地说："我真后悔呀！当时丞相一死，人心惶惶，我要是带领军队去投奔魏氏，早就飞黄腾达，还会像今天这样冷冷清清，落到这步田地？唉，后悔也晚了！"

　　费祎面子上不说，心里想着："哎呀，原来杨仪是这么一个家伙，这么说来，他比魏延还不如！魏延为了争权夺利，瞧不起杨仪，他可还要继续攻打敌人哪！"当时他对杨仪敷衍了几句，回去以后，马上写了一篇奏章向后主告密。后主动了火，把杨仪先押起来，审问一下，就要把他杀了。蒋琬替他求情，说："杨仪确实有罪，看他从前跟着丞相多年，也立过功，请免他死罪，废为平民，就是皇上的大恩了。"

　　后主把杨仪废为平民，放逐到汉嘉郡（今四川雅安一带）去。杨仪到了放逐的地方，还不肯安分守己地检查自己的过错。他又上书毁谤朝廷，话还说得挺尖锐。一道诏书下来，把他关在郡监狱里。杨仪到了这个时候，又是气愤，又是害羞，就在监狱里自杀了。

　　接着，后主拜蒋琬为大将军，录尚书事，让费祎接替蒋琬为尚书令。这两个主要的大臣遵守着诸葛丞相的嘱咐，同心协力地辅助后主。蜀中安定了一个时期。魏帝和吴主也各守自己的境界，好几年没动刀兵。魏明帝曹叡坐享太平，就开始大兴土木，搜罗美女，让自己的耳目口鼻舒坦舒坦，就这么走上淫乐这条道上去了。

林汉达

三国故事全集

30

## 读有所思

1. 廖立、李平都受过诸葛亮的处分，可他们为什么不怨恨诸葛亮？
2. 杨仪掌权前后有什么变化？
3. 没了吴和蜀的威胁，魏明帝曹叡是怎么做的？

## 知识拓展

　　诸葛亮给他儿子诸葛瞻写过一封家书，阐述了修身养性、治学做人的深刻道理，成为后世历代学子修身立志的名篇。

### 诫子书

　　夫君子之行，静以修身，俭以养德。非淡泊无以明志，非宁静无以致远。夫学须静也，才须学也，非学无以广才，非志无以成学。淫慢则不能励精，险躁则不能治性。年与时驰，意与日去，遂成枯落，多不接世，悲守穷庐，将复何及！

# 大兴土木

公元 235 年（魏青龙三年，蜀建兴十三年，吴嘉禾四年），三国都没用兵。魏拜大将军司马懿为太尉，总督兵马，派兵遣将，分别镇守边疆，天下太平。魏明帝曹叡在许昌已经盖了新的宫殿，这会儿又在洛阳大兴土木，起造昭阳太极殿，在太极殿前面盖起一座更大的宫殿，叫"总章观"，高有十多丈。这种大规模的建筑都是由成千上万的工匠和三四万民夫干的。为这个，庄稼和蚕桑都荒废了。那就是说，有不少老百姓苦得没吃没穿的了。

大臣当中上奏章劝告皇上的人还真不少。司空陈群首先奏了一本，大意说：

> 从前大禹继承唐虞的太平盛世，尚且是宫殿矮小，衣着朴素，何况今天在丧乱之后，天下户口减少。现在的户口跟汉文帝、汉景帝时代比较，不过汉朝的一个大郡罢了。边境的防守，士兵不能少。要是碰到水灾、旱灾，

国家不能不担心。现在皇上这么大量地使用民力，蜀、吴必然高兴。这么下去，国家就有危险。请皇上三思。

魏明帝说："国家要紧，宫殿也要紧。"他还是盖他的宫殿，而且房子盖了真不少。宫殿跟别的房子多了，里面可以多住人，尤其是女人。后宫里除了妃子、贵人等以外，依次下来一直到唱歌跳舞的、洒水扫地的，就有好几千人。魏明帝从这些女子当中挑选能看文件、能写字的六个人，称为女尚书。大臣们递进来的奏章也由她们看。

廷尉高柔跟着司空陈群上了一个奏章，他说：

从前汉文帝舍不得十户中等人家的费用，情愿不造露台；霍去病担心着匈奴侵略中原，情愿不给自己造住宅。何况今天的费用不止百金，需要担心事的也不止北边的敌人！皇上已经盖了这么多宫室，上朝、开宴会等等，也都够用了。请别再开工，让老百姓回去种庄稼要紧。将来蜀、吴平定之后，要盖新房子还可以再盖。从前有些君王搜罗了许多美女，连下代子孙都没有，难道不是正因为宫女太多了吗？现在皇上还没有后嗣，皇上又正是年富力强，请把多余的宫女遣送回家，将来一定能够子孙昌盛。

魏明帝把高柔称赞了一番，说他忠心，话说得对，可就是不听他的。那时候还有一条不讲道理的王法，就是老百姓不准伤害皇上的鹿。皇上的林园是没边的，在没边的林园里养了不知多少鹿，有麋鹿，有梅花鹿，有长角鹿，有短角鹿。当然，同一类鹿中还有大鹿、小鹿、公鹿、母鹿。这些鹿经常各处乱跑，专吃庄稼。谁要是杀害一只，就有死罪，财产没收，谁告发，就有重赏。农民看见鹿比碰到老虎还怕，因为老虎还可以打，这些鹿可碰不得。为了这条不准伤害鹿的法令，弄得老百姓叫苦连天，怨声载道。

廷尉高柔又上了个奏章，他说：

圣明的君王治理天下，没有不重视庄稼，提倡省吃俭用的。重视庄稼，粮食可以积起来；省吃俭用，财物可以多起来。古人说：一个男的不耕种，就会有人挨饿；一个女的不纺织，就会有人受冻。这几年来，老百姓不断地出官差，地里干活的人就少了。再加上禁止打猎，粮食更少了。成群结队的鹿，猖狂得很，跑到哪儿，哪儿的青苗就全完了。麋鹿处处为害，损失没法估计。老百姓对这些破坏庄稼的鹿，防不胜防，打又不能打。拿荥阳左右来说，周围几百里没有收成。这叫老百姓怎么活下去呀！目前生产财富的人少，可是麋鹿却多得不得了。要是碰上战争或者水灾、旱灾，怎么办呢？恳求皇上开开恩，可怜可怜老百姓，想一想种庄稼的艰难，把这条禁止杀鹿的命令去了，让老百姓去逮鹿，天下人都会感激皇上的大恩大德！

这个奏章说得很透彻，可就是没有下文。这还不算，魏明帝要削平北邙山，打算在那儿盖房子，造个高台，可以在这上面远远地望见孟津（黄河上的渡口，也叫河阳渡）。卫尉辛毗拦住他，说："天下有山有水，地势有高有低，都是天生成的。现在要把高的低的颠倒过来，不但耗费人力，老百姓更受不了，再说要是把山铲平了，万一江河泛滥，拿什么去挡住大水呢？"

魏明帝拍拍脑袋想了想："发大水把我淹死，那可不是闹着玩儿的。"这一回他听了劝，不去削平北邙山了。

那年七月里，洛阳崇华殿失火烧了。魏明帝把太史令高堂隆叫来，问他："听说汉武帝的时候，柏梁殿失火烧了，他就大兴土木，建造比柏梁殿更高更大的宫殿，为的是要把灾祸压下去。是不是这样的？"高堂隆回答得很干脆，他说："唉，大造宫殿，消灭灾祸，那是方士们的胡说八道，不是圣贤的教训！皇上应当遣散民夫，停止修建。宫室也可以节约使用，火烧过的地方清扫一下，不必在那边再盖什么。要把灾祸压下去，就得爱护人民，多种庄稼。这样，就能逢凶化吉，遇难成祥。"

高堂隆的话说得很有理，魏明帝只能点头，不能驳他。可是他的兴趣不在多种庄稼，他因为近来盖了不少宫殿，对于建筑和园艺什么的产生了很大的兴趣，简直可以说也懂得讲究了。过了一个月，诏书下来，要在崇华殿原来的地方，修盖一座更大更漂亮的宫殿。也许是因为殿前设计了九条龙作为装饰，崇华殿就改名为九龙殿。洛阳原来有一条小河叫谷水，工程师们把这条谷水引到宫里，从九龙殿前面通过。有了河就有两岸，这儿又可以设计新玩意儿。他们就用玉石做栏杆，栏杆上还刻着各种花样。

魏明帝知道博士扶风人马钧对于制造小玩意儿有特别的

巧劲，就叫他造指南车。马钧设计，画成图样，叫工匠制造起来。车还是普通的车，特别的花样在于车上有个木头雕出的人，手里拿着一面旗子向南指着。车不论转到哪个方向，车上的人永远指着南方。

马钧利用磁石，制造了活动的木头人以后，再进一步发明了一种玩意儿，叫"水转百戏"。这是木头做的一种戏台，台上有许多木头人，各种形状都有：有跳舞的女子，有吹箫打鼓的乐队，有走绳索的卖艺人，有使飞剑的侠客。魏明帝看得很高兴。他说："要是这些木头人能活动的话，那该多么好玩！"马钧说："能！"原来他在台下安了机关，有轮子，有水。水冲着轮子，轮子转动起来，台上的乐队就吹打起来，舞女们一会儿甩袖子，一会儿扭转身，那个走绳索的还能够倒竖蜻蜓，那个使剑的能把宝剑飞出去又收回来。

魏明帝看得拍手叫好。他正在叫好的时候，台上这一班人都下去了。第二出戏上台，演的是"百官上朝"。第二出完了，又来了别的玩意儿，像舂米、磨粉、斗鸡什么的。真是出入自在，变化多端。魏明帝看得哈哈大笑。

盖了太极殿、总章观、九龙殿以后，魏明帝又征发了几万民夫，再造一座高楼，叫"凌霄阙"。命令一下，马上动工，要盖得快。工程还有期限，过了限期，工匠就得办罪。有时候，魏明帝手里拿着刀，亲自责问工匠为什么工作这么慢。工匠张开嘴，正要回答，脑袋已经被砍下来，有理由也别废话了。

## 读有所思

1. 魏明帝曹叡都建了哪些建筑？

2. 老百姓见到皇家的鹿，为什么比见了老虎还可怕？

3. 马钧都发明了什么？

## 知识拓展

  马钧在魏明帝时曾担任给事中，但对织造工艺的绫机改进却做出了重大贡献。"绫"属于提花丝织物，织绫机有120个蹑（踏具），织一匹花绫用时两个月左右。马钧认为其生产效率低下，决心改良这种织绫机以减轻劳动强度。于是，他潜心研究，获得了对旧式织绫机的改造体验。他重新设计的织绫机，简化了烦琐的踏具，不论绫机综数皆通通改为12蹑，经过马钧设计改进的织绫机，即便是织工在编织时有特殊需要而变化织法，其所形成的纹样仍然可以如织布上的天然纹理一般保持生动面貌。新织绫机的构造不仅趋于简单化，对于织工上手劳作来说也更为适用，生产效率获得极大提高。

  马钧不仅热衷于织机构造研究，还关注农业用具的改进。如针对翻车（汲水装置）的改造，研制成仅以一人之力便可转动的翻车（龙骨水车）。汲满水的翻车可以自行将江水倒流至田里，提升了农业生产浇灌的效率，节省了灌溉时人力的劳作。清人麟庆编撰的《河工器具图说》记载了这种翻车的构造，称之"其巧百倍于常"。这种翻车直到20世纪后期，在我国农村仍然被使用着。

# 搬铜人

散骑常侍领秘书监王肃（王朗的儿子），上了一个奏章，他说：

> 为了不断地盖造宫室，增加徭役，农民不得不离开土地，种谷的人就少了。种谷的人少，吃饭的人多，旧谷吃完，新谷接不上，这是国家的大祸患，绝不是长远的好计策。现在征发来的民夫就有三四万人，为什么需要这么多人呢？九龙殿可以供皇上休息，就是六宫都搬进去，也住得下。就说还要盖造别的宫殿，也不能太心急。臣建议在这三四万民夫当中，挑选身体健壮的，留下一万名，让其余人回家生产。再定出分期接班的办法，一期完了，由第二期的人接上来。完了工回去的人固然高兴，接班的人知道有一定的期限，完了就可以回去，那么工作起来就有精神，虽然辛苦，也不会怨恨。有了一万人，一年就是三百六十万工，也不少了。另外，原

来规定一年要完成的工程，又不是迫切需要，不妨放宽些日子，比如说延长为三年。一样可以完成，就不致妨碍耕种。还有一件大事也得劝劝皇上，那就是千万不可轻易杀人。一个人，性命最重要。生养一个人很难，杀死一个人很容易。人断了气，没法再续，所以圣贤人最重视人命。孟子说过：杀一个无罪的人而得天下，有仁爱的人是不愿意这么干的。请皇上开恩！

　　魏明帝有个特别的本领，他对于规劝他的大臣不生气，有时候还说他们忠心耿耿，好得很。他照常大兴土木，也喜欢"水转百戏"。现在他又喜爱起珍珠宝贝来了。他派使者到东吴，拿出上等的高头大马去向吴主孙权换取珍珠、翡翠、玳瑁等。吴主乐了，对大臣们说："这些东西我们这儿有的是，我一向用不着，可以多给他些，再说还可以得到好马。"吴主就希望魏主多多收藏珍珠、翡翠什么的，能够像秦二世那样多盖些阿房宫才好呢！

　　魏明帝大兴土木，接连忙了好几年，还不满足。宫殿已经盖了不少，可是气魄不大，跟长安故都一比，还是美中不足。不说别的，秦始皇铸造的高大的金人，洛阳就没有；汉武帝建造的高到半空中的仙人掌、承露盘，洛阳也没有；还有许多铜铸成的大钟、骆驼、马、龙、凤什么的，洛阳都没有。虽然盖了昭阳太极殿、总章观、九龙殿、凌霄阙等等，虽然制造了指南车、"水转百戏"什么的，可是跟长安一比呀，一句话，太寒酸了。

　　公元 237 年（魏景初元年，蜀建兴十五年，吴嘉禾六年）

下半年，命令下来，从洛阳派去五千人，长安当地征发五千人，把那边的铜人、大钟、铜马、骆驼、仙人掌、承露盘一股脑儿都搬到洛阳来。铜人原来有十二个，董卓已经销毁了几个，还有好几个，这种笨东西每一个重二十四万斤，都是整个儿的，实在太沉，不好拿。先搬一个试试吧。古时候没有起重机，成千上万的人又不能挤在一起。总之，想尽办法，用尽力气，把一个铜人搬出东门，费了几个月工夫，才移到霸城（今陕西西安东），不知道还得费几百年才能够挪到洛阳。魏主说："算了，就留在霸城吧。"可是仙人掌、承露盘是可以拆开来搬的。

承露盘是安在柏梁台上的，那个台就有二十来丈高，还只是底层，台上的铜柱又有三十来丈高，那个柱顶已经离地面五十来丈了。铜柱上站着一个仙人，仙人的手叫"仙人掌"，掌上托着一个盛露水的盘，就是"承露盘"。成千上万的人先在周围搭起木架，慢慢地、小心地把承露盘拆下来。做梦也没想到承露盘因为太沉，一拆，失了重心，折了。"轰隆"一声倒下来，几十里以外的人都听见这可怕的声音，大伙儿认为不是天塌，就是地裂。在场的人当时就被压死几百个，受伤的更多。

皇上的命令就是命令，再压死多少人，承露盘还得搬。人们把破碎的盘、铜柱等再打碎，这才搬到了洛阳。魏明帝叫工匠用这些碎铜铸了一些巨大的东西。先铸两个大铜人，叫"翁仲"（翁仲原来是人名，后来人们把巨大的铜人或者石人都叫翁仲；一般放在大坟前面），排列在司马门外。翁仲以外，又用铜铸成黄龙、凤凰各一，龙高四丈，凤高三丈多，搁在内

殿前面。

宫殿要盖的都盖了，铜人和龙凤也都有了，还短什么呢？别看魏主不能治天下，他可有研究建筑、设计林园的聪明。他要在芳林园（后来也叫华林园）挖个大池子，开条河流。这个大池子也可以叫湖，夸大地说，就叫海。里面可以行船，船上可以摆酒席，还有女乐唱歌跳舞。在水上也能够像在后宫那样玩，那该多有意思。挖一个湖或者开一条河，还不算什么，这仅仅是大的工程的一部分。他要把土倒在芳林园西北角，在那边堆成一座土山。挖地、挑土，当然都是民夫干的活，可是挖出来的土一时来不及搬。魏主下了一道命令，叫朝廷上的公卿百官都出来担土。土山大得很，堆成以后，再种上松树、竹子，还有别的杂树和青草。当然还得有亭子和盘上盘下的道路。然后再在山上养了些山鸟和一般吃草的野兽。工程才做了一半，又有人说话了。

司徒底下的一个大臣司徒军议掾，河东人董寻，上了一个奏章。他说：

自古以来，忠诚的人实话实说，上刀山下火海也不怕，为的是忠于君王，爱护百姓。我们这一代，从建安以来，打了多少仗死了多少人，有的村子没留下一个人，有的人家成了绝户。勉强还活着的有不少是老的老、小的小。孤苦伶仃的人太多了。天下有这么多的人没吃没穿，京城里不断地征发民夫，怎么说得过去呢？就说宫室狭小，不够用，需要修盖一些，也应该照顾到农民，利用不妨碍耕种的时节。何况盖了宫室，还耗费人力、物力去做那些没有一点儿用处的东西。黄龙、凤凰、九龙、承露盘、土山、水池子这些东西，圣明的君王都是不愿意叫老百姓做的。何况这些东西的工程，比造宫殿还大三倍。大臣们都知道皇上错了主意，可是他们大多不敢说。为什么？因为皇上正在青年，容易冒火，做臣下的不得不害怕。我知道说了这些话，一定活不了。可是我自己比自己，只不过牛身上一根毛，活着没有好处，死了也并没损失。我一边拿着笔写，一边流着眼泪，准备着要跟这世间永别了。

这个奏章上去以后，董寻洗了个澡，换了一身衣服，等着命令就死。主管奏章的一些臣下对魏主说："杀了他算了！"魏明帝马上下了一道诏书："谁都不准追问董寻。"

前前后后除了司空陈群、廷尉高柔、卫尉辛毗、侍中高堂隆、散骑常侍王肃、司徒军议掾董寻等这些人上过奏章，有的不止一次两次，还有一些大臣，像少府杨阜、散骑常侍蒋济、中书侍郎王基、护军将军孙礼、尚书卫觊（jì）、沛人张茂等等，也都上过奏章，说过话。魏明帝虽然没把他们办罪，心里可很讨厌。大臣当中只有一个人从来不说一句批评皇上的话，他就是太尉司马懿；直到北边出了事，公孙渊叛变了，司马懿才说了话，发兵去打辽东。

## 读有所思

1. 魏明帝有个什么特别的本领？

2. 大臣们劝魏明帝不要大兴土木，魏明帝是怎么做的？

3. 大臣当中只有一个人不说批评皇上的话，他是谁？

## 知识拓展

金铜仙人辞汉歌

〔唐〕李贺

魏明帝青龙元年八月，诏宫官牵车西取汉孝武捧露盘仙人，欲立置前殿。宫官既拆盘，仙人临载，乃潸然泪下。唐诸王孙李长吉遂作《金铜仙人辞汉歌》。

茂陵刘郎秋风客，夜闻马嘶晓无迹。

画栏桂树悬秋香，三十六宫土花碧。

魏官牵车指千里，东关酸风射眸子。

空将汉月出宫门，忆君清泪如铅水。

衰兰送客咸阳道，天若有情天亦老。

携盘独出月荒凉，渭城已远波声小。

# 平辽东

公孙渊是辽东襄平人公孙度的孙子，公孙康的儿子。当初曹操追击袁绍的儿子袁尚，袁尚投奔公孙康。公孙康杀了袁尚，把人头送给曹操，就这么立了功，封为襄平侯，拜为左将军。魏明帝即位的时候，公孙康已经死了，他儿子公孙渊做了扬烈将军、辽东太守。公孙渊在名义上做了魏的辽东太守，实际上是个独霸一方的土皇帝。他派使者到东吴，送了一些礼物，表示愿意做吴主孙权的外臣。吴主派了两个使者带着一些金玉珍宝，立公孙渊为燕王。到了这时候，公孙渊反倒害怕了，他担心魏去征伐，东吴又太远，不可靠，就收了礼物，把那两个使者杀了，还把人头送到洛阳，讨魏明帝的好。

魏明帝拜公孙渊为大司马，封他为公，仍旧让他做辽东太守。这一来，公孙渊又神气起来了。等到魏使者一到，他就分庭抗礼，以燕王自居，不愿意做魏的臣下。他把军队排成阵营，威胁使者，说话高傲，毫无礼貌。为了这个缘故，魏派幽州刺史毌丘俭（姓毌丘，名俭；毌，guàn）带着诏书和军队到辽东，叫公孙渊去见皇帝的使者。

公孙渊不接受诏书，反倒发兵抗拒毌丘俭。毌丘俭寡不敌众，打了败仗，逃回幽州。公孙渊就正式自立为燕王，联络鲜卑共同攻打北方。

第二年，就是公元238年（魏景初二年）正月，魏明帝因为诸葛亮已经死了，那边的防御可以松一点儿，就把司马懿从长安调出来，要他去征讨公孙渊。司马懿到了洛阳，拜见魏明帝。魏明帝问他需要多少兵马。司马懿说："这儿到辽东四千里路，这么远的地方，要打胜仗，马到成功，至少得四万兵马，还得多带粮草。"

魏明帝点了点头，就给他四万兵马和必要的粮草。他想知道司马懿怎么打，就故意问："你看公孙渊会用什么计策来对付你？"司马懿说："如果公孙渊能够离开襄平，早点儿逃走，这是上策。其次是占据辽水抗拒大军。最不中用的是守着襄平等死。这是下策。"

"上中下三策，你看他会采用哪一策？"司马懿回答说："我看他一定先在辽水抵抗，然后退守襄平。"魏明帝放了心，他又问："来来去去得多少天？"司马懿眼珠子左右移动一下，挺有把握地说："路上走一百天，到了那边进攻一百天，回来路上又去了一百天，前后休息六十天。这样，一年工夫也就差不多了。"

就这样，司马懿率领四万兵马往北去打辽东。公孙渊听到这个消息，又害怕了。他马上派使者再向东吴称臣求救。吴主孙权想起公孙渊杀害两个使者，还把人头送到洛阳，这个仇不能不报。他怒气冲冲地要把公孙渊派来的使者杀了才解恨。

谋士羊道拦住他，说："不可！不可！杀使者不过是一时解恨解气，对国家可没有一点儿好处。我们不如好好地招待公孙渊的使者，答应他发兵去救。我们由海道运兵到辽东的边界上等着，抱着胳膊看他们怎么打。要是魏打不赢，我们老远地跑去就是支援了公孙渊，对他有恩。要是两下打得不分胜败，长时期地打下去，那么我们就在辽东临近的郡县掳掠一番，也可算是报了仇。"

吴主答应使者的要求，叫他回去报告公孙渊，一定帮他抵抗魏人。可是他一时还不想发兵。

司马懿到了辽东，公孙渊派大将卑衍和杨祚（zuò）发步骑兵几万名守住辽隧（今辽宁海城一带），那边的防御工程做得很不错，壕沟和土垒连绵不绝地长达二十多里。魏将士们认为大军远地而来，应当快点打过去。司马懿说："贼子坚守阵地，不跟我们交战，无非要我们多费日子，消耗粮食。他们以为等到我们粮食供应不上，只好退兵。我们可不能让他们称心如意地跟我们耗着。我料到贼兵大半都在这儿，贼窝里兵马不多。我们不如假装在这儿进攻，把大部分兵马调到襄平去，到时候他们一定发兵去救，就在半道上给他们一个迎头痛击，准能大获全胜。"

魏兵就在辽隧南边多插旗子，好像要从南面大力进攻的样子。卑衍他们见到这种情况，慌忙把军队都调到这边来保卫辽隧。司马懿把主要的军队偷偷地渡过辽水，绕到北边，在适当的地方布置埋伏，叫大将牛金和胡遵在半道上候着。赶到卑衍探听到魏大军已经往北去了，他慌了手脚，马上对杨祚说："哎呀！敌人已经偷偷地到了我们的背后。要是襄平失守，我们还在这儿守什么哪？"他们商议下来，决定离开辽隧，连夜去救襄平。

卑衍、杨祚匆匆忙忙地退兵，一退就退到司马懿布置好的埋伏里，被牛金和胡遵的两路伏兵杀得七零八落，大败而逃。卑衍、杨祚带着一队人马杀出重围，逃到首山（今辽宁辽阳一带），被魏兵追上，又杀了一阵。卑衍阵亡，杨祚逃到襄平。司马懿率领大军杀奔襄平。

公孙渊下令，坚决守城，不让将士们出去交战。这就是司马懿所说的，守着襄平等死，是个下策。魏兵就把襄平城四面包围，围了好多层。城里的兵马不出来，城外的兵马也不进攻。一个守着，一个围着，好像要比一比谁的耐性劲大似的。

七月里下了大雨，辽水突然高涨，魏兵的运粮船可以从辽口直到城下。大雨接连下了一个来月，还是下个没完，平地水深几尺。魏兵在城外害怕了。他们要求拔营，躲到高地上去。这时候城里的兵马比城外多。司马懿估计魏兵一拔营，都往高地上逃，公孙渊必然把全部兵马都用上追击过来，魏兵一定吃亏。他狠了狠心，下道命令，说："谁再说搬营的，斩！"大伙儿吐了吐舌头，缩了缩脖子，不敢再唠叨了。都督令史张静不遵守法令，又出来要求搬营，真给杀了。这一来，全军上下只好认命，守住营寨，光着脚，卷着裤腿，跟水打交道。

魏兵耐着性子等在城外，守住营寨，不向城里进攻，还开放一面让城里的人可以出来。城里柴火没了，只好出城来想办法。起初出来的人不多，后来因为魏兵不去难为他们，出来打柴火、放牛、放马的士兵就多起来了。牛金、胡遵要求司马懿让他们去把这些人抓来，或者干脆把他们杀了。司马懿不同意，他嘱咐将士们让他们随便进出。打柴、放牛、放马都可以。

魏军司马陈珪不明白司马懿葫芦里卖的是什么药。他想了两天，想不出道理来，就去向司马懿请教，对他说："上次进攻上庸，全军出发，黑天白日地赶路，连行军带进攻，才十六天就打下了新城，杀了孟达。这次我们老远地跑到这儿，不但不加紧攻城，反倒费了这么多日子，驻扎在拖泥带水的地方，还开放一面，让敌人进进出出，随随便便地打柴火、放牛马。我太愚昧，想不出道理来，特来向太尉请教。"

司马懿笑了笑，说："那时候，孟达兵马少，粮食多，粮食可以吃一年。我们这边哪，正相反，兵马多，粮食少。我们的兵马比他们多四倍，但是粮食供应不了一个月。因此，拿粮食来说，是拿一个月去对付一年，打仗越快越好，多费一天，就增加我们的困难。拿兵马来说，是四个人打一个，越是突然打过去，对我们越有利。我们就不怕死伤，速战速决，为的是跟粮食比快慢。今天的情况，大不相同。贼兵人数多，我们人数少，贼兵粮食少，我们粮食多。再说天又下雨，何必急于进攻呢？我们不怕攻不下城，只怕敌人逃走。这会儿贼兵出来打柴火、放牛马，要是我们上去，那就等于逼他们逃走。公孙渊守着孤城，虽然粮草有困难，可他不肯投降，就因为他仗着城里兵马多，仗着天下雨我们不能进攻。我们这儿故意让他们的士兵进进出出，好像我们对他们没有办法似的。这样，他们就安心守下去，可是越守下去，粮食越困难，到了一定的时候，非出来投降不可。"

秋雨一过，天气晴朗。司马懿下了命令，把开放的一面又合上了。他开始布置攻城，先叫士兵们在城墙下堆土山、挖地道，然后利用四种攻城的设备，就是：楼车、撞车、钩梯和盾牌。上了楼车可以望见城里的动静，还可以往下射箭。撞车可以用来撞毁城门和城墙。拿钩梯搭上城头，就可以爬城。有了盾牌，士兵们攻城可以抵挡城上射来的箭。就这么日夜攻城，从土山或楼车上不断往城里射箭和掷石头，好像下暴雨似的往下直倒。城里的士兵只能东躲西躲，不敢露面。粮食没了，城里已经饿死了不少人。公孙渊的大将杨祚带着一部分士兵出来投降。公孙渊急得毫无办法，只好派他的相国王建和御史大夫柳甫带着几个随从，坐着筐子从城上吊下来。当时就被魏兵逮住，押到大营。

相国和御史大夫的地位多么高哇，他们是来求和的，司马懿总得好好招待他们吧。可他很严厉地问："你们来干什么？"他们说："请您先解围退兵，我们的主公就出来投降。"司马懿吆喝一声，就把这两个人推出去砍了。他叫那两个大臣的随从带着通告去回报公孙渊。公孙渊把通告拿来一看，上面写着："从前郑和楚同样是诸侯国，郑伯出来投降，尚且露着上身，牵着羊来迎接楚兵。今天我是天子的上公，可是王建他们要我解围退兵，太没有礼貌。这两个老头子不会说话，我已经把他们斩了。要是你真要投降，再派个年轻的、明白事理的人来！"

公孙渊只好再派侍中卫演去要求司马懿退兵，还说他马上送他的儿子上洛阳去做人质。司马懿对卫演说："军事最要紧的有五条：能战就战，不能战就守，守不住就走，走不了就投降，不投降就死。公孙渊不肯把自己绑着亲自过来，那就是准备死，还送什么儿子？"

卫演抱着脑袋回去向公孙渊报告，公孙渊准备带着儿子逃走。没想到襄平城被攻破了，司马懿和胡遵率领大军进了城。公孙渊爷儿俩带着几百名骑兵突出包围，向东南逃去，越逃越远，追兵没上来。他们才透了一口气，一直逃到梁水（河流名，经过辽阳流入辽水），就窜进了司马懿早已布置好的罗网里。他们见了大将牛金，只好乖乖地下了马，两个人都被绑了，带进城去。司马懿一声吩咐，把公孙渊父子杀了。接着又杀了文武百官和士兵两千多人，城内的老百姓男的十五岁以上也被杀了七千多人。司马懿下了命令，把这上万的尸首堆成山，用土封上，为的是夸耀武功。这种处理尸首的野蛮办法就是所谓"京观"。

司马懿平定了辽东，一共接收了四万户，二十多万人口。凡是中原人流落在辽东愿意还乡的就让他们还乡。司马懿大军得胜回来，到了河内，接到魏明帝的诏书，叫他回到长安去。一会儿又来了一道诏书，叫他上洛阳去。三天里头，来了两道诏书，前后矛盾，这是怎么回事？司马懿料到京师里一定出了事，他就日夜赶路。后来他自己坐着一种快车叫"追风车"，从白屋到洛阳四百多里地，一个晚上就赶到了。

**读有所思**

1. 魏明帝为什么要去征讨辽东太守公孙渊？

2. 连日大雨，将士们建议拔营，司马懿最终同意了吗？

3. 司马懿用什么方法平了辽东？

# 忍死托孤

公元 239 年正月，司马懿赶到洛阳。果然，宫里出了大事啦。原来魏明帝曹叡才三十五岁，一病不起，奄奄一息了。他还得安排后事。魏明帝自己没有儿子，早就把别人家的孩子，一个叫曹芳，一个叫曹询，养在宫里作为自己的儿子。由于内外保守秘密，人家一般不知道他们是哪儿来的，有的说曹芳是曹彰（曹丕的亲兄弟，就是曹操称他为黄须儿的）的孙子。在三四年前，曹芳立为齐王，曹询立为秦王。

这会儿曹叡病重，打算立曹芳为皇太子。他先拜魏武帝（就是曹操）的儿子燕王曹宇为大将军，跟领军将军夏侯献、武卫将军曹爽、屯骑校尉曹肇、骁骑将军秦朗等共同掌握朝政。曹爽是大将军曹真的儿子，曹肇是大司马曹休的儿子，都是将门之子。曹叡从小跟他的叔叔曹宇很要好，所以拜他为大将军，把后事托付给他。大将军曹宇替魏明帝计划，说关中防御很重要，应当叫司马懿回来镇守。魏明帝就下了一道诏书给司马懿，叫他回到长安来。哪儿知道就在这一两天内，事情又起了变化。

　　魏明帝左右有两个人，一个是涿郡人刘放，一个是太原人孙资。刘放、孙资在曹操在世的时候，就都做了秘书郎。魏文帝改秘书为中书，刘放做了中书监，孙资做了中书令，开始掌管机密要事。魏明帝即位，尤其宠任这两个人。夏侯献和曹肇认为刘放、孙资是小人，平日还说了些冷言冷语。刘放、孙资怕有后患，打算除了夏侯献和曹肇，可是燕王曹宇又经常跟魏明帝在一起，没有机会给他们说坏话。这会儿，曹宇做了大将军，夏侯献、曹肇做了他的助手，那还了得！他们趁着只有曹爽一个人陪着魏明帝的时候，鼓着勇气向皇上劝告，说："先帝下过命令，藩王（指燕王曹宇）不得掌握政权。再说曹肇、秦朗他们带着军队经常在宫殿左右走来走去，一定不怀好意。请皇上再考虑一下，燕王掌握兵权是违反先帝的命令的。"

　　魏明帝问："那么谁可以做大将军呢？"这时候只有曹爽在旁边，刘放、孙资就推荐了他。魏明帝根本没想过能拜曹爽为大将军，他知道曹爽能耐不够，就问曹爽："你行吗？"曹爽急得直出冷汗，话都说不上来了。刘放拿脚尖踢了踢曹爽的脚，咬着耳朵教他说："臣拿性命来事奉社稷。"曹爽就重了一句，说："臣臣，臣拿性命来侍奉社稷。"

　　刘放、孙资又说："太尉司马懿才能过人，应当请他参与国家大事。"魏明帝也同意了，就交给刘放一张黄纸，叫他写诏书召司马懿进宫。这时候，曹肇进来了。曹爽、刘放、孙资都退了出去。魏明帝向曹肇说起他要下诏书召司马懿进宫。曹肇流着眼泪劝阻他，说："不行啊！皇上应当想想当年召来了董卓后果怎么样。"魏明帝一想这话有道理，就传令下去，召司马懿进来的诏书停发。刘放、孙资两个人着急了，再进去见魏明帝，责备他不该改变主意。魏明帝大概害怕这两个人，撒个谎，说："我是成心要叫太尉来的，可是曹肇他们反对，叫我别这么干。差点误了我的大事。"他就再叫刘放写。

刘放说："还是请皇上自己写吧！"魏明帝说："我病得这个样儿，笔也不能拿，怎么写哪？"刘放就爬到龙床上，把住病人的手，自作主张地写了一道诏书。他拿着这么一道诏书出来，大声地宣布说："皇上有诏书，革去燕王曹宇、领军将军夏侯献、屯骑校尉曹肇、骁骑将军秦朗这几个人的官职，他们不得留在宫里。"

燕王曹宇为人忠厚，流着眼泪出去了。夏侯献、曹肇、秦朗也只好回到自己家里去。魏明帝就拜曹爽为大将军，怕他太柔弱，又拜尚书孙礼为大将军长史，做他的助手。刘放就派使者拿着诏书连夜动身，飞一样地去叫司马懿来。

司马懿接到两道诏书，前后矛盾，就知道京师有变，马上赶路回来。他到了宫里，进了内室。魏明帝已经不行了。他拉着司马懿的手，急促地说："你跟曹爽辅助太子吧。我因为放不下心，忍死等着你来。现在见到了你，可以托付后事，我就心满意足了。"当时在场的还有曹爽、刘放、孙资和两个皇子齐王曹芳和秦王曹询，一个八岁，一个九岁。

魏明帝叫那两个孩子跟司马懿见了礼，又指着曹芳对司马懿说："他做太子，你仔细看看，别弄错了，别忘了。"接着他叫曹芳过去抱住司马懿的脖子。曹芳攀着司马懿的脖颈子，哭着不放手。司马懿流着眼泪说："请皇上放心，臣一定尽心竭力伺候他。"说着，他把曹芳的手从自己的脖子上拿下来，握在手里。他继续说："皇上难道不记得先帝临终曾经把皇上托付给臣吗？"魏明帝说："这就好。"

当时就立齐王曹芳为皇太子，曹爽为大将军，司马懿仍旧是太尉。多挨一时是一时的魏明帝终于咽了气。太子曹芳即位，尊皇后郭氏为皇太后，大赦天下，并用魏明帝遗诏的名义，停止一切宫殿的建筑。

曹爽和司马懿各领兵三千人，轮流值班，保卫皇宫。曹爽因为自己年轻，突然掌了大权，司马懿年长，名位一向比自己高，就像尊敬父亲那样尊敬他。什么事情都不敢自己做主，总是先征求征求他的意见。司马懿也表示虚心，愿意跟曹爽同心协力辅助少帝。两个托孤大臣不是相安无事了吗？哪儿知道完全不是那么一回事。

那时候，魏有五个知名之士，以前魏明帝嫌他们浮华，一概不用。可是曹爽一直跟他们有来有往，挺对劲儿。这会儿曹爽掌了大权，就起用他们，把他们当作心腹。那五个人，一个是南阳人何进的孙子何晏，一个是沛国人丁斐（fěi，丁斐就是曹操在潼关遇马超的时候，用放牛马的办法扰乱马超队伍的那个校尉）的儿子丁谧（mì），还有三个就是跟何晏同乡的南阳人邓飏（yáng）、李胜和东平人毕轨。除了这五个人以外，还有大司农桓范，为人足智多谋，外号"智囊"，也得到了曹爽的信任。

何晏他们对曹爽说："大权不能交给外人，免得将来发生祸患。"曹爽一想："对呀，可是怎么办哪？"丁谧替他出主意，要他在外表上提升司马懿的职位，实际上夺去他的实权。诏书下来，司马懿升为太傅，高高在上，可是没有事干。接

着，曹爽的几个兄弟都做了大官：大弟曹羲（xī）做了中领军，二弟曹训做了武卫将军，三弟曹彦做了散骑常侍，还有别的兄弟都封为列侯，伺候少帝，宫里进进出出像在自己家里一样。

曹爽对于太傅司马懿一向很有礼貌，只有在用人上不太客气。他把原来的吏部尚书卢毓（yù）改为仆射，让何晏做了吏部尚书，邓飏和丁谧两个人都做了尚书，毕轨做了司隶校尉，李胜做了河南尹。凡是跟曹爽有点儿意见的或者好心好意规劝他的大臣，不是被免职，就是调到外地去。司马懿冷眼旁观，不去干涉。其实，干涉也没用，落得做个好人。第二年，就是公元 240 年，中书监刘放做了左光禄大夫，中书令孙资做了右光禄大夫。曹爽左右前后都是自己人，司马懿又不去干涉他，还老告病假。曹爽就使出全副的力量，要好好地享乐一番。搜罗美女，收养大批歌伎，饮酒作乐，荒淫无度，这些都不必提了。

又过了一年，四月里，有一天，曹爽和何晏他们正在地下室里饮酒作乐的时候，突然来了警报，说东吴发兵，两路进攻，东吴卫将军全琮进攻淮南，威北将军诸葛恪（kè）进攻六安，声势浩大，请大将军快点儿去救。曹爽吓得连着说："这……这……这怎么办哪？"何晏他们叫他上朝去跟大臣们一同商议。

大臣们不知道从哪儿商议起。探子又来报告，说："东吴的车骑将军朱然进攻樊城；大将军诸葛瑾进攻柤中（柤 zǔ；柤中在今湖北南漳一带），形势十分紧急。"大臣们都请大将军曹爽拿主意。曹爽说："还是请太傅一同来商议吧。"当时马上派人去请。派去的人回来，说："太傅正病着，不能来。"曹爽认为司马懿装病，就请少帝召他进宫，万一不能来，也要出个主意。

　　司马懿躺在床上，不能起来，他回答说："等我病稍好点儿，一定入朝谢罪。"他又说："淮南由征东将军王凌守着，还可以对付全琮。樊城和柤中必须派大将去支援。"大伙儿都希望曹爽去。曹爽没经过大战，不敢出去，自己的心腹之中又没有能征惯战的大将，只好干着急。这么又过了几天，形势越来越紧张。警报和求救的信不断来到洛阳。一会儿报告说："全琮进攻淮南，芍陂决了口子，毁坏了不少房屋，掳去了许多居民。"一会儿报告说："樊城已经被朱然的东吴兵围上了，还围了好几层。"

　　前方越来越严重，大将军没派兵去，谣言纷纷，人心惶惶。司马懿病倒好了，上朝来跟大臣们商议。刚巧征东将军王凌得到了扬州刺史孙礼的帮助，两支兵马合起来，在芍陂打了一仗，把全琮打回去了。情况好像松了些。可是司马懿说："柤中的老百姓十多万，流离失所，随时都可能被吴人掳去，樊城一失，襄阳难保。大将军掌握着兵权，为什么还不去救呢？"

　　曹爽红着脸，说不上话来。过了一会儿，他说："请太傅想个办法。"这时候少帝曹芳十岁了，他曾经抱着司马懿的脖子，也重了一句，说："请太傅想个办法。"司马懿说："如果大将军不去，那么还是我老头儿走一趟吧。"大伙儿听了他这么一说，有了救星，都催他快出兵。司马懿调动各路兵马，亲自率领大军，十万火急地去救樊城。吴军听到司马懿亲自率领大军来了，连夜撤兵回去。司马懿不肯放过他们，指挥大军追杀一程，夺到了不少军用物资，大获全胜。进攻柤中的诸葛瑾因为害病也退回去了。进攻六安的诸葛恪孤掌难鸣（一个巴掌难以拍响，比喻力量单薄，难以成事），更不必说了。

太傅司马懿出兵不过一个月，得胜还朝，十分风光。曹爽跟他对比起来，好像脸上抹了一层灰。这种灰扑扑的脸色，谁都看得出来。他的一伙心腹人鼓励他，说："不必灰心，将来有机会再出兵立个大功，就可以让人家瞧瞧。"事情也真凑巧，探子报告说汉大将军蒋琬做了大司马，屯兵涪城，打算侵犯魏地。

原来蜀汉大司马蒋琬看到过去诸葛亮几次出兵秦川，由于道路不好走，运粮困难，北伐始终没能成功。他想改变诸葛亮的办法，不走那条路，就大量建造战船，大船、小船都需要，准备由汉水、沔水往东下去，去袭击魏兴、上庸。谁知道他害起病来，东征大计，只好搁下。他就任命姜维为凉州刺史，镇守北面，自己留在涪城养病。

曹爽得到了一些有头没尾的情报，就自打头道地要去征伐西蜀。司马懿不同意，说："蜀并没出兵，何必无缘无故地由我们去掀起战争呢？"曹爽并不是真能打仗，他这么一说，虽然不出兵去打，也已经有了面子了。

一晃，两三年过去了。蒋琬的病更重了些，他叫姜维由汉中回到涪城，汉军主力大部分驻在这儿。汉中又很重要，不得不派大将镇守。后主拜汉中太守王平为镇北大将军，镇守汉中，尚书令费祎为大将军，录尚书事。就在这时候曹爽又想凭打仗立个功。

大将军曹爽的表弟，征西将军夏侯玄，统领雍州和凉州军队，他劝曹爽发兵去征伐西蜀。夏侯玄推荐李胜做了长史。长史李胜和尚书邓飏两个人劝曹爽出兵，一个咬着左耳朵，一个凑着右耳朵，嘟嘟哝哝地对他说："大将军要在天下立个威名，非伐蜀不可。"曹爽下了决心要打一仗。司马懿又劝他别去。这一回曹爽可不再听他的劝了。

## 读有所思

1. 魏明帝临终前，把曹芳托付给了谁？
2. 司马懿为什么要装病？
3. 曹爽想要驻兵征伐西蜀的目的是什么？

## 知识拓展

　　曹叡自幼就对法律非常感兴趣，继位后，在完善刑律上做了许多事，其中最为重要的是制订《新律》。此前魏国一直使用的是汉律，汉律体系庞杂，包含了从西汉萧何《九章律》起，到叔孙通、张汤、赵禹、鲍公和其他人增加、新撰的法令共 906 卷。法律条令的混乱庞杂，导致司法腐败不公。曹叡下决心解决这个问题，太和三年（公元 229 年）下诏改定刑制，命司空陈群、散骑常侍刘邵、给事黄门侍郎韩逊、议郎庾嶷、中郎黄休、荀诜等制订出《新律》十八篇。在体例上，新律首次将规定刑罚种类和刑法原则的"具律"改为"刑名"，置于律典之首，完善了篇章结构，是古代法典编纂史上的重大进步；在内容上，"八议"制度正式进入法典并为后世沿袭；此外还删减了死刑条款，减轻了刑罚。《新律》是三国时代最有影响、最具代表性的法律，是一部系统的法典。《新律》在法典体例上、内容上都有所改革和创新，成为后世法典的楷模。

# 装 病

公元 244 年（魏正始五年，蜀延熙七年，吴赤乌七年）三月，曹爽到了长安，调动十万兵马，跟夏侯玄的军队联合起来，从骆口去打汉中，声势十分浩大。

镇守汉中的蜀兵不满三万人，听到十多万魏兵已经到了骆口，沿路排山倒海地过来，将士们都有些害怕了。他们认为三万人怎么抵得住十万大军呢？看情况不能出去抵抗，只能坚守。要是能够守住汉城和乐城（汉城在陕西沔阳，乐城在陕西城固，都是公元 229 年由诸葛亮设计建筑的），等待涪城的救兵，就很不错了。镇北大将军王平对将士们说："涪城离这儿差不多有一千里，一时怎么来得了？要是贼兵打进关城（也叫张鲁城，在今陕西勉县西四十里），祸患可就大了。我们应当先出去占领兴势山（今陕西洋县北），不让敌人从那边过来。"

将士们没有这份胆量，只有护军刘敏同意王平的办法。王平就派刘敏带领一万人马去占领兴势山。他说："如果敌人分兵两路，一路向兴势，一路向黄金（就是黄金谷，今陕西洋县）过来，走兴势那一路的敌人由刘护军对付，走黄金那一路的敌人，由我率领一千人就可以抵住他们。两面出去抵御，比都守在这儿强。先出去守住前面的山口要道，阻止敌人过来，千万不能让他们夺取关城。到那时候，涪城的军队也可以到了。这是上策。"

刘敏带领一万人马火速行军，占领了兴势，守住要口。沿山一百多里多张旗子，作为疑兵。魏军的前队到了兴势，没想到这儿有这么多的蜀兵拦住去路。魏兵不能前进，只好驻扎下来。曹爽他们从来没到过这种山山岙岙（ào）的地方，交通十分困难。曹爽在关中就征发了当地的老百姓和氐人、羌人，叫他们运输粮食。这些被拉来的民夫沿路有累死的，有病死的，有被军官打死的，也有逃走的，甚至连牛、马、骡子、驴也死了不少，牲口少了，更加苦了民夫。因此，沿路都是抽抽搭搭的哭声和叹气的声音。

曹爽和夏侯玄到了兴势，一看，蜀兵这么多，地形这么险恶，真是一夫当关，万夫莫敌。他们只好在这儿停下来，再想办法。一停就是一个来月，粮食快吃完了。参军杨伟向曹爽说明情况，劝他赶快退兵，要不然，一定会打败仗。夏侯玄还接到了司马懿给他的信，大意说："从前武皇帝（曹操）到汉中，险些打个大败仗，这您是知道的。兴势是最险恶的地方，可是已经被蜀人先占据了。现在我军打又打不过去，马上退回来还怕蜀兵截击。再待下去的话，要是全军覆没，怎么担得起这个责任呢？请您仔细考虑。"

夏侯玄看了这封信，害怕了。他要求曹爽快退兵。曹爽又想立功，又要逃命，一时拿不定主意。忽然探子报告说："汉大将军费祎率领大军从成都赶来，涪城的军队也接着来了。"曹爽这一下主意拿定了。他慌忙下令退兵。士兵们正在拔营，又来了警报，说："蜀兵已经到了！"曹爽急切地问："在哪儿？怎么没见到？"有人说："已经过去了。""怎么没见到就过去了？到什么地方去了呢？"别管这些个，火速退兵要紧。魏兵退到三岭（在终南山，三岭是沈岭、衙岭、分水岭的总称），还没回到骆口，岭上全是蜀兵，吓得魏兵没处躲藏。曹爽叫夏侯玄打头，自己跟在后面，冲了几次，不知道死伤了多少人，才杀出一条血路，逃过一岭又一岭，所有的辎重、铠甲、衣服、做饭的锅、大小旗子什么的都扔给了蜀人，十万人死伤了一大半。

曹爽回到洛阳，大臣们照常向他作揖打躬。太傅司马懿不说话，谁敢多嘴？少帝曹芳才十三岁，当然没有意见。郭太后遵照魏文帝规定的制度：太后、皇后不得参与朝政，她也不批评。因此，曹爽虽然打了败仗，回到朝廷，还是第一号的红人儿。他还是像以前那样饮酒作乐，有时候还带着他兄弟曹训、曹彦出去打猎玩儿。

大司农桓范，就是称为"智囊"的那个人，规劝他，说："大将军的职位多高、多重要哇，跟着兄弟们出去打猎玩儿，已经太不妥当，怎么有时候天黑了还不回来？万一有人关了城门，不让大将军进来，怎么办？"曹爽撇了撇嘴，说："谁敢？您也太多心了。"

兄弟当中，老二曹羲劝诫他两个兄弟不可奢侈荒淫，免得将来遭到祸患。他这话是说给大哥曹爽听的。曹爽也知道老

林汉达

三国故事全集

66

二在他面前批评老三、老四，分明是指着张三骂李四，心里不痛快，对待曹羲就冷淡些了。只有太傅司马懿不批评他，也不跟他在一起。他老说害病，躲在家里不出来。谁知道他真害了病还是不愿意参与朝政。

河南尹李胜原来是南阳人，他做了大官，还想回到故乡去，最好能在本地做大官，那多风光啊。公元248年（魏正始九年）冬天，曹爽推荐他为荆州刺史，叫他去向司马懿辞行，顺便看看他的情况。

李胜到了太傅府，求见司马懿。司马懿因为病着，不能立刻出来迎接。过了一会儿，里面传出话来，请客人进去。李胜进去一瞧，司马懿坐在床头，身上盖着被子，两个使唤丫头伺候着他。李胜过去向他问好，接着就说："我没有一点儿功劳，蒙皇上大恩，让我担任本州刺史，特来向太傅辞行。"

司马懿转过头来，眼睛迷迷糊糊地望着李胜，正想开口，突然连连咳嗽了一阵，气喘喘地说："哦，委屈你啦！并州在北方，接近胡人，你要好好防备呀。唉，我病得这个样子，恐怕再也见不到你啦。"李胜说："不是并州。我是说本州来着。"司马懿皱了皱眉头，说："啊？你是从并州来的？""不是，我是到本州去做刺史，本州，就是荆州。""哦，你从荆州来。"李胜摇了摇脑袋，又高声说了一遍。这回听明白了，司马懿笑了笑，说："我耳朵背，没听清楚。你做本州刺史，太好了。你一定能够做大事，立大功。唉，可惜我活不成啦！"说着，掉下眼泪来。他又咳了几声，慢慢地提起手来，哆里哆嗦地指着嘴，好像说口渴要喝什么似的。

一个使唤丫头马上把准备好了的一碗粥端给他，他不用手去接，把嘴凑到碗上，就这么喝着。没喝上几口，粥都流下来，胡子上、衣襟上全是。那个丫头替他擦了擦。李胜见他这么可怜，不知道该怎么安慰他才好。司马懿喝了几口粥，就不要了。他接着说："人生总有一死。像我这样年老体衰、多病多痛的，死了倒也少受点儿罪。我就是放心不下两个不肖子。拜托你照顾照顾师儿、昭儿，你见到大将军，千万请他包涵点儿。"说了这话，他好像支持不住，只好躺下了。

李胜告辞出来，回去向曹爽一五一十地说了一遍。末了他说："司马公神已经没了，耳聋眼花，说话颠三倒四，就差一口气了。用不着担心。"曹爽听了，不用说多么高兴。李胜离开了曹爽，自己上任去了。

## 读有所思

1. 曹爽的十万大军为什么会被三万蜀军打得落花流水？
2. 李胜去见司马懿的目的是什么？
3. 司马懿真的病了吗？

# 交出兵权

一转眼就是新年。少帝曹芳按规矩到高平陵（魏明帝坟，在洛阳城南门外九十里）去祭祀他父亲。大将军曹爽带着羽林军和他的兄弟中领军曹羲、武卫将军曹训、散骑常侍曹彦，还有他的心腹何晏、邓飏、丁谧、毕范他们，都跟了去。司马懿因为病得只差一口气，当然没去。祭祀费不了多大工夫，顺便还可以打猎玩儿。

大司农桓范拦住曹爽，说："主公统领羽林军，责任重大，不能不去，可是你们兄弟几个不该都出去。万一城里有变，怎么办？"曹爽瞪了他一眼，说："城里有变？谁敢？你别胡说八道！"

曹爽他们出了南门，浩浩荡荡地直奔高平陵。赶到他们走远了，司马懿耳朵一点儿不聋，眼睛很有神，立刻带着他两个儿子司马师和司马昭率领自己的兵马，借着皇太后的命令，关上城门，占据武库，叫司徒高柔执行大将军的职务，接收曹爽的军营，太仆王观执行中领军的职务，接收曹羲的军营。

然后亲自去见郭太后，说大将军曹爽辜负了先帝托孤的大恩，荒淫无度，作恶多端，应当革职。郭太后吓了一大跳，她说："皇上在外面，朝廷大事我管不着，怎么办？"司马懿说："臣另上奏章给皇上，太后不必担心。"郭太后不答应也得答应，只好同意了。

司马懿马上写了一个奏章，由他领衔，跟着签名的有太尉蒋济、尚书令司马孚等。奏章上列举曹爽和他兄弟的罪状；说太后吩咐，曹爽他们应当革职，马上交出兵权，回到自己的家里去；要不然的话，就要军法从事；司马懿屯兵洛水浮桥，以防非常。这个奏章马上派人送到高平陵去。

曹爽接到了司马懿的奏章，不敢送去给少帝，可是他的兄弟们都知道了。大伙儿慌里慌张，不知道该怎么办。他们商量了一下，只好带着少帝暂时在伊水南边扎营过夜，叫手下的人砍了些树木，架在营前，作为防御，又征发了当地屯田的士兵几千人，守在那儿。

曹爽正想打发人到城里去探听情况，司马懿已经派两个大臣来了。一个是侍中许允，一个是尚书陈泰。他们传达司马懿和郭太后的命令，说曹爽应该早些回去，承认自己的过错，可以从宽发落。曹爽又想回去，又不敢回去，心里正像十五个吊桶打水——七上八下，定不下来。正在这万分为难的时候，"智囊"桓范到了。他是曹爽这边的人，可是他留在城里，四城门全都关了，怎么跑得出去呢？

原来司马懿就怕桓范给曹爽出主意，当他叫司徒高柔代替大将军，占据曹爽军营的时候，就用郭太后的命令叫桓范进宫，要他去占据曹羲的军营。桓范因为这是太后的命令，不得不服从。他的儿子拦住他，说："皇上在外面，父亲不如出城去吧。"桓范就上马走了。到了南门，城门已经关了。守城门的将军叫司藩，曾经是桓范手下的官吏，他见桓范急急忙忙地跑来，就过去阻拦。桓范从袖口里拿出竹版，向他一晃，说："皇上有诏书召我去，你快开门！"司藩说："请让我验过。"桓范责备他，说："你不是我的属下吗？怎么敢这么对待我？"司藩只好开了城门，让他出去。

桓范出了城，对司藩说："太傅造反，你快跟着我走吧。"司藩这才知道他是反对司马懿的，就想追他回来。可是两条腿跑不过四条腿，眼看着桓范马上加鞭，越跑越远，他只好回来。有人向司马懿报告，说桓范跑了。司马懿着急地对太尉蒋济说："智囊走了，怎么办？"蒋济说："桓范固然能出主意，可是下等马只知道赖在马房里吃饲料（指曹爽只想回家）。曹爽一定不会听他的。"

果然，桓范一到，就向曹爽兄弟献计，说："快保护着皇上到许昌去。到了那边，请皇上下道诏书，征发四方将士到许昌来，就可以打败司马懿。大将军号令天下保护皇上，这是名正言顺的。太后不得参与朝政，文帝早有规定。司马懿借着太后的名义，已经违反了本朝的制度。他发兵占据京师，关上城门，抗拒皇上，这是造反。大将军应当拿皇上的命令，征讨叛逆的臣下。"

曹爽和他的兄弟没有这份胆量，一时决定不下。司马懿可又派人来了。这回来的是曹爽一向信任的殿中校尉尹大目。他说："太后有令，大将军革职免官，别的没有什么。司马公指着洛水起誓，只要大将军交出兵权，绝不难为你们。"曹爽只是愁眉苦脸地看着桓范。桓范一见曹爽这么不中用，就走过去拉住老二曹羲的袖口，说："你是读过书的，你说哪。事情明摆着，难道你的书也白读了？快到许昌去调兵，才是活路。"曹爽说："我们的家属全在城里，这么一来，不是全被他们杀了吗？"桓范直截了当地告诉他们，说："你们几家子的门户还保得住吗？你们即使要求做穷苦的老百姓也办不到啦！一个人碰到患难，谁不想活？何况你们跟着皇上，皇上号令天下，谁敢不听？"他们全不吭声。

桓范又对曹羲说："你还有个军营在伊阙南面，洛阳典农中郎将也在城外，他们都是听你的指挥的。现在我们到许昌去，明天晚上就可以到。许昌也有个武库，可以利用。人马、兵器都有了，就差粮食。可是我身上带着大司农的印章，随时随地可以征调粮食。只要下决心跟叛逆的贼子拼，没有什么可怕的。"曹羲的弟兄们只是摇头，就是挺不起腰板来，从起更到五更，一夜工夫，就这么熬过去了。

曹爽突然站起来，下了决心，把刀扔在地下，说："革职也好，免官也好，反正我还可以做个大财主！"桓范听了这种没志气的话，放声大哭，说："曹子丹（曹真，字子丹）也是个好人，怎么生你们这些兄弟，真是猪狗不如！我没想到跟着你们，今天连坐灭族！"

天一亮，曹爽向少帝曹芳说明自己情愿免官，把兵权交出来，让许允、陈泰带回洛阳去。当时还有人拉住他，哭着说："不能把兵权交出去啊！兵权一交出去，一定被别人杀害，到那时候，后悔也就晚了！"曹爽说："太傅不会失信。他已经说了，只要我把兵权交出去，就没事了。我相信，他是不会难为我的。"他终于交出了兵权。将士们一见大将军没有印，就有不少人散了伙，剩下的一部分人跟着曹爽回到洛阳浮桥。

司马懿把少帝曹芳接到宫里去，让曹爽弟兄们回到将军府。当天晚上司马懿派兵包围将军府，四角落搭起高楼，叫人在楼上察看曹爽弟兄的举动。曹爽在大厅里坐着闷得慌，带着弹弓到后园东南角走动走动。楼上放哨的人就像唱歌似的哼着说："前大将军往东南走了！"曹爽听了，心里很别扭，跟他兄弟们商量着说："不知道太傅要把我们怎么着。"

几天过去了，没有事。可是粮食不够了，饭菜也没了。关着就关着，监视着就监视着，可是饿肚子怎么受得了？曹爽写了一封信，向司马懿诉委屈。司马懿马上派人送去大米一百斛，还有干肉、豆豉、大豆等。曹爽收到了这些吃的东西，很感激地说："司马公果然没有害我们的心思！"

又过了一天，情况突然紧张起来，据说有人告发曹爽一党谋反。廷尉就把曹爽、曹羲、曹训、曹彦、何晏、邓飏（yáng）、丁谧、毕轨、李胜，还有桓范，都下了监狱，定了个大逆不道、企图谋反的罪名，把他们全都满门抄斩，财产一概没收，曹爽真像桓范所说的，没能当上穷苦的老百姓，别说大财主了。

司马懿杀了曹爽他们，掌握着朝廷大权。刘放、孙资他们上个奏章，说司马懿立了这么大的功劳，应当升为丞相，加九锡。诏书下来，拜司马懿为丞相，加九锡，可是司马懿坚决推辞了。

曹爽他们几家子满门抄斩，逼得夏侯渊的儿子右将军夏侯霸逃到蜀汉去了。

夏侯渊是被蜀汉杀害的，杀父之仇不共戴天，夏侯霸怎么能逃到蜀汉去呢？

## 读有所思

1. 曹爽兄弟几个为什么出城？

2. 桓范冒死出城，他给曹爽兄弟出了什么主意？

3. 曹爽按照司马懿的要求交出了兵权，司马懿善待他了吗？

## 知识拓展

魏明帝时，司马懿屡迁抚军大将军、大将军、太尉等重职。明帝崩，托孤幼帝曹芳以司马懿和曹爽。曹芳继位后，司马懿遭到曹爽排挤，迁官为无实权的太傅。正始十年（公元249年），司马懿趁曹爽陪曹芳离洛阳至高平陵扫墓，起兵政变并控制京都。自此曹魏军权政权落入司马氏手中，史称高平陵事件。

# 牛头山

夏侯霸的父亲就是在定军山被黄忠老将杀了的夏侯渊。因此，夏侯霸对蜀汉怀着切齿仇恨，立志要替他父亲报仇。少帝曹芳即位以后，他做了讨蜀护军右将军，屯兵陇西，一向跟大将军曹爽很要好。他所率领的陇西军队是归征西将军夏侯玄统管的。征西将军夏侯玄是夏侯霸的侄儿，可也是夏侯霸的上级。夏侯玄又是曹爽的表兄弟。曹爽灭了门，司马懿就把夏侯玄调回京师，他统管西部军队的职务由雍州刺史郭淮接替。夏侯霸跟郭淮素来不和，这会儿夏侯玄召回去了，郭淮做了他的上司，已经叫夏侯霸很不安心了，再说自己又跟曹爽交好，是他一边的人，司马懿和郭淮怎么能放过他呢？他在无路可走的情况下，逃到汉中。

夏侯霸只知道往南走，经过了不少困难，到了阴平，迷了路，随身带着的干粮也没了。他就把马宰了，可以吃几天，可是坐骑没了，只好在山谷、乱石当中步行。几天下来，脚底和脚趾都出了血，在岩石下躺了半天。好容易才请到了一个老百姓给他带道，把他带到关口。守关口的大将正是由镇西大将军升为卫将军的天水人姜维。

那时候（公元249年，汉延熙十二年），大司马蒋琬和他的助手尚书令董允都死了。后主刘禅已经拜姜维为卫将军，跟大将军费祎一同掌握朝政，录尚书事。姜维很有气魄，他立志要继续诸葛亮北伐中原的事业。两年前曾经出过一次兵，打到陇西、南安、金城地界，跟魏大将军郭淮、夏侯霸他们在洮（táo）西打了一仗。那边有几个部族归附了姜维，可是金城、陇西离汉中多远哪，更别说离成都了，又是粮食供应不上。姜维只好把那些部族安抚了一番，自己撤兵回来了。

这会儿姜维听到魏大将前来投降，心里只怕是敌人使的诡计。夏侯霸见了姜维，趴在地下，把曹爽被杀，夏侯玄被司马懿召回，郭淮有意害他，逼得他只好投奔到这儿来的种种情况哭诉了一番。姜维一听，句句是实话，就亲手把他扶起来，好言好语地安慰他。夏侯霸十分感激，觉得姜维真够朋友，是个侠义的人，但是不知道后主能不能收留他。

姜维带着夏侯霸到了成都，引他去见后主。后主特别优待他。还有张飞一家把夏侯霸当作长辈的亲戚看待。这是怎么回事？姜维不由得纳闷起来，他想知道这里面的底细。

原来夏侯霸有个堂妹妹，早在建安五年（公元200年，就是关羽斩蔡阳、古城会张飞那一年）就碰到了张飞。那时候她才十四五岁，在本地沛国谯郡荒郊野外迷了路，刚巧遇见了张飞。那会儿兵荒马乱的，张飞跟曹操是敌人，按当时的情况说，张飞可以把她当作俘虏看待。他一问，才知道是个将门之女。小姑娘见张飞是个英雄好汉，也挺喜欢。两个人就结为

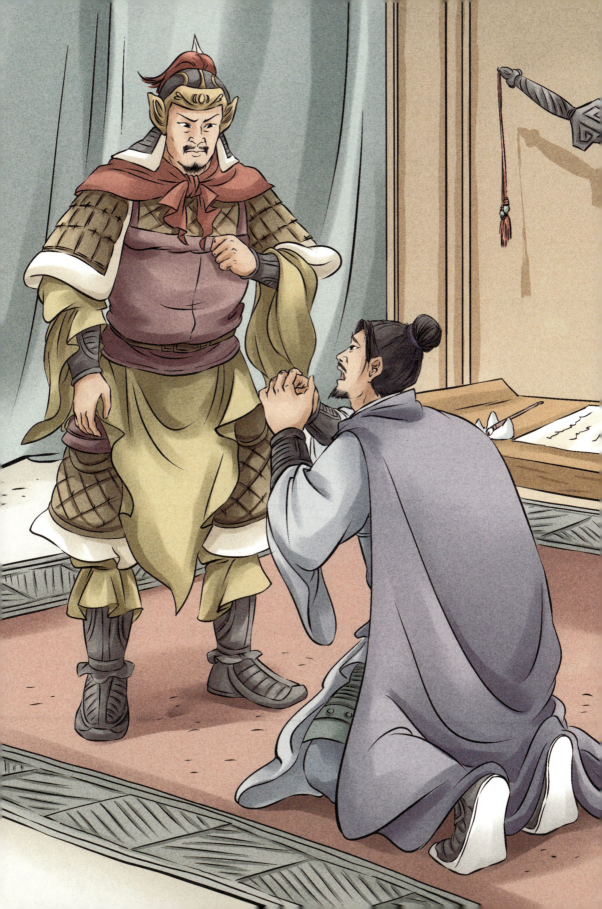

夫妻。夏侯夫人生了两个女儿,大女儿就是嫁给后主刘禅的张皇后,后来称为敬哀皇后,敬哀皇后死了以后,她妹妹做了皇后。因为有这么一段婚姻关系,所以当年（建安二十四年,公元 219 年）夏侯渊死了以后,张飞的妻子请求把他的尸首入殓安葬。

没想到三十年之后,夏侯霸被迫投奔蜀汉。他跟着姜维到了成都,拜见后主。论辈分后主还得叫他舅公。后主和张皇后（敬哀皇后死于公元 237 年,这个张皇后立于公元 238 年）热情招待。后主对他说:"令尊是在路上遇害死的,不是被我们的将军杀的。"他又指着儿子对夏侯霸说:"这就是你们夏侯家的外孙哪。"这么一来,夏侯霸心安理得地做了蜀汉的臣下。后主当时就任命他做姜维的参军。夏侯霸拜过后主,跟着姜维出来了。

姜维问他:"司马懿杀了曹爽他们,自己执掌着朝廷大权,他打算发兵去征伐谁呢?"夏侯霸说:"他现在只想巩固自己的地位,还来不及顾到外面的事。有个青年人叫钟会,是魏太傅钟繇的小儿子,现在做了尚书郎。他虽然年轻,将来他要是掌了权,吴、蜀都得担点儿心事。"

姜维听了这话,觉得司马懿既然不能出来,钟会还没出头,这会儿又来了个夏侯霸可以做向导,那么现在正是北伐中原的好机会了,他就上个奏章,请后主让他出兵。

大将军费祎不同意,他对姜维说:"我们的才能和智慧远远比不上丞相。丞相在世的时候,尚且不能平定中原,何况我们?近来大司马和尚书令一个接着一个地过去了,我们的人实在太少。还不如守住疆土,安抚人民,静静地等待机会。将来有了能耐很强的人，才可以兴兵北伐。现在可不能轻举妄动，万一失败，后悔也就晚了。"

姜维说："我是生长在陇上的，知道那边羌人和胡人的心，熟悉他们的风俗。上次出兵陇西，就有胡人、羌人的首领归附我们。要是我们有他们做帮手，即使不能恢复中原，陇以西的地方一定可以接收过来。"

后主同意了。可是费祎担心姜维去跟魏兵展开大战，就限制他的兵马不超过一万人。这情况跟当年诸葛亮限制魏延的兵马有些相像，可是不一样：诸葛亮怕魏延不受管束，费祎是怕姜维去向魏挑战。姜维只好带着一万兵马同夏侯霸回到汉中，接着就向北行军，进入雍州地界。他向四周围察看地势，见到麹山（麹 qū；麹山在魏雍州西南地界）可以作为据点，就吩咐士兵们在那边筑了两个城，叫部将句安和李歆带着几千兵马分别守在那儿，自己和夏侯霸带着其余的兵马，招募一些羌人和胡人，夺取陇西好几个郡。

魏征西将军郭淮跟雍州刺史陈泰听到姜维侵犯雍州，商量着对付的计策。陈泰说："不管麹城怎么结实，毕竟离开蜀中太远，路又不好走，运输粮食大有困难。羌人、胡人受了姜维的威胁，勉强跟着他，未必真心归附。只要发兵去围住那两个城，用不着交战，就能够把城夺过来。"郭淮就叫陈泰率领讨蜀护军徐质和南安太守邓艾两路兵马赶到麹山。

句安、李歆出来对敌一下，因为兵少，只好退到城里守在那儿。陈泰用一部分人围城攻打，又用一部分人去截断蜀军运粮的道，再用一小部分人在城外堵住水源。城里的兵马没有水喝，那还了得？刚巧初冬天气，下了一场大雪，城里的汉军只好减少口粮，化雪做饭，挨一天苦一天地等着救兵。

姜维探听到麴山被围，就带领军队从牛头山（在洮水南面）出来，跟陈泰的军队对峙着扎了营。陈泰吩咐徐质和邓艾的兵马守住壁垒，不跟姜维交战。同时派人去告诉郭淮，请他调动兵马赶快到牛头山截断姜维的后路。郭淮觉得这是个好计策，马上发兵赶到洮水。

姜维发现了这个新情况，对夏侯霸说："郭淮赶到洮水，分明是要截断我们的退路，怎么办哪？"夏侯霸说："看来我们不如退兵，免得遭受损失。"姜维就叫夏侯霸先走，自己断后，往洮城退去。他们还没退多远，就被邓艾知道了。他对郭淮说："蜀兵退去没多远，可能还要回来。我们照旧应当守住关口要道。"郭淮就派他带着一小部分兵马去守白水（白龙江，嘉陵江的支流）。邓艾到了那边，把军队扎在白水北岸。

邓艾在白水北岸的消息立刻叫姜维想出个计策来。他对将军廖化说："你带领一支人马赶到白水南岸，就在那边扎住营寨，把邓艾的兵马牵住，我这儿直接去打洮城，准能把那个城打下来。"廖化说："咱们一同去打洮城，不是更有把握吗？"姜维说："没有我们的兵马扎在南岸，邓艾就会调他的兵马去救洮城的。"廖化这才明白到南岸去扎营的道理。他很快到了白水南岸，面对着邓艾的军营扎下了营寨。两军对立，中间隔着一条河。

邓艾一看，数了数南岸军营的帐篷，就对将士们说："姜维突然退兵，形迹可疑。我这儿人少，按说他应当渡过河来，可是他不叫士兵们造桥，不作渡河的准备，就这么跟我们对立着。这分明是把我们拖住在这儿，姜维自己一定去袭击洮城。"

洮城在白水北面，离邓艾的军营大约六十里地。邓艾偷偷地拔营，连夜急行军赶到洮城。果然，姜维的军队向洮城过来，可是洮城已经被邓艾占据了。蜀军差了一步，只好退回汉中。

麴山城里的蜀军，内无粮草，外无救兵，守了几天，终于投降了敌人。廖化的一队兵马见不到敌人，也只好回来了。

姜维回到汉中，心里不得劲儿。他想兵马不够，不能单独跟魏作战，就一面操练兵马，准备再一次北伐中原，一面派使者到东吴，请吴主孙权看准机会共同出兵，还说东西两面夹攻，准能打个胜仗。谁知道吴主年老，意志衰退，为了家里的事务争闹不休，哪儿还有心思向外扩张势力。他对蜀汉的使者敷衍了一下，就打发他回去了。转过年就是公元 250 年（魏嘉平二年，汉延熙十三年，吴赤乌十三年），孙权为了几个夫人和几个儿子，连内政都搞得乱糟糟的。到了下半年，就立孙亮为太子。东吴不是早已立太子了吗？怎么又来了个太子呢？

这里面一定有文章。

## 读有所思

1. 夏侯霸的父亲夏侯渊被黄忠所杀，为什么他还要投降蜀汉？

2. 姜维让将军廖化屯兵白水南岸牵制邓艾，成功了吗？

3. 姜维派使者到东吴，请求东吴共同伐魏，吴主同意了吗？

牛头山

# 赤膊上阵

　　孙登早已立为太子，没想到公元 241 年（吴赤乌四年），太子孙登死了。琅琊王夫人的大儿子孙和立为太子，二儿子孙霸封为鲁王。鲁王孙霸结交了几个大臣，暗暗打算夺取他哥哥太子的地位。朝廷上的大臣起了争论，有的拥护太子，有的拥护鲁王。孙权认为都是自己的儿子，不分彼此地对待他们。

　　那时候，大将军陆逊接替顾雍做了丞相，仍旧镇守着武昌。他屡次三番地上书劝告吴主，说明太子是正统，他的地位应该像磐石那么巩固，鲁王是藩臣，彼此之间应当有区别。吴主孙权听了那些拥护鲁王孙霸的人们的话，直怪陆逊多嘴。他派使者到武昌责备陆逊干预他家里的事。陆逊已经六十三岁了，听了责备，有口没处说，又恨又痛心地患病死了。吴主吩咐诸葛恪为大将军，接替陆逊镇守武昌。

　　吴主孙权一发火儿，杀了几个大臣，废了太子孙和。他痛恨孙霸勾结大臣，把他也杀了，这时候小儿子孙亮的母亲潘夫人最得宠。她又能使手腕讨老头子的好。这就说明了为什么潘夫人的儿子孙亮做了太子。第二年他母亲潘氏就被立为皇后。

吴主因为孙亮太年轻，要在去世以前把他托付给大臣。侍中孙峻推荐大将军诸葛恪。吴主就把他从武昌召回来。诸葛恪到了建业，进了内宫，见吴主正病着，就在床前接受诏书。吴主任命他为大将军领太子太傅，中书令孙弘领太子少傅，朝廷中一切事务由诸葛恪拿主意，只有生杀大事才向皇上请示。又任命会稽太守滕胤（yìn）为太常。朝廷上主要的官职安排好了以后，吴主的病倒好起来了。

到了公元252年二月，吴主孙权又病了。还病得很厉害。潘皇后因为太子年轻，就打算把政权拿过来。她派人去问中书令兼太子少傅孙弘："从前吕太后临朝是怎么回事！"她这一问哪，连孙弘都害怕了。为什么呢？因为宫里宫外都知道潘皇后性情刚强，手段毒辣。她要是执掌朝廷大权，那个厉害劲儿谁吃得消？不知道哪位下了毒手，趁她睡熟的时候，把她掐死了。有的说是宫女们干的，有的说是拿事的大臣们干的。查不到凶手，宫女们倒了霉，有嫌疑的就杀了几个。

潘皇后下葬没多久，吴主又快咽气了。他召诸葛恪、孙弘、滕胤、将军吕据、侍中孙峻到床前，嘱咐后事。七十一岁的吴主孙权就这么死了。孙弘素来跟诸葛恪不和，怕将来给诸葛恪压制，就秘不发丧，要假传诏书先把诸葛恪杀了。孙峻知道了这个阴谋，告诉了诸葛恪。诸葛恪请孙弘过来商议大事。孙弘一到，就被杀了。这才给吴主发丧，大臣们尊他为大皇帝。太子孙亮即位，才十岁，大赦天下，以诸葛恪为太傅，滕胤为卫将军，吕岱为大司马。

太傅诸葛恪执掌朝政，首先废除一些苛刻的法令，废除关税，减少官差。就有不少人说他好。诸葛恪出来，人们踮着脚尖，抻着脖子，要看一看这位太傅是长得怎么样的一个人。

诸葛恪为了防备曹魏的侵犯，亲自带领军队到了东兴（今安徽含山一带），修筑一条大堤。大堤左右是山，就在山上造两个城，城里各留一千人，叫将军全端守西城，都尉留略守东城，自己带着军队回去了。

东吴的大丧和修筑东兴大堤引起了曹魏再一次向东吴进攻的决心。诸葛恪有个族里的叔叔叫诸葛诞，做了魏镇东将军。他向魏大将军报告东吴修堤筑城的情况，请他抢在头里发兵去夺取东兴。这时候（公元252年），司马懿的大儿子司马师做了大将军，执掌朝廷大权，二儿子司马昭做了安东将军。司马懿已经在一年前死了。

魏大将军司马师听了诸葛诞的报告和别的几个将军进攻东吴的计策，就要出兵。也有人反对，可他不听，决定发兵去打东吴。十一月里，诏书下来，派征东将军胡遵、前部督韩综、乐安太守桓嘉率领七万兵马攻打东兴。为了分散东吴的兵力，又派征南大将军王昶（chǎng）、镇南将军毌丘俭各带两万兵马，一个进攻南郡，一个进攻武昌。大将军司马师的兄弟安东将军司马昭做了监军，监督三路兵马。

进攻东兴的七万大军到了东吴地界，征东将军胡遵对韩综、桓嘉他们说："要夺取东兴，必须先打下大堤左右的两座城，要打下那两座城，必须先占领大堤。可是大堤前面是湖，怎么能过去呢？"他们商量下来，决定在湖上搭座浮桥，直通大堤。

胡遵的大军很快搭起浮桥，占领大堤，就在大堤上和山下安营下寨。将军韩综和桓嘉分别攻打东西两座城。把守西

城的全端和把守东城的留略死守山城，不敢出战。好在城在山上，一时攻打不下。胡遵在东城下的徐塘安营。因为天冷，正赶上下大雪，不便进攻，胡遵就在大营里跟将军们喝酒取暖。忽然士兵进来报告，说水面上有二三十只战船往这边过来，胡遵出去一看，都是小船，就对将士们说：“每只船就算挤足一百人，总共也不过几千人。我们这儿就有几万人马，怕什么？叫兵士们在外边看着，咱们还是喝咱们的酒吧！”

原来东吴太傅诸葛恪一探听到魏兵分三路过来，就跟将士们商议分头对付的计策。冠军将军丁奉说：“东兴是东吴紧要的关口，必须守住。要是守不住东兴，敌人就可以沿江过来，到那时候，南郡、武昌可就危险了。”诸葛恪说：“对！我们先去救东兴要紧！”他派丁奉为先锋，带着唐咨、吕据、留赞三个将军，率领两万兵马和几百只战船先出发，自己也带领两万兵马接着跟上，日夜赶路去救东兴。

丁奉在半路上对唐咨他们说：“人多行军慢。要是敌人抢先占据了险要的地方，咱们就不容易跟他们争锋了。我说，不如带领一小队人先赶上去，也许能够占先一步，大军在后面接着上来。你们说好不好？”大伙儿同意这么办。丁奉就带着三千勇士，坐着三十只船，正碰到刮东北风，扯满了风篷，两天就赶到东兴，马上进攻徐塘。

东吴的三千人到了徐塘，没见魏兵出来，立刻拢船靠岸。丁奉对士兵们说：“大丈夫为国立功，就在今天了！”说着，就在大雪飘飘之中，摘下头盔，脱去铠甲，左手挎着盾牌，右手拿着单刀，站在船头，左右指挥着。三千勇士一看老将丁奉这个样儿，全都立刻摘下头盔，脱去铠甲，一手拿着盾牌，一手拿着单刀，等候命令。魏兵望见大雪之中，有人光着胳膊，有人裸着半身，认为大雪天这么冷，赤膊上阵，不用打，冻也冻僵了，不由得哈哈大笑。

丁奉领头发一声喊，跳上岸来。一霎时三千勇士好像猛虎扑食似的直蹦过来，左砍右剁，杀进魏营。魏兵措手不及（临时来不及应付），只听到"杀啊""杀啊"的喊声震天价响，吓得四处乱跑。韩综、桓嘉两个将军摇摇摆摆地出来应战，可巧碰到丁奉。韩综在前，被丁奉一刀砍在肩膀上，"噗"的一声，倒在地下，眼看活不成了。韩综原来是东吴的将军，背吴投魏，屡次危害东吴。丁奉正要割下他的脑袋，突然桓嘉从左边转出，一枪刺来。丁奉眼明手快，让过枪头，把单刀挟在胳肢窝里，抓住桓嘉的枪杆，往里一拉，桓嘉来不及撒手，连人带枪跌了个狗啃泥。

丁奉"嚓嚓"两刀，砍下了两个魏将的脑袋。魏兵一瞧他们的将军都被杀了，慌忙扔了前寨，逃到后寨，刚巧唐咨、吕据、留赞他们陆续赶到，后寨也保不住。吴兵勇气百倍，大雪地里头顶冒烟，嘴和鼻子全在哈气，好像喷云吐雾一般，把魏兵一刀一个，一刀一个，杀得雪地都变红了。大将胡遵一马当先，往浮桥那边逃去。一下子魏兵纷纷跟着上了浮桥。浮桥支不住这许多人，"哗啦啦"一声响，桥垮了一大段，人掉了一大批。没掉在水里的再往前挤，前面的一段浮桥接着也塌了。成千上万的魏兵就这么掉在水里淹死，冻死，倒给后面的人铺成了一条死尸桥，他们就踩着尸体逃了活命。

胡遵因为先走一步，没死，可他把这次东征军的车辆、马匹、牛、骡、驴和军用物资全扔给了诸葛恪。还有两路魏军，王昶、毌丘俭他们，原来是配合作战的，一听到东兴一路已经打了败仗，就烧毁营寨退回去了。

三路兵马就这么打败仗的打败仗，逃回去的逃回去，多么丢脸哪！魏朝廷上的大臣们议论纷纷，要求追究责任，惩办有罪的将军。大将军司马师说："是我自己不听劝告，以致到了这步田地。这是我的过错，将军们有什么罪呢？"他的兄弟司马昭是三路大军的监军，他情愿受罚，要求削去他的爵位，别的将军可都没受到责备。司马师和司马昭弟兄俩就把这次打败仗的过失自己包了，别人又是高兴，又是害臊，谁不拥护他们才怪呢。

司马师任命诸葛诞为镇南将军，都督豫州，毌丘俭为镇东将军，都督扬州。他担心诸葛恪再来进攻，还准备再加强东边的防御。光禄大夫张缉说："诸葛恪虽然打了胜仗，他也长不了。"司马师说："这话怎么讲？"张缉说："做臣下的威风太大了，主人就害怕。功劳太大了，全国都盖在他底下，他想不死，办得到吗？"司马师听了张缉的话，又是高兴，又是害怕。他不断打发人去探听诸葛恪的动静。

## 读有所思

1. 东吴的潘皇后派人去见太子少傅孙弘，向他打听什么事情？

2. 吴主孙权死后，谁掌握了东吴的朝政大权？

3. 魏三路兵马打了败仗，谁将过失全包了？

# 带 酒 进 宫

  诸葛恪得胜回朝，把东吴的叛将韩综的人头搁在大帝庙里上供。吴主孙亮加封诸葛恪为阳都侯，叫他做了荆州和扬州的州牧，总督东吴所有的军队，大权归他一人掌握。

  第二年（公元 253 年），诸葛恪又要出兵攻魏。大臣们都不同意，说是因为刚打了仗，士兵们太疲劳了。诸葛恪认为正因为刚打了胜仗，是击败敌人的好机会。他就一面调动各郡的兵马，一面派使者去约蜀汉共同出兵伐魏。蜀汉大将军费祎刚被魏投降的一个将军刺死，大伙儿都不愿意出兵。卫将军姜维一向主张北伐中原，以前老被大将军费祎暗暗地劝阻或者限制他的兵马，这会儿费祎死了，他就率领几万人马从武都出发，经过石营，围攻狄道（属陇西郡，今甘肃临洮）。诸葛恪一听到姜维出兵，马上统领二十万大军进攻淮南。将士们认为淮南地区太大，不如集中力量围攻新城，新城被围，司马师一定发兵去救，那时候给远来的救兵一个迎头痛击，准能打个大胜仗。诸葛恪同意了，就把进攻淮南的军队转到西边围攻新城。

魏大将军司马师采用避重就轻的办法，吩咐镇东将军毌丘俭照旧镇守扬州，不可出动，新城能守就守，不能守的话，也不必去救。他用大部分的力量去对付西方，吩咐征西将军郭淮、雍州刺史陈泰发动关中全部的兵马火速赶到狄道去抵抗姜维。陈泰的兵马赶到洛门（今甘肃天水甘谷一带），姜维因为粮草接应不上，已经退回去了。诸葛恪还继续围攻新城，快三个月了，可还没能打下来。

　　镇守新城的魏将张特，虽然只有三四千士兵，打死和病死的已有一半，可他还是坚守着。后来城墙打得快塌下来，没法再支持下去，他就假意地对吴人说："我们不愿意再打了，可是魏有一条法令：被围攻过一百天而救兵不到的，即使投降，家族可以免罪。我们被围已经九十多天了，恳求大军再宽限几天，我们就大开城门，欢迎大军。"诸葛恪信了，下令暂缓攻城。士兵们趁着机会，透了口气，休息几天。没想到张特一夜工夫就把城墙修补好了。第二天，城门楼子上的将士大声嚷嚷："我们宁可拼个死活，也不能向吴狗投降！"

　　诸葛恪听了，鼻子眼儿喷了火，再下令攻城。可是士兵们才透了口气，精神散漫，再说那年七月里天气闷热得像搁在笼屉里蒸似的，军营中遭到疫病，死了不少人，有中暑死的，有泻肚子死的，还有不少人病着躺在地下。诸葛恪因为打不下城，已经气得火往上撞，一听到说害病的人这么多，更是火上加油，大骂士兵装病，还责备将军们，说以后要惩办装病的和谎报的将士，把几个敢于说话的将军革了职。这么一来，白天公开说话的人没有了，晚上偷偷逃跑的人可就多起来了。将军当中也有逃到毌丘俭那边去的。毌丘俭这才知道吴兵确实疲劳

了，就发兵去救新城。

魏救兵还没到，吴兵就起了恐慌。诸葛恪只好下令退兵，还退得真快，连军械、物资都来不及搬。这些东西扔了也就算了。士兵当中害病的可就惨了。沿路有病死的，有几个人互相拉着走不动一块儿摔倒跌死的。没死的唉声叹气地都说受不了。诸葛恪好像没事人似的把军队扎在江渚（zhǔ）一个月。诏书接连下来，催他回去。八月吴军回到建业，诸葛恪到了家里，立刻叫中书令孙嘿过去，大声地骂他，说："你是管什么的？怎么几次三番地写这些不像话的诏书叫我回来！"中书令吓得只能磕头，连着说："是，是！"孙嘿低着头，哆里哆嗦地出来，害了病回家去了。

诸葛恪自己知道对他不满意的人越来越多，怕遭到毒手，每天提心吊胆地防备着。他把朝廷上的大臣改换了一些，还把宫里的卫兵换上一些自己亲信的人。因为今年出兵失了威望，他就整顿军队，准备进攻青州和徐州。侍中孙峻向吴主孙亮说诸葛恪的坏话，说官吏和老百姓都怨恨太傅，还说他近来的行动不像个大臣。那时候，孙亮才十一岁，懂得什么呢？外边的军事全由诸葛恪统管，宫里的事全听孙峻摆布。孙峻怎么说，孙亮就怎么依。十月里有一天，孙峻和吴主孙亮摆上酒席特地给诸葛恪接风，还请了一些大臣作陪。诏书下来，请诸葛恪进宫喝酒。

诸葛恪到了宫门口，停下车，不想进去了。他推说肚子不舒服，其实是害怕孙峻对他不怀好意。恰好，孙峻出来迎接他，一听到诸葛恪说肚子不舒服，就说："要是您身子不舒服，您还是回去吧。皇上面前我替您说去。"诸葛恪给孙峻这么一说，倒放了心。他说："我还能支持，见了皇上再说吧。"
孙峻哈了哈腰，先进去了。散骑常侍张约和朱恩偷偷地告诉
诸葛恪，说："今天的酒席，怕有别的用意，不可不防。"诸葛
恪说："这些崽子们能把我怎么着？我只怕酒里搁毒药，这倒
不可不防。我不如自己带酒进宫。"他就跟着张约进去，照常
带剑上殿，拜见了吴主，坐下。酒席开始，说说笑笑，挺高兴
的，诸葛恪自己带着酒，可还没喝。

　　孙峻说："要是太傅的贵恙还没完全好，不敢喝酒，您
是不是可以把平常喝的药酒拿来？这样，大家都喝酒，多好
哪。"诸葛恪点点头，就拿出自己带来的酒，大伙儿这才兴高
采烈地喝开了。约莫喝了两三杯，吴主孙亮进去了，孙峻进了
更衣室，脱去长袍，穿着短褂，右手搁在背后，出来对大伙儿
说："皇上有诏书，逮捕诸葛恪！"诸葛恪蹦了起来，拔出宝
剑，还没来得及砍，孙峻手起刀落，诸葛恪人头落地，宝剑也
从手里掉下了。张约连忙捡起宝剑，向孙峻砍去，孙峻往右一
躲，左手受了伤，右手向左砍去，砍断了张约的右胳膊。卫士
们上了殿，杀了张约。孙峻对大伙儿说："叛逆的人已经杀了，
别的人不关事，照常喝酒吧！"话是这么说，可是嘴怎么馋，
也没有心思再吃喝了。一个一个都溜了。

　　孙峻吩咐士兵把那两具尸首用苇箔裹着，扔在城外乱尸
岗子里。一面派武士们把诸葛恪的全家都抄斩了。接着还得查
办跟诸葛恪有联络的人家。

　　吴朝廷上的大臣们见风转舵（看风使舵），公推孙峻为太
尉。那些加倍热心奉承的人说："太尉还不够，得再往上升。"
这么着，孙峻做了丞相、大将军，总督所有的军队。只不过这

么一转眼的工夫，诸葛恪的大权就落在孙峻的手里了。

孙峻做了丞相，查办跟诸葛恪交好的大臣，收买的收买，杀的杀，连吴主孙权的两个儿子，齐王孙奋跟废太子南阳王孙和，也逃不了。孙奋有造化，保了一条命，废为平民。孙和的妻子张氏是诸葛恪的外甥女儿。命令下来，让孙和自杀，别人一概免罪。孙和临死向夫人张氏和二夫人何氏哭哭啼啼地告别。张氏说："有福同享，有祸同当，我不愿意一个人活着。"她就自杀了。二夫人何氏生了个儿子叫孙皓（hào；后来吴人立他为吴主），孙和还有三个儿子孙德、孙谦、孙俊，他们都比孙皓小。何氏流着眼泪说："要是都死了，谁抚养这些孤儿呢？"她忍受着一切艰苦，抚养着孙皓和他的三个兄弟。

## 读有所思

1. 为什么对诸葛恪不满意的人越来越多？
2. 吴主请诸葛恪喝酒，诸葛恪为什么要自己带酒进宫？
3. 诸葛恪死后，大权落在了谁手里？

# 咬破被子

诸葛恪被灭门的消息传到洛阳，司马师马上想起前一年光禄大夫张缉的话来："做臣下的威风太大了，主人就害怕。"张缉料定诸葛恪长不了。他的话今天应验了。司马师知道自己比诸葛恪更威风，他的主人能不害怕吗？魏大臣当中管保没有像孙峻那样的人吗？司马师到底比诸葛恪厉害，他这么一琢磨，一追查，就抓住了不少像孙峻那样的人。他把中书令李丰、太常夏侯玄、光禄大夫张缉，还有不少别的大臣，全都杀了。他们是怎么被杀的呢？

原来魏主曹芳八岁即位，到那时（公元254年）已经十多年，曹芳也二十一岁了。可是朝廷大权全在司马师手里，他心里当然不乐意。曹芳的岳父就是光禄大夫张缉。女儿被立为皇后，张缉不得再参与朝政，只好闷闷不乐地待在家里。还有前征西将军，统领雍州、凉州军事的夏侯玄，因为是大将军曹爽的表兄弟，被削去兵权，召回朝廷，做个毫无权力的太常。他也是一万个不乐意。夏侯玄跟中书令李丰是好朋友。他们曾

经秘密地商量过要消灭司马氏，为曹爽报仇。这三个人——张缉、夏侯玄、李丰——意气相投，都做了魏主曹芳的心腹。

这年二月里，魏主曹芳要封后宫王氏为贵人。李丰暗地里跟几个心腹大臣定了计谋，准备在封贵人那一天，趁着司马师拜见皇上的时候，突然下道诏书，把他杀了。没想到司马师看到魏主曹芳屡次召李丰进宫，却不知道他们商量些什么。他又想起张缉的话和东吴诸葛恪的下场来了。他立刻派人带领兵马把李丰"请"了来，盘问他跟皇上商议些什么。李丰不愿意告诉他。司马师再三逼他，他就破口大骂。司马师沉不住气，眼珠子瞪得像鸡子儿。万没想到他左眼底下长个毒瘤，有时候发痒，有时候疼痛。这会儿眼睛一瞪，用力过猛，差点没爆裂开来。他忍住疼，用刀把在李丰的嘴上砸了一下，那刀把上的铁环一蹦，把李丰的嘴、鼻子、眼睛连脑袋全给砸坏了。司马师吩咐武士们把李丰的尸首交给廷尉去审问。尸首怎么审问哪？别忙。没一会儿工夫，夏侯玄、张缉和李丰的儿子李韬，还有别的几个大臣都押上来了。廷尉审问下来，有口供也好，没口供也好，反正廷尉替他们写了口供，一股脑儿灭门三族。

司马师杀了这些反对他的人，还不解恨。他捂住左眼，带剑进宫，见了魏主曹芳，怒气勃勃地问："张家的女儿哪？"魏主吓了一大跳，哆里哆嗦地说："张家的女儿？谁呀？噢，大将军是不是说张皇后？"司马师说："废话！什么皇后不皇后？她老子犯了法，叛逆人家的女儿怎么能做一国之母呢？马上废去！"魏主低着头不敢顶嘴。司马师立刻吩咐张皇后改换服装，搬到宫外去。张皇后穿上粗布的便服，披散着头发，满脸都是眼泪。临走一再回头，央告魏主曹芳，说："皇上不能救救我吗？"曹芳只能流眼泪，心里想："我自己也不知道能活到哪一天哪。"他可没说出来。

诏书下来，废去张皇后，立贵人王氏为皇后。过了几天，废皇后张氏不知道害了什么病，突然死了。

魏主曹芳恨透了司马师，司马师自己也知道他跟曹芳合不到一块儿去，就打算把他废了。刚巧西边来了警报，说蜀汉卫将军姜维进攻陇西，魏军打了败仗，丢了河关、狄道、临洮这些地方，魏将军之中也有投降蜀汉的。司马师上个奏章，请魏主曹芳派安东将军司马昭去抵抗姜维。那时候，司马昭镇守许昌。他接到了诏书，就带领军队来见魏主。魏主亲自到平乐观去慰劳军队。统领河北军队的镇北将军许允，向来跟李丰、夏侯玄他们交好，他趁机跟魏主左右侍臣计划好，等到司马昭拜见皇上的时候，突然下诏书把他杀了，马上去接收司马昭和司马师的军队。诏书都准备好了。哪儿知道司马昭一到，威风凛凛，杀气腾腾，魏主曹芳让他给镇住了，心里一慌，不敢把诏书发下去。可是司马昭多么机灵，他当场就看出曹芳不怀好意。回头跟他哥哥一商量，就率领军队进了洛阳，留在那儿。陇西的事暂时撂着再说。

司马氏哥儿俩侦察朝廷内外的动静，没查出什么来，就是中领军许允好几次单独进宫，不知道搞的是什么鬼。他们能探听到的一点儿可靠的消息是这样：许允向魏主告别，君臣二人抽抽搭搭地哭了一场。马上有人告发许允，说他曾经自作主张，发放公家财物。许允下了廷尉，定了罪，放逐到辽东去。他在半道上就被人暗杀了。朝廷上没有动静，大军扎在京师里干什么呢？还不如去救陇西吧。正好陇西那边来了报告，魏军最近打了一个胜仗，蜀兵已经退回去了。司马师放了心。他拿皇太后的名义召集大臣们，数落魏主曹芳的罪恶，说他荒淫无度，比昌邑王（就是汉武帝的孙子，被霍光废去的刘贺）还不如，不配做国君。大臣们就说："是啊！从前伊尹放逐太甲，霍光废去昌邑王，都是为了安定社稷。大将军错不了，错不了！"当时就派使者拿齐王的印绶交给魏主曹芳，叫他回到原来齐王的封地去。曹芳流着眼泪向郭太后告别，郭太后也哭了。接着就坐上青颜色的王车从太极殿南门出去。大臣当中也有几十个人送他，其中哭得最伤心的是司马懿的兄弟司马孚。别人也有流眼泪的，他却哭出声来了。

司马师听了郭太后的意见，立魏文帝曹丕的孙子曹髦（máo）为魏帝。那时候曹髦才十四岁。不管怎么样，新君即位，总是喜事，大赦天下，文武百官分别有封有赏。万没想到大喜事也会招来坏消息。公元 255 年新春里就出了事啦。镇东将军都督扬州的毌丘俭和扬州刺史文钦假传皇太后的诏书，向各郡县发出通告征讨司马师，罪名是废去皇上，大逆不道。他们从寿春出发，带领五六万人马渡过淮河，往西到了项城。这时候，司马师刚割了目瘤，疼得没法说。他得到了警报，忍着疼召集大臣们商议办法。医生劝他静心休养，医治目瘤要紧。大臣们大多都说大将军自己可不能出去。只有河南尹王肃、尚书傅嘏（gǔ）和中书侍郎钟会三个人认为这是紧要关头，劝他亲自出去。司马师蹦起来，说："好吧！我也顾不得眼睛痛了。"

他嘱咐他的兄弟司马昭兼中领军，留在京师镇守后方，自己屯兵汝阳，守在那儿，派荆州刺史王基火速进兵占领南顿（在项城西），同时通知镇东将军诸葛诞率领豫州的军队进攻寿春，征东将军胡遵率领青州和徐州的军队截击毌丘俭的归路。毌丘俭和文钦想往前进，王基守住南顿，司马师坐镇汝阳，只守不战，打也打不过去；往后退吧，又怕诸葛诞打下寿春，等着他们。司马师三路兵马这么一布置，已经叫毌丘俭他们进退两难了。淮南将士的家属都在北方，士兵没有斗志，有的开小差逃了，有的投到司马师这边来。这还不算，除了这三路以外，第四路兵马也赶到了。

那第四路是邓艾的兵马，有一万多人。邓艾是兖州刺史，说话带结巴，可挺有本领，跟中书侍郎钟会同样出名。毌丘俭一起兵就派使者去送信，约他一同反对司马师。邓艾把来信撕了，还把使者杀了。他料到扬州发生叛变，一定往北进攻，就立刻带领兖州的兵马往南日夜赶路，到了乐嘉城。果然，毌丘俭派文钦带领一支军队来夺乐嘉城，可是已经晚了一步。司马师也偷偷地离开汝阳去跟邓艾会师。文钦的儿子文鸯，才十八岁，勇猛得很。他对父亲说："敌人刚扎了营，还没安定下来，咱们分两路连夜去劫营，准能活捉司马师。"父子二人就分两路进军。

文鸯一路杀到魏营，战鼓擂得震天价响，士兵们大叫大嚷着向魏营冲去。司马师因为眼睛疼得厉害，躺在床上。他传令下去，坚守营寨，不准惊慌。可是营门外一片喊杀的声音，营门里的将士又是惊慌，又想打出去。司马师外表上很镇静，内心急得火直往上撞。突然，啪的一声，那只长毒瘤的眼睛破了，蹦到眼眶外边，那个疼劲，一直疼到心窝。司马师怕别人知道，使劲地忍住疼，不能喊叫，连叹气也不敢，牙齿咬住了被子，把被头咬得稀烂。好容易熬到天亮，魏兵还守住营寨。原来文鸯跟他父亲约定两路夹攻，可是文钦的一路兵马迷了路，始终没来，魏兵这才能够用全力对付一面。文鸯到了这时候，只好退兵。司马师对将士们说："赶快追上去，还可以打一阵胜仗！"文鸯边打边退，魏兵占不到多大便宜。到了这会儿，文钦才从山谷中找到了出路，跟他儿子一块儿退了回去。

毌丘俭一听到文钦打了败仗，就扔了项城，往南逃去。等到文钦退到项城，毌丘俭的军队已经走了，他孤零零的一支军队没法守在这儿。他还想逃到寿春去，可是寿春已经被诸葛诞占领了。文钦就带领他的兵马投奔东吴去了。东吴的丞相、大将军孙峻早已趁机到了东兴，一听到毌丘俭打了败仗，东吴的军队就进了巢县地界。孙峻还想去接收寿春，已经晚了一步，诸葛诞先进去了。诸葛诞做了镇东大将军，都督扬州。

就这样，文钦、文鸯投降了孙峻。毌丘俭的兵马四处逃散，毌丘俭也终于被杀了。

司马师扑灭了毌丘俭和文钦的叛变，自己的病却越来越厉害了。他回到许昌，正好司马昭从洛阳赶来。司马师把大将军的兵权交给司马昭，嘱咐他统领各路军队。办完了这件大事，他透了一口气，死了。司马昭上表报丧。魏主曹髦下了一道诏书，说东南新定，请卫将军暂时镇守许昌，其余的军队由尚书傅嘏带领回来。中书侍郎钟会跟傅嘏商量，请他上表让卫将军一同回去。司马昭马上把军队带回去，驻扎在洛南。魏主曹髦只好再下诏书，让司马昭继承他哥哥为大将军，录尚书事。从这儿起，魏的大权就落在司马昭手里了。

魏死了司马师，给了蜀汉一个进攻的机会。蜀汉卫将军

姜维跟将士们商议，准备再一次北伐中原。

## 读有所思

1. 张缉、夏侯玄、李丰密谋什么事情？
2. 司马师是怎么死的？
3. 司马师死后，魏的大权落在谁手里了？

## 知识拓展

  伊尹辅助商汤打败夏桀，为商朝的建立做出不朽功勋，辅政五十余年，为商朝富强兴盛立下汗马功劳。后来太甲当政后，不修德政，昏暗暴虐，伊尹十分忧虑，多次规劝太甲，太甲根本听不进去。为使太甲成为有作为的君主，伊尹在商汤墓所在地建了一座宫室，称为桐宫。并把太甲送入桐宫反省。太甲终于意识到自己的错误，最终从迷途中觉醒。在他闭门思过期间，伊尹代他理政。转眼间，过了三年，太甲已经悔过自新，重新做人。伊尹见放逐太甲的目的已经达到，于是亲自到桐宫迎接太甲，恢复其王位，自己退为臣。太甲二次即位，勤修德政，以身作则，诸侯归服，百姓安宁。太甲终成有为之君，为后来的中兴局面打下了基础。

# 路人皆知

卫将军姜维认为司马师已经死了，司马昭刚接替，一定不能离开洛阳，这是北伐中原的好机会。征西将军张翼不同意出兵，他说："国家小，人民疲劳，不该老是动兵。"姜维不听他的话，带着他和车骑将军夏侯霸率领几万人马到了枹罕（fú hǎn，在今甘肃临夏一带），向狄道进攻（这是姜维第四次北伐）。魏征西将军郭淮在这一年死了，雍州刺史陈泰接替他为征西将军，镇守陈仓。他叫雍州新刺史王经守住狄道，告诉他陈仓的兵马没到，不可单独出战。可是蜀兵进攻狄道，王经沉不住气。他一合计自己的兵马已经足够对付姜维了，就发兵三万，跟姜维在洮西打了一仗。姜维叫夏侯霸抄小道绕到王经的背后，自己打正面，前后夹攻，把王经打得大败而逃，三万士兵逃回狄道城的只有一万多点，其余的不是被打死，就是逃散了。姜维还要追上去，张翼拦住他，说："已经打了一个胜仗，可以停了。再打下去，我怕前功尽弃，反倒画蛇添足了。"姜维听到张翼说他"画蛇添足"，有点儿生气，但还是率领军队去围狄道。

哪儿知道情况变了。魏征西将军陈泰从陈仓赶去，到了狄道城东南山上。他吩咐士兵使劲打鼓，又在山上放起火来，让城里的人知道救兵到了。除了这一路的救兵以外，还有第二路救兵。兖州刺史邓艾接到诏书，做了安西将军，率领一队兵马日夜赶来，跟陈泰一同抵抗姜维。司马昭还不放心，邓艾之后，又派了第三路救兵。他派太尉司马孚带领一队兵马作为后应。姜维没料到忽然来了这么多救兵，已经有点儿心虚，跟陈泰打了一仗，占不到便宜，只好往西退去。正应了张翼所说的"画蛇添足"那句话。他把军队驻扎在钟提，暂时休息一下。

第二年，就是公元256年（魏甘露元年，汉延熙十九年，吴太平元年），后主刘禅拜卫将军姜维为大将军。七月，大将军姜维再一次出兵，没想到人家早已作了准备。姜维在段谷中了邓艾的埋伏，死伤了不少兵马，亏得夏侯霸前来接应，姜维的残兵败将才能回到汉中（第五次北伐又失败了）。蜀人因此怨恨姜维。姜维上书请求处分，降级为卫将军，执行大将军的职务。

姜维一心要征伐中原，他一听到司马昭把关中一部分的军队调到淮南去打诸葛诞（公元257年），就又率领几万兵马经过骆谷到了沈岭（第六次北伐）。诸葛诞是魏镇东大将军，统领扬州军事，怎么司马昭会去征伐他呢？

镇东大将军诸葛诞跟那些被司马懿和司马师所杀的大臣都是好朋友。太常夏侯玄、邓飏、王凌、毋丘俭这些人一个一个都被司马氏杀了，诸葛诞很不安心，怕他们的命运也会轮到自己身上来。他就把自己的财产拿出来救济有困难的人，有意地赦免罪犯，为的是收买民心。他收养了一些门客和情愿替他卖命的勇士，借口防备东吴，向司马昭请求多给他一些兵马，还要在淮南造座城。

司马昭多么机警啊。他一探听东吴的动静，才知道：吴大将军孙峻已经死了，他的叔伯兄弟孙綝接替他做了卫将军，后来又升为大将军；有些人不服，孙綝作威作福，一不高兴，就把他们杀了；吴主孙亮跟孙綝又合不到一块儿去；东吴大臣之中经常不和，等等。司马昭一琢磨，在这种情况下，东吴不可能进攻寿春。那么，诸葛诞为什么要扩充军队呢？又为什么还要造一座城呢？他不由得起了疑。长史贾充很能奉承司马昭，向他献计，请他派人去慰劳"四征"（魏设置征东将军屯兵淮南，征南将军屯兵襄阳、沔阳，防备东吴；征西将军屯兵关中、陇右，防备蜀汉；征北将军屯兵幽州、并州，防备鲜卑。这四个征东、征南、征西、征北将军称为"四征"，都带领着大队兵马），同时去察看他们的行动。司马昭就派贾充到淮南去劳军。

贾充到了寿春，见了诸葛诞。两个人喝酒谈天，挺对劲儿。谈天当中，贾充好像很随便地问了句："听说洛阳方面有不少大臣愿意看到推位让国，您看怎么样？"诸葛诞这个火性子，立刻变了脸。他责备贾充，说："你们父子都受了魏君的大恩，你怎么这么胡说八道的？"贾充红着脸说："我不过把别人的话告诉您，您何必生气呢？"诸葛诞很坚决地说："哼！生气算什么。要是京师里发生叛变，我拼着命也干，难道光是生气就算了吗？"

贾充回去向司马昭报告，司马昭皱着眉头，不知道该怎么办。贾充又献了个计，说："不如把他调到京师里来。"司马昭说："好是好，就怕他不来，那不是逼他反吗？"贾充摇头晃脑，好像背书似的说："早反祸小，迟反祸大！"司马昭就请魏主曹髦下了一道诏书，拜诸葛诞为司空，叫他速回京师上任，兵符移交给扬州刺史乐綝。果然，诸葛诞见了诏书害怕了。他怀疑扬州刺史乐綝跟他作对，要夺他的兵权，就先把他杀了。他打算关起门来保护自己，马上召集淮南、淮北各郡县屯田的官兵十多万人和扬州新归附的士兵四五万人，准备了足够吃一年的粮食，又派长史吴纲带着小儿子诸葛靓到东吴称臣求救。

　　吴纲到了东吴，吴人很是高兴。大将军孙綝一面派全怿（yì）、全端、唐咨、王祚等几个将军和新从魏投降过来的文钦父子，发兵三万去帮助诸葛诞，一面请吴主孙亮拜诸葛诞为大司徒、骠骑将军、青州州牧，还封他为寿春侯。

　　魏大将军司马昭率领二十六万大军，连关中的兵马都调动了一部分，几路进兵，围攻寿春。双方打了几仗，魏兵占了上风，可是司马昭不急于进攻，也不愿意光用兵力。他要用计策去分化诸葛诞和帮他的那些人。诸葛诞、文钦、全怿、全端他们没有统一的领导，遇到困难，内部闹了意见。大将军孙綝亲自出来，打了一个败仗，不怪自己无能，反倒发了脾气，杀了自己的一个将军，回到建业去了，还把打败仗的过错推给别人，说要惩办那些打败仗的人。这一来，将士们又是害怕又是不服气，就给司马昭一个招收东吴将士的好机会。全怿、全端首先带着几千人马投降了司马昭。司马昭拜他们为将军，封为列侯。

文钦和诸葛诞由猜忌到火并，诸葛诞把他杀了。文钦的两个儿子文鸯和文虎逃出城去，投奔魏营。魏官员们认为文钦一家背叛了朝廷，应当把他们办罪。司马昭另有高招，他要利用文钦的两个儿子去招收别的将士，反倒重用他们，叫他们带领几百个骑兵一面绕着城墙走，让城里的人看看，一面有人大声嚷嚷："城里的人听明白了，文钦的儿子都不杀，别的人还怕什么呢？"

司马昭拜文鸯、文虎为将军，封为关内侯。城里的人知道了，都很高兴。除了少数愿意跟着诸葛诞一同死的人以外，别的人大多没有斗志。到了这时候，司马昭才用全力四面进攻，真是水到渠成，很快拿下了寿春。接着，诸葛诞灭了族，唐咨、王祚等几个将军和十多万士兵全都投降了。有人对司马昭说："十多万士兵当中有一部分是吴兵，吴兵的家小都在江南，将来必有后患，不如把他们坑杀了吧。"司马昭说："带头的大恶人已经被杀了，别的人何必多杀呢？吴兵要回去的话，就让他们回去，正可以显示朝廷的宽大。"因此，投降的人一个都没杀，还让文鸯、文虎把他们父亲的尸首埋了。他又下了一道命令："凡是被诸葛诞所逼而参加叛乱的将士吏民，一概免罪。"这一下，谁都高兴了。

司马昭打了个大胜仗，又得了个喜信，邓艾来了捷报，说姜维听到诸葛诞死了，已经退回成都，西边没有战事了。

司马昭回到洛阳，文武百官都称颂他的功德。诏书下来，拜司马昭为相国，封晋公，加九锡。司马昭把这些全推辞了。他还是做着大将军。过了两年，就是公元260年，诏书又下来，再一次拜司马昭为相国，封晋公，加九锡。司马昭又推辞了。可是魏主曹髦并不因此感到满意，他自己没有实权，恨透了司马昭。有一天，他对几个大臣说："司马昭的心，过路人都知道。我不能坐着等死，今天我就该跟你们一同去惩罚他。"大臣们劝他忍耐一下，可千万不能得罪大将军。曹髦可真恼了，他从怀里拿出一道诏书来，扔在地下，说："你们拿去！我已经下了决心，死也不怕，再说还不一定死！"说着他就进去禀告太后。

谁知道魏主曹髦认为是心腹的那三个大臣，听了他要惩罚司马昭，倒有两个急急忙忙地去向司马昭通风报信。曹髦集合了宫里的卫兵和一些供使唤的奴仆们，大喊大叫地从宫里打出来，他自己拔出宝剑，拿在手里，好像是个领队的将军。他们一出来，就碰到了司马昭的兄弟屯骑校尉司马伷（zhòu）带着一队士兵过来。皇上左右的人一声吆喝，司马伷和众人就逃散了。中护军贾充也带着一队武士跑上去，魏主拿起宝剑挥着说："你们反了吗？"众人都害怕了，哪儿能跟皇上打哪？全都准备逃了。有个太子舍人叫成济的，他跟贾充在一起，问他："事情急了，怎么办呢？"贾充大声地说："司马公养着你们，就是为了今天！还用问吗？"成济这才胆大了，拿起长枪向前刺去，魏主曹髦还想用宝剑来招架，枪头刺进胸口，穿了脊梁。成济把长枪往回一拉，魏主从车上跌出来，死了。

司马昭等着消息，一听到魏主给杀了，不知道是高兴还是担心，哆里哆嗦地趴在地下，没起来。太傅司马孚跑到宫里，把自己的头枕在魏主曹髦的大腿上，哭着说："杀陛下是我的罪！"

文武百官好像捅了窝的马蜂，嗡嗡地乱着。司马昭只好
起来，到了朝堂上，召集大臣们商议商议。大臣们都到了，就
短了个尚书左仆射陈泰。可是陈泰的子弟和内内外外的人都

逼着他去，陈泰也只好走了。他见了司马昭，哭了。司马昭也抽抽搭搭地说："玄伯，你说叫我怎么办哪？你替我想个办法啊！"陈泰说："只有杀了贾充，才可以多少向天下赔个不是！"司马昭愣了好久，说道："你再想个轻一点儿的办法。"陈泰说："依我说啊，只有再重一点儿的，没有更轻一点儿的！"司马昭就不再开口了。他吩咐左右替太后写了一道诏书，说曹髦不孝，废为平民，照平民的礼节把他的尸首埋了。后来由于太傅司马孚他们的请求，总算用诸侯王的礼节把他葬了。

去了一个皇帝，还得再立一个。司马昭和大臣们决定立魏武帝曹操的孙子，燕王曹宇的儿子曹奂为新君，太后同意了。司马昭派自己的大儿子司马炎到邺城去迎接曹奂。那时候曹奂已经十五岁了。他跟着司马炎到了洛阳，拜见了太后，继曹髦为魏主，就是后来的魏元帝。大赦天下，改元为景元元年（公元260年），拜司马昭为相国，封晋公，加九锡。司马昭照例又推辞了。

天大的事不是就完了吗？没想到大伙儿还在议论纷纷，他们说："凶手不办罪，将来谁都可以杀皇上了！"司马昭就上了一个奏章，说成济大逆不道，应当灭族。成济当然不服。他一见士兵们来抓他，就脱去衣服，光着身子上了屋顶，大声嚷嚷地把司马昭和贾充臭骂了一顿。士兵们四面八方地向他射箭，他才从屋顶上摔下来，再也不能骂了。

第二年八月，太后下诏，再拜司马昭为相国，封晋公，加九锡。司马昭又坚决地推辞了。又过了一年，就是公元262年（魏景元三年，汉景耀五年，吴永安五年）十月，大将军司马昭接到军报，说蜀大将军姜维又出兵了，已经到了洮阳。司马昭笑了笑，对左右说："姜维自顾不暇，还能怎么样？安西将军邓艾又有能耐。西方的事用不着我操心。"大伙儿又是相信，又是不敢相信，姜维怎么会自顾不暇？要是他真的自顾不暇，怎么又打到洮阳来了呢？

## 读有所思

1. 诸葛诞是魏国大将，司马昭为什么要发兵征讨他？

2. 姜维几次北伐，结局如何？

3. 魏帝曹髦是怎么死的？

# 竹林七贤

汉大将军姜维受了诸葛丞相的托付，一心要北伐中原，恢复汉室，可是究竟因为力量薄弱，每次出兵都没能成功。这就给反对他的人一个话柄，其中最能说姜维坏话的要数宦官黄皓了。他最能奉承后主刘禅。刘禅以前最怕诸葛亮，后来又怕姜维。只有黄皓一味地讨他的喜欢，让他做人有个乐头。黄皓做了后主的心腹，升为中常侍，实际上掌握了朝廷大权。这时候，义阳人董厥（jué）做了辅国大将军，诸葛丞相的儿子诸葛瞻做了都护、卫将军，侍中樊建做了尚书令。这几个都是朝廷上重要的大臣。董厥和诸葛瞻想排斥中常侍黄皓，可是朝廷中的士大夫大多不向着他们，反倒跟黄皓联在一起。尚书令樊建只是不跟黄皓来往，可也不敢反对他。

有个名字叫阎宇的，做了右将军。他跟黄皓十分亲热。黄皓打算除了姜维，让阎宇接替他做大将军。他们的阴谋被姜维知道了，姜维直截了当地对后主说："黄皓为人奸诈，只知道出坏主意，将来准会败坏国家，请陛下把他除了！"这种话后主怎么听得进去呢？他说："黄皓不过是个供使唤的小臣，您何必讨厌他呢？从前董允咬牙切齿地反对黄皓，我就咬牙切齿地痛恨董允。你又何必介意呢？"

姜维听了这话，害怕了。他一想："士大夫大多都钻到黄皓的门下，皇上又这么宠用他，我这么冒冒失失地跟黄皓作对，不是自己跟自己过不去吗？"他只好低声下气地说："是，是，陛下说得对！"就这么告辞出来了。没想到后主叫黄皓亲自到姜维那儿去赔个不是。这一来更叫姜维担心。他这才想起后主的兄弟刘永来了。刘永憎恨黄皓，劝后主不可宠用他。当时后主倒没说什么。等到黄皓在后主跟前说刘永坏话，后主一冒火儿，十年不让刘永朝见他。自己的兄弟为了责备黄皓，十年不得朝见。姜维这么一想，怎么能不害怕呢？他直后悔不该在后主面前说这种话。司马昭所说的"姜维自顾不暇"，就是指黄皓跟他作对。

这一次姜维出兵（第九次北伐，姜维九伐中原的最后一次），右车骑将军廖化背地里批评姜维，说："智谋不如敌人，力量又比不上敌人，还不断地出兵，怎么活得下去啊！"

果然不出廖化所料，姜维跟邓艾在侯和（在狄道附近）打了一仗，前锋夏侯霸阵亡，自己也损失了不少人马，只好退兵回去。中常侍黄皓借着姜维打败仗的因由，请后主把姜维革职，另拜阎宇为大将军。姜维在半道上得到这个信儿，不敢回成都，退到沓中（在羌中，今甘肃临潭一带），请求后主让他在那边种麦子，说是可以多生产粮食。后主只要姜维不妨碍他吃喝玩乐，就让他留在边缘角落里了。就这样，姜维实际上等于放逐在羌中。

司马昭探听到姜维躲在沓中，就要发兵去打汉中。正在这时候，有人告发当时的一个名士，叫嵇康，说他曾经参加过叛乱。司马昭要趁这机会把他惩办一下，作为一个警诫，让那些狂妄自大、不守礼法的所谓名士有个顾忌。

当时所谓名士，最出名的有七个，就是：谯郡人嵇康，陈留人阮籍，阮籍的侄儿阮咸，河内人山涛，河南人向秀，琅琊人王戎，沛国人刘伶。这七个人结成朋友，非常要好，全都爱好虚无，轻视礼法，拿醉酒作为人生的乐头，以糊涂为清高。他们曾经在竹林子里喝酒、聊天，人们就把他们称为"竹林七贤"。

"竹林七贤"当中第一个叫司马昭看不上眼的就是嵇康，嵇康很瞧不起朝廷上的大官。那时候，中书侍郎钟会是司马昭跟前的红人，没多久就做了司隶校尉。他听到嵇康这么出名，就亲自去看他。嵇康正在家里，蹲在地下干活，见了钟会当作没瞧见，理也不理他。钟会耐着性子四周看了一会儿，回转身子跨了一步，才听见嵇康待理不理地说："听见了什么到这儿来的？瞧见了什么离开这儿的？"钟会也待理不理地回了一句："听见了所听见的才来，看见了所看见的才去！"打那儿起，他把嵇康恨透了。

阮籍做了步兵校尉，按理说他做了官，应当尊重国家的制度和礼法。有一天，他跟别人下棋，正在紧要关头，他母亲死了。对手要求他，说："哎呀，令堂过世了，棋别下啦。"阮籍不依，非要把棋下完，分个输赢不可。下完棋后，他喝了两海碗的酒，大声地嚷了一下，吐了几口血。他在守孝期间，像平日一样地喝酒、吃肉。当时就有官吏在司马昭面前控告阮

籍，说他放纵情欲，背叛礼教，败坏风俗，扰乱人心，这种人应当放逐到边界上去。司马昭说他有才能，没把他办罪。

阮咸是阮籍哥哥的儿子，所以也叫"小阮"（"大阮"就是阮籍）。他爱上了他姑姑家的一个使唤丫头。他姑姑把这个丫头轰了出去。正好阮咸有个朋友来见他，他就跨上那位朋友的马去追那个使唤丫头，还真被他追上了。阮咸把她抱上了马，两个人骑着一匹马一块儿回来。这种举动在当时是很现眼的，他可不管。

刘伶又是个怪人，他的想法是：今日有酒今日醉，死了不用落棺材。他老坐着一辆小车，带着一壶酒，叫仆人扛着一把铁锹跟在他背后。他对仆人说："我死在哪儿，你就用锹把我埋在哪儿。"没想到当时的士大夫们把他当作贤人看，大伙儿羡慕他，抢着学他的样儿，把这种行动叫作"放达"。

向秀也做过官，喜欢研究老子和庄子的书，还下过功夫，给《庄子》作注解，大概就这样出了名。

王戎是个大地主，有不少果木园。他家的李子特别好吃。他怕别人得到这种好李子的种子，出卖李子的时候，就把李子里面的核儿钻个小窟窿。这么一个自私自利的吝啬鬼也被称为贤人，也真是好笑了。

山涛也像向秀那样，喜欢研究老子和庄子。他做了吏部郎，推荐嵇康去接替他的职位。嵇康回了他一封信，说自己没有本领随大流，没法做俗人。这么挖苦人还不算，他又把成汤、周武批评了一顿。这话里有刺，分明是反对有人要改朝换代。司马昭听到了，把嘴一闭，眼珠子左右移动，可想不出主意来。碰巧钟会控告嵇康，说他曾经打算帮着毋丘俭谋反。司马昭就把嵇康杀了。

司马昭杀了"竹林七贤"中的嵇康，就开始准备征伐蜀汉。有人建议派个刺客去把姜维暗杀，蜀汉就容易打下来了。另外有人反对，说："明公（指司马昭）辅助皇上治理天下，对于背叛朝廷的乱臣贼子应当理直气壮地去征伐，怎么可以鬼鬼祟祟地派个刺客去呢？"司马昭点了点头。可是大臣们大多认为派刺客去固然不好，发兵去征伐也未必能成功。

司隶校尉钟会不同意这种想法，他说："自从平定寿春以来，到今天已经休息六年了，现在正应当训练兵马去征伐东吴和西蜀。东吴地大，河流多，进攻比较困难些。不如先去平定巴蜀，三年之后，水陆并进就可以灭吴。巴蜀总共不过九万士兵，守卫成都和别的地界的至少也得四万人，留下能调动作战的才五万人。现在姜维屯兵沓中，名义上说是种麦子，实际上是避难。我们只要挡住姜维那一头，不让他到东边来，再发大军向骆谷进去，直接进攻汉中，一定能够成功。像刘禅那么昏庸的人，一听到外围被攻破，里面一定人心惶惶，他哪儿还敢抵抗？我们这次出兵，准能把蜀灭了。"

司马昭完全同意钟会的说法，马上任命他为镇西将军，都督关中，又吩咐征西将军邓艾跟钟会一起操练兵马，布置伐蜀的准备。征西将军邓艾反对出兵，他说："善于派兵的必须看准敌人的空子，才能马到成功。现在巴蜀并没发生事故，还不如等候适当的机会再出兵吧。"司马昭特地派人去劝他听从命令，邓艾才同意了。

## 读有所思

1. 竹林七贤，分别指的是哪七个人？

2. 司马昭为什么要杀掉嵇康？

3. 司马昭为什么不去刺杀姜维？

## 高频考点

（浙江丽水模拟）阅读文言文，回答问题。

### 与山巨源绝交书（节选）
### 嵇　康

　　吾新失母兄之欢，意常凄切。女年十三，男年八岁，未及成人，况复多病，顾此恨恨，如何可言。今但愿守陋巷，教养子孙；时与亲旧叙离阔，陈说平生。浊酒一杯，弹琴一曲，志愿毕矣。足下若嬲之不置，不过欲为官得人，以益时用耳。足下旧知吾潦倒粗疏，不切事情，自惟亦皆不如今日之贤能也。若以俗人皆喜荣华，独能离之，以此为快；此最近之，可得言耳。然使长才广度，无所不淹，而能不营，乃可贵耳。若吾多病困，欲离事自全，以保余年，此真所乏耳。岂可见黄门而称贞哉！若趣欲共登王途，期于相致，时为欢益，一旦迫之，必发其狂疾。自非重怨，不至于此也。

　　<u>野人有快炙背而美芹子者欲献之至尊虽有区区之意亦已疏矣</u>。愿足下勿似之。其意如此，既以解足下，并以为别。嵇康白。

（选自《古文鉴赏辞典》）

（1）给文中划线的句子断句，停顿处用"/"划开。（限断三处）
　　野人有快炙背而美芹子者欲献之至尊虽有区区之意亦已疏矣。

（2）这是嵇康给山巨源的一封回信。从内容推测，山巨源之前写信给嵇康的主要意图是什么？

（3）从上文中你读出了嵇康怎样的性格或志趣？

# 退守剑阁

关中练兵，姜维起了恐慌，他马上上个奏章。说："司马昭派钟会都督关中，近来又在操练兵马，就是为了侵犯汉中，请皇上派左车骑将军张翼和右车骑将军廖化带领军队分别去镇守阳平关和阴平桥头。事前做个准备，才不致临时吃亏。"

后主接到奏章，跟中常侍黄皓商量。黄皓说："这又是姜维好大喜功。他老是这么喜欢打仗，不让人家过安静的日子。蜀中多山，沿路关口重重，这是天然的防御。魏人怎么敢进来呢？如果皇上不信，可以算个卦问问鬼神。"后主一想，还是黄皓想得周到，就叫他去叫巫人算个卦。喝！真能凑合，"鬼神"说了话了："皇上后福无穷，敌人绝不敢来。"后主信了，落得吃吃喝喝，坐享太平，就把姜维的奏章搁在一边。朝廷上别的大臣谁也不知道姜维来了这么一个奏章。

这么过了半年，并不见一个魏兵进来。后主更加相信了黄皓和巫人，直怪姜维吃饱了饭瞎起劲。谁知道突然来了个晴天霹雳，把整个西蜀都震动了，魏兵三路进攻，势如破竹，亡国的大祸临头了。

公元 263 年（魏景元四年，汉炎兴元年，吴永安六年）秋天，魏大将军司马昭请魏元帝曹奂下了诏书，大规模地进攻西蜀。司马昭派征西将军邓艾率领三万人马从狄道出发，直奔

甘松（在洮水西）、沓中，牵制姜维。这是第一路。派雍州刺史诸葛绪率领三万人马，从祁山出发，直奔武街（今甘肃成县一带）、桥头（今甘肃文县，当时属阴平郡），截断姜维的归路。这是第二路。派镇西将军钟会统领十万大军进攻汉中。这是第三路。第三路的十万兵马又分成三路，分别从斜谷、骆谷、子午谷同时进攻。他又派廷尉卫瓘（guàn）拿着皇上给他的节杖，监督邓艾和钟会的军队。卫瓘还跟钟会在一起，做了镇西将军的军师。

魏兵像山洪暴发似的向西蜀冲了过来。这下子后主刘禅可想起姜维的奏章来了。他慌忙派右车骑将军廖化率领两万人马赶到沓中去接应姜维，派左车骑将军张翼和辅国大将军董厥率领两万人马赶到阳平关去帮助守在那边的将士。张翼和董厥往北到了阴平，听到魏雍州刺史诸葛绪正向建威过来，他们就把军队驻扎下来，准备在这儿抵抗诸葛绪。他们一停下来，守卫前方的将士可就得不到援兵了。作为汉中前卫的两座城，汉城和乐城，才各有五千士兵，钟会派去围攻这两座城的就有两万人马。光是这一地区，双方的兵力就差了一倍。钟会自己率领大军，派护军胡烈为先锋，进攻阳平关。

钟会听说汉丞相诸葛亮的坟就在附近的定军山，就很郑重地派人到坟前祭祀一番，一来表示他对诸葛亮的敬意，二来他要利用这种行为去笼络蜀汉的人心。

阳平关的守将傅金（qiān）主张坚守关口，副将蒋舒主张出去对敌。傅金说："大将军嘱咐我们守城，怎么可以出去交战呢？"蒋舒说："将军守住城，就是大功一件；我出去打退敌人，也是一件功劳。咱们两个人各人都发挥了作用，不是很好吗？"傅佥同意了。蒋舒就开了城门，带领兵马杀出去。哪儿知道蒋舒是个叛徒。他骗了傅佥，带领兵马把胡烈迎接进来。傅佥急得连城门都来不及关，他只好率领一队士兵出去交战。究竟因为兵马太少，终于在战斗中丧了命。

钟会听到胡烈打下了关口，就一点儿阻挡都没有地进了阳平关。关里积存着许多粮食和军用物资。这些都让钟会接收过去，不必说了，就是汉城和乐城也打下来了。魏兵进了汉中，沓中起了恐慌。在钟会进攻汉中的同时，征西将军邓艾派天水太守、陇西太守、金城太守率领三路兵马围攻姜维的军营。姜维毕竟是个能征惯战的大将，他叫将士们守住军营，魏兵就没法打进去。姜维这么守住军营，日夜盼着救兵。右将军廖化的一路兵马已经赶到白水，可还没跟沓中的军队联系上。就在这个时候，姜维探听到钟会的大军已经进了汉中。这样，他在这儿死守着没有什么意义。他就下令退兵。魏兵在背后紧紧地跟着，就在强川（也叫强水，源出阴平西北强山）大战一场。姜维打了败仗，总算甩去追兵，向武街桥头退到阴平去。没想到走了一程，就听到诸葛绪已经占领了桥头，截断蜀兵的归路。魏兵前后夹攻，姜维怎么逃得了呢？

幸亏姜维熟悉这一带的地形和道路，他从孔函谷走北道去抄诸葛绪的后路。诸葛绪得到了这个消息，慌忙离开桥头，退回三十里。姜维在北道已经走了三十多里，一探听到诸葛绪退回去，立刻回头急行军赶到桥头。诸葛绪好像捉迷藏似的来回追赶蜀兵。等到他再一次跑到桥头去截击姜维，已经晚了一天，姜维早就过了桥头，到了阴平。他正想赶到阳平关去，阳平关却已经给攻破了。这么一来，他只好退到白水。这才跟廖化、张翼、董厥他们会合在一起。三路兵马联合起来，退到剑阁（属广汉郡，今四川广元一带），决定在那儿抵御钟会的大军。

姜维、廖化、张翼、董厥他们守住剑阁，魏兵一时打不进去。那年十月，蜀汉派使者到东吴去求救兵。吴主孙亮已经在五年前（公元258年）被吴大将军孙綝废为会稽王，琅琊王孙休（孙权第六个儿子）立为新君，改元永安。孙綝自己做了丞相。丞相孙綝一见吴主孙休相当厉害，后悔了。他对别人说："我废去少主（指孙亮）的时候，有不少人劝我自己即位，我推辞了，立了这个皇上。他要是没有我，怎么能做皇上？现在他把我当作一般的臣下看待，哼！我要是不高兴，看我不再另立一个！"

吴主孙休真有两下子，他跟几个心腹大臣定了计，把孙綝杀了。他恢复了诸葛恪的名誉，重新给他安葬。这会儿蜀汉来讨救兵，吴主孙休就派大将军丁奉进攻寿春，将军留平进攻南郡，将军丁封、孙异进攻沔中。这三路兵马向魏进攻就是支援了蜀汉。可是别说寿春、南郡、沔中一时打不进去，就算打了进去，远水救不了近火，钟会和邓艾还是加紧攻打蜀汉。

这次伐蜀节节胜利，虽说由钟会和邓艾带兵，大功还得归给大将军司马昭。胜利的消息一个接着一个向魏元帝曹奂报告，魏元帝再一次下了诏书，拜司马昭为相国，封为晋公，加九锡。这是五年来第七次了。以前每次都给司马昭推辞，这一次总算接受了。晋公司马昭鼓励钟会和邓艾一定要把蜀汉打下来。

邓艾到了阴平，要带着诸葛绪向成都进攻。诸葛绪心里

林汉达

三国故事全集

124

想："我跟你，各带三万兵马各走一路，肩膀一边齐，谁也不比谁威风，你怎么能把我当作部下指挥我呢。"他借口说他是奉命截击姜维的，还说诏书并没叫他往西去打成都。他就带领自己的一支兵马到了白水，跟钟会的大军会合了。钟会可另有打算，他只想扩充自己的军队，暗地里上了一个表章，说诸葛绪胆小，不敢前进。诏书下来，诸葛绪上了囚车，送回洛阳去，他的军队全归钟会统领。钟会的十多万大军就这么又增加了三万多兵马。他把这些军队全用上，集中力量攻打剑阁。

姜维派兵遣将守住关口要道，钟会虽然兵多，一时没法打进去。他就把军队驻扎下来，大量地准备绳索、木料，多架些栈道，一面催运粮草，一定要把剑阁打下来。钟会在剑阁跟姜维对峙着，邓艾可独当一面地向绵竹（今四川德阳一带）打过去了。

## 读有所思

1. 蜀后主接到姜维的奏章，是怎么处理的？
2. 蜀汉向东吴讨救兵，吴主孙休是如何做的？
3. 在剑阁对峙的两员大将分别是谁？

# 争功

邓艾对钟会接收诸葛绪三万人马这件事很不满意，对钟会进入汉中又是眼红，又是不服气。他认为要是没有他和诸葛绪牵住姜维，钟会怎么能够进入汉中呢？他一定要跟钟会比个高低，立个大功。他就独出心裁，率领一队精兵从阴平出发，到了剑阁以西一百里的小道上，专挑没有人的地方，翻山越岭地向绵竹进军。逢山开路，遇水架桥，静悄悄地走了七百多里，没碰到一个敌人。

邓艾他们到了悬崖峭（qiào）壁的一条绝路上，没法再过去，大伙儿都慌了。邓艾亲自带头，用毡毯裹住身子先滚下去。将士们不敢落后，照样滚下去。士兵们没有毡毯，就用绳子拴住身子，攀着树木，一个一个慢慢地下了山。他们刚下了峭壁，就瞧见那边有个大寨，邓艾吓了一大跳。他定了定神，一看是个空寨，估计着那一定是诸葛丞相在世的时候曾经派兵在这儿防守过。要是蜀汉不废去这儿的防守，他们这次下来，就是自投罗网，一个也活不了。

邓艾整顿了队伍，对将士们说："我们到了这儿，有进没退。前面就是江油（今四川江油），粮食充足。打下江油，不但有了活路，而且能立大功。"大伙儿都说："一定立大功！"

镇守江油的将军马邈，能够提防着大路已经不错了，压根儿没想到邓艾的军队会翻山越岭地从背后过来。突然见到魏兵到了城下，吓得嘚嘚嘚浑身一个劲地筛糠。他只知道自己的性命要紧，慌忙开了城门，投降了邓艾。江油往南直通涪城。蜀汉卫将军诸葛瞻正在涪城，一听到江油陷落，连忙向临近的郡县调兵，准备全力抵抗魏兵。尚书郎黄崇（黄权的儿子）劝诸葛瞻用手下的这些人马抢先去占领险要的据点，别让敌人到平地上来。诸葛瞻因为还没调到兵马，不敢冒险出去。黄崇再三央告他，甚至流着眼泪催他发兵，诸葛瞻没能依他。就在蜀兵停留不前的两天里面，魏兵长驱直入，打退诸葛瞻的前锋，把险要的据点占领了。这一来，眼看涪城也保不住，诸葛瞻只好退到绵竹，守在那儿。

邓艾派使者送信给诸葛瞻，劝他投降。那信里说："将军要是肯归降，我一定推荐将军为琅琊王（诸葛氏原本是琅琊人）。"诸葛瞻冷冷地一笑，拧了拧眉毛，吆喝一声，吩咐武士们把邓艾的使者推出去砍了。当时就摆了阵势，等候邓艾过来。

邓艾派他的儿子邓忠和军队里的司马叫师纂（zuǎn）的，分两路进攻，可都被诸葛瞻打败了。邓忠和师纂回来报告，说："贼人很强，不能打。"邓艾发了脾气，眼睛瞪着他们说："生死存亡，在此一举！为什么不能打？你们要是再怕死的话，我先把你们宰了！"

邓忠和师纂第二次出去跟蜀兵交战。他们铁了心，反正打了败仗也不能活着回去。这一仗真是非同小可，打得天摇地动。两军杀到天快黑了，蜀兵死伤了一大半，诸葛瞻和黄崇都阵亡了。诸葛瞻的儿子诸葛尚正在少年，他叹了口气，说："我祖祖辈辈忠于国家，应当拼个死活。只恨朝廷不早斩黄皓，让他祸国殃民到了今天。现在父亲阵亡了，我还活着干什么？"他就提枪上马，发疯似的杀出去。魏兵没防着，一时慌了，被诸葛尚杀死了好几个，可是诸葛尚单枪匹马，自己终于也被敌人杀了。

邓艾拿下绵竹，向成都进军。蜀人做梦也没想到魏兵这么快就到了。一听到邓艾的军队已经进了平地，老百姓乱哄哄地往山上或者树林子里去避难，官府也没法禁止。后主刘禅慌忙召集大臣们商议怎么办。有的说蜀汉跟东吴本来是联盟，不如逃到东吴去。有的说南中有七个郡，沿路险要，容易守卫，不如逃到南中去。光禄大夫谯（qiáo）周另有"高见"，他认为投降最好。他说："魏大吴小，这会儿逃到东吴去做臣下，将来东吴给魏灭了，还得向魏称臣。那就得投降两次。我说，丢两次脸不如丢一次脸。至于说逃到南中去，谈何容易。现在大敌已经到了眼前，要走也走不了。再说南中也靠不住，万一发生变乱，那又何苦呢？"说来说去，投降最能保住性命，最合算。

中常侍黄皓也担着一分心事。他说："邓艾大军已经到了，只怕人家不让我们投降，怎么办？"谯周拍拍胸脯，说了一大篇邓艾准能答应投降的大道理。他安慰后主，说："陛下投降了魏，魏要是不分一块土地封给陛下，我就亲自到京都去争。"后主还想逃到南中去，谯周直截了当地说："南方夷族自己苦得很，要他们供应一切费用，非叛变不可！"后主就派侍中张绍等捧着玉玺到邓艾军营里去要求投降。

　　后主第五个儿子北地王刘谌（chén）气得呼呼地响。他说："不能投降，不能投降！我们君臣父子，满朝文武，什么都不作准备，不保卫社稷，不拼个死活，就这么投降敌人，有什么脸见先帝呢？"谯周、黄皓和别的大臣都低着头，不敢正面看刘谌。他们好像被主人揍了一顿的癞皮狗似的夹着尾巴，偷偷地望着后主。后主不怕没脸，就怕没命。他在儿子面前究竟还是老子，就摆出老子的威风，说："太放肆了！你懂得什么？"说着，拿手一扬，催张绍他们快点儿动身。

　　北地王刘谌离了朝堂，回到家里，带着他夫人到了昭烈帝的庙堂，大哭一场。这位昭烈帝刘备的孙子刘谌和孙媳妇不愿意做俘虏，也不愿意跪在敌人面前讨封讨赏，就在庙堂里自杀了。

　　张绍他们到了离成都八十多里地的雒县去见魏征西将军邓艾。邓艾非常高兴，给刘禅写了回信，把他和他的手下人称赞了一番。刘禅放了心，马上下了诏书，吩咐各地的将士不要再抵抗，派太仆蒋显去向姜维传达命令，叫他向魏镇西将军钟会投降，又派尚书郎李虎给邓艾送去蜀汉的户口簿，共二十八万户，九十四万口，士兵十万二千名，官吏四万人。

　　邓艾到了成都北门，刘禅率领活着的儿子和文武大臣六十多人去迎接。他自己叫人反绑着双手，还叫人扛着一口棺材，表示他愿意让邓艾把他处死，他已经四十八岁了，死了就可以入殓。大队人马，扛着棺材，一步一步地走到邓艾的军

门。邓艾拿着节杖，代替魏元帝给刘禅松绑，吩咐人把刘禅的棺材烧了，然后请刘禅换上衣服，到军营里相见。

邓艾拿着节杖，拜刘禅行骠骑将军，太子奉车，诸王驸马都尉。他手下的大臣，按各人地位的高低，分别拜为魏的官员。邓艾安排了蜀汉的君臣以后，就让师纂领益州刺史，陇西太守牵弘等人领蜀中各郡。他听说黄皓为人奸险，把他下了监狱，准备把他宰了。黄皓向邓艾的左右行贿，才免了罪。

姜维在剑阁得到了诸葛瞻、诸葛尚父子和黄崇阵亡、绵竹失守的消息，可还不知道后主刘禅怎么样。他立刻率领兵马离开剑阁，由巴中退回，打算去保卫成都。到了半道上，太仆蒋显带着后主的诏书迎上来，吩咐姜维投降。姜维皱着眉头，合计了半天，就跟廖化、张翼、董厥他们一同去向钟会投降。将士们气愤不过，有的号啕大哭，有的拔刀砍石，他们情愿跟魏兵拼个死活。姜维比谁都伤心，他反倒劝他们忍耐一下，不可鲁莽。大伙儿一咬牙，都静下来，愿意听从姜维的吩咐。

姜维他们到了魏营，钟会出来迎接，收了姜维送去的印绶，笑眯眯地对他说："伯约（姜维，字伯约）怎么来得这么晚？"姜维绷着脸，突然流下眼泪来，说："今天我来，还觉得太早了些！"钟会马上赔不是地说："哎，我是说相见恨晚的意思。"他拉住姜维的手，请他上坐，还十分殷勤地招待廖化他们。

钟会和姜维谈论了一下，彼此真的好像相见恨晚。钟会眼里的姜维是个好汉，好汉识好汉，就把姜维的印绶交还给他，仍旧让他带领自己的军队。姜维十分感激，心里暗暗高兴。他给钟会带道，到了涪城。钟会就把军队驻扎在那儿。

钟会到了涪城，听说邓艾进了成都，自己觉得了不起，狂妄自大，不但瞧不起蜀中的士大夫，连钟会也不在他眼里。钟会当然很不高兴。原来邓艾安排了蜀汉的君臣以后，对他们说："储君幸亏碰到了我，才有今天；要是碰到吴汉一伙的人（吴汉，汉光武的大将，他打下成都，屠杀投降的将士和官民），你们早就完了。"他又直接向司马昭上书，要趁着这次打了胜仗，顺手去平定东吴。

司马昭可有他的主意。他首先请魏元帝特赦益州的军民人等，免去租税一半，连免五年。蜀中一共才九十四万人口，士兵和官吏倒有十四五万，老百姓的负担实在太重了。新的主人不但没把他们办罪，还一连五年免去租税一半，司马昭这一措施就够厉害的了。接着他又上本，封邓艾为太尉，钟会为司徒。可是他不准邓艾去打东吴，这还不够，他又叫监军卫瓘去嘱咐邓艾，说："军事行动必须向上报告，不可自作主张。"

邓艾自己觉得功劳大，现在又做了太尉，听了卫瓘传达的话，不由得火儿上来了。他说："按照《春秋》的说法，大臣出了边疆，到了外面，只要对国家社稷有利，都可以自己做决定。我为什么要受这么多的牵制呢？"卫瓘不敢顶撞他，敷衍了一下，出来了。他是钟会和邓艾两路兵马的监军，两边都受他的监督，两边他都去得。他到了涪城，把邓艾的话告诉了钟会。钟会另有打算，请卫瓘休息一下，再商量对付邓艾的办法。

## 读有所思

1. 刘禅的儿子刘谌和夫人为什么要在庙堂里自杀？

2. 刘禅投降后，邓艾是如何对待他的？

3. 司马昭为什么不准邓艾去打东吴？

## 知识拓展

### 入　蜀

〔唐〕刘叉

望空问真宰，此路为谁开。

峡色侵天去，江声滚地来。

孔明深有意，钟会亦何才。

信此非人事，悲歌付一杯。

# 以敌攻敌

姜维得到了这个信儿，进了内帐，单独对钟会说："听说明公从淮南打胜仗以来，没有一个计策不成功。晋公能有今天，全靠您的力量。这次又平定蜀汉，您的功劳太大了。就因为您的功劳太大，我不得不替您担心。这儿的老百姓都很尊敬明公，这应该说是太好了。可是这儿的老百姓越是尊敬您，就越叫那儿的主人害怕。您为什么不学学陶朱公（越国的大夫范蠡帮着越王勾践灭了吴国以后，就立刻隐居起来，改名为陶朱公）的样儿，坐着小船逃出去呢？立了大功，做个隐士，保全名誉，保全身体，不是很好吗？"

钟会摇摇头，说："您错了。我不是那种人。我正年富力强，像现在这个样儿，我还不满足，哪儿还说得上去做隐士呢？"姜维说："明公志向大，见识高。凭明公的智力，什么不能成功，那就用不着我老头儿多嘴了。"打这儿起，钟会把姜维当作心腹，出去一同坐车，回来坐在一起，两个人要好得分不开了。

钟会跟姜维商议以后，就请卫瓘跟他秘密地联名上书，说邓艾有谋反的行动。司马昭一面提防邓艾，一面还得提防钟会。他先请魏元帝下道诏书，要把邓艾上了囚车，押到洛阳来。他怕邓艾抗拒，就叫钟会进兵成都，又派护军贾充带领一支军队进入斜谷，驻扎在那儿。有人对司马昭说："钟会的兵马比邓艾的兵马多好几倍，就叫钟会去接收邓艾，也足够了，何必再派贾充去呢？"司马昭说："我还怕贾充力量不够，正想劝皇上御驾亲征呢。"那个人说："这么说来，是不是为了防备钟会？"司马昭说："但愿不会这样。我绝不能对不起别人，可是别人也不该对不起我，我怎么可以先去怀疑别人呢？"他就请魏元帝亲自上长安，自己率领着大军跟了去。这样，不但邓艾不敢抗拒，就是钟会也有个顾忌。

　　钟会请姜维想办法怎么去收邓艾。姜维说："明公不如派卫瓘去收，这是做监军的分内之事，他不能不去。要是卫瓘被邓艾杀了，那就是邓艾造反，明公就可以发兵去征伐。"钟会完全同意，就派卫瓘带着几十个武士和两辆囚车到成都去收邓艾父子。卫瓘的部下拦住他，说："不能去，不能去！这明明是钟司徒借刀杀人。您一去，准被邓太尉杀害。"卫瓘说："我自有办法。"他就连夜到了成都，很秘密地发通告给邓艾所统领的将军们，说："皇上有令，单收邓艾，别人一概不问。将军们服从命令的，按照平蜀的功劳，封爵加赏，违抗的，灭门三族！"

　　各营的将军们接到了这个秘密通告，都很秘密地来见卫瓘。等到公鸡打鸣，天还没大亮的时候，将军们都到了卫瓘那边接受命令，只有邓艾营里静悄悄地没事，邓艾还在帐内打呼

噜。卫瓘坐着天子使者的车马，带着几十个武士突然进去，宣布说："奉诏收邓艾父子！"邓艾从梦里惊醒，滚下床来，就被武士们逮住，让他穿上衣服，跟他儿子邓忠分别上了囚车，送到卫瓘营里。邓艾自己营里的将士们，临时不知道该怎么办，愣愣磕磕地合计了一会儿，接着就跑到卫瓘营里来，打算把邓艾父子夺回去。卫瓘早就防到这一招，挺机灵地出来迎接他们，假意对他们说："我正在起草奏章，替邓太尉申辩。"将士们相信了，只怕罪上加罪，不利于卫瓘的申辩，也就不敢不服从命令了。

钟会到了成都，派一队人马把邓艾父子押到洛阳去。他本来只害怕邓艾，现在邓艾父子上了囚车，把这一路的军队接收过来，由他一个人统领，威声大震，就决定谋反。他打算派姜维为先锋，带领五万人马向斜谷进发，自己率领大军跟在后面。他还打算大军从斜谷进攻长安，到了长安就准备派骑兵从陆路直奔洛阳，派步兵从渭水顺流而下进入黄河，估计五天工夫可以赶到孟津，跟骑兵在洛阳会师。到那时候，天下就可以平定下来。钟会自己原来就有十多万兵马，兵力比谁都强，又接收了诸葛绪的三万多人和邓艾的三万多人，再加上姜维的五万人，总共二十多万人马，比当初司马懿的兵力强得多了。司马懿拿那么一点兵马就灭了曹爽，他有这么多的兵马，还不能消灭司马昭吗？

万没想到姜维的兵马还没出发，司马昭给钟会的信倒先到了，拆开来一看，上面写着："我恐怕邓艾不听命令，特地派中护军贾充带领一万步骑兵进入斜谷，驻扎在乐城（成固的乐城，诸葛亮所造），我自己率领十万大军，驻扎在长安。

我们很快就可以相见了。"

钟会看了，大吃一惊。他对姜维说："我的兵马比邓艾多好几倍。晋公叫我去收邓艾，他明明知道我办得到，为什么要派贾护军来呢？为什么还要亲自带兵来呢？他对我已经起了疑心了吗？"姜维说："反正现在明公要做陶朱公也来不及了，还怕他什么！"钟会很坚决地说："对！我决定起兵。成功了，就得了天下；不成功，退回来守住蜀、汉（指蜀郡和汉中郡），也可以做个刘备！"姜维又替他出了个主意，说："要是有个名义征讨司马昭，那就更好了。郭太后不是刚去世了吗？"

这句话提醒了钟会。他说："太后去世才一个月（郭太后死在公元263年十二月），我就说太后有遗诏叫我征讨司马昭，办他杀害皇上（指曹髦）的大罪！这是名正言顺的。请伯约做先锋去打斜谷。贾充才有一万人，你就带五万人马去，再多点儿也行，还怕灭不了一个贾充吗？事成之后，同享富贵！"姜维说："只要明公一句话，水里火里我都去！明公这么重用我，我就怕司马昭的那些将军们心里不服。他们不服，可就成不了大事。"

钟会觉得姜维说得有理，就说："我明天就召集将士们和蜀汉原来的大臣们在成都朝堂上给太后发丧举哀，宣布太后的遗诏。你去布置伏兵，谁要是不服，就杀了他！"姜维说："好！这儿的人都向着明公，只要把北方来的将军杀了，就除了后患。"钟会点了点头。

姜维使尽心机，要钟会杀尽北方来的将军们，然后他再杀钟会和魏兵，重新立刘禅为汉帝。他秘密地给刘禅写了封信，说："请陛下再忍受几天委屈，我一定把国家社稷恢复过来，使幽暗的日月重放光明！"

第二天，钟会向将士们宣布他所假造的诏书，说："太后临终下了秘密诏书，说司马昭杀害皇上，大逆不道，吩咐我发兵征讨。请你们都签上名，共成大事。"这件事来得太突然了，谁都没作准备，大伙儿你瞧瞧我、我瞅瞅你，不知道该怎么办。不一会儿，就喊喊喳喳地咬开耳朵了。钟会拔出宝剑来向空中一抡，说："谁敢违抗命令，我就先把他砍了！"当时就有不少人点头哈腰，表示服从，却不说话。

钟会知道将士们并不心服，就把他们软禁在宫里，不准出去。只有卫瓘推说有病，肚子疼得要泻，钟会因为他不带兵，就让他在外边休息。

护军胡烈也关在宫里。他有个儿子叫胡渊，带着兵在城外营里。胡烈还有个手下人叫丘建，现在做了钟会的心腹。丘建眼看着他以前的上级胡烈闷闷不乐地坐在那儿，想帮帮他的忙，给他一点儿照顾，就对钟会说："将军们都留在这儿没吃没喝的总不大好，是不是可以让他们叫个小卒子进来送点儿饮食什么的？"钟会一向很信任丘建，就叫他去监督小卒子送饭这件事。丘建趁着这个便利，让胡烈的亲信兵进去。胡烈故意造谣，向他咬着耳朵嘱咐一番。那个小卒子火速到了胡渊的营里，把胡烈告诉他的话说了一遍。胡渊传达他父亲胡烈的谣言，说："钟会在宫里挖了一个大坑，叫几千个武士拿着大棍，要把外面的士兵一个个打死，扔在坑里。他自己造反，还要打死我们，真不是东西！"

胡渊向留在城外的一些将士们这么一说，大伙儿气了个倒仰儿。当时一个营传到另一个营，一夜工夫，各营都翻了天。士兵们根本用不着指挥，全都出来了。天刚蒙蒙亮，无数士兵架梯子、爬城墙，好像蚂蚁上树一般。一霎时，他们杀了守城门的士兵，都拥到宫里来了。这时候，钟会正跟姜维商量着出兵的计划，忽然听到外面一片喊声，好像失火似的。钟会派人出去探听，大喊大叫的乱兵已经从四面八方杀进来了。钟会着了慌，对姜维说："好像是士兵叛变了，怎么办！"姜维说："那就打吧！"

钟会叫左右关上殿门，宫殿里的士兵爬上屋顶，往下扔瓦片。一眨巴眼儿的工夫，宫殿四面起了火，外来的士兵劈开殿门，杀了进来，有使刀枪的，有拿弓箭的，有跳墙头的，有爬屋顶的。钟会拿着宝剑，连劈带刺，杀了几个跑过来的乱兵。没防到乱箭像下雨似的往他身上射来，眼看活不成了。姜维想杀出去，究竟因为敌人太多，急得心头疼痛，叹了口气，自杀了。

姜维在公元228年投到诸葛亮手下，那时候他才二十七岁，从此三十多年来，一直忠心耿耿地继承诸葛亮恢复中原的大志，就是力量不够，没能成功。他死的时候（公元264年），已六十二岁。他手下的廖化他们也都死在乱军之中。成都城里乱了好几天，杀人、放火、抢劫都发生了。幸亏卫瓘出来维持秩序。他派将军们出去，一边弹压，一边劝告，城里的乱劲儿才慢慢地平定下来。

邓艾营里的将士们乘着这个机会，追上邓艾，砸了囚车，要把邓艾爷儿俩都接回到成都来。邓艾喜出望外，安安定定地跟着自己的将士们往南来了。他还没回到成都，卫瓘可着了慌了。卫瓘自己知道，是他跟钟会共同上书告发邓艾谋反，是

林汉达

三国故事全集

140

他跟钟会共同把邓艾拿住，上了囚车。现在钟会死了，邓艾回来，能把卫瓘放过去吗？他琢磨了一下，立刻利用一个人去对付邓艾。那个人叫田续，原来是邓艾营里的护军。邓艾偷袭江油的时候，本来派田续去。田续反对，说他太冒险。邓艾火儿了，吆喝一声，吩咐武士们把田续推出去砍了。别的将士苦苦地央告，邓艾才饶了他一条命。可是死罪可免，活罪难逃，田续还是挨了四十军棍。

这会儿卫瓘对田续说："江油的仇恨，可以报了！"田续带领一队兵马迎上去，到了绵竹西边，碰到了邓艾和少数将士。邓艾还以为这队兵马是来欢迎他的，一见领队的是自己的护军田续，更高兴了。他就拍马相迎。田续突然变了脸，手起刀落，把邓艾劈落马下。邓忠一见，赶上来，想救他父亲，也被田续一刀杀了。田续大声宣布，说："奉诏讨贼，别人一概无罪！"他这句话还真顶事，将士们谁也不敢反抗。

钟会、邓艾、姜维都死了，司马昭放了心。他吩咐卫瓘镇守成都，调胡烈为荆州刺史，自己保护着魏元帝从长安回去了。

## 读有所思

1. 姜维真心想帮助钟会得天下吗？

2. 钟会谋反的消息是怎么泄露出去的？

3. 卫瓘派谁杀了邓艾？

# 此间乐

魏元帝曹奂回到洛阳，另外拜两个大臣为太尉和司徒，接替邓艾和钟会。接着就封晋公司马昭为晋王，仍旧拜为相国，加封给他十个郡，连原来受封的十个郡，一共有了二十个郡。

晋王司马昭叫卫瓘留在成都，总督蜀地归降的各郡县，叫胡烈做了荆州刺史，刘禅已经拜为骠骑将军，仍旧让他住在宫里。那会儿，司马昭倒不在乎急于要把巴蜀都打下来，而在于怎样去制服势力太大的两个将军——邓艾和钟会。这会儿，那两个有野心的将军都消灭了，他就要进一步把蜀地都收下来。他一听到蜀汉巴东太守罗宪还守着永安，抵抗外兵，蜀汉建宁太守霍弋（yì）还统治着南中，就觉得在这种情况下，让刘禅留在成都太不妥当了。别看他昏昏庸庸没有什么能耐，蜀汉的太守们还把他当作皇上，他们就可能死不了心。他这才派贾充从斜谷出发去把刘禅和他的一家全都接到洛阳来。

蜀汉是亡了，各地人心惶惶，天下还是乱糟糟的。刘禅被迫搬到洛阳去做高等俘虏，谁愿意离开本乡本土充军似的跟着他去哪？蜀汉几个主要的大臣，像姜维、张翼、廖化、董厥、诸葛瞻、黄崇、傅佥他们已经死了，反对姜维防御魏兵的中常侍黄皓，还有那个劝刘禅投降的光禄大夫谯周，已经离开了刘禅。大臣当中地位比较高的就没有一个跟着刘禅的了。只有地位比较低的两个臣下，一个是河南偃师人郤（xì）正，一个是汝南人张通，没扔了他们倒霉的主人。他们离开自己的家，光身跟着刘禅到了洛阳，刘禅根本没出过门，更不知道怎么跟别人打交道，沿路全靠郤正和张通照顾他。到了魏朝廷里又全靠他们两个人的帮助、指点，刘禅才不致失礼、闹笑话。刘禅十分感激，叹息着说："唉，我到了今天才知道你们两个是好人！"

司马昭把刘禅接到洛阳，好让蜀汉的太守们失去效忠的对象。他很注意蜀汉巴东太守罗宪和蜀汉建宁太守霍弋的行动，一心要把他们收过来。巴东太守罗宪手下只有两千人，守着永安。消息传来，说成都被邓艾打下了。官吏和老百姓都慌了。罗宪告诉他们不要听信谣言，不要慌。可是还有人说成都乱得不像样，魏兵一到，谁都活不了。罗宪就把领头的那个人杀了，大伙儿这才安定下来。后来刘禅的诏书到了，吩咐他向魏兵投降，不可抵抗。罗宪率领所有的士兵驻扎在都亭，守孝三天，等候魏兵来接收。过了好几天，魏兵还没来，可来了吴兵。

刚在四个月以前（就是公元263年十月），蜀汉曾经向东吴求救。吴主孙休派大将军丁奉进攻寿春，将军留平进攻南郡，将军丁封、孙异进攻沔中。这三路兵马并不是真正能夺到什么地盘，只是用来牵制魏兵罢了。谁知道成都很快地投降了。东吴就把丁奉他们的兵马撤回去。兵马撤回去，不再去帮助蜀汉，也就是了，万没想到东吴还想趁火打劫夺取一些蜀汉的土地。东吴的大将步协带领一万人马向永安进攻。

巴东太守罗宪对将士们说："东吴跟蜀汉好像嘴唇跟牙齿一样地互相依赖着。蜀汉遭到了大难，东吴不但不表示关心，反倒违背盟约，贪图眼前的好处。天下哪儿有这么不讲道理的人！再说，蜀汉亡了，东吴也长不了。我们怎么也不能投降。"将士们气得咬着牙说："东吴猪狗不如！"他们就修理城墙，加强防御，坚决不让趁火打劫的强盗占到便宜。

可是罗宪只有两千士兵，怎么抵挡得了步协的大军呢？他派参军杨宗杀出重围，往北向安东将军陈骞（qiān）求救。救兵没到，步协日夜攻打，罗宪鼓动将士们出去打一仗。步协没料到罗宪有这一招，突然打了出来，打得吴兵大败而逃，步协差点儿丧了性命。吴主孙休冒了火儿，他派镇军将军陆抗（陆逊的儿子）率领三万人马再去攻打永安。三万吴兵也只能围住永安，围了好几个月，可不能把永安打下来。

杨宗突出重围，跑到安东将军陈骞那儿，请他发兵去救永安。这时候，司马昭成心灭蜀，他曾经反对邓艾去打东吴。也许他不愿意两头作战，故意避开东吴。为了这个缘故，陈骞不敢自己做主，他还得向司马昭请示一下。司马昭正想先去收服南中，就把永安这一头暂时搁下。

建宁太守霍弋都督南中。他听到成都失守，刘禅投降了，也像巴东太守罗宪那样守孝三天。将士们劝他不如早点儿投降。他说："这儿到京师（指成都）道路隔绝，皇上究竟怎么

样还不知道。我们怎么可以随随便便说投降就投降呢？如果魏有礼貌地对待我们的皇上，安抚我们的百姓，我们在这儿保护着人民，保卫着土地，以后再归附也不晚。如果魏污辱我们的皇上，屠杀我们的人民，那么，我们就该拼个死活，抵抗到底，还谈得上什么早投降晚投降吗？"

司马昭还真有两下子，他猜透了像霍弋那样太守们的心思，故意不急于进攻别的郡县，格外优待刘禅，照顾蜀汉的人民，减轻赋税，减少官差，让蜀地的人们看到，在魏的统治下比在刘禅、黄皓的统治下，日子更好过一些。司马昭不急于去跟东吴争夺永安，也不急于去征伐南中。为了使蜀地还没投降的郡县早点儿来归降，他还请魏元帝加封刘禅。这个办法还真灵，建宁太守霍弋打听到了这些情况，就率领他所统管的南中六个郡（南中原来有七个郡，那个比较接近成都的越嶲郡已经投降了），上书给魏元帝，表示归顺。晋王司马昭把霍弋称赞了一番，拜他为南中都尉，仍旧让他统管原来的郡县。

司马昭就这么不费一兵一卒，收服了南中。接着就合计着怎么去帮助罗宪抵抗东吴。可是他还不愿意在这个时候跟东吴撕破脸皮。他就先请魏元帝封刘禅为安乐公，再封他的子孙和原来蜀汉的大臣们一共五十多人为侯。亡国的君臣还能够封公封侯，他们感激得把司马昭当作恩人。司马昭也真能笼络人心，他还大摆酒席，款待刘禅和他原来的臣下。不但有吃有喝，还特地叫人表演蜀地的歌舞。旁人看了，也替刘禅难受，刘禅好像特别欣赏本国本地的音乐和舞蹈，咧着嘴乐个不停。

晋王司马昭瞧见刘禅这个样儿，对贾充说："一个人没有心肝到了这步田地，即使诸葛亮还在，也没法辅导他，何况姜

维呢！”

　　有一天，司马昭问刘禅：“你是不是很想念蜀地？”刘禅回答说：“这儿好，我不想念蜀地。”（此间乐，不思蜀）司马昭一愣，想：“也许他故意这么回答我，好让我对他放心。”他们两个人这么一问一答的话都给郤正听到了。他偷偷地告诉刘禅，说：“您不该这么回答晋王。以后他要是再问起，您就该流着眼泪，抽抽搭搭地说：‘先人坟墓都在岷、蜀，现在路远迢迢，我没法尽孝，心里悲伤，没有一天不想念着。’您这么说，晋王可能放我们回去。”刘禅点点头，说：“我记住了！”

　　没过了几天，果然晋王又问了：“你不想念蜀地吗？”这会儿刘禅把郤正告诉他的话很利落地背了一遍。刚背完，忽然想起郤正叫他流着眼泪抽抽搭搭地说。可是话已经很快地说完了，再抽搭太不自然，哭又哭不出，眼泪挤不出来，他就闭上眼睛装作要哭的样子。司马昭听了，又是一愣，他说：“怎么跟郤正说的完全一样？”刘禅睁开眼睛，傻里傻气地看着司马昭，说：“您说得对，是他教我的。”司马昭不由得笑了一声。左右的人使劲地咬住嘴唇，还是“扑哧”“扑哧”地笑了出来。司马昭这才认清楚阿斗原来是个低能儿，这种人成不了事，闯不了祸，就费些粮食养活着他吧。刘禅四十八岁投降魏国，就这么窝窝囊囊地活到六十五岁才死了（公元271年，晋泰始七年）。

　　晋王司马昭这么对待蜀汉的君臣，大臣们都称颂他，说他做得好，说他功劳大，应当加封。司马昭可不愿意把平蜀的功劳全归自己，就上了一个奏章，恢复周朝公、侯、伯、子、男五等爵的封号。当时得到封号的有六百多人。将士们受了封，更加要求魏元帝加封晋王司马昭。司马昭坚决不同意。魏元帝就追封他的父亲司马懿为晋宣王，他的哥哥司马师为晋景王。

蜀汉差不多全部平定了，只有永安那一处还没接收过来。罗宪被东吴围攻了六个月，救兵没到，城里发生了疫病。有人劝罗宪扔了永安逃了吧。罗宪说："一城的老百姓都依靠着我，现在情况紧急，我倒逃走，还像话吗？万一没办法，我只好死在这儿！"他还是鼓励着士兵守住城。

安东将军陈骞又请晋王出兵去救罗宪。司马昭到了这时候，才决定派荆州刺史胡烈率领两万兵马往南进军，不直接去救永安，反而绕到吴镇军将军陆抗军队的背后，向西陵（就是夷陵）进攻。吴主孙休着了慌，守住西陵要比进攻永安重要得多，他只好叫陆抗撤兵回来。胡烈就这样救了永安。司马昭拜罗宪为陵江将军，封为万年亭侯，照旧请他镇守永安。

吴主孙休为了夺取永安，前后发兵三四万，围攻半年多，结果，"偷鸡不着蚀把米"，心中闷闷不乐。没几天，突然害了重病。他召丞相濮阳兴进宫，嘱咐后事。可是他心里明白，嘴不能说话，就拉住濮阳兴的手，把太子托付给他。吴主孙休死了以后，吴人因为蜀汉刚被魏灭了，东吴南边又经常发生叛乱，太子还是个小孩子，怕顶不住风浪，要挑个年长的皇子。大臣们就立废太子孙和的儿子——二十三岁的孙皓为国君，改元元兴（公元264年为吴元兴元年）。

吴人废了吴太子，立孙皓为国君这件事，引起了晋王司马昭的不安。要是吴太子自己有势力，怎么也不致被废。司马昭这么一想，不能不在自己很得势的时候，替自己的儿子司马炎安顿一下。

## 读有所思

1. 司马昭为什么要让刘禅到洛阳去做俘虏?

2. 司马昭是怎样不费一兵一卒就收复南中的?

3. 吴国为什么要废掉吴主立下的太子?

## 高频考点

(青海西宁模拟)阅读下文,回答问题。

司马文王与禅宴,为之作故蜀技,旁人皆为之感怆,而禅喜笑自若。王谓贾充曰:"人之无情,乃可至於是乎!虽使诸葛亮在,不能辅之久全,而况姜维邪?"充曰:"不如是,殿下何由并之。"

他日,王问禅曰:"颇思蜀否?"禅曰:"此间乐,不思蜀。"郤正闻之,求见禅曰:"若王后问,宜泣而答曰'先人坟墓远在陇、蜀,乃心西悲,无日不思',因闭其目。"会王复问,对如前,王曰:"何乃似郤正语邪!"禅惊视曰:"诚如尊命。"左右皆笑。

——《三国志·蜀书·后主传》

1. 下列各句中加点词的解释不准确的一项是(    )

　　A. 颇思蜀否?(很)　　B. 宜泣而答(应当)

　　C. 会王复问(正巧)　　D. 诚如尊命(假使)

2. 联系上下文,解释下句中加点的两个"为之"。

　　为之作故蜀技,旁人皆为之感怆。


3. 翻译"虽使诸葛亮在,不能辅之久全,而况姜维邪"一句。


4. 写出文中除"乐不思蜀"之外的一个成语。

# 晋王称帝

魏大臣们早已看到魏主曹奂只是个挂名的国君，朝廷大权和各地兵权可都在晋王司马昭手里。他们都想攀龙附凤，要做开国元勋，纷纷谈论着推位让国的大礼。司马昭因为东吴还没平定，把这些大臣批评了一番，让他们知道他不愿意自己称帝。可是为了他的儿子司马炎着想，要把他放在仅仅次于自己的地位上。他建议除了相国以外，再加个副相国的职位。公元264年八月，中抚军司马炎做了副相国。司马炎做了副相国才一个月，文武百官要求魏主曹奂拜司马炎为抚军大将军，掌握兵权。司马炎做了抚军大将军才一个月，司马昭打算立他二儿子司马攸为世子。这是怎么回事啊？

司马昭有两个儿子，大儿子就是副相国司马炎，二儿子叫司马攸。因为司马师没有儿子，司马昭就把二儿子过继给他。司马攸对父母孝顺，对哥哥亲热，才能强，脾气好，名声比司马炎更大。晋王司马昭很喜爱他。他老说："天下是景王（就是司马师）的天下，我做了相国，百年之后，这份基业应该归给攸儿。"他就要立司马攸为世子。可是一般大臣跟司马炎交好，不是说抚军大将军怎么怎么聪明、英勇，就是说废长子立少子怎么怎么不好。司马昭只好立司马炎为世子。

第二年（公元265年）五月，魏元帝曹奂特别优待晋王，让他的旗帜、车马、衣服等跟皇上所使用的一个样。这还不算，还把司马昭的妻子称为后，世子称为太子。可惜那年八月里，才五十五岁的司马昭害病死了，太子司马炎继承他为晋王。司马炎做了晋王，任命魏司徒何曾为晋丞相，镇南将军王沈为御史大夫，中护军贾充为卫将军，议郎裴（péi）秀为尚书令光禄大夫。这些大臣都是晋王手下得力的人。他们共同请求司马炎即位，司马炎还再三推辞。他们就劝魏元帝曹奂把皇位让给晋王。曹奂本来是个傀儡皇帝，朝廷大权早已落在司马氏手里，因为司马昭不愿意自己登基，曹奂才像摆设似的摆到今天。现在朝廷上的大臣都劝曹奂让位，他只好下了一道诏书劝晋王司马炎顺从天命，顺从民意。

公元265年（魏元帝咸熙二年，吴甘露元年）十二月，在洛阳南郊造了一座让位坛，很隆重地举行了推位让国的典礼，正像当年汉献帝把君位让给曹丕一样。参加让位典礼的除了原来魏朝廷的文武百官以外，还有匈奴南单于和临近边疆的各部族，一共好几万人。

晋王司马炎即位，就是晋武帝，国号晋，改魏咸熙二年为晋泰始元年，封魏主曹奂为陈留王，给他一万户的俸禄，让他搬到邺城去住。魏从曹丕称帝，前后五个人做了皇帝（曹丕、曹叡、曹芳、曹髦、曹奂），一共才四十六年就亡了。

陈留王曹奂上殿，拜别新君，辞别旧臣。旧臣已经变成

新君的新臣，谁也不敢送别曹奂，只有一个八十六岁的太傅司马孚（司马懿的兄弟，司马炎的叔祖父），倚老卖老，出来送他，拉住他的手，流着眼泪说："臣死的那一天，仍旧是大魏的忠实的臣下！"

晋武帝把魏宗室所有分封的王，一律降低一级，改封为侯，追尊他的祖父司马懿为宣皇帝，伯父司马师为景皇帝，父亲司马昭为文皇帝。他看到曹魏因为骨肉猜忌，做国君的得不到自己亲族的帮助，以致孤立亡国，他就大封宗室。他首先封他的叔祖父司马孚为安平王。这位前几天刚说过"臣死的那一天，仍旧是大魏的忠实的臣下"，现在做了大晋的安平王。晋武帝还有六个叔父（都是司马懿的儿子），都封为王。除了这些上辈的以外，平辈的一奶同胞司马攸封为齐王，两个异母兄弟和十七个叔伯兄弟都封为王。这许多自己的骨肉不但都封为王，有了封地，而且还都担任职务，替皇上镇守四方。前一朝的曹家人因为依靠别人，自己反倒失了势力，现在皇上刚即位，专靠自己一家的人，他就放心得多了。

当然，朝廷上还得重用原来的一批大臣。晋武帝就拜何曾为太尉，贾充为车骑将军，王沈为骠骑将军，还有一批老大臣分别担任太傅、太保、司徒、司空等职务。真是攀龙附凤，人才济济。没多久，又拜原来的车骑将军陈骞为大将军。

晋武帝封了宗室，安排了文武百官以后，总该兴兵伐吴了吧。不，他不但不发兵去，还派使者到东吴去报丧，表示两国通好的意思。他不急于攻打别人，首先要巩固自己的政权，进行一些改革。主要有四件事情：

第一，废除禁锢。魏从曹丕称帝以来，一向骨肉猜忌，防备宗室内部抢夺君位，就定了一条法令：曹家本族不得在地方上做官。魏从刘家夺到天下，又怕刘家人复辟，就又定了一条法令：原来刘家的宗室不得在地方上做官。晋武帝下了一道诏书，废除禁锢，让曹家人和刘家人都可以做官。这道诏书一下来，大伙儿都说新君好。晋武帝干脆好人做到底，再恩待恩待在外边的将士和官吏。按照魏的法令，凡是出征的或者镇守外地的将军，和在州郡里做长吏的，都必须在京师里留着人质。这条法令现在也废除了。

第二，实行宽大。晋武帝看到曹魏待人太刻薄，自己成心宽大待人。以前定了罪被杀的大臣，从现在开始，不再牵累到下一代，他们的子孙，只要有才能，一概可以做官。他故意提拔这样的人，还让他们在自己的左右，表示他不计较过去。

第三，提倡节俭。晋武帝又看到曹魏的几个皇帝和宗室，排场太大，生活太奢侈，他就特别提倡节俭。刚巧有人来报告，说牛绳折了，要换一条新的。喝，这就怪了。难道像换一条牛绳那么鸡毛蒜皮的事，也需要新即位的皇上去过问吗？原来这儿说的牛不是普通的牛，牛绳也不是普通的牛绳。那种牛是祭祀用的，牵牛的绳特别讲究，叫青丝，是用上等的蚕丝染成青颜色，再由专门的工匠打成很精巧的绳。主管这件事的大臣就把供应青丝作为一项相当可观的开支。晋武帝借着这件事，下了一道诏书，说明节约俭朴的重要，他规定祭祀用的牛不得再用青丝，可用青麻代替。不但这样，连奢华的歌舞和百戏也一概禁止。

第四，设置谏官。秦汉以来有谏大夫，东汉有谏议大夫，其中也真有直言规劝皇上的大臣。魏不赞成朝廷中有这种向皇上提意见的官，就把这个制度废了。这会儿晋武帝重新设置谏官，不但表示他愿意听听别人的批评，还打算开条直言的道路，至少在制度上是这样。

第二年三月，吴主孙皓打发两个大臣为使者到洛阳来吊孝（司马昭死于上一年八月）。晋武帝虽然有心灭吴，可是雍州、凉州、梁州很不安宁，这些地区有不少部族经常反抗官府，住在并州的匈奴也不安心。后方没平定下来，他是绝不轻易去打东吴的。为了这个缘故，他很有礼貌地招待着东吴的使者，说话当中透着尊敬吴主，愿意跟他交好下去的意思。两个使者当中有一个叫丁忠，他一看晋武帝这么客气，认为他是害怕东吴，回来就对吴主孙皓说："北方并没作打仗的准备，我们可以趁着机会去袭击弋阳（郡名，郡治在弋阳县，今河南潢川一带），准能把这个地方打下来。"

刚在一年半以前，吴丞相濮阳兴和左将军张布两个大臣把原来年轻的太子废了，立孙皓为吴主。孙皓即位，很像个样儿，还做了几件像样的事：他下了诏书，开放粮仓，救济穷人；把多余的宫女放出去，把她们婚配给没有妻子的人；连养在御花园里的鸟兽都放归山林。当时人们都称赞他是个有道明君。万没想到一旦他觉得坐稳了君位，立刻就露出暴君的本性来了。荒淫暴虐到了家，搜罗进来的美人要比放出去的宫女多得多，上上下下对他全没指望了。丞相濮阳兴和左将军张布后悔立了这么一个国君。他们背地里叹着气，不知道怎么传到孙皓的耳朵里。他趁着这两位大臣上朝的时候，把他们拿住，定个罪名发配到广州去，半道上却又把他们杀了。散骑常侍王蕃（fán）不愿意委曲求全地奉承孙皓，孙皓发了脾气，吆喝一声，就把他砍了。这还不够，他叫左右亲随把王蕃的脑袋扔着玩，叫他们装老虎、装狼，蹦着跳着，互相抢着去咬那颗人头。说也不信，这些臣下还真变成了老虎豺狼似的跳着蹦着把王蕃的人头又咬又啃，还发出野兽的叫声。吴主孙皓看着，乐得连腰都直不起来。

这会儿丁忠唆使他去打弋阳，他心头直痒痒，真想干一下子。镇西大将军陆凯（陆逊本家的侄儿）反对出兵，说："北方新近兼并了巴蜀，派使者跟我们来往，这可并不是怕我们，而是成心养精蓄锐，等待时机。现在敌人势力强大，我们想碰碰运气去偷袭一下，我实在看不出有什么好处。"

吴主孙皓总算听了陆凯的劝告，没出兵，可是打这儿起，他跟晋绝了交。吴主孙皓从建业迁都到武昌，奢侈无度，一切生活的享受得由扬州的老百姓供应，别说供应物资逼得老百姓难过日子，就是把这些东西，尤其是粮食，要从下游往上游运送，路又远，也够受了。陆凯上了个奏章，劝孙皓体恤人民，减轻徭役。他又说："汉室失势，天下三分，曹、刘两家由于奢侈无度，失了民心，都被晋兼并了。这是眼前明摆着的事实。臣说这些话，是替陛下疼惜国家啊。武昌多山石，土薄，不能作为帝王的首都。这儿有民歌说：'宁喝建业水，不吃武昌鱼；宁回建业死，不止武昌居。'现在国家没有一年的积蓄，人心惶惶，唯愿陛下选挑廉洁的百官，远离小人。这样，上天喜欢，人民归附，国家就可以安宁了。"

吴主不大高兴，可是他倒想起搬家了，就在那年年底，又把都城迁回到建业去。第二年（公元267年）六月，吴主孙皓大兴土木，起造一座五百丈见方的昭明宫。两千石以下的官员都得上山去监督民夫砍树。他又起造一座很大的花园，里面有土山、石山、亭子、楼阁、看台等等，雕梁画栋，精巧到了极点，奢华到了极点。这笔费用得拿亿万来计算。陆凯屡次规劝，吴主对他一万个不耐烦，因为陆凯名望大，只好容忍一下，没砍他的脑袋。

盖了昭明宫，造了御花园，老百姓怨天怨地，正直的大臣也有意见，吴主孙皓就想建立武功来提高自己的威望，公元268年十月和十二月两次向北进攻。一次进攻襄阳，被晋荆州刺史胡烈打回来；一次进攻合肥，被晋安东将军王骏打回来。这两次晋兵都打了胜仗，把吴兵打得拼命地逃跑，晋兵并没追赶过来，也没顺手夺取东吴的一寸土地。这是为什么呢？原来晋武帝有他的难处。他宁可长线放远鹞，先要安抚西方和北方，再慢慢地去收服东吴。

当初邓艾镇守边疆的时候，有几万名鲜卑人投奔过来。他把这些外族人安顿在雍州和凉州中间，跟汉人杂居。晋武帝防备他们发生叛变，就在公元269年二月，把雍、凉、梁三个州分出一部分土地，设置一个秦州（今甘肃东南部）。因为荆州刺史胡烈在西方一向有威望，就把他调到秦州，总管那个地区和那边的各部族。

胡烈调到秦州，晋武帝却并不忽视荆州。他立定志向要统一中原，准备全面安排一下对付东吴的军事计划。

## 读有所思

1. 西晋的开国皇帝是谁?

2. 晋武帝司马炎为什么不着急灭吴?

3. 吴主孙皓是怎样的一个人?

## 知识拓展

晋武帝

〔宋〕王十朋

早岁膺图帝业光,晚年何事政多荒。

算来不用平吴好,毕竟吴平速晋亡。

# 造 船

晋武帝把荆州刺史胡烈调到秦州，马上派尚书左仆射泰山南城人羊祜〔hù〕镇守襄阳，统领荆州的一切军事，征东将军卫瓘镇守临淄，统领青州的一切军事，镇东大将军司马伷镇守下邳，统领徐州的一切军事。

羊祜从公元269年〔晋武帝泰始五年〕起，镇守襄阳，很得江、汉民心。有的吴人投降之后又想回去，羊祜下令，让他们回去。他把巡逻和放哨的士兵减去一部分，叫他们开垦八百多顷土地。他刚来的时候，军营里不够一百天的粮食，后来粮食年年增产，可以供十年吃的了。

在襄阳的南面，跟羊祜的军队相对峙的是东吴的军队。东吴镇军大将军陆抗把他的军队驻扎在乐乡。东吴的信陵、西陵、夷道、乐乡、公安这些地方所有的军队都由陆抗统领。陆抗跟羊祜各守地界，可以说是棋逢对手，将遇良才。你不犯我，我不犯你，谁也不敢轻举妄动。

羊祜屯兵襄阳，不向东吴进攻，倒也罢了，有时候吴兵反倒从别的地方打过来，晋兵也只是把他们打回去就是了。蜀汉被灭已经七年了，晋武帝为什么还不去向东吴进攻呢？原来西北方和北方都出了事啦。

雍州安定郡地界内，出了一个鲜卑族的首领，叫"秃发树机能"（鲜卑语"秃发"是"被子"的意思，据说树机能的祖父生在被子里，就把"秃发"作为姓）。他率领一部分的鲜卑人跟晋朝作对，声势浩大。秦州刺史胡烈发兵去攻打，在万斛堆（今甘肃靖远一带）打了一仗，晋兵大败，中原士兵死伤遍野，连统率全军的秦州刺史胡烈也被杀了。接着晋武帝又吩咐雍州、凉州的几个将军和新的秦州刺史杜预去打树机能，有的不敢出兵，有的打了败仗回来。秃发树机能的势力越来越大，他还想把整个凉州都打下来。

树机能这一头还没法平定，南匈奴那一头又出了岔子啦。当初魏王曹操把南匈奴分为五部，分别安排在并州各郡，跟汉人杂居。匈奴自己认为从前汉高祖曾经把公主嫁给单于，所以匈奴是汉室的外孙，他们就照母亲的姓改姓刘。公元271年（晋武帝泰始七年），有个南匈奴的右贤王叫刘猛，离开了晋朝，带着一部分人马逃到塞外去了。在晋武帝看来，刘猛一出去，又留下了一个祸根。

凉州、雍州住着一些鲜卑人、匈奴人等等，历史上笼统地称为胡人。他们的势力也大了起来，就在南匈奴刘猛离开晋朝这一年四月里，北地胡人起来反抗当地的官府，夺了几个县

造船

城，直向金城进攻。凉州刺史牵弘发兵去对敌。北地胡人跟树机能联合起来，跟晋兵大战一场。晋兵又打了败仗，连统率全军的凉州刺史牵弘也被杀了。

雍州、凉州、秦州各部族这么强大，经常出来侵犯，弄得晋武帝一时对付不了，他只好把征伐东吴的想法搁在一边。他皱着眉头说："树机能这么猖狂，胡烈、牵弘都被他杀了，怎么办呢？"正好乐安人侍中任恺（kǎi）在旁边，他要趁着贾充不在的时候，向晋武帝说几句话，可是贾充的耳目有的是，他只好说："应该派个有威望、足智多谋的大臣去安抚那边的人，才能镇守这些地方。"晋武帝点点头，接着又为难地说："是呀，可是派谁去呢？"任恺说："车骑将军贾充最合适。"晋武帝又问了问河南尹颍川人庾（yǔ）纯。庾纯完全同意任恺的意见。晋武帝就决定叫贾充去统领秦州和凉州的军队。贾充这个人，本来一翻眼就是计，这会儿人家告诉他皇上要把他调到外边去，可就急得快哭出来了。这是怎么回事？

原来贾充在司马昭时代就得了宠，魏主曹髦被杀全凭他"司马公养着你们，就是为了今天"一句话。司马炎能够做上太子，也有他的一份功劳。司马炎即位，贾充更得了宠。他跟太尉兼太子太傅颍川人荀颢、侍中兼中书监颍川人荀勖（xù）、越骑校尉安平人冯统（dǎn）这几个人结成一党，在别的人看来，他们是很不得人心的。贾充是个头头，他不愿意晋武帝接近侍中任恺，故意说任恺怎么好，怎么忠心，像他这样的大臣最好能再重用一下，叫他到东宫去辅导太子。晋武帝不愿意任恺离开他，可又不愿意叫贾充下不了台阶，就叫任恺在名义上做了太子少傅，可是还做着原来的侍中，好让他仍旧在身边伺候着自己。任恺这边哪，也不愿意晋武帝接近贾充，巴不得把他调到外边去，所以趁着晋武帝问起派谁去镇守秦州、雍州的时候，任恺和庾纯就推荐了贾充。

　　贾充在这年（公元 271 年）七月被任为秦、凉两州的都督，直到十一月，他磨磨蹭蹭地还没动身。那个逃到塞外去的匈奴右贤王刘猛倒打到并州来了。幸亏刘猛兵马不多，没几天工夫就被并州刺史刘钦打回去了。这么一来，贾充不好意思再磨下去，只好硬着头皮，动身往秦州去，公卿大臣在夕阳亭（在洛阳城外）摆上酒席，给他送行。

　　在酒席上，贾充偷偷地对自己的心腹荀勖说："唉！真得走了，怎么办哪？"荀勖说："怕什么？您做了宰相，反倒被这个小子（指任恺）掐着脖子，真太气人了！可是这会儿不去不行，没法推。"贾充哭丧着脸说："谁说不是哪！可是怎么办哪？"荀勖歪着脑袋，咬着耳朵，慢吞吞地说："办法倒有一个：跟太子结成亲，您不推辞也准留下。"贾充说："好是好，可是请谁去说媒呢？"荀勖自告奋勇地说："我去试试。"贾充听了，差点儿没趴下给他磕头，公卿大臣都在场，两个人讲话都像蚊子叫似的，别人听不见。贾充心里高兴，嘴里说不出来。

　　夕阳亭里的酒席真吃到太阳偏西了。贾充拱拱手，对公

造船

161

卿大臣们说："承蒙诸公送行，万分感激。今天已经不早了，我想，唉，好在前方并不怎么紧急，我想三五天内再择个日子，回敬一席，请诸公赏光。"大伙儿听了，不由得一愣，送行还有回席，真新鲜。可是多吃一顿也好。贾充就这么又赖了几天。

就在这几天里面，荀勖替贾充进行活动。他先对冯纨说："贾公调到远处去，我们都失了势。太子还没定亲，您为什么不去劝皇上替太子娶贾公的闺女呢？"冯纨说："我一定尽力，可是先得打通皇后这一关。"晋武帝原来打算给太子娶卫瓘的女儿，可是卫瓘并没在宫里行贿，也没在朝廷上托人说媒。贾充的妻子可不同了，她马上拿出大量的金钱、财宝，送给杨皇后的左右，杨皇后就在皇上跟前赞扬贾家的姑娘。晋武帝不同意，他说卫家的姑娘比贾家的好，可是杨皇后再三请求，荀颢、荀勖、冯纨都说贾家的姑娘不但长得漂亮，而且很有才德。皇后以下宫里的人都这么说，朝廷上几个得宠的大臣也都这么说，说得晋武帝不能不依。

贾充做了皇上的亲家，皇上收回成命，仍旧让他留在朝廷里。侍中任恺和河南尹庚纯的计划，眼看快成功，又这么吹了。过了年，就是公元272年，新年新禧，双喜临门。正月里，晋兵打了几个胜仗，把刘猛打败，匈奴五部当中的左部有个头头，杀了刘猛，归附了晋朝。这是一喜。二月里皇太子司马衷办喜事，跟贾妃成了亲。这是第二件喜事。

贾充为了不愿意到凉州去，才千方百计地把女儿嫁给太

子，自己留在京师里。雍州和凉州由镇西大将军汝阴人王骏镇守，对付着树机能，树机能这边还没发动进攻，益州倒先乱起来了。

益州刺史手下有个将军叫张弘，造反作乱，临近成都的广汉县也惊慌起来了。广汉太守是个弘农人，叫王濬（jùn），他为了及时扑灭叛乱，不等待朝廷的命令，就发兵去征伐张弘。

晋武帝下了诏书，任命广汉太守王濬为益州刺史，同意他去征伐张弘。王濬的兵马并不多，可是他善于用兵，终于打了胜仗，杀了张弘，安抚了当地的各部族，益州才安定下来。王濬立了大功，封为关内侯。他在益州威望很高，各部族还乐意归向他。没多久，晋武帝拜王濬为右卫将军兼大司农，职位多么高哇。可是大司农应当在朝廷上办事，不能留在外边。王濬是个例外，他有个更重要的任务，非留在外边不可。这时候，晋武帝正跟车骑将军羊祜研究进攻东吴的计划。羊祜认为现在有了巴蜀，进攻东吴应当利用上游的形势，与其从襄阳、当阳、乌林去打赤壁，不如从巴东顺流而下去打西陵。他秘密地上个奏章，建议把王濬留在益州，叫他负责督造战船，训练水军。晋武帝同意了，仍旧让他做着益州刺史，加上一个龙骧（xiāng）将军的头衔，统领益州和梁州的军事。

王濬开始大规模地建造战船，大战船长一百二十步（古时候六尺为一步），能容纳两千多人，船上用木头作为城墙，上层有楼，四面可以瞭望，船头有一片宽阔的平台，可以来回跑马。为了不让东吴知道，造船是秘密进行的，接连造了几年，东吴还不知道这件事。后来造船的工匠和士兵马虎起来，随意把削下的木片扔在水里。木片顺流而下，沿江向巫峡漂去。吴建平太守吾彦拿着木片去见吴主孙皓，对他说："这些木片一定是造船劈下来的。晋兵在上游造船，一定是为了进攻东吴。建平正在要道上，应当增加兵马，只要守住建平，晋兵就不能渡江过来。"

吴主孙皓不理他。他认为："我不去打他已经是恩典了，他还敢来侵犯我吗？"吾彦没有办法，只好垂头丧气地回去。他独出心裁，在江面上打了不少木桩，钉上铁链，随时可以锁上断绝江面上的交通。这种铁链防线做了好几道，以防万一。

江面上并没有战船下来，可是吴主孙皓回头想了想，到底不大放心。他还想知道西陵的情况，就下了一道命令，吩咐西陵的将军立刻回朝。镇守西陵的将军叫步阐（chǎn），他听说孙皓生性残酷，一不高兴就杀戮大臣，经常怀着鬼胎，不知道哪一天就有大祸临头似的。这会儿突然叫他回朝，还催得挺急，他一想，准有人在吴主跟前说他坏话，要是回去的话，革职是小事，也许保不住脑袋。他就献上西陵城，投降了洛阳。晋武帝马上拜他为卫将军，统领西陵一切军事，还封他为宜都公。

镇守乐乡的镇军大将军陆抗一听到步阐叛变，立刻派兵遣将，一面防备着晋兵，一面围住西陵。步阐向洛阳求救，晋武帝就派荆州刺史杨肇直接去救西陵。车骑将军羊祜下了命

林汉达

三国故事全集

166

令，叫巴东监军徐胤（yìn）带领水军进攻建平，自己率领五万大军进攻江陵。晋武帝和羊祜这么布置，三路夹攻去救西陵，可都逃不出陆抗的手掌心。他早就四面布置好对付晋兵的三路夹攻，连羊祜也失败了。

三路夹攻的救兵全没好结果，步阐变成了坛子里的王八。陆抗攻破了城，杀了步阐，西陵又归了东吴。这么一来，吴主孙皓更加骄横起来，他说照这样打法，一旦打到洛阳去，就可以兼并天下了。

晋兵打了败仗，羊祜由车骑将军降级为平南将军，杨肇废为平民。羊祜皱着眉头，心中很不得劲儿，倒不是因为自己降了级，而是因为天下大势太不称心。西北方由于秃发树机能称霸逞强，没能够安定下来；南方连一个已经投降了的西陵也保不住；朝廷上的大臣们又不能和睦共处，贾充、荀勖、冯统终于排挤了任恺和庾纯。邓艾、钟会灭蜀已经九年了，照这么下去，不知道哪年哪月才能够统一中原。他从江陵回来，更觉得陆抗真了不起，孙皓虽然暴虐无道，东吴可还有力量。就说王濬造了足够的战船，要跟东吴拼个输赢，也不能单靠兵力。他这么一合计，就决定再用几年工夫去争取东吴的民心。

## 读有所思

1. 荀勖替贾充出了一个什么主意，让他继续留在朝廷里？
2. 晋国大规模建造战船，吴国是怎么发现的？
3. 晋兵三路夹攻救西陵，成功了吗？

## 知识拓展

公元271年（泰始七年），贾充被任命到长安镇守，这令贾充十分忧虑，于是荀勖建议贾充嫁女儿给尚未娶太子妃的太子司马衷，借婚事而令出镇计划被搁置。经过皇后杨艳及荀勖等极力推荐，晋武帝司马炎最终同意让司马衷娶贾南风。公元272年（泰始八年），贾南风正式被册立为太子妃。贾南风貌丑而性妒，因惠帝懦弱而一度专权，是西晋时期"八王之乱"的罪魁祸首，后死于赵王司马伦之手，而随后的八王之乱则引发了历史上著名的五胡乱华。

# 争取民心

羊祜决定采取一套软办法，用道义去争取民心，不允许任何欺诈或者取巧的行动。每回跟东吴交战，一定按照约定的日子，绝不偷袭，绝不布置埋伏。将士当中有谁向他献计的，只要他听到话里有诡计的苗头，就拿出上等的好酒，请献计的人喝，还拼命地劝酒，让他喝得醉醺醺的，开不得口。羊祜行军，有时候经过东吴地界，士兵割了稻谷当口粮，也必须报告吃了多少粮食，羊祜拿绢折价，赔偿人家。要是他约会众将官在江、沔一块儿打猎的话，他一定郑重地叮嘱他们只准在自己的地界内。碰巧了，东吴的将士也在对面打猎，双方各不相犯。如果有一只飞鸟或者一只野兽，先被吴兵打伤，到了这边被晋兵逮住，必须送还给对方。就因为这样，东吴那边全都很高兴，说晋人真够朋友。

羊祜和陆抗面对面扎着军营，相隔不太远，有时候还有使者来往。有一天，陆抗给羊祜送去一些上等好酒，羊祜一点不犹豫地就喝了。又有一次，陆抗病了，听说羊祜有治这种病的药，他就派人向羊祜要。羊祜马上派人送去，还附上一个便条，说："这是上等丸药，最近制成，我还没吃，特先奉上。"陆抗正要把药丸子吞下去，将士们拦住他，说："吃不得！别上当！"陆抗叫他们放心，他说："羊叔子（羊祜，字叔子）难道是下毒药的人吗？"

陆抗吃了羊祜的药丸子，病果然好了。他对将士们说："他们那边注重道义，争取民心，我们这边一味暴虐，大失民心，这么下去，即使不交战，也可以分胜败了。现在我们还是守卫边境要紧，不可轻举妄动，贪图小利。"他说这些话是因为吴主孙皓又杀戮了大臣，还听了奉承的话，屡次去侵犯晋的边境。他听到陆抗跟羊祜这么来往，就派使者去责问陆抗。陆抗回答说："治理一个城，一个乡，都不能不讲信义，何况治理一个大国呢！臣所以这么对付羊祜，就为了显示陛下的信义和恩德！"吴主听了，很得意，没去难为他。

一转眼又过了年。公元273年三月，吴主孙皓拜陆抗为大司马，兼荆州州牧。陆抗好几次上奏章，劝告吴主尊敬大臣，爱护百姓，应当注重农业生产，不可轻举妄动，穷兵黩（dú）武。这些话吴主听着很不舒服，只因为陆抗名望大，而且掌握着兵权，吴主只好耐着性子，不去理他。要是换了别人，一百个脑袋都给砍了。

东汉有个强项令董宣，东吴也有这样的人，可是结果大不一样。吴主孙皓有个心爱的妃子，她派恶奴上街，看见有什么他们喜欢的东西，拿手一指，就得献上去。街市上开铺子的瞧见宫里派来的恶奴就像见了老虎一样。老虎很少碰到，妃子派去抢东西的恶奴可经常出来。有个硬脖子大官，叫陈声，他做了司市中郎将（主管市场贸易的官员），平素也还得到吴主的宠用。他按照法令，把那个恶奴办了罪。这可闯了大祸啦。那个妃子在吴主跟前撒娇撒痴地哭诉一番，吴主就借个因头把陈声的脑袋用烧红的锯锯下来，把尸身扔到四望矶去了。

杀人也就是了，怎么还用烧红的锯锯脑袋呢？这算是什么刑法？可是吴主孙皓就喜欢独出心裁地杀人。有时候，他把一个大臣砍了头，叫别人把那颗人头当作球踢着玩；有时候，他用车马把人撕成碎片；有时候，他跟大臣们喝酒，喝醉了，叫左右指出别人的过失，过失大的，砍头，过失小的，剥脸皮、挖眼睛。他的残酷出了名，除了一个专门讨他喜欢的马屁大王小狗子岑昏以外，上上下下都把他恨透了。

南方正派的大臣对吴主孙皓的行为，有的恨，有的替他着急，怕他这么下去，保不住国家社稷。中书令贺邵曾经在奏章上引《左传》的话向他说过："国家兴盛起来，把老百姓看作儿子；国家快要灭亡了，把老百姓看作粪土和草芥。"还有大司马陆抗，一直替他担着心事。

北方的大臣对晋武帝司马炎怎么样呢？也差不了多少。他倒不是为了杀戮大臣，而是为了充实后宫。就在吴陆抗做大司马这一年，七月里，晋武帝下了一道诏书，他要挑选公卿以下大臣们的闺女来充实后宫，先叫他们把自己还没出嫁的女儿报名上册，谁敢隐瞒不报的，拿"大不敬"的罪名办罪。

过了八个月，到了公元274年三月，又下了一道诏书。这次挑选美女的范围比上次更大。在朝廷挑选美女的时期内，全国人民不准聘姑娘娶媳妇。这次挑的是老百姓当中良家女儿和小军官、小官吏的女儿，由自己的母亲或者奶奶送到宫里来。送来的小姑娘有五千多人，让皇上自己复选。母亲哭，女儿哭，奶奶哭，孙女儿哭，一大片的哭声连宫门外面都听见了。

晋武帝这两年来忙着搜罗天下的美人，他的统一中原的雄心壮志也就淡下去了。要不，东吴在孙皓残酷的统治下，怎么还能够支持下去呢？就是在东吴最危险的时候，晋武帝也没发兵去进攻。就在这年七月里，吴大司马陆抗害病死了。他在害病的时候，上书吴主，请他注意西边的防守。他说："西陵、建平是守卫我国最重要的两座城，地位在上游，两面受敌（西边防着巴、夔，北边防着魏兴、上庸）。敌人要是发动战船顺流而下，真是像闪电和流星一样快，要靠别的地方发兵去救，就来不及了。这是国家社稷生死存亡的关键，不是边境上的一些小冲突可比。臣父逊（陆抗的父亲陆逊）曾经说过：'西陵是东吴的西门，要是守不住的话，不但丢了一个郡，整个荆州也保不住。如果那边发生情况，必须拿全国的力量去争夺！'臣曾经请求陛下再发三万精兵防守西陵，可是到了今天，兵力还很薄弱。要是能有八万大军守卫西边，那就好多了。臣并不怕死，可就为了西边的防守担心，请陛下千万不可大意。"

陆抗一死，吴主叫陆抗的几个儿子陆晏、陆景、陆玄、陆机、陆云分别带领他们的父亲原来的兵马。其中陆机和陆云哥儿俩长于文学，当时就很出名。他们对于带兵作战不免差了些。再说吴主孙皓并没听从陆抗的话加强防守。晋武帝要进攻东吴的话，这是个好机会。

公元276年，羊祜上书，请晋武帝征伐东吴。他说："先帝（指司马昭）平定巴、蜀的时候，天下人都以为东吴也一定可以同时平定下来。可是到了今天，已经十三年了。江、淮地势的险要比不上剑阁，孙皓的暴虐过于刘禅，吴人遭受的痛苦比巴蜀人受到的痛苦更大，我们大晋的兵力比过去任何时候都强，不在这个时候去平定四海，统一中原，还要等到什么时候呢？"

晋武帝倒很赞成羊祜的话，可是朝廷上的大臣商议下来，都顾到北方，对南方的事不大感兴趣。他们为了秦州和凉州担心，不愿意打到江南去。羊祜又上了一个奏章，他说："平了东吴，兵马就有富裕，胡人自然能平定下来。"商议了一会儿，意见还不一致。贾充、荀勖、冯𬘘坚决反对去打东吴，只有杜预和新的中书令张华赞成羊祜的计划。羊祜叹息着说："天下的事，十件倒有七八件不称心。天给我们一个好机会，而我们把它错过，唉，后悔也就晚了！"

过了一年多，羊祜病了，他要求回到朝廷里来。晋武帝请他坐车进宫，不必叩拜。后来又说养病要紧，不必上朝。接着就派张华去向羊祜请教征伐东吴的计策。羊祜说："孙皓暴虐到了极点，今天去征伐，就是不打仗，也能够胜他。要是孙皓一死，吴人另外立个有能耐的、爱护老百姓的新君，咱们就是有一百万大军，也打不过长江去。"张华完全同意他的意见。

到了年底，羊祜病重了，他推荐杜预接替他的职位。晋武帝就拜杜预为镇南大将军，统领荆州所有的军队。羊祜死的那天，天气特别冷。晋武帝哭得非常伤心，眼泪、鼻涕和哈气沾在胡子和发鬓上，全结了冰。守卫边境的东吴士兵，听说羊祜死了，也有流眼泪的。因为羊祜喜欢游玩岘山，襄阳人就在岘山上给他造了个庙，立了个石碑。据说人们见了那块石碑就会掉下眼泪来。为了这个，那个石碑就称为"堕泪碑"。

镇南大将军杜预到了襄阳，打了一个胜仗，可还不是大规模地作战。朝廷上一些大臣，像贾充、荀勖、冯紞他们又起来反对。恰巧秃发树机能在公元279年正月打下了凉州，连秦州、雍州也震动起来。西边一紧张，南边只好放松了。晋武帝任用一个将军叫马隆，拜他为讨虏护军兼武威太守，叫他去对付树机能。

征伐东吴的大事一停下来，激起了一位老将军的气愤。那个老将军就是益州刺史王濬。他上了个奏章，说："孙皓荒淫残暴，应该立刻发兵去征伐。一旦孙皓死了，吴人另外立个开明的君主，敌人就会强大起来。臣在这儿造船已经七年了，造好了的船一直没用。有的坏了，需要修理，有的不能修理

了。臣今年已经七十岁了，还能活多久呢？孙皓要是死了，臣要是死了，船要是都坏了，这三桩事情，只要发生一桩，征伐东吴就难办了。请陛下千万别失了机会。"

晋武帝看了王濬的奏章，又打算征伐东吴了。正在这个紧要关头，安东将军太原晋阳人王浑来了个紧急奏章，说孙皓打算北伐，边境上都戒严了。朝廷上一般反对出兵的人都说："人家打过来，还是防守要紧。就是要发兵去征伐的话，且到明年再说吧。"晋武帝又下不了决心了。正好王濬的参军何攀在洛阳办些公事，他听到了这些情况，给晋武帝上了个奏章。他说："孙皓绝不敢北伐。他们在边境上戒严，正说明他们害怕我们南征。趁着这个时候打过去，一定能够把东吴灭了。"

晋武帝看了何攀的奏章，又动心了。恰巧又接到了镇南大将军杜预的奏章，劝他赶紧发兵，要不然的话，孙皓搬到武昌去，修建江南重要的城墙，再把老百姓遣散，那么到了明年，就更困难了。中书令张华正在跟晋武帝下棋，他立刻推开棋盘，说："请陛下下决心！"晋武帝有这么多的大臣劝他南征统一中原。过去羊祜屡次三番地上书，不必提了，目前又有王濬、王浑、何攀、杜预、张华他们说得这么恳切，他这会儿不得不下决心了。

公元279年十一月，晋武帝派镇军将军司马伷、安东将军王浑、建威将军王戎、平南将军胡奋、镇南大将军杜预、龙骧将军王濬、巴东监军唐彬等七路大军，共二十多万兵马，同

时分头向东吴进攻。这么多将军，这么多兵马，分了七路进兵，谁是大都督总指挥哪？说来还真新鲜，大都督不是别人，正是一向反对羊祜，反对征伐东吴的皇上的亲家贾充。他最后还说："进攻东吴没有好处，也不一定能成功。再说臣已经衰老了，担当不了这个责任。"晋武帝逼着他，说："你一定不肯去的话，那只有我自己去了！"贾充没有办法，只好拿着节杖，到了襄阳，坐守中军，"总督"各路军队。

这边七路大军还没跟吴兵展开大战，西北方送来了好消息。武威太守马隆制造了一种特别的战车叫"扁箱车"，在车上搭成狭长的木屋，适宜于那边狭窄的山路，一边打，一边走，走了一千里路，杀伤了不少敌人。他一到武威，威望大振。那边的鲜卑大人率领各部族一万多户归向了晋朝。到了十二月，马隆跟树机能大战一场，杀得树机能来不及逃走，就被马隆砍了脑袋。凉州平定下来了。羊祜曾经说过："平了东吴，兵马就有富裕，胡人自然能安定下来的。"没想到这回正倒过来，平定了凉州，更有利于江南的战争。

杜预、王濬、王浑他们从各方面向东吴进攻，大失民心的吴主孙皓再厉害也不容易对付晋兵了。

## 读有所思

1. 羊祜为什么要送药给对手陆抗?

2. 晋武帝派七路大军伐吴,派谁做了大都督总指挥?

3. 鲜卑首领秃发树机能被谁所杀?

## 知识拓展

### 羊 祜

〔宋〕徐钧

平吴献策了无遗,

馈药人无酖毒疑。

最是感人仁德厚,

当时堕泪有遗碑。

# 三分一统

公元 280 年正月，镇南大将军杜预打中路，向江陵进兵；安东将军王浑打东路，向横江（今安徽和县一带）进兵。两路兵马打到哪儿，胜到哪儿。二月，龙骧将军王濬和巴东监军唐彬率领水军打西路，向秭归进兵。这一路困难重重，开头几天连船都不能通。原来吴人按照建平太守吾彦的计划，在大江险要的地段布置了铁链、铁锁，把大江拦腰截住，又把一丈多高的铁锥子安在水面下，好像无数的尖刀暗礁。王濬的船没法过来。这些情况终于被王濬摸清了。他要进兵，首先得把水底下的铁锥子打扫干净。

晋兵造了几十条很大的木筏子。一条木筏子大的有一百多步长，扎了一些草人，披上铠甲，拿着刀枪，站在上面。这一队木筏子由水性好的士兵带领着作为先锋。这些木筏子碰到铁锥子，铁锥子就扎在木筏子底下，好像一个人走过野草地，芒刺粘在鞋上和裤腿上一样。有的还把底扎穿了。反正木筏子不怕漏水，底扎破了，也沉不了。

跟着"扫锥队"的是"烧链队"。这一队的木筏子，平面上铺着泥土，上面架着很大的火把。多大呢？几个人还抱不过来。多长呢？有十多丈长。巨大的火把吃足了油，一点就着。这些火筏子在战船前面开路。别说是木桩，就是铁链铁锁，给这么大的火把烧了一会儿也都烧断了。东吴只凭这些木桩、铁锥、铁链封锁江面，守卫的士兵可不多，也不是王濬这队水兵的对手，压根儿没展开大战就逃散了。这样，扫除了水底下和江面上阻碍前进的玩意儿，大队的战船就一点儿阻挡都没有地顺流而下。

　　王濬这一路水军，打下了丹阳（今湖北枝江一带）、西陵、荆门、夷道、乐乡，就跟进攻江陵的杜预的大军会师了。原来王濬还没打进乐乡的头一天，杜预就派部将周旨带领八百名勇士，穿上吴兵的军服，连夜渡过河去，埋伏在乐乡城外，他们还在巴山虚张旗子，放火烧山。东吴都督孙歆害怕了，不敢往巴山那边走。他派出一队兵马去抵抗从西面过来的王濬那一路。吴兵打了败仗，逃回来。周旨他们八百人趁着乱劲，跟着逃兵进了城。他们一直冲到军营内帐去见东吴都督孙歆，孙歆还以为是自己人。没说的，他只好乖乖地当了俘虏。王濬在水上打败了东吴水军都督陆景的兵马，由于杜预派周旨带领八百人在陆上配合，很快就接收了乐乡。

　　杜预打下了江陵，真是势如破竹，一劈到底得那么容易。沅水、湘水以南，零陵、桂阳、衡阳，直到广州，所有郡县都一股风地投降了。杜预又把自己带领的兵马分一部分给王濬、唐彬，加强他们的兵力，叫他们继续往东再打过去。他因为荆州已经打下了，就请坐镇襄阳的大都督贾充再往东搬到项城去。

王濬、唐彬得到了杜预分给他们的兵马向夏口进兵。进攻夏口的平南将军胡奋打下了公安，跟建威将军王戎会在一起，王濬又跟他们会师。这样，王濬、胡奋、王戎这三路兵马一同打下夏口、武昌，把吴兵像赶鸭子似的顺流赶去，沿路郡县望风投降。大军的矛头一直向着建业。

到了这时候，吴主孙皓慌了。他派丞相张悌率领丹阳（这个丹阳是丹阳郡，包括今江苏南部和安徽南部的部分地区）太守沈莹、护军孙震、副军师诸葛靓（jìng），发兵三万渡江迎敌。这三万人是东吴的精兵。三月渡江过去，还打了一个胜仗。后来晋军集中起来，将军士兵越打越多。吴兵大败，好像山崩那样垮下来。大将、小将和领队的军官没法阻止。张悌阵亡，孙震、沈莹他们死在乱军之中，诸葛靓失踪。建业人心慌乱，好像早晨等不到晚上就会被晋兵杀了。可是晋兵没再渡江过来。这是怎么回事啊？

吴丞相张悌带领的吴兵是被晋扬州刺史周浚消灭的。张悌一死，周浚手下的一个谋士叫何恽，向他献计，说："张悌率领的是东吴的精兵啊。这一路精兵被消灭了，东吴上上下下谁都害怕。王龙骧（指龙骧将军王濬）已经打下了武昌，往东过来。东吴的败亡已经可以看到了。咱们赶快渡过江去，直接进攻建业，一定可以成功。"周浚同意他的看法，请他去向打东路的安东将军王浑说去。何恽说："不行，王浑胆小，又不善于用兵。他但求无过，绝不会听咱们的。"周浚再三请他去说，何恽只好去了。

果然，王浑不同意进兵。他说："皇上诏书下来叫我屯兵江北，抵抗吴军，不可轻易进兵。你们虽然很勇敢，又打了一个胜仗，可是你们能够单独平定江东吗？要是违背命令，打胜了不能立功，打败了还得办罪。再说最近又有诏书下来，叫龙骧听我调度。等他来了，我叫他一同过江吧。"

原来当初龙骧将军王濬进兵建平的时候，他是奉命受杜预调度的。他打下了西陵，就接到杜预给他的信。信上说："将军已经攻破了东吴西边的防守，就应当顺流而下，直接向建业进军，去征伐几辈子的叛逆，去拯救吴人脱离火坑。将来将军得胜还朝，也是一生的大好事。"王濬很高兴，就照杜预信里的意思上了一个奏章，率领水军向东过去。这会儿又有诏书下来，叫王濬受王浑的调度。王浑做了王濬的上级，所以他对何恽说："诏书下来，叫龙骧听我调度。"

何恽回答说："龙骧将军节节胜利，已经打了这么大的胜仗，何必拘束他前进呢？再说，明公做了上将军，可进则进。难道大军的一举一动都得等候诏书吗？明公率领大军渡过江去，一定能够成功，为什么还要待在这儿停滞不前呢？"哪怕何恽有一百张嘴，王浑还是不听他的。为了这个缘故，王浑的军队虽然离建业近，可就不渡江过去，王濬的军队远在武昌，反倒过来了。

王濬听了杜预的话，直接往建业打过去。吴主孙皓派游击将军张象带领一万水军去抵抗。张象一看，满江都是王濬的战船。白天，旗子遮盖了太阳，晚上，灯火压倒了月亮，吓得他没打就投降了。孙皓派出去的将军和一万名水兵居然没交战就投降了，那还了得！他召集几个大臣，问他们："听说我们的将士不肯打仗，是这样的吗？说！说啊！"

这几个大臣哭丧着脸，叹了口气，刚张开嘴，还没说出话来，就瞧见几百个宫殿里伺候皇上的人跑上来，趴在地下向吴主磕头。有两个领头的说："北军下来，我们的将士不肯拿刀抵抗敌人，请问陛下怎么办？"吴主说："那是为什么？"大伙儿嚷着说："就是为了岑昏，请陛下先把他宰了！"孙皓说："一个小小的内侍，怎么能伤害国家呢？"他们说："陛下难道不知道蜀中常侍黄皓吗？"孙皓自言自语地嘟哝了一句："要真是这样，叫这奴才去向老百姓赔个罪就是了。"众人高声嚷着说："好！"他们一骨碌都爬起来，冲到宫里去找岑昏。吴主孙皓马上派左右去追，叫他们别动手打人，接着又派人去救岑昏。可岑昏早就被众人砸烂了，有的还咬他的肉。

　　杀了一个中常侍也不能叫晋兵退回去呀。恰巧有个将军叫陶濬的，到了建业来见吴主。吴主问他水军的消息。陶濬说："巴蜀的船都小得很，不能跟咱们的战船比。只要给我两万水兵，把大号的战船都用上，我就能把巴蜀的小船撞沉！"吴主在绝望当中得到了这么一颗大救星，高兴极了，马上拜他为大将，把节杖交给他，让他去发号施令。

　　陶濬召集了两万水兵，准备了几百只大船。命令下来，明天出发去消灭敌人。为了鼓励士气，他对士兵们说："巴蜀的船都小得很，不能跟咱们的战船比。咱们的大船一出去，就可以把巴蜀的小船撞沉。"士兵们一听，愣了。笑，不敢笑；哭，哭不出来。原来这位大将是个糊涂虫，他看的是七八年前的皇历。以前的情况确是这样，新的情况他可不知道。这会儿巴蜀下来的都是大船哪，跟着这么一个大将去送命，太冤啦。当天晚上，这两万士兵逃得一干二净。第二天，这位大将也不见了，就剩下一根光杆子的节杖。

这时候，王濬的战船离建业只有五六十里了。他们经过三山（在南京西南，长江南岸，山上有三个山峰，所以叫"三山"）的时候，王浑派使者给王濬一封信，请他过去商议进攻建业的大事，王濬叫水兵扯满风帆，直接驶到建业去。他请王浑的使者捎个口信："顺风顺水快得很，船没法泊岸。有事情改日再拜谒请教吧。"

使者回去一报告，王浑连鼻子都气歪了。他心里说："哼，你能单独平定江东吗？你不听我的使唤，好！打胜了，不能立功，打败了，还得定罪。走着瞧吧！"

王浑还是把军队驻扎在江北。琅琊王司马伷他们也到了涂中。王濬的水军已经过了三山。吴主孙皓急得不知道该怎么办。有几个懂得怎么活命的大臣对他说："陛下为什么不学安乐公刘禅的样儿呢？"他点了点头，就打发使者分头向王浑、王濬、司马伷三个将军请求投降，还把玉玺奉给琅琊王司马伷。

王濬率领八万大军，长江一百里接连不断的都是战船。就在王浑给他送信这一天，七十一岁的王老将军亲自带头，在动雷似的战鼓声中进了石头城。城头上飘扬着无数的白旗，真所谓"一片降旗出石头"。王濬带着一队兵马进了城，安了营。吴主孙皓叫人扛着一口棺材，自己露着上身，反绑着双手，领着一批大臣，到军门来领罪。王濬亲自给孙皓松了绑，叫他换上衣帽，吩咐左右把棺木烧了，然后请东吴君臣到军中相见。

孙皓双手捧上东吴的图籍。王濬收下了。上面记着有州四个（荆州、扬州、交州、广州），郡四十三个，县

三百一十三个，户五十二万三千，男女人口两百三十万，官吏三万二千名，士兵二十三万名，米谷两百八十万斛，船五千多只，后宫妇女五千多人。东吴从公元229年孙权称帝，传了四个君主（孙权，儿子孙亮、孙休，孙子孙皓），到这一年（公元280年）共五十一年，就亡了。

洛阳朝廷听到东吴已经平定的消息，大臣们都向晋武帝上寿。贾充也从项城回来凑热闹。晋武帝拿着酒杯说："这是羊太傅的功劳！"他能够这么想念着羊祜，多少也学他的样儿争取民心，做些讨好吴人的事。四月，诏书下来，封孙皓为归命侯，每年还给他相当阔气的生活费用。接着又下了诏书，打发使者分别到荆州、扬州去抚慰吴人：州牧、郡守以下的大小官员照旧供职，都不撤换；废除以前苛虐的法令，一切从简；东吴的大族、名士，量才录用；孙氏贵族出身的将军和官吏渡过江来的，免除徭役十年；老百姓渡过江来的，免除徭役二十年。这些收买人心的措施，尤其是废除苛虐的法令，都叫吴人高兴。

五月，司马伷派使者送孙皓和他的家小，还有那颗玉玺，到了洛阳。孙皓带着儿子，脸上抹着泥土，绑着上身，到了东门，却不敢进去。晋武帝派个大臣给孙皓松了绑，赐给他衣服和车马，还叫他第三天去拜见皇上。

到了第三天，晋武帝召集文武百官和四方的使者开个大会，连公卿大臣的子弟学生也都参加。孙皓卜殿，趴在晋武帝面前磕头，还真把脑门子在地下磕了几个响头。晋武帝请他起来，给他一个座位，对他说："这个座位我给你准备好久了。"孙皓心里想说"我在南方也给你准备了座位"，可是这种话怎么说得出口来呢？他上身也露了，双手也反绑过了，脸上也抹过泥土了，响头也磕了。这么一个只怕死不怕丢脸的人，已经投降了，怎么还敢在新主人面前逞强呢？他听了晋武帝这么一说，很别扭地坐下来，用手摸了摸座位，心里又想着："这个座位是不是刘禅坐过的？他投降以后又活了好多年（刘禅死在公元271年），不知道我还能活上几年？"

孙皓坐在那儿，很不是滋味儿。忽然听到一个大臣责备他，说："听说你在南方挖人眼睛，剥人面皮。这算是什么刑法啊？"孙皓一看，原来那个大臣正是刺死魏主曹髦的元凶太尉贾充。他一肚子的气就向他发泄了。他说："做臣下的谋害皇上，用这种刑；还有，不忠不义，背叛主人的，用这种刑。"贾充闭着嘴，脸却红到脖颈子上了。晋武帝连忙拿话岔开，总算没叫贾充下不了台阶。

不久，王浑、王濬、杜预、司马伷他们先后回到洛阳。晋武帝大封灭吴的功臣。从此，三分天下，一统归晋。晋武帝下了诏书，废除州、郡的兵马，大郡设置武官一百人，小郡五十人。这一来，士兵数量大大减少，天下太平。可是有的人说："天下尽管这么太平，忘了作战准备的，必定有危险。"有的说："州郡没有兵马，盗贼起来怎么办？各部族乱了怎么办？外族打进来又怎么办？"晋武帝没听他们的，还是裁去大量军备。以后的西晋碰到了不少困难，究竟是不是因为州郡没有兵马，还是由于别的什么原因，那就得看以后怎么发展了。

## 读有所思

1. 晋军用什么办法突破了吴军在长江上的封锁？
2. 孙皓面对贾充的挑衅，是如何回答的？
3. 三家归晋后，晋武帝实施了哪些措施？

## 知识拓展

### 西塞山怀古

〔唐〕刘禹锡

王濬楼船下益州，金陵王气黯然收。

千寻铁锁沉江底，一片降幡出石头。

人世几回伤往事，山形依旧枕寒流。

从今四海为家日，故垒萧萧芦荻秋。